中华经典名著

全本全注全译丛书

于天池　孙通海等◎译注

聊斋志异　四

中華書局

卷十

王货郎

【题解】

故事叙述得恍恍惚惚。济南小二不知为了什么缘故被泰山冥府拉去作证，到达后案子已结，无需作证。被遣返又不给路费，告知只需要告诉一个人家说“王货郎言之”便可以得到资助。故事的结尾，小二返家要报答资助人，但“偿之，不受，问其故，亦不言，别而去”。

“王货郎”是本篇的题目，但从未登场。扑朔迷离，奇奇怪怪。是不是小说正是要追求这样一个莫名其妙，不可解之解的效果呢？

济南业酒人某翁①，遣子小二如齐河索贯价②。出西门，见兄阿大。时大死已久。二惊问：“哥那得来？”答云：“冥府一疑案，须弟一证之。”二作色怨讪③。大指后一人如皂状者④，曰：“官役在此，我岂自由耶！”但引手招之，不觉从去。尽夜狂奔，至太山下⑤。忽见官衙，方将并入，见群众纷出。皂拱问：“事何如矣？”一人曰：“勿须复入，结矣⑥。”皂乃释令归。大忧弟无资斧⑦，皂思良久，即引二去。走二三十里，入村，至一家檐下。嘱云："如有人出，便使相送，如其不肯，便道王货郎言之矣。"遂去。二冥然而僵。既晓，第主出[8]，见人死门外，大骇。守移时，微苏，扶入饵之[9]，始言里居，即求资送[10]。主人难之，二如皂言。主人惊绝，急赁骑送之归。偿之，不受，问其故，亦不言，别而去。

【注释】

①业酒人：以卖酒为业之人。

②小二：山东方言。指次子。如：往。齐河：县名。东邻济南。索贳(shì)价：追讨酒债。贳，赊欠。

③作色怨讪(shàn)：变脸怨骂。作色，脸上变色。讪，骂詈。

④皂：皂隶，衙门的差役。据俞汝揖《礼部志稿·士庶巾服》载，明洪武四年(1317)规定，皂隶公使人服制，穿皂色盘领衫，戴平顶巾，结白搭膊，带牌。

⑤太山：即泰山。

⑥结：结案，完结。

⑦资斧：盘缠，路费。

⑧第主：宅院主人。第，宅第，宅舍。

⑨饵：食物的总称。这里是给他吃饭的意思。

⑩资：资助。

【译文】

济南有个卖酒的老头儿，派他的儿子小二到齐河去收取赊欠的酒钱。小二出了西门，遇到了哥哥阿大。这时阿大已经死了好久了。小二惊讶地问道："哥哥，你怎么会到这儿来呢？"阿大回答道："阴间有一桩疑案，须要你前往作证。"小二变了脸色，责怪兄长。阿大指着身后一个差役打扮的人说："这位是官府的差役，岂是我能自作主张呢！"于是，他抬手招呼小二，小二便不由自主地跟着走了。他们狂奔了一整夜，来到泰山脚下。忽然看见一座官府衙门，他们正要一齐进去，却见一群人纷纷走了出来。差役上前拱手问道："那件案子怎么样呢？"其中一个人回答说："不必再进去了，已经结案。"差役于是放了小二，让他回家。阿大担心弟弟没有回去的路费，差役考虑了很久，便领着小二走了。走了二三十里地，他们进了一个村庄，来到一户人家的屋檐下。差役嘱咐说："如果有人出来，你就让他送你回家；他如果不同意，你就说是王货郎让他这么做的。"说完，差役就走了。小二昏沉沉地睡死过去。天亮以后，房屋的主人出来，见一个人死在门外，大为惊骇。他在身旁守候了一阵子，就见小二渐渐醒了过来，于是将他扶进屋里，喂了他一些东西，小二这才告诉他自己的居处，然后就求主人出钱送他回去。主人很犯难，小二就按照差役教的说了一遍。主人听了，惊慌失色，急忙租了车马送小二回家。小二要还给他钱，主人不肯接受，问他其中的原因，他也不肯说，只是告辞而去。

疲龙

【题解】

本篇可以与卷九的《红毛毡》、《安期岛》合读。《红毛毡》反映的是当时人闭关自守的心态；《安期岛》反映的是"海上有仙山"的憧憬；《疲龙》反映的是对于远海航行的危险的担忧。其中无论是关于"天上行雨之疲龙"，还是海波深黑处怕蛆的龙，都仍然是千百年以来古老的中国关于龙的传闻。综合在一起，我们可以看到明末清初人们对于外部世界的知识结构和心理态势，即使是像蒲松龄这样的知识丰富、思维活跃的知识分子也未能摆脱传统的惯性。

胶州王侍御[①]，出使琉球[②]。舟行海中，忽自云际堕一巨龙[③]，激水高数丈。龙半浮半沉，仰其首，以舟承颔[④]，睛半含，嗒然若丧[⑤]。阖舟大恐，停桡不敢少动[⑥]。舟人曰："此天上行雨之疲龙也[⑦]。"王悬敕于上[⑧]，焚香共祝之。移时，悠然遂逝。舟方行，又一龙堕，如前状。日凡三四。又逾日，舟人命多备白米，戒曰[⑨]："去清水潭不远矣。如有所见，但糁米于水[⑩]，寂无哗。"俄至一处，水清澈底。下有群龙，五色，如盆如瓮，条条尽伏。有蜿蜒者，鳞鬣爪牙[⑪]，历历可数。众神魂俱丧，闭息含眸，不惟不敢窥，并不能动。惟舟人握米自撒。久之见海波深黑，始有呻者。因问掷米之故，答曰："龙畏蛆，恐入其甲。白米类蛆，故龙见辄伏，舟行其上，可无害也。"

【注释】

①胶州：位于山东省的东部，现属青岛管辖县。王侍御：指王垓。字汉京，文照子。顺治六年（1649）进士，授行人，康熙二年（1663）值琉球请封，同官多避就，王垓慨然前往。海水天风，几历危险，入境宣布朝廷威德，馈遗一无所受，异域耸服。著有《使琉球记》一卷。事见道光《胶州志》。

②琉球：古国名。在我国台湾省东北方向，今称琉球群岛。清末为日本侵占，改为冲绳县。

③云际堕一巨龙：遇龙之事，同王侍御一起出使琉球的张学礼在其《使琉球记》中有如下记载："（康熙）元年十月，忽奉上传张学礼、王垓仍差册封琉球。……十九日将近伊蓝埠，有二龙悬挂，尾鬣俱见，风云四起飕播，荡风摇曳，大桅决，铁箍已失二三，舟中人怖绝，恍惚晦暝，似有天吴海童奔逸左右者。守备王祚昌、魏文

耀告曰：皇灵远降绝域，百神来集，速出免朝牌示之。牌悬如故也。倾之乃悟，易墨以朱，一悬鹢首，一投于海中，天渐开，云渐散，风仍大作，土人称此是龙潭，不可泊，转至山南。"（《四库全书总目》卷六十四，史部二十，《传记类存目》）本篇所写疲龙之事，大概是蒲松龄依据传闻加上自己的想象而写成。

④颔：下巴，颈上方、下颌下方的柔软处。

⑤嗒（tà）然若丧：茫然自失。此处形容极度疲惫之状。《庄子·齐物论》："仰天而嘘，嗒焉似丧其耦。"

⑥桡：船桨。

⑦疲龙：疲惫之龙。

⑧敕：皇帝的诏书，即圣旨。

⑨戒：告诫，警告。

⑩糁（sǎn）米于水：把米撒入水中。糁，纷散，撒。

⑪鬣（liè）：颈上的长毛。此处指背鳍。

【译文】

胶州有位王侍御，奉旨出使琉球国。船正行进在海上，忽然从云间掉下一条巨龙，将海水激起几丈高。龙的身子一半浮在水面上，一半沉在水里，昂着脑袋，把下巴搁在船上，眼睛半睁半闭，疲惫之态好像要死了一样。全船的人都大为惊恐，停止了划桨，一动也不敢动。船夫说："这是一条在天上行雨的疲龙。"王侍御便将圣旨悬挂在船上，点上香，与众人一起祈祷。过了一阵子，那龙便悠然消失了。船刚刚行进，又有一条龙掉了下来，情况和先前一模一样。一天里竟发生了三四次这种情况。又过了一天，船夫让大家多多准备白米，并且告诫说："这里离清水潭已经不远了。如果看到些什么，只管把米撒到水中，千万要安静，不可大声喧哗。"不一会儿，船来到一处地方，海水清澈见底。只见水下有一群龙，五颜六色，有的像盆一样粗，有的则像瓮一样粗，一条条都蜷伏着。有的龙蜿蜒曲折，身上的鳞、鬣、爪、牙，都看得清清楚楚。大家吓得魂飞魄散，屏住呼吸，闭上眼睛，不只是不敢偷看，连动也不敢动。只有船夫抓起白米向水中抛撒。过了很久，见到海水变成深黑色了，才有人敢哼出声来。于是便问船夫为什么要往水中撒米，船夫回答道："龙害怕蛆，唯恐蛆爬进它的鳞甲。白米的形状像蛆，所以，龙一见就会趴伏在那里，船在上面行进，就可以不受伤害了。"

真生

【题解】

这是一篇关于点金石和点金术传说的故事。故事的重点不在于张扬点金术，而在于人格精神的褒扬和如何正确运用财富。两个主人公中，一个是持有点金石和点金术，生平自爱，一毫不敢妄作而风度洒如的狐狸真生；另一个是善饮酒、喜交友而"间萌奢想"的长安士人贾子龙。小说在两个人"大相知悦"，贾子龙"间萌奢想"的矛盾中展开。

按照封建的正统观念，贾子龙似乎并非正人君子，他"间萌奢想"，始终想发财。在和真生的交往过程中，"不磨砖而磨砧"，有些狡狯；但归根结蒂是"徒以贫"的原因。在获得财富后，听从真生的话，他"且施且贾"，做慈善事业，与真生保持了友谊。贾子龙的性格真实，有血有肉，假如我们对照蒲松龄的《金菊对芙蓉——甲寅辞灶作》中的话"倘上方见帝，幸代陈词，仓箱讨得千钟黍，从空坠万铤朱提，尔年此日，牺牲丰洁，两有光辉"，那么贾子龙的坦诚、洒脱、幽默、精明而不失厚道，未必不是蒲松龄通过作品中人物的自我揭秘和调侃。

长安士人贾子龙[①]，偶过邻巷，见一客，风度洒如[②]。问之，则真生，咸阳僦寓者也[③]。心慕之。明日，往投刺[④]，适值其亡[⑤]。凡三谒，皆不遇。乃阴使人窥其在舍而后过之，真走避不出，贾搜之始出。促膝倾谈，大相知悦。贾就逆旅[6]，遣僮行沽[7]。真又善饮，能雅谑[8]，乐甚。酒欲尽，真搜箧出饮器，玉卮无当[9]，注杯酒其中，盎然已满[10]，以小盏挹取入壶[11]，并无少减。贾异之，坚求其术。真曰："我不愿相见者，君无他短，但贪心未净耳。此乃仙家隐术，何能相授？"贾曰："冤哉！我何贪，间萌奢想者，徒以贫耳。"一笑而散。由是往来无间，形骸尽忘[12]。每值乏窘，真辄出黑石一块，吹咒其上，以磨瓦砾，立刻化为白金，便以赠生。仅足所用，未尝赢馀。贾每求益，真曰："我言君贪，如何，如何！"贾思明告必不可得，将乘其醉睡，窃石而要之[13]。一日，饮既卧，贾潜起，搜诸衣底。真觉之曰："子真丧心[14]，不可处矣！"遂辞别，移居而去。

【注释】

①长安：即今陕西西安。

②洒如：潇洒，洒脱。如，然。

③咸阳僦寓者：在这里赁屋而居者的咸阳人。咸阳，地名。即今陕西咸阳。僦，租赁。

④投刺：投递名片，请求谒见。刺，名片。

⑤亡：外出。《论语·阳货》："孔子时其亡也，而往拜之。"

⑥逆旅：客舍，旅店。

⑦行沽：买酒。

⑧雅谑：文雅的玩笑。

⑨玉卮(zhī)无当：无底的玉酒杯。卮，酒器。无当，无底。当，底。晋左思《三都赋序》："玉卮无当，虽宝非用。"

⑩盎然：满的样子。

⑪挹取:舀,把液体盛出来。

⑫形骸尽忘:谓彼此亲密无间,如同一人。形骸,人的形体,躯壳。《庄子·德充符》:"今子与我游于形骸之内,而子索我于形骸之外,不亦过乎?"

⑬要:强迫,要挟。

⑭丧心:失心,精神失常,犹言疯了。《左传·昭公二十五年》:"哀乐而乐哀,皆丧心也。"

【译文】

长安一个名叫贾子龙的读书人,一天,偶然经过邻近的一条巷子,见到一位潇洒自如的客人。上前一问,原来他叫真生,是咸阳人,在这里旅居。贾子龙心中颇为敬慕。第二天,他前往拜见,不巧真生正好出去了。贾子龙一共去了三次,都没有见到。他便暗中派人看到他在家了,然后前往拜访,真生故意躲着不出来,贾子龙进去搜寻,真生才出来相见。二人促膝而坐,倾心相谈,引为知己,心中都很高兴。贾子龙到旅店,派了个小书僮去买来酒。真生又很能喝酒,而且擅长说风雅的笑话,二人很是开心。酒快要喝光时,真生从竹箱里拿出了一个酒器,是个没有底的白玉杯,真生往里面倒了一杯酒,一下子就满了,然后再用小酒杯从中舀酒倒进酒壶,但玉杯中的酒却丝毫没有减少。贾子龙看了,觉得很神奇,一定要真生将这个法术教给他。真生说:"我之所以不愿与你相见,就因为你没有别的短处,只是贪心还没除净。这是仙家的秘密法术,怎么能够传授给你呢?"贾子龙说:"冤枉啊!我有什么贪心呀,只不过偶然萌生一点儿奢望,也是因为贫穷的缘故罢了。"二人相视一笑,便分手了。从此,二人来往频繁,亲密无间,无拘无束。每到贾子龙没钱窘困的时候,真生就拿出一块黑石头,往上面吹一口气,再念几句咒语,然后用它去磨瓦砾,瓦砾马上就会变成银子,真生就将银子送给贾子龙。但仅仅是够贾子龙用的,从来不会有赢馀。贾子龙每次想多要一点儿,真生就说:"我说你贪心吧,怎么样,怎么样!"贾子龙想,明着跟他要，肯定要不到，不如乘他喝醉了睡着时，把黑石偷来再要挟他。一天，两人喝完酒以后睡觉，贾子龙悄悄地起身，在真生的衣服下面搜寻黑石。真生一下子惊醒，说道："你真是没良心，我不能再和你相处了！"于是真生辞别，搬到别的地方去住了。

后年馀，贾游河干[①]，见一石莹洁，绝类真生物。拾之，珍藏若宝。过数日，真忽至，瞲然若有所失[②]。贾慰问之，真曰："君前所见，乃仙人点金石也。曩从抱真子游[③]，彼怜我介[④]，以此相贻[⑤]。醉后失去，隐卜当在君所。如有还带之恩[⑥]，不敢忘报。"贾笑曰："仆生平不敢欺友朋，诚如所卜。但知管仲之贫者，莫如鲍叔[⑦]，君且奈何？"真请以百金为赠。贾曰："百金非少，但授我口诀，一亲试之，无憾矣。"真恐其寡信。贾曰："君自仙人，岂不知贾某宁失信于朋友者哉！"真授其诀。贾顾砌上有巨石[⑧]，将试之。真掣其肘，不听前。贾乃俯掬半砖，置砧上曰[⑨]："若此者，非多耶？"真乃听之。贾不磨砖而磨砧，真变色欲与争，而砧已化为浑金。反石于真，真叹曰："业如此，复何言？然妄以福禄加人，必遭天谴。如逭我罪[⑩]，施材百具、絮衣百领[⑪]，肯之乎？"贾曰："仆所以欲得钱者，原非欲窖藏之也。君尚视我为守财卤耶[⑫]？"真喜而去。

【注释】

①河干：河岸，河边。

②瞲（tī）然：失意相视的样子。晋左思《魏都赋》："吴蜀二客矆焉然相顾，瞲焉失所。"

③抱真子：传说中仙人名。《觅玄子语录》：抱真子曰："金丹者何？"觅玄子曰："无上至真之妙道也。"

④怜：爱。介：有节操。

⑤贻：赠。

⑥还带之恩：归还珍贵失物之恩。《芝田录》："裴晋公(度)质状眇小，相者曰：'君不至贵，即当饿死。'一日，游香山寺，有妇人以父被罪，假得玉带三、犀带一，以赂津要，置于栏楯，忘收而去。度得而授之。后相者曰：'君必有阴德及物，前途万里，非某所知也。'"

⑦知管仲之贫者，莫如鲍叔：管仲，名夷吾，字仲。鲍叔，字叔牙，都是春秋齐国人。管仲的才智和人品均深为鲍叔所理解，鲍叔宽容管仲的贪财。《史记·管晏列传》："管仲曰：'吾始困时，尝与鲍叔贾，分财利多自与，鲍叔不以我为贪，知我贫也。'"

⑧砌上：阶上。

⑨砧：捣衣石。指垫在砖下的石头。

⑩逭(huàn)：逃避，躲过。

⑪材：棺材。絮衣：棉衣。

⑫守财卤：即守财奴。卤，通"虏"，奴。《后汉书·马援传》："(马援)尝叹曰：'凡殖货财产，贵其能施赈也；否则守钱虏耳。'"

【译文】

后来，过了一年多，贾子龙在河边游玩，看到一块晶莹洁净的石头，极像真生的那块。他便捡起来，像宝贝似的珍藏起来。过了几天，真生忽然来了，一副神情恍惚、若有所失的样子。贾子龙上前一面安慰，一面问他发生了什么事，真生说："你从前见到的那块石头，就是仙人的点金石。当年我跟随抱真子游学，他喜爱我的耿直，把那块石头送给了我。不久前我喝醉酒将它丢失了，暗自一算，它应该在你这里。如果你能将它还给我，我绝不敢忘恩不报。"贾子龙说："我平生从来不敢欺骗朋友，确实如你所算，石头在我这里。但是知道管仲非常贫穷的，莫过于他的好友鲍叔，你打算怎么对待我呢！”真生便答应送他一百两银子。贾子龙说：“一百两银子确实不算少，但是希望你教给我口诀，让我亲自一试，也就没有遗憾了。”真生担心他不守信用。贾子龙说：“你是个仙人，难道还不知道贾某从来不对朋友失信吗！”真生便将口诀传授给他。贾子龙见台阶上有一块大石头，便想用它来试。真生拉住他的胳膊，不让他上前去点。贾子龙于是弯腰捡起半块砖头，放在大石头上，说：“像这么大一块，不算多吧？”真生于是同意了。没想到，贾子龙不去磨砖而是磨大石头，真生脸色大变，刚想上前争夺，那大石头已经变成一块白金了。贾子龙把点金石还给真生，真生叹息道：“事已至此，还有什么话可说呢？但是我随便赐人福禄，一定会受到天帝的惩罚。如果你肯帮我解脱这个罪过，你就施舍一百具棺材，一百领棉衣，你肯答应吗？”贾子龙说：“我之所以想要这么多钱，本来就不是要将它们藏在地窖里的。你难道把我看成一个守财奴吗？”真生这才高兴地离去了。

贾得金，且施且贾①，不三年，施数已满。真忽至，握手曰：“君信义人也！别后被福神奏帝，削去仙籍。蒙君博施，今以功德消罪。愿勉之，勿替也②。”贾问真系天上何曹③，曰：“我乃有道之狐耳。出身綦微④，不堪孽累⑤，故生平自爱，一毫不敢妄作。”贾为设酒，遂与欢饮如初。贾至九十馀，狐犹时至其家。

【注释】

①施：施舍。贾：经商。

②替：懈怠。

③曹：曹属，职业。

④綦(qí)微：甚为低微。綦，甚。

⑤孽累：罪孽牵累。

【译文】

贾子龙得了这么一大笔钱，一边施舍，一边做生意，不到三年的时间，施舍的数字就满了。一天，真生忽然来了，他握着贾子龙的手说："你真是个守信用的人啊！上次一别后，我被福神向天帝参奏，削去了仙籍。幸好蒙你广为布施，到今天才得以功德抵消了罪过。希望你继续自我勉励，不要有所懈怠。"贾子龙问真生是天上的什么官员，真生说："我是得道的狐狸。出身甚微，不堪承受罪孽，所以生平自重自爱，不敢有一丝一毫的妄为。"贾子龙便为他摆酒设宴，两个人又像从前一样快乐地喝起酒来。贾子龙活到九十多岁时，狐仙还常常到他家里来做客。

长山某，卖解信药[①]，即垂危，灌之无不活。然秘其方，即戚好不传也。一日，以株累被逮[②]。妻弟饷食狱中[③]，隐置信焉。坐待食已而后告之，甲不信。少顷，腹中溃动，始大惊，骂曰："畜产速行[④]！家中虽有药末，恐道远难俟[⑤]，急于城中物色薜荔为末[⑥]，清水一盏，速将来！"妻弟如其教。迨觅至，某已呕泻欲死，急投之，立刻而安。其方自此遂传。此亦犹狐之秘其石也。

【注释】

①解信药：即解砒霜的药。信，信石，砒石的别称，为中药的一种。有剧毒，呈粉末状。生者称"砒黄"，俗称"黄信"；经炼制者称"砒霜"，俗称"白信"。因砒石性猛如貔(pí)，故名。又因信州所产最佳，称"信石"。见《本草纲目·石·砒石》。

②株累：别人有罪而受到牵连。

③饷食：送饭。

④畜产：畜生。

⑤俟(sì)：等。

⑥薜荔：又名“凉粉子”、“木莲”等。桑科榕属，常绿攀缘性灌木藤本植物。分布中国华东、华南和西南、长江以南至广东、海南各省。

【译文】

长山有一个人，专卖能解砒霜的药，即使是已经喝了砒霜、生命垂危的病人，只要服下他的解药，没有活不过来的，但他秘藏药方，从来不传给别人。一天，这人受到株连被捕入狱。他的妻弟到狱中送饭，悄悄地在饭里放了砒霜。他的妻弟在一旁坐着，等他吃完了，才把实情告诉他，这人不相信。过了一会儿，肚子里闹腾起来，他这才大惊失色，骂道：“畜生！快去！家中虽然有药末，恐怕道远等不及，快到城里去找薜荔磨成粉末，还有一盏清水，快点儿弄来！”他的妻弟按照他说的去弄这些东西。等将东西弄来时，他已经连吐带泻，快要死去了，急忙取过解药服下，一下子就好了。从此以后，他的解毒秘方也就传开了。这个故事和狐仙秘藏他的点金石是一样的。

布商

【题解】

本篇揭露和尚借修缮寺庙劫财，同时称道神佛显灵。篇末称故事的来源是“赵孝廉丰原言之最悉”，而不是称“赵孝廉丰原言之”，是因为知道此故事的人较多，而赵孝廉讲得最为详尽。

故事来源大概是根据明末出版的《初刻拍案惊奇》卷二十四“盐官邑老魔魅色会骸山大士诛邪”的入话所改编。稍有不同的是，本篇中的布商某，在《初刻拍案惊奇》中是徽商，地点是金陵弘济寺，显灵的是“阁中供养观世音像”。徽商被寺僧灌得酩酊大醉杀害，发现徽商被杀的是巡江捕盗指挥等。

布商某，至青州境①，偶入废寺，见其院宇零落，叹悼不已。僧在侧曰：“今如有善信②，暂起山门③，亦佛面之光。”客慨然自任。僧喜，邀入方丈④，款待殷勤。既而举内外殿阁⑤，并请装修，客辞以不能。僧固强之，词色悍怒。客惧，请即倾囊，于是倒装而出，悉授僧。将行，僧止之曰：“君竭赀实非所愿，得毋甘心于我乎⑥？不如先之。”遂握刀相向。客哀之切，弗听，请自经⑦，许之。逼置暗室而迫促之。适有防海将军经寺外，遥自缺墙外望见一红裳女子入僧舍，疑之。下马入寺，前后冥搜⑧，竟不得。至暗室所，严扃双扉，僧不肯开，托以妖异。将军怒，斩关入⑨，则见客缢梁上。救之，片时复苏，诘得其情。又械问女子所在⑩，实则乌有⑪，盖神佛现化也⑫。杀僧，财物仍以归客。客益募修庙宇，由此香火大盛。赵孝廉丰原言之最悉⑬。

【注释】

①青州：府名。地处山东半岛中部，今为潍坊下属青州。

②善信：善举，做善事的诚意。

③山门：佛寺的大门。

④方丈：佛寺长老和住持的居所、接待、说法之处。

⑤举：列举，举凡。

⑥得毋甘心于我乎：该不是想杀我以快心意吧。甘心，称心，快意。

《左传·庄公九年》："管（仲）、召（忽）雠也，请受而甘心焉。"注："言欲快意戮杀之。"

⑦自经：上吊自杀。

⑧冥搜：到处搜索。

⑨斩关：破门。关，指门扇。

⑩械问：刑讯逼供。

⑪乌有：虚幻，没有。《史记·司马相如列传》："乌有先生者，乌有此事也。"

⑫现化：现身变化。

⑬赵孝廉丰原：赵丰原，字于京，号香坡，又号客亭，历城人。武举出身，康熙三十二年（1693）选任城武教谕。官至河南府知府。见《山东通志》。

【译文】

有一个卖布的商人来到青州境内，偶然走进一座荒废的寺庙，见庙堂零落破败，不由心中十分感慨。一个和尚在旁边说："你如果能发善心，哪怕只是修建山门，也是为佛门增光的义举。"布商很爽快地答应了下来。和尚大喜，便邀请布商进入方丈，对他的款待很是殷勤。然后，和尚又一一列举内外的殿堂楼阁，请布商一并装修，布商推辞说力不能及。和尚蛮横地让他同意，言词凶悍，神色愤怒。布商很是害怕，只得同意，马上将身上带的财物全都拿出来，交给和尚。他刚起身要走，和尚拦住他说："你倾囊而出，其实你心里并不愿意，你一定想杀了我才甘心吧？不如先把你杀了。"说完，和尚握刀逼上前来。布商苦苦地哀求，和尚也不答应，布商只好要求自杀，和尚答应了。便将他逼到一间暗室中，催促他赶紧自尽。这时，正好有一位防海将军从寺外经过，远远地从断墙外看到一位穿红衣的女子走进僧舍，心中生疑。将军于是下马走进寺中，到处搜寻了一番，却没有找到。来到那间暗室前，只见双门紧锁，和尚不肯开门，推说里面有妖怪。将军发怒，破门而入，只见布商吊在房梁上。急忙上前抢救，过了一会儿，布商苏醒过来，将军查明了实情。又给和尚上刑，问那红衣女子在什么地方，原来并没有什么红衣女子，而是神佛显灵要救布商。将军杀了和尚，把财物仍旧归还给布商。布商更加筹募钱财，修建庙宇，从此，这座寺庙的香火大盛。这件事情武举人赵丰原讲得最为详细。

彭二挣

【题解】

写狐狸作祟，有两种写法。一种是先从狐狸说起，容易落入俗套；一种是先从事情说起，然后讲明是狐狸作祟。本篇属于后者。虽然故事短小，但紧凑生动，给人印象深刻。

禹城韩公甫自言①：与邑人彭二挣并行于途，忽回首不见之，惟空蹇随行②。但闻号救甚急，细听则在被囊中③。近视囊内累然④，虽则偏重，亦不得堕。欲出之，则囊口缝纫甚密，以刀断线，始见彭犬卧其中⑤。既出，问何以入，亦茫不自知。盖其家有狐为祟，事如此类甚多云。

【注释】

①禹城：县名。地处山东省西北部，明清属济南府，今为德州下属县级市。

②蹇(jiǎn)：跛。此指跛驴或驽劣之马。

③被囊：即被袋，行李袋。北方风俗以之搭于驴背。

④累然：众多累积的样子。

⑤犬卧：像犬一样蜷伏。

【译文】

禹城的韩甫公自己说：有一次，我和同乡彭二挣一起在路上行走，忽然，一回头却不见了他的踪影，只剩那头驴还在跟着走。只听见呼喊救命的声音非常急迫，仔细一听，原来是从行李中传出来的。我走近一看，行李里面鼓鼓囊囊的，虽然重得偏在一边，倒也不会掉下来。我想把他救出来，但行李的口缝得很细密，只好用刀割断线，这才看见彭二挣像条狗似地蜷伏在里面。等他出来以后，我问他怎么会进去的，他也一脸茫然，不知是怎么回事。大概是他家有狐狸作祟，类似这样的事情发生过很多次。

何仙

【题解】

这是一篇讽刺科考不公正的寓言小说。讲述文章的好坏和等级评定的划定不是一件事情。文章好，不见得排列前等；文章不好，不见得居于末位。要凭运气。之所以如此，是因为阅卷的幕客水平参差不齐，“前世全无根气，大半饿鬼道中游魂，乞食于四方者也。曾在黑暗狱中八百年，损其目之精气，如人久在洞中，乍出，则天地异色，无正明也。中有一二为人身所化者，阅卷分曹，恐不能适相值耳”。

从这个意义上，本篇与卷九的《于去恶》篇攻击的方向相似，只是《于去恶》篇偏重对廉官的批评，强调公正的道路是应该对他们进行考试，“能文者以内帘用，不通者不得与焉”。而本篇偏重对于幕客群体的批评，“文宗公事旁午，所焦虑者殊不在文也。一切置付幕客六七人，粟生、例监，都在其中”，“幕中多此辈客，无怪京都丑妇巷中，至夕无闲床也”。

小说虽然写了乩卜之事，写何仙“论文作诗”，“为人决疑难事”，但只是陪衬线索，叙述的话头。

长山王公子瑞亭[1]，能以乩卜[2]。乩神自称何仙，为纯阳弟子[3]，或谓是吕祖所跨鹤云。每降，辄与人论文作诗。李太史质君师事之[4]，丹黄课艺[5]，理绪明切。太史揣摩成[6]，赖何仙力居多焉，因之文学士多皈依之[7]。然为人决疑难事，多凭理，不甚言休咎。

【注释】

①长山：旧县名。明清时代属济南府，今为山东邹平境东面的长山镇。

②乩(jī)卜：扶乩问卜。“扶乩”为旧时民间问卜的一种方术。由二人扶一丁字架，下设沙盘，谓神降临时木架可以划出字迹，为人决疑，预言祸福。

③纯阳：吕纯阳，即吕洞宾，唐末道士，名嵒，或名岩，以字行，号纯阳子，自称回道人。全真道奉为北五祖之一。通称“吕祖”。相传为“八仙”之一。

④李太史质君：李质君，名斯义，号静庵，康熙二十七年(1688)戊辰科进士，选庶吉士，散馆改河南道监察御史，历任京畿道监察御史、通政使司右左参议、翰林院提督四译馆、太常寺少卿、大理寺卿，康熙四十三年(1704)十月十八日为都察院左副都御史，十一月初，出任福建巡抚，康熙四十六年(1707)卒于任所。生平详《山东通志》、《福建省志》。

⑤丹黄课艺：评改习作文章。丹黄，古时校点书籍时所用的两种颜色。点校时用朱笔书写，改错时则用雌黄涂抹。此处指评改八股文，圈赞用朱，删改用黄。课艺，研读八股文习作。

⑥揣摩成：指考中进士，入翰林。揣摩，研究琢磨。此处指科举。《战国策·秦策》：“(苏秦)得太公《阴符》之谋，伏而诵之，简练以

为揣摩。”注：“揣，量。摩，研也。游说之术，或量其情或研切之。”

⑦皈(guī)依：本指佛教称身心归向佛、法，此指信仰、依赖何仙。

【译文】

长山的王瑞亭公子，能够扶乩占卜。那乩神自称为何仙，是吕洞宾的弟子，也有说是吕洞宾所骑的仙鹤。他每次降临人间，就和别人讨论文章，写作诗赋。李质君太史以他为师，诸如诗文之事，倒也论说得明明白白。李太史能够举业成功，依靠何仙的帮助实在不少，所以许多读书人都依附到他的门下。但何仙替别人解疑排难，大多根据事理推断，并不太讲吉凶祸福。

辛未岁[1]，朱文宗案临济南[2]，试后，诸友请决等第[3]。何仙索试艺[4]，悉月旦之[5]。座中有与乐陵李忭相善者[6]，李固好学深思之士，众属望之[7]，因出其文，代为之请。乩注云：“一等[8]。”少间，又书云：“适评李生，据文为断。然此生运数大晦[9]，应犯夏楚[10]。异哉！文与数适不相符，岂文宗不论文耶？诸公少待，试一往探之。”少顷，又书云：“我适至提学署中，见文宗公事旁午[11]，所焦虑者殊不在文也。一切置付幕客六七人，粟生、例监[12]，都在其中，前世全无根气[13]，大半饿鬼道中游魂[14]，乞食于四方者也。曾在黑暗狱中八百年[15]，损其目之精气，如人久在洞中，乍出，则天地异色，无正明也。中有一二为人身所化者，阅卷分曹[16]，恐不能适相值耳。”众问挽回之术。书云：“其术至实，人所共晓，何必问？”众会其意，以告李。李惧，以文质孙太史子未[17]，且诉以兆[18]。太史赞其文，因解其惑。李以太史海内宗匠[19]，心益壮，乩语不复置怀。

【注释】

①辛未岁：清圣祖康熙三十年(1691)。

②朱文宗：指朱雯，字复思，一字裔三，石门县人，康熙甲辰(1664)进士，曾任江宁同知、松江知府，康熙三十年(1691)任山东省提学道(即学政)，三十三年(1694)离职。见《山东通志·职官志》。文宗，文章宗匠。此指主考的提学使。案临：指进行岁考或科考。

③等第：指生员岁、科试的等第。清初沿明制，顺治九年(1652)题准岁考生员有六等黜陟法，对参加考试的生员进行奖罚。

④试艺：考试时所作八股文。据"朱文宗案临济南"一语，可知指岁试。清制，学政到任第一年为岁考。

⑤月旦：品评。

⑥乐陵：县名。清属武定府，在山东与河北的交界处。今为山东德州下辖市。

⑦众属望之：众望所归。属望，钦佩向往。

⑧一等：依据清初岁考生员六等黜陟法，一等的标准为"文理平通者"。

⑨运数大晦：运气很坏。运数，命运，运气。晦，倒霉。

⑩夏(jiǎ)楚：皆木名。古代用作教育的惩戒刑具。夏，同"榎"，楸树。楚，荆条。《礼记·学记》："夏楚二物，收其威也。"是教师用来警惕鞭策学生，收到整肃威仪效果的。按，清初岁考六等黜陟法，考四等者，除去廪生，增、附、青、社俱扑责，不许科考，乡试年只准录遗。所以"犯夏楚"指岁考四等。

⑪旁午：繁杂。

⑫粟生：即廪生，又称"廪膳生"，因其岁发廪饩银两或粮食而得名。

例监:科举制度中监生名目之一。明清时代,以捐纳取得监生资格者曰“例监”。

⑬根气:犹根器、根基,指禀赋。

⑭饿鬼道:佛教认为生死轮回的“六道”之一,凡在阳间挥霍浪费粮食、吝啬贪婪者死后会在地狱和饿鬼道接受恶报。

⑮黑暗狱:民间传说中的地狱之一。

⑯阅卷分曹:清制,负责考务的官员分为内帘官和外帘官。头场考毕,其试卷由外帘封送内帘后,正、副主考按房签、卷签分送各房官案前,然后依例主考同考官校阅试卷,是谓“分曹”,房官取其当意者加以圈评,向主考推荐。

⑰质:质询。孙太史子未:孙子未,名勷,字子未,号莪山,又号诚斋。康熙二十四年(1685)进士,改庶吉士,授检讨。官至大理寺少卿,终于通政司参议。著有《鹤侣斋集》。生平详《山东通志》。

⑱兆:预兆。

⑲宗匠:文宗巨匠。指学问文章为海内所宗仰的人。

【译文】

辛未年间,提学使朱雯到济南主持岁考,考试后,一帮生员请求何仙判定各人的等第。何仙便要来各人的试卷,一一加以评判。在座的有一位是乐陵人李忭的好朋友——李忭好学深思,大家都很推崇他——拿出李忭的文章,替他请何仙评判。何仙评道:“一等。”过了一会儿,又写道:“刚才所评的李生,是根据他的文章作的评判。但这个书生运气实在不好,命中注定要受到惩戒。真是奇怪啊!文章和运数正好不符,难道是朱雯不评判文章吗?诸位稍等片刻,我前往探看一番。”过了一会儿,何仙又写道:“我刚才到了提学署中,只见朱雯公事繁忙,他所焦虑的事情根本不在文章上。这一切事务全都交给六七个幕客处理,一些靠捐钱取得监生资格的人也在其中,这些人前世全无根基,大半是饿鬼道中的游魂,在四面八方讨食的乞丐。他们曾在黑暗狱中呆了八百年，眼睛里的精气已经损伤了，就好比人长时间在暗洞中，突然走出来，会觉得天地的颜色都变了，没有了正常的视力。他们中虽有一两个是人身转世，但评判试卷分别进行，恐怕不一定正好让他们评判李生的试卷。”众人询问可有挽回的办法。何仙写道：“这个办法太明白了，是大家都知道的，又何必问呢？”众人明白了他的意思，就把这事告诉了李忭。李忭很害怕，就拿着自己的文章请孙子未太史审阅，并且告诉他扶乩的内容。孙太史称赞他的文章，于是解除了他心中的疑惑。李忭认为孙太史是海内的文章大家，胆气也就更壮了，不再把扶乩的话放在心上了。

后案发[①]，竟居四等。太史大骇，取其文复阅之，殊无疵摘[②]。评云：“石门公祖[③]，素有文名，必不悠谬至此[④]。是必幕中醉汉，不识句读者所为[⑤]。”于是众益服何仙之神，共焚香祝谢之。乩书曰：“李生勿以暂时之屈，遂怀惭怍[⑥]。当多写试卷，益暴之[⑦]，明岁可得优等。”李如其教。久之署中颇闻，悬牌特慰之。次岁果列前名，其灵应如此。

【注释】

①案发：公布岁考判定的名次。

②疵摘：缺点，可指责的地方。

③公祖：明清时士绅对知府以上官员的尊称。清王渔洋《池北偶谈·谈异七》“曾祖父母”条：“今乡官称州县官曰父母，抚按司道府官曰公祖，沿明世之旧也。”“提学”为省级官员，因亦尊称为“公祖”。

④悠谬：荒谬，荒诞无稽。

⑤句读（dòu）：古时称文词停顿的地方叫做“句”或“读”。“句”是语

意完整的一小段,“读”是句中语意未完、语气可停的更小的段落。古文没有像现在的标点符号,因此需要“明句读”。不识句读,即连最基础的都不懂之意。唐韩愈《师说》:“句读之不知,惑之不解。”

⑥惭怍:惭愧,不好意思。

⑦暴(pù):晒。这里是公示、亮相的意思。

【译文】

等到发榜时,李忭竟然只列在四等。孙太史大为惊骇,取来他的文章又读了一遍,确实挑不出一点儿毛病。他于是评论道:“石门公祖素来享有文名,一定不会谬误到如此地方。这一定是幕僚中的醉汉、不懂得文章的人干的好事。”于是众人更加佩服何仙的神明,一起焚香祷告致谢。何仙又写道:“李生不要因为暂时受的委屈,便惭愧起来。应当把试卷再多写一些,让更多的人知道,明年可得优等。”李忭遵从了他的说法。久而久之,学署也听到了这些议论,就挂牌特意安慰李忭。第二年,李忭果然名列优等。何仙的灵验就是如此。

异史氏曰:幕中多此辈客①,无怪京都丑妇巷中,至夕无闲床也。呜呼!

【注释】

①幕中:即幕客中,指学署中的幕僚。

【译文】

异史氏说:提学署的幕僚中很多这样的人,难怪京城丑妇巷中,晚上没有空闲的床铺呢。唉!

牛同人

【题解】

本篇仅见于稿本，上半残缺。篇名系根据稿本中漫漶不清的目录与正文参校确认的。

就残缺的文字看，故事大意为牛同人发现狐狸祟惑父亲，依靠关圣帝君将其捕获。三年后，此狐怙恶不悛，又去迷惑济南游击女。且言“我生平所畏惟牛同人而已”。济南游击遂邀牛同人复请关圣帝君将其降伏。就狐狸作祟被人制服而从此惧怕，本篇故事与卷五中的《农人》颇为近似，区别仅在于《农人》篇农人是靠自己之力，而《牛同人》篇则是借助关圣帝君之力。

（上缺）牛过父室①，则翁卧床上未醒，以此知为狐。怒曰：“狐可忍也，胡败我伦②！关圣号为‘伏魔’③，今何在，而任此类横行④！”因作表上玉帝⑤，内微诉关帝之不职⑥。

【注释】

①牛过父室：此句以上残缺。篇名依据稿本《牛同人》目录补录。

②胡败我伦：为什么败坏我家人伦。伦，伦常，封建时代的伦理道德。即所谓父子有亲，君臣有义，夫妇有别，长幼有序，朋友有信。见《孟子·滕文公》。

③关圣号为“伏魔”：明万历三十三年(1605)，关羽被加封为“三界伏魔大帝神威远震天尊关圣帝君”。

④横行：胡作非为。指倚仗暴力，毫无顾忌地干坏事。

⑤玉帝：亦称“玉皇”，为“昊天金阙至尊玉皇大帝”的简称，民间传说中天上人间最高皇权的代表。

⑥不职：不作为，不尽职。

【译文】

（上缺）牛同人走过父亲的卧室，只见父亲躺在床上还没有醒来，因此知道这是狐狸干的好事。他生气地说："狐狸所为如何可以忍受，为什么要败坏我家人伦！关圣号称'伏魔'，如今在哪里，却听任这类妖怪横行！"于是他作表上奏玉帝，表中也暗暗指责关帝不称职。

久之，忽闻空中喊嘶声，则关帝也。怒叱曰："书生何得无礼！我岂专掌为汝家驱狐耶？若禀诉不行，咎怨何辞矣。"即令杖牛二十，股肉几脱。少间，有黑面将军缚一狐至[1]，牵之而去，其怪遂绝。

【注释】

①黑面将军：当指关羽部将周仓。周仓，字元福，是历史小说《三国演义》中的人物，其形象为身材高大、黑面虬髯的关西大汉。在民间传说中，周仓以关羽护卫的形象出现。

【译文】

过了很久，一天，牛同人忽然听到空中有喊叫声，原来是关帝。关帝生气地叱责道："书生怎么能如此无礼！我难道是专门为你一家驱赶狐妖的吗？如果你禀告申诉不行，我又何辞埋怨。"于是关帝下令杖打牛同人二十下，打得他大腿上的肉几乎脱落。过了一会儿，有一位黑脸将军绑来一只狐狸，将它牵走了，牛家的怪异也就消失了。

后三年，济南游击女为狐所惑[1]，百术不能遣。狐语女曰："我生平所畏惟牛同人而已。"游击亦不知牛何里[2]，无可物色[3]。适提学按临，牛赴试，在省偶被营兵迕辱[4]，忿愬游击之门。游击一闻其名，不胜惊喜，伛偻甚恭[5]。立捉兵至，捆责尽法。已，乃实告以情。牛不得已，为之呈告关帝。俄顷，见金甲神降于其家。狐方在室，颜猝变，现形如犬，绕屋嗥窜，旋出自投阶下。神言："前帝不忍诛，今再犯不赦矣！"絷系马颈而去。

【注释】

①游击：官名。清代绿营兵统兵官，职位次于参将。

②何里：什么地方的人。里，籍贯。

③物色：访求，寻访。

④迕辱：侮辱。迕，触犯。

⑤伛偻(yǔ lǚ)：弯腰曲背。这里是恭敬的样子。

【译文】

此后三年，济南府游击将军的女儿被狐狸迷惑，什么法术都不能将它赶走。狐狸对女儿说："我平生害怕的，只有一个叫牛同人的人而已。"游击将军也不知道牛同人是什么地方的人，无法找寻。恰好提学来到济南主持科考，牛同人前来参加考试，在省城被军兵欺侮，他愤怒地来到游击将军的衙门告状。游击将军一听到他的名字，不胜惊喜，对他非常地恭敬。马上将那名军兵抓来，依照军法捆绑责打。事情结束后，游击将军便将狐狸作祟的事情如实告诉了牛同人。牛同人迫不得已，便替他向关帝呈表禀告。一会儿工夫，只见一位金甲神降临游击将军家。这时，狐狸正好在家，脸色突然一变，现出原形，样子像一条狗，绕着屋子一边嚎叫，一边乱蹿，不久，它跑了出来，自己投在台阶下。金甲神说："上次关帝不忍心杀你，现在你又犯祟，罪无可赦了！"说完，将狐狸绑在马的颈下带走了。

神女

【题解】

本篇写人神婚恋的故事。与《聊斋志异》其他人神婚恋故事不同的是，本篇中人与神的婚恋不是凭借飘渺的缘分前定，而是在患难中相识相交，终成姻缘。米生在一场莫名其妙的官司中遇难，神女帮助了他。神女一家遇难，米生也肯以生命相殉。小说写米生的耿介性格非常突出，他不屑夤缘学使恢复秀才名分，虽然与巡抚有通家之谊，“而未尝有所干谒”。后来为了爱情而丧失名节。神女对于米生也一往情深而有性情，有尊严。多次赞助米生，当家庭遇难去求米生，说“受人求者常骄人，求人者常畏人”。米生有所非礼，她发怒指斥，“忿然而出”。与米生和神女正直性格相对应的是世俗社会的龌龊。小说多次写“今日学使署中，非白手可以出入者”，“至郡，投状，上下勒索甚苦”，“今日学使之门如市”，固然反衬出米生和神女的纯洁，也反映了蒲松龄对于当日教育官员的一贯的鄙视。

小说在结构上颇为精巧。神女与米生的初次见面，只用“座后设琉璃屏，以幛内眷”伏笔暗写。神女赠给米生的珠花是贯穿情节的红线，在小说中出现了多次，衬托米生和神女的深沉情感。米生为了报答神女，不得已将珠花献给巡抚宠姬后，没想到篇末由于博士的出现而物归原主，可谓人圆珠还，皆大欢喜，富于传奇色彩。

篇末博士祝祷神女的情节，反映了作者的人本思想，即“人之慧固有灵于神者”，同时也补写了神女“出于肌里，非若凡人以黑白位置中见长”的美丽。

米生者，闽人①，传者忘其名字、郡邑。偶入郡，醉过市廛②，闻高门中箫鼓如雷。问之居人，云是开寿筵者，然门庭亦殊清寂。听之，笙歌繁响，醉中雅爱乐之，并不问其何家，即街头市祝仪[③]，投晚生刺焉[④]。或见其衣冠朴陋，便问："君系此翁何亲？"答言："无之。"或言："此流寓者，侨居于此，不审何官，甚贵倨也[⑤]。既非亲属，将何求？"生闻而悔之，而刺已入矣。无何，两少年出逆客，华裳眩目，丰采都雅，揖生入。见一叟南向坐，东西列数筵，客六七人，皆似贵胄[⑥]。见生至，尽起为礼，叟亦杖而起[⑦]。生久立，待与周旋[⑧]，而叟殊不离席。两少年致词曰："家君衰迈，起拜良艰，予兄弟代谢高贤之见枉也[⑨]。"生逊谢而罢。遂增一筵于上，与叟接席。未几，女乐作于下。座后设琉璃屏，以幛内眷。鼓吹大作，座客不复可以倾谈。筵将终，两少年起，各以巨杯劝客，杯可容三斗。生有难色，然见客受，亦受。顷刻四顾，主客尽釂[⑩]，生不得已，亦强尽之。少年复斟，生觉惫甚，起而告退，少年强挽其裾。生大醉遢地[⑪]，但觉有人以冷水洒面，恍然若寤。起视，宾客尽散，惟一少年捉臂送之，遂别而归。后再过其门，则已迁去矣。

【注释】

①闽：福建省的简称。

②市廛(chán)：市中店铺。《孟子·公孙丑》："市，廛而不征。"赵岐注："廛，市宅也。"

③市：买。祝仪：贺礼。

④晚生刺：自称晚生的名帖。晚生，旧时后辈对前辈的谦称。

⑤贵倨：自视富贵而傲人。

⑥贵胄(zhòu)：指贵族子弟。胄，后代。

⑦杖而起：扶着拐杖站起。

⑧周旋：揖让应酬。

⑨枉：枉驾，光临。

⑩尽釂(jiào)：饮酒干杯。

⑪踼(dàng)地：倒地。踼，跌倒。

【译文】

米生是福建人，讲这个故事的人忘了他的名字和籍贯。一次，米生偶然进城，喝醉了酒经过闹市，听到高门大院里传来雷鸣般的箫鼓声。他向附近人家打听，说是正在举行祝寿宴会，然而这家大门前却十分的冷清。米生听着嘹亮的笙歌，醉意朦胧中倒是非常爱听，他也不问这是一户什么人家，就在街头买了祝寿的礼物，以晚生的名义投进一张名片。有人见他穿着很是简陋，便问："你是这老翁的什么亲戚?"米生答道："没有亲戚关系。"又有人说："这家是从外地来侨居此地的，不知道是个什么官，看上去很尊贵傲慢。你既然不是亲戚，又有什么可求的呢?"米生听了，很是懊悔，但名片已经递进去了。不一会儿，两个少年出来迎接客人，只见他们穿着令人炫目的华丽衣裳，丰采高雅，向米生行礼后请他进去。米生进了门，只见一位老者面南而坐，东西两侧排列几桌筵席，有六七位客人，看上去都是贵族子弟。他们一见米生来到，都起立向他行礼，老者也拄着拐杖站起来。米生站了很久，准备与老者应酬，但老者却不离开座位。两位少年上前说道："家父年老体衰，起身答礼很是艰难，我们兄弟二人代他感谢大驾屈尊光临。"米生谦逊地回了礼。于是又增加了一桌筵席，与老者的座席紧挨着。不久堂下表演伎乐。座席后面设有琉璃屏风，用来遮住内眷。一时间，鼓乐之声大作，座中客人不再能够倾谈。酒宴将要结束时，两位少年起身，各自用大杯来向客人劝酒，一杯可以容纳三斗。米生面有难色，但是见别的客人都接受了，也只好接受。顷刻间，米生四下环顾，只见主人和客人都已经一饮而尽，迫不得已，他也只得勉强喝干了。两少年又来斟酒，米生觉得十分疲惫，便起身告退，少年强行拉着他的衣襟。米生大醉，瘫倒在地上，只觉得有人往脸上洒冷水，他恍恍惚惚好像醒了过来。站起身一看，宾客都已经走光了，只有一个少年扶着他的手臂送他，米生便告辞回家了。后来，米生再经过这家门前，发现他们已经搬走了。

自郡归，偶适市，一人自肆中出，招之饮。视之，不识。姑从之入，则座上先有里人鲍庄在焉。问其人，乃诸姓，市中磨镜者也①。问："何相识？"曰："前日上寿者，君识之否？"生言："不识。"诸言："予出入其门最稔②。翁，傅姓，但不知何省何官。先生上寿时，我方在墀下③，故识之也。"日暮，饮散。鲍庄夜死于途。鲍父不识诸，执名讼生。检得鲍庄体有重伤，生以谋杀论死，备历械梏④，以诸未获，罪无申证⑤，颂系之⑥。年馀，直指巡方⑦，廉知其冤⑧，出之。

【注释】

①磨镜者：磨镜人。古代使用铜镜，镜久用之发黯，需磨洗使之发亮。

②稔（rěn）：熟悉。

③墀（chí）下：台阶下。

④械梏：刑讯。

⑤申证：明证。申，明白。

⑥颂（róng）系：关押在狱，不加刑具。颂，宽容。

⑦直指：本汉代官名。汉武帝时朝廷设置专管巡视、处理各地政事的官员。也称"直指使者"，因出巡时穿着绣衣，故又称"绣衣直指"，或称"直指绣衣使者"。这里指明清分至各地巡察的巡按御使。巡方：巡行地方考察。

⑧廉：考察，查访。

【译文】

米生从郡城回来，偶然经过集市，有一个人从店铺出来，邀请他一起喝酒。米生一看，并不认识。姑且跟着他进了店铺，进去才发现，同乡鲍庄已经坐在席间。米生问鲍庄那人是谁，原来那人姓诸，是集市上的磨镜者。米生问诸某："你怎么会认识我呢?"诸某反问道："前日去给拜寿的人，你认识吗?"米生回答说："不认识。"诸生说："我经常出入他家，对他家最熟了。那位老者姓傅，不知道他是哪个省的人，做什么官。你去给他拜寿时，我正坐在堂下，所以我认识你。"眼看天色已晚，他们喝完酒就散去了。这天夜里，鲍庄在路上被人杀死。鲍庄的父亲不认识诸某，便写了状子告米生。官府验尸后发现鲍庄身有重伤，米生被以谋杀罪判处死刑，受尽了各种刑具的拷打，因为诸某未被抓获，没有人作为旁证，于是米生就被关了起来。过了一年多，一位直指巡方来此地巡察，深知米生是被冤枉的，将他释放了。

家中田产荡尽，而衣巾革褫[①]。冀其可以辨复[②]，于是携囊入郡。日将暮，步履颇殆，休于路侧。遥见小车来，二青衣夹随之。既过，忽命停舆，车中不知何言。俄一青衣问生："君非米姓乎?"生惊起诺之。问："何贫窭若此[③]?"生告以故。又问："安之?"又告之。青衣去，向车中语，俄复返，请生至车前。车中以纤手搴帘，微睨之，绝代佳人也。谓生曰："君不幸得无妄之祸[④]，闻之太息[⑤]。今日学使署中，非白手可以出入者[⑥]。途中无可解赠……"乃于髻上摘珠花一朵，授生曰："此物可鬻百金，请缄藏之。"生下拜，欲问官阀，车行甚疾，其去已远，不解何人。执花悬想，上缀明珠，非凡物也。珍藏而行。至郡，投状，上下勒索甚苦。出花展视，不忍置去⑦，遂归。归而无家，依于兄嫂。幸兄贤，为之经纪，贫不废读。

【注释】

①衣巾革褫(chǐ)：褫夺衣冠，指革除功名。旧时生员犯罪，须先由学官报请革除功名，然后才能逮捕动刑。

②辨复：辨明无罪，恢复功名。

③贫窭(jù)：贫穷，贫寒。

④无妄之祸：意外的灾祸。

⑤太息：叹息。

⑥白手：空手。

⑦置去：指卖掉。置，弃置。

【译文】

米生回到家中，田产已经荡然无存，秀才的身份也被革除。他希望将来能洗清罪名，恢复身份，便打点行囊进了郡城。这时天色将晚，米生走得很累，在路旁休息。他远远地看见一辆小车行来，还有两个青衣女子在车旁随行。车子已经过去，车中人忽然命令停车，不知说了些什么。一会儿工夫，一位青衣女子问米生道："你不是姓米吗？"米生吃惊地起身回答说是。使女问他："你怎么这么贫寒呀？"他就把自己的遭遇告诉了使女。女子又问道："到什么地方去呀？"米生又告诉了她。青衣女子走到车旁，向车中人说了几句话，又转身回来，请米生走到车前。车中伸出一只纤细的手撩起帘子，米生微微一看，竟是一位绝代佳人。这女子对米生说："你不幸遭受飞来横祸，令人叹息不已。当今的学使署，不是空着手可以随便进出的。路途之中也没有什么好送给你的……"说着，她从发髻上摘下一朵珠花，递给米生说："这东西能卖百两银子，请妥善收藏。"米生行礼致谢，刚想问问女子出自何门，不料马车走得很快，已经走了很远，到底也不知她是什么人。米生拿着珠花，细细思量，珠花上镶嵌着明珠，绝非普通物件。他将珠花小心藏好，继续前行。到了郡中，他上官府投递诉状，府里的官吏向他苦苦勒索。米生取出珠花端详，不忍心拿它去换财物，只好回家去了。他回到家乡，但家已经没了，只得寄居在哥嫂家。幸好哥哥很贤良，替他打点生计，虽然很贫穷，倒也没让他荒废学业。

过岁，赴郡应童子试①，误入深山。会清明节，游人甚众。有数女骑来，内一女郎，即曩年车中人也。见生停骖②，问其所往，生具以对。女惊曰："君衣顶尚未复耶③？"生惨然于衣下出珠花，曰："不忍弃此，故犹童子也④。"女郎晕红上颊。既，嘱坐待路隅，款段而去⑤。久之，一婢驰马来，以裹物授生，曰："娘子言：今日学使之门如市⑥，赠白金二百，为进取之资⑦。"生辞曰："娘子惠我多矣！自分掇芹非难⑧，重金所不敢受。但告以姓名，绘一小像，焚香供之，足矣。"婢不顾，委地下而去。生由此用度颇充，然终不屑夤缘⑨。后入邑庠第一⑩。以金授兄，兄善居积⑪，三年，旧业尽复。

【注释】

①应童子试：参加科举的初级考试。尚未取得县府学生员的资格称"童生"。这里指米生放弃"辨复"，欲重新考取生员资格。

②停骖（cān）：停马。骖，本指一车三马中的边马。

③衣顶：指生员冠服。这里代指生员资格。

④童子：即"童生"。明清时，未取得生员资格的读书人，不论年龄大小，都称"童生"或"儒童"。

⑤款段：马慢行。

⑥如市：如同贸易的场所，隐指学使之门贿赂公行。

⑦进取：指“辨复”功名。

⑧掇芹：科举时代称考取秀才为“掇芹”。语出《诗·鲁颂·泮水》：“思乐泮水，薄采其芹。”

⑨夤(yín)缘：攀附权要。此指贿赂学使，准予辨复。

⑩入邑庠(xiáng)第一：以第一名考中秀才。邑庠，县学。

⑪居积：囤积，做买卖。

【译文】

过了一年，米生到郡里参加秀才考试，却迷路走进了深山。此时正值清明节，游玩的人很多。只见几位女子骑马而来，其中一位女郎，正是当年车中的那个女子。她一见米生，便停住马，问他到哪里去，米生如实告诉了她。女子惊讶地说：“你的功名还没有恢复吗？”米生心中凄凉，从衣服里取出珠花，说：“我不忍心拿它换钱，所以到现在还是童生。”女子脸上显出红晕，嘱咐米生坐在路边等候，缓缓地骑马走了。过了好久，一个丫环骑马奔来，交给米生一个包裹，说：“我们家娘子说：今日学使署门前就好比市场一样，没有钱办不成事，赠送给你二百两银子，作为你上进的资费。”米生推辞说：“你家娘子给我的恩惠太多了！我自认考取功名不是难事，这笔重金我万不敢接受。只请你告诉我你家娘子的芳名，我回家画一幅小像，焚香供奉，也就心满意足了。”那丫环不理他这些话，将包裹扔在地上就走了。自此，米生的生活颇为充裕，但是终究不屑于花钱买功名。后来，他在郡学考取第一，把钱都给了他哥哥。哥哥善于积聚财富，只三年时间，原先的家业全都恢复了。

适闽中巡抚为生祖门人，优恤甚厚，兄弟称巨家矣。然生素清鲠①，虽属大僚通家②，而未尝有所干谒③。一日，有客裘马至门④，都无识者。出视，则傅公子也。揖而入，各道间阔⑤。治具相款，客辞以冗⑥，然亦不竟言去。已而肴酒既陈，公子起而请间⑦，相将入内，拜伏于地。生惊问："何事？"怆然曰："家君适罹大祸⑧，欲有求于抚台⑨，非兄不可。"生辞曰："渠虽世谊，而以私干人，生平所不为也。"公子伏地哀泣。生厉色曰："小生与公子，一饮之知交耳，何遂以丧节强人⑩！"公子大惭，起而别去。

【注释】

①清鲠：清正梗直，不苟随俗。

②通家：世代交好之家。指两代以上交谊深厚，如同一家。

③干谒：有所求见。干，求取，请托。

④裘马：衣轻裘、策肥马，形容阔绰。

⑤间(jiàn)阔：远隔。指久别之情。

⑥冗：不必，多馀。

⑦请间：请避开他人，单独谈话。间，隙。

⑧罹(lí)：遭遇。

⑨抚台：对巡抚的敬称。

⑩丧节：丧失品节。强人：逼人。

【译文】

恰好这时闽中巡抚是米生祖父的门生，对米生家的抚恤很是丰厚，米氏兄弟因此成为巨富人家。但是米生向来清高耿直，虽然和大官有世交，却从来没有上门有所请托。一天，有位穿着华丽服饰的客人骑马来到米家，但府上没有人认识他。米生出来一看，原来是傅公子。米生行礼请他入内，两人互相寒暄一番。米生要设酒宴款待，傅公子推辞说事务繁忙，但也不告辞离去。一会儿工夫，酒菜端了上来，傅公子起身，请求米生到另一间屋子商谈，两人先后入内，傅公子忽然倒地叩拜，米生吃惊地问："怎么回事？"傅公子悲伤地说："我父亲正遭受大祸，想有求于抚台大人，这件事非你不可。”米生推辞说：“他和我家虽然是世交，但为了私事去求人，是我平生不愿干的事情。”傅公子趴在地上哀声痛哭。米生板着脸说：“小生和公子不过是喝过一次酒的朋友罢了，为什么要强迫人丧失节操！”傅公子非常惭愧，起身告辞而去。

越日，方独坐，有青衣人入，视之，即山中赠金者。生方惊起，青衣曰：“君忘珠花否？”生曰：“唯唯，不敢忘！”曰：“昨公子，即娘子胞兄也。”生闻之，窃喜，伪曰：“此难相信。若得娘子亲见一言，则油鼎可蹈耳①。不然，不敢奉命。”青衣出，驰马而去。更尽复返，扣扉入曰：“娘子来矣！”言未已，女郎惨然入，向壁而哭，不作一语。生拜曰：“小生非卿，无以有今日。但有驱策，敢不惟命！”女曰：“受人求者常骄人，求人者常畏人。中夜奔波，生平何解此苦，只以畏人故耳，亦复何言！”生慰之曰：“小生所以不遽诺者②，恐过此一见为难耳。使卿夙夜蒙露，吾知罪矣！”因挽其袪③，隐抑搔之。女怒曰：“子诚敝人也④！不念畴昔之义，而欲乘人之厄⑤。予过矣⑥！予过矣！”忿然而出，登车欲去。生追出谢过，长跪而要遮之⑦。青衣亦为缓颊⑧。女意稍解，就车中谓生曰：“实告君：妾非人，乃神女也。家君为南岳都理司⑨，偶失礼于地官⑩，将达帝听⑪，非本地都人官印信⑫，不可解也。君如不忘旧义，以黄纸一幅，为妾求之。”言已，车发遂去。

【注释】

①油鼎可蹈：即赴汤蹈火，喻不计生死。蹈，赴。

②遽诺：立即应允。

③祛(qū):袖。

④敝人:薄德之人,心术不正的人。

⑤乘人之厄:乘人之危。厄,危难。

⑥过:错。

⑦要遮:拦阻。

⑧缓颊:说情。

⑨南岳:衡山。道教中南岳之神自唐之后屡次被封为南岳真君。都理司:当系南岳之神的属官。

⑩地官:道教所信奉的神。道教以天官、地官、水官为三官。传说天官赐福,地官赦罪,水官解厄。

⑪帝:天帝。

⑫本地都人官:指该省最高长官巡抚。都,总领。印信:官印。

【译文】

第二天,米生正一个人坐着,一位青衣女子走了进来,米生一看,正是在山里赠送白银的那个丫环。米生吃惊地站起来,那丫环说:“您忘记珠花了吗?”米生说:“哪里,哪里,不敢忘记!”那丫环说:“昨天来的公子就是我家娘子的亲哥哥。”米生听了,暗自高兴,假装说:“此话实难相信。如果能让你家娘子亲自前来,说明此事,即使前面有油锅我也敢跳下去。否则的话,我还是不敢奉命。”那丫环出了门,飞驰而去。到了半夜,那丫环又回来了,敲门走进来,说:“我家娘子来了!”话音未落,女子神色惨然地进来,面对着墙壁哭泣,一句话也不说。米生行礼说道:“小生如果不是小姐照顾,就不会有今天。不管小姐有什么指示,我怎敢不遵命!”女子说:“被人求的人常常对人很傲慢,求人的人常常很畏惧。连夜奔波,我平生哪里受过这样的苦,只是为了求人的原因,又有什么话可说!”米生安慰她道:“小生之所以不马上答应,是担心失去这次机会,以后再见小姐就很难了,让你连夜奔波,遭受霜露,确实是我的过错!”说完,上前拉着小姐的袖口,暗暗地摸弄着。女子生气地说:“你真是个薄情之人！你不念当日对你的帮助，却想乘人之危。是我自己的错啊！是我自己的错啊！”说完，恼怒地出门，登上车就要离去。米生急忙追出来赔礼道歉，挺直身子跪在地上拦住她。那个丫环也为他说情。女子的怒气稍微有所消解，在车里对米生说：“实话告诉您吧，我不是人，而是神女。我的父亲是南岳都理司，因为偶然对土地失礼，土地将他上告到天帝那里，如果没有人间地方长官的官印，就不能消除此难。您如果不忘旧日的情义，用一张黄纸，替我求大人盖上官印。”说完，车子便离去了。

生归，悚惧不已。乃假驱祟，言于巡抚。巡抚谓其事近巫蛊①，不许。生以厚金赂其心腹，诺之，而未得其便也。既归，青衣候门，生具告之，默然遂去，意似怨其不忠。生追送之曰：“归语娘子：如事不谐，我以身命殉之！”既归，终夜辗转，不知计之所出。适院署有宠姬购珠②，乃以珠花献之。姬大悦，窃印为之嵌之③。怀归，青衣适至。笑曰：“幸不辱命。然数年来贫贱乞食所不忍鬻者，今还为主人弃之矣！”因告以情，且曰：“黄金抛置，我都不惜。寄语娘子：珠花须要偿也！”

【注释】

①巫蛊（gǔ）：巫师所使用的邪术。

②院署：指巡抚衙门。院，抚院。巡抚例兼都察院右副都御史衔，故称“抚院”。

③嵌：盖印。

【译文】

米生回家后，心中非常恐惧完不成承诺。于是他假装驱赶妖祟，向巡抚请求盖上官印。巡抚认为这事近似于巫师弄邪术,不肯答应。米生便用重金贿赂巡抚的心腹,心腹答应了,但是找不到机会下手。等他回家一看,那丫环已在门口等候了,米生告诉她实际情况,丫环没有说一句话就走了,看她的样子好像很怨恨他不诚心。米生追上去送她,说:"回家告诉你家娘子,如果办不成这件事,我会以死来报答!"米生回到家中,整夜翻来覆去睡不着,却也想不出什么好办法。恰好巡抚宠爱的小妾购买珠宝,米生便把那朵珠花献给了她。小妾大为高兴,便偷出官印替他盖上了。米生将盖了印的黄纸揣在怀里带回家,那丫环正好也到了。米生笑着说:"幸不辱命,但我几年来甘受贫贱、乞讨食物也不忍心卖掉的宝贝,今天为了它的主人还是失去了!"于是把情况告诉了丫环,接着又说:"扔掉黄金,我一点儿也不可惜。不过请转告你家娘子,珠花却是要她偿还的!"

逾数日,傅公子登堂申谢,纳黄金百两。生作色曰:"所以然者,为令妹之惠我无私耳。不然,即万金岂足以易名节哉!"再强之,声色益厉。公子惭而去,曰:"此事殊未了!"翼日,青衣奉女郎命,进明珠百颗,曰:"此足以偿珠花否耶?"生曰:"重花者,非贵珠也。设当日赠我万镒之宝[1],直须卖作富家翁耳,什袭而甘贫贱[2],何为乎?娘子神人,小生何敢他望,幸得报洪恩于万一,死无憾矣!"青衣置珠案间,生朝拜而后却之。越数日,公子又至,生命治肴酒。公子使从人入厨下,自行烹调,相对纵饮,欢若一家。有客馈苦糯[3],公子饮而美之,引尽百盏,面颊微赪[4],乃谓生曰:"君贞介士[5],愚兄弟不能早知君,有愧裙钗多矣[6]。家君感大德,无以相报,欲以妹子附为婚姻,恐以幽明见嫌也[7]。"生喜惧非常,不知所对。公子辞而出,曰:"明夜七月初九,新月钩辰[8],天孙有少女下嫁⑨,吉期也,可备青庐⑩。”

【注释】

①万镒(yì)之宝:价值万金的宝物。镒,古时一镒为一金,一金为二十四两。

②什袭:层层包裹。指珍藏。

③苦糯:一种米酒。

④赪(chēng):赤色。

⑤贞介士:坚贞耿介的读书人。

⑥裙钗:代指女子。此处谓神女。

⑦幽明:幽为阴,明为阳。指人神隔绝不同类。

⑧新月钩辰:民间传说认为新月与钩辰星一起出现是佳期之兆。钩辰,星名。在河汉之中。《西厢记》三本二折:“似这等辰勾(钩),空把佳期盼。”

⑨天孙:星名。即织女星。《史记·天官书》:“织女,天女孙。”《索隐》:“织女,天孙也”。

⑩青庐:古时婚俗,以青布幔为屋,于此交拜迎妇,称“青庐”。

【译文】

过了几天,傅公子来到米府表示感谢,并且献上一百两黄金。米生脸色一变,说:“我之所以这么做,是因为你妹妹曾给我无私的帮助。否则的话,即使万两黄金又何足让我改变名节。”傅公子再三请他收下,米生的声色更加严厉。傅公子惭愧地离去,说:“这件事还没有完!”第二天,丫环奉女子的命令,送上一百颗明珠,问道:“这足以偿还那颗珠花了吧?”米生说:“我看重的是那颗珠花,并不看重明珠。假如当日赠送我的是价值万金的宝物,我只要卖掉做个富翁就行了,但我宁可将珠花珍藏起来而自甘贫贱,为的是什么啊?娘子是神人,小生哪敢有什么奢望,只是希望能报答大恩的万分之一,也就死而无憾了!”丫环将明珠放在桌子上，米生对明珠拜了拜，又还给了丫环。过了几天，傅公子又来了，米生命人准备酒宴。傅公子便命令随从到厨房自行烹调，两人相对纵情饮酒，欢乐得好像一家人。有客人赠送给米生苦糯酒，傅公子喝了觉得很甘美，一下子喝了上百杯，脸上微微显出红晕，便对米生说："您是一位忠贞正直的君子，我们兄弟不能早认识您，比起我妹妹还差得很多。家父感谢您的大恩大德，没有什么可报答您，想把妹子许配给您，只怕您因为人神两隔而有所嫌弃。"米生听了，既高兴又惶恐，不知道怎么回答。傅公子告辞出门，说："明天晚上是七月初九，新月初升的时候，是织女的小女儿下嫁凡尘的良辰，你可以准备迎娶新娘的洞房。"

次夕，果送女郎至，一切无异常人。三日后，女自兄嫂以及婢仆，大小皆有馈赏。又最贤，事嫂如姑。数年不育，劝纳副室，生不肯。适兄贾于江淮，为买少姬而归。姬，顾姓，小字博士，貌亦清婉，夫妇皆喜。见髻上插珠花，甚似当年故物，摘视，果然。异而诘之，答云："昔有巡抚爱妾死，其婢盗出鬻于市[1]，先人廉其直，买而归，妾爱之。先人无子，生妾一人，故所求无不得。后父死家落，妾寄养于顾媪之家。顾，妾姨行，见珠，屡欲售去，妾投井觅死，故至今犹存也。"夫妇叹曰："十年之物，复归故主，岂非数哉！"女另出珠花一朵，曰："此物久无偶矣[2]！"因并赐之，亲为簪于髻上。姬退，问女郎家世甚悉，家人皆讳言之。阴语生曰："妾视娘子，非人间人也，其眉目间有神气。昨簪花时，得近视，其美丽出于肌里，非若凡人以黑白位置中见长耳。"生笑之。姬曰："君勿言，妾将试之，如其神，但有所须，无人处焚香以求，彼当自知。"女郎绣袜精工，博士爱之，而未敢言，乃即闺中焚香祝之。女早起，忽检箧中，出袜，遣婢赠博士。生见之而笑，女问故，以实告。女曰："黠哉婢乎！"因其慧，益怜爱之，然博士益恭，昧爽时[3]，必熏沐以朝[4]。

【注释】

①鬻(yù)：卖。

②偶：双。

③昧爽：天未亮。

④熏沐：薰香沐浴，消除浊秽，表示虔敬。朝：拜见。

【译文】

第二天晚上，傅小姐果然被送来了，一切和正常人没什么不同。三天后，自兄嫂以及仆妇下人，大大小小傅小姐一一给予馈赠。傅小姐又最为贤惠，像对待婆婆一样侍奉嫂子。过了几年，傅小姐没有生育，便劝米生纳妾，米生不肯答应。恰好米生的哥哥到江淮一带做生意，替他买回一个年轻女子。女子姓顾，小名博士，相貌也清雅秀丽，米生夫妇都很喜欢。只见博士的发髻上插着一朵珠花，极像当年的那朵，摘下来一看，果然就是此物。米生夫妇很奇怪，问她是怎么回事，博士回答说："从前，有个巡抚的爱妾死了，她的丫环偷出珠花，拿到集市上卖，我的先父见价钱便宜，就买回来了，我很喜欢它。先父没有儿子，只生了我一个女儿，所以凡是我想要的没有得不到的。后来，家父去世，家道中落，我被寄养在顾妈妈家里。顾妈妈是我的远房姨娘，见到珠花后，好几次都想拿出去卖了，我投井寻死也不肯卖掉，所以能将它保存到现在。"米生夫妇叹息着说："十年前的旧物，今日又复归旧主，这难道不是天意吗！"傅小姐又拿出另一朵珠花，说："这朵花很早就没有伙伴了！"说完，一并送给了博士，并且亲自替她簪在发髻上。博士离开房间后，很详细地打听傅小姐的家世，但是家人们都不肯明说。博士私下里对米生说："我看大娘子绝不是凡间的人，因为她的眉宇间有一股神气。昨天她给我簪花时，我就近观察，发现她的美丽是出自肌肤内部，不像一般人只是以表面长得好看见长。"米生听了，只是发笑。博士说："您不必笑话，我倒要试一试，如果她真是神女，只要你有所需求，找个没人的地方焚香向她请求，她一定会知道的。"傅小姐绣的袜子非常精美，博士很喜欢，但不敢明说，于是就在她自己的屋里焚香向她祷告。傅小姐早上起来，忽然翻找竹箱，找出袜子，派丫环送给博士。米生见了，不由笑了起来，傅小姐问他为什么笑，米生便将实情告诉她。傅小姐说："这丫头真是狡猾啊！"她看博士很聪慧，于是更加喜爱她，而博士对她也更加恭敬，每天早上起床，必定沐浴一番后去向她行礼问候。

后博士一举两男[①]，两人分字之[②]。生年八十，女貌犹如处子。生抱病，女鸠匠为材[③]，令宽大倍于寻常。既死，女不哭，男女他适，则女已入材中死矣。因并葬之，至今传为"大材冢"云。

【注释】

①一举：一次行动。这里指分娩。

②字：养育。

③鸠匠：召集工匠。鸠，集。材：棺材。

【译文】

后来，博士生了一对双胞胎男孩，分别由傅小姐和博士两人抚养。米生八十岁的时候，傅小姐的容貌还像个年轻女子。米生得了病，傅小姐找来工匠做棺材，要求做得比普通的棺材大一倍。米生死后，傅小姐并不流泪，等到别人走了以后，她也跳进棺材死了。于是，人们就将他们合葬在一起，至今还有人传说那是一座"大棺材坟"。

异史氏曰:女则神矣,博士而能知之,是遵何术欤?乃知人之慧固有灵于神者矣!

【译文】

异史氏说:傅小姐确实是一位神女,不过博士居然能够知道,遵循的是什么学理呢?由此可见,凡人的智慧也有比神仙更灵异的!

湘裙

【题解】

本篇是从子嗣角度歌颂兄弟之间的友爱的。小说写晏伯三十而卒,无嗣。晏仲"每思生二子,则以一子为兄后",没想到刚生了一个男孩,妻子死掉。在阴冥中知道晏伯有两个孩子后,晏仲便将其中的阿小带到人间抚养,后来"阿小娶妇,生一子,亦年三十而卒。仲抚其孤,如侄生时"。子嗣问题在中国的宗法社会中是一个重大的问题,表面上看,是所谓香火,"坟墓不扫",而实际上牵扯到财产的继承和再分配的问题。晏伯没有子嗣,家产理所应当的将会由晏仲独享。晏仲主动积极为哥哥立嗣,意味着将来财产需要重新分配,这在封建社会中是十分难得的举动。所以蒲松龄在"异史氏曰"中说:"地下生子,愿承前业者,想亦不少,恐承绝产之贤兄贤弟,不肯收恤耳!"

在歌颂晏仲、晏伯兄弟友爱的过程中,小说穿插了湘裙和晏仲颇为动人的婚恋。不仅赞美了湘裙的善良多情,主动争取自己婚姻的勇敢,也批评了她盲目顺从晏仲,为晏仲招妓,引狼入室的愚蠢。养鬼子,娶鬼妻,本是十分荒诞之事,但蒲松龄利用丰富的想象,编造说只要鬼子"啖以血肉,驱向日中曝之,午过乃已。六七岁儿,历春及夏,骨肉更生,可以娶妻育子"。而所娶鬼妻只要符合一下条件"但以巨针刺人迎,血出不止者，乃可为生人妻”。可谓鬼话连篇，但说的有鼻子有眼，极富生活气息，令人信以为真，展现了极高的编说故事的本领。

晏仲，陕西延安人[1]，与兄伯同居，友爱敦笃[2]。伯三十而卒，无嗣[3]，妻亦继亡。仲痛悼之，每思生二子，则以一子为兄后。甫举一男，而仲妻又死。仲恐继室不恤其子，将购一妾。邻村有货婢者，仲往相之，略不称意[4]，情绪无聊，被友人留酌，醺醉而归。途中遇故窗友梁生[5]，握手殷殷[6]，邀过其家。醉中忘其已死，从之而去。入其门，并非旧第，疑而问之。答云：“新移此耳。”入而谋酒，则家酿已竭[7]，嘱仲坐待，挈瓶往沽[8]。

【注释】

①延安：清代府名。治所即今陕西延安。

②敦笃：淳厚，诚挚。

③无嗣：特指没有男性后代。

④略：颇，很。

⑤窗友：同窗学友，同学。

⑥殷殷：殷切、诚恳的样子。

⑦家酿：自家酿制的酒。

⑧沽：买。多指买酒。

【译文】

晏仲是陕西延安人，和兄长晏伯住在一起，兄弟二人友爱和睦。晏伯三十岁时去世，没有留下后代，妻子也随后死去了。晏仲伤心地怀念兄嫂，常常想能生两个儿子的话，就让一个作为兄长的后代。但他刚生下一个儿子，妻子却又死了。晏仲担心继室不能照顾好这个儿子，便想再买一个妾。邻村有人卖使女，晏仲前往相看，但不是很满意，心里觉得很无聊，恰好又被朋友留住喝酒，喝得醉醺醺地回家了。途中遇到原来的同窗好友梁生，两人热情地握手，梁生邀请晏仲到他家做客。晏仲还在醉中，忘记梁生已经去世，就跟着他去了。一进梁生家的门，晏仲就发现这不是他原来的家，便疑惑地问他。梁生回答道："新搬到这儿来的。"进屋后，梁生就找酒，但家中酿的酒已经喝完了，便嘱咐晏仲坐着等会儿，自己拿着瓶子去打酒。

仲出立门外以俟之，见一妇人控驴而过，有童子随之，年可八九岁①，面目神色，绝类其兄。心恻然动，急委缀之②。便问童子何姓，答言："姓晏。"仲益惊，又问："汝父何名？"答言："不知。"言次，已至其门，妇人下驴入。仲执童子曰："汝父在家否？"童诺而入。顷之，一媪出窥，真其嫂也。讶叔何来。仲大悲，随之而入，见庐落亦复整顿③。因问："兄何在？"曰："责负未归④。"问："跨驴何人？"曰："此汝兄妾甘氏，生两男矣。长阿大，赴市未返，汝所见者阿小。"坐久，酒渐解，始悟所见皆鬼。以兄弟情切，即亦不惧。嫂温酒治具，仲急欲见兄，促阿小觅之。良久，哭而归曰："李家负欠不还，反与父闹。"仲闻之，与阿小奔而去。见有两人方捽兄地上⑤，仲怒，奋拳直入，当者尽踣⑥。急救兄起，敌已俱奔。追捉一人，捶楚无算，始起。执兄手，顿足哀泣，兄亦泣。既归，举家慰问，乃具酒食，兄弟相庆。

【注释】

①可：估摸，大概。

②委缀:尾随。

③整顿:整齐利落。

④责负:索债。责,索取。负,欠债。

⑤捽(zuó):揪,扯。

⑥当:阻挡,抵挡。踣(bó):倒地。

【译文】

晏仲走出来,站在门外等候,只见一位妇人骑着驴打他面前经过,后面跟着个小孩,小孩大约八九岁,面貌神情极像他的哥哥。晏仲心中怦然一动,急忙跟在他们后面。问小孩姓什么,小孩答道:"姓晏。"晏仲更加惊奇,又问:"你父亲叫什么名字?"小孩答道:"不知道。"说着话的工夫,已经来到了小孩家门前,妇人下了驴走进门。晏仲拉着小孩的手问道:"你父亲在家吗?"小孩答应着就进了家门。过了一会儿,一个妇人出来探看,晏仲一看,正是他的嫂子。她也惊讶地问叔叔怎么会到这里来。晏仲非常悲痛,跟着嫂子进了屋,只见院落收拾得相当整齐。于是问道:"哥哥在什么地方?"嫂子回答说:"出去收债还没回来。"又问:"骑驴的妇人是什么人?"嫂子答道:"是你哥哥的妾甘氏,已经生了两个男孩。大的叫阿大,去集市上还没有回来,你见到这个是阿小。"晏仲坐了好一会儿,酒也慢慢地醒了,这才明白过来,自己见到的原来都是鬼。不过因为兄弟感情深厚,心中倒也不害怕。嫂子温上酒,摆好餐具,晏仲急于见到哥哥,便催促阿小去找。过了好久,阿小哭着跑回来说:"李家欠债不还,反而和爸爸闹将起来。"晏仲一听,便和阿小飞奔前去。只见有两个人正把哥哥推倒在地,晏仲大怒,握着拳头直扑上前,来阻挡的人都被他打翻在地。晏仲急忙救起哥哥,那些坏人都已跑了。他追上去捉住一个,痛打了一顿才罢手。晏仲拉住哥哥的手,跺着脚伤心地哭泣,哥哥也流下了眼泪。他们回到家里,全家都上前慰问,于是准备好酒食,兄弟饮酒相庆。

居无何，一少年入，年约十六七。伯呼阿大，令拜叔。仲挽之，哭向兄曰："大哥地下有两男子，而坟墓不扫，弟又子少而鳏[1]，奈何？"伯亦凄恻。嫂谓伯曰："遣阿小从叔去，亦得。"阿小闻之，依叔肘下，眷恋不去。仲抚之，倍益酸辛，问："汝乐从否？"答云："乐从。"仲念鬼虽非人，慰情亦胜无也，因为解颜[2]。伯曰："从去，但勿娇惯，宜啖以血肉，驱向日中曝之[3]，午过乃已。六七岁儿，历春及夏，骨肉更生，可以娶妻育子，但恐不寿耳[4]。"言间，门外有少女窥听，意致温婉。仲疑为兄女，便以问兄，兄曰："此名湘裙，吾妾妹也。孤而无归[5]，寄养十年矣。"问："已字否[6]？"伯云："尚未。近有媒议东村田家。"女在窗外小语曰："我不嫁田家牧牛子。"仲颇有动于中[7]，而未便明言。既而伯起，设榻于斋，止弟宿。

【注释】

①鳏(guān)：无妻或丧妻的男人。

②解颜：开颜，欣慰。

③曝：晒。

④不寿：不能长寿。

⑤无归：没有出嫁。归，古代称女子出嫁。《诗·周南·桃夭》："之子于归，宜其室家。"

⑥字：订婚，许配。

⑦中：同"衷"，心。

【译文】

过了不一会儿，一个年轻人走进来，大约十六七岁的样子。晏伯叫他阿大，让他拜见叔叔。晏仲扶起阿大，哭着对哥哥说："大哥在地下有两个男孩，但地上的坟墓却无人打扫；弟弟的孩子还小，而且我现在还是一个人，怎么办呢？"晏伯听了，也觉得凄凉。嫂子对晏伯说："让阿小跟叔叔去吧，也算是个办法。"阿小听了，便依附在叔叔的肘下，一副恋恋不舍的样子。晏仲抚摸着阿小，心中更加觉得辛酸，问道："你愿意跟我去吗？"阿小答道："愿意去。"晏仲想虽然阿小是鬼不是人，毕竟是哥哥的儿子，有总比没有好，想到这里，也就开心起来。晏伯说："可以跟着去，但是不可娇惯，要吃些血肉的食物，而且让他在中午太阳下曝晒，过了中午才可以停止。他现在六七岁，经过春天和夏天，骨肉可以重新长出来，日后也可以娶妻生子，只怕不会长寿。"他们正说着话，门外有个少女在偷听，看上去文静温柔。晏仲疑心是哥哥的女儿，便向哥哥打听，哥哥说："这个女孩叫湘裙，是我妾的妹妹。单身一人，无家可归，寄养在这里十年了。"晏仲问："已经订亲了吗？"哥哥答道："还没有。最近跟媒人商量嫁给东村的田家。"那女孩在窗外小声地说："我才不嫁给田家的放牛娃呢。"晏仲听了，很有点儿动心，但不便开口明说。过了一会儿，晏伯起身，在书房中安好床铺，留弟弟过夜。

仲雅不欲留[①]，而意恋湘裙，将设法以窥兄意，遂别兄就榻。时方初春，气候犹寒，斋中夙无烟火，森然起粟。对烛冷坐，思得小饮。俄而阿小推扉入，以杯羹斗酒置案上。仲喜极，问谁之为，答云："湘姨。"酒将尽，又以灰覆盆火，掷床下。仲问："爷娘寝乎？"曰："睡已久矣。""汝寝何所？"曰："与湘姨共榻耳。"阿小俟叔眠，乃掩门去。仲念湘裙惠而解意[②]，益爱慕之，又以其能抚阿小，欲得之心益坚。辗转床头，终夜不寝。早起，告兄曰："弟孑然无偶[③]，烦大哥留意也。"伯曰："吾家非一瓢一担者[④]，物色当自有人[⑤]。地下即有佳丽，恐于弟无所利益。”仲曰：“古人亦有鬼妻，何害？”伯似会意，便言：“湘裙亦佳。但以巨针刺人迎[6]，血出不止者，乃可为生人妻，何得草草[7]？”仲曰：“得湘裙抚阿小，亦得。”伯但摇首，仲求之不已。嫂曰：“试捉湘裙强刺验之，不可乃已。”遂握针出。门外遇湘裙，急捉其腕，则血痕犹湿，盖闻伯言时，早自试之矣。嫂释手而笑，反告伯曰：“渠作有意乔才久矣[8]，尚为之代虑耶？”妾闻之怒，趋近湘裙，以指刺眶而骂曰：“淫婢不羞！欲从阿叔奔去耶[9]？我定不如其愿！”湘裙愧愤，哭欲觅死，举家腾沸。仲乃大惭，别兄嫂，率阿小而出。兄曰：“弟姑去，阿小勿使复来，恐损其生气也。”仲诺之。

【注释】

①雅：很。

②惠：通“慧”，聪明。

③孑(jié)然：孤独的样子。

④非一瓢一担者：不是贫寒人家。一瓢一担，喻家当一担可装，食具唯有一瓢。

⑤物色：按照一定标准寻访。

⑥人迎：中医切脉部位。在左手寸部。《脉经》：“左为人迎，右为寸口。”

⑦草草：草率，不负责任。

⑧乔才：坏坯子，装样子。戏谑语。《琵琶记·激怒当朝》：“乔才堪笑，故阻佯推不肯从。”

⑨奔：私奔。旧指女子无媒妁而往就所爱男子。

【译文】

晏仲并不愿意留下来，但心中恋着湘裙，打算设法窥探一下哥哥的意思，便向哥哥告辞上床睡觉。这时正值初春时节，天气还比较寒冷，书斋中从来没有生过火，晏仲觉得阴森森的，身上直起粟米似的颗粒。他只好对着烛火冷清地坐着，想着能喝点儿酒就好了。一小会儿工夫，阿小推开门进来，把杯羹斗酒放在桌上。晏仲高兴极了，问谁给准备的，阿小答道："是湘姨。"酒快喝完时，阿小又将炭灰盖在火盆上，放到床底下。晏仲问他："你爸妈睡了吗？"阿小说："已经睡了很久了。""那么你睡在哪里呢？"阿小答道："我和湘姨睡在一起。"阿小等叔叔上床后，才关上门离去。晏仲想，湘裙不仅贤惠，而且善解人意，心中更加爱慕她；又觉得她还能照顾阿小，便更加坚定了娶她的想法。他在床上翻来覆去，一整夜也没有睡着。第二天早上起来，晏仲对哥哥说："小弟孤身一人，没有配偶，欲请大哥替我留意。"晏伯说："我家不是穷苦人家，想要物色当然能找着合适的。不过就算地下有漂亮的女子，只怕会对弟弟有所不利。"晏仲说："古代人也有鬼妻，有什么不好的呢？"晏伯好像明白了弟弟的意思，便说道："湘裙也是个好姑娘，只要用一根大针刺她的人迎穴，如果出血不止，就可以做活人的妻子，怎么能草率行事呢？"晏仲又说："如果能娶湘裙照顾阿小，也是挺好的。"晏伯只是摇头，晏仲不住地请求。嫂子说："试着把湘裙抓来，强行用针刺，试验一下，如果不行也就断了念头吧。"说完，握着针出了门。门外正好遇上湘裙，急忙捉住她的手腕，只见手上的血痕还是湿的，原来，湘裙听到晏伯的话以后，自己早就试过了。嫂子放开湘裙的手，笑着回来告诉晏伯说："原来这鬼丫头早就有这份心意了，我们还替她担心什么？"晏伯的妾甘氏听说后很愤怒，赶到湘裙面前，用手指着她的眼眶骂道："不要脸的丫头，真是不害羞！想跟阿叔私奔吗？我一定不会让你如愿的！"湘裙听了，又羞愧又气愤，哭着就要寻死，闹得全家都沸腾起来。晏仲也觉得很不好意思，便向兄嫂告别，带着阿小出了门。哥哥说："弟弟，你先回家去，阿小不要让他再回来，恐怕会伤了他的元气。”晏仲答应了。

既归，伪增其年，托言兄卖婢之遗腹子[①]。众以其貌酷类，亦信为伯遗体[②]。仲教之读，辄遣抱一卷就日中诵之。初以为苦，久而渐安。六月中，几案灼人，而儿戏且读，殊无少怨。儿甚惠，日尽半卷，夜与叔抵足，恒背诵之。仲甚慰。又以不忘湘裙，故不复作“燕楼”想矣[③]。

【注释】

①遗腹子：指怀孕妇人于丈夫死后所生的孩子。

②遗体：后代。《礼记·祭义》：“身也者，父母之遗体也。”

③不复作“燕楼”想：意谓不再有蓄妓娶妾的打算。燕楼，即燕子楼，在江苏徐州。唐代贞元年间，镇守徐州的张建封，为家妓关盼盼在此筑楼。见张君房《丽情集》。

【译文】

晏仲回到家，把阿小的年龄加了些，假称说他是哥哥卖掉的丫环生下的遗腹子。邻居们见阿小的相貌酷似晏伯，也都相信他是晏伯的遗腹子。晏仲教阿小读书，让他抱着一卷书在太阳下诵读。起初阿小觉得很辛苦，久而久之，也就觉得习惯了。六月的暑天里，桌子热得烫人，而阿小一边玩一边读书，倒是没有一点儿怨言。阿小非常聪明，白天里能读完半卷书，晚上和叔叔抵足而卧，常常能背诵出来。晏仲心里感到很安慰。又因为忘不掉湘裙，所以他也不再想娶妾的事了。

一日，双媒来为阿小议婚，中馈无人[①]，心甚躁急。忽甘嫂自外入曰：“阿叔勿怪，吾送湘裙至矣。缘婢子不识羞，我故挫辱之。叔如此表表[②]，而不相从，更欲从何人者？”见湘裙立其后，心甚欢悦。肃嫂坐③，具述有客在堂，乃趋出。少间复入，则甘氏已去。湘裙卸妆入厨下，刀砧盈耳矣④。俄而肴胾罗列⑤，烹饪得宜。客去，仲入，见湘裙凝妆坐室中，遂与交拜成礼。至晚，女仍欲与阿小共宿。仲曰："我欲以阳气温之，不可离也。"因置女别室，惟晚间杯酒一往欢会而已。湘裙抚前子如己出，仲益贤之。

【注释】

①中馈无人：谓无妻子。

②表表：出众，品德卓异。

③肃：敬，敬请。

④刀砧盈耳：充满切菜剁肉的声音。砧，案板。盈，满。

⑤肴胾(zì)：饭菜。肴，熟的肉食。胾，大块的肉。

【译文】

一天，两个媒人来为阿小商议娶妻的事情，但晏仲家却没有女子主持家务，因此心中焦躁不安。忽然，她的小嫂甘氏从外面走进来说："阿叔不要怪我，我把湘裙给送来了。当初因为这丫头不知羞耻，我才故意地羞辱她一番。阿叔如此的仪表堂堂，她不嫁给你，还想嫁给什么样的人呢？"晏仲见湘裙站在小嫂身后，心中非常高兴。他恭请小嫂坐下，说明还有客人在堂上，然后急忙走了出去。等他过了一会儿再进来时，小嫂甘氏已经走了。湘裙卸了妆下了厨房，只听见一阵阵刀板声。很快，桌上就摆满了菜肴，烹饪的水平很是不错。客人走了以后，晏仲回到屋里，只见湘裙又梳妆打扮坐在那里，于是两人交拜成礼。到了晚上，湘裙还是想和阿小一起睡觉。晏仲说："我想用阳气来温暖他，他还不能离开我。"说完，就把湘裙安置在别的屋里，只是晚上吃饭时与湘裙喝酒欢会而已。湘裙像对待自己的孩子一样抚养晏仲前妻生的孩子，晏仲越发觉得她贤惠。

一夕，夫妻款洽，仲戏问："阴世有佳人否？"女思良久，答言："未见。惟邻女葳灵仙，群以为美，顾貌亦犹人[①]，要善修饰耳[②]。与妾往还最久，心中窃鄙其荡也。如欲见之，顷刻可致。但此等人，未可招惹。"仲急欲一见。女把笔似欲作书，既而掷管曰："不可，不可！"强之再四，乃曰："勿为所惑。"仲诺之。遂裂纸作数画若符，于门外焚之。少时，帘动钩鸣，吃吃作笑声。女起曳入，高髻云翘，殆类画图。扶坐床头，酌酒相叙间阔[③]。初见仲，犹以红袖掩口，不甚纵谈，数盏后，嬉狎无忌，渐伸一足压仲衣。仲心迷乱，不知魂之所舍。目前惟碍湘裙，湘裙又故防之，顷刻不离于侧。葳灵仙忽起，搴帘而出，湘裙从之，仲亦从之。葳灵仙握仲，趋入他室。湘裙甚恨，而无可如何，愤然归室，听其所为而已。既而仲入，湘裙责之曰："不听我言，后恐却之不得耳。"仲疑其妒，不乐而散。次夕，葳灵仙不召自来。湘裙甚厌见之，傲不为礼，仙竟与仲相将而去。如此数夕。女望其来，则诟辱之，而亦不能却也。月馀，仲病不起，始大悔，唤湘裙与共寝处，冀可避之。昼夜防稍懈，则人鬼已在阳台[④]。湘裙操杖逐之，鬼忿与争，湘裙荏弱[⑤]，手足皆为所伤。仲浸以沉困[⑥]。湘裙泣曰："吾何以见吾姊矣！"又数日，仲冥然遂死。

【注释】

①犹人：一般，平常人。

②要：主要，要点。

③阔：离别。

④阳台：原指男女合欢之处。战国宋玉《高唐赋》序：昔者先王尝游高唐，怠而昼寝，梦见一妇人，曰："妾巫山之女也，为高唐之客，闻君游高唐，愿荐枕席。"王因幸之。去而辞曰："妾在巫山之阳，高丘之阻，旦为朝云，暮为行雨，朝朝暮暮，阳台之下。"

⑤荏弱：柔弱。

⑥浸：渐渐。沉困：指沉重、病重。

【译文】

一天晚上，晏仲夫妻亲热的时候，晏仲开玩笑地问："阴间有美人吗？"湘裙想了很久，回答道："我没有见过。只是邻家女子葳灵仙，大家都认为她很美，看她的容貌和常人也差不多，主要是善于打扮自己而已。她和我交往的时间最长，但我心中暗自看不起她的淫荡。你如果想见她，马上就可以把她叫来。但她这样的人，最好不要招惹。"晏仲急于见葳灵仙一面。湘裙提起笔好像要写信，但还是扔下笔说："不行，不行！"晏仲再三强求，湘裙只好说："你可不要被她迷惑了。"晏仲答应了。湘裙于是撕开纸，作了几张像符一样的画，拿到门外烧了。只一会儿工夫，门帘响动，传来一阵"吃吃"的笑声。湘裙起身拉进一个人来，只见她梳着高高的发髻，像是画中的美人。湘裙扶着她坐在床头，一边饮酒，一边谈论别后的情况。开始时，葳灵仙见到晏仲，还用红袖子掩着嘴巴，话说得不是很多；喝了几杯酒以后，她也就无所顾忌地嬉笑起来，渐渐地伸出一只脚踩住晏仲的衣服。晏仲意乱情迷，魂都不知飞到哪里去了。只是碍于湘裙在眼前，而且湘裙又有意提防着他，一刻也不离开他的身边。葳灵仙忽然站起身来，掀开帘子走了出去，湘裙跟了出去，晏仲也跟在她的后面。葳灵仙一下子握住晏仲的手，快速跑到另一间屋子里。湘裙虽然很气愤，但也无可奈何，只得愤愤地回到自己的屋中，听任他们胡为了。过了一会儿，晏仲走进来，湘裙责备他道："你不听我的话，只怕以后你想摆脱她也不可能了。"晏仲疑心湘裙嫉妒，两人不欢而散。第二天晚上，蕆灵仙不等召唤就自己来了。湘裙很厌恶见到她，不礼貌地对待她，蕆灵仙竟然和晏仲一起出去。这样过了几个晚上。湘裙一见到蕆灵仙来，就辱骂她，但是也不能阻止她来。过了一个多月，晏仲一病不起，这才深深地懊悔，叫来湘裙和他住在一起，希望这样就能避开蕆灵仙了。虽然昼夜提防，但稍一松懈，蕆灵仙又与晏仲纠缠在一起欢会。湘裙拿起棍子赶蕆灵仙，她却忿忿地和湘裙争斗起来，湘裙身体弱小，手脚都被她打伤了。晏仲的病渐渐沉重起来，湘裙哭着说："我怎么去见我的姐姐呀！"又过了几天，晏仲昏沉沉地死去了。

初见二隶执牒入①，不觉从去。至途患无资斧②，邀隶便道过兄所。兄见之，惊骇失色，问："弟近何作?"仲曰："无他，但有鬼病耳。"实告之。兄曰："是矣。"乃出白金一裹，谓隶曰："姑笑纳之。吾弟罪不应死，请释归，我使豚子从去③，或无不谐。"便唤阿大陪隶饮，反身入家，遍告以故，乃令甘氏隔壁唤蕆灵仙。俄至，见仲欲遁。伯揪返骂曰："淫婢！生为荡妇，死为贱鬼，不齿群众久矣④，又祟吾弟耶⑤！"立批之，云鬓蓬飞，妖容顿减。久之，一妪来，伏地哀恳。伯又责妪纵女宣淫，诃詈移时⑥，始令与女俱去。伯乃送仲出，飘忽间已抵家门，直抵卧室，豁然若寤，始知适间之已死也。伯责湘裙曰："我与若姊，谓汝贤能，故使从吾弟，反欲促吾弟死耶！设非名分之嫌⑦，便当挞楚！"湘裙惭惧啜泣，望伯伏谢。伯顾阿小喜曰："儿居然生人矣！"湘裙欲出作黍，伯辞曰："弟事未办，我不遑暇⑧。"阿小年十三，渐知恋父，见父出，零涕从之。父曰："从叔最乐，我行复来耳。"转身遂逝，自此不复通闻问矣。

【注释】

①牒(dié):公文。

②资斧:盘缠,路费。

③豚子:谦称自己的儿子。

④不齿群众:被众人瞧不起。不齿,不愿意提到。表示极端鄙视。

⑤祟:害人,兴妖作怪。

⑥诃詈(lì):厉声责骂。

⑦名分之嫌:依封建礼教,大伯不得过问弟媳之事。名分,名义地位所应守之本分。

⑧遑暇:闲暇,工夫。

【译文】

开始,只见两个差役拿着文书进来,晏仲不知不觉地跟着他们走了。走到半路,晏仲担心没有路费,便邀请差役顺路到他哥哥家。哥哥一见晏仲,不由地大惊失色,问道:“弟弟近来做了什么事了?”晏仲说:“没有别的,只是染上鬼病罢了。”便把实情告诉了哥哥。晏伯说:“我知道了。”说着,拿出一包白银,对差役说:“且请笑纳。我弟弟罪不至死,请求放他回去,我叫犬子跟着去,不会有什么不妥的。”说完,叫来阿大陪差役饮酒,自己转身进了里屋,把情况告诉了家人,然后让甘氏到隔壁去把葳灵仙叫来。不一会儿,葳灵仙来了,一见晏仲就想逃走。晏伯一把将她揪回来,骂道:“你这个淫贱的女人!活着的时候是个荡妇,死了变成贱鬼,被众人看不起已经很长时间了,竟敢又去祸害我弟弟!”说完,就打她,直打得葳灵仙头发蓬散,容颜顿改。过了好久,来了一个老妇人,趴在地上苦苦恳求。晏伯又斥责老妇人放纵女儿淫荡,痛骂了好一阵子,才让她带着女儿离开。晏伯于是送晏仲出门,飘然之间已经到了家门,径直抵达卧室,晏仲一下子醒了过来,才知道刚才自己已经死了。晏伯责怪湘裙说:“我和你姐姐,觉得你贤惠能干,才让你跟从我弟弟,没想到你反而想催我弟弟早死!假如不是有名分之嫌,真该打你一顿!”湘裙又羞又怕,低声地哭泣,向晏伯下跪谢罪。晏伯转身看到阿小,高兴地说:“我儿居然已经成为活人了!”湘裙要出去做饭,晏伯推辞说:“弟弟的事情还没有办妥,我没时间多呆了。”阿小已经十三岁了,渐渐知道留恋父亲,见父亲出来,流着眼泪跟在后面。晏伯说:“跟着叔叔最开心了,我走了以后还会再来的。”说完,一转身就不见了,从此以后再也没有消息往来。

后阿小娶妇,生一子,亦年三十而卒。仲抚其孤,如侄生时。仲年八十,其子二十馀矣,乃析之①。湘裙无所出,一日,谓仲曰:“我先驱狐狸于地下可乎②?”盛妆上床而殁③。仲亦不哀,半年亦殁。

【注释】

①析:分家产,分家。

②先驱狐狸于地下:先死的委婉说法。狐狸居荒坟之中,为其驱狐清圹,即先进入坟墓。

③殁(mò):死。

【译文】

后来,阿小娶了媳妇,生了一个儿子,也活到三十岁时死了。晏仲抚养他的孤儿,就像侄子生前一样。晏仲八十岁时,阿小的儿子也二十多岁了,晏仲就把家产分了,让他单过。湘裙没有生孩子,一天,她对晏仲说:“我先到地下去为你驱赶狐狸,可以吗?”说完,她换了盛装,上床死去了。晏仲也不悲伤,过了半年也死去了。

异史氏曰:天下之友爱如仲,几人哉!宜其不死而益之以年也。阳绝阴嗣①,此皆不忍死兄之诚心所格②,在人无此理，在天宁有此数乎？地下生子，愿承前业者，想亦不少，恐承绝产之贤兄贤弟③，不肯收恤耳④！

【注释】

①阳绝阴嗣：人世间绝后而在阴间生子。绝，绝嗣。嗣，后代，子息。

②格：感通。

③绝产：绝嗣之人的产业。按，封建宗法制度，无子绝嗣者，当由兄弟之子承继其产业。

④收恤：收留顾恤。

【译文】

异史氏说：天下像晏仲这样对兄长如此友爱的，有几个人啊！难怪他命不该死反而增添了阳寿。人世间没有后代，在阴间却给续上了，这都是由于他爱兄长的诚心感动了上天。在人世间没有这个道理，在天上难道就有这个命数吗？在地下生的儿子，愿意继承前代家业的，想来也为数不少，只怕那些继承了没有后代之人产业的好兄弟，不肯收养抚恤这些孤儿吧！

三生

【题解】

人才被黜落，仕进之途被阻挡，到底造成的仇恨有多大？《三生》篇给予了明确的说明。

虽然篇名是“三生”，实际是写了四世。写名士兴于唐与令尹由于结下科场的仇恨，数世冤冤相报，只是到了第四世，由于阎王的安排，成为岳丈和女婿的关系，岳丈百计为之奔走营谋，让女婿“得志于名场”

后，怨恨才得以解脱。

本篇算不得小说，只是寓言，而且但明伦认为“讥讪似过刻”；那么，这样的作品写给谁看呢？恐吓谁呢？本篇固然有自身发泄的元素，但更大的写作目的，其恐吓的对象大概是那些掌握着人才黜陟之权而“不识文”的官员吧。

湖南某，能记前生三世。一世为令尹[①]，闱场入帘[②]。有名士兴于唐被黜落[③]，愤懑而卒。至阴司执卷讼之。此状一投，其同病死者以千万计，推兴为首，聚散成群。某被摄去，相与对质。阎罗便问：“某既衡文[④]，何得黜佳士而进凡庸？”某辨言：“上有总裁[⑤]，某不过奉行之耳。”阎罗即发一签，往拘主司。久之，勾至。阎罗即述某言，主司曰：“某不过总其大成，虽有佳章，而房官不荐[⑥]，吾何由而见之也？”阎罗曰：“此不得相诿[⑦]，其失职均也，例合笞[⑧]。”方将施刑，兴不满志[⑨]，戛然大号[⑩]，两墀诸鬼，万声鸣和。阎罗问故，兴抗言曰[⑪]：“笞罪太轻，是必掘其双睛，以为不识文之报。”阎罗不肯，众呼益厉。阎罗曰：“彼非不欲得佳文，特其所见鄙耳。”众又请剖其心。阎罗不得已，使人褫去袍服[⑫]，以白刃劙胸[⑬]，两人沥血鸣嘶。众始大快，皆曰：“吾辈抑郁泉下，未有能一伸此气者，今得兴先生，怨气都消矣。”哄然遂散。

【注释】

①令尹：明清指知县。秦汉以后县的长官称“县令”，元代改称“县尹”，后因以“令尹”作为知县的别称。

②闱场入帘：做乡试同考官。宋以后科举制度，凡乡、会试同考官

名“帘官”。见《明史·选举志》。闱场，指乡试。入帘，指任负责阅卷的内帘官。

③黜落：落榜。黜，免去。

④衡文：审阅衡量文章优劣。

⑤总裁：官名。明代直省主考、清代会试主司（主试官），均称“总裁”。清李渔《凤求凰·闻捷》：“有句奇话对你讲，大总裁阅卷，愿把你取在首名。”

⑥房官不荐：清代科举制度，乡试分三场考试。头场考毕，其试卷由外帘封送内帘后，监试请主考官升堂分卷。正主考掣房签，副主考掣第几束卷签，分送各房官案前。然后分头校阅试卷。房官可取其当意者向主考推荐，正副主考就各房荐卷批阅，再合观二三场，互阅商校，确定取中名额。因此，房官不荐，则不能取中。房官，为乡、会试的同考官。因分房批阅考卷，故称“房考官”，简称“房官”。参见商衍鎏《清代科举考试述录》第二章第三节“乡试之考官”。

⑦相诿：互相推诿。

⑧例合笞：按例应受笞刑。

⑨满志：满意。

⑩戛（jiá）然：象声词。大号：大叫。

⑪抗言：高声而言。

⑫褫（chǐ）：褫夺，脱下。

⑬蠡（lí）胸：剖胸剜心。蠡，浅割。

【译文】

湖南某人，能记得自己前生三世经历的事情。第一世他做了地方长官，参与科举考试的评判工作。当时有一位名士叫兴于唐，考试没有得中，心中愤愤不平，郁闷而死。他到了阴间就写了状子告某人。这份状子一递上去，那些同样因为考试不中郁闷而死的鬼，以千万计数，推举兴于唐为首，聚集在一起。某人的魂魄被摄到阴间，与这些告状的鬼当面对质。阎王问道：“你既然负责审阅文章，为什么黜退有水平的人，而让平庸之人得以录取？”某人辩解道：“我上面还有主考官，我不过是奉命行事罢了。”阎王马上发下一支签子，派人去抓主考官。过了很久，主考官被抓来了。阎王便把某人说的话告诉主考官，主考官说：“我只不过负责总其大成；即使有好的文章，但同考官不推荐上来，我又怎么能看得见呢？”阎王说：“这件事你们不可互相推诿，两个人同样是失职，按照规矩要一起打板子。”正要对二人施刑，兴于唐对这一判罚很不满意，放声大哭起来，站在两边阶下的冤鬼们也齐声响应。阎王问怎么回事，兴于唐争辩道：“打板子太轻了，一定要把他们的两只眼睛挖掉，作为他们不识文章好坏的报应。”阎王不肯答应，众鬼越发厉害地喊叫。阎王说：“他们并不是不想得到好文章，只是他们的水平太差罢了。”众鬼又请求挖出他们的心来。阎王迫不得已，让人脱去他们的官服，用雪亮的刀剖开胸膛，两人鲜血直流，嘶声惨叫。众鬼这才觉得畅快，都说：“我们这些人在九泉之下含冤受屈，没有人能替我们出这口气，如今全靠兴先生，让我们的怨气都消了。”说完，一哄而散。

某受剖已，押投陕西为庶人子。年二十馀，值土寇大作，陷入贼中。有兵巡道往平贼[①]，俘掳甚众，某亦在中。心犹自揣非贼[②]，冀可辨释。及见堂上官，亦年二十馀，细视，乃兴生也。惊曰：“吾合尽矣！”既而俘者尽释，惟某后至，不容置辨，竟斩之。某至阴司投状讼兴。阎罗不即拘，待其禄尽[③]，迟之三十年，兴始至，面质之。兴以草菅人命[④]，罚作畜。稽某所为，曾挞其父母，其罪维均[⑤]。某恐来生再报，请为大畜。阎罗判为大犬，兴为小犬。

【注释】

①兵巡道：官名。明代各省下均分为数道，由按察司副使、按察佥事等官员分别巡察，称作"按察分司"，有分巡道、兵巡道、兵备道等。清初因之。详《续通志·职官·按察分司诸道》。

②自揣：自我揣度。

③禄：福，禄命。民间传说认为人的一生兴衰贵贱，活多大岁数都是命中注定的禄。

④草菅(jiān)人命：轻视生命，轻易杀人。草菅，草茅，喻轻贱。《汉书·贾谊传》："其视杀人若艾草菅然。"

⑤维均：均等，一样。

【译文】

某人被剖心以后，差役将他押往陕西，投生到一个普通人家当儿子。他二十多岁时，正值当地闹土匪，他又陷身在土匪群中。有位将军前往平定贼寇，抓住了很多土匪，某人也在其中。某人心里还想，反正自己不是贼，希望能够说明情况，获得释放。等他见了堂上坐着的官员，也是二十多岁的年纪，再仔细一看，原来就是兴于唐。他不由大吃一惊，说："我命该绝了！"过了一会儿，俘虏全都被释放了，只剩下最后一个某人，兴于唐也不容他辩解，竟然就将他斩了首。某人到了阴间，投了状子告兴于唐。阎王不马上拘捕兴于唐，要等他的禄命尽了，这样，推迟了三十年，兴于唐才来到，与某人当面对质。兴于唐以草菅人命罪，被罚作畜牲。阎王又检查某人的所作所为，发现他曾打过父母，他的罪孽和兴于唐也差不多。某人唯恐来生再有什么报应，请求转世做大牲畜。阎王便将他判为大狗，而兴于唐为小狗。

某生于北顺天府市肆中①。一日，卧街头，有客自南中来②，携金毛犬，大如狸。某视之，兴也。心易其小，龁之。

小犬咬其喉下，系缀如铃。大犬摆扑嗥窜，市人解之不得。俄顷，俱毙。并至冥司，互有争论。阎罗曰："冤冤相报，何时可已？今为若解之。"乃判兴来世为某婿。某生庆云[3]，二十八举于乡[4]。生一女，娴静娟好，世族争委禽焉[5]，某皆弗许。偶过临郡[6]，值学使发落诸生[7]，其第一卷李姓[8]，实兴也。遂挽至旅舍，优厚之，问其家，适无偶，遂订姻好。人皆谓某怜才，而不知有夙因也[9]。既而娶女去，相得甚欢。然婿恃才辄侮翁，恒隔岁不一至其门。翁亦耐之。后婿中岁偃蹇[10]，苦不得售[11]，翁百计为之营谋，始得志于名场[12]。由此和好如父子焉。

【注释】

①北顺天府：府名。治所在今北京。

②南中：古地区名。相当今四川省大渡河以南和云南、贵州两省。三国时蜀汉以巴、蜀为根据地，其地在巴、蜀之南，故名。

③庆云：县名。明清属河北，今属山东德州管辖。

④举于乡：即乡试中举。

⑤委禽：求婚，即纳采。古代结婚礼仪中(即"六礼")，除纳征外，其他五礼，男方都要向女方送上雁作为贽礼，所以称纳采为"委禽"。

⑥临郡：即邻郡。临，借作"邻"。

⑦学使发落诸生：学使到任第一年，对生员进行的岁考。发落诸生，指岁考毕，学使为生员定等拆发，分别赏罚。诸生，明清指生员。

⑧第一卷：指第一名。

⑨夙因：前世因缘。

⑩中岁：中年。偃蹇：困顿，窘迫。

⑪不得售：不得售其才，意即偃蹇。售，卖。引申为考试得中。

⑫名场：争逐功名之场，即科举时代的考场。

【译文】

某人出生在北顺天府的集市上。一天，他正卧在街头，有个客人从南方来，带着一条金毛犬，和狸猫差不多大。某人一看，原来是兴于唐。某人见它很小，好欺负，便扑上去咬它。那小狗反过来咬在某人的喉下，像是系在他脖子上的铃铛。直咬得大狗左右乱摆，嗥叫着到处乱窜，集市上的人想把它们分开也不行。一会儿工夫，两只狗都死了。两人一起来到阴曹地府告状，各执一词，争论不休。阎王说："你们这样冤冤相报，什么时候才能结束呢？我今天替你们化解了吧。"于是判定兴于唐来世做某人的女婿。某人投生到庆云府，二十八岁时中了举人。他生有一个女儿，性情娴淑文静，容貌姣好，当地的世族争相和某人订亲，某人全都不答应。偶然有一次，他经过邻近郡城，正碰上学使在为考生评判试卷，取在第一卷的考生姓李，实际上就是兴于唐。某人便将他拉到旅舍，给他优厚的招待，并问他成家没有，而他恰好没有结婚，于是两人订了婚事。旁人都认为某人是爱惜人才，却不知他们有一段宿缘。兴于唐将某人的女儿娶回去，夫妻俩相得甚欢。但是，女婿自恃有才，动不动欺侮岳父，常常一两年不到某人家拜望。某人也能够容忍他。后来，女婿中年时命运窘迫，苦于不能够中第，岳父为他千方百计地打点，这才使他在名利场上得志。从此以后，两人和好，如同父子一般。

异史氏曰：一被黜而三世不解，怨毒之甚至此哉[①]！阎罗之调停固善，然墀下千万众[②]，如此纷纷，勿亦天下之爱婿，皆冥中之悲鸣号动者耶？

【注释】

①怨毒：怨恨。毒，痛恨。

②墀（chí）：丹墀，古时宫殿台阶。

【译文】

异史氏说：一世被黜，竟然三世都不能和解，怨毒之情竟然厉害到如此地步！阎王调停的方法虽然妥善，但是殿阶下千千万万，是那样众多，是不是天下人的爱婿，就都是在阴曹地府中悲愤号叫的人呢？

长亭

【题解】

本篇在《聊斋志异》描写鬼狐的作品中可谓花样翻新之作，写人鬼联手合谋娶狐女。故事异想天开，却又极具人情，富于生活趣味。

好厌禳之术的石太璞为狐狸一家驱鬼，暗中却得到鬼的帮助，与狐女长亭订婚。狐狸岳丈悔婚，先是谋杀石太璞，后又不放归宁的长亭回家，与石太璞结下了仇怨。后来狐狸岳丈遭难，在长亭的斡旋下，石太璞施以援手，但翁婿之间的芥蒂仍然存在。

石太璞和岳丈都是普通人的形象。各有小算盘，各有小算计。石太璞追求长亭的伎俩带有市侩色彩。然而正应为此，故事与生活十分贴近，亲切而有趣。狐女长亭则显得光彩照人。在父亲意欲谋害石太璞时，她毅然相救。父亲悔婚，她"饮泣不食"。顾大局，识大体，在父亲和丈夫的矛盾之间，善于处理各种关系，权其轻重，衡其缓急，出色地充当了家庭婚姻的缓冲角色。

本篇故事的结构完整曲折，人、鬼、狐三者的冲突充满了喜剧色彩。同时篇中有很多凝练精彩的句子，流利、雅洁，尤其是人物的对话和议论，比如石太璞与岳丈之间，石太璞与长亭之间，短者仅四个字，长者则洋洋洒洒，“似左氏传中词品”。冯镇峦称“着议处笔锋最犀利，锐而善入。后生解此以从一事于八股间，四书无难题矣”。

石太璞，泰山人①，好厌禳之术②。有道士遇之，赏其慧，纳为弟子。启牙签③，出二卷，上卷驱狐，下卷驱鬼，乃以下卷授之，曰：“虔奉此书，衣食佳丽皆有之。”问其姓名，曰：“吾汴城北村玄帝观王赤城也④。”留数日，尽传其诀。石由此精于符箓⑤，委贽者踵接于门⑥。

【注释】

①泰山：指泰安府，治所在今山东泰安。

②厌禳（yā ráng）：指以巫术祈祷鬼神除灾降福，或致灾祸于人，或降伏某物。

③牙签：指图书函套上的用象牙或骨制成的扣签。亦指书籍。

④汴城：汴州城，即今河南开封。

⑤符箓：也称“符字”、“丹书”、“墨箓”。道家秘密使用的文书，为一种笔画屈曲、似字非字的图形。道教认为可以用来“驱鬼”、“镇邪”、“治病”。

⑥委贽（zhì）：送礼品。贽，古时初次求见人时所送的礼物，见面礼。这里是指求其或答谢厌禳之术的酬谢。

【译文】

石太璞是泰山人，喜欢用画符来驱赶鬼神的法术。有一个道士碰到他，很赏识他的聪慧，便将他收做徒弟。道士打开书匣，从中取出两卷书，上卷专门讲驱狐，下卷专门讲驱鬼，道士便将下卷交给他，说：“只要你能虔诚地学好这本书上讲的法术，你一生的衣食美女就都有了。”石太璞问他的姓名，道士说：“我是汴城北村玄帝观的王赤城。”石太璞留道士住了几天，道士把驱除鬼神的秘诀全都传授给了他。石太璞从此以后精通了驱鬼的法术，上门给他送礼的人接踵而至。

一日，有叟来，自称翁姓，炫陈币帛[①]，谓其女鬼病已殆，必求亲诣。石闻病危，辞不受贽，姑与俱往。十馀里入山村，至其家，廊舍华好。入室，见少女卧縠幛中[②]，婢以钩挂幛。望之年十四五许，支缀于床[③]，形容已槁。近临之，忽开目云："良医至矣。"举家皆喜，谓其不语已数日矣。石乃出，因诘病状。叟言："白昼见少年来，与共寝处，捉之已杳，少间复至，意其为鬼。"石曰："其鬼也，驱之匪难[④]，恐其是狐，则非余所敢知矣。"叟云："必非必非。"石授以符，是夕宿于其家。夜分，有少年入，衣冠整肃。石疑是主人眷属，起而问之，曰："我鬼也。翁家尽狐。偶悦其女红亭，姑止焉。鬼为狐祟，阴骘无伤[⑤]，君何必离人之缘而护之也[⑥]？女之姊长亭，光艳尤绝，敬留全璧[⑦]，以待高贤[⑧]。彼如许字[⑨]，方可为之施治，尔时我当自去。"石诺之。

【注释】

①炫陈币帛：夸耀地展示礼金。币帛，钱财。

②縠(hú)幛：薄纱幛。縠，绉纱。

③支缀：气息微弱之状。唐柳宗元《先侍御史府君神道碑》："尚顾嗣续，不敢即死；支缀气息，以严邦刑。"

④匪：同"非"。

⑤阴骘(zhì)：犹阴德，默默行善的德行。

⑥离人之缘：拆散别人情缘。

⑦全璧：完璧。谓不予玷污，保其贞洁。

⑧高贤：高人贤者。对别人的敬称。

⑨许字：应允婚姻。字，古代指女子出嫁。

【译文】

一天，来了个老头，自称姓翁，炫耀地摆开许多钱财，说他的女儿被鬼缠身，已经病得快死了，一定要请石太璞亲自上门解救。石太璞听说他女儿病危，坚决不肯接受钱财，就和老头一起上路了。走了十几里路，他们进入一座山村，来到翁老头家，只见他家房屋很华丽美观。石太璞进到室内，见一个少女躺在纱帐里，丫环用帐钩把帐子挂起来。石太璞向里一看，那少女十四五岁的样子，精神萎靡地躺在床上，面容枯槁，身体消瘦。石太璞刚走近前，少女忽然睁开眼睛，说道："良医来啦。"全家人都很高兴，说她已经好几天不说话了。石太璞于是走出屋子，询问少女的病情。翁老头说："白天能见到一个少年前来，跟她在一起睡觉，要捉他时已经不见了；但不一会儿他又回来，我们猜他可能是鬼。"石太璞说："要真是鬼，赶走他并不困难，只怕他是狐狸，那可不是我能解决的问题了。"翁老头说："肯定不是狐狸，肯定不是。"石太璞把一道符交给翁老头，当天晚上就住在了他家。到了半夜，有一个少年进来，穿戴得很是齐整。石太璞以为是主人的家属，便起身询问，那少年说："我是鬼，翁老头一家都是狐狸。我偶然间喜欢上他的女儿红亭，才停留在他家。鬼迷惑狐狸，并不伤阴德，您又何必离间我们的姻缘而袒护她家呢？红亭的姐姐长亭，长得更加光艳照人，我一直虔敬地保全她的身体，等待高明贤良的人。他家如果答应将长亭许配给您，您才可以替红亭治病，到那时我自然会离去。"石太璞答应了他。

是夜，少年不复至，女顿醒。天明，叟喜，以告石，请石入视。石焚旧符，乃坐诊之。见绣幕有女郎，丽若天人，心知其长亭也。诊已，索水洒幛，女郎急以碗水付之，蹀躞之间①，意动神流。石生此际，心殊不在鬼矣。出辞叟，托制药去，数日不返。鬼益肆，除长亭外，子妇婢女，俱被淫惑。又以仆马招石，石托疾不赴。明日，叟自至。石故作病股状②，扶杖而出。叟拜已，问故，曰："此鳏之难也③！曩夜婢子登榻，倾跌，堕汤夫人泡两足耳④。"叟问："何久不续？"石曰："恨不得清门如翁者⑤。"叟默而出。石走送曰："病瘥当自至⑥，无烦玉趾也⑦。"又数日，叟复来，石跛而见之。叟慰问三数语，便曰："顷与荆人言⑧，君如驱鬼去，使举家安枕，小女长亭，年十七矣，愿遣奉事君子。"石喜，顿首于地⑨，乃谓叟："雅意若此，病躯何敢复爱？"立刻出门，并骑而去。入视祟者既毕，石恐背约，请与媪盟。媪遽出曰："先生何见疑也？"即以长亭所插金簪，授石为信。石朝拜之。已，乃遍集家人，悉为祓除⑩。惟长亭深匿无迹，遂写一佩符，使人持赠之。是夜寂然，鬼影尽灭，惟红亭呻吟未已，投以法水，所患若失。石欲辞去，叟挽止殷恳。

【注释】

①蹀躞(dié xiè)之间：谓往来之间。蹀躞，小步行走之状。

②病股：腿病。股，大腿。

③鳏(guān)：光棍。

④汤夫人：也称"汤婆子"。或陶瓷或铜锡制的一种扁壶，冬日充以热水放入被中暖足用。泡两足：烫得两足起泡。

⑤清门：高雅清白人家。

⑥瘥(chài)：病愈。

⑦无烦玉趾：犹言不劳前来。玉趾，脚步的敬称。

⑧荆人：对自己妻子的谦称。

⑨顿首：叩头。

⑩祓(fú)除：古时除凶去秽的一种仪式。见《周礼·春官·女巫》。此指驱邪去灾的厌禳行动。

【译文】

这一夜，少年没有再来，红亭顿时醒过来了。天亮以后，翁老头很高兴，来告诉石太璞，请他进去诊视。石太璞将原来那道符烧掉，才坐下来为红亭诊断。只见绣幕后面有一位女郎，美得像是仙女，石太璞心里知道她就是长亭。诊断完毕，石太璞索要清水洒帐，那女郎急忙端来一碗水交给他，只见她轻举莲步，风韵动人，眉目传情。到了这个时候，石太璞的心思已经全不在鬼上了。他出了内室，向翁老头告辞，假称要去制药，好几天都不回来。那鬼趁石太璞不在，更加放肆，除了长亭以外，翁家的媳妇丫环，全都被他迷惑奸淫了。翁老头又让仆人骑着马去请石太璞，他却推说有病，不肯前往。第二天，翁老头又亲自赶来。石太璞故意装作腿上有病的样子，拄着拐杖走出来。翁老头行完礼，问他怎么得的病，石太璞说："这就是独身一人的难处啊！昨天晚上丫环上床时，不留神跌倒，把汤婆子打翻，烫伤了我的两只脚。"翁老头问："那你为什么这么久不续娶一房呢？"石太璞说："只恨碰不上像您家这样清高的门第呀。"翁老头听了，默默地走出了门。石太璞赶出来相送，说道："等我病好了自然会去，就不劳您再跑了。"又过了几天，翁老头又来了，石太璞跛着脚见他。翁老头慰问了几句，接着说："我来之前和老伴商量过了，你如果能将鬼赶走，让我们全家恢复安宁，我家女儿长亭，今年十七岁了，愿意让她做你的妻子。"石太璞听了，十分高兴，趴在地上叩头，并对翁老头说："您有如此美意，我又怎么敢顾惜病体？"说完，立刻出门，和翁老头一同上马而去。石太璞来到翁家，看完病人，生怕翁家会背叛信约，便请求和老太太签订婚约。老太太急忙出来说："先生怎么怀疑我们呢？"说完，就将长亭头上插的一支金簪交给石太璞作为信物。石太璞高兴地接了过来,向老太太行了拜礼然后又将翁家人全都叫来,替她们驱除了邪气。家中只有长亭一个人深藏不露踪迹,石太璞于是写了一道佩符,派人拿去送给她。这天夜里,寂静无声,鬼的踪影全无,只听见红亭还在呻吟,石太璞往她身上洒了法水,病一下子就好了。第二天早上,石太璞准备辞行,翁老头恳切地挽留他。

至晚,肴核罗列,劝酬殊切。漏二下,主人乃辞客去。石方就枕,闻叩扉甚急,起视,则长亭掩入①,辞气仓皇②,言:"吾家欲以白刃相仇③,可急遁!"言已,径返身去。石战惧无色,越垣急窜。遥见火光,疾奔而往,则里人夜猎者也④。喜,待猎毕,乃与俱归。心怀怨愤,无之可伸,思欲之汴寻赤城,而家有老父,病废已久,日夜筹思,莫决进止。

【注释】

①掩:迅捷,不被人知。

②辞气仓皇:言辞慌促,声调反常。

③白刃相仇:加害,兵戎仇杀。

④里人:住户。

【译文】

到了晚上,摆上丰盛的酒席,极为殷勤地请他喝酒。直到二更天时,主人才向客人告辞去了。石太璞刚刚上床,就听到急促的敲门声,他起来一看,只见长亭闪身进来,说话的口气非常急迫,说:"我家人想拿刀杀你,你赶紧逃跑吧!"说完,就转身走了。石太璞战战兢兢,吓得面无人色,急忙跳过墙逃窜。远远地看见有火光,他迅速地奔过去,原来是他村里夜间打猎的人。石太璞很高兴,等他们打猎完毕,就跟着一起回家了。他心中满含怨愤,却也无可发泄,想要到汴城去找王赤城,无奈家中还有老父，卧病在床已经很久了，他日夜筹划思量，也不知道怎么办才好。

忽一日，双舆至门，则翁媪送长亭至，谓石曰："曩夜之归，胡再不谋①？"石见长亭，怨恨都消，故亦隐而不发。媪促两人庭拜讫。石将设筵，辞曰："我非闲人，不能坐享甘旨②。我家老子昏髦③，倘有不悉④，郎肯为长亭一念老身，为幸多矣。"登车遂去。盖杀婿之谋，媪不之闻，及追之不得而返，媪始知之。颇不能平，与叟日相诟谇⑤，长亭亦饮泣不食。媪强送女来，非翁意也。长亭入门，诘之，始知其故。

【注释】

①胡再不谋：为什么不再商量一下。胡，何。

②甘旨：可口美味。指美食。

③昏髦(mào)：老糊涂。髦，通"耄"。

④不悉：不全，不周到之处。

⑤诟谇(suì)：诮责，埋怨。

【译文】

忽然有一天，两辆车子来到门前，原来是翁家老太太送长亭来了，她对石太璞说："那天夜里回来以后，怎么再也不上我家来呢？"石太璞一见长亭，心中的怨恨全都消了，所以也就忍住不发作了。老太太催促两人就在庭院里拜了天地。石太璞准备设宴招待，老太太说："我不是清闲的人，不能在这儿享受美食了。我家老头子是个老糊涂，如果有什么不妥的地方，请郎君为了长亭，念在老身的份上，不要计较，我也就深感荣幸了。"说完，便上车走了。原来，杀女婿的想法，老太太并不知情，等到老头追杀不成回到家中，老太太才知道这事。心中很是不高兴，天天和老头吵架，长亭也流泪，不肯吃饭。老太太硬是将女儿送来，并不是老头的主意。长亭进门以后，石太璞盘问她，才知道其中的实情。

过两三月，翁家取女归宁[①]。石料其不返，禁止之。女自此时一涕零。年馀，生一子，名慧儿，买乳媪哺之。然儿善啼，夜必归母。一日，翁家又以舆来，言媪思女甚。长亭益悲，石不忍复留之。欲抱子去，石不可，长亭乃自归。别时，以一月为期，既而半载无耗。遣人往探之，则向所僦宅久空[②]。又二年馀，望想都绝，而儿啼终夜，寸心如割。既而石父病卒，倍益哀伤，因而病惫，苫次弥留[③]，不能受宾朋之吊[④]。方昏愦间，忽闻妇人哭入。视之，则缞绖者长亭也[⑤]。石大悲，一恸遂绝。婢惊呼，女始辍泣，抚之良久，始渐苏。自疑已死，谓相聚于冥中。女曰："非也。妾不孝，不能得严父心，尼归三载[⑥]，诚所负心。适家人由海东经此，得翁凶问[⑦]。妾遵严命而绝儿女之情[⑧]，不敢循乱命而失翁媳之礼[⑨]。妾来时，母知而父不知也。"言间，儿投怀中。言已，始抚之，泣曰："我有父，儿无母矣！"儿亦噭啕[⑩]，一室掩泣。女起，经理家政，柩前牲盛洁备[⑪]，石乃大慰。而病久，急切不能起。女乃请石外兄款洽吊客[⑫]。丧既闭，石始杖而能起，相与营谋斋葬[⑬]。葬已，女欲辞归，以受背父之谴。夫挽儿号，隐忍而止。未几，有人来告母病，乃谓石曰："妾为君父来，君不为妾母放令去耶？"石许之。女使乳媪抱儿他适，涕洟出门而去[⑭]。去后，数年不返，石父子渐亦忘之。

【注释】

①归宁：回娘家。

②僦(jiù)宅：租住的屋子。

③苫(shān)次：居丧期间。苫，旧时居丧睡的草席。《仪礼·丧服》："居倚庐，寝苫枕块。"弥留：病危。

④吊：吊丧慰问。

⑤缞绖(cuī dié)：丧服。

⑥尼(nì)归：受阻不归。尼，受外力阻止。《孟子·梁惠王》："行，或使之；止，或尼之。行止，非人所能也。"

⑦凶问：凶信，即死亡的消息。问，音信。

⑧严命：古代尊称父亲为严君、严父。

⑨乱命：指父亲临死时神志昏乱的遗命。《左传·宣公十五年》："魏武子有嬖妾无子，武子疾，命颗曰：'必嫁是。'疾病，则曰：'必以为殉。'及卒，颗嫁之，曰：'疾病则乱，吾从其治也。'"此借指不合事理的父命。

⑩噭(jiào)啕：大哭。

⑪柩前牲盛(chéng)洁备：摆在灵柩前面的肉食祭品周全而洁净。牲盛，牲祭、供设。牲，指三牲(牛、羊、猪)祭品。盛，盛器，碗、盘之类。

⑫外兄：表兄。

⑬斋葬：祭祀殡葬。斋，祭。

⑭涕洟(tì)：一把眼泪，一把鼻涕。《礼记·檀弓》："待于庙，垂涕洟。"《释文》："自目曰涕，自鼻曰洟。"

【译文】

过了两三个月，翁家将女儿接回去省亲。石太璞料想长亭去了就不会回来，便阻止她不让走。长亭从此不时地伤心流泪。过了一年多，长亭生下一个儿子，名叫慧儿，雇了一个奶妈喂着他。但慧儿爱哭，夜里一定要跟妈妈睡。一天,翁家又派车来接长亭,说是老太太想女儿想得很厉害。长亭听了,更加悲伤,石太璞也就不忍心再留她了。长亭想带儿子回家,石太璞不同意,长亭只好一个人回去了。临别的时候,说好一个月就回来,但过了半年,却没有一点儿音讯。石太璞派人去打听,翁家原来租住的房子早就没人住了。又过了两年多,石太璞的希望和幻想都破灭了,而慧儿还是整夜啼哭,石太璞的心像刀割一样。不久,父亲病逝,他更是悲伤不已,自己也病倒了,居丧时病情加重,连宾客朋友来吊唁也不能接待。石太璞正在昏昏沉沉之际,忽然听见有妇人哭着进来。他抬头一看,原来是穿着一身孝服的长亭。他心中大为悲伤,大哭一声就昏死过去。丫环吓得惊叫起来,长亭这才停止哭泣,轻轻地抚弄了好久,石太璞才渐渐地苏醒过来。他怀疑自己已经死了,以为大家是在阴间相聚。长亭说:"不是。我不孝,不能讨得老父的欢心,回家三年,他也不让我回来,确实辜负了你。恰好家人从海东经过这里,这才得知公公去世的消息。我遵照父亲的指示,虽然断绝了儿女私情,但也不敢听他不合理的命令,丧失身为儿媳的礼节。我来的时候,母亲知道,但父亲不知道。"说话之间,慧儿已经钻到母亲的怀中。长亭说完,才抚摸着慧儿,哭着说道:"我倒有父亲,可怜我儿却没有妈妈啊!"慧儿也嚎啕大哭起来,一屋子的人都掩面而泣。长亭站起身来,开始料理家务,灵柩前摆下的祭品完备而整洁,石太璞心中大感安慰。但由于他病了很久,一下子也不能起床。长亭于是请石太璞的表兄代为接待前来吊唁的宾客。丧礼结束以后,石太璞才拄着拐杖能起床了,与长亭一起商量下葬老父的事情。安葬完毕,长亭准备告辞回家,去接受父亲对她违抗父命的谴责。石太璞拉着她不放,慧儿大哭不止,她只好暂时忍着不回去了。过了不久,有人来告诉长亭说她母亲病了,长亭于是对石太璞说:"我是为你父亲而来的,夫君难道不能为了我的母亲放我回去吗?"石太璞答应了她的要求。长亭于是让奶妈抱着慧儿到别的地方去玩,她自己流着眼泪出门而去。长亭走了以后,好几年都没有回来，石太璞父子渐渐地已经把她忘了。

一日，昧爽启扉[①]，则长亭飘入。石方骇问，女戚然坐榻上，叹曰："生长闺阁，视一里为遥，今一日夜而奔千里，殆矣！"细诘之，女欲言复止。请之不已，哭曰："今为君言，恐妾之所悲，而君之所快也。迩年徙居晋界[②]，僦居赵搢绅之第[③]。主客交最善，以红亭妻其公子。公子数逋荡[④]，家庭颇不相安。妹归告父，父留之，半年不令还。公子忿恨，不知何处聘一恶人来，遣神绾锁，缚老父去，一门大骇，顷刻四散矣。"石闻之，笑不自禁。女怒曰："彼虽不仁，妾之父也。妾与君琴瑟数年，止有相好而无相尤[⑤]。今日人亡家败，百口流离，即不为父伤，宁不为妾吊乎[⑥]？闻之忭舞[⑦]，更无片语相慰藉，何不义也！"拂袖而出。石追谢之，亦已渺矣。怅然自悔，拚已决绝[⑧]。

【注释】

①昧爽：拂晓，黎明。扉：门。

②迩年：近年。迩，近。晋界：山西地面。

③搢(jìn)绅：插笏于绅，后用为官宦的代称。绅，围在腰上的大带。

④数(shuò)逋荡：多次外出嫖赌放荡。数，屡屡。逋荡，游荡(放纵)。《汉书·丙吉传》："吉驭吏耆酒，数逋荡，尝从吉出，醉欧丞相车上。"

⑤尤：怨恨，过失。

⑥吊：慰问。

⑦忭(biàn)舞：欢欣鼓舞。

⑧拚(pàn):舍弃,抛却。

【译文】

一天,天刚亮,石太璞打开窗户,长亭飘然而至。石太璞大为惊骇,刚要发问,长亭满脸忧愁地坐在床上,叹息着说:“我从小在闺阁中长大,一里地都觉得很遥远,如今一天一夜就奔行上千里,真是累死了!”石太璞细细地盘问她,长亭欲言又止。石太璞坚持要她说,长亭才哭着说:“今天我要对你说的事,恐怕是虽令我伤悲,却让你感到痛快的事。近年来,我家搬到山西境内,借居在赵员外的家中。主客两家交往十分友善,父亲就把红亭嫁给了赵公子。不料赵公子散漫放荡,弄得家庭很不和睦。妹妹回家告诉父亲,父亲把她留在家中,过了半年也不让她回去。赵公子又气又恨,不知从什么地方请来一个恶人,叫来神仙将父亲连捆带锁地抓走了。全家人都很害怕,顷刻间就四处逃散了。”石太璞听完,情不自禁地笑了起来。长亭生气地说:“他虽然不够仁慈,毕竟还是我的父亲。我和你结婚几年,只有相好,并无互相怨恨。今天我人亡家破,上百口人流离失所,你纵然不替我父亲伤心,难道不为我表示一点儿同情吗?听了以后,你竟然高兴得手舞足蹈,更没有说一两句安慰我的话,真是何等没有情义啊!”说完,长亭拂袖而去。石太璞急忙追出去赔礼道歉,长亭已经消失得无影无踪了。石太璞心中怅然若失,很是后悔,也豁出去了要和长亭彻底分手。

过二三日,媪与女俱来,石喜慰问。母子俱伏,惊而询之,母子俱哭。女曰:“妾负气而去,今不能自坚,又欲求人,复何颜矣!”石曰:“岳固非人,母之惠,卿之情,所不忘也。然闻祸而乐,亦犹人情,卿何不能暂忍?”女曰:“顷于途中遇母,始知絷吾父者①,盖君师也。”石曰:“果尔,亦大易。然翁不归,则卿之父子离散;恐翁归,则卿之夫泣儿悲也。”媪矢以自明，女亦誓以相报。石乃即刻治任如汴，询至玄帝观，则赤城归未久。入而参之。便问："何来？"石视厨下一老狐，孔前股而系之[②]，笑曰："弟子之来，为此老魅[③]。"赤城诘之，曰："是吾岳也。"因以实告。道士谓其狡诈，不肯轻释。固请，乃许之。石因备述其诈，狐闻之，塞身入灶，似有惭状。道士笑曰："彼羞恶之心，未尽亡也。"石起，牵之而出，以刀断索抽之。狐痛极，齿龈龈然[④]。石不遽抽，而顿挫之[⑤]，笑问曰："翁痛之，勿抽可耶？"狐睛睒[⑥]，似有愠色[⑦]。既释，摇尾出观而去。

【注释】

①挚（zhì）：抓，捕。

②孔前股而系之：把前腿穿了洞用绳拴系着。

③老魅：老鬼，老东西。魅，传说中的鬼怪。

④龈龈（kěn）然：咬啮的样子。龈，啃，咬。

⑤顿挫：摧折，凌辱。

⑥睛睒（shǎn）：眼睛闪闪发亮，形容愤怒的眼神。睒，山东方言。闪闪。

⑦愠（yùn）：恼怒。

【译文】

过了两三天，翁老太和女儿一起来了，石太璞见了，高兴地上前慰问。翁家母女突然一起跪在地上，石太璞大吃一惊，忙问是怎么回事，母女二人全都哭了起来。长亭说："那天我赌气走掉了，现在却又不能坚持，还是想来求你，又有什么脸面呢！"石太璞说："岳父虽然不是个人，但是岳母大人的恩惠，你的情意，我是不会忘记的。不过，听到他遇到祸事就高兴起来，这也是人之常情，你当时为什么不能稍微忍一下呢?”长亭说:“刚才我在路上遇到母亲,才知道抓走我父亲的,原来就是你的师父。”石太璞说:“果真如此的话,那就太容易了。但是,如果你父亲回不来,是你父女离散;只恐怕他回来以后,你的丈夫就会哭泣儿子悲伤了。”翁老太听完,发誓表明心迹,长亭也发誓说要报答。石太璞于是立即准备行装前往汴城,找到了玄帝观,王赤城刚回来不久。石太璞进门参见师父。王赤城便问他:“你来干什么?”石太璞见灶下有一只老狐狸,前腿被绳子穿透绑着,便笑着说:“弟子此次前来,就是为这只老妖精。”王赤城问他是怎么回事,石太璞答道:“他是我的岳父。”接着便将实情告诉了师父。王赤城说这只狐狸阴险狡诈,不肯轻易就放了他。石太璞再三请求,这才答应了。石太璞于是详细叙述了他岳父狡诈的行为,狐狸听了,将自己的身子塞到灶膛里,好像心中有愧的样子。王赤城笑着说:“看来他的羞耻之心倒还没有全部丧失。”石太璞站起来,牵着狐狸出了门,用刀割断绳索抽狐狸。狐狸疼极了,牙齿咬得“格格”作响。石太璞不一气抽完,而是一停一顿地抽,还笑着问:“岳父大人疼痛,不抽可以吗?”狐狸的眼睛里闪着光,好像生气的样子。等绳子解开了,狐狸就摇着尾巴出观而去。

石辞归。三日前,已有人报叟信,媪先去,留女待石。石至,女逆而伏[①]。石挽之曰:“卿如不忘琴瑟之情,不在感激也。”女曰:“今复迁还故居矣,村舍邻迩,音问可以不梗[②]。妾欲归省,三日可旋,君信之否?”曰:“儿生而无母,未便殇折。我日日鳏居,习已成惯。今不似赵公子,而反德报之,所以为卿者尽矣。如其不还,在卿为负义。道里虽近,当亦不复过问,何不信之与有?”女次日去,二日即返。问:“何速?”曰:“父以君在汴曾相戏弄,未能忘怀,言之絮絮。妾不欲复闻,故早来也。”自此闺中之往来无间[③],而翁婿间尚不通吊庆云④。

【注释】

①逆：迎。

②音问：音讯，书信。不梗：不梗阻，顺畅。

③无间：没有隔阂，亲密。

④不通吊庆：互不往来。吊，宽慰忧伤。庆，庆祝喜事。

【译文】

石太璞向师父辞别回家。三天前，已经有人报信说老头被释放了，翁老太便一个人先走了，留下长亭等石太璞。石太璞刚一到家，长亭就迎上前跪倒在地。石太璞将她拉起来，说："你如果不忘我们的夫妻之情，倒不在如此的感激我。"长亭说："现在我家又搬回原来的地方住了，离这儿也不远，音讯也不至于阻塞了。我想回家看望一下我父亲，三天后就可以回来，你能相信我吗？"石太璞说："慧儿生下来就没有母亲的照顾，倒也没有夭折。我长时间一个人住，也已经习惯了。如今我不像赵公子，反而以德相报，对你可以说做到仁至义尽了。如果你不回来，在你就是负义。两个村子虽然离得很近，我也不会再去找你了，何必讲信不信你呢？"长亭第二天离去，只两天就回来了。石太璞问道："为什么这么快就回来？"长亭说："父亲因为你在汴城时曾经戏弄他，一直不能忘怀，整天絮絮叨叨的。我不想再听下去，就早回来了。"从此以后，长亭和她母亲的往来倒是不断，但翁老头和石太璞之间还是互不问候。

异史氏曰：狐情反复，谲诈已甚。悔婚之事，两女而一辙①，诡可知矣。然要而婚之②，是启其悔者已在初也。且婿既爱女而救其父，止宜置昔怨而仁化之，乃复狎弄于危急之中③，何怪其没齿不忘也④！天下有冰玉之不相能者⑤，类如此。

【注释】

①一辙：同一车轮碾出的痕迹，比喻相同。

②要：要挟，以不正当手段相胁迫。

③狎弄：戏弄，耍弄。

④没齿不忘：终身不忘。没齿，一辈子。

⑤冰玉之不相能：翁婿感情不相投合。冰玉，“冰清玉润”的略语，岳父和女婿的代称。《晋书·卫玠传》：“（卫玠）总角乘羊车入市，见者皆以为玉人……玠妻父乐广，有海内重名，议者以为‘妇公冰清，女婿玉润’。”不相能，不相容，不和睦。《左传·襄公二十一年》：“范鞅以其亡也，怨栾氏，故与栾盈为公族大夫而不相能。”

【译文】

异史氏说：狐狸生性反复无常，阴险狡诈到极点。在悔婚这件事上，两个女儿的婚事简直如出一辙，它的狡猾也就可想而知了。但是，石太璞用要挟的方法娶了长亭，使得翁老头一开始就有悔婚的想法。而且，身为女婿，既然因为爱长亭而去救她父亲，只应该将往日的仇怨搁在一边，用仁义来感化他，不应该在他危急的时候还戏弄他，难怪翁老头没齿不忘这个耻辱啊！天底下岳父和女婿不能和睦相处，情况和这个故事很相似。

席方平

【题解】

《聊斋志异》中有许多揭露封建社会吏治黑暗的篇章，这些篇章有两个共同特点：其一，表现了蒲松龄对封建社会整个司法机构的清醒认识；其二，这些篇章中的主人公不仅是受害者，同时又是与贪官污吏进行坚决斗争，并取得最后胜利的英雄，是命运的强者，是复仇的硬汉。

《席方平》虽然叙述的是阴间发生的事，实际上却是在影射人世间的黑暗。城隍、郡司、冥王指代了人世间大大小小的官吏，而事件的起因则是势豪地主勾结官府欺压百姓的曲折反映。

《席方平》在揭露封建社会吏治黑暗方面是相当深刻的。它不是抨击揭露一两个官吏的贪赃枉法，而是从狱吏、差役，到城隍、郡司，直到冥王，把封建社会整个司法系统进行了解剖，是封建社会整个司法系统的“百丑图”。它虽属于公案性质的小说，但重点却不是在案情的扑朔迷离、曲折复杂上，而是在主人公如何为昭雪冤案同贪官污吏进行不屈不挠的斗争上。为了替父亲伸冤，人世幽冥的间隔挡不住他，官府的迫害吓不倒他，残酷的刑罚摧不垮他，千金贿赂，期颐之寿也都哄骗不了他。就是“生为婴儿”也念念不忘复仇，最后“三日遂殇，魂摇摇不忘灌口”。他，确实像作者所评论的那样：“忠孝志定，万劫不移。”

就席方平同封建司法黑暗所进行的不屈不挠的斗争而言，就他“大怨未报，寸心不死”的坚持精神而言，就他威武不能屈、富贵不能淫的英雄气概而言，席方平的形象体现了中华民族富于斗争精神的民族性，对于封建社会中受压迫、受凌辱的人民有着多方面的启迪，具有强烈的教育意义。

席方平，东安人①。其父名廉，性戆拙②。因与里中富室羊姓有隙③，羊先死，数年，廉病垂危，谓人曰：“羊某今贿嘱冥使搒我矣④。”俄而身赤肿，号呼遂死。席惨怛不食⑤，曰：“我父朴讷⑥，今见陵于强鬼⑦。我将赴地下，代伸冤气耳。”自此不复言，时坐时立，状类痴，盖魂已离舍矣⑧。

【注释】

①东安：府县名。或指顺天府东安，今河北安次，或指山东沂水。

②戆(zhuàng)拙：刚直朴拙，没有利害顾忌。

③隙：嫌隙，仇恨。

④冥使：阴间差役。搒：搒掠，拷打。

⑤惨怛(dá)：忧伤，痛悼。《汉书·元帝纪》："岁比灾害，民有菜色，惨怛于心。"

⑥朴讷(nè)：老实，不善辞令。朴，质木无文。讷，语言迟钝。

⑦陵：欺辱。

⑧舍：指躯体。

【译文】

席方平是东安人。他的父亲名叫席廉，生性迂直诚实。因与街坊上姓羊的富户人家有仇冤，姓羊的先死了，过了几年，席廉病重，临终前对家人说："羊某现在买通了阴间差役鞭打我呢。"过了不久，就浑身红肿，大声惨叫着死去了。席方平悲痛得吃不下饭，他说："我父亲是个老实人，不善言词，如今被强横的鬼欺凌。我要到阴曹地府，代我父亲去伸冤气。"从此以后，他不再说话，时而坐着，时而站着，样子像是痴呆了，原来他的灵魂已经出窍了。

席觉初出门，莫知所往，但见路有行人，便问城邑。少选[①]，入城。其父已收狱中。至狱门，遥见父卧檐下，似甚狼狈。举目见子，潸然涕流，便谓："狱吏悉受赇嘱[②]，日夜搒掠，胫股摧残甚矣[③]！"席怒，大骂狱吏："父如有罪，自有王章[④]，岂汝等死魅所能操耶！"遂出，抽笔为词[⑤]。值城隍早衙[⑥]，喊冤以投。羊惧，内外贿通，始出质理[⑦]。城隍以所告无据，颇不直席[⑧]。席忿气无所复伸，冥行百馀里，至郡，以官役私状，告之郡司[9]。迟之半月[10]，始得质理。郡司扑席[11]，仍批城隍覆案[12]。席至邑，备受械梏[13]，惨冤不能自舒[14]。城隍恐其再讼，遣役押送归家。

【注释】

①少选：一会儿。《吕氏春秋·音初》："少选，发而视之。"

②赇（qiú）嘱：同"贿嘱"。赇，贿赂。

③胫：小腿。股：大腿。

④王章：王法。

⑤抽笔为词：提笔撰写讼状。词，指讼词。

⑥城隍：民间传说中的守护城池的主神。这里指县邑城隍。早衙：旧时官府的主官，每天上下午坐堂两次，处理政务或案件，叫作"坐衙"；早衙，指上午坐堂问事。

⑦质理：对质理论，即打官司。

⑧不直席：认为席方平投诉无理。

⑨郡司：府的长官。

⑩迟：拖，延迟。

⑪扑：拷打。

⑫覆案：重审。

⑬械梏：古代拘住犯人手足的刑具。

⑭不能自舒：谓冤屈无处可伸。舒，伸。

【译文】

席方平觉得自己刚出家门，不知道上哪儿能找到他父亲，只要在路上看见行人，就询问县城在什么地方。没多久，他进了城。他的父亲已经被关在狱中。他来到牢门口，远远看见父亲躺在屋檐下，看上去疲惫不堪。席廉抬眼看见儿子，一下子流出眼泪，就对他说："狱吏都被买通了，没日没夜地拷打我，两腿已经被摧残得很厉害了！”席方平听完大怒，大骂那些狱吏：“父亲如果有罪，自然有王法，哪里能容你们这些死鬼任意操纵！”然后他出了监狱，抽出笔来写了份状子。写完后，正碰上县城隍早上升堂，席方平便口喊冤枉，将状子投进去。那姓羊的得知后心里害怕，又里里外外贿赂打点以后，才出来和他对质。县城隍认为席方平控告没有证据，说他没道理。他一腔怨气无处发泄，连夜走了一百多里黑路，到了郡城，将县城隍差役的种种劣迹，向府城隍告了一状。拖了半个月，状子才得到审理。府城隍将他打了一顿板子，仍旧将案子交回县城隍复审。席方平被押到县衙，受尽了各种刑具，悲惨的冤情得不到申诉。县城隍唯恐他再上诉，就派差役将他押送回家。

役至门辞去。席不肯入，遁赴冥府，诉郡邑之酷贪。冥王立拘质对[①]。二官密遣腹心[②]，与席关说[③]，许以千金，席不听。过数日，逆旅主人告曰[④]：“君负气已甚，官府求和而执不从[⑤]。今闻于王前各有函进[⑥]，恐事殆矣。”席以道路之口[⑦]，犹未深信。俄有皂衣人唤入。升堂，见冥王有怒色，不容置词[⑧]，命笞二十。席厉声问：“小人何罪？”冥王漠若不闻。席受笞，喊曰：“受笞允当[⑨]，谁教我无钱耶！”冥王益怒，命置火床。两鬼捽席下[⑩]，见东墀有铁床，炽火其下，床面通赤。鬼脱席衣，掬置其上，反复揉捺之。痛极，骨肉焦黑，苦不得死。约一时许，鬼曰：“可矣。”遂扶起，促使下床着衣，犹幸跛而能行。复至堂上，冥王问：“敢再讼乎？”席曰：“大冤未伸，寸心不死，若言不讼，是欺王也。必讼！”又问：“讼何词？”席曰：“身所受者，皆言之耳。”冥王又怒，命以锯解其体。二鬼拉去，见立木，高八九尺许，有木板二，仰置其下，上下凝血模糊。方将就缚，忽堂上大呼“席某”，二鬼即复押回。冥王又问：“尚敢讼否？”答云：“必讼！”冥王命捉去速解。既下，鬼乃以二板夹席，缚木上。锯方下，觉顶脑渐辟，痛不可禁，顾亦忍而不号。闻鬼曰：“壮哉此汉！”锯隆隆然寻至胸下。又闻一鬼云：“此人大孝无辜，锯令稍偏，勿损其心。”遂觉锯锋曲折而下，其痛倍苦。俄顷，半身辟矣。板解，两身俱仆。鬼上堂大声以报。堂上传呼，令合身来见。二鬼即推令复合，曳使行。席觉锯缝一道，痛欲复裂，半步而踣。一鬼于腰间出丝带一条授之，曰：“赠此以报汝孝。”受而束之，一身顿健，殊无少苦。遂升堂而伏。冥王复问如前，席恐再罹酷毒，便答：“不讼矣。”冥王立命送还阳界。

【注释】

①冥王：民间传说中的阎王。

②腹心：心腹，贴身的亲信。

③关说：通关节，说人情。《史记·佞幸列传序》：“公卿皆因关说。”《索隐》：“关，通也，谓公卿因之而通其词说。”

④逆旅：客舍，旅店。

⑤执：固执。

⑥函进：送贿赂。函，匣，盒子。

⑦道路之口：道路上的传闻。

⑧置词：说话，申辩。

⑨允当：公允、恰当。这里是反语。

⑩捽(zuó)：揪，捉。

【译文】

差役送到门口，就离去了。席方平不甘心就这样回家，又偷偷地跑到阎王府去，控诉郡、县城隍的残酷贪婪。阎王马上将郡、县城隍拘来对质。这两个城隍秘密派遣心腹，来和席方平说情，许愿给他一千两金子，席方平不予理会。过了几天，旅店的主人对他说："您赌气得太过分了，连官府来跟您讲和都坚决不答应。我听说他们在阎王面前都送了成箱的礼物，恐怕您这事不太妙了。"席方平只把他的话当作风言风语，并不是很相信。不多会儿，有个穿着黑衣的差役来传他过堂。他一上堂，只见阎王脸露怒色，不容他争辩，就命令打他二十大板。席方平大声问道："小人有什么罪。"阎王面无表情，好像没有听见。席方平挨着板子，喊道："这板子应该打，谁叫我没有钱啊！"阎王更加恼怒，命人摆上火床。两个小鬼将席方平揪下堂，只见东边台阶上放了一张铁床，下面烈火熊熊，床面上被烧得通红。小鬼脱掉席方平的衣服，将他扔到床上，反复地揉捺他。他痛彻心肺，骨头皮肉都给烤得焦黑了，只恨不能一下子死掉。约摸过了一个时辰，小鬼说："可以了。"就把他扶起来，催他下床穿上衣服，幸好还能一跛一跛地走路。他又被带到堂上，阎王问道："你还敢再告状吗？"他说："这么大的冤枉还没有伸雪，我的心就不会死，如果我说不告了，就是欺骗您。我一定要告！"阎王又问："你要告什么？"席方平说："我亲身经历的事情，都要说出来。"阎王又发怒，命令用锯子锯他的身体。两个小鬼把他拉出去，只见竖着一根八九尺高的木柱，上面有两块木板仰面放着，上下都是血迹模糊。刚要将他捆起来，忽然堂上高喊"席方平"，两个小鬼把他重新押了回去。阎王又问他："你还敢告状吗？"他回答说："我一定要告！"阎王命令将他捉下去马上锯开。等下了殿堂，小鬼就用两块木板将席方平夹住，将他捆在木柱上。锯子才拉下来，他就觉得脑壳渐渐锯开了，痛得实在忍不住，但是他也硬忍住不喊出声来。只听小鬼说："这个汉子真棒啊！"锯子"呼隆呼隆"地，一会儿就锯到了胸口。又听一个小鬼说："这个人很孝顺，又没有罪，锯得稍微偏一点儿，不要弄坏了他的心。"他就觉得锯锋歪斜着往下走，更感到痛苦不堪。过了一会儿，人就被锯成了两半。绳子一解开，两半身子都跌倒在地上。小鬼上堂去大声报告。堂上传下话来，叫将席方平的身子合起来拉上堂去。两个小鬼就把他的身子推起来合上，拖着他往上走。席方平觉得从上到下一条锯缝，疼得像要重新裂开，刚走了半步就摔倒了。一个小鬼从腰间抽出一条丝带递给他说："送给你这条丝带，来表彰你的孝心。"他接过带子往腰上一系，全身顿时觉得很舒服，一点儿也不痛苦了。他走上堂去，趴倒在地。阎王还用刚才的话问他，他深怕再遭毒手，便答道："不告了。"阎王马上下令将他送回阳界。

隶率出北门，指示归途，返身遂去。席念阴曹之暗昧尤甚于阳间，奈无路可达帝听。世传灌口二郎为帝勋戚①，其神聪明正直，诉之当有灵异。窃喜两隶已去，遂转身南向。奔驰间，有二人追至，曰："王疑汝不归，今果然矣。"捽回复见冥王。窃意冥王益怒，祸必更惨。而王殊无厉容②，谓席曰："汝志诚孝。但汝父冤，我已为若雪之矣。今已往生富贵家，何用汝鸣呼为③？今送汝归，予以千金之产、期颐之寿④，于愿足乎？"乃注籍中，嵌以巨印，使亲视之。席谢而下。鬼与俱出，至途，驱而骂曰："奸猾贼！频频翻覆，使人奔波欲死！再犯，当捉入大磨中，细细研之！"席张目叱曰："鬼子胡为者！我性耐刀锯，不耐挞楚。请反见王，王如令我自归，亦复何劳相送。"乃返奔。二鬼惧，温语劝回。席故蹇缓⑤，行数步，辄憩路侧。鬼含怒不敢复言。

【注释】

①灌口二郎：神名。即传说中的二郎神杨戬。灌口，今四川灌县。

宋朱熹《朱子语录》谓“蜀中灌口二郎庙，当时是李冰，因开离堆有功，立庙。今来现许多灵怪，乃是他第二儿子”。据此，《西游记》、《封神演义》称“二郎神”为“杨戬”，疑从李冰次子故事演变而来。为帝勋戚：传说杨戬是玉帝的外甥。勋戚，有功于王业的亲戚。

②厉容：严厉的面容。

③何用汝鸣呼为：哪里用得着你去喊冤。

④期(jī)颐之寿：百岁的寿数。《礼记·曲礼》：“百年曰期颐。”

⑤蹇(jiǎn)缓：行路艰难迟缓。

【译文】

差役们带着席方平出了北门，指点给他回去的路，然后转身离去了。席方平想，阴曹地府比阳间官府还要黑暗，无奈没有办法让玉皇大帝知道这些。世人传说灌口的二郎神是玉皇大帝的亲戚，为神聪明正直，上他那儿去告状，应该会有特别的效果。他暗自高兴那两个差役已经离去了，便转身向南走。正匆匆地赶路，两个差役追了上来，说：“大王原就怀疑你不会回去，如今果然不错。”便将他又抓回去见阎王。席方平暗暗想，这次阎王会更加发怒，受到的祸害会更惨。不料，阎王一点儿怒容也没有，对他说：“你确实很孝顺。但是你父亲的冤屈，我已经替他昭雪了。如今已经到富贵人家投胎了，哪里还要你到处鸣冤呢？现在送你回家，赐你千金的家产、百岁的寿命，能满足你的愿望吗？”说完，便写在生死簿上，盖上了大印，让他亲自过目。席方平道谢以后，下了堂。小鬼跟他一起出门，一到路上，便赶他往前走，骂道：“你这个奸猾的贼！频频地生出事端，害得我们跟着奔波，累得要死！如果再犯，我们就把你捉进大磨子里，细细地磨你！”席方平圆瞪双眼，呵斥道：“你们这些小鬼想干什么！我天生就喜刀砍锯扯，不耐烦打板子。咱们一块回去见阎王，他如果让我自己回家，又何必烦劳你们送我。”说完，就往回跑。那两个小鬼很害怕，就好言好语劝他回去。席方平故意装作脚不便，走得很慢，走几步，就停在路边休息。小鬼心中发火，但也不敢再说什么了。

约半日，至一村，一门半辟①，鬼引与共坐，席便据门阈②。二鬼乘其不备，推入门中。惊定自视，身已生为婴儿。愤啼不乳，三日遂殇③。魂摇摇不忘灌口，约奔数十里，忽见羽葆来④，幡戟横路⑤。越道避之，因犯卤簿⑥，为前马所执⑦，絷送车前。仰见车中一少年，丰仪瑰玮⑧。问席："何人？"席冤愤正无所出，且意是必巨官，或当能作威福⑨，因缅诉毒痛⑩。车中人命释其缚，使随车行。俄至一处，官府十馀员，迎谒道左，车中人各有问讯。已而指席谓一官曰："此下方人，正欲往愬⑪，宜即为之剖决。"席询之从者，始知车中即上帝殿下九王，所嘱即二郎也。席视二郎，修躯多髯⑫，不类世间所传。

【注释】

①辟：开。

②门阈(yù)：门槛。

③殇(shāng)：夭折。

④羽葆：以鸟羽为饰的仪仗。《礼记·杂记》："匠人执羽葆御柩。"疏："羽葆者，以鸟羽注于柄头，如盖。"

⑤幡戟：长幡、棨戟等仪仗。幡，长幅下垂的旌旗。戟，即后文所说的"棨戟"，附有套衣的木戟，用作仪仗。横路：遮路。

⑥卤(lǔ)簿：古时帝王或贵官出行时的仪仗队。《封氏闻见记》卷五："舆驾行幸，羽仪导从谓之卤簿，自秦汉以来始有其名。……按字书：'卤，大盾也。'……卤以甲为之，所以扞敌，……甲盾有

先后部伍之次，著之簿籍，天子出入，则案次导从，故谓之卤簿耳。”

⑦前马：仪仗队的前驱。《国语·越语》谓勾践“亲为夫差前马”。注：“前马，前驱，在马前也。”

⑧丰仪瑰玮：丰姿仪态奇伟不凡。

⑨作威福：指有权专行赏罚。《书·洪范》：“惟辟作福，惟辟作威。”

⑩缅诉：追诉。

⑪愬(sù)：诉冤，告发。

⑫修躯多髯(rán)：身材高大，胡须很多。修，长。髯，络腮胡。

【译文】

大概走了半天，到了一个村庄，有一家门半开着，小鬼拉他一块坐下，他就坐在门槛上。小鬼乘他不防备，把他推到门里去了。他惊魂刚定，一看，自己已经变成了一个婴儿。他生气地放声啼哭，不吃奶，才三天就死掉了。他的灵魂飘飘摇摇，念念不忘要去灌口，约摸跑了有几十里地，忽然看到一队以鸟羽为饰的仪仗过来，旗子和长戟遮满了道路。他穿过道路想避开车队，不料还是冲犯了仪仗队，被前导的马队抓住，捆起来后送到那车子前面。席方平抬头一看，只见车子里坐了一个青年人，仪表堂堂，很是魁伟。那人问席方平：“你是什么人?”席方平满腔冤屈愤怒正无处发泄，而且猜测他一定是个能够行使权力，予人祸福的大官，于是详细地控诉了自己所遭受的苦难。车里的青年人命令给他松绑，让他跟在车后面走。不一会儿，来到一个地方，路边上有十几个官员前来迎接，那青年跟他们一一打招呼。然后，他指着席方平对一个官员说：“这个是下方的人，正要到你那儿去告状，应该马上替他明断是非。”席方平向侍从一问，才知道车子里面坐的是玉皇大帝的皇子九王爷，他嘱咐的官员就是二郎神。席方平看那二郎神，身躯修长，长着络腮胡子，并不像世间传说的那样。

九王既去，席从二郎至一官廨，则其父与羊姓并衙隶俱在。少顷，槛车中有囚人出[1]，则冥王及郡司、城隍也。当堂对勘[2]，席所言皆不妄。三官战栗，状若伏鼠。二郎援笔立判，顷之，传下判语，令案中人共视之。判云：

【注释】

①槛(jiàn)车：囚车。

②对勘：对质审讯。勘，审问。

【译文】

九王爷离开后，席方平跟着二郎神来到一处衙门，只见他父亲和那姓羊的，以及那些阴曹地府的差役都在。过了一会儿，从囚车里又走出来几个人，却是阎王以及郡城隍和县城隍。经过当堂的对质，席方平所说的都不假。那三个官员吓得战战兢兢，像是趴在地上的老鼠。二郎神提起笔，马上作了判决，没多久，堂上传下判词，命令涉及此案的人一同来看，判决如下：

勘得冥王者[1]：职膺王爵[2]，身受帝恩。自应贞洁以率臣僚，不当贪墨以速官谤[3]。而乃繁缨棨戟[4]，徒夸品秩之尊[5]；羊很狼贪[6]，竟玷人臣之节。斧敲斫[7]，斫入木，妇子之皮骨皆空；鲸吞鱼[8]，鱼食虾，蝼蚁之微生可悯。当掬西江之水，为尔湔肠[9]；即烧东壁之床[10]，请君入瓮[11]。

【注释】

①勘得：经过查实。旧时判决书前套语。

②膺(yīng):承当,担任。

③贪墨:同“贪冒”,谓贪以败官。《说文通训定声》:“墨,又借为冒,左昭十四年传,贪以败官为墨。按,犯而取也!注,不洁之称,失之。”以速官谤:《左传·庄公二十二年》:“敢辱高位,以速官谤。”速,招致。官谤,居官不称职而受到责难。

④繁(pán)缨:古时天子、诸侯的马饰。语出《左传·成公二年》。繁,马腹带。缨,马颈饰。棨戟:有缯衣或涂漆的木戟,用为仪仗。唐制,三品以上官员,得门列棨戟。

⑤品秩:官阶品级。

⑥羊很狼贪:比喻冥王的凶狠与贪婪。语出《史记·项羽本纪》:“因下令军中曰:猛如虎,很如羊,贪如狼,彊不可使者皆斩之。”很,同“狠”。

⑦斫(zhuó):砍削。

⑧鲸:鲸鲵,喻凶恶之人。《左传·宣公十二年》:“古者明王伐不敬,取其鲸鲵而封之,以为大戮。”杜预注:“鲸鲵,大鱼名,以喻不义之人,吞食小国。”

⑨湔(jiān):清洗。

⑩东壁之床:指上文“东墀有铁床”而言,即火床。

⑪请君入瓮:比喻以其人之道还治其人之身。《新唐书·周兴传》载,武则天时,酷吏周兴犯罪,武后命来俊臣审理。来俊臣与周兴推事对食,问兴曰:“囚多不承,当为何法?”兴曰:“此甚易耳!取大瓮,以炭四周炙之,令囚入中,何事不承?”俊臣即索瓮,起谓兴曰:“有内状推老兄,请兄入此瓮。”兴叩头伏罪。

【译文】

查得阎王:担任地府的王爵,身受玉皇大帝的恩赐。本来应该廉洁奉公,作为官僚们的表率,不应当贪赃枉法,招来非议。却耀武扬威，徒然夸耀自己官爵的尊贵；狠毒贪妄，竟然玷辱人臣的操守。斧砍刀削，剥削敲诈，弱小的百姓的皮骨都被榨尽了；像鲸吞鱼，鱼吃虾一样，恃强凌弱，百姓的生命像蝼蚁一样可怜。只当引来西江的水，为你洗肠子；就应烧红东墙的铁床，请你尝尝作法自毙的滋味。

城隍、郡司：为小民父母之官①，司上帝牛羊之牧②。虽则职居下列③，而尽瘁者不辞折腰④；即或势逼大僚，而有志者亦应强项⑤。乃上下其鹰鸷之手⑥，既罔念夫民贫；且飞扬其狙狯之奸⑦，更不嫌乎鬼瘦。惟受赃而枉法，真人面而兽心⑧！是宜剔髓伐毛⑨，暂罚冥死；所当脱皮换革，仍令胎生。

【注释】

①父母之官：封建时代称地方官为“父母官”。

②司上帝牛羊之牧：负责代替天帝管理百姓之事。《左传·襄公十四年》：“天生民而立之君，使司牧之。”牛羊，比喻被统治的百姓。

③职居下列：官位低微。

④尽瘁：竭尽心力，不辞劳瘁。《诗·小雅·北山》：“或尽瘁事国。”不辞折腰：指委屈奉公。晋人陶渊明为彭泽令，叹曰：“吾不能为五斗米折腰，拳拳事乡里小人。”（《晋书·隐逸传》）。此化用其意，谓应该屈身奉公。

⑤强项：不低头，喻刚直不阿。据《后汉书·董宣传》载，东汉董宣为洛阳令，杀湖阳公主恶奴，光武帝大怒，令小黄门挟持董宣向公主叩头谢罪。董宣两手据地，终不肯俯首。光武帝称之为“强项令”。

⑥上下其鹰鸷(zhì)之手：意谓枉法作弊，颠倒是非。《左传·襄公二十六年》载，春秋时，楚国攻郑，穿封戌生俘郑国守将皇颉，而王子围与之争功，请伯州犁裁处。伯州犁叫俘虏本人作证，但却有意偏袒王子围。伯州犁审问皇颉时“上其手”(高举其手)向他暗示王子围地位尊贵；“下其手”(下垂其手)向他暗示穿封戌地位低微。皇颉会意，竟承认自己是被王子围所俘。伯州犁就这样上下其手，使贱者之功被贵者所占。鹰和鸷，都是猛禽，比喻凶狠。

⑦飞扬：意谓任意施展。狙狯(jū kuài)：亦作“狙侩”，狡猾奸诈。

⑧人面而兽心：外貌像人，内心如兽。《晋书·孔严传》：“降附之徒，皆人面兽心，贪而无亲，难以义感。”

⑨剔髓伐毛：犹言脱胎换骨，使之改恶从善。《太平广记》卷六引《洞冥记》：“三千岁一反骨洗髓，三千岁一刻骨伐毛。”此处指致死的酷刑。

【译文】

郡城隍、县城隍：身为百姓的父母官，奉上帝的命令来管理民众。虽然官职低微，但是鞠躬尽瘁的人不避折腰；即使有时被上司的势力逼迫，但有志气的人不应该屈服。但你们上下勾结，像凶恶的鹰鸷，不顾念百姓的贫困；又飞扬跋扈，像狡猾的猴子，连瘦弱的饿鬼也不放过。只会贪赃枉法，真是人面兽心！就应该将你们剔骨髓，刮毛发，暂且处以阴间死刑；应该剥去人皮，换上兽皮，转世投胎成畜牲。

隶役者：既在鬼曹，便非人类。只宜公门修行[①]，庶还落蓐之身[②]；何得苦海生波[③]，益造弥天之孽[④]？飞扬跋扈[⑤]，狗脸生六月之霜[⑥]；隳突叫号[⑦]，虎威断九衢之路[⑧]。肆淫威于冥界[⑨]，咸知狱吏为尊[⑩]；助酷虐于昏官，共以屠伯是惧[⑪]。当于法场之内[⑫]，剁其四肢；更向汤镬之中[⑬]，捞其筋骨。

【注释】

①公门修行：在衙门内洁身向善。公门，衙门。修行，修身行善。指不枉法害民。蒲松龄有《公门修行录赘言》，见《蒲松龄集》。

②落蓐之身：指人身。落蓐，指人的降生。蓐，产蓐。

③苦海：佛家语。谓人间烦恼，苦深如海。

④弥天之孽：天大的罪孽。弥，满，广大。

⑤飞扬跋扈：骄横放纵，目中无人。

⑥狗脸：指隶役的面孔。生六月之霜：谓狗脸布满杀气，将使无辜受冤。据《初学记》二引《淮南子》载，战国时，邹衍事燕惠王，被人陷害下狱。邹衍在狱中仰天而哭，时正炎夏，忽然降霜。

⑦隳(huī)突：冲撞毁坏。叫号：大喊大叫。唐柳宗元《捕蛇者说》："悍吏之来吾乡，叫嚣乎东西，隳突乎南北，哗然而骇者，虽鸡狗不得宁焉。"

⑧九衢：指四通八达的道路。衢，大路。

⑨肆：滥施。淫威：无节制的威权。

⑩狱吏为尊：指狱吏的厉害。《史记·绛侯周勃世家》载，绛侯周勃被人诬陷，囚于狱，"勃恐，不知置辞。吏稍侵辱之"。出狱后，周勃感慨地说："吾尝将百万军，然安知狱吏之贵乎！"

⑪屠伯：刽子手。《汉书·严延年传》载，严延年为河南太守，酷刑滥杀，每"冬月传属县囚会论府上，流血数里，河南号曰屠伯"。伯，长也。

⑫法场：刑场。

⑬汤镬(huò)：汤锅，古代烹囚的刑具。

【译文】

差役：既然在阴曹地府当差，就不是人类。只应该在衙门里做善事，或许还能再生为人；怎么可以在苦海中兴风作浪，更加犯下弥天大罪？恃强横暴，脸上像蒙上了霜一样冷酷无情；横冲直撞，疯狂号叫，像猛虎一样堵住了大道。在阴间大发淫威，使人们都知道狱吏的尊贵；助长昏官的残酷暴虐，使大家都像怕屠伯一样害怕昏官。应当在法场上，剁掉你们的四肢；更扔到大锅里熬煮，捞出你们的筋骨。

羊某：富而不仁①，狡而多诈。金光盖地，因使阎摩殿上，尽是阴霾②；铜臭熏天，遂教枉死城中，全无日月③。馀腥犹能役鬼④，大力直可通神⑤。宜籍羊氏之家⑥，以赏席生之孝。即押赴东岳施行⑦。

【注释】

①富而不仁：有钱却心狠手毒，没有一点儿仁慈的心肠。《孟子·滕文公》："为富不仁矣，为仁不富矣。"

②"金光"三句：意谓贿赂公行，致使官府昏暗不明，公理不彰。金光，喻金钱的魔力。阎摩殿，阎王殿。阴霾，昏暗的浊雾。

③"铜臭"三句：依仗金钱，遂使阴间世界暗无天日。铜臭，《释常谈·铜臭》："将钱买官，谓之铜臭。"枉死城，指地狱。

④馀腥：钱的馀臭。指小钱。

⑤大力：指巨额金钱的威力。《太平广记》卷二百四十三引《幽闲鼓吹》载，唐代张延曾欲平冤狱，"召狱吏严诫之，且曰：'此狱已久，旬日须了。'明旦视事，案上有一小帖子曰：'钱三万贯，乞不问此狱。'公大怒，更拒之。明日，复见一帖子来曰：'钱五万贯。'公益

怒，令两日须毕。明旦，案上复见帖子曰：'钱十万贯。'公遂止不问。弟子承间侦之。公曰：'钱至十万贯，通神矣，无不可回之事。吾恐及祸，不得不受也。'"

⑥籍：抄家，没收。

⑦东岳：泰山。民间传说认为东岳泰山之神总管天地人间的生死祸福并施行赏罚。

【译文】

羊某：为富不仁，狡猾多诈。用金钱的闪光笼罩整个地府，使阎罗殿上，尽是阴暗的风沙；铜臭熏天，使枉死城中，全无日月的光华。残馀的铜臭还能够驱使小鬼，力大简直可以通神。应该查抄没收羊氏的家产，来奖赏孝顺的席方平。以上罪犯马上押赴东岳大帝那里施行刑罚。

又谓席廉："念汝子孝义，汝性良懦，可再赐阳寿三纪[①]。"因使两人送之归里。

【注释】

①纪：古代以十二年为一纪。三纪，三十六年。

【译文】

二郎神又对席廉说："考虑到你儿子孝顺，有义气，你生性善良而懦弱，再赐给你阳间寿命三十六年。"然后，就派两个人送他们回家。

席乃抄其判词，途中父子共读之。既至家，席先苏，令家人启棺视父，僵尸犹冰，俟之终日[①]，渐温而活。及索抄词，则已无矣。自此，家日益丰，三年间，良沃遍野。而羊氏子孙微矣[②]，楼阁田产，尽为席有。里人或有买其田者，夜梦神人叱之曰："此席家物，汝乌得有之！"初未深信，既而种作，则终年升斗无所获，于是复鬻归席[3]。席父九十馀岁而卒。

【注释】

①俟（sì）：等。

②微：衰微，败落。

③鬻（yù）：卖。

【译文】

席方平便抄下判决书，一路上父子俩共同诵读。到了家，席方平先苏醒过来，让家人打开父亲的棺材来看，僵冷的尸体还像冰一样，等了整整一天，身体渐渐温暖，复活过来了。等再找那份判决书，却已经没有了。从此以后，席家日益富裕起来，三年的工夫，良田遍地都是。而羊家的子孙后代却衰败了，楼房田产都被席家拥有。乡里的人有的想买他家的田产，夜里梦见神人喝斥道："这是席家的东西，你怎么能够拥有！"开始，并不很相信，等到耕种以后，一年下来却颗粒无收，只好又卖给席方平家。席方平的父亲活到九十多岁才去世。

异史氏曰：人人言净土[1]，而不知生死隔世，意念都迷，且不知其所以来，又乌知其所以去？而况死而又死，生而复生者乎？忠孝志定，万劫不移，异哉席生，何其伟也！

【注释】

①净土：佛教认为西天佛土清净自然，是"极乐世界"，因称为"净土"。

【译文】

异史氏说：人人都说有西方极乐世界，却不知道生和死是两个世界，意识知觉都模糊了，而且不知道从什么地方来，又怎么知道到什么地方去？何况还死而又死，生而又生呢？但忠诚孝顺的志向一旦确定了，却永远清醒不会改变，奇特啊，席方平，是多么的伟大！

素秋

【题解】

篇名是“素秋”，主人公也确实是素秋。起先作者仅只是写她美貌异常，“肌肤莹澈，粉玉无其白也”；再次出场，见出她的活泼洒脱，用帛剪小人款待客人；待兄长死后谈婚论嫁，素秋内在的温柔、沉静、识人、干练，渐渐脱颖而出。她摆脱了不幸婚姻，自主选择了配偶，最后仙去。素秋剪帛为人的幻术成为贯穿小说前后的情节：先是用以招待俞慎，中间用以敷衍某甲，利用“蟒变”吓退劫持者，最后将幻术教给俞慎的夫人，“翦帛置门内”，“见云绕韦驮高丈馀”，给人留下了深刻印象。

但是，小说的真正用意所在，感慨良深之处，不是在素秋，而是在素秋的兄长俞士忱身上。俞士忱是蠹鱼的化身，自然学问上乘，“目下十行，试作一艺，老宿不能及之”。然而，当他试着参加考试，虽然在科试中“为郡、邑冠军”，试毕，“倾慕者争录其文，相与传诵”，却也像俞慎一样被黜落。发榜时，听到消息，“酒盏倾堕，身仆案下。扶置榻上，病已困殆”。“异史氏曰”对于素秋并不置一词，但对俞士忱的遭遇感慨良深地说：“宁知糊眼主司，固衡命不衡文耶？一击不中，冥然遂死，蠹鱼之痴，一何可怜！”

俞慎，字谨庵，顺天旧家子[①]。赴试入都，舍于郊郭，时见对户一少年，美如冠玉[②]。心好之，渐近与语，风雅尤绝。大悦，捉臂邀至寓，便相款宴。审其姓氏，自言："金陵人，姓俞，名士忱，字恂九。"公子闻与同姓，又益亲洽，因订为昆仲[③]。少年遂以名减字为忱[④]。明日，过其家，书舍光洁，然门庭踧落[⑤]，更无厮仆。引公子入内，呼妹出拜，年十三四以来，肌肤莹澈，粉玉无其白也。少顷，托茗献客[⑥]，似家中亦无婢媪。公子异之，数语遂出。由是友爱如胞。恂九无日不来寓所，或留共宿，则以弱妹无伴为辞。公子曰："吾弟留寓千里，曾无应门之僮，兄妹纤弱，何以为生矣？计不如从我去，有斗舍可共栖止，如何？"恂九喜，约以闱后。

【注释】

①顺天：府名。明清指北京地区。旧家：往往指没落的世家。

②冠玉：装饰于帽子上的美玉。用以比喻美男子。

③订为昆仲：结为兄弟。昆仲，兄和弟的代称。

④以名减字为忱：指减去原名的"士"字，单名为"忱"，以与俞慎相称。

⑤踧(cù)落：萧条，冷落。

⑥茗：茶。

【译文】

俞慎，字谨庵，是顺天府的世家子弟。一次，他赴京赶考，住在城外，时常见到对面人家的一个年轻人，丰姿俊拔，面如美玉。俞慎心里很喜欢他，渐渐地与他接近交谈，更觉得他风流高雅，谈吐不俗。俞慎大为高兴，便拉着他的手，邀请到自己的住所，摆下酒宴款待他。问起姓名，年轻人自称："金陵人，姓俞，名士忱，字恂九。"俞慎一听他和自己同姓，更加觉得亲近，于是和他结拜为兄弟。那年轻人于是把"士"字去掉，单名俞忱。第二天，俞慎来到俞忱家拜望，只见他家书斋房舍很是整洁，但是门庭颇为冷落，连个仆人也没有。俞忱领着俞慎进到内室，叫妹妹出来拜见，只见她大约十三四岁的年纪，肌肤晶莹洁白，就连粉玉也无法相比。过了一会儿，她端上茶来递给俞慎，可见家里也没有丫环仆妇。俞慎感到很奇怪，说了几句话就告辞走了。从此以后，俞慎和俞忱便亲兄弟一样友爱。俞忱没有哪一天不到俞慎的住所，有时要留他一起睡觉，俞忱就推辞说妹妹还小没有人照顾。俞慎说："我弟离家千里，流落至此，竟然没有一个应门的僮仆，兄妹二人又很柔弱，以什么为生呢？我想，你们不如跟我回去，我倒是有间房可以让你们兄妹一起居住，怎么样？"俞忱听了很高兴，约定考试以后前往。

试毕，恂九邀公子去，曰："中秋月明如昼，妹子素秋，具有蔬酒，勿违其意。"竟挽入内。素秋出，略道温凉，便入复室，下帘治具。少间，自出行炙[1]。公子起曰："妹子奔波，情何以忍！"素秋笑入。顷之，搴帘出，则一青衣婢捧壶，又一媪托柈进烹鱼。公子讶曰："此辈何来？不早从事，而烦妹子？"恂九微哂曰[2]："素秋又弄怪矣。"但闻帘内吃吃作笑声，公子不解其故。既而筵终，婢媪撤器，公子适嗽，误堕婢衣，婢随唾而倒，碎碗流炙。视婢，则帛翦小人，仅四寸许。恂九大笑。素秋笑出，拾之而去。俄而婢复出，奔走如故。公子大异之。恂九曰："此不过妹子幼时，卜紫姑之小技耳[3]。"公子因问："弟妹都已长成，何未婚姻？"答云："先人即世[4]，去留尚无定所，故此迟迟。"遂与商定行期，鬻宅，携妹与公子俱西。

【注释】

①行炙：端送菜肴。

②哂(shěn)：微笑。

③卜紫姑之小技：指其剪帛为人的小把戏。紫姑，传说中女神的名字。我国的西南方，尤其是湘西地区，民间传说其为厕神，又作“子姑”、“厕姑”、“茅姑”、“坑姑”、“坑三姑娘”等。世人谓其能先知，多迎祀于家，占卜诸事。

④即世：去世。

【译文】

考试结束后，俞忱邀请俞慎去他那儿，说：“时值中秋佳节，月光亮如白昼，我妹妹素秋已经准备好酒菜，希望不要辜负了她的好意。”说着，就拉着俞慎进了内室。素秋出来，略微寒暄了几句，便走进套间，放下帘子，准备酒席。不一会儿，她亲自出来端上酒菜。俞慎起身说道：“让妹子如此操劳，我怎么忍心呢！”素秋笑着进去了。一会儿工夫，门帘撩起，却见一个身穿青衣的丫环捧着酒壶走出来，又有一个老妇人托着一盘鱼端上来。俞慎惊讶地说：“这些人从哪里来的？为什么不早点儿干活，劳烦妹子亲自动手？”俞忱微笑着说：“素秋又在作怪了。”只听见帘子里传来“吃吃”的笑声，俞慎弄不明白是怎么回事。等到酒宴结束，丫环仆妇来撤席，恰好俞慎咳嗽，唾液不小心沾到丫环的衣服上。那丫环唾液一上身就倒下了，碗砸得粉碎，汤流了一地。再看那丫环，原来是用帛剪的小人，只有四寸大小。俞忱大笑。素秋笑着走出来，拾起小人走了。过了一会儿，丫环又走出来，像刚才一样行走自如。俞慎大为惊异。俞忱说：“这不过是妹子小时候向紫姑神学的一些雕虫小技罢了。”俞慎于是问道：“你们兄妹都已经长大成人，为什么还没有婚嫁呢？”俞忱答道：“父母去世以后，我们连个固定的住所都没有，所以迟迟不能决定婚事。”俞慎便和他商定出发的日子，俞忱卖掉房子，带上妹妹和俞慎一起西行来到顺天府。

既归，除舍舍之，又遣一婢为之服役。公子妻，韩侍郎之犹女也[①]，尤怜爱素秋，饮食共之。公子与恂九亦然。而恂九又最慧，目下十行，试作一艺[②]，老宿不能及之[③]。公子劝赴童子试[④]，恂九曰："姑为此业者，聊与君分苦耳。自审福薄，不堪仕进，且一入此途，遂不能不戚戚于得失[⑤]，故不为也。"居三年，公子又下第[⑥]。恂九大为扼腕，奋然曰："榜上一名，何遂艰难若此！我初不欲为成败所惑，故宁寂寂耳。今见大哥不能自发舒[⑦]，不觉中热[⑧]，十九岁老童，当效驹驰也。"公子喜，试期[⑨]，送入场，邑、郡、道皆第一[⑩]。益与公子下帷攻苦。逾年科试，并为郡、邑冠军。恂九名大噪，远近争婚之，恂九悉却去。公子力劝之，乃以场后为解[⑪]。无何，试毕，倾慕者争录其文，相与传诵，恂九亦自觉第二人不屑居也。

【注释】

①侍郎：明清时，中央各部的副长官。犹女：侄女。

②艺：制艺。指八股文。

③老宿：宿儒，年老而阅历丰富的读书人。

④童子试：秀才资格考试。

⑤戚戚：动心。

⑥下第：落榜。

⑦发舒：立功扬名，得志显达。

⑧中热：心动，心热。中，内心。

⑨试期：指"童子试"试期。

⑩邑、郡、道皆第一：明清童生的考试由县试而府试而院试，即在县

试、府试、院试中都获得第一，考中了秀才。

⑪场后：此指参加乡试以后。

【译文】

到了家，俞慎打扫好房间让他们住下，又派了一个丫环服侍他们兄妹。俞慎的妻子是韩侍郎的侄女，特别喜欢素秋，常和她一起吃饭。俞慎和俞忱也是这样。俞忱非常聪明，读书一目十行，试着做一篇文章，就连老学究也比不上他。俞慎劝他去考秀才，俞忱说："我姑且做这些事，只不过看你读书很累，替你分担一点儿罢了。我自知福气很浅，不能够在仕途上有什么进展，而且一旦走上这条路，就不能不为了一点儿得失而忧心忡忡，所以我不想去考。"过了三年，俞慎考试又落了榜。俞忱很是为他不平，激奋地说："在榜上占据一席，怎么会艰难到如此地步呢！起初我不想为成败所迷惑，所以宁愿默默无闻。今日见大哥不能高中扬名，心中不觉发热，我这个十九岁的老童生，也要像马驹一样驰骋考场了。"俞慎很高兴，到了考试的日子便送他去考场，在县、郡、道的考试中，他都考了第一名。于是，俞忱越发和俞慎一起刻苦攻读。第二年，两人一起参加考试，并列为郡、县冠军。俞忱于是声名大噪，远近的许多人家都想和他结亲，俞忱一一拒绝了。俞慎竭力劝他答应，他才推托说等乡试结束后再商量。过了不久，考试结束，倾慕俞忱文采的人争相抄录他的文章，互相传颂，连俞忱自己也觉得考个第二名他都不屑一顾。

榜既放，兄弟皆黜。时方对酌，公子尚强作噱①；恂九失色，酒盏倾堕，身仆案下。扶置榻上，病已困殆。急呼妹至，张目谓公子曰："吾两人情虽如胞，实非同族。弟自分已登鬼箓②，衔恩无可相报，素秋已长成，既蒙嫂氏抚爱，媵之可也③。"公子作色曰："是真吾弟之乱命矣④！其将谓我人头畜鸣者耶[5]！”恂九泣下。公子即以重金为购良材[6]。恂九命舁至[7]，力疾而入[8]。嘱妹曰：“我没后，急阖棺，无令一人开视。”公子尚欲有言，而目已瞑矣。公子哀伤，如丧手足。然窃疑其嘱异，俟素秋他出，启而视之，则冠巾袍服如蜕[9]，揭之，有蠹鱼径尺[10]，僵卧其中。骇异间，素秋促入，惨然曰：“兄弟何所隔阂？所以然者，非避兄也，但恐传布飞扬，妾亦不能久居耳。”公子曰：“礼缘情制[11]，情之所在，异族何殊焉？妹宁不知我心乎？即中馈当无漏言[12]，请勿虑。”遂速卜吉期，厚葬之。

【注释】

①噱（jué）：谈笑，大笑。

②鬼箓：死者名册。晋陶渊明《拟挽歌辞》：“昨暮同为人，今且在鬼箓。”

③媵（yìng）之：收之为姬妾。媵，姬妾婢女。

④乱命：病重昏迷时的遗言。指其主意荒谬。《左传·宣公十五年》：魏武子有嬖妾无子。武子生病时命其子颗曰：“必嫁是。”病重时又说：“必以为殉。”武子死后，颗将嬖妾嫁出，曰：“疾病则乱，我从其治也。”

⑤人头畜鸣：指外貌是人，但行为像畜牲。

⑥良材：上等棺木。

⑦舁（yú）：抬。

⑧力疾：竭力支撑着病体。

⑨蜕（tuì）：蝉或蛇之类脱下的皮。

⑩蠹（dù）鱼：即衣鱼，蛀蚀书籍的小虫。身体细长而扁平，上有银灰色细鳞，形似鱼，故名。

⑪礼缘情制：礼法因人情而制定。

⑫中馈：妻子。

【译文】

等到放榜，俞氏兄弟二人却都落了榜。当时，二人正在对饮，听到这个消息，俞慎还能强颜欢笑；但俞忱却大惊失色，手中的酒杯打翻掉在地上，身子也仆倒在桌子下面。俞慎将他扶到床上躺下，他的病情已经很危急了。俞慎急忙把素秋叫来，俞忱睁开眼睛，对俞慎说："我们二人虽然亲如手足，实际上并非同族。我自己感觉已经上了阎王的鬼簿了，多年来一直受你的恩惠，无法报答，素秋已经长大成人，承蒙嫂夫人抚爱有加，就让她做你的妾吧。"俞慎脸色一变，说道："弟弟真是胡言乱语！难道要让人骂我是衣冠禽兽吗？"俞忱感动得流下眼泪。俞慎马上用重金替他买来上好的棺材，俞忱让人抬到床前，竭尽全力爬进去，嘱咐素秋说："我死后，马上将棺材盖上，不要让人打开来看。"俞慎还想再说点儿什么，俞忱的眼睛已经闭上了。俞慎十分哀伤，就像死了亲兄弟一样。但他暗自怀疑俞忱的遗言有些奇怪，便趁素秋外出的机会，打开棺材来看，只见棺材里的袍服好像蛇蜕下来的皮，掀起来一看，却是一条一尺左右的书虫，僵卧在那里。俞慎正在惊异之间，素秋急促地走进来，神色凄惨地说："兄弟之间有什么好隐瞒的？之所以这样做，并不是有意回避兄长，只是怕这件事张扬出去，我也不能长久地住下去了。"俞慎说："礼法是根据人的感情制定的，只要有了感情，即使是异类，又有什么不一样的呢？妹妹难道不明白我的心吗？即使对我夫人，也不会透露半点儿的，请不要担心。"于是，俞慎赶快选好吉日，厚葬了俞忱。

初，公子欲以素秋论婚于世家，恂九不欲。既没，公子以商素秋，素秋不应。公子曰："妹年已二十矣，长而不嫁，人其谓我何？"对曰："若然①，但惟兄命。然自顾无福相，不愿入侯门，寒士而可。”公子曰：“诺。”不数日，冰媒相属[2]，卒无所可[3]。先是，公子之妻弟韩荃来吊，得窥素秋，心爱悦之，欲购作小妻[4]。谋之姊，姊急戒勿言，恐公子知。韩去，终不能释，托媒风示公子，许为买乡场关节[5]。公子闻之，大怒，诟骂，将致意者批逐出门[6]，自此交往遂绝。适有故尚书之孙某甲，将娶而妇忽卒，亦遣冰来[7]。其甲第云连[8]，公子之所素识，然欲一见其人，因与媒约，使甲躬谒[9]。及期，垂帘于内，令素秋自相之。甲至，裘马骀从，炫耀闾里。又视其人，秀雅如处女。公子大悦，见者咸赞美之，而素秋殊不乐。公子不听，竟许之。盛备奁装[10]，计费不赀[11]。素秋固止之，但讨一老大婢，供给使而已。公子亦不之听，卒厚赠焉。

【注释】

①若然：如果这样。

②冰媒相属：媒人连续前来。冰媒，媒人。

③卒无所可：始终没有称心的。可，可意，中意。

④小妻：指妾。

⑤乡场：乡试。关节：指行贿人情。

⑥批逐：掌嘴驱逐。批，批颊。

⑦冰：媒人。

⑧甲第：旧时显贵者的宅第。云连：与云相接，形容高大众多。

⑨躬谒：亲自来见。

⑩奁(lián)装：妆奁，陪送嫁妆。

⑪不赀(zī)：无数。

【译文】

起初，俞慎想把素秋嫁给当地的名门望族，俞忱不同意。俞忱死了以后，俞慎又拿这事和素秋商量，素秋还是不答应。俞慎说："妹子今年已经二十岁了，该嫁的时候却不出嫁，人家会怎么看我呢？"素秋回答道："如果是这样，就听凭兄长的吩咐了。但我自认为没有福相，不愿高攀名门大户，找个贫寒书生就可以了。"俞慎说："好吧。"没几天，媒人们接踵而至，但素秋一个也没看上。此前，俞慎妻子的弟弟韩荃来吊唁俞忱时，得以见到素秋，心中非常喜爱她，便想把她买回去做小妾。他和姐姐商量此事，姐姐急忙告诫他不要再提，生怕被俞慎知道。韩荃走了以后，心中终究放不下，便托媒人来暗示俞慎，如果答应这门亲事，他就替俞慎去打通乡试主考官的关节。俞慎听说以后，十分愤怒，狠狠地骂了韩荃一顿，并将带话的人赶出了家门，自此，两人的交往就断绝了。恰好，这时有一位已故尚书的孙子某甲，将要娶亲时，未婚妻忽然死去，也派媒人前来提亲。某甲家高宅大院，非常富有，俞慎一直就知道，但他很想见一见某甲本人，便和媒人约定，让某甲亲自上门拜访。到了约定的日期，俞慎让素秋在内室放下帘子，由她自己相看。某甲来时，身穿裘袍，骑着大马，后面跟着一帮随从，故意在街上炫耀。某甲本人长得也很俊秀文雅，像个姑娘。俞慎一见，大为高兴，见到某甲的人也都赞美他，唯独素秋很不高兴。俞慎便不听素秋的意见，竟然答应将素秋许配给某甲。他又准备了丰盛的嫁妆，花了不少的钱财。素秋竭力制止，说只要一个老婢女供她使唤就可以了。俞慎也不听她的，终于还是陪送了一大笔嫁妆。

既嫁，琴瑟甚敦。然兄嫂常系念之，每月辄一归宁。来时，奁中珠绣，必携数事，付嫂收贮。嫂未知其意，亦姑从之。甲少孤，止有寡母，溺爱过于寻常，日近匪人[①]，渐诱淫赌，家传书画鼎彝[②]，皆以鬻还戏债[③]。而韩荃与有瓜葛，因招饮而窃探之，愿以两妾及五百金易素秋。甲初不肯，韩固求之，甲意似摇，然恐公子不甘。韩曰：“我与彼至戚，此又非其支系[4]，若事已成，则彼亦无如何。万一有他，我身任之。有家君在，何畏一俞谨庵哉！”遂盛妆两姬出行酒，且曰：“果如所约，此即君家人矣。”甲惑之，约期而去。至日，虑韩诈谖[5]，夜候于途，果有舆来，启帘照验不虚，乃导去，姑置斋中。韩仆以五百金交兑俱明。甲奔入，伪告素秋，言公子暴病相呼。素秋未遑理妆[6]，草草遂出。舆既发，夜迷不知何所，逴行良远[7]，殊不可到。忽有二巨烛来，众窃喜其可以问途。无何，至前，则巨蟒两目如灯。众大骇，人马俱窜，委舆路侧。将曙复集，则空舆存焉。意必葬于蛇腹，归告主人，垂首丧气而已。

【注释】

①匪人：行为不正的人。

②鼎彝：“鼎”和“彝”都是古代青铜器。这里指珍贵的古玩。

③戏债：赌债。戏，博戏。

④支系：宗族的分支。此指同族。

⑤诈谖(xuān)：欺诈。

⑥未遑：来不及，没有时间。

⑦逴(chuō)行：远行。

【译文】

素秋嫁过去以后，夫妻感情很好。但是兄嫂时常挂念她，所以她每个月都要回来看望一次。来的时候，素秋都要将梳妆盒里的首饰带几件回来，交给嫂子收藏起来。嫂子不明白她的用意，也就暂且代她保存。某甲小时候就没了父亲，只有寡母，因此母亲对他十分溺爱。他经常和坏人接近，那些人渐渐地引诱他嫖赌，家中的书画、古玩，都被他拿去卖了偿还那些赌债。韩荃和某甲素来有交往，有一次请他喝酒，暗中探听他的口风，愿意用两个小妾和五百两银子交换素秋。某甲开始不肯答应，韩荃再三请求，某甲心中似乎有些动摇，但是他担心俞慎不能善罢干休。韩荃说："我和他是至亲，再说素秋又不是他的亲妹妹，等到事情办成了，他也就没办法了。万一有什么事，由我一个人承担。有我父亲在，还怕他一个俞谨庵吗！"说完，他让两个盛装打扮的侍妾出来陪某甲喝酒，并且说："这事果然办成的话，这两个侍妾就归你了。"某甲被韩荃迷惑，约定好日期回家去了。到了那一天，某甲还担心韩荃有诈，夜里就守候在路边，果然有车子前来，某甲打开车帘查验，发现果然不假，便将她们引回家去，暂且安置在书房里。韩荃的仆人又当面交给他五百两银子。某甲清点完毕，便奔到内室，假装告诉素秋说哥哥得了暴病，叫赶紧回去。素秋来不及梳妆打扮，便急急忙忙出了门。车子上了路，走了不久就因为夜色迷了路，不知到了什么地方，一直走了很远，还是没有到韩府。忽然，前面有两只巨烛走来，韩府的仆人心中暗喜，以为可以上前问路了。不一会儿，两只大蜡烛来到跟前，原来是一条目光如炬的大蟒蛇。众人大为惊恐，吓得四下逃窜，把车子丢在了路边。等到天快亮的时候，他们又聚到一起，发现只剩下一辆空车。他们猜想素秋一定是被蛇吃了，便回去告诉主人，韩荃也只能垂头丧气。

数日后，公子遣人诣妹，始知为恶人赚去，初不疑其婿之伪也。取婢归，细诘情迹[①]，微窥其变，忿甚，遍愬郡邑[②]。某甲惧，求救于韩。韩以金妾两亡，正复懊丧，斥绝不为力。甲呆憨无所复计，各处勾牒至，但以赂嘱免行。月馀，金珠服饰，典货一空。公子于宪府究理甚急[③]，邑官皆奉严令，甲知不可复匿，始出，至公堂实情尽吐。蒙宪票拘韩对质，韩惧，以情告父。父时休致[④]，怒其所为不法，执付隶。既见诸官府,言及遇蟒之变,悉谓其词枝[5]。家人搒掠殆遍,甲亦屡被敲楚[6]。幸母日鬻田产,上下营救,刑轻得不死,而韩仆已瘐毙矣[7]。韩久困囹圄[8],愿助甲赂公子千金,哀求罢讼。公子不许。甲母又请益以二姬,但求姑存疑案,以待寻访。妻又承叔母命,朝夕解免,公子乃许之。甲家綦贫,货宅办金,而急切不能得售,因先送姬来,乞其延缓。

【注释】

①情迹:事情的经过。

②愬(sù):诉讼。

③宪府:旧时称御史为"宪府",清代称巡抚、布政使和按察使为"三大宪"。此处指朝廷委驻各行省的高级官吏衙门。

④休致:官吏年老去职。清制,自陈衰老,经朝廷允许休致的,称"自请休致";老不称职,谕旨令其休致的,称"勒令休致"。

⑤词枝:意谓胡扯乱编。《易·系辞》:"中心疑者其辞枝。"疏:"枝,谓树枝也,中心于事疑惑,则其心不定,其辞分散若间枝也。"

⑥敲楚:扑责。楚,刑杖。

⑦瘐(yǔ)毙:病死狱中。

⑧囹圄(líng yǔ):监狱。

【译文】

几天以后,俞慎派人去看望妹妹,这才知道被恶人骗走了,起初他也没有怀疑是某甲从中搞鬼。俞慎把素秋的婢女叫回家,细细地盘问事情的经过,才稍微发现其中的变故,他十分气愤,跑到州县衙门去告状。某甲心中害怕,向韩荃求救。韩荃正在因为人财两空,懊丧不已,便斥责某甲,绝不肯替他出力。某甲又呆又蠢,再也无计可施,各处衙门发来传票,他都送上贿赂,请求不要执行。一个多月的时候,家里的金银、珠宝、服饰，已经被变卖一空了。俞慎又告到省里，省衙追查得很是紧急，郡县官员只能服从上面的指示，某甲知道再也隐藏不下去了，这才出庭，在公堂上把所有的实情都招供出来。省衙发出传票，要将韩荃拘来当庭对质，韩荃害怕了，便将实情告诉了父亲。他父亲当时已经辞官在家，对他所做的违法行为十分震怒，将他抓起来交给差役带走。到了公堂上，韩荃说到遇到蟒蛇的变故，审判官员都认为荒诞不经，纯属胡言。韩家几乎所有的仆人都被拷问，某甲也屡屡受刑。幸亏某甲的母亲每天变卖田产，上下打点营救，所受的刑不重，没被打死，而韩家的仆人却已经在狱中病死了。韩荃长时间困在狱中，情愿拿出一千两银子帮助某甲贿赂俞慎，哀求他撤销诉讼。俞慎拒不答应。某甲的母亲又请求加上两名侍妾，只求他姑且将此案当作疑案放一放，让人去寻找素秋的下落。俞慎的妻子也受婶婶的嘱托，每天求俞慎撤回状子，俞慎便答应了。某甲家已经很贫穷了，想卖掉房产，筹办银两，但急切之间又卖不出去，于是先将侍妾送过来，乞求俞慎宽限时日。

逾数日，公子夜坐斋头，素秋偕一媪，蓦然忽入。公子骇问："妹固无恙耶？"笑曰："蟒变乃妹之小术耳。当夜窜入一秀才家，依于其母。彼自言识兄，今在门外，请入之也。"公子倒屣而出[①]，烛之，非他，乃周生，宛平之名士也[②]，素以声气相善。把臂入斋，款洽臻至。倾谈既久，始知颠末[③]。初，素秋昧爽款生门[④]，母纳入，诘之，知为公子妹，便将驰报。素秋止之，因与母居。慧能解意，母悦之，以子无妇，窃属意素秋，微言之[⑤]。素秋以未奉兄命为辞。生亦以公子交契[⑥]，故不肯作无媒之合，但频频侦听。知讼事已有关说[⑦]，素秋乃告母欲归。母遣生率一媪送之，即嘱媪媒焉。公子以素秋居生家久，窃有心而未言也，及闻媪言，大喜，即与生面订为好。先是，素秋夜归，将使公子得金而后宣之，公子不可，曰："向愤无所泄，故索金以败之耳。今复见妹，万金何能易哉！"即遣人告诸两家，顿罢之[8]。又念生家故不甚丰，道赊远[9]，亲迎殊艰，因移生母来，居以恂九旧第。生亦备币帛鼓乐，婚嫁成礼。一日，嫂戏素秋："今得新婿，曩年枕席之爱，犹忆之否？"素秋微笑，因顾婢曰："忆之否？"嫂不解，研问之，盖三年床第，皆以婢代。每夕，以笔画其两眉，驱之去，即对烛而坐，婿亦不之辨也。益奇之，求其术，但笑不言。

【注释】

①倒屣(xǐ)：急于出迎，把鞋子倒穿。《三国志·魏书·王粲传》："献帝西迁，粲徙长安，左中郎将蔡邕见而奇之。时邕才学显著，贵重朝廷，常车骑填巷，宾客盈坐。闻粲在门，倒屣迎之。粲至，年既幼弱，容状短小，一坐尽惊。"

②宛平：旧县名。在今北京南部。

③颠末：事情的原委。

④昧爽：天未亮。款：敲。

⑤微言之：婉转含蓄地说明心意。

⑥交契：交情很好。契，意气相合。

⑦关说：调解说情。

⑧顿：立刻。罢之：指罢讼。

⑨赊远：遥远。

【译文】

过了几天，俞慎夜里正在书房坐着，素秋忽然带着一个老妇人走了进来。俞慎惊讶地问道："妹妹一直安然无恙吗？"素秋笑着说："那条大蟒蛇只不过是我玩的一个小法术。那天夜里,我逃到一个秀才的家里,和他的母亲住在一起。秀才自己说他认识哥哥你,现在就在门外等候,请让他进来吧。”俞慎一听,急忙趿拉着鞋迎出门,用灯一照,果然不是别人,正是周生——乃是宛平的名士,二人平时就很意气相投。于是俞慎拉着周生的胳膊进入书房,极为热情地款待他。二人倾心地谈了很久,这才知道素秋失踪后的经历。原来,素秋天刚刚亮时去敲周生的家门,他母亲开门让素秋进家,在问明了情况以后,他们知道素秋是俞慎的妹妹,便要赶紧来通知他。素秋阻止了他们,便和周母住在一起。素秋不仅聪慧,而且善解人意,周母非常喜欢他,因为儿子还没有媳妇,便暗暗地把素秋看作未来的儿媳,并且探听素秋的意思。素秋推辞说没有得到哥哥的同意,不敢擅自做主。周生也因为和俞慎交情不错,所以也不肯在没有媒人提亲的情况下就和素秋结合,只是频频地打听案子的进展情况。当知道案子已经有了结论以后,素秋便向周母告辞回家。周母便让周生带一个老妇人送素秋回家,而且嘱咐老妇人代为说媒。俞慎因为素秋住在周家这么长时间,心中早有此意但又不便明言,等听到老妇人来为周生说媒,不由大喜,就和周生当面订下婚约。此前,素秋趁着夜色回家,是想让俞慎得到某甲的那笔银子以后再将此事公开。俞慎认为不可,说:“原来是因为心中的愤怒无从发泄,才索要钱财好让他家败落。如今又见到了妹妹,岂是万两黄金能换得来的呢!”于是,他派人告诉某甲、韩荃两家,这场官司也就立即结束了。俞慎又想到周生家本来就不很富裕,路途又遥远,前来迎亲很困难,便将周生的母亲接来,住在原来俞忱住的旧屋。周生也准备好嫁妆,找来鼓乐,于是举行了婚礼。一天,嫂子对素秋开玩笑地说:“如今你有了新女婿,从前的夫妻之乐还记得吗?”素秋笑了笑,便回头问丫环道:“你还记得吗?”嫂子不明白,便追问究竟,原来那三年的夫妻生活,素秋都是让丫环代替的——每天晚上,素秋用笔替丫环画眉,让她替自己去卧室,即使丫环在灯下和某甲面对面坐着,某甲也分辨不出来。嫂子越发感到神奇,想让素秋教她法术，素秋只是笑着不肯说。

次年大比[①]，生将与公子偕往。素秋以为不必，公子强挽之而去。是科，公子荐于乡[②]，生落第归，隐有退志。逾岁，母卒，遂不复言进取矣。一日，素秋告嫂曰："向问我术，固未肯以此骇物听也[③]。今远别行有日矣，请秘授之，亦可以避兵燹[④]。"惊而问之，答云："三年后，此处当无人烟。妾荏弱不堪惊恐，将蹈海滨而隐。大哥富贵中人，不可以偕，故言别也。"乃以术悉授嫂。数日，又告公子。留之不得，至于泣下，问："往何所？"即亦不言。鸡鸣早起，携一白须奴，控双卫而去[⑤]。公子阴使人尾送之，至胶莱之界[⑥]，尘雾幛天[⑦]，既晴，已迷所往。三年后，闯寇犯顺[⑧]，村舍为墟。韩夫人翦帛置门内，寇至，见云绕韦驮高丈馀[⑨]，遂骇走，以是得无恙焉。

【注释】

①大比：乡试。明清科举制度，每三年举行一次乡试，叫"大比"。

②荐于乡：考中举人。

③骇物听：耸动舆论。物听，舆论，舆情。

④兵燹(xiǎn)：战火，战乱。

⑤卫：驴的别称。

⑥胶莱之界：胶州、莱州一带，今山东省东北部沿海地区。

⑦幛：题字的布幅。这里是遮蔽的意思。

⑧闯寇犯顺：指明末农民起义军李自成率众造反，反对明朝统治。李自成称李闯王。闯寇，是蔑称。犯顺，以逆犯顺，谓造反作乱。

⑨韦驮：佛教护法神。其塑像威武高大，穿古武将服，手持金刚杵。

【译文】

第二年，朝廷举行乡试，周生打算和俞慎一同前往。素秋认为周生不必去，俞慎强拉着周生走了。果然这一科考试，俞慎考中了，而周生落榜而归，心中渐渐产生了不再考取功名的想法。第二年，周生的母亲去世，周生于是再也不提进京赶考的事了。一天，素秋对嫂子说："从前你问我法术，我不肯答应，是怕它会耸人听闻。今天我就要远行了，一去将会很久，所以想悄悄地将法术教给你，将来也可以靠它逃避战乱。"嫂子惊讶地问是怎么回事，素秋回答道："三年以后，这里将会荒无人烟。我很孱弱，受不了惊慌恐惧，所以要逃到海滨隐居起来。大哥是富贵中人，不能带他一起走，所以要就此告别。"说完，便将法术全都传授给了嫂子。过了几天，素秋又把想法告诉了俞慎。俞慎挽留不成，伤心得流下眼泪，问素秋道："你要到哪里去呢？"素秋也不肯说明。第二天鸡叫的时候，素秋早早起床，带着一个留着白胡子的奴仆，骑着两头驴子走了。俞慎暗中派人尾随在后面相送，走到胶莱地界时，突然天空中布满了尘雾，等到天晴了以后，已经不知道素秋他们到哪里去了。三年后，李自成的军队打到顺天府，村庄房舍都化为废墟。俞慎的妻子剪了一块帛放在门内，流寇来的时候，只见云雾缭绕着有一丈多高的守护神韦驮，就吓得逃跑了，因此，俞家得以保全，安然无恙。

后村中有贾客至海上[①]，遇一叟甚似老奴，而髭发尽黑，猝不敢认。叟停足而笑曰："我家公子尚健耶？借口寄语：秋姑亦甚安乐。"问其居何里，曰："远矣，远矣！"匆匆遂去。公子闻之，使人于所在遍访之，竟无踪迹。

【注释】

①贾客：商人。

【译文】

后来，俞慎村子上有商人来到海上，遇到一个老头，很像白胡子老奴，但是胡子和头发全都是黑的，一下子倒认不出来。老头停住脚，笑着问道："我们家的公子还健康吗？麻烦你回去带个信，就说素秋姑娘也很安乐。"商人问他住在什么地方，他回答道："太远了，太远了！"说完，就匆匆离去了。俞慎听说以后，派人在老头出现的地方找了个遍，竟然没有发现一点儿素秋的踪迹。

异史氏曰：管城子无食肉相①，其来旧矣。初念甚明，而乃持之不坚。宁知糊眼主司②，固衡命不衡文耶③？一击不中，冥然遂死④，蠹鱼之痴，一何可怜！伤哉雄飞，不如雌伏⑤。

【注释】

①管城子：唐韩愈曾写《毛颖传》，说毛笔被封在管城，叫"管城子"，后因为毛笔的代称。这里指读书人。无食肉相：意谓没有封侯做大官的相貌或运气。食肉相，指封侯之相。《后汉书·班超传》："（超）行诣相者……相者指曰：'生燕颔虎颈，飞而食肉，此万里侯相也。'"宋黄庭坚《戏呈孔毅父》诗："管城子无食肉相，孔方兄有绝文书。"

②糊眼：谓眼睛昏眊，无辨识能力。主司：主管官员。指科场试官。

③衡：权衡，评判。

④一击不中，冥然遂死：指俞士忱耻于考了一次乡试没考中而死去。一击不中，典出唐传奇《聂隐娘》中"妙手空空儿"事："隐娘自刘口中跃出，贺曰：'仆射无患矣。此人如俊鹘，一搏不中，翩然远逝，耻其不中耳，才未逾一刻，已千里矣。'"

⑤雄飞：喻奋发。雌伏：喻退让不争。《后汉书·赵典传》："大丈夫当雄飞，安能雌伏！"

【译文】

异史氏说：读书人本来就没有做大官的福相，这个规律从来就如此。开始的想法倒很明确，但究竟还是没能坚持下去。他们哪里知道那些瞎了眼的主考官们，本来就是只以命运作为取士的标准，哪里会根据文章的好坏呢？一次考试没能中第，便昏昏然死去，书蛀虫的痴情，真是多么可怜啊！悲伤啊，男子汉大丈夫与其去争取扬名立功，倒不如甘于贫寒，反而能长保安乐！

贾奉雉

【题解】

贾奉雉不满于科举取士的黑白颠倒，愤而出家，可以看作是用小说的形式对于科举制度的反讽。

本篇可以分为两个部分：后一部分虽然占的篇幅较长，曲近人情，包括贾奉雉出家后在山里受到考验失败，重返人世，发现世事全非，子孙潦倒，不得已重操旧业参加科举考试，获得功名。在经历官场声名赫奕，被充辽阳军，再次醒悟，慨叹"荣华之场，皆地狱境界"，夫妇入海登上仙境等情节，但它们似乎在六朝小说和唐传奇，比如《幽冥录·刘晨阮肇》、《杜子春》、《枕中记》、《柳毅传》等作品中都可以看到相关情节的影子。而前一部分写才子贾奉雉在科场上以精美的文章参加考试，"试辄不售"，最后"戏于落卷中，集其阘冗泛滥，不可告人之句，连缀成文"，反而"竟中经魁"，则来自于蒲松龄的原创，以嬉笑怒骂之笔揭示了科举对于文化和文人深层次的戕害，是作品中最为精华和最为精彩的部分。

明清时期的科举制度是国家的文化导向，直接影响了明清时期中国文化的发展。贾奉雉的经历是那个时代文人精神受到折磨的突出代表。他出家成仙，后来考中了进士，当了大官，都是不切实际的浪漫幻想，大多数文人只像《王子安》篇所言“日渐远，气渐平，技又渐痒，遂似破卵之鸠，只得衔木营巢，从新另抱”。“异史氏曰”：“乃再返人世，遂以口腹自贬，贫贱之中人甚矣哉！”是蒲松龄的切身感受，是直面现实后大多数知识分子不能不面对的痛苦选择。

贾奉雉，平凉人①，才名冠一时，而试辄不售②。一日，途中遇一秀才，自言郎姓，风格洒然，谈言微中③。因邀俱归，出课艺就正④。郎读罢，不甚称许，曰：“足下文⑤，小试取第一则有馀⑥，闱场取榜尾则不足⑦。”贾曰：“奈何？”郎曰：“天下事，仰而跂之则难⑧，俯而就之甚易⑨，此何须鄙人言哉！”遂指一二人、一二篇以为标准，大率贾所鄙弃而不屑道者。闻之，笑曰：“学者立言，贵乎不朽⑩，即味列八珍⑪，当使天下不以为泰耳⑫。如此猎取功名，虽登台阁⑬，犹为贱也。”郎曰：“不然。文章虽美，贱则弗传。君欲抱卷以终也则已，不然，帘内诸官，皆以此等物事进身⑭，恐不能因阅君文，另换一副眼睛肺肠也。”贾终嘿然⑮。郎起而笑曰：“少年盛气哉！”遂别而去。

【注释】

①平凉：府名。位于甘肃省东部，今为甘肃平凉。

②不售：卖不出去。指没有被录取。

③谈言微中（zhòng）：言谈隐约委婉而切中事理。《史记·滑稽列传》：“谈言微中，亦可解纷。”

④课艺：八股文的习作。就正：请求指导。

⑤足下：称呼对方的敬辞。

⑥小试：指参加府、县及学政的考试，也称“小考”或“小场”，即岁试或科试。

⑦闱场：也称“大场”，指乡试或会试。闱，考场，乡试称“秋闱”，会试称“春闱”。榜尾：指榜上最后一名。

⑧仰而跂(qǐ)之：谓仰首高攀。跂，踮起脚尖。

⑨俯而就之：降格屈从。《礼记·檀弓》：“子思曰：先王之制礼也，过之者，俯而就之；不至焉者，跂而及之。”以上两句化用其义。

⑩“学者”二句：立言，著书立说，确立独到的论说言辞。也泛指写文章。贵乎不朽，永传后世。《左传·襄公二十四年》：“太上有立德，其次有立功，其次有立言，虽久不废，此谓之不朽。”疏：“立言，谓言得其要，理足可传。”

⑪味列八珍：指古时八种烹饪方法。《周礼·天官·膳夫》：“凡王之馈，食用六谷，膳用六牲，饮用六清，羞用百二十品，珍用八物……”注：“珍谓淳熬、淳母、炮豚、炮牂、捣珍、渍、熬、肝膋也。”

⑫泰：泰侈，过分。

⑬台阁：指宰相之类的告官重臣。

⑭物事：东西。这里指陋劣的八股文。进身：发迹，升官。

⑮嘿(mò)然：沉默不言的样子。《荀子·不苟》：“君子至德，嘿然而喻。”嘿，同“默”。

【译文】

贾奉雉是平凉人，他的才名倾倒一时，但科举考试却屡次不中。有一天，他在路上遇到一个自称姓郎的秀才，风度潇洒，言谈精微，颇有见地。贾奉雉于是邀请他一同回家，并拿出自己的文章请他指导。郎秀才读完，不是很赞赏，说：“足下的文章，参加小考拿个第一名已经绰绰有馀，但如果参加乡试，只怕连排在榜尾也不能。”贾奉雉问：“那我该怎么办呢？”郎秀才回答道：“天下的事情，仰着头踮着脚去够就很难办到，但低下身子屈从就很容易做到了，又何必让我来讲这些道理呢！”说着，便举出一两个人、一两篇文章作为标准，而这些大都是贾奉雉平时所鄙弃，不值一提的。贾奉雉听了，不由笑着说：“学者写文章，贵在流传不朽，这样即使享受山珍海味，也不会让世人觉得过于奢侈。但是像你说的那样猎取功名，即使能够做上大官，还是让人觉得低贱。”郎秀才说：“并非如此。文章写得虽好，但如果作者地位卑贱，就不会广为流传。你如果想抱着文章了此一生倒也就罢了，不然的话，那些主考官们可都是通过这种文章才做上大官的，他们恐怕不会因为要阅读你的文章，而另外换一副眼睛和肺肠吧。”贾奉雉听了，默默不语。郎秀才站起身来，笑着说：“真是年轻气盛啊！”说完，便告别而去。

是秋入闱复落①，邑邑不得志②，颇思郎言，遂取前所指示者强读之。未至终篇，昏昏欲睡，心惶惑无以自主。又三年，闱场将近，郎忽至，相见甚欢。因出所拟七题，使贾作之。越日，索文而阅，不以为可，又令复作。作已，又訾之③。贾戏于落卷中④，集其阘冗泛滥⑤，不可告人之句，连缀成文，俟其来而示之。郎喜曰：“得之矣！”因使熟记，坚嘱勿忘。贾笑曰：“实相告：此言不由中⑥，转瞬即去，便受夏楚⑦，不能复忆之也。”郎坐案头，强令自诵一过，因使袒背，以笔写符而去，曰：“只此已足，可以束阁群书矣⑧。”验其符，濯之不下，深入肌理。至场中，七题无一遗者⑨。回思诸作，茫不记忆，惟戏缀之文，历历在心⑩。然把笔终以为羞，欲少窜易⑪，而颠倒苦思，竟不能复更一字。日已西坠，直录而出⑫。

【注释】

①落：黜落，落榜。

②邑邑：忧郁不乐的样子。

③訾(zǐ)：指责，非议。

④落卷：落选的考卷。

⑤阘(tà)冗泛滥：指文词格调低下，啰嗦浮泛。阘冗，低劣。

⑥中：同"衷"。

⑦夏(jiǎ)楚：古时学校的体罚用具。见《礼记·学记》。夏，亦作"榎"。

⑧束阁群书：把群书束之高阁，不再需要用功读书了。

⑨七题：即"七艺"。乡试第一场试时文七篇，四书三题，经书四题。

⑩历历：清晰的样子。

⑪窜易：更改。

⑫直录：直接抄录。

【译文】

这年秋天，贾奉雉参加科考，又落了榜，郁郁不得志，他突然想起郎秀才的话，便取出郎秀才让他当标准的那些文章，强迫自己往下读。但是还没有读完，就已经昏睡了，因此，他心中更加惶恐迷惑，不能自主。又过了三年，眼看考期将至，郎秀才忽然来了，两人见面都很高兴。郎秀才出示他拟的七个题目，让贾奉雉作文。第二天，他要来文章一看，认为写得不行，又让贾奉雉重新来做。等贾奉雉做完了，又是一番指责。贾奉雉便开玩笑地从落榜生的试卷中，摘了一些又臭又长、空洞无物、见不得人的句子，七拼八凑成七篇文章，等郎秀才来了以后交给他看。郎秀才看完，高兴地说："总算让你找到写文章的窍门了！"于是让他熟记这些文章，一再叮嘱他不可忘记。贾奉雉笑着说："实话告诉你吧，这些文字都是言不由衷的东西，一眨眼的工夫就会忘记，你即使是打我一顿，我也记不起来了。"郎秀才坐在书桌一边，强迫贾奉雉把这些文章背诵一遍，然后又让他脱去上衣，露出后背，用笔在上面划了几道符，临行前说："只要有这几篇文章就足够了，其他的书可以束之高阁了。”等郎秀才走后，贾奉雉检查背上的符，洗也洗不掉，原来已经深深印到皮肉里面去了。贾奉雉来到考场，发现郎秀才拟的那七道题无一遗漏。他回想自己写的其他文章，却一点儿也想不起来，只有那几篇开玩笑拼凑成的文章，倒是清晰地记在心里，挥之不去。但他写完以后，还是觉得羞耻，想稍稍加以改动，但他翻来复去，苦思冥想，竟然不能更改一个字。眼看太阳就要下山，他只好照直抄录下那七篇文章，然后走出考场。

郎候之已久，问：“何暮也？”贾以实告，即求拭符，视之，已漫灭矣。再忆场中文，遂如隔世①。大奇之。因问：“何不自谋？”笑曰：“某惟不作此等想，故能不读此等文也。”遂约明日过诸其寓，贾诺之。郎既去，贾取文稿自阅之，大非本怀，怏怏不自得，不复访郎，嗒丧而归②。未几，榜发，竟中经魁③。又阅旧稿，一读一汗，读竟，重衣尽湿。自言曰：“此文一出，何以见天下士矣！”方惭怍间，郎忽至曰：“求中既中矣，何其闷也？”曰：“仆适自念，以金盆玉碗贮狗矢④，真无颜出见同人。行将遁迹山丘，与世长绝矣。”郎曰：“此亦大高，但恐不能耳。果能之，仆引见一人，长生可得。并千载之名，亦不足恋，况傥来之富贵乎⑤！”贾悦，留与共宿，曰：“容某思之。”天明，谓郎曰：“予志决矣！”不告妻子，飘然遂去。

【注释】

①隔世：间隔一个世代，谓时间久远。

②嗒（tà）丧：失意沮丧。

③经魁：明清科举分五经取士，每科乡试及会试，于五经中各取其

第一名，明代称之为“五经魁首”，清代称“经魁”。此指乡试经魁。

④以金盆玉碗贮狗矢：喻名高贵而实丑劣。《新五代史·孙晟传》：孙晟依南唐李昪，“与冯延巳并为昪相。晟轻延巳为人，常曰：‘金碗玉盆而盛狗屎，可乎?’”

⑤傥来：不意而得。《庄子·缮性》：“物之傥来，寄也。”

【译文】

郎秀才已经等了贾奉雉很久，见他出来，就问道：“怎么这么晚才出来?”贾奉雉便如实相告，并且要求将背上的符擦掉，等他脱下衣服一看，符已经消失了。再回忆在考场上写的文章，却恍如隔世，再也想不起来。贾奉雉大感奇怪，于是问道：“你自己为什么不用这方法谋取功名呢?”郎秀才笑着说：“我正是因为没有做官的想法，所以才能不读此等文章。”说完，便与贾奉雉约好明天到他的住所，贾奉雉答应了。郎秀才走了以后，贾奉雉取出那七篇文章，自己阅读了一遍，全不是发自内心的作品，怏怏不乐起来，第二天也没有去拜访郎秀才，耷拉着脑袋回家了。过了不久，发榜了，贾奉雉竟然得了第一名。他又读原来的稿子，读一篇就出一身汗，等到全部读完，身上的衣服全都湿透了。他自言自语地说：“这样的文章一公布，我还有什么脸面去见天下的文人啊!”他正在悔恨交加，忽然，郎秀才来了，问道：“你想高中已经高中了，为什么闷闷不乐呢?”贾奉雉说：“我刚才在想，写出那样的东西，好比用金盆玉碗在装狗屎，真是没有脸面出去见同辈读书人了。我打算到山林去隐居，永远与凡世隔绝。”郎秀才说：“这么做倒也很高雅，就怕你做不到呀。你果真能这么去做，我可以代你引见一个人，能使你长生不老。如此的话，即使是千载留名，也不值得贪恋，何况是侥幸得来的富贵呢!”贾奉雉听了很高兴，留郎秀才过夜，并且说：“让我再想一想。”等到天亮，他对郎秀才说：“我已经下决心了!”于是他也不告诉妻子，便和郎秀才飘然而去。

渐入深山，至一洞府，其中别有天地。有叟坐堂上，郎使参之[1]，呼以师。叟曰：“来何早也？”郎曰：“此人道念已坚，望加收齿[2]。”叟曰：“汝既来，须将此身并置度外，始得。”贾唯唯听命。郎送至一院，安其寝处，又投以饵[3]，始去。房亦精洁，但户无扉[4]，窗无棂[5]，内惟一几一榻。贾解屦登榻[6]，月明穿射矣[7]。觉微饥，取饵啖之，甘而易饱。窃意郎当复来，坐久寂然，杳无声响。但觉清香满室，脏腑空明，脉络皆可指数[8]。忽闻有声甚厉，似猫抓痒，自牖睨之，则虎蹲檐下。乍见甚惊，因忆师言，即复收神凝坐[9]。虎似知其有人，寻入近榻，气咻咻，遍嗅足股。少顷，闻庭中嗥动，如鸡受缚，虎即趋出。又坐少时，一美人入，兰麝扑人[10]，悄然登榻，附耳小言曰：“我来矣。”一言之间，口脂散馥。贾瞑然不少动。又低声曰：“睡乎？”声音颇类其妻，心微动，又念曰：“此皆师相试之幻术也。”瞑如故。美人笑曰：“鼠子动矣！”初，夫妻与婢同室，狎亵惟恐婢闻，私约一谜曰：“鼠子动，则相欢好。”忽闻是语，不觉大动，开目凝视，真其妻也。问：“何能来？”答云：“郎生恐君岑寂思归，遣一妪导我来。”言次，因贾出门不相告语，偎傍之际，颇有怨怼。贾慰藉良久，始得嬉笑为欢。既毕，夜已向晨[11]，闻叟谯诃声[12]，渐近庭院。妻急起，无地自匿，遂越短墙而去。俄顷，郎从叟入。叟对贾杖郎，便令逐客。郎亦引贾自短墙出，曰：“仆望君奢[13]，不免躁进，不图情缘未断，累受扑责。从此暂去，相见行有日也。”指示归途，拱手遂别。

【注释】

①参:拜见。

②收齿:接纳,收录。《北史·李谔传》:“学必典谟,交不苟合,则摈落私门,不加收齿。”

③饵:食物。

④扉:门。

⑤棂:窗格子。

⑥屦(jù):麻鞋,草鞋。

⑦穿射:照射。

⑧指数(shǔ):清点。

⑨收神:收敛意念。凝坐:端坐。

⑩兰麝:兰花与麝香。指脂粉香气。

⑪夜已向晨:天已微亮。《诗·小雅·庭燎》:“夜如何其,夜向晨。”

⑫谯(qiào)诃:大声斥责。谯,责备,责问。

⑬望君奢:对您期望过高。奢,过分。

【译文】

两个人渐渐走进深山,来到了一座洞府,洞中别有一番天地。一位老者坐在堂上,郎秀才让贾奉雉上前参拜,并称老者为师父。老者问道:“为什么来得这么早呀?”郎秀才禀告说:“这个人学道的意念已经坚定,望请师父加以收录。”老者说:“你既然来了,就要把自己的一身都置之度外,这样才能得道。”贾奉雉小心谨慎地答应了。郎秀才将他送到一座院子里,替他安顿住处,又给弄来些吃的,才告别走了。贾奉雉一看,只见房间倒也精致整洁,但是门没有门板,窗没有窗棂,屋里只有一张茶几、一张床铺。他脱下鞋子上了床,月光照了进来。他觉得肚子有点儿饿,便取了点心来吃,只觉得味道甘美而且一下子就饱了。他想着郎秀才可能还会再来,便坐了很久,四下里寂静,杳然无声。只觉得满屋飘着一股清香,五脏六腑都感到空明,连身上的脉络都能看得清清楚楚。忽然，他听到一阵很刺耳的声音，像是猫在抓痒，他从窗户往外一看，原来是一只老虎蹲在屋檐下。贾奉雉乍一见，很是吃惊，但他很快想起师父的话，便收起心神，正襟危坐。老虎似乎知道屋子里有人，一会儿就走进来，来到床前，呼哧呼哧地喘着气，把贾奉雉的腿和脚都嗅遍了。过了一小会儿，只听庭院中传来一阵响动，好像是鸡被捆住了，老虎马上赶了出去。贾奉雉又坐了一会儿，从外面进来一个美人，身上的香气袭人，悄悄地上了床，贴着贾奉雉的耳朵小声说道："我来了。"她一开口说话，嘴唇的胭脂就散发出馥郁的香味。贾奉雉闭着眼睛，一动也不动。美人又低声问道："睡着了吗?"听声音很像是他的妻子，他的心中不由一动，转念一想："这些都是师父用幻术来试验呢。"于是他依旧闭着眼睛。美人笑着说："小老鼠动了!"原来，贾奉雉夫妻与丫环住在一间房里，行房事时恐被丫环听到，便私下约定一个暗号："小老鼠动了，然后就可以行房事。"因此，贾奉雉突然听到这句话，心中不觉大动，睁开眼睛凝神一看，真是他的妻子。便问道："你怎么会到这儿来?"妻子答道："郎生怕您一个人寂寞，想回家，便派了一个老妇人领我前来。"言语之间，因为贾奉雉出门时没有告诉她，因此一边依偎在贾奉雉的怀里，一边流露出埋怨的神色。贾奉雉安慰了她很久，两人才嬉笑为欢。等到欢乐完毕，已经快到早晨了，就听见老者的呵斥声渐渐地接近了院子。妻子急忙起来，发现没有地方可以躲藏，便翻过短墙走了。不一会儿，郎秀才跟着老者走了进来。老者当着贾奉雉的面用拐杖打郎秀才，并且让他把客人赶走。郎秀才也只好领着贾奉雉从短墙出去了，对他说："我对你的要求太高了，不免急躁冒进，没想到你的情缘还没有断，连累我受到责罚。你就先走吧，将来有一天我们还会再见面的。"说完，便指点了回去的路，拱拱手告别了。

贾俯视故村，故在目中，意妻弱步[①]，必滞途间。疾趋里馀，已至家门，但见房垣零落，旧景全非，村中老幼，竟无一相识者，心始骇异。忽念刘、阮返自天台[②]，情景真似。不敢入门，于对户憩坐[③]。良久，有老翁曳杖出。贾揖之，问："贾某家何所？"翁指其第曰："此即是也。得无欲问奇事耶？仆悉知之。相传此公闻捷即遁[④]，遁时，其子才七八岁。后至十四五岁，母忽大睡不醒。子在时，寒暑为之易衣。迨殁[⑤]，两孙穷踧[⑥]，房舍拆毁，惟以木架苫覆蔽之[⑦]。月前，夫人忽醒，屈指百馀年矣[⑧]。远近闻其异，皆来访视，近日稍稀矣。"贾豁然顿悟，曰："翁不知贾奉雉即某是也。"翁大骇，走报其家。时长孙已死，次孙祥，至五十馀矣。以贾年少，疑有诈伪。少间，夫人出，始识之。双涕霪霪[⑨]，呼与俱去。苦无屋宇，暂入孙舍。大小男妇，奔入盈侧，皆其曾、玄[⑩]，率陋劣少文。长孙妇吴氏，沽酒具藜藿[⑪]，又使少子杲及妇，与己共室，除舍舍祖翁姑。贾入舍，烟埃儿溺，杂气熏人。居数日，懊惋殊不可耐[⑫]。两孙家分供餐饮，调饪尤乖[⑬]。里中以贾新归，日日招饮，而夫人恒不得一饱。吴氏故士人女，颇娴闺训[⑭]，承顺不衰。祥家给奉渐疏，或嘑尔与之[⑮]。贾怒，携夫人去，设帐东里[⑯]。每谓夫人曰："吾甚悔此一返，而已无及矣。不得已，复理旧业，若心无愧耻，富贵不难致也。"居年馀，吴氏犹时馈饷[⑰]，而祥父子绝迹矣。

【注释】

①弱步：步履孱弱。指行走缓慢。

②刘、阮返自天台：南朝宋刘义庆《幽明录》载，相传东汉永平年间，剡县人刘晨、阮肇入天台山樵采，遇二仙女，留住半年，及至还乡，子孙已历七世。

③对户：对门。

④捷：科举考中。

⑤殁(mò)：死。指儿子去世。

⑥穷蹙(cù)：贫困。蹙，通"蹩"，窘迫，困顿。

⑦苫(shàn)覆：用草覆盖、遮蔽。

⑧屈指：计算。

⑨霪霪(yín)：雨落不停，形容泪流满面。

⑩曾、玄：曾孙或玄孙。

⑪藜藿(lí huò)：粗劣的饭菜。藜，亦称"灰条菜"，一年生草本植物，嫩叶可食。藿，豆类植物的叶子。

⑫懊惋：懊丧。

⑬调饪尤乖：饭菜做得尤其差。调饪，调味烹饪。乖，不合意。

⑭娴：熟悉。

⑮嘑(hū)尔与之：谓供给食饮，极不尊敬。嘑，同"呼"。尔，你。对祖父母径呼为"你"，为大不敬。

⑯设帐：任教。

⑰馈饷：送食物。

【译文】

贾奉雉低头看着自家的村庄，依然在眼前，他心想，妻子体弱，走不快，肯定还在路上。便急忙走了一里多路，却已经到了家门口，只是房屋墙壁零落，原来的景象全无，村中的老老少少，竟然没有一个认识的，心中这才害怕惊异起来。忽然，他想起东汉的刘晨、阮肇在天台山遇上神仙，后来返回家乡时的情景，与眼前倒很相似。他不敢进门，在对面人家前坐下来休息。坐了好久，才有一个老头拄着拐杖走出来。贾奉雉向他行了个礼，问道："贾奉雉家在什么地方？"老头指着他家说："这就是呀。你大概也是想问这件奇怪的事吧？我倒是都知道。传说这位贾相公知道自己考中举人后就消失了，他走的时候，儿子才七八岁。后来，儿子长到十四五岁时，母亲忽然大睡不醒。他儿子在世时，不论寒暑都替她换衣服。等儿子死了以后，两个孙子很穷困，房屋也都拆毁了，只好用木架铺上草将她盖上。一个月前，老夫人忽然醒过来了，屈指一算，已经一百多年了。远近的人们听说这件奇事，都来访问探看，近来稍微少了一些。贾奉雉恍然大悟，说："老人家不认识贾奉雉吧，我就是呀。"老头大为惊骇，赶紧到贾家报信去了。这时长孙已经死了，二孙子贾祥，今年已经五十多了。因为觉得贾奉雉显得年轻，怀疑其中有诈。过了一会儿，贾奉雉的夫人出来，这才认出了自己的丈夫。夫妻俩涕泪涟涟，互相招呼着进了屋。但苦于没有房屋，只好暂时住进孙子的屋子。家里的大大小小、男男女女，全都跑来看望，一大帮人围在他们的身边，都是他们的曾孙、玄孙，都显得丑陋粗俗，没有文化。长孙媳妇吴氏打来酒，做了些粗茶淡饭招待他们，又让小儿子贾杲和他的媳妇来跟自己住在一起，腾出房子打扫干净给祖爷爷和祖奶奶住。贾奉雉进了屋子，只觉得到处都是烟气尘土，夹杂着小孩的尿臊味，一股臭气扑鼻而来。才住了几天，他就很是懊悔，实在无法忍受。贾奉雉夫妻的一日三餐由两个孙子轮流供应，烹饪的技术特别差。乡里的人们因为贾奉雉刚刚回来，天天请他喝酒吃饭，但他夫人常常吃不到一顿饱饭。长孙媳妇吴氏出自读书人家，很懂得做媳妇的礼数，一直供奉很好，不敢懈怠。但贾祥家的供奉日渐稀少，有时甚至大呼小叫着给他们吃的。贾奉雉非常气愤，带着夫人离开家，到东村教书去了。他常常对夫人说："我很后悔这一次回家，但是悔之已晚。迫不得已，我只好重操旧业，如果心中不感到羞愧耻辱，富贵是不难得到的。"过了一年多，吴氏还时不时送些吃的来，而贾祥父子却再也不上门看他们了。

是岁，试入邑庠[①]。邑令重其文，厚赠之，由此家稍裕。祥稍稍来近就之[②]。贾唤入，计曩所耗费，出金偿之，斥绝令去。遂买新第，移吴氏共居之。吴二子，长者留守旧业，次杲颇慧，使与门人辈共笔砚[③]。贾自山中归，心思益明澈。无何，连捷登进士第[④]。又数年，以侍御出巡两浙[⑤]，声名赫奕[⑥]，歌舞楼台，一时称盛。贾为人骾峭[⑦]，不避权贵，朝中大僚，思中伤之[⑧]。贾屡疏恬退[⑨]，未蒙俞旨[⑩]，未几而祸作矣。先是，祥六子皆无赖，贾虽摈斥不齿[⑪]，然皆窃馀势以作威福，横占田宅，乡人共患之。有某乙娶新妇，祥次子篡取为妾[⑫]。乙故狙诈，乡人敛金助讼，以此闻于都。于是当道者交章攻贾[⑬]，贾殊无以自剖，被收经年[⑭]。祥及次子皆瘐死，贾奉旨充辽阳军[⑮]。时杲入泮已久，为人颇仁厚，有贤声。夫人生一子，年十六，遂以嘱杲，夫妻携一仆一媪而去。贾曰："十馀年富贵，曾不如一梦之久。今始知荣华之场，皆地狱境界。悔比刘晨、阮肇，多造一重孽案耳[⑯]。"

【注释】

①试入邑庠(xiáng)：考入县学为生员。

②稍稍：渐渐。

③共笔砚：一同学习。

④连捷：指乡试、会试连续考中。

⑤以侍御出巡两浙：以御史的官位巡察两浙地区。侍御，清代称御史为"侍御"。两浙，浙东和浙西。

⑥赫奕：显耀，盛大。

⑦骾峭：耿直。

⑧中伤：诬陷或恶意造谣。指在毁坏人的名誉。《后汉书·杨秉传》："有忤逆于心者，必求事中伤。"

⑨屡疏恬退：屡次上疏皇帝，要求辞官。恬退，淡泊，安于退让。

⑩俞旨：表示同意的圣旨。

⑪摈斥不齿：意谓断绝关系，不视为孙辈。摈斥，弃绝。

⑫篡：夺。

⑬当道：执政当权。交章：连续互相上表章。

⑭被收：被捕。

⑮充辽阳军：发配到辽阳充军。辽阳，古县名。清为辽阳州，在今辽宁辽阳南部。

⑯孽案：指人间经历。孽，罪孽，冤孽。佛家贬称人间生活。

【译文】

这一年，贾奉雉通过考试进了县学。县令很看重他的文章，赠给他不少钱财，因此家境稍稍富裕起来。贾祥也渐渐地来套近乎。贾奉雉把他叫进屋，算了算当年他供养自己的花费，取出银子偿还给他，喝令他从此不许再上门来。然后他又买了一所新住宅，将吴氏接来一起住。吴氏有两个儿子，大的留下守着原来的家业，二儿子贾杲很聪慧，贾奉雉便让他和自己的学生一起读书。贾奉雉从山中回来以后，把世事看得更加透彻。不久连考连中，一举考中了进士。又过了几年，他以侍御的身份出巡两浙，声名显赫，歌舞楼台，一时间称为盛事。贾奉雉为人耿直，不怕触怒权贵，朝中的一些大官都想找机会中伤他。贾奉雉屡屡上书请求辞官还乡，但皇上都不肯答应，过了不久，灾祸就降临了。原来，贾祥的六个儿子都是无赖，贾奉雉虽然和他们早断了往来，但是他们却借着他的名望作威作福，强行霸占他人的田产房屋，乡里都把他们视为祸患。村中某乙娶了新媳妇，贾祥的二儿子竟然强夺回来做妾。某乙原本就是一个狡猾奸诈的人，乡里百姓捐钱帮助他打官司，这件事一直传到京城。朝中的大官纷纷上奏攻击贾奉雉，贾奉雉实在没有办法替自己辩解，被投进监狱关了一年。贾祥和他的二儿子也都在狱中病死了，贾奉雉被判到辽阳充军。这时，贾杲入学已经很长时间了，他为人很是仁厚，名声不错。贾奉雉夫人生了一个儿子，已经十六岁，他们便将儿子托给贾杲收养，然后带着一个男仆和一个仆妇出发了。贾奉雉说："十几年的富贵，还不如一场梦的时间长。如今才知道所谓荣华富贵的地方，都是地狱境界。我真后悔此次回家，比起刘晨、阮肇，多造了一重罪孽。"

数日，抵海岸，遥见巨舟来，鼓乐殷作[1]，虞候皆如天神[2]。既近，舟中一人出，笑请侍御过舟少憩。贾见惊喜，踊身而过，押隶不敢禁[3]。夫人急欲相从，而相去已远，遂愤投海中。漂泊数步，见一人垂练于水[4]，引救而去。隶命篙师荡舟[5]，且追且号，但闻鼓声如雷，与轰涛相间，瞬间遂杳。仆识其人，盖郎生也。

【注释】

①殷作：大作。

②虞候：官名。这里指巨舟上的侍从人员。

③押隶：解差。

④练：白绢。

⑤篙师：船夫。荡舟：划船。

【译文】

几天后，他们抵达海岸，远远地看见有大船前来，鼓乐繁盛，侍卫都像天神一般。船靠近后，一个人从舱内走出，笑着请贾奉雉到船上休息片刻。贾奉雉一见此人，十分惊喜，便一纵身跳上船去，押解他的差役也不敢阻拦。贾夫人急忙也想跟过去，但船已经走远了，便愤恨地跳进海里。她在水中漂泊了几步，只见一个人从大船上放下一条白练，将她救上船去。押解的差役急忙命令船夫划船去追，一边追一边呼喊，但是只听见鼓声如雷，与波涛的轰鸣声相呼应，一眨眼的工夫，船就消失得无影无踪了。贾奉雉的仆人认得船上的那个人，原来就是郎秀才。

异史氏曰：世传陈大士在闱中[①]，书艺既成，吟诵数四，叹曰："亦复谁人识得！"遂弃去更作[②]，以故闱墨不及诸稿[③]。贾生羞而遁去，此处有仙骨焉[④]。乃再返人世，遂以口腹自贬[⑤]，贫贱之中人甚矣哉[⑥]！

【注释】

①陈大士：陈际泰（1567—1641），字大士，号方城，江西临川鹏田陈坊村人，明末古文家，"临川四大才子"之一。其父仪生，号西园，流寓于福建汀州武平，教书为业，陈际泰生于该地。崇祯七年（1634）陈际泰68岁才中进士，任行人之职。

②更作：重作。

③闱墨不及诸稿：科场应试的文章不如平日的习作。

④仙骨：道家语。指升仙的资质。

⑤以口腹自贬：为生活所迫而贬抑自己。口腹，指饮食。

⑥中（zhòng）人：害人。中，伤害。

【译文】

异史氏说：世人传说陈大士在考场上，文章写好以后，吟诵了好几遍，叹息道："这样的文章什么人能赏识！"说完，将文章扔掉，又重新作了一篇。因此，他在考场上写的不如他平时的文章。贾奉雉因为在考场写了那样的文章而羞愧逃走，说明他是个有仙骨的人。但是，等他再到人间时，为了生计，只好贬低自己的身份，可见贫贱对人的伤害是多么的厉害啊！

胭脂

【题解】

本篇虽为公案小说，但不像前代文言公案小说那样情节单纯，人物简单,仅只围绕一个诉讼案件的始末叙述故事,而是把诉讼案件放在一个繁复的生活背景下,具有一种网状的多线结构,交织着胭脂与鄂秋隼的爱情,宿介与王氏的私情,毛大对王氏的性骚扰与入胭脂家情急杀人的多种线索。其中胭脂对于鄂秋隼的痴情、温柔、误解、痛惜,王氏的佻脱卖弄,毛大的猥缩惶急,吴南岱的方正自负,施愚山的谨慎沉思,都给人留下了深刻印象。由于案发的因素复杂,受害人隐瞒了部分线索,案情愈加显得扑朔迷离。审案的过程一波三折,前后经历了三个审案的官吏。出现误判,不是传统的贪赃枉法,昏庸腐败,而的确是案情复杂暗昧,“要非审思研察,不能得也”,正因为此,施愚山的折狱之明,用心之苦,更加显豁突出。

施愚山是蒲松龄十九岁以县府道三第一考中秀才时的山东学道。曾在蒲松龄的试卷上批“观书如月,运笔如风”的话。蒲箬在《柳泉公行述》中说:“十九岁弁冕童科,大为文宗师施愚山先生之称赏。”由于施愚山对于蒲松龄有知遇之恩,所以在本篇的叙述上蒲松龄增加了施愚山珍爱人才的色彩,在“异史氏曰”中也充满感念的知己之情。

东昌卞氏①,业牛医者②,有女小字胭脂,才姿惠丽。父宝爱之,欲占凤于清门③,而世族鄙其寒贱,不屑缔盟④,以故及笄未字⑤。对户龚姓之妻王氏,佻脱善谑⑥,女闺中谈友也⑦。一日,送至门,见一少年过,白服裙帽,丰采甚都⑧。女意似动,秋波萦转之⑨。少年俯其首,趋而去。去既远,女犹凝眺⑩。王窥其意,戏之曰:“以娘子才貌,得配若人,庶可无恨。”女晕红上颊,脉脉不作一语⑪。王问:“识得此郎否?”答云:“不识。”王曰:“此南巷鄂秀才秋隼,故孝廉之子。妾向与同里,故识之。世间男子,无其温婉。今衣素,以妻服未阕也⑫。娘子如有意,当寄语使委冰焉⑬。”

女无言，王笑而去。

【注释】

①东昌：府名。府治在今山东聊城。

②业：从事。牛医：给牛看病，兽医。

③占凤：择婿。《左传·庄公二十二年》载，春秋时，齐国懿仲想把女儿嫁给陈敬仲，占卦时，占得“凤凰于飞，和鸣锵锵”等吉语，后因以“占凤”喻择婿。清门：指不操贱业的清白人家。

④缔盟：指缔结婚约。

⑤及笄（jī）未字：到了婚龄没有嫁出去。及笄，成人。字，女子许嫁。

⑥佻脱：轻佻。善谑：善于开玩笑。

⑦谈友：聊天的朋友。

⑧都：美。

⑨秋波萦转：犹言上下打量。萦，缠绕。

⑩凝眺：注目远望。

⑪脉脉（mò）：含情不语。

⑫妻服未阕（què）：为死去的妻服丧尚未满期。服，按丧礼规定所穿的服饰。阕，完了。丧服期满称“服阕”。

⑬冰：媒人。

【译文】

东昌府有个姓卞的牛医，生得一个女儿，小名叫做胭脂。这胭脂姑娘才貌双全，既聪慧又美丽。她的父亲很是珍爱她，想把她许配给清贵的门第，但是那些名家世族却嫌他家出身低贱，不屑于结这门亲，所以胭脂已经长大成人，却还没有出嫁。卞家对门住着龚家，妻子王氏，生性轻佻，喜欢开玩笑，是胭脂闺房中一块儿聊天的伙伴。有一天，胭脂送王氏到门口，只见一个少年从门前走过，那少年身穿白色衣服，头戴白帽，风采动人。胭脂一见就动了心，一双水汪汪的大眼睛盯着那少年，上下打量。那少年低下头，急忙走了过去。他已经走得很远了，胭脂还在凝神眺望。王氏看出了她的心思，开玩笑地说："凭姑娘的才华美貌，能配上这样的人才不觉得遗憾。"胭脂一片红云飞上脸颊，羞怯怯地一句话不说。王氏问："你可认识这位少年吗？"胭脂答道："不认识。"王氏告诉她："他是住在南巷的鄂秋隼，是个秀才，他父亲生前是个孝廉。我从前和他们家是邻居，所以我认得他。世上的男子没有比他更温柔体贴的了。他现在穿着一身白衣，是因为他老婆死了，丧期还没有结束。姑娘如果真有这份心，我可以捎个信儿叫他请人来说媒。"胭脂不说话，王氏笑着离去了。

数日无耗①，心疑王氏未暇即往，又疑宦裔不肯俯拾②。邑邑徘徊③，萦念颇苦，渐废饮食，寝疾惙顿④。王氏适来省视⑤，研诘病因。答言："自亦不知。但尔日别后，即觉忽忽不快，延命假息⑥，朝暮人也⑦。"王小语曰："我家男子，负贩未归，尚无人致声鄂郎。芳体违和⑧，非为此否？"女赪颜良久。王戏之曰："果为此者，病已至是，尚何顾忌？先令夜来一聚，彼岂不肯可？"女叹息曰："事至此，已不能羞。但渠不嫌寒贱，即遣媒来，疾当愈，若私约，则断断不可！"王颔之，遂去。

【注释】

①耗：信息。

②宦裔：官宦人家的后代。指鄂秋隼为故孝廉之子。俯拾：俯就。指降低身份与之联姻。

③邑邑：忧郁不乐的样子。《史记·淮南衡山列传》："人生一世间，

安能邑邑如此!”

④寝疾:卧床生病。惙(chuò)顿:有气无力。惙,心忧气短。

⑤省视:看望。

⑥延命假息:苟延残喘。

⑦朝暮人:朝不保夕的人。

⑧芳体:对妇女身体的敬称。违和:不舒服。称他人患病的婉词。

【译文】

过了几天,一直没有消息,胭脂心中怀疑王氏没空立即前去,又疑心鄂秀才是官宦人家的后代,不一定肯俯身低就。于是胭脂郁郁寡欢,终日徘徊,心中思念,颇为凄苦,渐渐地就不思茶饭,病倒在床上,有气无力了。一天,王氏恰好前来看望,见她这样,便追问她为什么得病。胭脂回答道:“我自己也不知道。但自从那天与你分别以后,我就觉得闷闷不乐,现在就是苟延残喘,早晚性命不保了。”王氏想起此事,小声对她说道:“我家老公出门做生意,还没有回来,所以还没有人传话给鄂秀才。姑娘的身体不适,莫非就是为了这件事?”胭脂红着脸,半天不说话。王氏开玩笑说:“要真是为了这件事,你都已经病成这样了,还有什么好顾忌的?先叫他今天晚上来聚一聚,他怎么会不肯呢?”胭脂叹了口气,说:“事已至此,已经不能怕什么害羞了。只要他不嫌弃我家门第低贱,马上派媒人前来,我的病自然会痊愈;如果是偷偷地约会,那可万万使不得!”王氏点点头,就走了。

王幼时与邻生宿介通,既嫁,宿侦夫他出,辄寻旧好。是夜宿适来,因述女言为笑,戏嘱致意鄂生。宿久知女美,闻之窃喜,幸其机之可乘也。将与妇谋,又恐其妒,乃假无心之词[①],问女家闺闼甚悉。次夜,逾垣入,直达女所,以指叩窗。内问:“谁何?”答以“鄂生”。女曰:“妾所以念君者,为百年，不为一夕。郎果爱妾，但宜速倩冰人，若言私合，不敢从命。"宿姑诺之，苦求一握纤腕为信[②]。女不忍过拒，力疾启扉。宿遽入，即抱求欢。女无力撑拒，仆地上，气息不续，宿急曳之。女曰："何来恶少，必非鄂郎。果是鄂郎，其人温驯，知妾病由，当相怜恤，何遂狂暴如此！若复尔尔[③]，便当鸣呼，品行亏损，两无所益！"宿恐假迹败露，不敢复强，但请后会。女以亲迎为期[④]。宿以为远，又请之。女厌纠缠，约待病愈。宿求信物[⑤]，女不许，宿捉足解绣履而去。女呼之返，曰："身已许君，复何吝惜？但恐'画虎成狗'[⑥]，致贻污谤。今亵物已入君手[⑦]，料不可反。君如负心，但有一死！"宿既出，又投宿王所。既卧，心不忘履，阴揣衣袂[⑧]，竟已乌有。急起篝灯[⑨]，振衣冥索[⑩]。诘之，不应，疑妇藏匿，妇故笑以疑之。宿不能隐，实以情告。言已，遍烛门外，竟不可得，懊恨归寝。窃幸深夜无人，遗落当犹在途也。早起寻之，亦复杳然[⑪]。

【注释】

①无心之词：漫不经心的话语。

②为信：表示诚信。

③尔尔：这样。

④亲迎：结婚之时。

⑤信物：作为凭信的物件。

⑥画虎成狗：比喻与追求的目标相去甚远。《后汉书·马援传》载，马援告诫兄子严、敦，"效季良（杜季良，以豪侠好义著称）不得，陷为天下轻薄子，所谓画虎不成反类狗者也"。

⑦亵(xiè)物:贴身之物。此指绣履。

⑧阴揣衣袂:暗暗地摸摸衣袖。揣,摸索。袂,衣袖。古时衣袖肥大可以藏物。

⑨篝灯:点灯。

⑩振衣:抖擞衣服。

⑪杳然:没有踪迹。

【译文】

王氏年轻时就和邻居一个叫宿介的秀才私通,她出嫁以后,宿介只要听说她男人不在家,就来重叙旧好。这天夜里,宿介正好来到王氏家,王氏就把胭脂说的话当作笑话讲给宿介听,并且开玩笑地嘱咐他带信给鄂秀才。宿介早就听说胭脂长得很漂亮,听王氏说完,心里暗暗高兴,认为有机可乘实在是很幸运。他本想与王氏商议一番,又怕她嫉妒,于是假装说些无心的话,借机打听胭脂家的门径,问得一清二楚。第二天夜里,宿介翻墙进入卞家,一直走到胭脂的闺房,用手指轻叩窗户。只听里面问道:"谁呀?"宿介答"是鄂生"。胭脂说:"我之所以想念你,是为了百年好合,并不是为了这一夜。你如果真心地爱我,只应该赶紧请媒人来提亲,如果说私下相会,我不敢从命。"宿介假装答应,却又苦苦请求握一握她的手,作为信约。胭脂不忍心过分拒绝他,就勉强撑起身来,开了房门,宿介马上进了门,就抱住胭脂求欢。胭脂无力阻挡,跌倒在地上,累得上气不接下气,宿介赶紧将她拉起来。胭脂说:"你是哪里来的恶少,肯定不是鄂郎。如果真是鄂郎,他长得温柔文静,知道我是为他才病成这样,应当怜爱体恤我,怎么会这样的粗暴!要是再这样,我就要叫喊起来,坏了品行,对你我都没有好处!"宿介担心自己冒名顶替的行为败露,便不敢再勉强,只是请求下一次再会面。胭脂约定要在结亲的那一天。宿介认为太远,再三请求。胭脂讨厌他这样纠缠,就只好说等她病好以后。宿介又要讨要信物,胭脂不答应,他就将胭脂的脚捉住,脱下一只绣鞋,转身就走。胭脂把他叫回来,说:"我已经以身相许，还有什么舍不得的呢？只怕'画虎成狗'，事情不成被人家耻笑。如今这花鞋已经落在你手里，料想也收不回来了。你如果负心，我只有一死！”宿介从卞家出来，又投宿到王氏家。他虽然已经躺下了，心里还记挂着那只绣鞋，暗地里摸了摸衣袖，却不见了那绣鞋。他急忙起身，点了灯笼，抖动衣服，四处寻找。王氏问他找什么，他也不回答，疑心是王氏把绣鞋藏起来了，王氏故意笑笑，让他更加猜疑不定。宿介知道隐瞒不过去，就把实情告诉了她。说完以后，他又打着灯笼到门外，找遍了也没有找到，他只得懊恨地回到床上睡下。心中还寄希望半夜里不会有人，即使丢掉了也应该还在路上。第二天一早就去寻找，还是杳然无踪。

先是，巷中有毛大者，游手无籍[①]。尝挑王氏不得，知宿与洽，思掩执以胁之。是夜，过其门，推之未扃[②]，潜入。方至窗外，踏一物，耎若絮帛[③]，拾视，则巾裹女舄[④]。伏听之，闻宿自述甚悉，喜极，抽身而出。逾数夕，越墙入女家，门户不悉，误诣翁舍。翁窥窗，见男子，察其音迹，知为女来者。心忿怒，操刀直出。毛大骇，反走。方欲攀垣，而卞追已近，急无所逃，反身夺刃。媪起大呼，毛不得脱，因而杀之。女稍痊，闻喧始起。共烛之，翁脑裂不复能言，俄顷已绝。于墙下得绣履，媪视之，胭脂物也。逼女，女哭而实告之，但不忍贻累王氏[⑤]，言鄂生之自至而已。天明，讼于邑，邑宰拘鄂。鄂为人谨讷[⑥]，年十九岁，见客羞涩如童子。被执，骇绝，上堂不知置词，惟有战栗。宰益信其情真，横加梏械[⑦]。书生不堪痛楚，以是诬服[⑧]。既解郡，敲扑如邑。生冤气填塞，每欲与女面相质，及相遭，女辄诟詈[⑨]，遂结舌不能自伸，由是论死。往来覆讯，经数官无异词。

【注释】

①游手无籍：无业游民。籍，名籍。这里是正当职业的意思。

②扃(jiōng)：关。

③耎：同“软”。

④舄(xì)：鞋。

⑤贻累：连累，拖累。

⑥谨讷：拘谨不善言谈。讷，拙于言辞。

⑦横加梏械：滥施刑罚。

⑧诬服：蒙冤被迫服罪。诬，冤屈。

⑨诟詈(lì)：辱骂。

【译文】

在这以前，巷子里有个叫毛大的人，游手好闲，没有固定的职业。曾经想挑逗王氏却没有得手，他知道宿介跟王氏相好，总想能撞上一次，好以此来胁迫王氏。那天夜里，毛大走过王氏家门前，一推门，发现没上闩，便悄悄地摸进去。刚到窗下，忽然脚下踩着一件东西，软绵绵的好像是棉布一样，捡起来一看，却是一条汗巾裹着一只绣鞋。他伏在窗下听了听，将宿介所说的经过听了个一清二楚，大为高兴，便抽身走了出来。过了几天，毛大翻过墙头，进到胭脂家，但他不熟悉卞家的门径，竟然撞到了卞老汉的屋前。卞老汉从窗里看见是一个男人，看他那副鬼鬼祟祟的样子，知道是为女儿而来。卞老汉心里冒火，操起一把刀就冲出来。毛大一见，大为害怕，转身就走。刚要爬上墙头，卞老汉已经追到跟前，毛大急得无路可逃，便转身去夺卞老汉手中的刀。这时，卞氏也起了床，大声喊叫起来，毛大脱不了身，便杀死了卞老汉。胭脂的病刚有好转，听到院子里的吵闹声，才起了床。母女二人点上蜡烛，出来一看，发现卞老汉的脑壳已被劈开，说不出话来，很快就气绝身亡。

两人在墙根下找到一只绣鞋，胭脂娘一看，认出是胭脂的。便逼问女儿，胭脂哭着将实情告诉了母亲，只是不忍心连累王氏，便只说鄂秀才自己前来的。天亮以后，母女告到县里去，县官于是派人将鄂秋隼抓来。这鄂秋隼为人谨慎，不太爱说话，今年十九岁，但见了生人还像个小孩子一样羞怯。一被抓便吓得要死，他走上公堂，却不知说什么是好，只是战战兢兢的。县官看他这个模样，越发相信案情是真，便对他重刑相加。这书生忍受不了痛苦，只得屈打成招。鄂秋隼被解送到州衙，又像在县里一样被严刑拷打。鄂秀才满腔冤气，每次都想和胭脂当面对质；但一见了面，胭脂就痛骂不已，他只有张口结舌，不能为自己辩解，因此，他被判了死刑。这样反反复复地被审讯，经过好几个官员审问，都没有不同的招供。

后委济南府复案[①]。时吴公南岱守济南[②]，一见鄂生，疑不类杀人者，阴使人从容私问之，俾得尽其词。公以是益知鄂生冤。筹思数日，始鞫之。先问胭脂："订约后，有知者否？"答："无之。""遇鄂生时，别有人否？"亦答："无之。"乃唤生上，温语慰之。生自言："曾过其门，但见旧邻妇王氏与一少女出，某即趋避，过此并无一言。"吴公叱女曰："适言侧无他人，何以有邻妇也？"欲刑之。女惧曰："虽有王氏，与彼实无关涉[③]。"公罢质[④]，命拘王氏。数日已至，又禁不与女通，立刻出审，便问王："杀人者谁？"王对："不知。"公诈之曰："胭脂供言，杀卞某汝悉知之，胡得隐匿？"妇呼曰："冤哉！淫婢自思男子，我虽有媒合之言，特戏之耳。彼自引奸夫入院，我何知焉！"公细诘之，始述其前后相戏之词。公呼女上，怒曰："汝言彼不知情，今何以自供撮合哉？"女流涕曰：

"自己不肖，致父惨死，讼结不知何年，又累他人，诚不忍耳。"公问王氏："既戏后，曾语何人?"王供："无之。"公怒曰："夫妻在床，应无不言者，何得云无?"王供："丈夫久客未归。"公曰："虽然，凡戏人者，皆笑人之愚，以炫己之慧⑤，更不向一人言，将谁欺!"命梏十指⑥。妇不得已，实供："曾与宿言。"公于是释鄂拘宿。宿至，自供："不知。"公曰："宿妓者必无良士!"严械之。宿自供："赚女是真。自失履后，未敢复往，杀人实不知情。"公怒曰："逾墙者何所不至!"又械之。宿不任凌籍⑦，遂以自承。招成报上⑧，无不称吴公之神。铁案如山，宿遂延颈以待秋决矣。

【注释】

①复案：再次审察。犹言复审。

②吴公南岱：吴南岱，江南武进人，进士。顺治时任济南知府。见《济南府志》。

③关涉：关联，联系。

④罢质：停止审讯。质，质询。

⑤炫：炫耀，卖弄。

⑥梏十指：指拶指之刑。"拶指"是旧时的一种酷刑，用绳穿五根小木棍，夹犯人手指，用力收绳，作为刑罚。

⑦不任凌籍：不堪折磨。凌籍，凌虐。

⑧招成：招供既成。

【译文】

后来，这个案子交由济南府复审。当时吴南岱公正担任济南太守，他一见鄂秀才，就怀疑他不像个杀人犯，暗中派人慢慢地盘问他，让他能够把实情都说出来。吴太守于是更加坚信鄂秀才是被冤枉的。他认真考虑了几天，才开堂审问。吴太守先问胭脂说："你和鄂秋隼订约以后，有没有别人知道？"胭脂答道："没有。""遇到鄂秀才时，还有别人在场吗？"胭脂还是回答说："没有。"吴太守再传鄂秀才上堂，用好言好语安慰他。鄂秀才说："我曾有一次经过她家门口，只见旧邻居王氏和一个女子从里边出来，我急忙避开，并没有说过一句话。"吴太守一听就呵斥胭脂说："刚才你说旁边没有别人，怎么又有一个邻居妇人呢？"说完，就要对胭脂动刑。胭脂一害怕，忙说："虽然王氏在旁边，但跟她实在没有关系。"吴太守马上停止讯问，命令将王氏拘捕到堂。几天后，王氏就被拘到，吴太守又不许她和胭脂见面，防止串通，立刻升堂提审，便问王氏说："谁是杀人凶手？"王氏答道："不知道。"吴太守骗她说："胭脂都已经招供了，杀卞老汉的事情你都知道，你还想隐瞒吗？"王氏大喊道："冤枉啊！那小淫妇自己想男人，我虽然跟她说过要给她做媒，但只不过是开玩笑罢了。她自己勾引奸夫进家，我哪里知道啊！"吴太守仔细盘问，王氏才说出前前后后开玩笑的话。吴太守便叫将胭脂传上来，大怒道："你说她不知情，如今她为什么反而招供给你做媒的话呢？"胭脂哭着说："我自己不成器，致使父亲惨死，不知道何年何月才能结案，再要连累别人，实在不忍心。"吴太守问王氏："你开玩笑后，曾经跟什么人说过？"王氏供称："没有跟谁说过。"吴太守发怒说："夫妻俩在床上，应该是无所不言的吧，怎么能说没有讲过？"王氏供称："我丈夫长久在外，还没回来。"吴太守说："虽说如此，凡是戏弄别人的人，都要笑话别人的愚蠢，炫耀自己的聪明，你说再没有对谁说过，想骗谁啊！"便下令将王氏的十个指头夹起来。王氏没办法，只好如实招供："曾经跟宿介说过。"吴太守便释放了鄂秋隼，而派人拘捕宿介。宿介到案后，招供说："确实不知道。"吴太守说："夜晚宿妓的人决不是好人！"便下令大刑伺候。宿介只好招供："到卞家去骗胭脂是实有其事。但自从绣鞋丢失以后就不敢再去了，杀人的事确实不知道。"吴太守大怒道："爬人墙头的人有什么事干不出来！"又命人动刑。宿介受不了酷刑，只好承认杀了人。吴太守将招供记成案卷，呈报到上级衙门，没有人不称吴太守判案如神。铁案如山，宿介只有伸着脖子等待秋后处斩了。

然宿虽放纵无行，故东国名士①。闻学使施公愚山贤能称最②，又有怜才恤士之德，因以一词控其冤枉，语言怆恻。公讨其招供，反覆凝思之，拍案曰："此生冤也！"遂请于院、司③，移案再鞫。问宿生："鞋遗何所？"供言："忘之。但叩妇门时，犹在袖中。"转诘王氏："宿介之外，奸夫有几？"供言："无有。"公曰："淫乱之人，岂得专私一个？"供言："身与宿介，稚齿交合，故未能谢绝。后非无见挑者，身实未敢相从。"因使指其人以实之。供云："同里毛大，屡挑而屡拒之矣。"公曰："何忽贞白如此④？"命搒之。妇顿首出血，力辨无有，乃释之。又诘："汝夫远出，宁无有托故而来者？"曰："有之，某甲、某乙，皆以借贷馈赠，曾一二次入小人家。"盖甲、乙皆巷中游荡子，有心于妇而未发者也。公悉籍其名⑤，并拘之。

【注释】

①东国：指齐鲁地区。古代齐、鲁等国，因皆位于我国东方，故称"东国"。

②施公愚山：施闰章（1619—1683），字尚白，一字屺云，号愚山、媲萝居士、蠖斋，晚号矩斋，江南宣城人。顺治六年（1649）进士，授刑部主事。十八年（1661）举博学鸿儒，授侍讲，预修《明史》，进侍读。文章醇雅，尤工于诗，与同邑高咏等唱和，时号"宣城体"，有"燕台七子"之称，与宋琬有"南施北宋"之名，位"清初六家"之

列，处“海内八大家”之中，在清初文学史上享有盛名。著有《学馀堂文集》、《试院冰渊》等。贤能称最：最称贤能。

③院、司：指部院和臬司。部院，即巡抚，一省的军政长官。臬司，也称“按察使”，省级最高司法官员。

④贞白：贞节、清白。

⑤籍：登录，记。

【译文】

宿介虽然生性放纵，品行不正，却是山东一带有名的才子。他听说学使施愚山的德才都是最好的，又有怜悯士人的仁德，就写了一份状词申诉自己被冤枉了，措辞非常悲怆沉痛。施学使取来了宿介的案卷，反复凝神思考，拍着桌子喊道：“这个书生是冤枉的！”他于是向巡抚、按察使请求，将案子移交给他，重新审理。他问宿介说：“绣鞋丢在什么地方了？”宿介供道：“忘记了。只是记得在敲王氏家门时，还在袖筒里。”施学使又转身问王氏说：“除了宿氏，你还有几个奸夫？”王氏供说：“没有了。”施学使说：“淫乱的女人，怎么可能只偷一个呢？”王氏供说：“小妇人跟宿介小时候就认识，所以一直没有断绝。后来倒不是没有人来勾引，我实在不敢再跟从了。”施学使于是让她交代那些男人的姓名。王氏说：“街坊毛大屡次来勾引，我都拒绝了。”施学使问：“怎么忽然这样的贞洁起来了？”便叫人将王氏摁倒抽打。王氏吓得连连磕头，磕得鲜血直流，竭力辩白再也没有别人了，施学使才放过她。接着又问：“你丈夫出远门，难道就没人借口有事上门吗？”王氏说：“有的，某人、某人，都因为借钱、送礼什么的来过小妇人家一两次。”原来这某人、某人都是街巷中的二流子，对王氏有意而没有表现出来。施学使将这些人的名字都记下来，并且将他们拘捕到案。

既集，公赴城隍庙，使尽伏案前，便谓：“曩梦神人相告，杀人者不出汝等四五人中。今对神明，不得有妄言。如肯自首，尚可原宥[①]；虚者[②]，廉得无赦[③]！”同声言无杀人之事。公以三木置地[④]，将并加之，括发裸身[⑤]，齐鸣冤苦。公命释之，谓曰：“既不自招，当使鬼神指之。”使人以毡褥悉幛殿窗，令无少隙。袒诸囚背，驱入暗中，始授盆水，一一命自盥讫，系诸壁下，戒令：“面壁勿动。杀人者，当有神书其背。”少间，唤出验视，指毛曰：“此真杀人贼也！”盖公先使人以灰涂壁，又以烟煤濯其手[⑥]：杀人者恐神来书，故匿背于壁而有灰色；临出，以手护背，而有烟色也。公固疑是毛，至此益信。施以毒刑，尽吐其实。判曰：

【注释】

①原宥：原谅，宽免。

②虚者：说谎话的人。虚，不实。

③廉得：查出。廉，查访。

④三木：古时加在犯人颈、手、足上的木制刑具。

⑤括发裸身：把头发束起来，把上衣剥下来，都是对犯人动刑前的准备。

⑥濯（zhuó）：洗。

【译文】

等人犯到齐后，施学使前往城隍庙，命令他们跪在香案前，对他们说：“前几天我梦见城隍神告诉我，杀人凶手就在你们四五个人中。现在对着神明，不许有一句假话。如果肯自首，还可以从轻发落；说假话的，一经查明，绝不宽恕！”众人齐声说绝没有杀人的事。施学使吩咐将三木放在地上，准备动刑，将人犯的头发都扎起来，扒光衣服，他们齐声喊冤枉。施学使命令先停下来，对他们说道：“既然你们不肯自己招供，只好让神明指出真凶了。”他让人用毡子褥子将大殿的窗户遮严实了，不留一点儿缝隙。又让那几个嫌疑人光着脊背，赶到黑暗中，先给他们一盆水，命令他们一个个洗过手，再把他们用绳子拴在墙下，命令道："各人面对墙壁不许乱动。是杀人凶手，神灵就会在他脊背上写字。"过了一会儿，将他们叫出来，逐个检查，指着毛大说："这就是杀人凶手！"原来，施学使预先让人把石灰涂在墙上，又用烟煤水让他们洗手：杀人犯害怕神灵写字，所以将脊背贴着墙，沾上了白灰；临出来前又用手遮住脊背，又染上了煤烟色。施学使本来就怀疑毛大是杀人犯，至此更加确信。于是对他施以大刑，毛大全部说出了犯罪实情。施学使判决道：

宿介：蹈盆成括杀身之道①，成登徒子好色之名②。只缘两小无猜③，遂野鹜如家鸡之恋④；为因一言有漏⑤，致得陇兴望蜀之心⑥。将仲子而逾园墙⑦，便如鸟堕⑧；冒刘郎而至洞口⑨，竟赚门开。感帨惊尨⑩，鼠有皮胡若此⑪？攀花折树⑫，士无行其谓何！幸而听病燕之娇啼⑬，犹为玉惜⑭；怜弱柳之憔悴⑮，未似莺狂⑯。而释幺凤于罗中⑰，尚有文人之意；乃劫香盟于袜底⑱，宁非无赖之尤⑲！蝴蝶过墙⑳，隔窗有耳㉑；莲花卸瓣㉒，堕地无踪。假中之假以生，冤外之冤谁信？天降祸起，酷械至于垂亡；自作孽盈㉓，断头几于不续。彼逾墙钻隙㉔，固有玷夫儒冠㉕；而僵李代桃㉖，诚难消其冤气。是宜稍宽笞扑㉗，折其已受之惨；姑降青衣㉘，开其自新之路。

【注释】

①蹈：蹈袭，重复旧时成例。盆成括：复姓盆成，名括，战国时人。

《孟子·尽心》:“盆成括仕于齐,孟子曰:‘死矣盆成括!’盆成括见杀,门人问曰:‘夫子何以知其将见杀?’曰:‘其为人也小有才,未闻君子之大道,则足以杀其躯而已矣。’”这里以盆成括为喻,斥责宿介调戏妇女,招致杀身之祸。

②登徒子:战国宋玉《登徒子好色赋》中的人物,性好色,不择美丑。后因以“登徒子”代指好色之人。登徒,复姓。子,男子的通称。

③两小无猜:本指幼男幼女嬉戏玩耍,天真无邪,不避嫌疑。唐李白《长干行》:“郎骑竹马来,绕床弄青梅。同居长干里,两小无嫌猜。”此隐指宿介与王氏幼时苟合。

④野鹜(wù):野鸭。家鸡、野鹜本指自家与外人的两种不同的书法风格。晋何法盛《晋中兴书》:“庾翼书,少时与王右军齐名。右军后进,庾犹不忿。在荆州与都下人书云:‘小儿辈厌家鸡,爱野雉,皆学逸少书,须我下当北之。’”此处借以喻宿介把野花当作家花,把情妇当作正妻。

⑤一言有漏:指王氏一句话泄漏了胭脂爱慕鄂生的心,招致宿介骗奸胭脂的邪念。

⑥得陇兴望蜀之心:即“得陇望蜀”,喻贪心不足。《后汉书·岑彭传》谓东汉光武帝遣岑彭攻下陇右之后,又想进攻西蜀,在给岑彭信中有云:“人苦不知足,既平陇,复望蜀。”此指宿介既占有王氏,又进而想得到胭脂。

⑦将(qiāng)仲子而逾园墙:谓宿介逾墙而到卞家,企图骗胭脂开门。将仲子,《诗·郑风·将仲子》:“将仲子兮,无逾我墙。”将,请。仲子,男性名。

⑧鸟堕:形容轻捷。

⑨刘郎:指刘晨。此用刘晨和阮肇在天台山遇见仙女的故事,喻宿介冒充鄂生追求胭脂。

⑩感帨(shuì)惊尨(máng):意谓宿介至卞家粗暴而毫无顾忌。

《诗·召南·野有死麇》:“无感我帨兮,无使尨也吠。”感帨,指男子对女子非礼相陵。感,通“撼”。帨,佩巾。尨,多毛的狗。这两句诗原是写女方告诫前来幽会的男方,叫他不要非礼,不要惊得狗叫。

⑪鼠有皮:语出《诗·鄘风·相鼠》:“相鼠有皮,人而无仪:人而无仪,不死何为?”此用以谴责宿介,谓其如有脸皮怎能干出此等事情。

⑫攀花折树:喻私会偷情行为。《诗·郑风·将仲子》:“将仲子兮,无逾我里,无折我树杞。岂敢爱之,畏我父母。”

⑬病燕:指胭脂。

⑭玉惜:犹言惜玉。旧时以玉比女子之美,因称爱护美女为“惜玉”。

⑮弱柳:喻指胭脂。

⑯莺狂:喻过分放肆。

⑰幺凤:鸟名。有五色彩羽,似燕而小,暮春来集桐花,因也称“桐花凤”。喻少女胭脂。罗:网。

⑱劫香盟:以暴力威胁对方订立相爱之盟。袜底:指胭脂绣鞋。

⑲尤:突出,特别。

⑳蝴蝶过墙:喻宿介逾墙偷情。语出唐王驾《雨晴》诗:“蛱蝶飞来过墙去,却疑春色在邻家。”

㉑隔窗有耳:指毛大的偷听。

㉒莲花卸瓣:指胭脂的绣履被宿介强夺。莲花,取义于“步步生莲花”,隐指女鞋。《南史·齐纪·废帝东昏侯》:“(东昏侯)又凿金为莲华(花)以贴地,令潘妃行其上,曰:‘此步步生莲华(花)也。’”

㉓自作孽盈:指宿介自取灾祸。《书·太甲》:“天作孽,犹可违;自作孽,不可逭。”

㉔逾墙钻隙：指男女私相幽会。《孟子·滕文公》："不待父母之命、媒妁之言，钻穴隙相窥，逾墙相从，则父母国人皆贱之。"

㉕玷：玷污。儒冠：古时读书人所戴的帽子。代指读书人的身份。

㉖僵李代桃：也称"李代桃僵"。古乐府《鸡鸣》："桃生露井上，李树生桃傍。虫来啮桃根，李树代桃僵。"后用以称代人受过。此指宿介代毛大受刑。

㉗宽：宽免。笞扑：拷打。

㉘姑降青衣：姑且保留其生员资格，略施惩罚。姑，姑且。降青衣，对生员的一种降级惩罚。明清时，生员穿蓝衫，降为"青衣"则由蓝衫改着青衫，称为"青生"，是对生员的一种惩戒。

【译文】

宿介：重蹈盆成括无德被杀的覆辙，酿成登徒子贪好女色的恶名。只因为两小无猜，便有了偷鸡摸狗的私情；只因为泄露了一句话，便有了得陇望蜀的淫心。像仲子一样爬过园墙，如鸟一般落在地上；冒充刘郎来到洞口，竟然将闺门骗开。对胭脂粗暴无忌，有脸皮的人怎么能干出这种事？攀折花木，身为士人却没德行还能让人说什么！幸好听到病中的胭脂一番婉转陈述，还能够怜香惜玉；像怜惜憔悴的细柳枝的鸟儿一样，不至于过分淫狂。总算放开了落在网中的小鸟，还流露出一点儿文人的雅意；但却抢去胭脂的绣鞋作为信物，难道不是无耻之尤！两人只顾私下谈话，却没想到隔窗有耳被毛大听去；那绣鞋像莲花花瓣落下，便再没有了踪迹。假中之假已经产生了，冤外之冤谁又会相信呢？灾祸从天而降，身受酷刑差点儿死去；自作的罪孽已经满盈，已被破下的脑袋几乎接不上去。这种翻墙钻穴的行为，固然有辱读书人的声名，但是代人受罪，确实难以消除心中的冤气。因此稍稍放宽对他的刑罚，来折消他已经受的酷刑；姑且罚他由蓝衫改穿青衫，不准参加今年的科考，给他一条悔过自新的生路。

若毛大者：刁猾无籍，市井凶徒。被邻女之投梭[1]，淫心不死；伺狂童之入巷[2]，贼智忽生。开户迎风[3]，喜得履张生之迹[4]；求浆值酒[5]，妄思偷韩掾之香[6]。何意魄夺自天[7]，魂摄于鬼。浪乘槎木[8]，直入广寒之宫[9]；径泛渔舟，错认桃源之路[10]。遂使情火息焰[11]，欲海生波[12]。刀横直前[13]，投鼠无他顾之意[14]；寇穷安往[15]，急兔起反噬之心[16]。越壁入人家，止期张有冠而李借[17]；夺兵遗绣履，遂教鱼脱网而鸿离[18]。风流道乃生此恶魔，温柔乡何有此鬼蜮哉！即断首领，以快人心。

【注释】

①邻女之投梭：比喻妇女拒绝男子的挑诱。《晋书·谢鲲传》："邻家高氏女有美色，鲲尝挑之，女投梭，折其两齿。"

②狂童：女子对男子的昵称。此指宿介。《诗·郑风·褰裳》："子不我思，岂无他人？狂童之狂也且。"入巷：性生活的隐喻。指宿介与王氏欢会。

③开户迎风：意谓毛大巧逢宿介私会王氏，听到宿介自述与胭脂之事，因而妄想偷骗胭脂。唐元稹《莺莺传》记莺莺与张生相恋，莺莺寄诗张生，有"待月西厢下，迎风户半开"的话，后因以"开户迎风"喻男女私会。

④履张生之迹：谓毛大尾随宿介之后潜入王家。

⑤求浆值酒：指毛大本想挑诱王氏，却遇到玷污胭脂的机会。《类说》卷三十五引《意林》："袁惟正书曰：岁在申酉，乞浆得酒。"本意为所得超过所求。浆，水。

⑥偷韩掾（yuàn）之香：即韩掾偷香。韩掾，指韩寿，晋朝人，曾为贾充掾吏。《晋书·贾充传》载，贾充的女儿钟情于韩寿，曾把晋武

帝赐给贾充的西域奇香，偷来送给韩寿。贾充疑女儿与韩寿私通，便把她嫁给韩寿。后因以"韩寿偷香"喻男女暗中通情。这里指毛大妄想同胭脂暗中相会。

⑦魄夺自天：上天夺其魂魄，意谓毛大鬼迷心窍，神识昏乱。《左传·宣公十五年》："原叔必有大咎，天夺之魄。"魄，灵魂，神智。

⑧浪乘槎(chá)木：意指毛大凭借捡来的绣鞋想入非非。浪，轻率。乘槎木，意指登天。槎，木筏。晋张华《博物志·杂说》："旧说天河与海通。近世有人居海滨者，年年八月有浮槎去来。……"

⑨广寒之宫：《洞冥记》："冬至后，月养魄于广寒宫。"因称"月宫"为"广寒宫"。这里喻指胭脂的闺房。

⑩渔舟、桃源：晋陶渊明《桃花源诗并记》中语词。文载：晋太元中，渔人泛舟误入桃花源。此指毛大误诣卞翁之舍。

⑪情火：情欲的火焰。指毛大企图污辱胭脂的恶念。

⑫欲海生波：指发生变故。欲海，佛家语。喻情欲深广如海，可使人沉溺。

⑬刀横直前：意谓卞翁操刀直出。

⑭投鼠无他顾：反用"投鼠忌器"成语。《汉书·贾谊传》载："里谚曰：'欲投鼠而忌器。'"意为以物投掷老鼠，要顾忌打坏靠近老鼠的器物。而投鼠无他顾之意，是说卞翁横刀直追毛大，无所顾忌。

⑮寇穷：即穷寇，指势穷力竭的敌人。《逸周书·武称》："追戎无恪，穷寇不格。"此处指急无所逃的毛大。

⑯急兔起反噬(shì)之心：俗语"兔子急了还咬人"，此指毛大夺刀杀翁。急兔，急忙逃脱之兔。指毛大。反噬，反咬一口。噬，咬。

⑰张有冠而李借：即张冠李戴。明田艺蘅《留青日札·张公帽赋》："俗谚云：张公帽摄在李公头上。"这里指毛大企图冒名顶替。

⑱鱼脱网而鸿离：指毛大逃跑却连累了胭脂。《诗·邶风·新台》：

"鱼网之设,鸿则离之。"鸿,鸿雁。离,同"罹"。

【译文】

毛大:刁蛮奸猾,没有固定职业,是一个流窜在市井中的恶徒。挑逗王氏遭到拒绝,却淫心不死;趁着宿介到王氏家偷情,忽然产生了邪恶念头。胭脂本来想着迎来鄂生,却让宿介喜得越墙而入的机会;毛大本想到王氏家捉奸却听到了胭脂的消息,让毛大产生了诱奸胭脂的企图。不料魄被天夺去,魂被鬼摄走。欲火烧身地凭着绣花鞋,直奔胭脂的闺房;错认了胭脂的闺房,却来到了卞老汉的房前。于是使得情火被扑灭了火焰,欲海掀起了波澜。卞老汉横刀向前,毫无顾忌;毛大穷途末路,像被追急的兔子产生了反咬的念头。翻墙跳到人家里,只希望能冒充鄂生,诱奸胭脂;毛大夺过卞老汉的刀却遗下绣履,于是使得真凶漏网,无辜遭祸。风流道上才会产生这样的恶魔,温柔乡中怎么能容忍这样的鬼怪残存!马上砍下他的脑袋,让人心大快。

胭脂:身犹未字,岁已及笄。以月殿之仙人[①],自应有郎似玉;原霓裳之旧队[②],何愁贮屋无金[③]?而乃感《关雎》而念好逑[④],竟绕春婆之梦[⑤];怨摽梅而思吉士[⑥],遂离倩女之魂[⑦]。为因一线缠萦[⑧],致使群魔交至。争妇女之颜色[⑨],恐失"胭脂"[⑩];惹鸷鸟之纷飞[⑪],并托"秋隼"[⑫]。莲钩摘去[⑬],难保一瓣之香[⑭];铁限敲来[⑮],几破连城之玉[⑯]。嵌红豆于骰子[⑰],相思骨竟作厉阶[⑱];丧乔木于斧斤[⑲],可憎才真成祸水[⑳]!葳蕤自守[㉑],幸白璧之无瑕[㉒];缧绁苦争[㉓],喜锦衾之可覆[㉔]。嘉其入门之拒[㉕],犹洁白之情人;遂其掷果之心[㉖],亦风流之雅事。仰彼邑令[㉗],作尔冰人[㉘]。

【注释】

①月殿之仙人：谓胭脂美如月宫仙女。

②霓裳之旧队："霓裳羽衣舞"舞队中原有的仙女，亦赞美胭脂的容貌。霓裳，《霓裳羽衣曲》及"霓裳羽衣舞"的省称。是唐玄宗改编的从西凉传来的乐曲，杨贵妃善为"霓裳羽衣舞"。

③贮屋无金：犹言没有金屋贮之。《汉武故事》载，汉武帝为太子时，希望得到长公主之女阿娇为妇，曾云"若得阿娇作妇，当作金屋贮之"。金屋，极言屋室之华丽。

④感《关雎》：喻胭脂思春，怀恋鄂生。《关雎》，《诗·周南·关雎》："关关雎鸠，在河之洲。窈窕淑女，君子好逑。"此诗描写了青年男女对爱情的追求。

⑤春婆之梦：指胭脂爱情梦想落空。宋赵令畤《侯鲭录》："东坡老人（苏轼）在昌化，尝负大瓢，行歌于田间。有老妇年七十，谓坡云'内翰昔日富贵，一场春梦。'坡然之。里中呼此媪为春梦婆。"

⑥怨摽（biào）梅而思吉士：指胭脂钟情鄂生，相思成病。《诗·召南·摽有梅》："摽有梅，其实七兮。求我庶士，迨其吉兮。"这是一首女子珍惜青春、急于求偶的诗歌。摽梅，落梅，梅子熟透落地，喻女子年华已大。吉士，古时对男子的美称。《诗·召南·野有死麇》："有女怀春，吉士诱之。"

⑦离倩女之魂：唐传奇陈玄祐《离魂记》载，衡州张镒的女儿倩娘，与表兄王宙相恋。后来张镒把倩娘另许他人。倩女抑郁成疾，竟然魂离躯体，随王宙同去四川，居五年，生二子。归宁时，魂才同病体合一。这里借喻胭脂思念鄂生，梦魂相随，以致卧病。

⑧一线缠萦：指胭脂怀春情思。一线，细微。

⑨颜色：容貌。

⑩胭脂：此处为双关语。"胭脂"一名"燕支"，地在匈奴，产胭脂草。《西河故事》："祁连、燕支二山在张掖、酒泉界上，匈奴失二山，乃

歌曰：亡我祁连山，使我六畜不蕃息；失我燕支山，使我妇女无颜色。”“恐失胭脂”即从此句演化而来。

⑪鸷(zhì)鸟：猛禽。

⑫并托“秋隼”：指宿介、毛大皆冒充鄂生秋隼。

⑬莲钩：指绣鞋。

⑭一瓣之香：语义双关。莲瓣，既指绣鞋，亦喻女性贞洁。

⑮铁限：铁门限，门槛。唐李绰《尚书故事》：唐代智永禅师为王羲之的后人，积年学书，一时推重，人来求书者如市，所居之户限为之穿穴，乃用铁叶裹之，人谓之“铁门限”。此处借喻胭脂闺门屡遭骚扰。

⑯连城之玉：价值连城的美玉，比喻贞操。

⑰红豆：相思树所结之子，大如豌豆，微扁，色鲜红，或半红半黑。古时以红豆象征相思，称为“相思子”。骰(tóu)子：俗称“色子”，旧时赌具的一种，用兽骨作成，正方形小立体，六面分刻一至六点，投掷为戏。唐温庭筠《南歌子》：“玲珑骰子安红豆，刻骨相思知未知？”

⑱厉阶：祸端，祸患的来由。

⑲乔木：喻指卞翁。乔木高大向上，象征父亲的尊严。《尚书大传·梓材》：“乔者，父道也；梓者，子道也。”斧斤：泛指斧子等利器。因与乔木相对，故指代刀。

⑳可憎才：对情人的昵称。《西厢记》四本一折，张生怨莺莺：“则为这可憎才熬得心肠耐。”这里指胭脂。祸水：旧时对惑人败事的女子的贬称。

㉑葳蕤(wēi ruí)：草名。《本草纲目》：“此草根多须，如冠缨下垂之绥，而有威仪，故以名之。”多用以形容女性。

㉒幸白璧之无瑕：指胭脂贞操没有丢失。瑕，玉中非原生的斑点。比喻人或事物显露出来的缺陷、缺点，小毛病。

㉓缧绁(léi xiè):捆绑犯人的黑绳索。借指监狱、囚禁。

㉔锦衾之可覆:指缺陷可以遮盖,错误可以弥补。

㉕入门之拒:指胭脂虽爱慕鄂生,但持之以礼,拒绝苟合。

㉖掷果之心:指胭脂爱慕鄂生的心愿。掷果,晋潘岳貌美,洛阳妇女见到他,向他投掷果子,以表示爱慕。见《晋书·潘岳传》。

㉗仰:公文中上级命令下级的惯用套语。有期望、责成的意思。

㉘冰人:媒人。

【译文】

胭脂:已经长大成人,却还没有出嫁。长得像月宫里的仙女,自然应该有俊美的儿郎相配;本来就是霓裳队中的一员,还愁没有富贵人家来迎娶吗?感念爱情而思念好的配偶,竟然产生了春梦;哀怨落梅而爱慕男子,于是因思念而生病。只因为这一份感情的萦绕,招得群魔纷纷而至。竞相争夺美丽的容颜,唯恐失去"胭脂";惹得鹫鸟纷飞,都假冒为"秋隼"。绣鞋被宿介脱去,难保自身的贞洁;铁门被敲响,女儿身差点儿失去。就因一片思念,竟然招来祸害;卞老汉惨遭砍杀,心爱的女儿真成了祸水!虽然被人挑逗,还能坚守贞节,未被玷污;在监狱中苦苦抗争,幸喜现在美好的结局可以遮盖一切过错。本府嘉奖她能力拒淫徒,还是个洁白的情人;愿意成全她倾慕鄂生的心愿,也是一桩风流雅事。希望该县县令做他们的媒人。

案既结[①],遐迩传诵焉[②]。

【注释】

①结:了结,完成。

②遐迩:远近。

【译文】

这起案子完结以后，远近都争相传颂。

自吴公鞫后[①]，女始知鄂生冤。堂下相遇，靦然含涕[②]，似有痛惜之词，而未可言也。生感其眷恋之情，爱慕殊切，而又念其出身微[③]，且日登公堂，为千人所窥指，恐娶之为人姗笑，日夜萦回[④]，无以自主。判牒既下[⑤]，意始安帖。邑宰为之委禽[⑥]，送鼓吹焉[⑦]。

【注释】

①鞫(jū)：审理，审案。

②靦(tiǎn)然：惭愧的样子。

③微：微贱，卑微。

④萦回：盘绕，回旋，形容心中反复不定。

⑤判牒：判决书。牒，公文。

⑥委禽：即纳采、订婚。古代结婚礼仪中(即“六礼”)，除纳征外，其他五礼，男方都要向女方送上雁作为贽礼，所以称“纳采”为“委禽”。

⑦鼓吹：原指器乐合奏，这里指乐队。

【译文】

自从吴太守审问以后，胭脂才知道鄂秀才被冤枉了。偶尔在堂下遇到他，胭脂总是满脸的羞愧，两眼含着泪水，似乎有好多疼爱他的话要说，却又说不出来。那鄂生被她的痴情感动，也深深地爱慕她，但是鄂生又想到她出身微贱，而且每天都上公堂对证，被众人窥视、指点，担心娶了她会被人耻笑，所以他日思夜想，拿不定主意。到了判决书下达后，鄂生的心才安定下来。县令替他们准备了彩礼，又找来乐队替他们办了喜事。

异史氏曰：甚哉！听讼之不可以不慎也！纵能知李代为冤，谁复思桃僵亦屈？然事虽暗昧，必有其间①，要非审思研察，不能得也。呜呼！人皆服哲人之折狱明②，而不知良工之用心苦矣③。世之居民上者，棋局消日④，紬被放衙⑤，下情民艰，更不肯一劳方寸⑥。至鼓动衙开，巍然高坐，彼哓哓者直以桎梏静之⑦，何怪覆盆之下多沉冤哉⑧！

【注释】

①间（jiàn）：间隙，破绽。

②哲人：智慧卓越的人。《诗·大雅·抑》："其维哲人，告之话言。"

③良工：古代泛称技艺高超的人。工，这里指官。《书·尧典》："允釐百工，庶绩咸熙。"

④棋局消日：用下棋消磨光阴。《唐诗纪事》卷五十六载，唐宣宗时，令狐绹荐李远为杭州刺史，宣宗说："我闻远诗云：'长日惟消一局棋'，岂可以临郡哉？"

⑤紬（chóu）被放衙：谓好逸贪睡废政。紬，同"绸"。放衙，官吏退衙。《倦游录》载，宋文彦博为榆次县令，题诗于新衙鼓上云："置向谯楼一任挝，挝多挝少不知他。如今幸有黄紬被，努出头来听放衙。"

⑥方寸：指心。

⑦哓哓（xiāo）：争辩声。桎梏：刑具。

⑧覆盆：覆置的盆，喻不见天日，沉冤莫白。晋葛洪《抱朴子·辨问》："是责三光不照覆盆之内也。"

【译文】

异史氏说：确实啊！审理案件不可以不慎重啊！纵使能够知道像

鄂秋隼这样代人受过的人是冤枉的，又有谁会想到像宿介这样的人也是代人受过冤屈的呢？但是，事情虽然暗昧不清，其中必有破绽，如果不是仔细地思考观察，是不可能发现的。呜呼！人们都佩服贤明而有智慧的人断案神明，却不知道技艺高明的人如何费尽心思地构思。世间那些做官的人，只知道下棋消遣时光，好逸贪睡荒废政务，民情再怎么艰苦，他们也不会费一点儿心思。到了该鸣鼓升堂之时，官员高高地坐在大堂上，对那些争辩的人径直用刑具来使他们安静下来，难怪百姓多有沉冤得不到昭雪啊！

愚山先生吾师也。方见知时[①]，余犹童子[②]。窃见其奖进士子[③]，拳拳如恐不尽[④]，小有冤抑，必委曲呵护之，曾不肯作威学校，以媚权要。真宣圣之护法[⑤]，不止一代宗匠[⑥]，衡文无屈士已也[⑦]。而爱才如命，尤非后世学使虚应故事者所及。尝有名士入场，作《宝藏兴焉》文[⑧]，误记“水下”[⑨]，录毕而后悟之，料无不黜之理。作词曰：“宝藏在山间，误认却在水边。山头盖起水晶殿[⑩]。瑚长峰尖[⑪]，珠结树颠[⑫]。这一回崖中跌死撑船汉！告苍天，留点蒂儿[⑬]，好与友朋看。”先生阅文至此，和之曰[⑭]：“宝藏将山夸，忽然见在水涯。樵夫漫说渔翁话[⑮]。题目虽差，文字却佳，怎肯放在他人下。尝见他，登高怕险；那曾见，会水淹杀[⑯]？”此亦风雅之一斑[⑰]，怜才之一事也。

【注释】

①见知：被赏识。

②童子：未成年。此处指尚未取得秀才资格。

③奖进：奖励提拔。

④拳拳：诚恳尽心的样子。

⑤宣圣之护法：孔子的护法者，即保护儒教的人。宣圣，指孔子。元大德十一年（1307），新即位的元武宗海山加称孔子为“大成至圣文宣王”。护法，佛家语。保护佛法的人。

⑥宗匠：指学术上有重大成就、为众所推崇的人物。

⑦衡文：衡量文章高下。

⑧《宝藏（zàng）兴焉》：考场试题的名称。《礼记·中庸》：“今夫山，一卷石之多，及其广大，草木生之，禽兽居之，宝藏兴焉。”

⑨误记“水下”：误记是水下的宝藏，指与《中庸》所说的山间宝藏不合。明清时期八股文无论是题目还是依据题目所作的文字必须代圣贤立言，不能离开儒家经典的原意。

⑩水晶殿：指传说中海水里的龙宫。

⑪瑚：珊瑚。

⑫珠：珍珠。都非山上的宝藏。

⑬留点蒂儿：意谓留点颜面。蒂，花果与枝茎相连的部分。

⑭和（hè）：应和，唱和。指作词应答。

⑮樵夫漫说渔翁话：山上砍柴的人随意说水中打鱼的人的话。指文不对题。漫，空自。

⑯会水淹杀：这里指不会将会写文章的人一棒子打死，而是会留有馀地。

⑰一斑：比喻事物的一小部分。《世说新语·方正》：“管中窥豹，时见一斑。”

【译文】

施愚山先生是我的老师。刚被他赏识的时候，我还是个童生。我看见他奖励推荐学生，费尽心力，唯恐自己还不够全心全意，学生有一点儿委屈，他都心疼地呵护，从来不在学校耍威风，来讨好当官的。他真可以说是至圣文宣王的护法神，不止是一代的宗师，主持科举考试从来不委屈一个读书人而已。而他爱才如命，尤其不是后世那些敷衍了事的学使们所比得了的。曾经有一位名士下场参加科考，做《宝藏兴焉》的题目时，把“宝藏”两个字的涵义误记成“水下”了，等他抄录完毕，才省悟过来，自己料定没有不被黜退的理由。于是，他在后面又作了一首词道：“宝藏在山间，误认却在水边。山头盖起水晶殿。瑚长峰尖，珠结树颠。这一回崖中跌死撑船汉！告苍天，留点蒂儿，好与友朋看。”愚山先生看完，和了一首词：“宝藏将山夸，忽然见在水涯。樵夫漫说渔翁话。题目虽差，文字却佳，怎肯放在他人下。尝见他，登高怕险；那曾见，会水淹杀？”这也可见愚山先生风雅情调的一斑，也是他爱惜人才的一件逸事。

阿纤

【题解】

这是一篇温馨的童话，写人类和老鼠成亲的有趣故事。

一个叫奚山的人，经商的路上，遇到一个姓古、名士虚的长者留宿。攀谈之馀，奚山便替弟弟三郎约娶了古士虚的女儿阿纤。结婚后，三郎和阿纤生活得非常美满。但后来奚山怀疑阿纤一家是老鼠，便强迫三郎和阿纤分离。三郎和阿纤非常痛苦，经过三郎的叔弟奚岚的帮助，三郎和阿纤又过上了美满的夫妻生活。这篇拟人的童话，完全按照人的面目去写老鼠的生活，又不离老鼠的生活特点。比如奚山初次访问古士虚家，位置是“徘徊庑下，忽二扉豁开”，布置是“堂上迄无几榻”，吃的食物是“品味杂陈，似所宿具”。所经营的行当是倒卖粮食，贩卖对象是“硕腹男子”。尤其精彩的是，女主人公阿纤的外貌是“窈窕秀弱，风致嫣然”，性情“寡言少怒，或与语，但有微笑，昼夜绩织无停晷”，生活能力则表现为“日建仓廪，而家中尚无儋石，共奇之。年馀验视，则仓中盈矣。不数年,家大富”。显然,蒲松龄在这里隐隐约约透露出老鼠的某些生活习性,却又是概括了某一类型妇女的善良、勤劳、谦抑而又善于积蓄的性格,并把二者天衣无缝的熔接在一起。阿纤虽然因为兄长奚山强迫她和三郎分开,重返家庭后坚决要求和奚山分家单过,但“辄以金粟周兄,狃以为常”,表现了她的宽容,不念旧恶,体现了童话的道德原则。

奚山者,高密人①,贸贩为业,往往客蒙沂之间②。一日,途中阻雨,及至所常宿处,而夜已深,遍叩肆门③,无有应者。徘徊庑下④。忽二扉豁开,一叟出,便纳客入。山喜从之,絷蹇登堂⑤,堂上迄无几榻。叟曰:“我怜客无归,故相容纳。我实非卖食沽饮者。家中无多手指⑥,惟有老荆弱女⑦,眠熟矣。虽有宿肴⑧,苦少烹鬵⑨,勿嫌冷啜也。”言已,便入。少顷,以足床来⑩,置地上,促客坐,又入,携一短足几至⑪。拔来报往⑫,蹀躞甚劳⑬,山起坐不自安,曳令暂息。

【注释】

①高密:县名。位于山东半岛东部胶东地区,明清时属莱州府。今为山东潍坊下辖县级市。

②客:旅居,客居。蒙沂:指蒙阴、沂水,均县名。在山东省中南部山区。

③肆门:商铺的门。肆,商店。此指旅店。

④庑下:屋檐下。庑,堂周的廊檐。

⑤絷(zhí)蹇(jiǎn):拴驴。蹇,驴。

⑥手指:借指人口。

⑦老荆:老妻。荆,“荆钗布裙”之省。代指妻子。

⑧宿肴：存馀的菜肴。宿，旧。

⑨烹鬵(qín)：烹煮器具。鬵，大釜，炊器。

⑩足床：矮凳。

⑪几：案，小桌。

⑫拔来报(fù)往：很快地来，很快地去。报，通“赴”，迅速。形容频繁地奔来奔去。《礼记·少仪》：“毋拔来，毋报往。”郑玄注：“报，读为‘赴疾’之‘赴’。拔、赴皆疾也。”

⑬蹀躞(dié xiè)：小步走路，徘徊不定。

【译文】

奚山是山东高密人，靠做买卖为生，常常来往于蒙沂一带。一天走在半路上被雨耽搁了，等他到了平时经常投宿的地方时，夜色已经很深了，他敲遍了所有旅店的门，也没有人答应，他只好在屋檐下徘徊。忽然，一户人家的两扇门打开，出来一个老头，请他进去。奚山高兴地跟他进了门，把驴拴好，走进堂屋，屋子里没有床铺桌椅。老头说：“我同情客人无处可归，所以才请你进来住。我并不是卖吃卖喝的。家里也没有什么人，只有老伴和小女，都已经睡熟了。家里虽然有些剩馀的饭菜，但也没法热了，你如果不嫌弃，就吃点儿冷饭吧。”说完，便进了内室。过了一会儿，他拿出一张小凳子，放在地上请奚山坐，又进去拿出一张矮茶几来。这么进进出出来回几趟，老头显得挺累。奚山看了坐立不安，便拉住老头，让他暂时休息一会儿。

少间，一女郎出行酒。叟顾曰：“我家阿纤兴矣[①]。”视之，年十六七，窈窕秀弱，风致嫣然。山有少弟未婚，窃属意焉。因询叟清贯尊阀[②]，答云：“士虚，姓古。子孙皆夭折，剩有此女。适不忍搅其酣睡，想老荆唤起矣。”问：“婿家阿谁？”答言：“未字。”山窃喜。既而品味杂陈，似所宿具。食已，致恭而言曰[3]：“萍水之人[4]，遂蒙宠惠，没齿所不敢忘。缘翁盛德，乃敢遽陈朴鲁[5]：仆有幼弟三郎，十七岁矣，读书肄业[6]，颇不顽冥[7]。欲求援系[8]，不嫌寒贱否？”叟喜曰：“老夫在此，亦是侨寓。倘得相托，便假一庐[9]，移家而往，庶免悬念。”山都应之，遂起展谢[10]。叟殷勤安置而去。鸡既唱，叟已出，呼客盥沐。束装已，酬以饭金。固辞曰：“客留一饭，万无受金之理，矧附为婚姻乎[11]？”

【注释】

①兴：起，起床。

②清贯尊阀：籍贯和门第。清、尊，皆敬辞。

③致恭：致敬，道谢。

④萍水之人：偶然相逢的人。萍水，如浮萍随水，飘泊无定。

⑤遽(jù)陈：冒然直言。朴鲁：诚朴鲁钝。指真实朴直的心意。

⑥肄业：修习课业。古人书所学之文字于方版谓之“业”，师授生曰“授业”，生受之于师曰“受业”，习之曰“肄业”。

⑦顽冥：愚笨。

⑧援系：攀附求亲。

⑨假：借。

⑩展谢：申谢。

⑪矧(shěn)：何况。

【译文】

不一会儿，一位姑娘走出来替奚山倒酒。老头看着她说：“这是我家阿纤起来了。”奚山看了看阿纤，只见她约摸十六七岁，身体窈窕，面容秀丽，颇有可人的风度。奚山有个小弟还没有结婚，心中暗想为弟弟说上这门亲事。于是，他便问起老头的籍贯、门第，老头回答说：“我姓古,名叫士虚。子孙早都死了,只剩下这么一个女儿,刚才不忍心将她从睡梦中惊醒,想来是我的老伴把她叫起来了。”奚山问道:“女婿家是谁呀?”老头答道:“还没嫁人。”奚山暗自高兴。过了一会儿,酒菜都端了上来,好像是早就准备好了似的。吃完饭后,奚山恭敬地对老头说:“萍水相逢,承蒙老人家如此恩惠,真令我没齿难忘。鉴于您的盛德,我才敢唐突地提出一个请求:我有一个小弟三郎,今年十七岁了,正在读书,生来并不愚劣。我想跟您攀上这门亲事,您不会嫌弃我贫贱吧?”老头高兴地说:“老夫也是借居在这里。假如能把小女托付给你这样的人家,就请你借一间屋子,让我把家搬过去,也免得日后挂念。”奚山满口答应,便起身道谢。老头殷勤地替他安顿好床铺才离开。鸡叫的时候,老头已经起床了,叫奚山起来洗漱。奚山收拾好行装,要给老头饭钱。老头坚决推辞说:“只不过留客人吃了一顿饭,绝没有收钱的道理,何况我们还结为姻亲呢?”

既别,客月馀,乃返。去村里馀,遇老媪率一女郎,冠服尽素[①]。既近,疑似阿纤。女郎亦频转顾,因把媪袂,附耳不知何辞。媪便停步,向山曰:“君奚姓耶?”山唯唯。媪惨然曰:“不幸老翁压于败堵[②],今将上墓。家虚无人,请少待路侧,行即还也。”遂入林去,移时始来。途已昏冥,遂与偕行。道其孤弱,不觉哀啼,山亦酸恻。媪曰:“此处人情大不平善[③],孤孀难以过度[④]。阿纤既为君家妇,过此恐迟时日,不如早夜同归。”山可之。既至家,媪挑灯供客已,谓山曰:“意君将至,储粟都已粜去[⑤],尚存廿馀石,远莫致之[⑥]。北去四五里,村中第一门,有谈二泉者,是吾售主。君勿惮劳,先以尊乘运一囊去[⑦],叩门而告之,但道南村古姥有数石粟,粜作路用,烦驱蹄躈一致之也[⑧]。”即以囊粟付山。山策蹇去,叩户，一硕腹男子出，告以故，倾囊先归。俄有两夫以五骡至。媪引山至粟所，乃在窖中。山下为操量执概[9]，母放女收[10]，顷刻盈装[11]，付之以去。凡四返而粟始尽。既而以金授媪。媪留其一人二畜，治任遂东。行二十里，天始曙。至一市，市头赁骑，谈仆乃返。既归，山以情告父母。相见甚喜，即以别第馆媪，卜吉为三郎完婚。媪治奁妆甚备。阿纤寡言少怒，或与语，但有微笑，昼夜绩织无停晷[12]，以是上下悉怜悦之。嘱三郎曰："寄语大伯：再过西道，勿言吾母子也。"居三四年，奚家益富，三郎入泮矣[13]。

【注释】

①冠服尽素：指穿着孝服。

②败堵：倒塌的墙。

③平善：平和友善。

④孤孀：孤儿寡妇。孀，寡妇。过度：度日。

⑤粜(tiào)：卖出谷物。

⑥致：搬运，运送。

⑦尊乘：您的坐骑。乘，指奚山所乘之驴。

⑧蹄躈(qiào)：牲口。躈，口。

⑨操量执概：用斗斛量粟。量，指斗、斛之类的量具。概，量粟时刮平斗斛溢粟的用具。

⑩母放女收：母亲往外装，女儿用容器接。

⑪装：行装，囊。

⑫无停晷(guǐ)：没有停止的时刻。晷，时间。

⑬入泮：考中秀才。

【译文】

告别之后，奚山又在外逗留了一个多月，才返回来。在离村子一里多路的地方，他遇到一个老妇人领着一个女郎，两人都穿着素服。走到近前，看那女郎像是阿纤。女郎也频频地回头看他，并且拉着老妇人的衣襟，贴着耳朵不知说了什么话。老妇人便停住脚，向奚山问道："您是姓奚吗?"奚山连连答应。老妇人神色凄惨地说："我家老头不幸让倒塌的墙给压死了，我们正要去给他上坟。家里现在没有人，请您在路旁稍等片刻，我们去去就回。"说完，就走到林子里去了，过了一个时辰才出来。这时，天色已晚，路上显得昏暗，奚山便和她们结伴而行。老妇人说起她们孤儿寡母，不觉伤心地哭了起来，奚山也觉得心里发酸。老妇人说："这地方的人情很不善良，孤儿寡母难以活下去。阿纤既然已经是您家的媳妇，过了这时恐怕会耽搁时日，不如趁早连夜跟您走吧。"奚山同意了。到家以后，老妇人点上灯，等奚山吃完饭，对他说道："我们估计您也快回来了，家中存的粮食大都已经卖掉了，还剩下二十多石，因为路途远没有送去。从这里往北四五里，村里第一个门，有个叫谈二泉的，是我的买主。麻烦您不辞辛劳，先用您的坐骑运一口袋去，敲开门告诉他，只要说南村古老太有几石粮食，想卖了做路费，请他派牲口来驮了去。"说完，便装了一口袋粮食给奚山。奚山赶着驴前去，敲开门，一个大肚子的男人出来，奚山向他说明情况，将粮食倒出来就先回来了。不一会儿，就有两个仆人赶着五头骡子来到。老妇人领着奚山来到存放粮食的地方，原来就在一个地窖里。奚山下到地窖，代为称量，老妇人负责交粮，阿纤负责收签，一会儿工夫就装满了，让来人先运走。一共往返了四次，才把粮食运完。谈家的仆人把银子交给老妇人，老妇人留下一个人、两头骡子，收拾好行装向东出发。走了二十里，天才露出曙光。他们来到一个集市，在市头上租了一头牲口，这才让谈家的仆人回去。到家以后，奚山便把情况告诉了父母。父母一见阿纤很是喜欢，马上找了一处房子让老妇人住下，又挑选了好日子为三郎、阿纤完婚。老妇人也准备了很丰盛的嫁妆。阿纤寡言少语，很少发火，有人和她说话，她也只是微笑，她不论白天黑夜都在纺织，一刻不停，因此，全家上下都很怜爱她。阿纤嘱咐三郎说："你跟大伯说：再经过西道时，不要提到我们母女。"这样过了三四年，奚家日渐富裕起来，三郎也进了县学。

一日，山宿古之旧邻，偶及曩年无归，投宿翁媪之事。主人曰："客误矣。东邻为阿伯别第，三年前，居者辄睹怪异，故空废甚久，有何翁媪相留？"山甚讶之，而未深言。主人又曰："此宅向空十年，无敢入者。一日，第后墙倾，伯往视之，则石压巨鼠如猫，尾在外犹摇。急归，呼众共往，则已渺矣。群疑是物为妖。后十馀日，复入试，寂无形声。又年馀，始有居人。"山益奇之。归家私语，窃疑新妇非人，阴为三郎虑，而三郎笃爱如常。久之，家中人纷相猜议。女微察之，夜中语三郎曰："妾从君数载，未尝少失妇德[1]，今置之不以人齿[2]。请赐离婚书，听君自择良耦。"因泣下。三郎曰："区区寸心，宜所夙知。自卿入门，家日益丰，咸以福泽归卿，乌得有异言？"女曰："君无二心，妾岂不知？但众口纷纭，恐不免秋扇之捐[3]。"三郎再四慰解，乃已。山终不释，日求善扑之猫，以觇其意。女虽不惧，然蹙蹙不快。一夕，谓媪小恙，辞三郎省侍之。天明，三郎往讯，则室内已空。骇极，使人于四途踪迹之[4]，并无消息。中心营营[5]，寝食都废。而父兄皆以为幸，交慰藉之，将为续婚，而三郎殊不怿[6]。俟之年馀，音问已绝，父兄辄相诮责，不得已，以重金买妾，然思阿纤不衰。

【注释】

①妇德：谓妇女贞顺的德行，为妇女四德之一。《礼记·昏义》："教以妇德、妇言、妇容、妇功。"郑玄注："妇德，贞顺也。"《后汉书·列女传·曹世叔妻》："清闲贞静，守节整齐，行己有耻，动静有法，是谓妇德。"

②置之不以人齿：把我置于非人地位。齿，并列。

③秋扇之捐：秋凉之后，扇子即弃置不用。比喻妇女年老色衰而被遗弃。汉班捷妤《怨歌行》："常恐秋节至，凉风夺炎热。弃捐箧笥中，恩情中道绝。"

④四途：东西南北，四面。

⑤营营：烦虑不安。《庄子·庚桑楚》："全汝形，抱汝生，勿使汝思虑营营。"

⑥怿(yì)：高兴，快乐。

【译文】

一次，奚山在古家的旧邻居家借宿，偶然谈到当年无处可归，投宿到古家的事情。主人说："客人弄错了吧。东邻是我家大伯的一处别墅，三年前，住在里面的人动不动地看见一些怪异的事情，所以已经空废了很久，怎么会有什么老头老太留你住宿呢？"奚山听了很惊讶，但也不是很相信。主人又说："这个宅子一直空着，已经有十年了，没有人敢进去。一天，宅子后面的墙倒了，大伯过去一看，只见石头下面压着一只像猫那么大的巨鼠，尾巴露在外面，还摇晃着呢。大伯急忙回家，叫了好多人一同去看，老鼠已经不见了。众人都怀疑那东西是个妖怪。又过了十几天，人们前去再看，却没有一点儿动静了。又过了一年多，才有人住进去。"奚山听了，更加觉得奇怪。他回到家中，悄悄地跟家里人说起这事，大家都怀疑新媳妇不是人，暗暗地替三郎担心，但三郎还和平时一样对阿纤恩爱有加。时间一长，家里人纷纷猜疑议论。阿纤也渐渐地察觉了，到了晚上对三郎说："我嫁给你已经好几年了，从来没有做过一点儿有失妇德的事情，现在竟然不把我当人看。就请你赐我一张休书，听凭你自己再去找一个好媳妇。”说完，就流下了眼泪。三郎说：“我的一片心意，你应该是早就知道的。自从你进门以来，我家日益富裕起来，大家都认为是你把福气带到我们家来的，怎么会有人说你的坏话呢？”阿纤说：“你没有贰心，我难道不知道吗？但是众说纷纭，恐怕我还是免不了被遗弃。”三郎再三安慰劝说，阿纤才平静下来。但是奚山心中始终放不下，每天都找善于抓鼠的猫，来窥探阿纤的反应。阿纤虽然不害怕，但也紧锁双眉，快快不乐。一天晚上，阿纤对三郎说母亲有点儿病，并向三郎辞别要去侍候她。天亮以后，三郎前去问候，只见屋子里已经空无一人了。三郎害怕极了，派人四处打听她的踪迹，却得不到一点儿消息。三郎心中急躁不安，吃不下也睡不着。而他的父兄都感到很庆幸，轮流地来安慰他，准备替他续婚，但是三郎很不高兴。等了一年多，阿纤音信全无，父亲和兄长动不动就讥笑责骂三郎，不得已，他就花了重金买了一个妾，但心中对阿纤的思念却丝毫没有减少。

又数年，奚家日渐贫，由是咸忆阿纤。有叔弟岚以故至胶[①]；迂道宿表戚陆生家[②]。夜闻邻哭甚哀，未遑诘也。既返，复闻之，因问主人。答云：“数年前，有寡母孤女，僦居于是。月前姥死，女独处，无一线之亲，是以哀耳。”问：“何姓？”曰：“姓古。尝闭户不与里社通，故未悉其家世。”岚惊曰：“是吾嫂也！”因往款扉。有人挥涕出，隔扉应曰：“客何人？我家故无男子。”岚隙窥而遥审之，果嫂，便曰：“嫂启关[③]，我是叔家阿遂。”女闻之，拔关纳入，诉其孤苦，意凄惨悲怀。岚曰：“三兄忆念颇苦。夫妻即有乖迕，何遂远遁至此？”即欲赁舆同归。女怆然曰：“我以人不齿数故，遂与母偕隐。今又返而依人，谁不加白眼？如欲复还，当与大兄分炊[4]，不然，行乳药求死耳[5]！”岚既归，以告三郎。三郎星夜驰去。夫妻相见，各有涕洟。次日，告其屋主。屋主谢监生，窥女美，阴欲图致为妾，数年不取其值。频风示媪，媪绝之。媪死，窃幸可谋，而三郎忽至。通计房租以留难之。三郎家故不丰，闻金多，颇有忧色。女言：“不妨。”引三郎视仓储，约粟三十馀石，偿租有馀。三郎喜，以告谢。谢不受粟，故索金。女叹曰：“此皆妾身之恶幛也[6]！”遂以其情告三郎。三郎怒，将诉于邑。陆氏止之，为散粟于里党，敛赀偿谢，以车送两人归。

【注释】

①胶：胶州。在山东省东部。

②迂道：绕道。

③关：门闩。

④分炊：分开吃饭，即分家。

⑤乳药：服毒药。

⑥恶幛：即孽障、业障。佛教认为前世有恶业，今世享恶果。

【译文】

又过了几年，奚家渐渐地贫穷下去，于是众人又都想起了阿纤。三郎有个叔伯弟弟名叫奚岚，因为有事到胶州；途中绕道去看望表亲陆生。夜间，奚岚听见邻居家有人哭得很悲伤，但没有来得及打听。等他返回时，又听见了哭声，便问主人是怎么回事。主人回答说：“几年前，有一对寡母孤女，到这里租了房子住下。一个月前，老太太死了，只剩下那个孤女，又没有一个亲人，因此伤心地哭泣。”奚岚问道：“她姓什么？”主人答道：“姓古。她家经常关着门，不和邻居往来，所以不知道她的家世。”奚岚吃惊地说：“她就是我的嫂子呀！”于是便去敲门。只听屋里有人擦着眼泪出来，隔着门应声说道："客人是什么人？我家里本没有男人。"奚岚透过门缝往里一看，果然就是嫂子，便说："嫂嫂开门，我是叔叔家的阿遂。"阿纤听了，拉开门闩，请他进来，向他诉说自己的孤苦，看上去十分凄凉悲伤。奚岚说："三哥想你想得很苦。夫妻之间即使有点儿矛盾，为什么要远远地逃到这里来呢？"说完，就准备租车子带阿纤一同回去。阿纤伤感地说："我因为别人看不起，才和妈妈隐居到这里来。现在又回去投奔人家，谁还不拿白眼看我？如果一定要回去，就得和大哥分开来过，不然的话，我就服毒自杀！"奚岚回去以后，把情况告诉了三郎。三郎连夜赶去。夫妻相见，都伤心地流下眼泪。第二天，又告诉了屋主。屋主谢监生早就觊觎阿纤的美貌，想把他弄到手做小妾，所以好几年都不收房租，频频地向古老太暗示，都遭到了古老太拒绝。古老太死后，他暗自庆幸可以弄到手了，但是三郎突然到来，破坏了他的阴谋。他便算出这几年来的房租，让阿纤一次还清，以此来刁难他们。三郎家本来就不富裕，听说要交的房钱很多，脸上露出很忧郁的神色。阿纤说："不妨事。"然后就领着三郎去看仓库中存放的粮食，大约有三十多石，偿还房租绰绰有馀。三郎很高兴，就去告诉谢监生。谢监生不要粮食，故意索要银子。阿纤叹息着说："这都是我自己造的罪孽啊！"于是便将谢监生想娶她为妾被拒绝的事情告诉了三郎。三郎很生气，打算到县里去告状。陆生制止了他，替他将仓库的粮食分给了乡亲们，聚起一笔钱偿还给谢监生，用车子将三郎、阿纤送回家。

三郎实告父母，与兄析居。阿纤出私金，日建仓廪，而家中尚无儋石[①]，共奇之。年馀验视，则仓中盈矣。不数年，家大富，而山苦贫。女移翁姑自养之，辄以金粟周兄，狃以为常[②]。三郎喜曰："卿可云不念旧恶矣。"女曰："彼自爱弟耳。且非渠，妾何缘识三郎哉？"后亦无甚怪异。

【注释】

①儋(dàn)石:也作“担石”。儋受一石,故称“儋石”。用以计量谷物。儋,石罂。一说,一石为石,二石为儋,谓一人所担。亦借指少量米粟。

②狃(niǔ)以为常:习以为常。狃,习惯。

【译文】

三郎把实情告诉了父母,然后就和兄长分了家。阿纤拿出自己的私房钱,每天都忙着建粮仓,但当时家里连一石粮食也没有,大家都觉得很奇怪。过了一年多,再去查看,发现仓库里已经堆满了粮食。又过了没几年,家中非常富裕,而奚山家却非常穷困。阿纤将公公婆婆接到自己家供养,还不时地拿钱粮接济奚山家,渐渐地习以为常了。三郎高兴地说:“你真可以说是不计旧恶的人。”阿纤回答道:“他也是为你这个弟弟好。况且要没有他的话,我哪里有机会能跟三郎你相识呢?”从此以后,三郎家倒也没再发生什么怪异的事情。

瑞云

【题解】

这是一篇写妓女从良的故事。

与前代类似故事不同的是,妓女瑞云与馀杭贺生的悲欢离合不是经过社会动乱,人世纷扰,而是经过仙人点染瑞云的脸面,瑞云由俊变丑,身价一落千丈,馀杭贺生不改初衷,两人得以团圆的。最后又经过仙人和生的手,让瑞云恢复了美貌。瑞云前后妍媸的变化,使小说对比强烈,情节集中,愈发展现了男主人公罕见的爱情节操。

小说在思想内容上的闪光之处,在于贺生和和生的两段话。一段是:“人生所重者知己。卿盛时犹能知我,我岂以衰故忘卿哉!”另一段是："天下惟真才人为能多情，不以妍媸易念也。"这两段话，超越了前代郎才女貌的俗套，为本篇故事男女主人公的爱情定下了不同凡响的基调。这使得小说虽然篇幅不长，情节也没有什么过多的曲折，却与往昔同类的妓女从良小说拉开了距离，有了新意。当然，本篇的所谓知己之情同蒲松龄自身的经历遭遇密切相连，因为蒲松龄渴望知己，也希望有人能够不以自己的贫贱而拔擢自己。

瑞云，杭之名妓①，色艺无双②。年十四岁，其母蔡媪，将使出应客。瑞云告曰："此奴终身发轫之始③，不可草草。价由母定，客则听奴自择之。"媪曰："诺。"乃定价十五金，遂日见客。客求见者必以贽④，贽厚者，接一弈，酬一画；薄者，留一茶而已。瑞云名噪已久，自此富商贵介⑤，日接于门。

【注释】

①杭：指浙江杭州。

②色艺：长相和才艺。

③发轫（rèn）：初始，开端。这里指妓女初次应客。轫，止住车轮转动的闸木，车启行时须先去轫，称"发轫"。

④贽（zhì）：见面的赠礼。

⑤贵介：尊贵。指贵家子弟。

【译文】

瑞云是杭州的一位名妓，无论容貌还是才艺都可称得上举世无双。十四岁的时候，她的养母蔡妈妈就让她出来接客。瑞云告诉她说："这是我一生发迹的开始，不可草草了事。价格可以由妈妈定，但是客人却要听凭我自己选择。"蔡妈妈说："可以。"于是定好价格，接一次客为十五两银子，瑞云从此每天接客。来求见的客人必然都得献上礼物，礼物丰厚的，瑞云就陪着下棋，或者是画一幅画表示酬谢；而礼物轻的，瑞云只是留着喝杯茶而已。瑞云的艳名流传已久，从此富商显贵，接连不断慕名上门拜见。

余杭贺生①，才名夙著，而家仅中赀②。素仰瑞云，固未敢拟同鸳梦③，亦竭微贽，冀得一睹芳泽。窃恐其阅人既多，不以寒畯在意④，及至相见一谈，而款接殊殷。坐语良久，眉目含情。作诗赠生曰：

何事求浆者，蓝桥叩晓关⑤？
有心寻玉杵，端只在人间。

【注释】

①馀杭：旧县名。明清时属杭州府。

②中赀(zī)：中等资产。

③鸳梦：喻男女欢合。鸳，鸳鸯。传说雌雄偶居不离，古称"匹鸟"。

④寒畯(jùn)：出身寒微而才能杰出的人。五代王定保《唐摭言·好放孤寒》："李太尉德裕颇为寒畯开路，及谪官南去，或有诗曰：'八百孤寒齐下泪，一时南望李崖州。'"《正字通》："鄙野人曰寒畯，唐郑光禄熏举引寒畯，士类多之。俗读寒酸，误。"

⑤蓝桥：今陕西蓝田西南蓝溪之上。相传蓝桥有仙窟，为裴航遇仙女云英处。传说裴航为唐长庆间秀才，游鄂渚，梦中得诗："一饮琼浆百感生，玄霜捣尽见云英。蓝桥便是神仙宫，何必崎岖上玉清。"于是买舟还都。后路过蓝桥驿，遇见一织麻老妪，裴航渴甚求饮，妪呼女子云英捧一瓯水浆饮之，甘如玉液。裴航见云英姿容绝世，因谓欲娶此女，妪告："昨有神仙与药一刀圭，须玉杵臼捣之。欲娶云英，须以玉杵臼为聘，为捣药百日乃可。"后裴航终

于找到月宫中玉兔用的玉杵臼，娶了云英，夫妻双双成仙而去。叩晓关：清晨叩门。

【译文】

馀杭县有个姓贺的书生，一直享有很高的才名，但是家中只有中等的财产。他素来仰慕瑞云，虽然不敢奢求能和她同床共枕，但也竭力筹备一份薄礼，希望能够一睹瑞云的芳容。贺生心中暗想，瑞云见过的客人很多，大概不会在意他这个寒酸的书生。等到两人见面一谈，瑞云对他的款待很是殷勤。两人坐着聊了很久，瑞云眉目含情，作了一首诗赠给贺生，诗中写道：

何事求浆者，蓝桥叩晓关？
有心寻玉杵，端只在人间。

生得之狂喜。更欲有言，忽小鬟来白“客至”，生仓猝遂别。既归，吟玩诗词，梦魂萦扰。过一二日，情不自已，修贽复往。瑞云接见良欢，移坐近生，悄然谓：“能图一宵之聚否？”生曰：“穷踧之士[①]，惟有痴情可献知己。一丝之贽[②]，已竭绵薄[③]。得近芳容，意愿已足，若肌肤之亲，何敢作此梦想。”瑞云闻之，戚然不乐，相对遂无一语。生久坐不出，媪频唤瑞云以促之，生乃归。心甚邑邑[④]，思欲罄家以博一欢[⑤]，而更尽而别，此情复何可耐？筹思及此，热念都消，由是音息遂绝。

【注释】

①穷踧（cù）：穷困。踧，通“蹙”。

②一丝之贽（zhì）：极微薄的见面礼。丝，重量的微小单位。

③绵薄：谦称微力、微劳。

④邑邑：不快、郁闷的样子。

⑤罄家：拿出全部家产。罄，尽。博：取得。

【译文】

贺生接过诗来一看，知道瑞云对自己有意，不由心中狂喜。正要再说几句心里话，忽然小丫环进来禀告说“有客人来了”，他只好匆匆告别而去。贺生回到家中，反复吟诵玩味这首诗，梦中也萦绕着瑞云的身影。过了一两天，他情不自禁地准备了一份礼物，再次前往。瑞云见到他时，十分欢喜，把座位移到贺生身边，悄悄地对他说：“能想办法和我共度一夜吗？”贺生说：“我是一个穷酸的读书人，只有一片痴情可以献给知己。这一点儿小礼物，已经竭尽了绵薄之力。能够亲近你的芳容，我就已经心满意足了，至于肌肤之亲，我哪里敢有这样的梦想。”瑞云听了，露出不高兴的神情，两人相对而坐，再也说不出一句话来。贺生长时间坐着不出来，蔡妈妈便频频地叫瑞云，催贺生赶紧走，贺生只好回家。回到家中，贺生心中怏怏不乐，想着倾家荡产换来一夜的欢乐，但是天一亮又得告别，这样的痛苦怎么可以忍受？他一想到这里，心中的热情便全消了，从此以后，他和瑞云也就断了往来。

瑞云择婿数月，更不得一当①，媪颇恚，将强夺之而未发也。一日，有秀才投贽，坐语少时，便起，以一指按女额曰：“可惜，可惜！”遂去。瑞云送客返，共视额上有指印，黑如墨，濯之益真。过数日，墨痕渐阔，年馀，连颧彻准矣②。见者辄笑，而车马之迹以绝③。媪斥去妆饰，使与婢辈伍。瑞云又荏弱④，不任驱使，日益憔悴。贺闻而过之⑤，见蓬首厨下，丑状类鬼。起首见生，面壁自隐。贺怜之，便与媪言，愿赎作妇，媪许之。贺货田倾装⑥，买之而归。入门，牵衣揽涕⑦，且不敢以伉俪自居⑧，愿备妾媵⑨，以俟来者。贺曰：

"人生所重者知己。卿盛时犹能知我，我岂以衰故忘卿哉！"遂不复娶。闻者共姗笑之，而生情益笃[⑩]。

【注释】

①一当：一个中意的。当，当意，中意。

②连颧(quán)彻准：谓墨痕漫延至左右颧骨及整个鼻梁。颧，颧骨。准，鼻梁。

③车马之迹：指来访的贵客。

④荏(rěn)弱：柔弱，怯懦。

⑤过之：探望她。过，访。

⑥货田倾装：变卖所有家产。倾装，犹言倾囊。

⑦揽涕：挥泪。

⑧伉俪：夫妻。这里指夫妻名分。

⑨愿备妾媵(yìng)：愿意权充姬妾，等待贺生另娶正妻。

⑩笃：厚。

【译文】

瑞云挑选情郎挑了几个月，却没有挑着一个合适的，蔡妈妈很生气，就想强迫她接客，只是还没有决定。一天，有个秀才送上见面礼，和瑞云坐着说了一会儿话，便站起身来，用一只手指按在瑞云的额头上，说："可惜呀，可惜！"然后就离去了。瑞云送客人回来后，大家一看，见她的额头上有个像墨一样黑的指印，越洗越明显。过了几天，那块黑印渐渐变宽；等到一年多以后，已经蔓延到颧骨和鼻子上了。见到的人一看见就耻笑瑞云，渐渐地贵客都不再上门了。蔡妈妈斥令收回她的妆饰，让她和丫环们一起干活。瑞云又天生体弱，干不了体力活，因此日显憔悴下去。贺生听说后，就去看她，只见她蓬头垢面地在厨房里干活，丑得像个鬼一样。她抬起头见是贺生，便脸冲着墙壁不让贺生看见。贺生很同情她，就和蔡妈妈商量，愿意替瑞云赎身，娶她为妻，蔡妈妈答应了。于是,贺生卖掉全部的田地财产,将瑞云买回了家。瑞云进门以后,拉着贺生的衣服,擦着眼泪,不敢以妻子的身份自居,只愿意做个小妾,而将妻子的位置留给后来的人。贺生说:“人生最珍重的是知己。你当初得意的时候尚且看得起我,我怎么能够因为你容颜衰减忘记你呢!”此后便不再有娶妻的念头。听说这事的人都嘲笑他,而他对瑞云的感情却更加深厚。

居年馀,偶至苏,有和生与同主人①,忽问:“杭有名妓瑞云,近如何矣?”贺以“适人”对②。又问:“何人?”曰:“其人率与仆等③。”和曰:“若能如君,可谓得人矣。不知价几何许?”贺曰:“缘有奇疾,姑从贱售耳。不然,如仆者,何能于勾栏中买佳丽哉!”又问:“其人果能如君否?”贺以其问之异,因反诘之。和笑曰:“实不相欺,昔曾一觐其芳仪④,甚惜其以绝世之姿,而流落不偶⑤,故以小术晦其光而保其璞⑥,留待怜才者之真鉴耳⑦。”贺急问曰:“君能点之,亦能涤之否?”和笑曰:“乌得不能,但须其人一诚求耳⑧。”贺起拜曰:“瑞云之婿,即某是也。”和喜曰:“天下惟真才人为能多情,不以妍媸易念也⑨。请从君归,便赠一佳人。”遂与同返。

【注释】

①与同主人:和他同住一处。主人,指旅居的房东。

②适人:嫁人。

③率(shuài)与仆等:与我略同。率,大致。等,相等。

④觐:觐见。见的敬辞,原指朝见帝王。

⑤不偶:不遇,不幸。

⑥晦其光而保其璞:遮掩其光彩,保护其纯真。晦,晦暗。光,指玉

石的光泽。璞，未雕琢的玉石，比喻天真、本色。

⑦鉴：鉴赏，发现。

⑧一诚求：诚心恳求一次。

⑨妍媸(yán chī)：美丑。易念：改变心意。

【译文】

过了一年多，贺生偶然到苏州去，有个姓和的书生与他住在同一家旅店，忽然问道："杭州有个叫瑞云的名妓，近来怎么样了？"贺生回答说"已嫁人了"。和生又问道："嫁给什么人了？"贺生答道："那人和我差不多。"和生说："如果能像您这样，她可以说嫁了个好丈夫。不知道花了多少钱替她赎身？"贺生说："因为她得了一种怪病，所以就贱卖了。不然，像我这样的人，怎么可能从妓院买回漂亮的女子呢！"和生又问："那人果真和您一样吗？"贺生因为觉得他问得很怪，便反过来盘问他。和生笑着说："实不相瞒，当年我也曾见过她的芳容，对她这样一位长着绝世姿色的女子流落在妓院感到十分婉惜，就用小法术遮住了她的光彩，保全她的美质，希望留给真正爱惜她的人来鉴赏。"贺生急忙问道："您既然能给点上黑印，也能够洗掉它吗？"和生笑了一笑，说："怎么不能？只要她的男人真心诚意地来求。"贺生站起身，行礼说道："瑞云的夫婿就是我。"和生高兴地说："天下只有真正有才德的人才能够如此多情，不因为情人的美丑改变自己的想法。让我跟您一起回去吧，我会送回给您一位佳人。"说完，便和贺生一同回家。

既至，贺将命酒，和止之曰："先行吾法，当先令治具者有欢心也①。"即令以盥器贮水，戟指而书之②，曰："濯之当愈。然须亲出一谢医人也。"贺笑捧而去，立俟瑞云自颒之③，随手光洁，艳丽一如当年。夫妇共德之，同出展谢，而客已渺，遍觅之不可得，意者其仙欤？

【注释】

①治具者:准备酒食之人。指瑞云。

②戟指而书之:指书写符箓,施行法术。戟指,屈指如戟形,施法术时所作的手势。

③醋(huì):洗脸。

【译文】

来到贺生家,贺生正准备摆酒设宴,和生制止他说:"还是先让我施行法术吧,该让准备酒宴的人先高兴才对嘛。"说完,便让贺生端来一盆水,用手指在盆中划了几道,说:"拿这水洗脸就可以痊愈了。不过得请她亲自出来谢医生才行。"贺生笑着捧了盆进去,站在旁边看瑞云自己洗脸,只见随手洗到之处,脸上立刻光洁,又像当年那样艳丽动人了。夫妻二人对和生感激不已,一起出来向他表示谢意,但和生却已经不见,到处找也没有找到,想来他是个神仙吧?

仇大娘

【题解】

本篇虽为短篇小说,但具有长篇的气象。与《聊斋志异》其他篇章相比,本篇人物众多,情节繁复。除去主要的两个人物,仇大娘、魏名外,仅仇仲家族就还有仇仲、继室邵氏、长子仇福、长媳姜氏、次子仇禄、次媳惠娘,以及仇仲的叔叔等,他们并非挂名,都有着精彩的重头戏。时间跨度也较长,反映的社会时事异常丰富,涵盖了从明末的农民起义发生,到"国初立法最严"的"旗下逃人"事件,是当时北方农村恶劣的生态环境的真实写照。正是在这样一个环境中,仇大娘挽狂澜于既倒,让面临家破人亡的仇家走向复兴。

仇大娘泼辣、干练,一身正气,"里中豪强,少见陵暴,辄握刃登门,侃侃争论”，而心思也颇为细密，“养母教弟，内外有条”。尤其在处理弟弟仇福和弟媳归家的问题上，有计谋，有手段，简直就是一个政治家！她虽方正廉洁，但在个人利益上也不退缩。之前，“每归宁，馈赠不满其志，辄迕父母，往往以愤去”。之后，“父乃析产而三之：子得二，女得一也。大娘固辞，兄弟皆泣曰：‘吾等非姊，乌有今日！’大娘乃安之”。按照现在的继承法，女性与男性子女享有同等的财产继承权是理所当然之事，可在明清时代绝对是凤毛麟角。这个结局固然是对仇大娘支撑家庭的报答，而仇大娘也当仁不让了！

与之遥遥相对的是处心积虑坑害仇家的魏名，可事与愿违，魏名的阴谋诡计恰恰或直接帮助了仇家，或为仇家人提供了历练。但明伦概括此篇说：“能复仇氏之业者，全赖大娘。而能成大娘之名者，则全赖魏名也。”

《聊斋俚曲》中的《翻厌禳》即是根据此篇改写而成。

仇仲，晋人①，忘其郡邑。值大乱，为寇俘去。二子福、禄俱幼，继室邵氏②，抚双孤③，遗业幸能温饱④。而岁屡祲⑤，豪强者复凌藉之⑥，遂至食息不保⑦。仲叔尚廉利其嫁，屡劝驾⑧，而邵氏矢志不摇。廉阴券于大姓⑨，欲强夺之，关说已成⑩，而他人不之知也。里人魏名夙狡狯⑪，与仲家积不相能⑫，事事思中伤之。因邵寡，伪造浮言以相败辱。大姓闻之，恶其不德而止。久之，廉之阴谋与外之飞语⑬，邵渐闻之，冤结胸怀，朝夕陨涕⑭，四体渐以不仁⑮，委身床榻。福甫十六岁，因缝纫无人，遂急为毕姻。妇，姜秀才屺瞻之女，颇称贤能，百事赖以经纪。由此用渐裕，乃使禄从师读。

【注释】

①晋：山西省的简称。

②继室：续娶的妻子。

③孤：无父。

④遗业：遗产。

⑤祲(jìn)：受灾。

⑥凌藉：侵凌，欺压。

⑦食息不保：生活失去了保障。食息，吃饭。每顿饭之间有间隔，一食一间曰“食息”。

⑧劝驾：敦促别人起行或做某事。

⑨阴券：暗地里立下契约。指署约强嫁。券，协议，契据。

⑩关说已成：达成口头协议。

⑪夙：一向，平素。狡狯：狡诈奸猾。

⑫积不相能：长期不和睦。积，由来已久。不相能，不相容。

⑬飞语：传扬的诽谤。

⑭陨涕：落泪。

⑮四体：四肢。不仁：麻痹。指患痹症。

【译文】

仇仲是山西人，忘记他是哪个郡县的了。有一年，正碰上大乱，他被强盗抓走了。他的两个儿子仇福、仇禄年纪都还小，继室邵氏替他抚养两个孤儿，所幸他留下的产业还能维持他们的温饱。后来，连年发生灾荒，又加上当地豪门大户欺凌他们，以至于到了衣食不保的境地。仇仲的叔叔仇尚廉想让邵氏改嫁，自己好从中牟利，便屡屡劝她改嫁，但邵氏立志守节，毫不动摇。仇尚廉暗地里将她卖给一个大户人家，打算强逼她，这个阴谋已经谈妥，只是外人不知道罢了。村里有个人叫魏名，素来奸诈狡猾，和仇仲家结有仇怨，所以事事都想着要中伤他家。因为邵氏守寡，他就编造谣言，来败坏她的名誉。那大户人家嫌邵氏不守妇道，便中止了和仇尚廉的约定。久而久之，仇尚廉的阴谋和外面流言飞语，渐渐传到邵氏的耳朵里，她的胸中充满了冤气，从早到晚流泪不止，身体也渐渐地坏了，病倒在床上。仇福这年刚刚十六岁，因为没有人操持家务，就匆匆忙忙地娶了媳妇。媳妇是姜屺瞻秀才的女儿，很是贤惠能干，家里的大小事情都靠她一个人张罗。从此，家中渐渐宽裕起来，便让仇福跟着老师读书。

魏忌嫉之，而阳与善，频招福饮，福倚为腹心交。魏乘间告曰："尊堂病废，不能理家人生产，弟坐食，一无所操作，贤夫妇何为作马牛哉！且弟买妇，将大耗金钱。为君计，不如早析[①]，则贫在弟而富在君也。"福归，谋诸妇，妇咄之[②]。奈魏日以微言相渐渍[③]，福惑焉，直以己意告母。母怒，诟骂之。福益恚，辄视金粟为他人之物也者而委弃之。魏乘机诱与博赌，仓粟渐空，妇知而未敢言。既至粮绝，被母骇问，始以实告。母愤怒而无如何，遂析之。幸姜女贤，旦夕为母执炊[④]，奉事一如平日。福既析，益无顾忌，大肆淫赌。数月间，田产悉偿戏债，而母与妻皆不及知。福赀既罄，无所为计，因券妻贷赀，而苦无受者。邑人赵阎罗，原漏网之巨盗，武断一乡[⑤]，固不畏福言之食也[⑥]，慨然假赀。福持去，数日复空。意踟蹰[⑦]，将背券盟，赵横目相加[⑧]，福大惧，赚妻付之。魏闻窃喜，急奔告姜，实将倾败仇也。姜怒，讼兴，福惧甚，亡去。姜女至赵家，始知为婿所卖，大哭，但欲觅死。赵初慰谕之，不听；既而威逼之，益骂；大怒，鞭挞之，终不肯服。因拔笄自刺其喉，急救，已透食管，血溢出。赵急以帛束其项，犹冀从容而挫折焉[⑨]。明日，拘牒已至，赵行行殊不置意[10]。官验女伤重，命笞之，隶相顾无敢用刑。官久闻其横暴，至此益信，大怒，唤家人出，立毙之。姜遂舁女归。

【注释】

①析：析居，分家。

②咄：斥责，惊讶。

③微言：秘密进言或指隐微不显、委婉讽谏的言辞。渐渍：浸润，影响。

④执炊：做饭。

⑤武断一乡：谓以威势横行乡里。《史记·平准书》："或至兼并豪党之徒，以武断于乡曲。"《索隐》："谓乡曲豪富无官位，而以威势主断曲直，故曰武断也。"

⑥言之食：食言，不守信用。

⑦踟蹰(chí chú)：犹豫。

⑧横目：怒目。

⑨挫折：指挫折其意志。

⑩行行(hánɡ)：倔强的样子。《论语·先进》谓子路侍于孔子之侧，"行行如也"。孔子说："若由也，不得其死然。"

【译文】

魏名忌恨仇家的日子渐渐好起来，便假装对仇家友善，经常邀请仇福去喝酒，仇福便把他当成心腹朋友。魏名趁机对仇福说："你的母亲卧病在床，不能治理家政；你的弟弟坐享其成，什么也不干，你们这对贤夫妇何苦做牛做马啊！况且等你弟弟娶媳妇时，又要花一大笔钱。我替你着想，不如及早分家，这样，你弟弟就会受穷，而你就可以富起来了。"仇福回到家，跟媳妇商量分家的事，被媳妇骂了一顿。无奈魏名天天给仇福灌输分家的思想，用坏话加以挑拨，仇福被迷了心窍，便径直跟母亲说了心中的想法。邵氏听了大怒，狠狠地骂了他一顿。仇福心中更加忿忿不平，就将家中的财物看作别人的东西随意挥霍。魏名趁机引诱他赌博，家中的粮食渐渐空了，媳妇知道了也不敢明言。等到粮绝的时候，邵氏很吃惊，便追问媳妇，她这才把实情告诉了婆婆。邵氏十分愤怒，却也没有办法，只好同意分家。幸好媳妇很贤惠，每天替婆婆做饭，还像从前一样侍奉她。仇福分家以后，越发无所顾忌，大肆挥霍赌博。才几个月的时间，田产房产都被用来偿还赌债，而邵氏和媳妇都还不知道。仇福的钱花光了，再也想不出办法来了，于是打算用媳妇做抵押来借钱，只是苦于没人接受。县里有个人叫赵阎罗，原来是个漏网的大盗，在乡里横行霸道，他不怕仇福食言，慷慨借钱给他。仇福拿钱去赌，没几天又输光了。他心里惶惶不安，想背弃契约，赵阎罗对他横眉竖目，他害怕了，便把妻子骗出来交给了赵阎罗。魏名听到这事，暗自高兴，急忙跑去告诉姜秀才，实际上他是想让仇家彻底败落。姜秀才十分愤怒，告到了官府，仇福害怕极了，便逃走了。姜氏来到赵家，才知道自己已经被丈夫出卖了，不由大哭，只想寻死。赵阎罗开始还劝慰她，姜氏不听；接着就对她进行威逼，姜氏就破口大骂；赵阎罗于是大怒，用鞭子抽她，但姜氏始终不肯屈服。后来竟拔下头上的簪子刺自己的喉咙，众人急忙去救，已经刺透了食管，血一下子涌了出来。赵阎罗急忙用绢帛裹住她的脖子，还希望慢慢地来让姜氏屈服。第二天，官府发来传票拘捕赵阎罗，他却显出强硬、毫不在意的样子。县官验看姜氏的伤势，发现伤得很重，就命令杖打赵阎罗，衙役们面面相觑，没有人敢对他动刑。县官早就听说赵阎罗凶横残暴，至此更加相信了。他非常震怒，叫出自己的家仆，当场就把赵阎罗给打死了。姜秀才便将女儿抬了回去。

自姜之讼也，邵氏始知福不肖状[①]，一号几绝，冥然大渐[②]。禄时年十五，茕茕无以自主[③]。先是，仲有前室女大娘[④]，嫁于远郡。性刚猛，每归宁[⑤]，馈赠不满其志，辄迕父母，往往以愤去，仲以是怒恶之，又因道远，遂数载不一存问[6]。邵氏垂危，魏欲招之来而启其争。适有贸贩者，与大娘同里，便托寄语大娘，且歆以家之可图[7]。数日，大娘果与少子至。入门，见幼弟侍病母，景象惨淡，不觉怆恻。因问弟福，禄备告之。大娘闻之，忿气塞吭[8]，曰："家无成人，遂任人蹂躏至此！吾家田产，诸贼何得赚去！"因入厨下，爇火炊糜[9]，先供母，而后呼弟及子共啖之。啖已，忿出，诣邑投状，讼诸博徒。众惧，敛金赂大娘，大娘受其金而仍讼之。邑令拘甲、乙等，各加杖责，田产殊置不问。大娘愤不已，率子赴郡。郡守最恶博者。大娘力陈孤苦，及诸恶局骗之状[10]，情词慷慨。守为之动，判令邑宰追田给主，仍惩仇福，以儆不肖[11]。既归，邑宰奉令敲比[12]，于是故产尽反。大娘时已久寡，乃遣少子归，且嘱从兄务业，勿得复来。大娘由此止母家，养母教弟，内外有条。母大慰，病渐瘥，家务悉委大娘。里中豪强，少见陵暴，辄握刃登门，侃侃争论[13]，罔不屈服。居年馀，田产日增。时市药饵珍肴，馈遗姜女。又见禄渐长成，频嘱媒为之觅姻。魏告人曰："仇家产业，悉属大娘，恐将来不可复返矣。"人咸信之，故无肯与论婚者。

【注释】

①不肖：品行不好。原意为子不似父。肖，像。《孟子·万章》："丹朱之不肖，舜之子亦不肖。"《说文》："肖，骨肉相似也。从肉，小声。不似其先，故曰不肖也。"

②大渐：病危。

③茕茕（qióng）：孤独无依的样子。

④前室：前妻。

⑤归宁：回娘家。

⑥存问：慰问。存，探望。

⑦歆(xīn)以家之可图：以可以图谋仇家家产暗示仇大娘。歆，引诱。

⑧吭(háng)：喉咙。

⑨爇(ruò)：烧。炊糜：熬粥。

⑩局骗：构成圈套骗人。

⑪儆(jǐng)：使人警醒，不犯过错。

⑫敲比：敲扑追比。指以刑责限期完成。比，追比。

⑬侃侃(kǎn)：理直气壮，从容而谈。

【译文】

自从姜家到衙门告状以后，邵氏才知道仇福种种不肖的勾当，放声大哭，几乎气死过去，病得昏沉沉的，而且越来越重。仇禄当时才十五岁，人单力弱，不能自主。原先，仇仲有个前妻生的女儿，叫做仇大娘，嫁到了远处的一个郡中。她生性刚猛，每次回娘家探望，如果给她的东西不如她意，就顶撞父母，往往气呼呼地离去，因此，仇仲很不喜欢她，再加上路途遥远，好几年也没有来往了。邵氏病危之际，魏名就想把仇大娘招回来，好挑起仇家内部纷争。恰好有一个做生意的，和仇大娘家在一起，魏名就托他带信给仇大娘，并且挑拨说这时候回娘家有利可图。过了几日，仇大娘果然带着小儿子回来了。她进了家门，只见小弟仇禄在侍候病危的母亲，景象很是惨淡，不由得一阵心酸。她便问起大弟仇福到哪里去了，仇禄就把发生的事情全都告诉了她。仇大娘听完，不由怒火溢满胸膛，说道："家里没有大人，就听凭他人欺负到如此地步！我们家的田产，凭什么让那帮恶贼骗了去！"说完，她下到厨房，生上火，煮了粥，先让邵氏吃，然后又叫来弟弟和儿子吃。吃完以后，她气呼呼地出了门，到官府投下状子，告那些赌徒。那些赌徒很害怕，聚了一笔钱来贿赂仇大娘，仇大娘收下他们的钱，还是照样上告。县官命令拘来几个赌徒，每个人都施以杖刑，但是诈骗田产的问题却没有审问。仇大娘愤愤不平，带着儿子到郡衙告状。郡守最痛恨赌博的人。仇大娘极力陈述孤儿寡母的痛苦，以及那些恶贼设局行骗的种种罪状，说得慷慨激昂。郡守被她的言词打动了，便判令知县追回被骗去的田产，还给原主，又惩治了仇福，以警戒不肖。仇大娘回到家，县令奉命对赌徒严刑拷打，限期归还，于是仇家原来的田产都收回来了。这时，仇大娘已经守寡很久了，便叫自己的小儿子先回去，并且嘱咐他跟着哥哥治理家业，不要再回来了。从此，仇大娘就住在娘家，供养母亲，教养兄弟，里里外外处理得井井有条。邵氏感到十分欣慰，病也渐渐好了，把家里的大小事务都交给仇大娘管理。乡里的豪门大族只要稍稍欺负仇家，她就带着刀找上门去，理直气壮地与人争论，那些人家没有不屈服的。过了一年多，仇家的田产日渐增多。仇大娘还时不时地买一些药物和好吃的东西，送给姜氏。她见仇禄渐渐长大成人，多次嘱托媒人替他订一门亲事。魏名告诉别人说："仇家的产业全都归了仇大娘，恐怕将来也不会再分给她的兄弟了。"人们都相信他的话，所以没有人愿意跟仇禄结亲。

有范公子子文，家中名园，为晋第一。园中名花夹路，直通内室。或不知而误入之。值公子私宴，怒执为盗，杖几死。会清明，禄自塾中归，魏引与游遨，遂至园所。魏故与园丁有旧[①]，放令入，周历亭榭[②]。俄至一处，溪水汹涌，有画桥朱槛，通一漆门，遥望门内，繁花如锦，盖即公子内斋也。魏绐之曰[③]："君请先入，我适欲私焉[④]。"禄信之，寻桥入户，至一院落，闻女子笑声。方停步间，一婢出，窥见之，旋踵即返。禄始骇奔。无何，公子出，叱家人绾索逐之[⑤]。禄大窘，自投溪中。公子反怒为笑，命诸仆引出。见其容裳都雅[⑥]，便令易其衣履，曳入一亭，诘其姓氏。蔼容温语[⑦]，意甚亲昵。俄趋入内，旋出，笑握禄手，过桥，渐达曩所[⑧]。禄不解其意，逡巡不敢入，公子强曳入之。见花篱内隐隐有美人窥伺。既坐，则群婢行酒。禄辞曰："童子无知，误践闺闼，得蒙赦宥，已出非望。但愿释令早归，受恩非浅。"公子不听。俄顷，肴炙纷纭。禄又起，辞以醉饱。公子捺坐，笑曰："仆有一乐拍名[⑨]，若能对之，即放君行。"禄唯唯请教。公子云："拍名'浑不似'[⑩]。"禄默思良久，对曰："银成'没奈何'[⑪]。"公子大笑曰："真石崇也[⑫]！"禄殊不解。

【注释】

①有旧：有交情。

②周历亭榭：在园林里到处游览。周，全面，普遍。历，游历。亭榭，园林中的建筑。榭，建在高处的敞屋。

③绐（dài）：欺骗。

④私：小解，去卫生间。

⑤绾（wǎn）索：拿着绳子。绾，盘结。

⑥容裳都雅：容貌服饰文明秀雅。

⑦蔼容温语：面容和蔼，言语温和。

⑧曩（nǎng）所：以前的地方。指"内斋"。

⑨乐拍：本指乐曲，此指乐器。

⑩浑不似：弹拨乐器名。形似琵琶，四弦，长项，圆鼙，又名"火不思"、"和必斯"。

⑪银成"没奈何"：据《夷坚支志》戊四《张拱之银》载，宋朝张俊家多白银，每千两铸成一个圆球，视为"没奈何"，意谓特大银块，盗贼

也没法偷窃。

⑫石崇(249—300):字季伦,小名齐奴,南皮人,西晋时期文学家、大臣、富豪,“金谷二十四友”之一。后世多以石崇代指富豪。

【译文】

当地有一位叫范子文的公子,家中的名园,在山西堪称第一。花园里有一条两边栽种名贵花草、直通内室的小路。曾经有人不知道误闯入内室,正碰上范公子举行个人宴会,被范公子愤怒地当成强盗,几乎活活打死。一天,正碰上清明节,仇禄从私塾回家,魏名勾引他到处游玩,便来到了范家花园。魏名和园丁素来就有交情,园丁放他们进去,游遍了亭台楼榭。他们来到一处地方,只见溪水汹涌,溪上有一座两边是红色栏杆的画桥,通向一扇油漆的门;透过门遥遥望去,只见里面繁华似锦,想来就是范公子的内书房。魏名骗仇禄说:“你先请进去,我正好想方便一下。”仇禄信了他的话,沿着桥走进门里,来到了一座院落,听到里面传来女子的笑声。仇禄刚停下脚步,一个丫环走出来,一看见他,便转身跑回去了。仇禄这才吓得往回跑。不一会儿,范公子出来,喝令家人拿着鞭子去追他。仇禄被追急了,自己跳到了溪里。范公子转怒为笑,命令家人们把他拉上来。范公子见仇禄的相貌衣着十分雅致,便让人替他换了衣服鞋子,拉到一个亭子里,问他姓甚名谁。态度和蔼,言语温和,看上去一副亲切的样子。不一会儿,范公子进到院子里,很快又出来,笑着拉住仇禄的手,领着他过桥,渐渐走到刚才他来过的地方。仇禄不明白他的意思,徘徊不敢进去,范公子强行将他拉进去。只见花篱墙内隐隐约约地有美人向外窥探。两人坐了下来,就有一群丫环前来布置酒宴。仇禄推辞说:“学生无知,误闯入贵府内宅,承蒙您能宽恕,已经出乎我的希望。只求您早点儿放我回去,我也就受恩不浅了。”范公子不听。只一会儿工夫,桌上就摆好了美酒佳肴。仇禄又站起身来,推辞说已经吃饱喝醉了。公子把他按在座位上,笑着说:“我有一个乐拍的名称,你如果能对上,就放你走。”仇禄便恭恭敬敬地请教。范公子说:“拍名‘浑不似’。”仇禄默默思考了许久,对道:“银成‘没奈何’。”范公子放声大笑,说道:“真是石崇来了!”仇禄听了,浑然不解。

盖公子有女名蕙娘,美而知书,日择良耦。夜梦一人告之曰:“石崇,汝婿也。”问:“何在?”曰:“明日落水矣。”早告父母,共以为异。禄适符梦兆,故邀入内舍,使夫人女辈共觇之也①。公子闻对而喜,乃曰:“拍名乃小女所拟,屡思而无其偶,今得属对②,亦有天缘。仆欲以息女奉箕帚③,寒舍不乏第宅,更无烦亲迎耳。”禄惶然逊谢,且以母病不能入赘为辞④。公子姑令归谋,遂遣圉人负湿衣⑤,送之以马。既归告母,母惊为不祥。于是始知魏氏险,然因凶得吉,亦置不仇,但戒子远绝而已。逾数日,公子又使人致意母,母终不敢应。大娘应之,即倩双媒纳采焉⑥。未几,禄赘入公子家。年馀游泮,才名籍甚⑦。妻弟长成,敬少弛,禄怒,携妇而归。母已杖而能行。频岁赖大娘经纪,第宅亦颇完好。新妇既归,婢仆如云,宛然有大家风焉。

【注释】

①觇(chān):看。

②属对:撰成对句。

③息女:亲生女。奉箕帚:持箕帚洒扫。代指作妻子。奉,捧着。

④入赘:男子就婚于女家叫“入赘”。

⑤圉(yǔ)人:马夫。

⑥纳采:订婚。古代婚礼,男女双方同意后,男家备彩礼去女家缔

结婚约。

⑦籍甚：声名很盛。

【译文】

原来，范公子有个女儿，名叫蕙娘，长得很漂亮，而且知书达礼。范公子天天都在想着替她挑选一个好女婿。昨天夜里，蕙娘梦见一个人告诉他说："石崇是你的女婿。"蕙娘就问："他在哪里？"那人说："明天就落水了。"早上起来，蕙娘就把这个梦告诉了父母，大家都觉得很怪异。仇禄恰好符合梦中显示的征兆，所以范公子邀请他来到内室，让夫人和女儿们一起看看。范公子听了仇禄的对子，不由大喜，说道："这个拍名是我家小女所拟，但苦思冥想也想不出对句，今天你能对上，大概是天赐的缘分吧。我打算将小女嫁给你为妻，我家里也不缺少房子，也就不用麻烦你来迎亲了。"仇禄一听，惶恐不安，连忙谢绝，并且以母亲有病在床为由，表示不能入赘为婿。范公子便让他先回去，和家人商议商议，于是派马夫替他驮上湿衣服，又用马送他回去。仇禄回到家中，便将这事禀告了母亲，邵氏听了很吃惊，认为不吉利。从此，邵氏才知道魏名是个险恶的人，但是毕竟因祸得福，也就不计较了，只是告诫儿子要远离他。过了几天，范公子又派人向邵氏提起这件亲事，但邵氏始终不敢答应。最后还是仇大娘做主答应了，并且马上请了媒人到范家下了聘礼。不久，仇禄就入赘到了范公子家。又过了一年多，仇禄进入县学，才名远近闻名。后来，他的内弟长大成人，范家对仇禄的礼数渐渐地松懈，仇禄很生气，就带着蕙娘回家了。母亲邵氏这时已经能拄着拐杖走路了。这几年多亏仇大娘料理家政，家里的房屋还很完好。新媳妇回家以后，带来了许多仆人，仇家也显出了一派大户人家的风范。

魏又见绝，嫉妒益深，恨无瑕之可蹈①，乃引旗下逃人诬禄寄赀②。国初立法最严③，禄依令徙口外④。范公子上下贿托，仅以蕙娘免行，田产尽没入官。幸大娘执析产书，锐身告理[5]，新增良沃如干顷[6]，悉罣福名[7]，母女始得安居。禄自分不返，遂书离婚字付岳家，伶仃自去。行数日，至都北，饭于旅肆。有丐子怔营户外[8]，貌绝类兄，近致讯诘，果兄。禄因自述，兄弟悲惨。禄解复衣，分数金，嘱令归，福泣受而别。禄至关外，寄将军帐下为奴。因禄文弱，俾主支籍[9]，与诸仆同栖止。仆辈研问家世，禄悉告之。内一人惊曰："是吾儿也！"盖仇仲初为寇家牧马，后寇投诚，卖仲旗下，时从主屯关外。向禄缅述[10]，始知真为父子，抱首悲哀，一室为之酸辛。已而愤曰："何物逃东[11]，遂诈吾儿！"因泣告将军。将军即命禄摄书记[12]，函致亲王，付仲诣都。仲伺车驾出[13]，先投冤状。亲王为之婉转，遂得昭雪，命地方官赎业归仇。仲返，父子各喜。禄细问家口，为赎身计，乃知仲入旗下，两易配而无所出，时方鳏也[14]。禄遂治任返。

【注释】

①无瑕之可蹈：无机可乘。指找不到陷害的方法。瑕，喻缺点、毛病。蹈，践踏，利用。

②引旗下逃人诬禄寄赀：诱引旗下逃人诬陷仇禄窝藏其钱财。旗下逃人，指被清兵掳去为奴而逃亡的人。旗下，编入旗籍的人。明代末年，满族统治者建立八旗制度。以旗为标志，分正黄、正白、正红、正蓝、镶黄、镶白、镶红、镶蓝，合称"八旗"，兼有军事、行政、生产三方面的职能，后来成为兵籍编制。编入八旗的人习称为"旗下"。逃人，指逃走的满人家奴。这些家奴，多是清兵在战争中掳掠的人丁。入关前后，清帝和八旗贵族、官员掳掠上百万汉民，通令充当家奴，耕田放牧，从征厮杀。清政权严禁家奴

逃亡，顺治年间制定详细条例，凡"逃人及窝逃之人，两邻、十家长、百家长，俱照逃人定例治罪"。见《清世祖实录》卷十五。仇禄被诬陷替逃人寄放钱财，就成了罪犯。赀，资财。

③国初：指清朝建国之初。

④口外：长城以外的我国北部地区。口，指长城的关隘。清初法例规定，文武官员或有功名的人，隐匿逃人，本人"并妻子流徙，家产入官"。见《清世祖实录》卷八十六。

⑤锐身告理：挺身而出，据理诉讼。

⑥良沃：肥沃的良田。如干：若干。

⑦罣(guà)：悬挂。

⑧怔营：惊怖懊恨的样子。

⑨俾(bǐ)：使。主支籍：犹言管账。支，计算。

⑩向：先前。

⑪逃东：清兵未入关前被讳称为"东师"，被其所掳为奴的人称为"东人"。"逃东"就是"逃人"。

⑫摄书记：代理文书人员。摄，代理。书记，主管文书记录的人员。

⑬车驾：帝王所乘车。这里代指亲王。

⑭鳏(guān)：老而无妻。

【译文】

魏名自从仇禄跟他断绝关系以后，更加深了对仇家的嫉妒，只恨找不到一条缝可钻，他勾结了一名从满人家中逃亡的家奴，诬陷仇家隐藏钱财。清朝初年立法最为严峻，按照法令，仇禄被判处流放到关外。范公子到处贿赂求人，仅仅让蕙娘免于跟仇禄一起充军，而仇家的田产全部被官府没收。幸亏仇大娘拿着当年分家的文书，挺身到官府据理力争，才把新增加的若干倾良田都挂在仇福的名下，邵氏母女才得以安居。仇禄料想自己是再也回不来了，便写了离婚文书交给岳父家，一个人孤苦伶仃地走了。走了几天，来到京城以北的一个地方，在一家旅店里吃饭。他看见一个乞丐惶恐不安地站在门外，相貌极像是他的哥哥仇福，走到跟前一问，果然是哥哥。仇禄于是将家中发生的情况述说了一遍，兄弟俩都很悲伤。仇禄脱下一件夹衣，又分给他几两银子，让哥哥回家去，仇福流着眼泪接过来，告别而去。仇禄来到关外，在一个将军的帐下为奴。将军看他是个文弱的书生，就让他做些文书的事情，和其他奴仆们住在一起。仆人们问起他的家世，仇禄一五一十地告诉了他们。其中一个忽然吃惊地说："你是我的儿子呀！"原来，仇仲当年被强盗抓走后，替他们放马，后来强盗投诚，便将他卖到满人家中，这时他正跟随主人驻扎在关外。刚才仇禄详细地述说家世，他才知道仇禄是自己的儿子。父子二人抱头痛哭，满屋子的人都为他们感到辛酸。哭完之后，仇仲气愤地说："是哪个逃跑的狗奴才，竟然敢去诈骗我儿！"于是他就去向将军哭诉。将军马上任命仇禄代理军中的书记，又写了一封给亲王的信，交给仇仲，让他到京城上告。仇仲来到京城，等着亲王的车驾出来，向亲王呈上了鸣冤的状子和将军的书信。亲王替他婉转求情，仇禄的冤情终于得到昭雪，并且下令地方官将没收的仇家产业赎回，归还仇家。仇仲回到将军帐下，父子二人都十分欢喜。仇禄详细问起父亲现在的家中有多少人，打算替父亲赎身，这才知道仇仲卖到将军家以后，曾经结过两次婚，但都没有孩子，这时还是孤身一人。仇禄于是收拾行装，先回家乡去了。

初，福别弟归，蒲伏自投[1]。大娘奉母坐堂上，操杖问之："汝愿受扑责，便可姑留，不然，汝田产既尽，亦无汝啖饭之所，请仍去。"福涕泣伏地，愿受笞。大娘投杖曰："卖妇之人，亦不足惩。但宿案未消[2]，再犯首官可耳[3]。"即使人往告姜。姜女骂曰："我是仇氏何人，而相告耶！"大娘频述告福而揶揄之，福惭愧不敢出气。居半年，大娘虽给奉周备，而役同厮养[④]。福操作无怨词，托以金钱辄不苟[⑤]。大娘察其无他，乃白母，求姜女复归。母意其不可复挽，大娘曰："不然。渠如肯事二主，楚毒岂肯自罹[⑥]？要不能不有此忿耳。"遂率弟躬往负荆[⑦]。岳父母诮让良切[⑧]。大娘叱使长跪，然后请见姜女。请之再四，坚避不出，大娘搜捉以出。女乃指福唾骂，福惭汗无以自容。姜母始曳令起。大娘请问归期，女曰："向受姊惠綦多[⑨]，今承尊命，岂复有异言？但恐不能保其不再卖也！且恩义已绝，更何颜与黑心无赖子共生活哉？请别营一室，妾往奉事老母，较胜披削足矣[⑩]。"大娘代白其悔，为翼日之约而别[⑪]。次朝，以乘舆取归，母逆于门而跪拜之[⑫]，女伏地大哭。大娘劝止，置酒为欢，命福坐案侧。乃执爵而言曰："我苦争者，非自利也。今弟悔过，贞妇复还，请以簿籍交纳[⑬]。我以一身来，仍以一身去耳。"夫妇皆兴席改容[⑭]，罗拜哀泣，大娘乃止。

【注释】

①蒲伏：犹匍匐，伏身地下。自投：认错请罪。

②宿案：旧案。

③首官：告官。首，陈述罪状叫"首"，自陈叫"自首"，告人叫"出首"。

④役：役使。厮养：仆人。

⑤不苟：规范，不马虎。

⑥楚毒：苦难。指在赵阎王家被"鞭挞"并"拔笄自刺"等事。自罹(lí)：自己承受。

⑦负荆：请罪。《史记·廉颇蔺相如列传》载，战国时，赵将廉颇与

上卿蔺相如不和，廉颇多次挫辱蔺相如。蔺相如以国事为重，屡次退让。后来廉颇知错，“肉袒负荆”，向蔺相如请罪。负，背负。荆，荆条，用作刑杖。

⑧诮(qiào)让良切：责备非常严厉。

⑨綦(qí)多：很多。

⑩披削：披缁削发。指出家为尼。佛教戒律规定，出家为僧尼，须披僧衣，剃去长发。

⑪翼日：明日，次日。翼，通“翌”。《书·金縢》：“公归，乃纳册于金縢之匮中，王翼日乃瘳。”孔传：“翼，明。”

⑫逆于门：在家门前迎接。逆，迎。

⑬簿籍：指记录家产的账簿。

⑭兴席：离席，站起。兴，起。改容：变了脸色。表示惶恐。

【译文】

仇福和弟弟分手以后，回到家里，匍匐在地向母亲认错。仇大娘陪着母亲邵氏坐在堂上，拿着棍子问他道：“你如果愿意挨打受罚，就姑且留下你；如果不愿意的话，你的田产已经被你输光了，这里也没有你吃饭的地方，就请你滚蛋吧。”仇福流着眼泪趴在地上，表示愿意接受杖罚。仇大娘扔掉棍子，说：“连老婆都卖掉的人，打也不足以惩罚。但是原来的案子还没有销，你要再犯的话，就把你送到官府严办。”于是她派人去告诉姜家。姜氏骂道：“我是仇家的什么人呀，要来告诉我！”仇大娘不断地用姜氏说的话来嘲讽仇福，仇福心中惭愧，连大气也不敢出。就这样，仇福在家住了半年，仇大娘虽然在吃穿方面供应得挺周全，但是让他干活就像对待仆人一样。仇福埋头干活，没有怨言，有时让他办和钱财有关的事，他也能一丝不苟，没有差错。仇大娘看他已经改邪归正了，便告诉母亲，想求姜氏再回来。邵氏认为这件事已经无法挽回了，仇大娘说：“不一定。她如果想改嫁的话，当初又怎么会刺破喉管，让自己受那么大的罪呢？要不是仇福如此对她，她也不会有那样的怒气啊!"说完,她就带着弟弟亲自到姜家负荆请罪。岳父岳母一见到仇福,便狠狠地责备他。仇大娘喝令仇福挺直身子跪下,然后请姜氏出来相见。但是再三请求,姜氏硬是躲着不出来,仇大娘便到里面找着姜氏,硬把她拉出来。姜氏一出来,便指着仇福连声唾骂,仇福惭愧不已,汗流满面,无地自容。姜母这才将他拉起来。仇大娘问姜氏什么时候可以回去,姜氏说:"我一向受到大姐的许多恩惠,今天既然是您吩咐我回家,我还有什么可说的?只恐怕不能保证他将来不会再卖我啊!况且,我跟他的情义早已断绝,还有什么脸面和这样一个黑心肝的无赖一起生活呢?请大姐另外收拾一间屋子,我当前往侍奉婆婆,只要比出家当尼姑强一点儿,我也就心满意足了。"仇大娘又替仇福表达了悔过之情,约好第二天来接姜氏,然后告辞而去。第二天早上,仇大娘派轿子把姜氏接回来,邵氏跪在门口迎接,姜氏也趴在地上放声大哭。仇大娘劝住了她们,摆上酒宴庆祝仇福夫妻团聚,她叫仇福坐在桌子的侧面,然后端着酒杯说道:"我这些年来苦苦争回这些家产,并不是为自己牟利。如今弟弟已经悔过,贞节的弟妹也回来了,请让我把家里的钱粮账册都交还给你们。我空手而来,仍然空手而去。"仇福夫妇都离开桌子,感动不已,跪倒在仇大娘面前哭着哀求她不要离开,仇大娘这才留了下来。

居无何,昭雪之命下,不数日,田宅悉还故主。魏大骇,不知其故,自恨无术可以复施。适西邻有回禄之变[1],魏托救焚而往,暗以编菅爇禄弟[2],风又暴作,延烧几尽;止馀福居两三屋,举家依聚其中。未几禄至,相见悲喜。初,范公子得离书,持商蕙娘。蕙娘痛哭,碎而投诸地。父从其志,不复强。禄归,闻其未嫁,喜如岳所。公子知其灾,欲留之,禄不可,遂辞而退。大娘幸有藏金,出葺败堵[3]。福负锸营筑④,掘见窖镪,夜与弟共发之,石池盈丈,满中皆不动尊也⑤。由是鸠工大作⑥,楼舍群起,壮丽拟于世胄⑦。禄感将军义,备千金往赎父。福请行,因遣健仆辅之以去。禄乃迎蕙娘归。未几,父兄同归,一门欢腾。大娘自居母家,禁子省视,恐人议其私也。父既归,坚辞欲去,兄弟不忍。父乃析产而三之:子得二,女得一也。大娘固辞,兄弟皆泣曰:"吾等非姊,乌有今日!"大娘乃安之。遣人招子,移家共居焉。或问大娘:"异母兄弟,何遂关切如此?"大娘曰:"知有母而不知有父者,惟禽兽如此耳,岂以人而效之?"福、禄闻之皆流涕。使工人治其第,皆与己等。

【注释】

①回禄之变:指发生火灾。回禄,传说中的火神。《左传·昭公十八年》:"郊人助祝史除于国北,禳火于玄冥、回禄。"杜预注:"回禄,火神。"

②编菅(jiān):草垫子。第:邸宅。

③葺:修理,装修。败堵:坍塌的墙。

④锸(chā):铁锹,掘土的工具。

⑤不动尊:白银的俗称。

⑥鸠工:聚集工匠。

⑦拟于世胄(zhòu):类似世家。拟,比拟,类似。世胄,犹言世家。

【译文】

过了不久,仇禄冤案得到昭雪的文书下来了,没几天,没收的田地房屋都归还故主。魏名大为惊骇,不知道发生了什么变故,只恨没有什么法子再陷害仇家。恰好仇家西边的邻居发生火灾,魏名假装前往救火,暗中竟用草席点着了仇禄的屋子,这时正巧狂风大作,几乎将仇家的屋子烧光了；只剩下仇福住的两三间房子，于是一家人都挤在里面住着。不久，仇禄回来，一家人相见不由得悲喜交加。当初，范公子接到仇禄写的离婚文书，拿去和蕙娘商量。蕙娘放声痛哭，将离婚文书撕碎了扔在地上。范公子尊重她的意愿，不再强迫她改嫁。仇禄回来后，听说蕙娘没有改嫁，欢喜地来到岳父家中。范公子知道仇家遭了火灾，就想留他住在家里，仇禄没有同意，便辞别回家。虽然仇家遭了火灾，幸好仇大娘还藏有一些银子，便拿出来修葺房屋。仇福提着铁锹挖地基，突然挖到一个藏有银子的地窖，他连夜和弟弟一起将地窖打开，只见一丈见方的石池里，装满了银子。于是，仇家请来工匠，大兴土木，盖起了一座座楼房，雄伟壮丽，简直可以和世家贵族相比美。仇禄感激将军的仁义，筹备了一千两银子去替父亲赎身。仇福要求去接父亲，于是就派了能干的仆人跟他一同前去。而仇禄就将蕙娘接了回来。不久，父亲和哥哥一同回来，全家团圆，欢天喜地。仇大娘自从回娘家以后，禁止自己的儿子前来探望，唯恐别人议论谋私利。现在父亲回来了，她坚决要求离去，仇福、仇禄兄弟不忍她离去。仇仲便将家产分为三份，两个儿子得两份，女儿也得到一份。仇大娘坚决推辞。兄弟俩都哭着说："要没有姐姐，我们哪里会有今天啊！"仇大娘这才心安，派人叫儿子把家搬来住在一起。有人问仇大娘："你和仇福、仇禄是异母姐弟，为什么对他们如此关切呢？"仇大娘说："只知道有母亲，不知道有父亲，天底下只有禽兽才会这样，人怎么能效仿禽兽呢？"仇福、仇禄听了，都感动得流泪。派工匠替姐姐修建住宅，和他们自己住的一模一样。

魏自计十馀年，祸之而益以福之，深自愧悔。又仰其富，思交欢之。因以贺仲阶进[①]，备物而往。福欲却之，仲不忍拂，受鸡酒焉。鸡以布缕缚足，逸入灶，灶火燃布，往栖积薪，僮婢见之而未顾也。俄而薪焚灾舍，一家惶骇。幸手指众多,一时扑灭,而厨中百物俱空矣。兄弟皆谓其物不祥。后值父寿,魏复馈牵羊②。却之不得,系羊庭树。夜有僮被仆殴,忿趋树下,解羊索自经死。兄弟叹曰:“其福之不如其祸之也!”自是魏虽殷勤,竟不敢受其寸缕,宁厚酬之而已。后魏老,贫而作丐,每周以布粟而德报之。

【注释】

①阶进:作为进见的因由。阶,台阶。

②馈牵羊:此既实指送羊祝寿,又暗喻服输悔过之意。《左传·宣公十二年》:“楚子围郑。……郑伯肉袒牵羊以逆。”注:“肉袒牵羊,示服为臣仆。”

【译文】

魏名自己反思,这十几年来,越想祸害仇家,越给他家带来好运,心里不禁深深地惭愧后悔。他又仰慕仇家的富裕,便想和仇家交好。他就以祝贺仇仲返回家园为名,准备了礼物前往仇家拜访。仇福想拒绝他,但仇仲不忍心拂了人家的好意,便收下了他送来的鸡和酒。那鸡被布条捆住了爪子,却逃进了灶中,灶火烧着了布条,鸡跳到了堆积的柴禾上,家里的仆人丫环看见鸡,却没注意它身上带着火。不一会儿,柴堆烧着了,也引着了屋子,一家人惊惶失措、幸亏人手众多,一会儿就把火扑灭了,但是厨房里的东西全被烧光了。仇家兄弟都认为魏名送来的东西不吉利。后来,仇仲过生日,魏名又牵来一头羊祝寿。实在推辞不掉,就把它系在院子里的一棵树上。这天夜里,有个小僮被仆人殴打,气呼呼地来到树下,解开拴羊的绳索上吊自杀了。仇家兄弟叹息说:“他与其对我们友善还不如对我们不好呢。”从此,虽然魏名殷勤送礼,仇家也不敢接受他一丝一缕,宁可给他丰厚的报酬。后来魏名老了,穷得沦为乞丐,仇家还常常给他吃的、穿的,用恩德来回报他。

异史氏曰：噫嘻！造物之殊不由人也[1]！益仇之而益福之，彼机诈者无谓甚矣。顾受其爱敬，而反以得祸，不更奇哉？此可知盗泉之水[2]，一掬亦污也。

【注释】

①造物：创造万物。这里指命运、福分。

②盗泉：古泉名。故址在今山东泗水东北。《尸子》：孔子“过于盗泉，渴矣而不饮，恶其名也”。旧时以“盗泉之水”比喻以不正当的手段得来的东西，这里比喻恶人魏名所送的礼物。

【译文】

异史氏说：噫嘻！命运真是由不得人的啊！越是想陷害，就越给人家带来好运，魏名的阴险狡诈实在无聊极了。但是受他的善意，却反而得祸，不是更奇怪吗？由此可见，来自盗泉的水，哪怕一捧也是污浊的。

曹操冢

【题解】

这是一篇关于曹操墓葬的传说故事，写得诡异，阴森，作者充满鄙夷唾弃之情。

从现存史料和考古发现来看，曹操并没有秘葬，更未设疑冢，只是主张丧葬从简而已。据《三国志》等史料记载，公元220年曹操卒于洛阳，灵柩运到邺城，葬在邺城西边西门豹祠以西丘陵中，没有封土建陵，没有随葬金玉器物，也没有建设高大坚固的祭殿。数百年后，曹操墓也就湮没在历史的陈迹之中。宋代以后曹操被视为奸雄，其墓址不详也成了他奸诈的一个证明，“七十二疑冢”等说法在民间传说和文学作品中广为传布，不少人信以为真。

即以《曹操冢》所言崖下深洞“有小碑,字皆汉篆。细视之,则曹孟德墓也”几句而言,即有许多漏洞:身为帝王的曹操不可能“有小碑”。魏晋流行的碑体绝不可能“字皆汉篆”,而“曹孟德墓”云云也与曹操的身份称谓不符,这些都与蒲松龄过分痛恨曹操且缺乏考古知识有关。

许城外有河水汹涌[①],近崖深黯[②]。盛夏时,有人入浴,忽然若被刀斧,尸断浮出。后一人亦如之。转相惊怪。邑宰闻之,遣多人闸断上流,竭其水。见崖下有深洞,中置转轮,轮上排利刃如霜。去轮攻入,有小碑,字皆汉篆[③]。细视之,则曹孟德墓也[④]。破棺散骨,所殉金宝,尽取之。

【注释】

①许城:许昌。位于河南省的中部,即今河南许昌。

②黯(àn):深黑色。

③汉篆:汉代篆书。

④曹孟德:即曹操,字孟德,小字阿瞒。据《三国志》等史料记载,公元220年曹操卒于洛阳,灵柩运到邺城(今河北临漳境内邺北城),葬在邺城的西门豹祠以西丘陵中。2009年,河南省文物局公布,经考古发掘得到确认,曹操墓位于河南安阳安丰乡西高穴村南。设“七十二疑冢”之说,见陶宗仪《辍耕录·疑冢》。

【译文】

许昌城外有条大河,水势汹涌,靠近山崖的地方,河水很深而且发黑。盛夏季节,有人到河中洗澡,忽然像被刀斧砍了一样,尸体断裂,浮出水面。后来,又有一个人遭到同样的命运。一传十,十传百,大家都感到惊讶奇怪。县令听说这件事后,派了很多人修闸截住了上流,水排干以后,只见山崖下有个深洞,洞中装了一个转轮,轮子上排着明晃晃的利刃。他们拆掉转轮，进入洞中，发现有一块小石碑，上面刻的字都是汉代的篆书。仔细一看，原来是曹操的墓。众人打破棺材，弄散了尸骨，把所陪葬的金银珠宝全都取走了。

异史氏曰：后贤诗云①："尽掘七十二疑冢②，必有一冢葬君尸。"宁知竟在七十二冢之外乎？奸哉瞒也！然千馀年而朽骨不保，变诈亦复何益？呜呼，瞒之智，正瞒之愚耳！

【注释】

①后贤诗：此指宋人俞应符诗。诗云："人言疑冢我不疑，我有一法君未知。直须尽发疑冢七十二，必有一冢葬君尸。"见陶宗仪《辍耕录·疑冢》。

②七十二疑冢：从现存史料和考古发现来看，曹操并没有秘葬，更未设疑冢，只不过是主张丧葬从简罢了。由于从北宋开始，曹操被定型为奸雄，其墓址也成了他奸诈的一个证明。邺城以西有北朝墓群，曾被传为曹操的七十二疑冢。罗贯中在《三国演义》中称，曹操"遗命于彰德府讲武城外，设立疑冢七十二"，渲染了曹操的奸诈形象。

【译文】

异史氏说：后人曾经写过这样的诗句："尽掘七十二疑冢，必有一冢葬君尸。"哪里想到真正的曹操墓竟然在七十二冢之外呢？曹瞒真是奸滑呀！但是千馀年来朽骨还是不保，狡诈又有什么用处呢？唉，曹瞒的智谋正是曹瞒的愚蠢所在啊！

龙飞相公

【题解】

作品标明故事发生的地点是安庆，但从“异史氏曰”看，作者是依据家乡发生的实事移花接木改编的。

从表面上看，本篇似乎是讲风水、谈迷信的陈腐故事，但是本篇又是中国古代文学作品中反映煤井的信息最为丰富的作品，可以窥见古代煤井被淹的民俗解释，透露当日煤井工人死亡的民事诉讼解决路径，可以补充明清工业史料之不足。

有趣的是，安庆戴生在煤井幽闭数年之间，“无别书可读，惟制艺百首，首四千馀遍矣”。而制艺“皆成、洪制艺”，于是回到人间后，“是科以优等入闱，遂捷于乡”。这个细节的出现，除去点明“曩因不肖孙堂，连结匪类，近墓作井，使老夫不安于夜室，故以海水没之”的时间，如果我们与卷八《司文郎》中：“先以古大家文烧试之，僧再嗅曰：‘妙哉！此文我心受之矣，非归、胡何解办此！’”还可以推测出蒲松龄对于明代八股文的欣赏和推崇。

安庆戴生[①]，少薄行[②]，无检幅[③]。一日，自他醉归，途中遇故表兄季生。醉后昏眊[④]，亦忘其死，问：“向在何所？”季曰：“仆已异物[⑤]，君忘之耶？”戴始恍然，而醉亦不惧，问：“冥间何作？”答云：“近在转轮王殿下司录[⑥]。”戴曰：“人世祸福，当必知之？”季曰：“此仆职也，乌得不知。但过烦，非甚关切，不能尽记耳。三日前偶稽册，尚睹君名。”戴急问其何词，季曰：“不敢相欺，尊名在黑暗狱中[⑦]。”戴大惧，酒亦醒，苦求拯拔。季曰：“此非所能效力，惟善可以已之。然君恶籍盈指[⑧]，非大善不可复挽。穷秀才有何大力？即日行一善，非年馀不能相准[9]，今已晚矣。但从此砥行[10]，则地狱中或有出时。”戴闻之泣下，伏地哀恳，及仰首而季已杳矣。悒悒而归，由此洗心改行，不敢差跌[11]。

【注释】

①安庆：明清时代府名。治所在今安徽安庆。

②薄行：轻薄无行。

③无检幅：放纵不拘。《新唐书·温廷筠传》：“彦博裔孙廷筠，少敏悟，工为辞章，与李商隐皆有名，号‘温李’。然薄于行，无检幅。”

④昏眊(mào)：意识和视觉模糊。

⑤异物：指死亡的人。

⑥转轮王：梵语意译。一译“转轮圣帝”、“转轮圣王”、“轮王”等。古印度神话中法力极大的“圣王”。见《长阿含经·大本经》和《俱舍论》。司录：官名。掌总录众曹文簿，举弹善恶。

⑦黑暗狱：传说中的地狱之一。

⑧恶籍盈指：极言其罪恶之多。籍，记事簿。指，指尺。古时以中指中节为寸，十倍为尺，名曰“指尺”。

⑨相准：相准折，谓善恶之事两相抵销。

⑩砥(dǐ)行：砥砺自己的言行，使之合乎正道。《礼记·儒行》：“博学以知服，近文章，砥砺廉隅。”

⑪差(cuō)跌：同“蹉跌”，失足跌倒，喻失误。差，通“蹉”。

【译文】

安庆有一个姓戴的书生，年轻时行为不检，不拘小节。一天，他在别处喝醉了酒，回家的路上遇到了已经死去的表兄季生。他酒醉后两眼昏花，竟忘了他已经死了，便问道：“你一向在什么地方？”季生说：“我已经到了阴间，难道你忘记了吗？”戴生这才恍然大悟，但酒醉之中也不感到害怕，问道："在阴间做什么呢？"季生回答说："最近在转轮王殿下那里掌管文簿。"戴生说："那么，人世间的祸福，你一定都知道了？"季生说："这是我的职责，怎么会不知道。但是过于繁琐，不是我很关切的人，不能全部记得。三年前我偶然检查簿册，还看见你的名字。"戴生急忙问上面写了些什么，季生说："我不敢骗你，你的大名已经列在黑暗狱中了。"戴生很害怕，酒也醒了，苦苦哀求季生拯救他。季生说："这不是我想替你出力就能办到的事，只有积善行德才可以改变。但是你已经恶贯满盈，没有大的善行不可能再挽回来。但是一个穷秀才能有多大的能力呢？即使每天都能做一件善事，没有一年多的时间也不能抵偿你的罪恶，现在已经太晚了。但是，如果你从现在开始身体力行地做善事，即使进了地狱，以后还有出来的一天。"戴生听完，痛哭流涕，趴在地上向季生苦苦哀求，等他抬起头来，季生已经无影无踪了。戴生怏怏不乐地回了家，从此，洗心革面，痛改前非，再也不敢有什么差错了。

先是，戴私其邻妇[①]，邻人闻知而不肯发，思掩执之[②]。而戴自改行，永与妇绝，邻人伺之不得，以为恨。一日，遇于田间，阳与语，绐窥眢井[③]，因而堕之。井深数丈，计必死。而戴中夜苏[④]，坐井中大号，殊无知者。邻人恐其复生，过宿往听之，闻其声，急投石。戴移闭洞中，不敢复作声。邻人知其不死，斸土填井[⑤]，几满之。洞中冥黑，真与地狱无少异者。空洞无所得食，计无生理。蒲伏渐入[⑥]，则三步外皆水，无所复之，还坐故处。初觉腹馁[⑦]，久竟忘之。因思重泉下无善可行[⑧]，惟长宣佛号而已[⑨]。既见燐火浮游[⑩]，荧荧满洞，因而祝之："闻青燐悉为冤鬼，我虽暂生，固亦难返，如可共话，亦慰寂寞。"但见诸燐渐浮水来，燐中皆有一人，高约人身之半。诘所自来，答云："此古煤井。主人攻煤，震动古墓,被龙飞相公决地海之水,溺死四十三人。我等皆其鬼也。”问:“相公何人?”曰:“不知也。但相公文学士,今为城隍幕客。彼亦怜我等无辜,三五日辄一施水粥。要我辈冷水浸骨,超拔无日[11]。君倘再履人世,祈捞残骨葬一义冢[12],则惠及泉下者多矣。”戴曰:“如有万分一,此即何难。但深在九地[13],安望重睹天日乎!”因教诸鬼使念佛,捻块代珠[14],记其藏数[15]。不知时之昏晓,倦则眠,醒则坐而已。忽见深处有笼灯,众喜曰:“龙飞相公施食矣!”邀戴同往。戴虑水沮[16],众强扶曳以行,飘若履虚。曲折半里许,至一处,众释令自行。步益上,如升数仞之阶。阶尽,睹房廊,堂上烧明烛一枝,大如臂。戴久不见火光,喜极趋上。上坐一叟,儒服儒巾。戴辍步不敢前。叟已睹之,讶问:“生人何来?”戴上,伏地自陈。叟曰:“我耳孙也[17]。”因令起,赐之坐。自言:“戴潜,字龙飞。曩因不肖孙堂,连结匪类,近墓作井,使老夫不安于夜室,故以海水没之。今其后续如何矣?”盖戴近宗凡五支,堂居长。

【注释】

①私:通奸,有私情。

②掩执之:乘其不备抓获他。

③绐(dài):骗。眢(yuān)井:枯井,废井。

④中夜:半夜。

⑤斸(zhú)土:掘土。斸,同“斲”,大锄。引申为挖掘。

⑥蒲伏:犹匍匐,四肢着地而行。

⑦馁(něi):饿。

⑧重泉：深渊，九泉。亦喻地狱。《淮南子·齐俗训》："积水重泉，鼋鼍之所便也。"南朝梁江淹《杂体诗·效潘岳》："美人归重泉，凄怆无终毕。"

⑨长宣佛号：拉长声音宣诵佛的名号。佛，此指阿弥陀佛，佛教净土宗称其为"西方极乐世界"教主，能接引念佛人往生西方净土。

⑩燐火：俗称"鬼火"。旧传为人畜死后血所化，实为动物尸骨中分解出的磷化氢的自燃现象。其焰淡蓝绿色，光弱，浮游空中，唯暗中可见。南北朝庾信《拟连珠》："营魂不反，燐火宵飞。"

⑪超拔：即超度。佛、道认为通过某种方式可以使死者灵魂得以脱离地狱之苦。

⑫义冢：旧时指收埋无主尸骸的墓地。

⑬九地：如九泉，地下深处。

⑭捻块代珠：捻泥块代替佛珠，以记其诵念佛经之数。珠，佛珠，僧人诵经时用以计数。

⑮藏数：佛经数。藏，佛道经典的总称。此指佛经。

⑯水沮：水深难行。沮，阻。

⑰耳孙：九世孙，远孙。《尔雅·释亲》："父之子为子，子之子为孙，孙之子为曾孙，曾孙之子为玄孙，玄孙之子为来孙，来孙之子为晜孙，晜孙之子为仍孙，仍孙之子为云孙，云孙之子为耳孙。"

【译文】

此前，戴生和邻居的女人有私情，邻居听说了这事并不声张，想找个机会把他当场抓住。但是自从戴生改过自新以后，就和那女人永远断绝了往来，邻居找不到机会抓他，心中很是愤恨。一天，戴生和邻居在田间相遇，邻居假装和他说话，骗他去看一口废井，趁机把他推到井里去了。那口井有好几丈深，邻居料想戴生必死无疑，而戴生半夜里苏醒过来，坐在井中放声大哭，但是没有人听见。邻居唯恐戴生又活过来，过了一宿就去听动静，听到他的哭声，急忙往里面扔石头，戴生躲到井底的洞里,再也不敢出声。邻居知道他还没有死,便挖土填井,几乎把井填满了。洞中漆黑一片,真是和地狱没有什么区别。洞里空荡荡的,没有吃的东西,戴生料想自己是活不长了。他匍匐着往前走,但是三步以外都是水,没法子过去,就又坐回到原处。起初他还觉得腹中饥饿,时间一久竟然也就忘了。他于是想,在这地下也没有善事可做,只有不断地念佛而已。不一会儿,只见燐火飘浮,荧光闪闪,飘得满洞都是,他于是祷告道:"听说燐火都是冤鬼,我虽然暂时还活着,但是估计也回不到人间了,如果可以一起说说话,也可以安慰一下我寂寞的心。"只见那些燐火渐渐地顺着水面漂过来,每一团燐火中都有一个人,身高只有正常人的一半。戴生便问他们从哪里来,燐火回答道:"这口井是古代的煤井。当年主人挖煤时,震动了古墓,被龙飞相公引来地海的水,一下子淹死了四十三个人。我们都是鬼。"戴生问道:"那龙飞相公是什么人?"燐火回答说:"我们也不知道。相公是位读书人,现在是城隍的幕客,他也可怜我们无辜而死,过三五天就施舍一次粥给我们。我们天天遭受冷水泡骨的痛苦,想来也没有可能超脱苦海。您如果能再回到人间,请捞出我们的残骨,合葬在一座义冢里,就是给我们的最大恩惠了。"戴生说:"万一我能够回到人间,这件事做起来没什么困难。但是我现在身处九泉之下,又怎么敢指望能够重见天日啊!"于是他就教众鬼念佛,数着煤块来代替佛珠,记下念了多少佛。这样,戴生也不知道时间的早晚,困了就睡觉,醒了就端坐在那里。忽然,洞的深处点了盏灯笼,众鬼欢喜地说:"龙飞相公施舍吃的来啦!"便邀请戴生一同前往。戴生担心有水阻挡过不去,众鬼便强拉硬拽地往前走,戴生只觉得飘飘然好像脚没有踏在地上。曲曲折折地走了半里多路,来到一个所在,众鬼将戴生放下来,让他自己走。他们踏步向前,好像上了一个好高的台阶。台阶的尽头出现了房屋和走廊,大堂上点着像人的胳膊一般粗细的蜡烛。戴生长时间看不见火光,高兴极了,急忙跑上前去。大堂上坐着一位老者,身穿儒服,头戴儒巾。戴生停住脚步,不敢上前。

老头已经看见了他，惊讶地问道："这个活人是从哪里来的？"戴生走上前去，跪在地上述说情况。老者说："原来你是我的后代呀！"于是让他起来，并赐他入座。老者自己介绍说："我叫戴潜，字龙飞。从前因为不肖子孙戴堂，勾结匪类，在墓边挖井，使得老夫在夜室里睡不安稳，所以引来海水把井淹没了。如今，他的后代怎么样了？"原来，戴家近宗共有五支，戴堂为长房。

初，邑中大姓赂堂，攻煤于其祖茔之侧①。诸弟畏其强，莫敢争。无何，地水暴至，采煤人尽死井中。诸死者家，群兴大讼，堂及大姓皆以此贫，堂子孙至无立锥②。戴乃堂弟裔也，曾闻先人传其事，因告翁。翁曰："此等不肖，其后乌得昌③！汝既来此，当毋废读。"因饷以酒馔，遂置卷案头，皆成、洪制艺④，迫使研读。又命题课文⑤，如师授徒。堂上烛常明，不翦亦不灭。倦时辄眠，莫辨晨夕。翁时出，则以一僮给役⑥。历时觉有数年之久，然幸无苦。但无别书可读，惟制艺百首，首四千馀遍矣。翁一日谓曰："子孽报已满，合还人世。余冢邻煤洞，阴风刺骨，得志后，当迁我于东原。"戴敬诺。翁乃唤集群鬼，仍送至旧坐处。群鬼罗拜再嘱⑦。戴亦不知何计可出。

【注释】

①攻煤：开发煤矿。祖茔：祖坟。

②无立锥：贫无立锥之地，言其贫困到一无所有。《庄子·盗跖》："尧舜有天下，子孙无置锥之地。"

③乌得昌：怎能兴盛。昌，昌盛。

④成、洪制艺：明代成化、弘治年间的八股文。成，成化，明宪宗朱见深年号（1465—1487）。洪，应作“弘”，即弘治，明孝宗朱祐樘年号（1488—1505）。制艺，经义的别称。制举应试文章，故称“制艺”。此指八股文。

⑤命题课文：出题考查其文章。课，考核，定有程式而加以稽核。

⑥给役：服务，当差。

⑦罗拜：围在四周行礼。

【译文】

起初，县里的大户人家贿赂戴堂，在戴家祖坟的旁边挖煤。众兄弟畏惧他的权势，谁也不敢争辩。不久，地下水突然冲来，采煤的工人全都淹死在井下。那些死者的家属，纷纷到官府告状，戴堂和那个大户人家因此都被弄穷了，以致戴堂的子孙没有立锥之地。戴生是戴堂弟弟的后代，曾经听先人说起这件事，便告诉了老者。老者说：“这样的不孝子孙，他的后人怎么可能昌盛呢！你既然来到这里，就不应当荒废了学业。”说完，老者就拿出酒菜给他吃，吃完饭，又在桌上放了一些书卷，都是成化、弘治年间的八股文章，强迫戴生研读。老者又给他出题作文，好像老师教徒弟一样。大堂上的蜡烛长明，不剪烛花也不会熄灭。戴生困倦的时候就睡觉，也分不清早晨和夜晚。老者有时出去，就派一个小僮服侍戴生。这样，过了几年的时间，所幸的是并不怎么感到痛苦。但是没有别的书可读，只有一百来篇八股文，每一篇都读了四千多遍。一天，老者对戴生说：“孩子，你罪孽的报应已经满了，应该回到人间去了。我的墓靠近煤洞，阴风刺骨，你得志以后，把我的墓迁到东原去。”戴生恭恭敬敬地答应了。老者于是将众鬼叫来，让他们仍旧把戴生送到原来坐着的地方去。众鬼围着老者行礼，老者再三叮嘱，但是戴生也不知道有什么办法可以出去。

先是，家中失戴，搜访既穷，母告官，系缧多人[①]，并少踪绪。积三四年，官离任，缉察亦弛。戴妻不安于室[②]，遣嫁去。会里中人复治旧井，入洞见戴，抚之未死。大骇，报诸其家。舁归经日，始能言其底里[③]。自戴入井，邻人殴杀其妇，为妇翁所讼，驳审年馀，仅存皮骨而归。闻戴复生，大惧，亡去[④]。宗人议究治之[⑤]，戴不许，且谓曩时实所自取，此冥中之谴，于彼何与焉。邻人察其意无他，始逡巡而归。井水既涸，戴买人入洞拾骨，俾各为具[⑥]，市棺设地，葬丛冢焉[⑦]。又稽宗谱名潜，字龙飞，先设品物，祭诸其冢。学使闻其异，又赏其文，是科以优等入闱[⑧]，遂捷于乡[⑨]。既归，营兆东原[⑩]，迁龙飞厚葬之，春秋上墓，岁岁不衰。

【注释】

①系缧（léi）多人：牵连很多人入狱。缧，缧绁，拘系犯人的绳索。引申为牢狱。

②不安于室：不安分守节。

③底里：来龙去脉。

④亡：逃。

⑤究治：追究惩治。

⑥俾（bǐ）各为具：使其各个凑成完整的尸骨。俾，使。具，完备。

⑦丛冢：丛聚之冢，即义冢。丛，聚集。

⑧是科以优等入闱：谓这年科考以优等参加乡试。科，科举考试。明清科举制度，生员经学政岁、科两试录科之后，才能选送参加乡试。闱，秋闱。

⑨捷于乡：谓考中举人。乡，指乡试。

⑩营兆：营建坟墓。兆，墓地的界域。

【译文】

此前，戴生失踪以后，他家里的人到处找遍了也没找着，他的母亲告到官府，县官抓了好几个嫌疑犯，但还是没有查到什么线索。过了三四年，这位县官离任，搜寻工作也就松弛下来。戴生的妻子在家中不守妇道，戴家便将她遣嫁出去。恰好乡里的人重新修治旧井，下到洞中发现了戴生，一摸，发现他还没死。不由大为惊骇，急忙到他家报信。戴生被人抬回家，过了一天，才开始叙述他在地下的经历。自从戴生被邻居推到井里以后，邻居打死了自己的妻子，被他的岳父告到了官府，官府驳问审讯了一年多，把这人折磨得只剩下皮包骨头回去了。他听说戴生死而复活，吓得要死，就逃走了。戴氏族人商议要追究邻居的罪过，戴生不同意，并且说以前确实是咎由自取，在井下受的苦是阴间对他的惩罚，和那邻居没有什么关系。邻居看清戴生确实不再追究，这才犹犹豫豫地回了家。井水干了以后，戴生雇人进到井洞中收拾众鬼的残骨，按照各人的样子整理好，买来棺材，找了地方，将众鬼合葬在一座坟墓里。他又检查家谱，确实有一个前辈名叫戴潜，字龙飞，于是他摆上供品，到龙飞相公的墓前拜祭。当地的学使听说了这件怪事，又欣赏戴生的文章，在科试中以优等生录取戴生参加乡试，于是戴生又考中了举人。戴生回家以后，在东原修建坟墓，迁来龙飞相公的尸骨，给予丰厚的安葬，每年春秋两季，戴生都来上坟，年年不断。

异史氏曰：余乡有攻煤者，洞没于水，十馀人沉溺其中。竭水求尸，两月馀始得涸[①]，而十馀人并无死者。盖水大至时，共泅高处，得不溺。缒而上之[②]，见风始绝，一昼夜乃渐苏。始知人在地下，如蛇鸟之蛰，急切未能死也。然未有至数年者。苟非至善，三年地狱中，乌复有生人哉[③]！

【注释】

①涸：水干。

②缒（zhuì）：用绳子拽上来。

③乌：哪，怎么。生人：活人。

【译文】

异史氏说：我的家乡有人挖煤，洞被水淹没了，十几个人都淹在洞里。外面的人想把水淘尽寻找尸体，过了两个多月才把水抽干，发现十几个人一个也没有死掉。原来，水暴涨的时候，他们一起游到地势高的地方，没有被淹着。人们用绳子把他们拉上来，这些人见到风昏倒，过了一昼夜才渐渐苏醒过来。由此可见，人在地下时，就像蛇、鸟冬眠一样，急切之间倒也死不掉。但是，没有听过呆了几年都不死的。如果不是心地至善的人，在三年的地狱生活中，怎么可能还有活人呢！

珊瑚

【题解】

这是一篇事关家庭伦理，劝惩意味很浓的小说。相同的故事，蒲松龄还创作了俚曲《姑妇曲》，曲前小序称："二十馀年老友人，买来朦婢乐萱亲，惟编姑妇一般曲，借尔弦歌劝内宾。"老友人指毕盛钜，时间是1702年。《珊瑚》和《姑妇曲》到底是同时创作的呢，还是有先有后？如果有先后，那么孰先孰后，颇值得玩味。

珊瑚是中国古代贤孝儿媳妇的代表，逆来顺受，任劳任怨。在她的影响下，原来悍泼的婆婆改弦更张，骄横无礼的二儿媳臧姑也改恶从善。《姑妇曲》有"西江月"评论说："媳妇从来孝顺难，婆婆休当等闲看。自此若有豺狼出，方识从前大妇贤。"也可以为小说《珊瑚》张本。

冯镇峦曾经将本篇小说与古诗《孔雀东南飞》相比较，称："古乐府有《孔雀东南飞》一篇为焦仲卿妻作，然不如此妇远矣。”实际珊瑚和安大成性格中的封建愚孝有许多不近人情处，人物的光彩并比不上《孔雀东南飞》。不过本篇在人物对话上刻画得十分精彩，比如王氏批评安母的义正辞严，于媪批评安母的鞭辟入里，臧姑的市侩计较言论，如见其人，如闻其声。但明伦赞赏说：“文字吞吐挑剔，具臻绝妙，是从《左传》、《战国策》中得来。愈委婉，愈真切，一字一珠，一字一泪，我读至此，忽不知何以亦泣数行下也。”

安生大成，重庆人①。父孝廉②，早卒。弟二成，幼。生娶陈氏，小字珊瑚，性娴淑。而生母沈，悍谬不仁③，遇之虐④，珊瑚无怨色。每早旦，靓妆往朝⑤。值生疾，母谓其诲淫，诟责之。珊瑚退，毁妆以进。母益怒，投颡自挝⑥。生素孝，鞭妇，母始少解。自此益憎妇。妇虽奉事惟谨，终不与交一语。生知母怒，亦寄宿他所，示与妇绝。久之，母终不快，触物类而骂之⑦，意皆在珊瑚。生曰：“娶妻以奉姑嫜⑧，今若此，何以妻为！”遂出珊瑚⑨，使老妪送诸其家。方出里门，珊瑚泣曰：“为女子不能作妇，归何以见双亲？不如死！”袖中出翦刀刺喉。急救之，血溢沾衿，扶归生族婶家。婶王氏，寡居无耦⑩，遂止焉。

【注释】

①重庆：府名。治所在今四川重庆。

②孝廉：举人。

③悍谬不仁：凶横心狠，不善良。悍谬，凶横而不讲道理。

④虐：虐待，残暴。

⑤靓(jìng)妆往朝：打扮齐整去拜见。靓妆，妆饰，修饰。

⑥投颡(sǎng)自挝(zhuā):叩头碰地自打。颡,额头。挝,打。

⑦触物类而骂之:碰着什么骂什么。类,率,皆。

⑧姑嫜(zhāng):公婆。

⑨出:休弃。

⑩耦:配偶,伴侣。

【译文】

有个书生名叫安大成,是重庆人。他的父亲是个举人,早已去世,弟弟安二成,年纪还小。大成娶妻陈氏,小名叫珊瑚,生性贤淑。但是大成的母亲沈氏,凶悍荒谬,为母不仁,对珊瑚百般虐待,但珊瑚丝毫没有怨言。每天早上起来,都打扮得整整齐齐向婆婆请安。一次,大成生病,沈氏就说是儿媳妇整天盛妆打扮勾引丈夫所致,对她辱骂斥责。珊瑚回到自己屋里,卸下妆饰后又去见婆婆。沈氏更加发怒,撞自己的脑袋,抽自己的嘴巴。大成素来孝顺,用鞭子抽打媳妇,沈氏这才稍稍缓解下来。从此以后,她更加憎恨媳妇。虽然珊瑚小心谨慎地侍候她,但她始终不和珊瑚说一句话。大成知道母亲发怒,也就搬出来住到别的房间,表示与妻子断绝关系。过了很久,沈氏始终不高兴,动不动就指桑骂槐地责骂珊瑚。大成说:"娶媳妇回家是为了侍候公婆,弄到今天这个地步,还要媳妇干什么!"便休了珊瑚,派一个老妇人送她回家。出了门不久,珊瑚哭泣着说:"作为一个女子,不能当好媳妇,有什么脸面回家见我的爹娘?不如死了算了!"她从袖子里取出剪刀刺向自己的咽喉。老妇急忙来救,鲜血已经染红了衣襟,便扶着她来到大成的一个婶娘家。婶娘姓王,早就成了寡妇,一个人生活,就将珊瑚留下了。

媪归,生嘱隐其情,而心窃恐母知。过数日,探知珊瑚创渐平,登王氏门,使勿留珊瑚。王召之入,不入,但盛气逐珊瑚①。无何,王率珊瑚出,见生,便问:"珊瑚何罪?"生责其不能事母。珊瑚脉脉不作一言[②]，惟俯首呜泣，泪皆赤，素衫尽染，生惨恻不能尽词而退。又数日，母已闻之，怒诣王，恶言诮让。王傲不相下，反数其恶，且言：“妇已出，尚属安家何人？我自留陈氏女，非留安氏妇也，何烦强与他家事[③]！”母怒甚而穷于词，又见其意气汹汹[④]，惭沮大哭而返。珊瑚意不自安，思他适。先是，生有母姨于媪，即沈姊也。年六十馀，子死，止一幼孙及寡媳，又尝善视珊瑚。遂辞王往投媪。媪诘得故，极道妹子昏暴，即欲送之还。珊瑚力言其不可，兼嘱勿言，于是与于媪居，类姑妇焉[⑤]。珊瑚有两兄，闻而怜之，欲移之归而嫁之。珊瑚执不肯，惟从于媪纺绩以自度。

【注释】

①盛气：情绪激昂，怒气冲冲。《战国策·赵策》：“左师触訾愿见，太后盛气而揖之。”

②脉脉(mò)：含情不语的样子。

③与：干涉。

④汹汹：同“汹汹”，意气激昂、争锋相对的样子。

⑤姑妇：婆媳。

【译文】

老妇人回到安家，大成嘱咐她隐瞒实情，但心里暗自害怕母亲知道这件事。过了几天，他探听得知珊瑚的伤口已经渐渐好了，便来到王氏家中，让她不要留下珊瑚。王氏让大成进门，大成不肯进去，只是气冲冲地要赶珊瑚走。过了不久，王氏领着珊瑚出来见大成，便问道：“珊瑚有什么罪？”大成指责她不能侍候母亲。珊瑚默默地不说一句话，只是低着头“呜呜”地哭泣，流出来的眼泪都是红色的，把白色的衣衫都给染红了，大成看到这副情景，心中也很凄惨，话还没有说完就走了。又过了几天，沈氏听说珊瑚在王家，便怒气冲冲地来到王家，恶语相向，讥讽王氏。王氏生性傲然，也不肯让步，反过来数落沈氏的恶行，并且说："儿媳妇已经被你赶出了门，她还是你们安家的什么人？我留的是陈家的女儿，并没有留你安家的媳妇，何必麻烦来多管别人家的闲事！"沈氏气极，却又理屈辞穷，又见王氏一副气势汹汹的样子，又是羞惭，又是沮丧，大哭着回家去了。珊瑚心中感到很不安，就想搬到别的地方去住。原来，大成有个姨娘于老太太，也就是沈氏的姐姐。六十多岁的年纪，儿子死了，只有一个年幼的孙子和守寡的儿媳，她平时就对珊瑚很好。珊瑚就向王氏告辞，前去投靠于老太太。于老太太问明了情况，直埋怨妹妹太糊涂凶暴，就想马上送珊瑚回安家去。珊瑚竭力劝阻于老太太不要这么做，并且叮嘱她不要声张，于是珊瑚就和于老太太住在一起，像媳妇和婆婆的关系一样。珊瑚有两个哥哥，听说这事后很同情妹妹，就想把她接回去重新嫁人。珊瑚坚决不肯同意，还是跟着于老太太纺纱织布度日。

生自出妇，母多方为子谋婚，而悍声流播，远近无与为耦。积三四年，二成渐长，遂先为毕姻。二成妻臧姑，骄悍戾沓[①]，尤倍于母。母或怒以色，则臧姑怒以声。二成又懦，不敢为左右袒。于是母威顿减，莫敢撄[②]，反望色笑而承迎之，犹不能得臧姑欢。臧姑役母若婢，生不敢言，惟身代母操作，涤器洒扫之事皆与焉。母子恒于无人处，相对饮泣。无何，母以郁积病，委顿在床，便溺转侧皆须生，生昼夜不得寐，两目尽赤。呼弟代役，甫入门，臧姑辄唤去之。生于是奔告于媪，冀媪临存[③]。入门，泣且诉。诉未毕，珊瑚自帏中出。生大惭，禁声欲出，珊瑚以两手叉扉[④]。生窘急，自肘下冲出而归，亦不敢以告母。无何，于媪至，母喜止之。由此媪家无日不以人来，来辄以甘旨饷媪。媪寄语寡媳："此处不饿，后勿复尔。"而家中馈遗，卒无少间。媪不肯少尝食，缄留以进病者[5]，母病亦渐瘥[6]。媪幼孙又以母命将佳饵来问疾。沈叹曰："贤哉妇乎！姊何修者！"媪曰："妹以去妇何如人[7]？"曰："嘻！诚不至夫己氏之甚也[8]！然乌如甥妇贤！"媪曰："妇在，汝不知劳；汝怒，妇不知怨。恶乎弗如？"沈乃泣下，且告之悔，曰："珊瑚嫁也未者？"答云："不知，请访之。"

【注释】

①戾沓：贪暴。戾，暴虐。沓，贪黩。《国语·郑语》："其民沓贪而忍，不可因也。"

②撄（yīng）：触犯。

③临存：亲至慰问。

④两手叉扉：谓两手叉开，分抵门框。

⑤缄留：封存不动。

⑥瘥（chài）：病愈。

⑦去妇：离家被休弃的儿媳。

⑧夫（fú）己氏：指不欲明言的人，犹言那个人。《左传·文公十四年》："齐公子元不顺懿公之为政也，终不曰'公'，曰'夫己氏'。"此指臧姑。

【译文】

大成自从休了妻子以后，沈氏想方设法为他张罗婚事，但是沈氏凶悍的声名到处传扬，远近没有人家敢和她家结亲。过了三四年，二成渐渐长大了，沈氏就先为他娶了亲。二成的妻子名叫臧姑，十分地骄横凶悍，浑不讲理，比沈氏还要加倍厉害。沈氏如果生气给她脸色看，臧姑就凶狠地骂出声来。二成又很懦弱，不敢袒护母亲。于是沈氏的威风大减，不敢再顶撞臧姑，反而看她的脸色行事，用笑脸奉承讨好她，但这样还是不能讨得她的欢心。臧姑让沈氏干活就像对待丫头一样，大成也不敢说话，只是代替母亲做事，诸如洗碗、扫地之类的事情什么都干。母子二人常常在没人的地方，面对面地哭泣。不久，沈氏因为心中郁闷生了病，躺倒在床上，动弹不得，大便小便翻身都要大成服侍，弄得大成昼夜不得睡觉，两只眼睛都熬红了。大成叫弟弟替换一下自己，二成才进母亲的门，臧姑就把他叫走了。大成于是跑到于老太太家，希望她能够去照顾他母亲。他一进门，就一边哭一边诉说。苦还没诉完，珊瑚就从帏帐后面走出来。大成一见，大感羞惭，立刻闭上嘴就想出门，珊瑚用两手叉住门。大成窘极了，从珊瑚的胳膊下钻过去，跑回家里，也不敢告诉母亲这件事。不久，于老太太来了，沈氏高兴地留她住下。从此，于老太太家每天都有人来，每次来都带了许多好吃的东西。于老太太便让人带话给守寡的儿媳说："这里饿不着我，以后不要再送了。"但是她家里还是不间断地送来吃的。于老太太自己一点儿也不吃，全都留下来给生病的沈氏吃，沈氏的病也渐渐地好转。于老太太的小孙子又奉他妈妈的命令拿着美食前来探望沈氏的病情。沈氏感叹地说："多贤惠的儿媳妇啊！姐姐是怎么修来的呀！"于老太太说："妹妹觉得被你赶走的儿媳妇为人怎么样呀？"沈氏说："嘻！确实不像二媳妇那么坏！但又怎么比得上外甥媳妇的贤惠呢？"于老太太说："媳妇在的时候，你不知道什么叫辛劳；你发火的时候，媳妇不会埋怨，这么好的媳妇，怎么能说不如人呢？"沈氏于是流下了眼泪，并且告诉姐姐自己已经后悔了，并且问："珊瑚嫁人了没有？"于老太太回答说："不知道，我去打听打听。"

又数日，病良已[①]，媪欲别。沈泣曰："恐姊去，我仍死耳!”媪乃与生谋,析二成居。二成告臧姑,臧姑不乐,语侵兄,兼及媪。生愿以良田悉归二成,臧姑乃喜。立析产书已,媪始去。明日,以车乘来迎沈。沈至其家,先求见甥妇,极道甥妇德。媪曰:“小女子百善,何遂无一疵?余固能容之。子即有妇如吾妇,恐亦不能享也。”沈曰:“呜呼冤哉!谓我木石鹿豕耶[②]!具有口鼻,岂有触香臭而不知者?”媪曰:“被出如珊瑚,不知念子作何语?”曰:“骂之耳。”媪曰:“诚反躬无可骂[③],亦恶乎而骂之?”曰:“瑕疵人所时有,惟其不能贤,是以知其骂也。”媪曰:“当怨者不怨,则德焉者可知[④];当去者不去,则抚焉者可知[⑤]。向之所馈遗而奉事者,固非予妇也,而妇也[⑥]。”沈惊曰:“如何?”曰:“珊瑚寄此久矣。向之所供,皆渠夜绩之所贻也。”沈闻之,泣数行下,曰:“我何以见吾妇矣!”媪乃呼珊瑚。珊瑚含涕而出,伏地下。母惭痛自挞,媪力劝始止,遂为姑媳如初。

【注释】

①良已:痊愈。《史记·孝武本纪》:“(武帝)遂幸甘泉,病良已。”裴骃《集解》引孟康曰:“良已,善已,谓愈也。”

②木石鹿豕:指无知觉的木石和不辨是非的禽兽。豕,猪。

③诚:假如,如果。反躬:反过来要求自己,自我检束。

④德:妇德。

⑤抚:厚,爱。

⑥而:尔,你。

【译文】

又过了几天,沈氏的病已经全好了,于老太太打算告别。沈氏哭着说:“只怕姐姐走了,我还是免不了一死。”于老太太便和大成商量,跟二成分开来过。二成把分家的事告诉臧姑,臧姑不乐意,对大成说了些不干不净的话,而且捎带骂了于老太太。大成愿意把家中的良田全部给二成,臧姑这才高兴地同意了。等到分家的文书办妥以后,于老太太才回了家。第二天,于老太太派车来接沈氏。沈氏来到她家,先要求见外甥媳妇,并且极口称赞外甥媳妇的贤惠。于老太太说:“小女人纵然百样都好,难道就没有一点儿小毛病吗?我当然能够容忍。不过,如果有像我儿媳妇这样的媳妇,恐怕你也享不到这个福。”沈氏说:“唉呀,太冤枉了!你把我说成是木头石头野鹿山猪呀!我也有口有鼻,难道说我分不出香和臭吗?”于老太太说:“被你赶出家门的珊瑚,不知道现在想起你时会说些什么?”沈氏说:“肯定是骂我呗。”于老太太说:“你好好反思自己,要是没有可骂的,她为什么要骂你呢?”沈氏说:“缺点是人人都会有的,只是因为她不贤惠,所以知道她会骂我。”于老太太说:“该怨恨的不怨恨,那么她的德行就可想而知了;该离开时却不离开,那么她对人的抚慰也就可想而知了。前一段时间给你送吃的来孝敬你的,并不是我的儿媳妇,而是你的儿媳妇珊瑚。”沈氏吃惊地问道:“这是怎么回事?”于老太太回答道:“珊瑚寄居在这里已经很久了。那些给你吃的东西,都是她用夜里纺织挣来的钱买的。”沈氏听完,眼泪像断了线的珍珠“哗哗”往下淌,说:“我还有什么脸面见我的媳妇啊!”于老太太于是招呼珊瑚。珊瑚眼中含泪走了出来,拜伏在地下。沈氏羞愧无比,狠狠地抽打自己,于老太太竭力阻止,她才停住手,于是婆媳二人和好如初。

十余日偕归,家中薄田数亩,不足自给,惟恃生以笔耕[①],妇以针耨[②]。二成称饶足,然兄不之求,弟亦不之顾也。臧姑以嫂之出也鄙之,嫂亦恶其悍,置不齿。兄弟隔院居,臧姑时有陵虐,一家尽掩其耳。臧姑无所用虐,虐夫及婢。

婢一日自经死。婢父讼臧姑，二成代妇质理，大受扑责，仍坐拘臧姑。生上下为之营脱，卒不免。臧姑械十指，肉尽脱。官贪暴，索望良奢。二成质田贷赀，如数纳入，始释归。而债家责负日亟[3]，不得已，悉以良田鬻于村中任翁。翁以田半属大成所让，要生署券[4]。生往，翁忽自言："我安孝廉也。任某何人，敢市吾业[5]！"又顾生曰："冥间感汝夫妻孝，故使我暂归一面。"生出涕曰："父有灵，急救吾弟！"曰："逆子悍妇，不足惜也！归家速办金，赎吾血产[6]。"生曰："母子仅自存活，安得多金？"曰："紫薇树下有藏金，可以取用。"欲再问之，翁已不语。少时而醒，茫不自知。生归告母，亦未深信。臧姑已率数人往发窖，坎地四五尺[7]，止见砖石，并无所谓金者，失意而去。生闻其掘藏，戒母及妻勿往视。后知其无所获，母窃往窥之，见砖石杂土中，遂返。

【注释】

①笔耕：以笔代耕，卖文谋生。

②针耨(nòu)：以针代耨，以缝纫刺绣谋生。耨，除草。

③责负日亟(jí)：讨债很严厉。责，索讨。负，欠债。亟，急。

④署券：在契约上署名。

⑤市：买卖。

⑥血产：以血汗换取来的产业。

⑦坎地：掘地，从地表向下挖掘。坎，地面低陷之处。

【译文】

过了十几天，婆媳二人一起回家，家中只有几亩薄田，不足以维持生活，只能靠大成卖文为活，珊瑚做些针线来贴补家用。二成家虽然很富裕，但大成不去求他，二成也不照顾哥哥。臧姑因为嫂子曾经被休而看不起她，珊瑚也厌恶她的凶悍，也不屑理睬她。兄弟二人隔着院墙居住，臧姑不时地泼口大骂，而大成一家都捂着耳朵，并不理会。臧姑无处施展她的淫威，就虐待她的丈夫和丫环。一天，丫环受不了折磨上吊自杀了。丫环的父亲就到衙门告臧姑的状，二成代替媳妇去过堂，挨了不少打，但衙门还是将臧姑拘捕到堂。大成为他们上下打点，希望能解脱罪名，但最终还是不能免除。臧姑受到夹手指的酷刑，十根指头上的肉都脱落了。县官非常贪婪残暴，想勒索大笔钱财。二成只好把田产抵押出去换来钱，如数交给县官，县官这才将他们放回家。但是，债主一天比一天急迫地逼二成还债，二成迫不得已，便想把良田全部卖给村里的任老头。但是任老头认为这些田的一半是大成让给二成的，就要大成在文书上署名。大成到了任家，忽然，任老头着急地自言自语道："我是安举人。任老头是什么人，竟然敢买我的产业！"又看着大成说："地府感念你们夫妻孝顺，所以让我暂时回来见你们一面。"大成流着眼泪说："父亲地下有灵，赶紧救我弟弟！"回答道："这两个不孝子、泼妇，死了也不值得可惜！你回家赶快筹集钱，把我的血汗产业赎回来。"大成说："我们母子仅仅能够维持生计，哪里有那么多的钱呢？"回答道："紫薇树下埋藏有银子，可以取出来用。"大成还想再问，任老头已经不说话了。过了一会儿，他醒了过来，却茫然不知刚才说了些什么。大成回到家里，把这件事告诉母亲，沈氏也不是很相信。臧姑听说后，已经领着人去挖银窖了，往地下挖了四五尺，只看见砖块石头，并没有安举人说的银子，便很失望地走了。大成听说臧姑已经挖银子去了，便告诫母亲和妻子不要去看。后来知道他们一无所获，沈氏就偷偷地去看，只见一些砖块石头夹杂在泥土中，就回去了。

珊瑚继至，则见土内悉白镪[①]，呼生往验之，果然。生以先人所遗，不忍私，召二成均分之。数适得揭取之二，各囊之而归。二成与臧姑共验之,启囊则瓦砾满中,大骇。疑二成为兄所愚,使二成往窥兄。兄方陈金几上,与母相庆。因实告兄,生亦骇,而心甚怜之,举金而并赐之。二成乃喜,往酬债讫,甚德兄。臧姑曰:"即此益知兄诈。若非自愧于心,谁肯以瓜分者复让人乎[②]?"二成疑信半之。次日,债主遣仆来,言所偿皆伪金,将执以首官[③]。夫妻皆失色。臧姑曰:"如何哉!我固谓兄贤不至于此,是将以杀汝也!"二成惧,往哀债主,主怒不释。二成乃券田于主,听其自售,始得原金而归。细视之,见断金二铤,仅裹真金一韭叶许,中尽铜耳。臧姑因与二成谋,留其断者,馀仍返诸兄以觇之。且教之言曰:"屡承让德[④],实所不忍。薄留二铤,以见推施之义。所存物产,尚与兄等。馀无庸多田也,业已弃之,赎否在兄。"生不知其意,固让之,二成辞甚决,生乃受。秤之,少五两馀。命珊瑚质奁妆以满其数,携付债主。主疑似旧金,以翦刀断验之,纹色俱足,无少差谬,遂收金,与生易券。

【注释】

①白镪(qiǎng):银的别称。

②瓜分者:犹言平分者。瓜分,喻指像剖瓜一样分割成若干份。

③首官:告官。首,告。

④让德:推让的恩惠。

【译文】

珊瑚接着来到树下,却看见土里面都是白花花的银子,就叫大成一起去查验,果然真是银子。大成认为这是父亲的遗产,不忍心一个人独吞,便叫来二成和他平分。银子的数量正好可以分成平均的两份,兄弟二人各自用口袋装回去了。二成和臧姑一同查验银子，打开口袋一看，却见里面都是瓦块石头，不由大为惊骇。臧姑怀疑二成被他哥哥骗了，便让二成去窥视哥哥那边的动静。二成过去一看，哥哥正把银子放在桌上，和母亲一起庆祝呢。二成便把自己的情况照实跟哥哥说了，大成也很吃惊，而且心里很同情弟弟，便把自己的银子都给了弟弟。二成于是欢天喜地地回家，去把欠债主的钱都还清了，很感激哥哥。臧姑说："从这件事上更可以知道你哥哥的狡诈，如果不是自己心中有愧，谁会愿意把自己到手的那一份再让给别人呢?"二成听了，半信半疑。第二天，债主派仆人到二成家，说二成还的银子全是假的，要把二成抓到官府去告官。二成夫妇听了都吓得变了脸色。臧姑说："怎么样啊！我本来就说你哥哥不至于这么对你好，他是想害死你呀。"二成害怕了，去哀求债主，但债主很生气，不肯罢手。二成于是把田契交给债主，听凭他把土地卖掉，这样才把原来交的银子拿了回来。二成回到家，仔细看了那些银子，其中有两锭已经剪断的银子，外面只裹了一层韭菜叶那么薄的银，里面都是铜。臧姑于是和二成商量，把已经剪断的银子留下，其馀的全都还给大成，看他有什么动静。而且臧姑还教二成说："好几次承蒙哥哥仁德，把银子给我，做兄弟的实在不忍心。我只留下其中的两锭，以显示哥哥推恩施德的情谊。现在我所剩下的田产，还和哥哥相等，我也不要那多馀的土地了，反正已经放弃了，赎不赎全在于兄长。"大成不明白他的用意，坚决要让给他，但二成坚决不肯接受，大成只好收下了。大成称了一下银子，发现少了五两多，便让珊瑚拿首饰出去当了，凑够了原来的数字，然后拿去交给债主。债主怀疑还是原来的假银子，用剪刀又剪断了加以验证，发现成色很好，一点儿也不差，便收下了银子，把田契还给了大成。

二成还金后，意其必有参差[①]，既闻旧业已赎，大奇之。臧姑疑发掘时，兄先隐其真金，忿诣兄所，责数诟厉。生乃悟返金之故。珊瑚逆而笑曰："产固在耳，何怒为！"使生出券付之。二成一夜梦父责之曰："汝不孝不弟[②]，冥限已迫[③]，寸土皆非己有，占赖将以奚为[④]！"醒告臧姑，欲以田归兄，臧姑嗤其愚。是时二成有两男，长七岁，次三岁。无何，长男病痘死[⑤]。臧姑始惧，使二成退券于兄，言之再三，生不受。未几，次男又死。臧姑益惧，自以券置嫂所。春将尽，田芜秽不耕[⑥]，生不得已，种治之。臧姑自此改行，定省如孝子[⑦]，敬嫂亦至。未半年而母病卒。臧姑哭之恸，至勺饮不入口[⑧]。向人曰："姑早死，使我不得事，是天不许我自赎也！"产十胎皆不育，遂以兄子为子。夫妻皆寿终。生三子，举两进士。人以为孝友之报云。

【注释】

①参差：长短高低不齐。这里是纠葛麻烦的意思。

②不孝不弟：不孝顺父母，不敬爱兄长。弟，通"悌"。

③冥限已迫：冥世索命的期限已近。

④奚为：何为。奚，何。

⑤痘：即天花。一种由病毒引起的急性传染病，发病后全身出现豆状水疱或脓疱，所结的痂脱落的留下的疤痕就是麻子。

⑥芜秽：犹荒芜，农田中杂草丛生。

⑦定省：昏定晨省。《礼记·曲礼》："凡为人子之礼，冬温而夏凊，昏定而晨省。"旧时侍奉父母的日常礼节。

⑧勺饮不入口：犹言滴水不进。

【译文】

二成把银子还给哥哥之后，心想哥哥必定会出现麻烦，可等到他听说哥哥已经把田产赎回来，不由得觉得非常奇怪。臧姑怀疑上次挖银窖时，大成先把真银子藏起来，便气愤的来到大成家，对大成夫妻厉声责骂。大成这才明白二成为什么要把银子还给他。珊瑚笑着迎上前说："田产都已经赎回来了，有什么发火的呀！"便让大成把田契交给臧姑他们。一天夜里，二成梦见父亲责备自己说："你不孝顺父母，不敬爱兄长，离死不远了，一寸土地都不是你的，你还要赖占着那田产干什么！"二成惊醒后，告诉臧姑，打算将田地归还给兄长，臧姑讥笑他太愚蠢。这时，二成有两个儿子，大的七岁，二的三岁，不久，大儿子出水痘死了。臧姑这才害怕起来，让二成把田契还给哥哥，但是说了好几次，大成也不肯接受。又过了不久，二儿子又死了。臧姑更加恐惧，自己上门把田契放到嫂子的屋子里。眼看春天就过去，田都荒芜了没有耕种。大成没办法，只好接过来耕种。从此以后，臧姑改变了往日的行为，每天早晚都给婆婆请安，像一个孝顺的儿媳妇，对嫂子珊瑚也尊敬有加。过了不到半年，沈氏就病死了。臧姑哭得非常伤心，甚至滴水不进。她对别人说："婆婆这么早就死了，让我不能尽孝，这是上天不给我赎罪的机会呀！"臧姑后来生了十胎，都没能养大成人，只好过继了大成的一个儿子做儿子。而大成夫妻俩都长寿而终。大成夫妇有三个儿子，其中两个中了进士，人们都说这是他们孝顺母亲、友爱兄弟的善报。

异史氏曰：不遭跋扈之恶①，不知靖献之忠②，家与国有同情哉。逆妇化而母死③，盖一堂孝顺，无德以戡之也④。臧姑自克⑤，谓天不许其自赎，非悟道者何能为此言乎？然应迫死⑥，而以寿终，天固已恕之矣。生于忧患⑦，有以矣夫！

【注释】

①跋扈：横暴不驯。

②靖献：犹言安分尽责。《书·微子》："自靖，人自献于先王。"

③逆妇：忤逆之妇，即不孝敬父母的儿媳妇。化：被感化。

④戡(kān)：克，胜。

⑤自克：自我约束修正。

⑥迫死：猝死，非正常死亡。

⑦生于忧患：意为人生是在不断地矛盾斗争中发展生存的。语出《孟子·告子》："入则无法家弼士，出则无敌国外患者，国恒亡，然后知生于忧患而死于安乐也。"

【译文】

异史氏说：不遭到飞扬跋扈的恶臣的欺凌，就不知道守诚尽责的忠臣的忠心，家庭和国家有相同的情况。凶悍的媳妇变好了而婆婆却死了，这是因为全家人都很孝顺她，但是她没有应有的德行来承受。臧姑自我谴责，说上天不让她自己赎罪，不是悟出道理的人怎么可能说出这样的话呢？但是，她本来应该早死，却能够长寿而终，说明上天已经原谅了她。古人说：生于忧患，确实如此啊！

五通

【题解】

作品一开篇便比较了南方的五通与北方的狐祟之间的区别——区别并不在于五通和狐祟神通祸害的大小，而是在于北方人对狐祟持斗争的态度，南方人对五通持避让妥协的态度。

由于蒲松龄看不起南方人的懦弱，故接下来的故事便露骨地写五通在性行为上如何祸害妇女，而男人竟然"不敢问"，幸好后来有万生出现，才一雪耻辱。万生清除五通的过程，简单痛快，便捷轻易，几乎没有费什么太多的事，一举除掉"一马两豕"，接下来又除掉一个水中怪物——"自是吴中止有一通，不敢公然为害矣"。

斗争，绝不屈辱。这是蒲松龄一贯的立场。对付人间的丑恶如此，对于狐祟五通当然更是如此！

南有五通[①]，犹北之有狐也。然北方狐祟，尚百计驱遣之，至于江浙五通，民家有美妇，辄被淫占，父母兄弟，皆莫敢息[②]，为害尤烈。有赵弘者，吴之典商也[③]。妻阎氏，颇风格[④]。一夜，有丈夫岸然自外入[⑤]，按剑四顾，婢媪尽奔。阎欲出，丈夫横阻之，曰："勿相畏，我五通神四郎也。我爱汝，不为汝祸。"因抱腰举之，如举婴儿，置床上，裙带自脱，遂狎之。而伟岸甚不可堪，迷惘中呻楚欲绝。四郎亦怜惜，不尽其器。既而下床，曰："我五日当复来。"乃去。弘于门外设典肆，是夜婢奔告之。弘知其五通，不敢问。质明，视妻惫不起，心甚羞之，戒家人勿播。妇三四日始就平复，而惧其复至。婢媪不敢宿内室，悉避外舍，惟妇对烛含愁以伺之。无何，四郎偕两人入，皆少年蕴藉[⑥]。有僮列肴酒，与妇共饮。妇羞缩低头，强之饮亦不饮，心惕惕然[⑦]，恐更番为淫，则命合尽矣。三人互相劝酬，或呼大兄，或呼三弟，饮至中夜。上座二客并起，曰："今日四郎以美人见招，会当邀二郎、五郎醵酒为贺[⑧]。"遂辞而去。四郎挽妇入帏，妇哀免，四郎强合之，血液流离，昏不知人，四郎始去。妇奄卧床榻，不胜羞愤，思欲自尽，而投缳则带自绝[⑨]，屡试皆然，苦不得死。幸四郎不常至，约妇痊可始一来。积两三月，一家俱不聊生。

【注释】

①五通：江南淫鬼邪神名，又称"五圣"、"五显灵公"、"五郎神"、"五

猖神”。唐宋即有记载。明清两代，吴中人多祀此神。清褚人获《坚瓠八集·毁淫祠》：“苏俗酷尚五通神，供之家堂。”

②息：鼻息，喘息。这里是反应、动作之意。

③吴：吴县，即今江苏苏州。典商：开设当铺的商人。

④风格：仪容，风度。

⑤岸然：严正高傲的样子。

⑥蕴藉：风雅有教养。

⑦惕惕然：恐惧担心的样子。

⑧醵(jù)酒：众人凑钱饮酒。

⑨投缳(huán)：上吊。缳，绳套。

【译文】

南方有所谓的五通神，就像北方有狐狸一样。但是北方的狐狸作祟，人们还千方百计地驱逐它；至于江浙一带的五通，百姓家有漂亮的女子，常常会被它奸淫，而她们的父亲兄弟，都不敢声张，因此五通对人的祸害尤其厉害。有一个叫赵弘的商人，在吴地从事典当业。他的妻子阎氏，很有些风韵。一天夜里，有个男人从外面傲然地走进来，一手握着佩剑，四下察看，丫环和老妈子都吓得跑掉了。阎氏也想出去，那男人拦住了她的去路，说：“你不要害怕，我是五通神四郎。我喜欢你，不会害你的。”说完，拦腰抱起，像举起婴儿一样，放到床上，阎氏的衣服裙带就自己脱开了，那男人便奸淫了她。他的阳具很粗大，令阎氏难以承受，昏迷之中痛楚呻吟得要死。那男人倒也怜惜她，并不十分尽兴。过了一会儿，他下床说：“我五天后还会再来。”说完，就走了。赵弘在门外开了家典当铺，这天夜里，丫环跑去告诉他这事。他知道是五通神，也不敢过问。天亮以后，赵弘去看妻子，见她疲惫不堪地躺在床上起不来，他心里感到十分羞耻，告诫家里人不要对外传播此事。阎氏过了三四天，身体才恢复过来，但是十分害怕四郎还会再来。丫环、老妈子都吓得不敢住在内室，躲到外面的屋子去了，只剩下阎氏一个人对着蜡烛，眼中带着忧愁，静候其变。不一会儿，四郎带着两个人走了进来，那两人都是年轻英俊的男子。僮仆摆上酒菜，他们便和阎氏一起喝酒。阎氏羞愧得缩着身子低着头，他们强迫她喝也不肯喝，她的心里惶恐不安，唯恐他们会轮奸她，这样，她的命也就完了。那三个人互相劝酒，或是叫大哥，或是叫三弟，一直喝到半夜。那两个客人一起站起身来，说："今天四郎用美人来招待我们，以后一定要邀请二郎、五郎凑钱办酒替他祝贺。"说完，就告辞而去。四郎搂着阎氏进了帏帐，阎氏苦苦哀求他饶了自己，而四郎强行与她交合，弄得她鲜血直流，昏绝过去，四郎才起身离去。阎氏奄奄一息地躺在床上，不胜羞愧愤怒，想要上吊自杀，但她刚把绳子挂上去，绳子就自己断了，试了好几次都是这样。阎氏求死不能，十分痛苦。幸亏四郎并不常来，估摸着阎氏的身体恢复了才来一次。这样过了两三个月，赵弘一家都过得生不如死。

有会稽万生者[①]，赵之表弟，刚猛善射。一日，过赵，时已暮，赵以客舍为家人所集，遂导客宿内院[②]。万久不寐，闻庭中有人行声，伏窗窥之，见一男子入妇室。疑之，捉刀而潜视之，见男子与阎氏并肩坐，肴陈几上矣。忿火中腾，奔而入。男子惊起，急觅剑，刀已中颅，颅裂而踣[③]。视之，则一小马，大如驴。愕问妇，妇具道之。且曰："诸神将至，为之奈何！"万摇手，禁勿声。灭烛取弓矢，伏暗中。未几，有四五人自空飞堕。万急发一矢，首者殪[④]。三人吼怒，拔剑搜射者。万握刃倚扉后，寂不少动。一人入，剁颈亦殪。仍倚扉后，久之无声，乃出，叩关告赵。赵大惊，共烛之，一马两豕死室中[⑤]。举家相庆。犹恐二物复仇，留万于家，炰豕烹马而供之[⑥]。味美，异于常馐[⑦]。万生之名，由是大噪。居月馀，其怪竟绝，乃辞欲去。有木商某苦要之[⑧]。

【注释】

①会稽：县名。明清属绍兴府，即今浙江绍兴。

②内院：家眷所住的院落。

③踣(bó)：跌倒，倒毙。

④殪(yì)：死。

⑤豕：猪。

⑥炰(páo)：同“炮”，烧烤。

⑦馐(xiū)：美味食品。

⑧要：邀请，挽留。

【译文】

会稽有个人叫万生，是赵弘的表弟，刚毅勇猛，擅长射箭。一天，他路过赵家，这时天色已晚，赵弘因为家中的客房都住着家人，便领着万生住到内院。万生很长时间睡不着觉，就听见院子里传来脚步声，他趴在窗户上往外一看，见一个男子走进了阎氏的房间。万生觉得可疑，便提着刀偷偷地去窥探究竟，只见那个男子与阎氏并肩而坐，桌子上还放着酒菜。万生不由怒火中烧，冲了进去。男子惊慌地站起来，急忙寻找自己的剑，但万生的刀已经砍中了他的脑袋，脑袋裂开来，掉在了地上。万生一看，原来是一头驴一般大小的小马。便惊愕地问阎氏是怎么回事，阎氏就把前后经过详细说了一遍，并且说：“其他的神祇马上就要到了，如何是好呢！”万生摆摆手，让她不要出声，自己将灯烛吹灭，取来弓箭，埋伏在黑暗中。工夫不大，有四五个人从空中飞落下来。万生急忙射出一箭，走在前面的人中箭死去。另外三个人怒吼起来，拔出宝剑搜寻射箭的人。万生握着刀靠在门板后面，不露一点儿动静。一个人走进屋来，万生一刀砍在他的脖子上，将他砍死。自己仍然躲在门后面，过了好久也听不见外面的声音，便走了出来，敲门告诉赵弘。赵弘大吃一惊，一齐点上蜡烛前去察看，只见一匹马、两只猪死在屋里。全家欢庆打死了怪物，但是又害怕剩下的两个怪物会来复仇，便留万生住在家里，把杀死的猪、马煮熟了请他吃。那猪肉、马肉味道鲜美，和一般的菜肴味道不一样。万生因此声名大噪。过了一个多月，怪物竟然绝迹了，万生便向赵弘告辞要离去。但是有个木商苦苦邀请万生前去。

先是，某有女未嫁，忽五通昼降。是二十馀美丈夫，言将聘作妇，委金百两[①]，约吉期而去。计期已迫，阖家惶惧[②]。闻万生名，坚请过诸其家。恐万有难词，隐其情不以告。盛筵既罢，妆女出拜客。年十六七，是好女子[③]。万错愕不解其故，离坐伛偻[④]。某捺坐而实告之。万初闻而惊，而生平意气自豪，故亦不辞。至日，某仍悬采于门，使万坐室中。日昃不至[⑤]，窃意新郎已在诛数[⑥]。未几，见檐间忽如鸟堕，则一少年盛服入。见万，返身而奔。万追出，但见黑气欲飞，以刀跃挥之，断其一足，大嗥而去[⑦]。俯视，则巨爪大如手，不知何物。寻其血迹，入于江中。某大喜。闻万无耦[⑧]，是夕即以所备床寝，使与女合卺焉[⑨]。于是素患五通者，皆拜请一宿其家。居年馀，始携妻而去。自是吴中止有一通，不敢公然为害矣。

【注释】

①委：留。

②阖家：全家。阖，合。

③好：美。

④伛偻：鞠躬，恭敬的样子。

⑤日昃(zè)：太阳偏西，向晚。

⑥诛数：被杀的成员内。指上文“一马二豕”。

⑦嗥(háo):野兽嚎叫。

⑧耦:配偶。

⑨合卺(jǐn):举行婚礼。

【译文】

原来,木商有个女儿,还没有出嫁,一个白天,忽然有个五通神降临他家。是个二十多岁的美男子,他声称要娶木商的女儿为妻,拿出一百两银子作为聘礼,约定好迎亲的日子就离去了。算一算他来迎亲的日子已经迫近,木商全家都惶恐不安。他们听说万生的大名,便坚决请万生到他家做客,但是又怕万生不愿意去,便隐瞒了五通神要来的实情,没有告诉他。丰盛的酒宴结束以后,木商让女儿梳妆打扮出来拜见客人。那女儿大约十六七岁,是个漂亮的姑娘。万生一看,惊讶地不明白其中的缘故,便离开座位,向姑娘行礼。木商把万生按坐下来,告诉他实情。万生刚一听,觉得吃惊,但他生平勇敢豪迈,所以也就不再推辞了。到了那天,木商仍旧在门上张灯结彩,让万生坐在屋里。一直等到日头偏西,那五通神还没有来,万生想这个新郎已经在劫难逃了。不一会儿,只见屋檐旁边忽然好像有只鸟落了下来,再一看,却是一个身着华丽服装的年轻人走了进来。他一见到万生,转身就跑。万生追了出去,只见那人放出一团黑气就要飞走,万生一跃而起,挥刀砍去,那怪物被砍断了一只脚,大声嗥叫着逃走了。万生低头一看,那只大爪子像人的手一般大,看不出这是一只什么怪物。沿着怪物的血迹找去,发现它掉进了江里。木商大喜。听说万生还没有娶亲,就在当天晚上用已经准备好的新床,让万生和女儿成了夫妻。于是,平时害怕五通的人家,都来请万生去家里住上一宿。过了一年多,万生才带着妻子回家去。从此,吴中只剩下一通,再也不敢公然为害百姓了。

异史氏曰:五通、青蛙[1],惑俗已久,遂至任其淫乱,无人敢私议一语。万生真天下之快人也!

【注释】

①青蛙：指青蛙神。

【译文】

异史氏说：五通神、青蛙神这些怪物，惑乱民间已经很久了，以至于人们听任它淫乱妇女，没有人敢私下里议论一句。万生真是天下的痛快人啊！

又

【题解】

本篇与上篇都是根据南方五通的传说敷衍的故事。主人公“馆搢绅园中。园中屋宇无多，花木丛杂。夜既深，僮仆散尽，孤影彷徨，意绪良苦”，颇有蒲松龄自己教师生涯的影子。但这两篇故事本身都比较粗糙，而借题发挥，指桑骂槐的意味比较浓重。作为北方的才子，面对南方半通不通的文人，在交往过程中蒲松龄不无地方上的偏见和随手拈来的揶揄，篇末最后一句话：“若在万生用武之后，则吴下仅遗半通，宜其不足为害也。”就是明显的例子。

金生，字王孙，苏州人。设帐于淮①，馆搢绅园中②。园中屋宇无多，花木丛杂。夜既深，僮仆散尽，孤影彷徨，意绪良苦。一夜，三漏将残③，忽有人以指弹扉。急问之，对以“乞火”，音类馆童。启户内之④，则二八丽者，一婢从诸其后。生意妖魅，穷诘甚悉。女曰：“妾以君风雅之士，枯寂可怜，不畏多露⑤，相与遣此良宵。恐言其故，妾不敢来，君亦不敢纳也。”生又疑为邻之奔女⑥，惧丧行检⑦，敬谢之。女横波一顾⑧,生觉魂魄都迷,忽颠倒不能自主。婢已知之,便云:“霞姑,我且去。”女颔之。既而呵曰:“去则去耳,甚得云耶、霞耶!”婢既去,女笑曰:“适室中无人,遂偕婢从来。无知如此,遂以小字令君闻矣。”生曰:“卿深细如此,故仆惧有祸机⑨。”女曰:“久当自知,保不败君行止⑩,勿忧也。”上榻缓其装束,见臂上腕钏,以条金贯火齐⑪,衔双明珠,烛既灭,光照一室。生益骇,终莫测其所自至。事甫毕,婢来叩窗。女起,以钏照径,入丛树而去。自此无夕不至。生于去时遥尾之,女似已觉,遽蔽其光,树浓茂,昏不见掌而返。

【注释】

①设帐:担任教师工作。淮:淮水,源于中国河南桐柏山,流经安徽、江苏两省入洪泽湖。亦指淮水地区。

②馆搢(jìn)绅园:寓居于某乡绅花园。馆,止宿。搢绅,官宦。多指乡居之官或有地位的乡绅。

③三漏将残:三更将尽。三更,半夜,指午夜11点至凌晨1点之间。

④内:同”纳”。

⑤不畏多露:谓不怕辛劳,乘夜而来。《诗·召南·行露》:“厌浥行露。岂不夙夜?谓行多露。”

⑥奔女:私奔之女。旧谓不经父母之命、媒妁之言而往就所爱男子为“私奔”。

⑦行检:操行。检,检束。

⑧横波:眼波。唐李白《长相思》:“昔时横波目,今为流泪泉。”

⑨祸机:隐藏、埋伏着祸患。

⑩行止:品行,名声。

⑪贯火齐:串饰宝珠。火齐,宝珠名。

【译文】

金生，字王孙，是苏州人。他在淮地设帐教书，住在一个士大夫的园子里。园子里房屋不多，花草树木丛生。每天夜深以后，僮仆们就走光了，他孤身一人，心神不宁，颇为凄苦。一天夜里，三更将尽，忽然有人用手指敲门。金生忙问是什么人，回答说是“借火”，听声音好像是学馆里的书僮。金生打开门请她进来，原来是一位十六七岁的美丽女子，身后还跟着一个丫环。金生怀疑她是妖怪，盘问得非常详细。那女子说：“我因为先生是一位文雅风流的人士，一个人寂寞可怜，所以我才不怕抛头露面，来和您共度这美好的夜晚。恐怕我说了来此的理由，不仅我不敢来，先生也不敢接纳我。”金生又以为她是邻家私奔的女子，害怕因此有失检点，所以恭敬地谢绝了她的好意。女子秋波一转，金生顿时觉得魂魄都被迷惑了，突然颠倒不能自主。那丫环知道好事将成，便对女子说道：“霞姑，我先走了。”女子点了点头，接着呵斥道：“走就走了，还说什么云霞呀的！”丫环离开后，女子笑着说：“刚才屋里没有人，所以才带着她一起来。没想到这丫头无知，倒让您知道了我的小名。”金生说：“你如此的精细，所以我担心埋藏着灾祸。”霞姑说：“时间长了您就会知道，保证不会败坏您的德行，不要担心。”两人上了床，霞姑脱去身上的装束，只见她手臂上带着一个镯子，用金子打造而成，上面还镶嵌着两颗明珠，灯烛一灭，那手镯的光芒就照亮了屋子。金生一见，心中更加骇异，始终也猜不出她是从哪里来的。两人交欢结束，那丫环就来敲窗户。霞姑起床，用镯子照亮，进入树丛走了。从此以后，霞姑没有哪个晚上不来。在霞姑离去的时候，金生曾经远远地尾随在她的后面，霞姑似乎有所察觉，马上遮住镯子的光芒，树林茂密，黑得伸手不见五指，金生只好回来。

一日，生诣河北[①]，笠带断绝[②]，风吹欲落，辄于马上以手自按。至河，坐扁舟上，飘风堕笠，随波竟去。意颇自失。

既渡，见大风飘笠，团转空际，渐落。以手承之，则带已续矣。异之。归斋向女缅述，女不言，但微哂之。生疑女所为，曰："卿果神人，当相明告，以祛烦惑[3]。"女曰："岑寂之中[4]，得此痴情人为君破闷，妾自谓不恶。纵令妾能为此，亦相爱耳。苦致诘难，欲见绝耶？"生不敢复言。

【注释】

①诣：到。河北：指淮河以北地区。

②笠：斗笠。

③祛（qū）：除去。

④岑寂：冷清，寂寞。

【译文】

一天，金生到河北去，斗笠的带子突然断了，风吹将落，他就在马上用手按住斗笠。到了河边，他坐上一叶小船，一阵风吹来，把斗笠吹到河里，随流漂去。金生心中颇不高兴。等他过了河，只见大风吹着斗笠，在天空中盘旋，渐渐地落下来。金生用手接住，发现断了的带子已经接上了。他感到非常惊异。回到家中，金生向霞姑详细讲述了这件事，霞姑不说话，只是微微地笑笑。金生怀疑是霞姑的所为，说："你果真是神仙的话，就应该明白地告诉我，来驱除我心中的烦恼疑惑。"霞姑说："在您孤独寂寞的时候，有我这样痴情的人来为您解闷，我自认为做的不是坏事。纵然我能做出那样的事，也是因为爱您。您这么苦苦地追问我，难道是想断绝我们的关系吗？"金生也就不敢再问了。

先是，生养甥女，既嫁，为五通所惑，心忧之而未以告人。缘与女狎昵既久，肺鬲无不倾吐[1]。女曰："此等物事，家君能驱除之。顾何敢以情人之私告诸严君[2]？"生苦哀求计。女沉思曰："此亦易除，但须亲往。若辈皆我家奴隶，若令一指得着肌肤，则此耻西江不能濯也[3]。"生哀求无已。女曰："当即图之。"次夕至，告曰："妾为君遣婢南下矣。婢子弱，恐不能便诛却耳。"次夜方寝，婢来叩户，生急起纳入。女问："如何？"答云："力不能擒，已宫之矣[4]。"笑问其状，曰："初以为郎家也，既到，始知其非。比至婿家，灯火已张，入见娘子坐灯下，隐几若寐[5]。我敛魂覆瓿中[6]。少时，物至，入室急退，曰：'何得寓生人！'审视无他，乃复入。我阳若迷。彼启衾入，又惊曰：'何得有兵气！'本不欲以秽物污指，奈恐缓而生变，遂急捉而阉之。物惊嗥遁去。乃起启瓿，娘子若醒，而婢子行矣。"生喜谢之，女与俱去。

【注释】

①肺鬲：犹肺腑，肺腑之言。

②严君：即家君，父亲。《易·家人》："家人有严君焉，父母之谓也。"

③西江：西来的大江。泛指大江。《庄子·外物》："我且南游吴、越之王，激西江之水而迎子，可乎？"

④宫：古代刑罚之一。割除男性生殖器。

⑤隐几：依靠几案。

⑥覆瓿（bù）中：盖着盖的瓦器。瓿，古盛酱类的瓦罐。敛口，大腹，圆足，有盖。

【译文】

此前，金生有个外甥女，出嫁以后，被五通神所迷惑，金生为此心中忧虑了很久，但从来没告诉过别人。因为和霞姑亲热的时间很长了，所以心里的话没有不说的。霞姑说："这种东西，我父亲就能够驱除。但是，我怎么敢把情人的私事告诉父亲呢？”金生苦苦地求她想个办法。霞姑沉思了一会儿，说：“这个东西倒也好驱除，但必须我亲自走一趟。那些五通都是我家的奴隶，但是如果手指碰着他们的肌肤，那么这个耻辱就是用西江水也无法洗清。”金生还是苦苦哀求。霞姑说：“容我想个办法。”第二天晚上，霞姑告诉金生说：“我已经为您派丫环南下了。她身体弱，恐怕不能马上除掉它。”第二天晚上，他们刚刚睡下，丫环来敲门，金生急忙让她进来。霞姑问：“办得怎么样？”丫环回答说：“我没法抓住它，但已经将它阉了。”霞姑笑着问当时的情况，丫环说：“起初我还以为是郎君家，等到了以后，才知道弄错了。等我赶到郎君的外甥女家，已经是掌灯时分，我进去一看，只见一个小娘子坐在灯下，靠着桌子好像睡着了。我就把她的魂收起来藏在瓦罐里。工夫不大，那怪物来了，一进屋就急忙退出去，说：‘屋子里怎么会有生人！’他仔细察看了一番，没有发现什么情况，才又进来。我装作昏迷的样子，他掀开被子钻进来，又吃惊地问：‘怎么会有兵器的味道！’我本来不想被脏东西污了手指，无奈只怕时间长了会生出变故，便急忙抓住那脏东西割掉了。那怪物大惊，嗥叫着逃走了。我这才打开瓦罐，小娘子醒了过来，我也就回来了。”金生高兴地向丫环道谢，霞姑就和丫环一起走了。

后半月馀，绝不复至，亦已绝望。岁暮，解馆欲归[①]，女忽至。生喜逆之，曰：“卿久见弃，念必何处获罪，幸不终绝耶？”女曰：“终岁之好，分手未有一言，终属缺事[②]。闻君卷帐[③]，故窃来一告别耳。”生请偕归。女叹曰：“难言之矣！今将别，情不忍昧[④]：妾实金龙大王之女[⑤]，缘与君有宿分，故来相就。不合遣婢江南[⑥]，致江湖流传，言妾为君阉割五通。家君闻之，以为大辱，忿欲赐死。幸婢以身自任，怒乃稍解，杖婢以百数。妾一跬步[⑦]，皆以保姆从之。投隙一至[⑧]，不能尽此衷曲，奈何！”言已，欲别，生挽之而泣。女曰：“君勿尔，后三十年可复相聚。”生曰：“仆年三十矣，又三十年，皤然一老⑨，何颜复见？”女曰：“不然，龙宫无白叟也。且人生寿夭，不在容貌，如徒求驻颜⑩，固亦大易。”乃书一方于卷头而去⑪。生旋里，甥女始言其异，云：“当晚若梦，觉一人捉予塞盎中。既醒，则血殷床褥，而怪绝矣。”生曰：“我曩祷河伯耳⑫。”群疑始解。

【注释】

①解馆：辞去教职。

②缺事：缺憾之事。

③卷帐：即解馆，辞去教职。

④昧：隐藏。

⑤金龙大王：即金龙四大王，神名。相传姓谢，名绪，宋时隐居钱塘金龙山。宋亡，赴水而死，明初，因曾助明太祖朱元璋而被封为金龙四大王，是明清时期在运河区域具有较广泛影响力的漕运信仰。详见《苏州府志》。

⑥江南：省名。清顺治二年（1645）置。康熙元年（1662）改置江苏、安徽两省。习惯上仍称这一地区为江南。

⑦跬（kuǐ）步：半步，跨一脚。《大戴礼记·劝学》：“是故不积跬步，无以致千里；不积小流，无以成江海。”王聘珍解诂：“跬，一举足也。”

⑧投隙：乘隙，乘间。

⑨皤（pó）然：须发斑白的样子。皤，白色。

⑩驻颜：容颜不老。驻，止，停。

⑪书一方：写了一个药方。

⑫河伯：河神。

【译文】

此后半个多月，霞姑再也没有来，金生也已经绝望了。到了年底，金生解散学馆，准备回家，霞姑忽然来了。金生高兴地迎上前去，说："你这么长时间抛弃我，想必是我什么地方做错事得罪你了，所幸的是还没有彻底断绝情义。"霞姑说："我们好了一年，分手时没有一句话，终究是件遗憾的事。听说您打算离去，我才偷偷地来向您告别。"金生请霞姑和自己一起回去。霞姑叹息着说："一言难尽啊！今天就要分别，凭我们的情义实在不忍心欺瞒：我其实是金龙大王的女儿，因为和您有一段缘分，所以才来和您欢聚。我不该派丫环下江南，致使江湖上流传，说我是为您才阉割了五通。家父听说以后，认为是奇耻大辱，气得要赐我一死。幸好丫环挺身而出，说是她自己干的，父亲的怒气才有所缓解，打了丫环几百下。此后，我每走半步，都有保姆跟在后面。我今天是偷空才溜出来的，不能尽述我的衷肠，又有什么办法呢！"说完，就要告别，金生挽着霞姑流泪。霞姑说："您不要这样，三十年后我们就可以再相聚了。"金生说："我今年已经三十岁了，再过三十年，我就是一个白发老头了，还有什么颜面再见你？"霞姑说："不然，龙宫中是不会有白发老头的。况且人是长寿还是早夭，并不在于容貌，如果只想容颜不老，倒也是很容易的事。"说完，她便在书的封面上写了一个药方，就走了。金生回到家乡，外甥女才说起那件奇怪的事情，说："那天晚上，我好像做了一个梦，感到有一个人捉住我塞到了瓦罐里。等我醒来一看，只见鲜血染红了床褥，而怪物从此绝迹了。"金生说："那是从前我向河伯祈祷，请他干的。"众人的疑虑才消除了。

后生六十馀，貌犹类三十许人。一日，渡河，遥见上流浮莲叶，大如席，一丽人坐其上，近视，则神女也。跃从之，人随荷叶俱小，渐渐如钱而灭。

【译文】

后来，金生活到六十多岁，样子还像三十几岁的人。一天，他渡河时远远看见上游漂来一片莲叶，像席子那么大，一个美丽的女子坐在上面，靠近了一看，原来是霞姑。金生就跳了过去，人随着莲叶一起变小，渐渐变成铜钱那么大，然后就消失了。

此事与赵弘一则，俱明季事①，不知孰前孰后。若在万生用武之后，则吴下仅遗半通，宜其不足为害也。

【注释】

①明季：明末。季，末了。

【译文】

此事和上面讲的赵弘的故事，都是发生在明朝末年的事情，不知道哪件在前，哪件在后。如果是在万生动武驱除五通之后，那么吴地只剩下半个五通神，难怪它不足为害了。

申氏

【题解】

俗话说“贫贱夫妻百事哀”。这两篇故事反映了蒲松龄对于故事主人公处境的同情和悲哀。故事的结尾带有一定喜剧性，但不能改变时代的悲剧本身所带来的震撼。

法国作家雨果在《悲惨世界》的序言中说过这样的话：“只要因法律和习俗所造成的社会压迫还存在一天，在文明鼎盛时期人为地把人间变成地狱并使人类与生俱来的幸运遭受不可避免的灾祸；只要本世纪的三个问题——贫穷使男子潦倒，饥饿使妇女堕落，黑暗使儿童羸弱——还得不到解决；只要在某些地区还可能发生社会的毒害，换句话说，同时也是从更广的意义来说，只要这世界上还有愚昧和困苦，那么，和本书同一性质的作品都不会是无益的。”虽然蒲松龄和雨果生在不同的国度和时代，对于问题的认识也有不同的理解和深度，但是依然让我们感受到相同的人道主义的气息。

泾河之侧[①]，有士人子申氏者，家窭贫[②]，竟日恒不举火。夫妻相对，无以为计。妻曰：“无已[③]，子其盗乎？”申曰：“士人子，不能亢宗[④]，而辱门户、羞先人，跖而生，不如夷而死[⑤]！”妻忿曰：“子欲活而恶辱耶？世不田而食者[⑥]，止两途。汝既不能盗，我无宁娼耳！”申怒，与妻语相侵。妻含愤而眠。申念：为男子不能谋两餐，至使妻欲娼，固不如死！潜起，投缳庭树间。但见父来，惊曰：“痴儿！何至于此！”断其绳，嘱曰：“盗可以为，须择禾黍深处伏之。此行可富，无庸再矣。”妻闻堕地声，惊寤，呼夫不应，爇火觅之[⑦]，见树上缳绝，申死其下。大骇，抚捺之，移时而苏，扶卧床上，妻忿气少平。既明，托夫病，乞邻得稀酡饵申[⑧]。申啜已，出而去，至午，负一囊米至。妻问所从来，曰：“余父执皆世家[⑨]，向以摇尾为羞[⑩]，故不屑以相求也。古人云：‘不遭者可无不为[⑪]。’今且将作盗，何顾焉[⑫]！可速炊，我将从卿言，往行劫。”妻疑其未忘前言之忿，含忍之。因淅米作糜[⑬]。

【注释】

①泾河之侧：泾水岸边。泾水，也称“泾河”，是渭河一级支流，黄河二级支流。发源于宁夏六盘山东麓，南源出于泾源，北源出于固

原大湾镇,至平凉汇合,进入陕西长武县,再经政平、亭口、彬县、泾阳等,于高陵陈家滩注入渭河。

②窭(jù)贫:贫穷。

③无已:不得已。《孟子·梁惠王》:“是谋非吾所能及也,无已,则有一焉。”

④亢宗:庇护宗族,光宗耀祖。亢,庇护。

⑤跖(zhí)而生,不如夷而死:像盗跖那样劫掠而活,不如像伯夷那样高洁而死。跖,盗跖,传说为古时大盗。见《庄子·盗跖》。伯夷,商末孤竹君之子,与其弟叔齐互相让国,后逃至周。谏武王伐纣,不从,遂不食周粟,饿死于首阳山。在历史上被推崇为高洁之士。见《史记·伯夷列传》。

⑥不田而食:不种田而生活。

⑦爇(ruò)火:烧火,点火。

⑧稀酏(yí):稀粥。

⑨父执:父亲的朋友。《礼记·曲礼》:“见父之执,不谓之进,不敢进;不谓之退,不敢退;不问,不敢对。”孔颖达疏:“见父之执,谓执友与父同志者也。”世家:指门第高贵、世代为官的人家。

⑩以摇尾为羞:以摇尾乞食为羞。摇尾,摇尾而求食。汉司马迁《报任少卿书》:“猛虎在深山,百兽震恐;及在槛穽之中,摇尾而求食,积威约之渐也。”本言虎落陷阱,不得已而摇尾求食。此处言在困境中向人乞讨。

⑪不遭者可无不为:指不得志的人什么事都可以干。《汉书·孙宝传》:“道不可诎,身诎何伤?且不遭者可无不为,况主簿乎?”

⑫顾:顾忌,顾虑。

⑬淅米作糜:淘米作粥。

【译文】

在泾河的边上,住着一户姓申的人家,家里很穷,常常一整天都不能生火做饭。夫妻俩相对而坐，想不出什么好办法来。妻子说："没办法，你去抢吧！"申氏说："我一个读书人的后代，不能光宗耀祖，反而有辱门户、有辱先人，与其像大盗贼盗跖那样靠抢劫活着，还不如像伯夷那样宁愿饿死，也不失节！"妻子生气地说："你是既想活着又怕羞辱吗？世上不靠种田就能吃饭的人，只有两条路。你既然不能去抢，我不如去当妓女了！"申氏听了大怒，和妻子吵了起来。妻子生着气睡觉去了。申氏想：自己身为男子汉，竟然一天两顿饭都弄不来，害得妻子想去当妓女，真还不如一死算了！他悄悄地起床，用绳子在院子里的树上打了个结，上吊了。就在这时，他忽然看见父亲走来，吃惊地说："傻儿子！怎么会走这一步呢！"便把绳子割断了，嘱咐他说："强盗还是可以做的，但要选择庄稼茂盛的地方藏好。你干这一次就可以富起来了，以后不要再干了。"妻子睡梦中听到有东西掉在地上的声音，一下子惊醒过来，呼叫丈夫却没有答应，就起来点上灯去找，发现树上的绳子断了，申氏死在树下。妻子大吃一惊，急忙抚弄抢救。过了一会儿，申氏醒了过来，妻子就把他扶到床上躺下，对他的怨气也就渐渐消了。第二天早上，妻子假称丈夫生病，到邻居家讨了点儿稀粥给申氏喝了。申氏喝完，就出门去了，到中午，他扛着一口袋米回来了。妻子问米是从哪里来的，申氏说："我父亲的朋友都是世家大族，以前我以向人乞讨为羞耻，所以不屑去求他们。古人说：'人穷困潦倒的时候什么都可以做。'我已经准备做强盗了，还顾什么廉耻！你赶快做饭，我打算照你的吩咐去打劫。"妻子怀疑他是没忘记自己先前的事，故意说气话，也就忍住了没说话，出去淘米做饭了。

申饱食讫，急寻坚木[①]，斧作梃[②]，持之欲出。妻察其意似真，曳而止之。申曰："子教我为，事败相累，当无悔！"绝裾而去[③]。日暮，抵邻村，违村里许伏焉[④]。忽暴雨，上下淋湿。遥望浓树，将以投止。而电光一照，已近村垣[⑤]，远处似有行人。恐为所窥，见垣下禾黍蒙密，疾趋而入，蹲避其中。无何，一男子来，躯甚壮伟，亦投禾中。申惧，不敢少动，幸男子斜行去。微窥之，入于垣中。默意垣内为富室亢氏第，此必梁上君子[6]，俟其重获而出[7]，当合有分。又念：其人雄健，倘善取不予，必至用武。自度力不敌，不如乘其无备而颠之[8]。计已定，伏伺良专。直将鸡鸣，始越垣出。足未及地，申暴起[9]，梃中腰膂[10]，踣然倾跌，则一巨龟，喙张如盆[11]。大惊，又连击之，遂毙。

【注释】

①坚木：硬树枝，坚硬的木头。

②斧：砍削。梃：木棒。

③绝裾：扯断衣袖，表示决绝。绝，断。裾，衣袖。

④违：离，距。

⑤垣：矮墙。

⑥梁上君子：小偷的代名词。《后汉书·陈寔传》："时岁荒民俭，有盗夜入其室，止于梁上。寔阴见，乃起自整拂，呼命子孙，正色训之曰：'夫人不可不自勉。不善之人未必本恶，习以性成，遂至于此。梁上君子者是矣！"

⑦重获：捞到大笔财物。

⑧颠之：将其打倒。

⑨暴起：突然站起。

⑩腰膂（lǚ）：腰椎。膂，脊骨。

⑪喙（huì）：嘴。

【译文】

申氏吃完饭，急忙找了根坚硬的木头，用斧子削成一根棍棒，拿着就要出门。妻子看出他像是真的要去,就拽住他不让去。申氏说:“是你叫我这么干的,如果事情败露连累到你,可不要后悔!”说完,扯断衣襟就走了。日暮时分,申氏来到了邻近的一个村子,在离村一里多远的地方埋伏下来。忽然,天下起了暴雨,他浑身都被淋湿了。远远望去,前面有一片浓密的树林,他就想到那里去躲雨。这时电光一闪,他发现已经接近村落的矮墙了,远处好像还有行人。他唯恐被人发现,见墙下有一片茂盛的庄稼地,就急忙钻了进去,蹲在里面躲藏。不一会儿,一个男子走了过去,身材很是魁梧,也钻进了庄稼地。申氏很害怕,一动也不敢动,幸好那男子斜着走过去。申氏偷偷一看,见他已经进了院墙。他一想,墙里是一户姓亢的富翁,这个男子一定是个小偷,等他偷了东西出来,自己应该能分上一份。但转念一想:这个人长得这么健壮,如果好言向他索取不成的话,必然会动武。他估计自己不是那人的对手,决定不如趁他不防备时把他打翻。申氏计议已定,便趴在墙下耐心地等待。一直等到快鸡叫时,那人才翻墙出来。他的脚还没有着地,申氏就突然跳了起来,挥起木棍打中他的腰骨,那人一下子被打倒在地,原来是一个大乌龟,嘴巴像一只大盆。申氏大吃一惊,又连着打了几棍,把它打死了。

先是,亢翁有女,绝惠美,父母皆怜爱之。一夜,有丈夫入室,狎逼为欢。欲号,则舌已入口,昏不知人,听其所为而去。羞以告人,惟多集婢媪,严扃门户而已[①]。夜既寝,更不知扉何自而开,入室,则群众皆迷,婢媪遍淫之。于是相告各骇,以告翁。翁戒家人操兵环绣闼[②],室中人烛而坐。约近夜半,内外人一时都瞑,忽若梦醒,见女白身卧,状类痴,良久始寤。翁甚恨之,而无如何。积数月,女柴瘠颇殆[③]。每语人:“有能驱遣者,谢金三百。”申平时亦悉闻之。是夜得龟，因悟祟翁女者，必是物也，遂叩门求赏。翁喜，延之上座，使人舁龟于庭[4]，脔割之[5]。留申过夜，其怪果绝，乃如数赠之，负金而归。

【注释】

①扃(jiōng)：关，闭。

②绣闼：装饰华丽的门。这里指少女的卧室。

③柴瘠：骨瘦如柴。

④舁(yú)：抬。

⑤脔(luán)割：碎割。脔，肉块。

【译文】

原来，亢老头有个女儿，非常的贤惠美丽，父母都很怜爱她。一天夜里，有个男人闯入她的屋子，对她猥亵逼迫求欢。她刚想喊叫，那男人的舌头已经伸进她的嘴里，她一下昏过去不省人事，听凭那男人奸污了自己而去。女儿羞于告诉别人，只有叫来许多丫环仆妇，把门窗关严而已。但是晚上睡觉以后，不知为什么门却自己开了，那男人进了屋子，所有的人都昏迷过去，那些丫环仆妇也都被他奸污遍了。于是，众人互相诉说，都很惊骇，告诉了亢老头。亢老头让家丁拿着兵刃守卫在小姐绣楼的周围，屋里的人点上蜡烛坐着守夜。约摸快到半夜时，屋里屋外的人忽然同时都睡着了，忽然间又像梦醒了一般，只见小姐赤条条地躺在床上，她像痴呆了一样，过了好久才醒了过来。亢老头非常恼火，但又没有什么办法。过了几个月，女儿骨瘦如柴，已经奄奄一息。亢老头常常对人说："有谁能把那怪物赶走，就给他三百两银子的酬金。"申氏平时也听说过亢老头悬赏驱怪的事。这天夜里他打死了大乌龟，想起来祸祟亢家小姐的一定是这个东西，便去敲门求赏。亢老头大喜，将他奉为上宾，又让人把死乌龟抬到院子里，一刀一刀地割碎了。

亢老头挽留申氏在他家过夜，妖怪果然绝迹了，于是便如数将赏金给了申氏，申氏扛着银子回了家。

妻以其隔宿不还，方切忧盼，见申入，急问之。申不言，以金置榻上。妻开视，几骇绝，曰："子真为盗耶！"申曰："汝逼我为此，又作是言！"妻泣曰："前特以相戏耳。今犯断头之罪，我不能受贼人累也①！请先死！"乃奔。申逐出，笑曳而返之，具以实告，妻乃喜。自此谋生产②，称素封焉③。

【注释】

①累：连累，拖累。

②谋生产：策划生活和积累。

③素封：无官位而殷实的生活。

【译文】

妻子正因为他隔夜没回来担心地盼着呢，一见申氏进门，便急忙问他怎么回事。申氏不说话，只是把银子放在床上。妻子打开一看，差点儿吓晕过去，问："你真的去做强盗啦！"申氏说："你逼我这么干的，还说这样的话！"妻子哭着说："上次我只不过是和你开玩笑。现在你犯了杀头的罪，我不能受你这个抢劫犯的牵累！让我先去死吧！"说完，妻子就往外跑。申氏追了出去，笑着把妻子拉回屋里，把事情的先后经过告诉了她，妻子这才高兴起来。从此以后，申氏夫妻谋划生意，日子渐渐富裕起来。

异史氏曰：人不患贫，患无行耳①。其行端者，虽饿不死，不为人怜，亦有鬼祐也。世之贫者，利所在忘义，食所在忘耻，人且不敢以一文相托，而何以见谅于鬼神乎！

【注释】

①行：品行，道德。

【译文】

异史氏说：人不怕贫穷，就怕没有德行。那些行得端走得正的人，即使挨饿也死不掉；即使不被其他人同情，也有鬼神保佑。世上的有些穷人，见利就会忘义，见食就会忘耻，其他人尚且不敢拿一文钱托他办事，又怎么可能得到鬼神的原谅呢！

邑有贫民某乙，残腊向尽[①]，身无完衣。自念：何以卒岁[②]？不敢与妻言，暗操白梃[③]，出伏墓中，冀有孤身而过者，劫其所有。悬望甚苦，渺无人迹，而松风刺骨，不复可耐。意濒绝矣，忽一人伛偻来。心窃喜，持梃遽出。则一叟负囊道左，哀曰："一身实无长物。家绝食，适于婿家乞得五升米耳。"乙夺米，复欲褫其絮袄[④]。叟苦哀之。乙怜其老，释之，负米而归。妻诘其自，诡以"赌债"对。阴念此策良佳，次夜复往。居无几时，见一人荷梃来，亦投墓中，蹲居眺望，意似同道。乙乃逡巡自冢后出。其人惊问："谁何？"答云："行道者。"问："何不行？"曰："待君耳。"其人失笑，各以意会，并道饥寒之苦。夜既深，无所猎获，乙欲归。其人曰："子虽作此道，然犹雏也[⑤]。前村有嫁女者，营办中夜[⑥]，举家必殆[⑦]。从我去，得当均之。"乙喜，从之。至一门，隔壁闻炊饼声，知未寝，伏伺之。无何，一人启关荷杖出行汲[⑧]，二人乘间掩入[⑨]。见灯辉北舍，他屋皆暗黑。闻一媪曰："大姐，可向东舍一瞩，汝奁妆悉在椟中[⑩]，忘扃镝未也[⑪]。"闻少女作娇惰声。二人窃喜，潜趋东舍，暗中摸索得卧椟[⑫]，启覆探之，深不见底。其人谓乙曰："入之!"乙果入，得一裹[13]，传递而出。其人问："尽矣乎?"曰："尽矣。"又给之曰[14]："再索之。"乃闭椟加锁而去。乙在其中，窘急无计。未几，灯火亮入，先照椟。闻媪云："谁已扃矣。"于是母及女上榻息烛。乙急甚，乃作鼠啮物声。女曰："椟中有鼠!"媪曰："勿坏而衣[15]。我疲顿已极，汝宜自觇之。"女振衣起，发扃启椟。乙突出，女惊仆。乙拔关奔去，虽无所得，而窃幸得免。嫁女家被盗，四方流播，或议乙。乙惧，东遁百里，为逆旅主人赁作佣。年馀，浮言稍息[16]，始取妻同居，不业白梃矣[17]。此其自述，因类申氏，故附之。

【注释】

①残腊向尽：指腊月(阴历十二月)底。

②何以卒岁：如何过年。《诗·豳风·七月》："无衣无褐，何以卒岁?"何以，以何，凭借什么。

③白梃：特指作为兵器的大木棍。

④褫(chǐ)：夺。

⑤雏：幼稚。

⑥中夜：半夜。

⑦殆：疲惫。

⑧关：门闩。荷：肩扛。杖：此处指扁担，北方或称"钩担"。行汲：打水。

⑨乘间掩入：乘机偷偷进入。间，空隙。

⑩椟：柜，木匣。

⑪扃镢(jué)：锁，关。镢，锁钥。

⑫卧椟：一种平置床头的长方形衣柜，或称为"床头柜"。

⑬一裹：一个包裹。

⑭绐(dài)：骗。

⑮而：尔，你。

⑯浮言：流言，传言。

⑰业：从事。

【译文】

县里有个贫民某乙，腊月将尽的时候，身上还没有一件完整的衣服。他心想：这种情况如何能过年关呢？他不敢和妻子明言，悄悄地拿着一个白木棒，出去埋伏在墓地里，希望能有孤身路过这里的人，好抢劫他的财物。某乙盼望得很苦，却见不到一个人影，松林中寒风刺骨，冻得他实在受不了。他心中渐渐绝望了，忽然看见一个人弯腰驼背地走过来。某乙心中暗喜，手持木棒突然冲出，见是位老头背着一个口袋在路边走着，老头哀求道："我身上确实没有什么值钱的东西。家里断了炊，我刚到女婿家讨来五升米。"某乙一把将米夺回来，又想剥老头身上的棉袄。老头苦苦哀求，某乙可怜他是个老头，就把他放了，背着米回家去了。妻子追问他米是从哪里来的，某乙假称是别人还给他的"赌债"。他心中暗想，这个方法挺好，第二天夜里，某乙又去了。等了不久，就看见一个人扛着木棍也走进了墓地，蹲在那里向外眺望，看起来他和某乙是同行。某乙于是徘徊着从墓后走出来。那人惊慌地问："你是什么人？"某乙答道："过路的人。"那人又问："为什么还不走？"某乙说："等你呀！"那人不由哑然失笑，都明白了对方的意图，并且互道饥寒交迫的痛苦。夜已经很深了，二人一无所获，某乙想回家去。那人说："你虽然干这一行，但还是个新手。前村有户人家嫁女儿，一直筹办到半夜，全家肯定都累了。你跟我一起去，得到东西咱们平分。"某乙很高兴，就跟着他走了。二人来到一家门前，隔着墙壁听到里面传来做烧饼的声音，知道这家人还没有睡觉，便趴在墙外等待时机。不一会儿，一个人打开门，扛着扁担出去打水，两人乘机钻了进去。只见北屋还亮着灯，其他屋子都已经黑了。就听一个老妇人说：“大姐，你到东屋去看一眼，你的嫁妆全在柜子里，看看有没有忘了上锁。”里面传来少女撒娇不肯去的声音。二人暗自高兴，悄悄地来到东屋，暗中摸到了一只卧柜，打开柜盖一摸，深不见底。那人对某乙说：“进去！”某乙果然钻进去，找到一个包裹，送了出去。那人问道：“还有没有？”某乙答道：“没有了。”那人又骗他说：“再找找。”说完，就把柜子关上，加上锁后逃走了。某乙在柜子里，窘迫着急，但又没办法出来。不一会儿，有灯火进到屋里来，先照了照柜子。只听老妇人说：“谁已经给锁上了。”于是母女二人上了床，吹灭了蜡烛。某乙很着急，便装出老鼠咬衣物的声音。少女说：“柜子里有老鼠！”老妇人说：“别让它把你衣服咬坏了。我已经疲劳极了，你自己起来去看看吧。”少女穿上衣服起床，打开锁，掀起柜盖。某乙突然跳出来，少女吓得倒在地上。某乙打开门逃了出去，虽然一无所获，但暗自庆幸没有被人抓住。嫁女儿的人家被盗的消息传到四面八方，有人怀疑是某乙干的。某乙很害怕，向东逃出了一百多里地，给一家旅店的主人当雇佣。过了一年多，人们的议论渐渐平息。某乙这才将妻子接出来住在一起，再也不干抢劫的勾当了。这个故事就是某乙自己讲的，因为和申氏的故事相似，所以把它附在这里。

恒娘

【题解】

中国旧时有一句俗语，叫“妻不如妾，妾不如偷”，意思是说，男子对女人的爱的热烈程度是有差别的，他对妻子不如对妾，对妾不如对外面的野花。《恒娘》用小说描述了这一现象，用审美心理学解释了这一现象，并站在妻子的角度提出了解决的办法。

站在现代女性的立场上，也许觉得恒娘和朱氏为了赢得丈夫的爱，狐媚机变，实在太下作。但在旧时代的一夫多妻的家庭格局下，恒娘和朱氏要么放弃爱和被爱的权利，要么按照一夫多妻的游戏规则进行，这几乎是一种两难的选择。既然在旧时，妻妾争宠是正常的家庭战争形态，那么，无论《金瓶梅》中潘金莲的手段，还是《红楼梦》中王熙凤的手段，乃或恒娘和朱氏的手段，都有一定的合理性。假如说她们的手段卑劣的话，可以说是时代的卑劣。

生活是需要技巧的，家庭生活也不例外。但那所谓技巧有一个限度，就是以情感、以爱为基础的小把戏，而不是以利害的权衡为转移的伎俩。尤其是，它应该是双向的，互动的，互相关爱，互相尊重。由于朱氏和恒娘的伎俩是在以男性为中心的社会中，妇女单向的向男性的讨好和谄媚，因此受到现代社会中人的鄙视，理所当然。

朱氏的成功有一定偶然性。与朱氏处境相同的妇女，假如没有朱氏的年轻美貌以及丈夫潜在的情感，即使将恒娘的伎俩运用得再娴熟，也未必能重复朱氏的幸运。蒲松龄开端提出的是妻妾关系的一般矛盾，而解决的方法却具有特殊性，这正是小说创作的艺术特点所在。

洪大业，都中人①。妻朱氏，姿致颇佳②，两相爱悦。后洪纳婢宝带为妾，貌远逊朱，而洪嬖之③。朱不平，辄以此反目④。洪虽不敢公然宿妾所，然益嬖宝带，疏朱。后徙其居，与帛商狄姓者为邻。狄妻恒娘，先过院谒朱。恒娘三十许，姿仅中人，而言词轻倩⑤。朱悦之。次日，答其拜，见其室亦有小妻，年二十以来，甚娟好。邻居几半年，并不闻其诟谇一语⑥，而狄独钟爱恒娘，副室则虚员而已⑦。朱一日见恒娘而问之曰："馀向谓良人之爱妾，为其为妾也，每欲易妻之名呼作妾。今乃知不然。夫人何术？如可授，愿北面为弟子⑧。"恒娘曰："嘻！子则自疏，而尤男子乎⑨？朝夕而絮聒之⑩，是为丛驱雀⑪，其离滋甚耳！其归益纵之，即男子自来，勿纳也。一月后，当再为子谋之。”

【注释】

①都：京都。

②姿：姿色，容貌。致：韵致，风韵。

③嬖(bì)：宠爱。

④反目：仇视，翻脸。《易·小畜》：“夫妻反目。”孔颖达疏：“夫妻乖戾，故反目相视。”

⑤轻倩：风雅敏捷，讨人欢心。倩，美好动人的情态。《诗·卫风·硕人》：“巧笑倩兮，美目盼兮。”

⑥诟谇(suì)：辱骂。

⑦虚员：挂名。

⑧北面为弟子：犹言以之为师。北面，向北朝拜之意。旧时臣见君，卑幼见尊长，均应向南面而坐的君长朝拜。

⑨尤：怪罪。

⑩絮聒：亦作“絮刮”，唠叨，吵闹。絮，棉絮。聒，声音吵闹可厌。

⑪为丛驱雀：行为与愿望相反。《孟子·离娄》：“故为渊驱鱼者，獭也；为丛驱爵者，鹯也；为汤武驱民者，桀与纣也。”

【译文】

洪大业是京城人士。妻子朱氏容貌举止都不错，两个人相亲相爱。后来洪大业又娶了婢女宝带做妾，她的相貌远远不如朱氏，但是洪大业宠爱她。朱氏心中愤愤不平，夫妻俩因此反目成仇。洪大业虽然不敢公然睡在宝带的屋子里，但却更加宠爱宝带而疏远朱氏。后来，他们搬了家，与一个姓狄的布商家做邻居。狄妻恒娘，先到洪家来看望朱氏。恒娘三十多岁的年纪，中等姿色，说起话来轻快动听。朱氏很喜欢她。第二天，朱氏到狄家答谢恒娘，见她家也有小老婆，二十多岁的样子，容貌很不错。洪、狄两家做了差不多有半年的邻居，从来没有听见狄家有一句吵闹声，而狄生独独钟爱恒娘，小妾倒像是个摆设而已。一天，朱氏见到恒娘，说："我以前一直以为丈夫喜欢妾，就是因为她是妾，所以常常想把妻的名分改换成妾。今天我才知道不是这么回事。夫人用的是什么办法？如果可以教我的话，我愿意拜你为师。"恒娘说："嘻嘻！是你自己疏远丈夫的，这怪你丈夫吗？整天在人家面前唠唠叨叨，等于是为丛林驱赶麻雀，他只会离你更远！等他回来，你就更加放纵他，即使他自己前来，你也不要接纳他。一个月以后，我会再给你出主意。"

朱从其言，益饰宝带，使从丈夫寝。洪一饮食，亦使宝带共之。洪时一周旋朱，朱拒之益力，于是共称朱氏贤。如是月馀，朱往见恒娘。恒娘喜曰："得之矣！子归毁若妆，勿华服，勿脂泽，垢面敝履[①]，杂家人操作。一月后，可复来。"朱从之，衣敝补衣，故为不洁清，而纺绩外无他问。洪怜之，使宝带分其劳，朱不受，辄叱去之。

【注释】

①垢面：脸不洗。垢，污。敝履：破鞋。

【译文】

朱氏照恒娘的吩咐去做，更加替宝带化妆打扮，让她跟丈夫一起睡觉。洪大业每次吃饭，也必定让宝带一起陪着。洪大业偶尔来和朱氏亲近敷衍，朱氏就更加拒绝，于是，大家都称赞朱氏贤惠。这样过了一个多月，朱氏又去见恒娘。恒娘高兴地说："已经有效果了！回家以后，你就把妆卸了，不要穿漂亮的衣服，不要涂脂抹粉，故意蓬头垢面，穿上坏鞋子，夹在下人中干活。一个月以后，可以再来找我。"朱氏又照她的指示去做，穿上打补丁的破衣服，故意把自己搞得不干净的样子，除了纺纱织布以外，其他什么都不过问。洪大业很可怜她，就让宝带替她分担一部分劳动，朱氏坚决不同意，每次都把宝带喝斥走了。

如是者一月，又往见恒娘。恒娘曰："孺子真可教也[1]！后日为上巳节[2]，欲招子踏春园。子当尽去敝衣，袍裤袜履，崭然一新，早过我。"朱曰："诺！"至日，揽镜细匀铅黄[3]，一一如恒娘教。妆竟，过恒娘。恒娘喜曰："可矣！"又代挽凤髻，光可鉴影。袍袖不合时制，拆其线，更作之；谓其履样拙，更于笥中出业履[4]，共成之，讫，即令易着[5]。临别，饮以酒，嘱曰："归去一见男子，即早闭户寝，渠来叩关[6]，勿听也。三度呼，可一度纳。口索舌，手索足，皆吝之。半月后，当复来。"朱归，炫妆见洪。洪上下凝睇之，欢笑异于平时。朱少话游览，便支颐作惰态[7]，日未昏，即起入房，阖扉眠矣。未几，洪果来款关[8]，朱坚卧不起，洪始去。次夕复然。明日，洪让之。朱曰："独眠习惯，不堪复扰。"日既西，洪入闺坐守之。灭烛登床，如调新妇，绸缪甚欢。更为次夜之约，朱不可长，与洪约，以三日为率[9]。

【注释】

①孺子真可教也：本指年轻人可以造就，此处称许朱氏能虚心接受指导。《史记·留侯世家》："父以足受，笑而去。良殊大惊，随目之。父去里所，复返，曰：'孺子可教矣！'"孺子，小孩子。

②上巳节：古时士女踏春游园之节。汉以前在阴历三月上巳日，魏以后一般在三月初三。

③铅黄：铅粉与雌黄。古代妇女化妆用品。

④笥(sì)：竹制箱笼。业履：正在制作的鞋。业，从事。

⑤易着：换穿。易，更换。

⑥渠：他。叩关：敲门。关，门闩。

⑦支颐：手扶腮。颐，面颊，腮。

⑧款关：即叩关、敲门。

⑨率：标准，条例。

【译文】

这样过了一个月，朱氏又去见恒娘。恒娘说："真是孺子可教啊！后天就是上巳节，我想带你一块儿去游园踏青。你应该脱掉所有的破衣服，袍裤鞋袜要焕然一新，早上到我这里来。"朱氏说："好吧。"到了上巳节那天，朱氏对着镜子仔细地化妆打扮，全都按照恒娘教的去做。化完妆，她就去见恒娘。恒娘一看，高兴地说："可以了！"又替她梳了个凤髻，更显得光彩照人。朱氏的袍袖不太时髦，恒娘就拆开线，重新缝制；又觉得她的鞋子式样很笨拙，便从箱子里取出一双还没做完的鞋，两个人一起做，做好后，就让朱氏换上。临别的时候，恒娘请她喝酒，嘱咐说："你回家一见过丈夫，就早早关上门睡觉，他如果来敲门，不要开门。敲三次，可以开一次门让他进来。如果他要亲你，摸你，都不要轻易答应。半个月后，你再来见我。"朱氏回到家，打扮得艳丽光亮去见洪大业。洪大业上上下下盯着她看，欢声笑语和往日有所不同。朱氏说了几句春游的话，就用手托腮，做出疲倦的样子来，天还没有黑下来，她就起身回自己的房间，关上门睡觉了。不一会儿，洪大业果然来敲门，朱氏坚决躺着就是不起来，洪大业只好离去。第二天晚上还是这样。到了第三天，洪大业责备朱氏不肯开门。朱氏说："我已经习惯一个人睡觉了，受不了别人再来打扰。"日头偏西，洪大业来到朱氏房中守着她。于是夫妻俩灭了灯上床，就像新婚之夜一样，如胶似漆，非常快乐。洪大业便和朱氏相约明天再来，朱氏不同意，和他约定三天来一次。

半月许，复诣恒娘。恒娘阖门与语曰："从此可以擅专房矣[①]。然子虽美,不媚也。子之姿,一媚可夺西施之宠[②],况下者乎!"于是试使睨[③],曰:"非也!病在外眥[④]。"试使笑,又曰:"非也!病在左颐。"乃以秋波送娇,又冁然瓠犀微露[⑤],使朱效之,凡数十作,始略得其彷彿。恒娘曰:"子归矣!揽镜而娴习之,术无馀矣。至于床笫之间,随机而动之,因所好而投之,此非可以言传者也。"朱归,一如恒娘教。洪大悦,形神俱惑,唯恐见拒。日将暮,则相对调笑,跬步不离闺闼,日以为常,竟不能推之使去。朱益善遇宝带,每房中之宴,辄呼与共榻坐,而洪视宝带益丑,不终席,遣去之。朱赚夫入宝带房,扃闭之,洪终夜无所沾染。于是宝带恨洪,对人辄怨谤。洪益厌怒之,渐施鞭楚。宝带忿,不自修,拖敝垢履[⑥],头类蓬葆[⑦],更不复可言人矣。

【注释】

①擅专房:获得专宠。

②西施:古代美女。

③睨(nì):斜着眼睛看。

④眥(zì):眼,眼眶。

⑤冁(chǎn)然:笑的样子。瓠(hù)犀微露:形容笑得娇媚自然。《诗·卫风·硕人》:"领如蝤蛴,齿如瓠犀。"瓠犀,瓠的子,因洁白整齐,以喻美人牙齿。

⑥敝垢履:又破又脏的鞋。敝,破败。

⑦蓬葆:蓬草和羽葆,比喻头发散乱。《汉书·燕剌王刘旦传》:"当此之时,头如蓬葆,勤苦至矣。"颜师古注引服虔曰:"头久不理,如蓬草、羽葆也。"

【译文】

过了半个多月，朱氏又去见恒娘。恒娘关上门，对朱氏说："从此以后，你就可以独占夫君了。不过，你虽然长得很美，却不够娇媚。凭你的姿色，一旦娇媚起来，连西施都不敢专宠，更何况那不如西施的人呢！"于是就让朱氏试着飞媚眼，恒娘看了说："不对！毛病出在外眼眶。"试着让朱氏笑一笑，恒娘又说："不对！毛病出在左颊。"说完，她就向朱氏示范如何目送秋波，又做出微露皓齿而笑的样子，让朱氏一一效仿。做了几十次以后，朱氏才学得有点儿意思了。恒娘说："你回家吧！照着镜子把它练熟了，别的也就没什么方法了。至于床上的事情，随机应变，投其所好，这些是只可意会，不可言传的。"朱氏回到家里，一切都照恒娘的吩咐行事。洪大业十分高兴，身体和精神全被她迷惑了，就怕被朱氏拒绝。眼看天色将晚，两人相对调笑，半步也离不开闺房。每天都是如此，洪大业竟然到了推也推不走的地步。从此，朱氏更加善待宝带，每次在房间里吃饭，都要把她叫来一起吃，但是洪大业越看越觉得宝带丑，不等饭吃完，就把她赶走了。有时朱氏把洪大业骗到宝带的房中，从外面锁上门，但是洪大业竟然整夜也不碰宝带一下。于是宝带怨恨洪大业，动不动就对人说一些怨恨诽谤的话。洪大业更加讨厌她，渐渐地还用鞭子抽她。宝带心中愤恨，从此不再修饰自己，穿着破衣，拖着破鞋，头发乱糟糟的像蓬草，更没有什么让丈夫喜欢的了。

恒娘一日谓朱曰："我术如何矣？"朱曰："道则至妙，然弟子能由之，而终不能知之也[①]。纵之，何也？"曰："子不闻乎：人情厌故而喜新，重难而轻易。丈夫之爱妾，非必其美也，甘其所乍获，而幸其所难遘也[②]。纵而饱之，则珍错亦厌[③]，况藜羹乎[④]！""毁之而复炫之，何也？"曰："置不留目，则似久别；忽睹艳妆，则如新至。譬贫人骤得粱肉[⑤]，则视脱粟非味矣[⑥]。而又不易与之，则彼故而我新，彼易而我难，此即子易妻为妾之法也。"朱大悦，遂为闺中之密友。

【注释】

①能由之，而终不能知之：《论语·泰伯》："子曰：民可使由之，不可使知之。"由，做。

②难遘：难以遇到。遘，遭遇。

③珍错：山珍海味。珍，山珍。错，海错。《书·禹贡》："厥贡盐絺，海物惟错。"孔传："错杂非一种。"后因称各种海味为"海错"。

④藜羹：野菜汤。藜，穷苦人家吃的野菜。

⑤粱肉：精米肥肉。粱，细粮。

⑥脱粟：粗粮，糙米饭。

【译文】

一天，恒娘来对朱氏说："我的方法怎么样呀？"朱氏说："方法确实是妙极了，但是我只能照着去做，却始终不明白其中的道理。开始放纵他，是为什么呢？"恒娘答道："你没有听过：人之常情都是喜新厌旧，重视难以得到的，轻视容易得到的。丈夫之所以宠爱小老婆，并不一定是她长得美，而是因为刚刚到手觉得新鲜，而且又庆幸难以弄到手。故意放纵他，让他吃个饱，那么，即使是珍馐美味，也会有吃厌的时候，何况是普通的菜汤呢！""先让我卸妆，又让我盛妆打扮，这是为什么呢？"恒娘答道："故意收起来，不让别人注目，就好像是久别一样；忽然看见艳丽的妆扮，就好像是新人刚刚来到。这就像穷人家一下子得到美味佳肴，肯定会觉得粗茶淡饭没有味道了。又不轻易地给他，那么，她是旧的，我就是新的，她容易到手，而我却不容易到手，这就是你所说的把妻变成妾的方法。"朱氏听了，十分高兴，两个人便成了闺房中的密友。

积数年，忽谓朱曰："我两人情若一体，自当不昧生平[①]。向欲言而恐疑之也，行相别，敢以实告：妾乃狐也。幼遭继母之变，鬻妾都中。良人遇我厚[②]，故不忍遽绝，恋恋以至于今。明日老父尸解[③]，妾往省觐[④]，不复还矣。"朱把手唏嘘。早旦往视，则举家惶骇，恒娘已杳。

【注释】

①不昧：不隐瞒。昧，暗。

②良人：丈夫。

③尸解：道家用语。道家认为得道者死后，可遗弃肉体而仙去，或不留遗体，只假托一物（如衣、杖、剑）遗世而升天，谓之"尸解"。《后汉书·王和平传》李贤等注云："尸解者，言将登仙，假托为尸以解化也。"

④省觐：拜见父母。

【译文】

过了几年，恒娘突然对朱氏说："我们二人感情好得像一个人似的，我自然不应该隐瞒自己的身世。以前就想和你说，又怕你会怀疑我，现在我要走了，就把实情告诉你吧，我是狐狸。小时候受到继母的迫害，被卖到了京城。丈夫对我很好，所以我不忍心突然和他分手，恋恋不舍，一直到现在。明天，我的老父亲就要尸解成仙，我得回家探望，不会再回来了。"朱氏握着她的手，流泪不已。第二天早上，她去狄家看望，只见全家都惊恐不安，原来恒娘已经消失了。

异史氏曰：买珠者不贵珠而贵椟[①]。新旧难易之情，千古不能破其惑，而变憎为爱之术，遂得以行乎其间矣。古佞臣事君，勿令见人，勿使窥书[②]。乃知容身固宠，皆有心传也[3]。

【注释】

①买珠者不贵珠而贵椟(dú):即买椟还珠。谓迷惑于表面而去取失当。《韩非子·外储说》:"楚人有卖其珠于郑者:为木兰之椟,薰以桂椒,缀以珠玉,饰以玫瑰,辑以羽翠;郑人买其椟而还其珠。"

②勿令见人,勿使窥书:语本《新唐书·仇士良传》。唐武宗时,内监仇士良年老后教训宫中内监:"天子不可令闲暇,暇必观书;见儒臣,则又纳谏,智深虑远,减玩好,省游幸,吾属恩且薄而权轻矣。为诸君计,莫若殖财货,盛鹰马,日以毬猎声色蛊其心,极侈靡,使悦不知息,则必斥经术,暗外事,万机在我,恩泽权力欲焉往哉?"意为邀媚取悦需要技巧,诀窍是封锁正面的信息,让皇帝沉湎于声色。

③心传:秘方,以心传心,悟解契合,递相授受。

【译文】

异史氏说:买珠子的人不看重珠子却看重装珠子的盒子。新与旧、易与难之间的关系,千百年来不能解除其中的困惑,因此,变恨为爱的方法,就得以在人间大行其道了。古代那些巧言谄媚的臣子侍奉国君时,都采取不让他见人,不让他看书的方法。由此可见,为了保住自己的位子,集宠爱于一身,都是有秘方的。

葛巾

【题解】

《葛巾》是一篇美丽的童话故事。写牡丹仙子葛巾有感于常大用癖好牡丹，与他发生了爱情并结为夫妻。葛巾还介绍妹妹玉版嫁给了大用的弟弟大器。但由于最后察觉常大用猜疑她们的来历，葛巾、玉版便掷还儿子，飘然而去。

作为故事，《葛巾》并不十分复杂，但作者写得曲折多变；特别是常大用与葛巾的结合，跌宕起伏，千回百转，有一种“好事多磨”的特点。清代评论家但明伦评论说：“此篇纯用迷离闪烁，夭矫变幻之笔。不惟笔笔转，直句句转，且字字转矣。”“事则反复离奇，文则纵横诡变。”不过，《葛巾》篇也不完全是“纯用迷离闪烁”之笔，按照故事发展的需要，不该曲折的地方也明快直捷。最后葛巾与常大用的悲剧，就斩截得出乎意外，有一种“四弦一声如裂帛”的艺术效果。

本篇讴歌了情感的力量，认为只要情感专注，鬼神也可以受到感动。既然葛巾本为情来，那么当常大用猜疑葛巾，就破坏了“怀之专一”这种情，葛巾的掷儿离去就是可以理解的了。作者写强盗的劫夺不能夺走葛巾，而常大用的猜疑却猝然失去了她，也正在于要强调情感专一的重要。作者批评常大用，认为他“不达”。“不达”，除了指其胆小而多疑的性格外，还指常大用思想上的不开通，拘泥于俗人之见，不能真正专注于情。

常大用，洛人①，癖好牡丹。闻曹州牡丹甲齐、鲁②，心向往之。适以他事如曹，因假搢绅之园居焉③。而时方二月，牡丹未华④，惟徘徊园中，目注句萌⑤，以望其拆⑥。作《怀牡丹》诗百绝⑦。未几，花渐含苞，而资斧将匮⑧，寻典春衣⑨，流连忘返。

【注释】

①洛：洛阳的省称。自唐代以来，牡丹之盛，洛阳为最。宋欧阳修

《洛阳牡丹记》:“牡丹出丹州、延州,东出青州,南亦出越州。而出洛阳者,今为天下第一。”

②曹州:州、府名。明改曹州为曹县,清雍正时复升为府。治所在今山东菏泽。甲:数第一。齐、鲁:均春秋时国名。在今山东省境内,故往往以“齐鲁”代称山东地区。

③搢(jìn)绅:原指插笏于绅,指有官职的或做过官的人。搢,插。绅,古代仕宦者和儒者围于腰际的大带。

④华:同“花”,开花。

⑤句萌:草木的幼芽。弯的叫“勾”,直的叫“萌”。句,同“勾”。

⑥拆:开。指花开。

⑦百绝:百首绝句。绝,诗体的一种,四句,分五言绝句和七言绝句。

⑧资斧将匮:盘缠将尽。资斧,路费。匮,缺乏。

⑨典:典当。

【译文】

常大用是洛阳人,爱好牡丹成癖。他听说曹州的牡丹名冠齐、鲁,心中很是向往。正好因为有事到曹州去,他便在一个缙绅的花园中借住下来。当时才是二月,牡丹还没有开花,他只能在花园中徘徊,注视着花枝上的嫩芽,期待着花蕊的绽放。他作了《怀牡丹》绝句一百首。不久,花儿渐渐含苞待放,而他的旅费也快用完了,他便典当了春衣,流连忘返。

一日,凌晨趋花所,则一女郎及老妪在焉。疑是贵家宅眷,亦遂遄返①。暮而往,又见之,从容避去。微窥之,宫妆艳绝②。眩迷之中③,忽转一想:此必仙人,世上岂有此女子乎!急返身而搜之,骤过假山,适与妪遇。女郎方坐石上,相顾失惊。妪以身幛女[4]，叱曰："狂生何为！"生长跪曰："娘子必是神仙！"妪咄之曰："如此妄言，自当絷送令尹[5]！"生大惧。女郎微笑曰："去之！"过山而去。生返，不能徙步[6]，意女郎归告父兄，必有诟辱之来。偃卧空斋，自悔孟浪[7]。窃幸女郎无怒容，或当不复置念。悔惧交集，终夜而病。日已向辰[8]，喜无问罪之师[9]，心渐宁帖[10]。而回忆声容，转惧为想。如是三日，憔悴欲死。秉烛夜分，仆已熟眠，妪入，持瓯而进曰[11]："吾家葛巾娘子，手合鸩汤[12]，其速饮！"生闻而骇，既而曰："仆与娘子，夙无怨嫌，何至赐死？既为娘子手调，与其相思而病，不如仰药而死[13]！"遂引而尽之。妪笑，接瓯而去。生觉药气香冷，似非毒者。俄觉肺鬲宽舒[14]，头颅清爽，酣然睡去，既醒，红日满窗。试起，病若失，心益信其为仙。无可夤缘[15]，但于无人时，彷佛其立处、坐处，虔拜而默祷之。

【注释】

①遄(chuán)：快，迅速。

②宫妆：皇宫里的打扮。

③眩迷：眼力发花，视物不明。

④幛：遮。

⑤令尹：泛称县、府等地方行政长官。原为春秋战国时楚国执政官名，相当于宰相。

⑥徙步：移步，行走。

⑦孟浪：卤莽，冒失。

⑧辰：辰时。上午7点到9点。

⑨问罪之师：讨伐犯罪者的军队。唐杜牧《和野人殷潜之题筹笔驿》："慷慨匡时略，从容问罪师。"

⑩宁帖：宁静，安心。

⑪瓯：瓦制小盆。

⑫手合鸩（zhèn）汤：亲手调合的毒药。鸩，传说中的一种毒鸟，羽毛浸酒，饮之即死。

⑬仰药：服毒，仰首饮药。

⑭鬲：膈。

⑮夤（yín）缘：拉拢关系，攀附。

【译文】

一天凌晨，常大用前往花圃，只见一个女子和一个老妇人在那里。他疑心是富贵人家的家眷，便急忙转身离去。到傍晚他再去时，又见到她们，他慢慢地躲到一边。偷偷一看，只见那女子穿着华丽的衣服，美艳绝人。正在晕眩迷茫之际，他忽然转念一想：这肯定是个仙女，凡间怎么会有这样的女子呢！便急忙返身去搜寻她们，刚一转过假山，正好跟老妇人迎面碰上。那女子正坐在石头上，一看之下，大惊失色。老妇人用身体挡住那女子，喝斥道："狂生想干什么！"常大用挺直身子跪着说："娘子一定是个神仙！"老妇人责骂他道："说出如此妄言，就该将你捆了送到衙门！"常大用很是惊恐。那女子微笑着说："让他去吧！"说完，绕过假山而去。常大用返回时，几乎迈不开步子，想着那女子回去后如果禀告父亲兄长，他们肯定会来辱骂自己。他一个人躺在空荡荡的书斋里，悔恨自己太冒失了。又暗自庆幸那女子并没有做出生气的样子，或许她并不把这事放在心上呢。悔恨和害怕交织在一起，一夜下来竟病倒了。天亮以后，幸好人家没有前来问罪，他心里渐渐安定下来。而回忆起那女子的音容笑貌，恐惧又转化为思念。这样过了三天，他憔悴得几乎要死了一样。一天夜里，灯还亮着，仆人已经熟睡，老妇人进来了，端着一只碗，近前说道："我家葛巾娘子亲手调制了一碗毒药汤,赶紧把它喝下去!”常大用一听,大为惊骇,过了一会儿说道:“我与你家娘子素无怨仇,何至于赐我一死呢?既然是娘子亲手调制的,与其相思得病,倒不如喝下这碗毒药死了还痛快!”说完,一仰脖子喝了下去。老妇人笑着接过碗离开了。常大用觉得药气又香又冷,看起来不像是毒药。一会儿只觉得肺腑宽阔舒畅,脑袋清爽,酣然入睡,一觉醒来,已经是艳阳高照了。他试着坐起身来,病好像已经没了,他心里越发相信那女子是神仙。因为没有接触到她的机会,常大用只好在没人的时候,想象着那女子站着,坐着,虔诚地跪拜,默默地祈祷。

一日,行去,忽于深树内,觌面遇女郎[①],幸无他人。大喜,投地[②]。女郎近曳之,忽闻异香竟体[③],即以手握玉腕而起,指肤软腻,使人骨节欲酥。正欲有言,老妪忽至。女令隐身石后,南指曰:“夜以花梯度墙,四面红窗者,即妾居也。”匆匆遂去。生怅然,魂魄飞散,莫能知其所往。至夜,移梯登南垣,则垣下已有梯在,喜而下,果见红窗。室中闻敲棋声,伫立不敢复前,姑逾垣归。少间,再过之,子声犹繁。渐近窥之,则女郎与一素衣美人相对着[④],老妪亦在坐,一婢侍焉。又返。凡三往复,三漏已催[⑤]。生伏梯上,闻妪出云:“梯也,谁置此?”呼婢共移去之。生登垣,欲下无阶,恨悒而返[⑥]。

【注释】

①觌(dí)面:见面。

②投地:伏地。指行拜见大礼。

③竟:整个,全。

④对着(zhāo):对弈。着,下棋落子叫"着"。

⑤三漏已催:已至三更。催,谓时间催人。

⑥怅悒:闷闷不乐。

【译文】

一天,常大用到花园中散步,忽然在深树丛中迎面撞上那女子,幸好还没有旁人。他大喜过望,拜倒在地。葛巾近前将他拉起来,常大用忽然闻到她身上有一股奇异的香味,马上用手握住葛巾白嫩的手腕站起身来,手指触到她的肌肤,只觉得柔软细腻,让人骨头都要酥了。他正要说话,那老妇人忽然来了。葛巾让他躲到石头后面,向南边一指,说:"夜里你用花梯翻过墙去,那四面都是红窗的,就是我住的地方。"说完,就匆匆走开了。常大用好一阵儿惆怅,竟好像魂飞魄散,不知道上哪里去才好。到了夜里,他搬来梯子,登上南墙一看,墙那边已经放好梯子了,他狂喜着下了墙,果然看见一个四面红窗的屋子。只听到屋里传来下棋声,他站了一会儿不敢上前,只好又翻墙回来。过了一小会儿,他又翻过墙去,那下棋声依然频繁。他悄悄走近一看,只见葛巾与一个穿素色衣服的女郎面对面坐着下棋,老妇人也坐在旁边,还有一个丫环在一边侍候着。他又回到墙这边来。来回折腾了三次,已经到了三更天。常大用伏在梯子上,就听见老妇人出来说道:"梯子是谁放在这儿的呀?"便叫来丫环一起把梯子挪走了。常大用爬上墙,想下去吧,又没有梯子,只好闷闷不乐地回去了。

次夕复往,梯先设矣。幸寂无人,入,则女郎兀坐[①],若有思者。见生惊起,斜立含羞。生揖曰:"自谓福薄,恐于天人无分[②],亦有今夕耶[③]!"遂狎抱之。纤腰盈掬,吹气如兰。撑拒曰:"何遽尔!"生曰:"好事多磨[④],迟为鬼妒。"言未及已，遥闻人语。女急曰："玉版妹子来矣！君可姑伏床下。"生从之。无何，一女子入，笑曰："败军之将，尚可复言战否？业已烹茗，敢邀为长夜之欢。"女郎辞以困惰。玉版固请之，女郎坚坐不行。玉版曰："如此恋恋，岂藏有男子在室耶？"强拉之，出门而去。生膝行而出，恨绝，遂搜枕簟，冀一得其遗物。而室内并无香奁，只床头有水精如意⑤，上结紫巾，芳洁可爱。怀之，越垣归。自理衿袖，体香犹凝，倾慕益切。然因伏床之恐，遂有怀刑之惧⑥，筹思不敢复往，但珍藏如意，以冀其寻。

【注释】

①兀坐：独自端坐。

②天人：仙人，对美丽妇女的美称。无分：没有缘分。

③今夕：今晚，今生。《越人歌》："今夕何夕兮，搴中洲流。今日何日兮，得与王子同舟。"

④好事多磨：幸福的事情多曲折。此指男女相爱，多经波折。金董解元《西厢记》："真所谓佳期难得，好事多磨。"

⑤水精：水晶。如意：器物名。头部作灵芝或云朵形，柄微曲，旧时把它当作供玩赏的吉祥器物。

⑥怀刑之惧：害怕受到惩罚，怀刑畏法。《论语·里仁》："君子怀刑。"朱熹注："怀，思念也。怀刑，谓畏法。"

【译文】

第二天晚上，常大用又去了，梯子已经预先架好了。幸好四周寂静无人，他进了屋子，只见葛巾一个人坐着，一副若有所思的样子。一见常大用，惊慌地站起来，侧过身子，满面含羞。常大用作了一揖，说："我自认为福分浅薄，恐怕仙人和凡人没有缘分，没想到也有今夜呀！"

说完就亲热地要抱葛巾。只觉得她腰肢纤细，只够一握，口中吐气如同兰花的芬芳。葛巾推阻道："为什么这么着急！"常大用说："好事多磨，迟了怕连鬼也要嫉妒了。"话还没说完，就听到远远传来说话的声音。葛巾急忙说道："玉版妹妹来了！您赶紧钻到床下吧。"常大用急忙钻到了床下。没一会儿，只听一个女子进来，笑着说："手下败将，还敢再和我战上一盘吗？我已经煮好了茶，特地来请你共尽长夜之欢。"葛巾推辞说自己已经困倦了。玉版坚决请她去，葛巾坚决坐着不肯走。玉版说："你这么恋恋不舍，莫非是藏了男人在屋里？"便把她强行拉出了门。常大用爬出床底，怨恨至极，便搜寻葛巾的枕席，希望能找到一件她丢下的东西。但屋内并没有梳妆盒，只在床头放着一个水晶做的如意，上面扣着一条紫色的手巾，芬芳洁净可爱。他便将如意揣在怀中，翻墙回去了。他整理了一下衣服，只觉得葛巾身上的香气还在，心中越发倾慕。然而因为有了钻床底的恐惧，心中便产生了送官查办的恐惧，反复思量，不敢再去了，只是将如意珍藏好，希望葛巾能来找寻。

隔夕，女郎果至，笑曰："妾向以君为君子也，而不知寇盗也。"生曰："良有之！所以偶不君子者，第望其如意耳[①]。"乃揽体入怀，代解裙结。玉肌乍露，热香四流，偎抱之间，觉鼻息汗熏，无气不馥[②]。因曰："仆固意卿为仙人，今益知不妄。幸蒙垂盼，缘在三生[③]。但恐杜兰香之下嫁，终成离恨耳[④]。"女笑曰："君虑亦过。妾不过离魂之倩女[⑤]，偶为情动耳。此事要宜慎秘，恐是非之口，捏造黑白，君不能生翼，妾不能乘风，则祸离更惨于好别矣。"生然之，而终疑为仙，固诘姓氏。女曰："既以妾为仙，仙人何必以姓名传？"问："妪何人？"曰："此桑姥。妾少时受其露覆，故不与婢辈同。"遂起，欲去，曰："妾处耳目多，不可久羁[6]，蹈隙当复来[7]。"临别，索如意，曰："此非妾物，乃玉版所遗。"问："玉版为谁？"曰："妾叔妹也，"付钩乃去[8]。

【注释】

①第：只。如意：承意，顺遂如愿。这里语意双关。

②馥：香。

③缘在三生：三生有缘。三生，佛家语。指前生、今生、来生。

④"但恐"二句：意为担心姻缘不能长久。晋干宝《搜神记》："汉时有杜兰香者，自称南康人氏。以建业四年春，数诣张传。……言：'本为君作妻，情无旷远。以年命未合，其小乖。太岁东方卯，当还求君。'"所谓"离恨"，当指此。杜兰香故事又见《太平广记》卷六十二引《墉城集仙录》。

⑤离魂之倩女：指钟情的人间少女。故事见唐陈玄祐《离魂记》。

⑥羁：留。

⑦蹈隙：乘机，抽空。

⑧钩：如意钩。指水精如意。

【译文】

隔了一个晚上，葛巾果然来了，笑着说："我一直以为你是个君子，不料却是个小偷呢。"常大用说："确实有这么回事！我之所以偶尔做了一回小偷，只是希望大家能够如意罢了。"说完，就将葛巾揽入怀中，替她解开裙子上的结扣。白嫩的肌肤一下子露出来，温热的香气四溢，依偎搂抱着她，只觉得鼻息汗气，无不馥郁芬芳。常大用于是说："我本来就猜你是个仙女，现在更知道不假了。有幸蒙你错爱，真是三生有缘呀。只恐怕仙女下嫁，终究只是一场离愁别恨。"葛巾笑着说："你担心得太过了。我不过是那离魂的人间倩女，偶然为情所动罢了。这件事一定要慎重保密，恐怕会有搬弄是非的人颠倒黑白，弄得你不能长上翅膀逃走，我也不能乘风而去，到那时，因祸分离可比好离好散要更惨呀。”常大用答应了她，但终究还是怀疑她是仙女，所以再三询问她姓什么。葛巾说：“你既然认为我是仙女，仙人又何必要把姓名告诉别人呢？”常大用又问：“那老妇人是谁？”葛巾说：“她是桑姥姥。我小时候受到她的照顾，所以对她不和丫环们同等看待。”说完就起身要走，说道：“我那里耳目众多，不能在这里久留，有空我会再来的。”临别时，她向常大用索要如意，说：“这不是我的东西，是玉版丢在那里的。”常大用问：“玉版是谁？”葛巾答道：“是我的堂妹。”常大用将如意交给葛巾，她就走了。

去后，衾枕皆染异香。由此三两夜辄一至。生惑之，不复思归，而囊橐既空，欲货马。女知之，曰：“君以妾故，泻囊质衣，情所不忍。又去代步，千馀里将何以归？妾有私蓄，聊可助装[1]。”生辞曰：“感卿情好，抚臆誓肌[2]，不足论报。而又贪鄙，以耗卿财，何以为人矣！”女固强之，曰：“姑假君[3]。”遂捉生臂，至一桑树下，指一石，曰：“转之！”生从之。又拔头上簪，刺土数十下，又曰：“爬之。”生又从之，则瓮口已见。女探入，出白镪近五十两许。生把臂止之，不听，又出十馀铤，生强反其半而后掩之。一夕，谓生曰：“近日微有浮言，势不可长，此不可不预谋也。”生惊曰：“且为奈何！小生素迂谨，今为卿故，如寡妇之失守[4]，不复能自主矣。一惟卿命，刀锯斧钺，亦所不遑顾耳！”女谋偕亡，命生先归，约会于洛。生治任旋里，拟先归而后逆之[5]，比至，则女郎车适已至门。登堂朝家人，四邻惊贺，而并不知其窃而逃也。生窃自危，女殊坦然，谓生曰："无论千里外非逻察所及[6]，即或知之，妾世家女[7]，卓王孙当无如长卿何也[8]。"

【注释】

①装：行装。

②抚臆誓肌：意谓竭诚图报。南朝齐谢朓《辞随王子隆笺》："抚臆论报，早誓肌骨。"抚臆，抚胸。誓肌，誓死。

③假：借。

④失守：丧失操守。

⑤逆：迎。

⑥逻察：巡逻侦察。

⑦世家：世代显贵之家族。

⑧卓王孙：卓文君的父亲。据《史记·司马相如传》载，四川临邛商人卓王孙之女卓文君与司马相如相恋，两人一同私奔到成都。卓王孙知道后，对司马相如无可如何，最后屈服。长卿：司马相如字长卿。这里以此故事取譬，言一般市井小民对于自己与常大用的婚姻不会产生影响。

【译文】

葛巾走后，被子枕头上都留着奇异的香味。从此，隔个三两夜，葛巾就来一次。常大用迷恋葛巾，不再想着回去了，但行囊已经空空如洗，他打算卖马。葛巾知道后，对他说："你为了我，用尽了钱财，还典当了衣服，我实在不忍心。现在又要将马卖掉，一千多里的路程，以后怎么回家呢？我有些积蓄，倒可以帮你应付开销。"常大用推辞道："我很感激你的好意，就是摁住胸口，拿身上的肉来起誓，也不足以报答你对我的感情。如果再贪婪卑鄙地耗费你的钱财，我还是个人吗?”葛巾坚持己见,说:“就算是我借给你的吧。”说完,她就拉着常生的胳膊,来到一棵桑树下,指着一块石头,说:“把它挪开!”常大用照她说的做了。葛巾又拔下头上的簪子,往土里刺了几十下,又说:“把土扒开!”常大用又照她说的做了,只见土下露出一个瓮口。葛巾伸手进去,取出五十多两白银。常大用拉住她的胳膊不让她再拿,葛巾不听,又取出十几锭,常大用强迫她放回去一半,又将土盖上。一天晚上,葛巾对常大用说:“近来稍有些闲话,我们不能再这么长久继续下去了,这不能不预先商量商量。”常大用吃惊地说:“应该怎么办呢?小生素来迂腐拘谨,如今因为你的缘故,才像寡妇一样失去操守,不再能自己做主了。全听你的安排,任凭刀锯斧钺架在脖子上,也无暇顾及了!”葛巾计划一起逃亡,让常大用先回去,两人约好在洛阳会面。常大用收拾好行装回家,他打算先到家然后再来接葛巾,谁想他一到家,葛巾的车子恰巧也到了家门口。他们便登堂拜见家里的人,左邻右舍听说常大用带回一个媳妇很是惊奇,都来祝贺,但并不知道他们是偷偷逃回来的。常大用有些害怕,而葛巾却很坦然,对他说:“且不说千里之外他们查不到这儿,就是被人知道了,我是官宦大户人家的女儿,就像当初卓王孙对司马相如也怎么不了一样,你可以放心。”

生弟大器,年十七,女顾之曰:“是有惠根[①],前程尤胜于君。”完婚有期,妻忽夭殒。女曰:“妾妹玉版,君固尝窥见之,貌颇不恶,年亦相若,作夫妇可称嘉耦。”生闻之而笑,戏请作伐[②]。女曰:“必欲致之,即亦非难。”喜问:“何术?”曰:“妹与妾最相善。两马驾轻车,费一妪之往返耳。”生惧前情俱发,不敢从其谋,女固言:“不害。”即命车,遣桑媪去。数日,至曹,将近里门,媪下车,使御者止而候于途,乘夜入里。

良久，偕女子来，登车遂发。昏暮即宿车中，五更复行。女郎计其时日，使大器盛服而逆之，五十里许，乃相遇，御轮而归[3]。鼓吹花烛，起拜成礼。由此兄弟皆得美妇，而家又日以富。

【注释】

①惠根：佛家语。指前世就有的通达道理、成就功德的根性。惠，通“慧”。

②伐：指代媒人。《诗·豳风·伐柯》：“伐柯如何，匪斧不克；取妻如何，匪媒不得。”

③御轮而归：迎娶回来。御轮，古代婚礼亲迎之礼。《礼记·昏义》，谓亲迎之日，新婿到女家亲自御新妇车。《仪礼·士婚礼》“御者代”郑玄注：“行车轮三周，御者乃代婿。”《礼记·昏义》：“降出，御妇车，而婿授绥，御轮三周。”孔颖达疏：“御轮三周者，谓婿御妇车之轮三匝。”

【译文】

常大用有个弟弟叫常大器，年方十七岁，葛巾看到他，对常大用说：“这是个有慧根的人，他的前程比你还远大。”大器快到完婚的日子时，他的未婚妻突然夭折了。葛巾说：“我的堂妹玉版，你以前曾经偷见过，相貌不丑，年岁也相当，他们俩做夫妻真可以说是天造的一对。”常大用听了就笑，开玩笑要请葛巾做媒。葛巾说：“如果真想叫她来，也不是什么难事。”常大用高兴地问：“有什么办法？”葛巾说：“妹妹跟我最要好。只要用两匹马拉上一辆小车，派一个老妇人往返一趟就行了。”常大用害怕连同他们私奔的事也一并暴露，不敢同意葛巾的计谋，葛巾坚持说：“不妨事。”便驾车，派桑姥姥前去。过了几天，车子到了曹州，桑姥姥在里口下了车，让车夫停在路边等候，自己则乘着夜色进了花园。过了好久，她带了一个女子回来，上车出发了。她们晚上就睡在车里，到五更天时再上路。葛巾估计了一下时间，让大器穿着礼服前去迎接，走了五十多里路才遇上，大器行了亲迎之礼。家中鼓乐齐鸣，花烛明亮，新郎新娘拜堂成亲。从此，常家兄弟都娶了美丽的媳妇，而家中的日子越来越富裕。

一日，有大寇数十骑，突入第。生知有变，举家登楼。寇入，围楼。生俯问："有仇否？"答言："无仇。但有两事相求：一则闻两夫人世间所无，请赐一见；一则五十八人，各乞金五百。"聚薪楼下，为纵火计以胁之。生允其索金之请，寇不满志，欲焚楼，家人大恐。女欲与玉版下楼，止之不听。炫妆而下，阶未尽者三级①，谓寇曰："我姊妹皆仙媛②，暂时一履尘世，何畏寇盗！欲赐汝万金，恐汝不敢受也。"寇众一齐仰拜，喏声"不敢"。姊妹欲退，一寇曰："此诈也！"女闻之，反身伫立，曰："意欲何作，便早图之，尚未晚也。"诸寇相顾，默无一言，姊妹从容上楼而去。寇仰望无迹，哄然始散。

【注释】

①三级：三个台阶。

②仙媛：仙女。媛，美女，淑女。

【译文】

一天，几十个骑马的强盗突然冲进常宅。常大用判断出发生了事情，便让全家都上了楼。强盗闯进院子，围住楼房。常大用俯身向下问道："我们之间有仇吗？"强盗答道："没有仇。只是有两件事相求：一是听说两位夫人是凡间没有的美人,请求一见;二是我们兄弟五十八人,请赐给每人五百两银子。"强盗们在楼下堆上柴禾,用放火烧楼来威胁他们。常大用答应他们勒索钱财的要求,强盗们还是不满意,仍要烧楼,家里的人大为恐慌。葛巾要和玉版一道下楼,别人阻止她们也不听。她们浓妆艳抹走下楼,到离地三级的台阶上站定,对强盗们说:"我们姐妹都是仙女,暂时下凡人间,如何会怕你们这些强盗!倒想赐你们白银万两,只怕你们还不敢接受。"强盗们一起仰头跪拜,齐声说"不敢"。姐妹刚要回身,一个强盗说:"这是在骗我们!"葛巾一听,转过身来站定,说:"你们想干什么,赶紧想好了,还不算太晚。"众强盗面面相觑,悄无一言,姐妹从容地登楼而去。强盗仰头一直看得不见了踪影,才一哄而散。

后二年,姊妹各举一子,始渐自言:"魏姓[1],母封曹国夫人。"生疑曹无魏姓世家,又且大姓失女,何得一置不问?未敢穷诘,而心窃怪之。遂托故复诣曹,入境谘访[2],世族并无魏姓。于是仍假馆旧主人。忽见壁上有赠曹国夫人诗,颇涉骇异,因诘主人。主人笑,即请往观曹夫人,至则牡丹一本,高与檐等。问所由名,则以此花为曹第一,故同人戏封之。问其何种,曰:"葛巾紫也[3]。"心益骇,遂疑女为花妖。既归,不敢质言,但述赠夫人诗以觇之。女蹙然变色,遽出,呼玉版抱儿至,谓生曰:"三年前,感君见思,遂呈身相报。今见猜疑,何可复聚!"因与玉版皆举儿遥掷之,儿堕地并没。生方惊顾,则二女俱渺矣。悔恨不已。后数日,堕儿处生牡丹二株,一夜径尺,当年而花,一紫一白,朵大如盘,较寻常之葛巾、玉版[④]，瓣尤繁碎。数年，茂荫成丛，移分他所，更变异种，莫能识其名。自此牡丹之盛，洛下无双焉。

【注释】

①魏姓：隐指牡丹葛巾出于魏家。宋欧阳修《洛阳牡丹记》："魏家花者，千叶肉红，花出魏相仁浦家。"明王象晋《二如堂群芳谱》谓出于魏仁溥家。

②谘(zī)访：打听。

③葛巾紫：牡丹名贵品种之一。花开紫色，花若紫云，瓣尤繁碎，朵大如盘，楼子台阁型。花瓣排列紧密，雌雄蕊全部瓣化。见明王象晋《二如堂群芳谱》。

④玉版：牡丹名贵品种之一。单叶细长，白如玉版。见宋欧阳修《洛阳牡丹记》。

【译文】

过了两年，姐妹各生了一个儿子，才渐渐说出："姓魏，母亲被封为曹国夫人。"常大用怀疑曹州并没有姓魏的世家大族，而且大族人家丢了两个女儿，怎么会置之不问呢？他虽不敢追问，但心里暗自觉得奇怪。他便找了个借口又前往曹州，在境内四处访问，发现世家大族中并没有姓魏的。于是他仍旧借住原来的那个花园中。他忽然看见墙壁上有一首《赠曹国夫人》诗，内容颇有些怪异，便向主人询问。主人一笑，就请他去观赏曹国夫人，到面前一看，却是一棵牡丹，跟屋檐一样高。常大用问起名字的由来，却是因为这株牡丹在曹州名列第一，所以朋友们就戏封它为曹国夫人。常大用问这是什么品种，主人笑道："这叫葛巾紫。"常大用心中更加惊骇，便疑心葛巾她们是花妖。他回到洛阳后，也不敢当面质问，只是叙述那首《赠曹国夫人》诗来察言观色。葛巾一听马上皱了眉头，变了脸色，迅速出了门，叫玉版抱着儿子来到常大用面前，对他说："三年前，我被你对我的思念感动，才显出人形，以身相报。现在你既然猜疑了，又怎么能再生活在一起呢！”说完，她和玉版一起举起孩子远远地扔出去，孩子一落地就消失了。常大用吃惊地回头看，那两个女子也都渺无踪影了。常大用懊悔不已，过了几天，孩子落下的地方长出两株牡丹，一夜之间就长到一尺，当年就开了花，一株是紫花，一株是白花，花朵像盘子那么大，与一般的葛巾、玉版相比，花瓣更加繁碎。过了几年，两株牡丹枝繁叶茂，形成了花丛，一移到别的地方，就变了品种，没人能知道它们的名字。从此洛阳的牡丹就名列天下第一了。

异史氏曰：怀之专一①，鬼神可通，偏反者亦不可谓无情也②。少府寂寞③，以花当夫人，况真能解语④，何必力穷其原哉？惜常生之未达也⑤！

【注释】

①怀：心怀，爱恋。

②偏反者：原指唐棣花，这里指葛巾。《论语·子罕》引古逸诗：“唐棣之华，偏其反而。岂不尔思？室是远而。”偏其反，花摇曳晃动的样子。

③少府寂寞：唐代诗人白居易在盩厔县做县尉时，作《戏题新栽蔷薇诗》：“少府无妻春寂寞，花开将尔当夫人。”少府，唐代县尉的别称。

④解语：指葛巾能善解人意。《开元天宝遗事·解语花》：“明皇秋八月，太液池有千叶白莲数枝盛开，帝（唐玄宗）与贵戚宴赏焉。左右皆叹羡久之。帝指贵妃示于左右曰：‘争（怎）如我解语花？’”

⑤达：通达。

【译文】

异史氏说：心怀专一的人，就能与鬼神沟通，如此则葛巾也不可能说是无情了。当年白居易寂寞时，还将花比作夫人，何况那牡丹真的能了解人意，甘为人妻，又何必要竭力探明其根底呢？可惜常大用没能通达啊！

卷十一

冯木匠

【题解】

这是一篇写鸡妖和人的婚恋，简率突兀，忽然而来，忽然而去。故事的开端似乎颇为有力，很有意境，但接下来的情节平淡无奇，失去了发展的张力，只是用“世缘俱有定数，当来推不去，当去亦挽不住，今与子别矣”迅速结尾。就故事结构而言，本篇与卷三的《犬灯》颇为近似，只是叙述一个下层人物偶然艳遇妖精，缘起结合，缘尽分手的平庸故事而已。

抚军周有德①，改创故藩邸为部院衙署②。时方鸠工③，有木作匠冯明寰直宿其中④。夜方就寝，忽见纹窗半开，月明如昼。遥望短垣上，立一红鸡，注目间，鸡已飞抢至地⑤。俄一少女露半身来相窥。冯疑为同辈所私，静听之，众已熟眠。私心怔忡⑥，窃望其误投也。少间，女果越窗过，径已入怀。冯喜，默不一言，欢毕，女亦遂去。自此夜夜至。初犹自隐，后遂明告。女曰：“我非误就，敬相投耳。”两人情日密。既而工满，冯欲归，女已候于旷野。冯所居村，离郡固不甚远[7]，女遂从去。既入室，家人皆莫之睹，冯始知其非人。迨数月，精神渐减，心益惧，延师镇驱[8]，卒无少验。一夜，女艳妆来，向冯曰："世缘俱有定数[9]，当来推不去，当去亦挽不住。今与子别矣。"遂去。

【注释】

①抚军：清巡抚的别称。亦称"抚院"、"抚台"、"抚宪"。周有德：字彝初，汉军镶红旗人。顺治二年（1645），自贡生授弘文院编修。五年（1648），从英亲王阿济格讨叛将姜瓖，还，迁侍读。康熙二年（1663）为山东巡抚，有政绩。见《山东通志》。

②故藩邸：指明藩王宫邸。明英宗次子德庄王朱见潾，"初国德州，改济南"（见《明史》卷一百十九、《历乘》卷五）。这里的"藩邸"，当指朱见潾在济南的王邸。部院衙署：即巡抚衙门。

③鸠工：聚集工匠。

④直：值班，当值。

⑤飞抢至地：飞掠至地。抢，触，撞。《庄子·逍遥游》："决起而飞，抢榆枋。"

⑥怔忡：心脏跳动剧烈。

⑦郡：郡城。指济南府城。

⑧师：巫师。

⑨世缘：人间的因缘。此处指夫妻缘分。

【译文】

山东巡抚周有德把前明藩王的王宫改建为巡抚衙门。当时正在招集工匠，有个叫冯明寰的木匠在里面值班。一天晚上，他刚要睡觉，忽然看见一扇花纹格子的窗开了一半，皎洁的月光亮如白昼。他远远望去，只见短墙上站着一只红鸡，正在凝神观看，那红鸡已经飞落到地上。过了一会儿，一位少女从窗外露出半个身子向屋里窥视。冯木匠以为是同伴的相好，就静静地细听，发现同伴已经睡熟了。他心里怔忡乱跳起来，暗自希望那少女会误入他的房间。工夫不大，少女果然跳窗进来，径直扑到他的怀中。冯木匠大喜，一句话也不说，两人交欢完毕，少女也就走开了。从此以后，那少女每天晚上都来。开始，冯木匠还躲躲闪闪，后来就把心中的想法告诉了她。少女说："我不是误入你的房间，是真心诚意地来投奔你。"两个人的关系日益密切。不久，工期满了，冯木匠准备回家，少女已经在旷野等候他了。冯木匠住的村子离府城本来就不是很远，少女就跟他一起回去了。少女进到屋子里，冯木匠的家人们都看不见，他这才知道这少女不是人。又过了几个月，冯木匠的精神日渐衰减，心中更加害怕起来，便请来法师镇妖驱鬼，但是没有一点儿效果。一天夜里，那少女浓妆艳抹地来了，对冯木匠说："世上的缘分都有定数，该来的推辞不掉，该走的想留也留不住。我今天就是来和你告别的。"说完，就走了。

黄英

【题解】

本篇虽然写的是人与菊精的婚恋，重心却在人格精神和人生社会问题的探讨上。

黄英姐弟不是花农，不是商人，也不是传统文人，而是蒲松龄心目中理想的人格范型——洒脱的名士——"青山白云人"。

篇中讨论了两个问题：一个是如何看待商人和商业行为，集中体现在陶生对马子才所说的一段话，即"自食其力不为贪，贩花为业不为俗。人固不可苟求富，然亦不必务求贫也"。这段自我辩护之词，批判了当时一般读书人持有的传统的看不起商人的观点，为商业和商业行为进行了辩护。另一个是如何看待贫富。富和贫哪个好？什么是贫？什么是富？贫与富对一个人的道德观念到底会产生什么影响？在作者看来，人们追求富裕的生活是正当的要求，只要这种求富的手段不肮脏，不"苟且"就可以。马子才和黄英结合后所发生的矛盾，固然有男子自尊心的因素，更有着过富足生活是不是理直气壮，能不能继续保有清德的观念上的争辩。在马子才看来，安贫乐道是高尚节操，而陶生和黄英的观点恰好相反，他们认为富足不是耻辱，一个人过着富足的生活并不影响节操，"清者自清，浊者自浊"。事实上，马子才富足后并没有丧失什么清德。就马子才和黄英的矛盾而言，最后是以黄英的胜利而告终的，这当然也是作者所肯定的。

小说语言隽永幽默，很有些《世说新语》的味道。作品的末尾赋予美丽的想象，陶生所化的菊称为"醉陶"，"嗅之有酒香"，"浇以酒则茂"，留下无穷的韵味。

马子才，顺天人[①]。世好菊，至才尤甚，闻有佳种，必购之，千里不惮[②]。一日，有金陵客寓其家[③]，自言其中表亲有一二种[④]，为北方所无。马欣动，即刻治装，从客至金陵。客多方为之营求，得两芽，裹藏如宝。归至中途，遇一少年，跨蹇从油碧车[⑤]，丰姿洒落[⑥]。渐近与语，少年自言"陶姓"，谈言骚雅[⑦]。因问马所自来，实告之。少年曰："种无不佳，培溉在人。"因与论艺菊之法[⑧]，马大悦，问："将何往？"答云："姊厌金陵，欲卜居于河朔耳[⑨]。"马欣然曰："仆虽固贫，茅庐可以寄榻。不嫌荒陋，无烦他适。"陶趋车前，向姊咨禀[⑩]。车中人推帘语，乃二十许绝世美人也。顾弟言："屋不厌卑，而院宜得广。"马代诺之，遂与俱归。

【注释】

①顺天：顺天府，明清时代指北京地区。《清史稿》：“顺天府：明初曰北平府。后建北京，复改。……领州六，县二十五。”

②惮：怕。

③金陵：南京。

④中表亲：古代称父系血统的亲戚为“内”，称父系血统之外的亲戚为“外”（如：“外父”即为岳父，“外甥”即为姊妹之子）。外为表，内为中，合而称之“中表”。

⑤跨蹇从油碧车：骑着驴跟随在油碧车后面。蹇，蹇卫，驴子。油碧车，也作“油壁车”，因车壁以油涂饰，故名。古时妇女所乘之车。唐李贺《苏小小墓》：“油壁车，夕相待。冷翠烛，劳光彩。”

⑥洒落：潇洒飘逸。

⑦谈言骚雅：说话文雅，有文学意味。《离骚》、《诗经》中的《大雅》和《小雅》都是中国古代文学的名篇，故以“骚雅”代指文学修养。

⑧艺菊：种植菊花。艺，种植，栽培。

⑨河朔：黄河以北地区。

⑩咨禀：商量，禀告。

【译文】

马子才是顺天人。马家世代爱好菊花，到马子才尤其喜爱，一听到有好的品种，就一定要买来，即使奔波千里也不畏难。一天，有位金陵来的客人住在他家，自称他的中表亲家中有一两种北方没有的菊花。马子才怦然心动，马上整治行装，跟那客人一同去了金陵。客人多方设法为他寻找到两棵嫩芽，马子才如获至宝，包藏好便往家赶。走在半路上，遇到一个年轻人，骑着驴子，跟在一辆油壁车后面，显得丰姿洒脱。马子才渐渐走近和他搭话，那年轻人自称“姓陶”，谈吐很是风雅。便问起马子才从什么地方来，马子才如实相告。陶生说：“花的品种没有不好的，关键在于养花人的培植浇灌。”马子才于是跟他讨论养植菊花的方法，谈得十分高兴，他便问道："你要到哪里去？"陶生答道："姐姐厌倦了金陵，想迁居北方河朔一带。"马子才欣然说道："我家虽然很穷，倒还有房舍可以让你们下榻。如果不嫌寒舍简陋，就不必麻烦找别的房子了。"陶生走到车前，跟姐姐商量。车里的人推开帘子说话，原来是一位二十多岁的绝代美女。她看着弟弟说："屋子倒不怕小，只是希望院子能大一点儿。"马子才答应了她的请求，于是姐弟俩便跟他回家了。

第南有荒圃，仅小室三四椽，陶喜，居之。日过北院，为马治菊。菊已枯，拔根再植之，无不活。然家清贫，陶日与马共食饮，而察其家似不举火①。马妻吕，亦爱陶姊，不时以升斗馈恤之。陶姊小字黄英②，雅善谈，辄过吕所，与共纫绩③。陶一日谓马曰："君家固不丰，仆日以口腹累知交④，胡可为常？为今计，卖菊亦足谋生。"马素介⑤，闻陶言，甚鄙之，曰："仆以君风流高士⑥，当能安贫，今作是论，则以东篱为市井⑦，有辱黄花矣⑧。"陶笑曰："自食其力不为贪，贩花为业不为俗。人固不可苟求富⑨，然亦不必务求贫也⑩。"马不语，陶起而出。自是，马所弃残枝劣种，陶悉掇拾而去。由此不复就马寝食，招之始一至。

【注释】

①不举火：不烧火做饭。

②小字：小名，乳名。

③纫绩：缝纫纺织。指针线活。

④口腹：饮食，吃饭问题。

⑤素：平素。介：耿介，有操守。

⑥风流高士：志节高尚的文士。风流，有才学，不拘礼法。

⑦以东篱为市井：把种菊的地方当作贸易的场所。晋陶渊明《饮酒》："采菊东篱下，悠然见南山。"因以"东篱"代指种菊的园地。

⑧黄花：指菊花。

⑨苟求富：不择手段谋求富足。

⑩务求贫：立志追求贫穷。

【译文】

马子才家的南面有一个荒废的花圃，只有三四间小屋子，陶生很喜欢，就住在那里。每天他们就到北院来，替马子才培育菊花。已经枯死的菊花，连根拔掉重新种上，没有不活的。但是陶生很清贫，每天都跟马家一块儿吃饭，看起来陶家好像不生火做饭。马子才的妻子吕氏也喜爱陶姐，不时地接济他们一些粮食。陶姐小名叫黄英，很善于与人交谈，常常到吕氏的屋里跟她一块儿纺织做针线活。一天，陶生对马子才说："您家也不是太富裕，我们每天还在你们家吃饭拖累朋友，怎么能长此下去呢？为今之计，卖菊花也足以谋生。"马子才素来耿直，听了陶生的话，很是看不起他，说："我一直以为您是风流高雅的人，应该能安于贫穷；今天竟然说出这番话，这是把种菊花的地方当作集市，真是对菊花的侮辱。"陶生笑着说："自食其力不能说是贪鄙，以卖花为业不能算是庸俗。人当然不可苟且求取富贵，但也不必固守贫穷。"马子才不说话了，陶生起身离去。从此以后，凡是马子才丢弃的残枝劣种，陶生都拾起来拿走，而且从此陶家也不再到马家来吃饭，偶尔叫他们才来一次。

未几，菊将开，闻其门嚣喧如市①。怪之，过而窥焉，见市人买花者，车载肩负，道相属也②。其花皆异种，目所未睹。心厌其贪，欲与绝，而又恨其私秘佳本③，遂款其扉，将就诮让④。陶出，握手曳入。见荒庭半亩皆菊畦，数椽之外无旷土[⑤]。斸去者[⑥]，则折别枝插补之，其蓓蕾在畦者，罔不佳妙。而细认之，皆向所拔弃也。陶入屋，出酒馔，设席畦侧，曰："仆贫不能守清戒[⑦]，连朝幸得微赀，颇足供醉。"少间，房中呼"三郎"，陶诺而去，俄献佳肴，烹饪良精。因问："贵姊胡以不字[⑧]？"答云："时未至。"问："何时？"曰："四十三月。"又诘："何说？"但笑不言。尽欢始散。过宿，又诣之，新插者已盈尺矣。大奇之，苦求其术。陶曰："此固非可言传，且君不以谋生，焉用此？"又数日，门庭略寂，陶乃以蒲席包菊[⑨]，捆载数车而去。逾岁，春将半，始载南中异卉而归[⑩]，于都中设花肆，十日尽售，复归艺菊。问之去年买花者，留其根，次年尽变而劣，乃复购于陶。陶由此日富，一年增舍，二年起夏屋。兴作从心，更不谋诸主人。渐而旧日花畦，尽为廊舍。更于墙外买田一区，筑墉四周[⑪]，悉种菊。至秋，载花去，春尽不归。而马妻病卒，意属黄英，微使人风示之。黄英微笑，意似允许，惟专候陶归而已。

【注释】

①嚣喧：吵闹，喧哗。

②相属(zhǔ)：络绎不绝。

③佳本：优良品种。本，根。

④诮(qiào)让：责难，数落。

⑤数椽(chuán)：几间房屋。旷土：空地。

⑥斸(zhú)：挖掘。

⑦清戒：清廉的戒规。指"以东篱为市井"。

⑧不字：没有嫁人。字，旧时称女子嫁人。

⑨蒲席：用蒲草编织的席。

⑩南中异卉：南方的珍奇花卉。南中，泛指南方。

⑪墉：土墙。

【译文】

不久，菊花就要开放了，就听见陶家门前像集市一样喧闹。马子才很奇怪，就过来窥探，只见集市上买花的人，用车装，用肩扛，道路上络绎不绝。那些菊花都是些奇特的品种，从来没见过。马子才心里厌恶陶生贪鄙，想跟他断绝往来，又恨他私藏良种菊花，便敲开陶家的门，想当面数落他一番。陶生出来，拉着他的手进了园子。只见原来荒废的庭院约半亩大的地方都种上了一畦畦的菊花，除了那几间小屋以外没有空闲的土地。挖掉菊花的地方就折来别的枝条补上，那些在畦中含苞待放的菊花无不绝妙。而仔细一辨认，都是马子才以前拔了扔掉的。陶生进屋取出酒菜，就在菊畦旁边摆上宴席，说道："我因为贫穷，不能够恪守清高的风节，幸而每天能够得到一些钱财，倒足以供醉饮一番。"一会儿工夫，房中有人喊"三郎"，陶生答应着进去，很快又端出美味佳肴，烹饪得很精良。马子才趁机问道："你姐姐为什么还不出嫁？"陶生答道："时候未到。"马子才问："什么时候？"陶生说："四十三月。"马子才又追问："这是什么意思？"陶生只是笑，不说话了。两人痛饮尽欢，才散去。过了一夜，马子才又来到陶家，只见昨天新插的菊苗已经超过了一尺。他大感惊奇，苦苦请求陶生传授他技术。陶生说："这技巧本来不可以言传，况且您又不以此谋生，学它又有什么用呢？"又过了几天，陶家门前渐渐安静下来，陶生便用蒲席包好菊花打捆，装了几辆车远走了。过了一年，春天将近一半时，陶生才载着南方的奇异花卉回来了，在城里开了家花店，十天就把带回来的花都卖光了，又回家种菊花。去年到陶家买花的人，留下的根到今年都变成劣种，只好再到陶家购买。陶家从此一天天富起来，一年增盖了屋子，两年盖起了大屋。一应兴造制作，都自己做主，再不跟马子才商量了。渐渐地，原来种菊花的地方都建起了房屋。又在墙外买了一块田地，四周都筑起了大墙，里面都种上了菊花。到了秋天，陶生将花全部运走，第二年春天过去了也没回来。马子才的妻子病死了，他想娶黄英，便悄悄请人去探听她的意思。黄英只是微笑，看上去像是同意了，但要等陶生回来。

年馀，陶竟不至。黄英课仆种菊①，一如陶。得金益合商贾，村外治膏田二十顷②，甲第益壮。忽有客自东粤来③，寄陶生函信，发之，则嘱姊归马④。考其寄书之日，即妻死之日，回忆园中之饮，适四十三月也，大奇之。以书示英，请问"致聘何所"，英辞不受采⑤。又以故居陋，欲使就南第居，若赘焉⑥。马不可，择日行亲迎礼。黄英既适马，于间壁开扉通南第，日过课其仆。马耻以妻富，恒嘱黄英作南北籍⑦，以防淆乱。而家所须，黄英辄取诸南第。不半岁，家中触类皆陶家物。马立遣人一一赍还之⑧，戒勿复取。未浃旬⑨，又杂之。凡数更，马不胜烦。黄英笑曰："陈仲子毋乃劳乎⑩？"马惭，不复稽，一切听诸黄英。鸠工庀料⑪，土木大作，马不能禁。经数月，楼舍连亘⑫，两第竟合为一，不分疆界矣。

【注释】

①课：督促完成指定的工作。

②膏田：良田。膏，膏腴。

③东粤：或作"东越"，指东南沿海地区。

④归：女子出嫁。

⑤采：彩礼。

⑥赘：就婚于女家。

⑦籍：簿籍，账本。

⑧赍(jī)还：归还。

⑨浃(jiā)旬：即“浃日”，十日。古代以干支纪日，称自甲至癸一周十日为“浃日”。浃，周匝。

⑩陈仲子毋乃劳乎：喻指马子才过分追求廉洁乃至矫情。陈仲子，战国时齐人。《孟子·滕文公》中，孟子一方面赞扬他“以兄之禄为不义之禄而不食也，以兄之室为不义之室而不居也，辟兄离母，处于於(wū)陵”；但同时批评他说：“虽然，仲子恶能廉？充仲子之操，则蚓而后可者也。夫蚓，上食槁壤，下饮黄泉。仲子所居之室，伯夷之所筑与？抑亦盗跖之所筑与？所食之粟，伯夷之所树与？抑亦盗跖之所树与？是未可知也。”

⑪鸠工庀(pǐ)料：招集工匠，置备建筑材料。庀，备具。

⑫连亘：连贯，连接。

【译文】

过了一年多，陶生还没回来。黄英督促仆人种菊花，就像陶生在家时一样。得了钱就跟商人合计，又在村外买了二十顷肥沃的土地，陶家的宅院越发壮大起来。一天，忽然有个客人从东粤来，带来一封陶生写的信，马子才打开一看，原来是陶生嘱咐姐姐嫁给马子才。核对一下发信的日子，正是马子才妻子死的那天。回想起两人在园中喝酒的时间，到今天正好四十三个月，马子才大感奇怪。他把信交给黄英，问她“聘礼送到什么地方”，黄英坚决不受彩礼。黄英又觉得马子才家太简陋了，就想让他到南边陶家居住，像招女婿入赘一样。马子才不同意，选择吉日举行了迎亲的礼仪。黄英嫁给马子才后，在墙上开了一个门通到南院，每天过去督促仆人。马子才为妻子比自己富裕感到羞耻，常常嘱咐黄英将南北的财产分开来登记，以防混淆。而家中所需要的东西，黄英就从南院拿来。不到半年，家中触目可见的都是陶家的东西。马子才立即派人一一送回去，并告诫他们不要再取了。但不到十天，家中又夹杂了陶家的东西。这么来回折腾了几次，马子才并不嫌麻烦。黄英笑着说："战国的陈仲子再清高也不像你这么辛劳吧？"马子才觉得羞惭，不再查核，一切都听从黄英的安排。黄英便招来工匠，准备材料，大兴土木，马子才并不能禁止。过了几个月，两家的楼舍便连接在一起，两家终于合成了一家，分不出界限来了。

然遵马教，闭门不复业菊，而享用过于世家。马不自安，曰："仆三十年清德[①]，为卿所累。今视息人间[②]，徒依裙带而食[③]，真无一毫丈夫气矣。人皆祝富，我但祝穷耳[④]！"黄英曰："妾非贪鄙，但不少致丰盈，遂令千载下人，谓渊明贫贱骨[⑤]，百世不能发迹，故聊为我家彭泽解嘲耳[⑥]。然贫者愿富，为难；富者求贫，固亦甚易。床头金任君挥去之，妾不靳也[⑦]。"马曰："捐他人之金，抑亦良丑。"黄英曰："君不愿富，妾亦不能贫也。无已，析君居，清者自清，浊者自浊，何害？"乃于园中筑茅茨[⑧]，择美婢往侍马。马安之。然过数日，苦念黄英。招之，不肯至，不得已，反就之。隔宿辄至，以为常。黄英笑曰："东食西宿[⑨]，廉者当不如是。"马亦自笑，无以对，遂复合居如初。

【注释】

①清德：清廉自守的德行。

②视息人间：犹言活在世上。视，看。息，呼吸。

③徒依裙带而食：只靠妻子生活，吃软饭。

④祝：祈求，祝愿。

⑤渊明：晋代诗人陶渊明。

⑥我家彭泽：陶渊明曾为彭泽县令，黄英姓陶，故曰“我家彭泽”。

⑦靳(jìn)：吝惜。

⑧茅茨(cí)：草屋。

⑨东食西宿：比喻兼有两利。《艺文类聚》卷四十引《风俗通》载，齐人育有一女，二人求之。一人丑而官，一人美而贫，父母疑而不决，问其女。女曰：“欲东家食，西家宿。”这里以此故事嘲笑马生所标榜的“清廉”。

【译文】

但黄英遵从马子才的意思，关上门不再以卖菊花为业，但家中享用还是超过了世家大族。马子才心里感到不安，说：“我三十年养成的清高德行，被你拖累了。我活在世界上，只会依靠妻子存活，真是没有一点儿大丈夫的气概。人们都祈求能富起来，我只祝愿贫穷起来！”黄英说：“我并不是贪财的人，但如果稍微使家境丰裕一点儿，就不会使千年以后的人们认为陶渊明天生具有贫贱骨，百世也不能发迹，我只是想让我家祖宗彭泽县令不致被后人嘲笑而已。但是贫穷的人想富裕很难，富裕的人想贫穷却很容易。床头的钱财任你去挥霍，我不会吝惜。”马子才说：“捐弃他人的钱财，也是很丑陋的事情。”黄英说：“你不愿意富，我也不想贫穷。没有别的办法，只好跟你分开来住；清高的人自己清高，混浊的人自己混浊，互相又有什么妨害呢？”黄英便在园中盖了一间茅屋，挑了一个美丽的丫环去侍候马子才。马子才安然处之。但过了几天，他又苦苦思念黄英。派人去请她，她却不肯来，不得已，他只好自己去找黄英。隔一个晚上就去一次，倒也习以为常了。黄英笑话他说：“在东家吃饭，到西家睡觉，这是齐国女子干的事，清廉的人不应该这样吧。”马子才自己也笑了，无言以对，于是两人又和以前一样住在了一起。

会马以事客金陵，适逢菊秋。早过花肆，见肆中盆列甚烦，款朵佳胜[1]，心动，疑类陶制。少间，主人出，果陶也。喜极，具道契阔[2]，遂止宿焉。要之归[3]，陶曰："金陵，吾故土，将婚于是。积有薄赀，烦寄吾姊。我岁杪当暂去[4]。"马不听，请之益苦，且曰："家幸充盈，但可坐享，无须复贾[5]。"坐肆中，使仆代论价，廉其直，数日尽售。逼促囊装，赁舟遂北。入门，则姊已除舍，床榻裀褥皆设，若预知弟也归者。陶自归，解装课役，大修亭园，惟日与马共棋酒，更不复结一客。为之择婚，辞不愿。姊遣两婢侍其寝处，居三四年，生一女。

【注释】

①款朵：花朵的款式。指菊花品种。

②契阔：久别之情。

③要（yao）：邀请。

④岁杪（miǎo）：岁末，年底。

⑤贾：经商。

【译文】

后来，马子才因为有事到金陵，正逢菊花盛开的秋季。早上他经过一家花店，见店中摆放的菊花很多，款款朵朵菊花都是上品，他心中一动，怀疑是陶生种的。过了一会儿，店主人出来，果然是陶生。马子才大喜，述说久别的情怀，于是住在陶生这里。马子才邀请陶生回北方去，陶生说："金陵是我的故乡，我想在这里结婚。我已经积攒了一点儿财物，麻烦你带给我姐姐。我年底就回家去。"马子才不听，更加苦苦地请求，并且说："家里已经很富裕了，尽可坐享其成，不必再行商了。"马子才坐在店中，让仆人代为论定价格，降价售花，几天时间就卖光了。然后催促陶生收拾行装，租了船回北方。一进门，只见黄英已将屋子打扫干净，床铺被褥都摆放好了，好像预先就知道弟弟要回来似的。自从陶生回来以后，他就解下行装，督促工役，大修亭园，每天都跟马子才一起下棋饮酒，不再结交一个客人。为他择女成婚，他推辞不愿意。黄英就派两个丫环侍候他起居，过了三年，生下一个女儿。

陶饮素豪[①]，从不见其沉醉。有友人曾生，量亦无对，适过马，马使与陶相较饮。二人纵饮甚欢，相得恨晚。自辰以讫四漏[②]，计各尽百壶。曾烂醉如泥，沉睡座间。陶起归寝，出门践菊畦，玉山倾倒[③]，委衣于侧，即地化为菊，高如人，花十馀朵，皆大于拳。马骇绝，告黄英。英急往，拔置地上，曰："胡醉至此！"覆以衣，要马俱去，戒勿视。既明而往，则陶卧畦边。马乃悟姊弟菊精也，益爱敬之。而陶自露迹，饮益放，恒自折柬招曾，因与莫逆[④]。值花朝[⑤]，曾来造访，以两仆舁药浸白酒一坛，约与共尽。坛将竭，二人犹未甚醉。马潜以一瓻续入之[⑥]，二人又尽之。曾醉已惫，诸仆负之以去。陶卧地，又化为菊。马见惯不惊[⑦]，如法拔之，守其旁以观其变。久之，叶益憔悴。大惧，始告黄英。英闻骇曰："杀吾弟矣！"奔视之，根株已枯。痛绝，掐其梗，埋盆中，携入闺中，日灌溉之。马悔恨欲绝，甚怨曾。越数日，闻曾已醉死矣。盆中花渐萌，九月既开，短干粉朵，嗅之有酒香，名之"醉陶"，浇以酒则茂。后女长成，嫁于世家。黄英终老，亦无他异。

【注释】

①豪：豪放。此处指酒量大。

②自辰以讫四漏：从辰时（早上7—9）一直到夜里四更天（凌晨1—3）。讫，至。

③玉山倾倒：酒醉身体倒地。《世说新语·容止》载：嵇康为人傲然若孤松独立，酒醉时“若玉山之将崩”，后因以“玉山倾倒”形容醉倒。

④莫逆：没有抵触，感情融洽、要好的朋友。《庄子·大宗师》：“三人相视而笑，莫逆于心，遂相与友。”

⑤花朝：花朝节，简称“花朝”。俗称“花神节”、“百花生日”、“花神生日”、“挑菜节”。汉族传统节日。流行于东北、华北、华东、中南等地。阴历二月初二举行，也有以二月十二、二月十五为花朝节的。节日期间，人们结伴到郊外游览赏花，称为“踏青”，女性则剪五色彩纸粘在花枝上，称为“赏红”。各地还有“装狮花”、“放花神灯”等风俗。花朝节由来已久，最早在春秋的《陶朱公书》中已有记载。

⑥瓻（chī）：古时盛酒用具。

⑦见惯不惊：习以为常。宋邵雍《首尾吟》其一：“见惯不惊新物盛，话长难说故人稀。”

【译文】

陶生饮酒素来酒量大，从来不曾见他大醉。马子才有个朋友叫曾生，酒量也大得没有对手，恰好一天经过马家，马子才让他跟陶生较量一番，看谁的酒量大。二人狂欢纵饮，只恨相见太晚。自辰时一直喝到四更天，算下来每人都喝干了上百壶。曾生烂醉如泥，就在座中昏沉沉睡去。陶生起身回去睡觉，一出门就踩在菊畦里，身子倒下去，衣服落在地上，一着地就变成了菊花，像人一样高，开了十几朵花，每朵都比拳头要大。马子才吓坏了，回去告诉黄英。黄英急忙赶来，将菊花拔起放在地上，说道：“怎么能醉成这样！”将衣服盖在他身上，要马子才跟她一块儿走，告诫他不要再看。天亮后，马子才前去看视，只见陶生躺在菊畦边。马子才于是醒悟到陶家姐弟都是菊花精，因此更加敬爱他们。而陶生自从显露真形以后，饮酒越发狂放，常常自己用请柬招来曾生，由此两人成为莫逆之交。正值花朝节，曾生前来拜访，带了两个仆人抬着用药浸过的白酒，约定要跟陶生把这坛酒喝完。坛中酒快喝干了，两人还不是很醉。马子才悄悄又加了一罐酒进去，两人又喝干了。曾生醉得很疲惫了，仆人们就把他背回了家。陶生躺在地上，又变成了菊花。马子才已经见惯了，并不惊慌，按照黄英的办法将菊花拔出来，守在旁边观察他的变化。时间一长，叶子更加枯黄了。他很是害怕，才赶紧去告诉黄英。黄英一听，惊骇万分，说："你杀死我弟弟了！"急忙奔过去一看，根已经枯死了。黄英悲痛欲绝，便掐下菊花的茎秆，埋在花盆中，带进自己的屋子，每天浇水。马子才悔恨欲绝，很怨恨曾生。过了几天，听说曾生已经醉死了。盆里的菊花渐渐发芽，九月份就开了花，花杆短小，花朵粉色，闻着一股酒的香气，马子才为它起名为"醉陶"，用酒浇灌它就会茂盛。后来陶生的女儿长大了，嫁给一个世家子弟。黄英直到老死，并没有什么异常。

异史氏曰：青山白云人①，遂以醉死，世尽惜之，而未必不自以为快也。植此种于庭中②，如见良友，如对丽人，不可不物色之也③！

【注释】

①青山白云人：比喻自由自在，不为世俗所污染。《旧唐书·傅奕传》载：傅奕生平未曾请医服药。年八十五，常醉酒酣卧。一日，忽然蹶起，自言将死，因自为墓志曰："傅奕，青山白云人也，因酒醉死。"

②此种：指上文所说的"醉陶"菊。种，品种。

③物色：访求。

【译文】

异史氏说：像"青山白云"一样的人，因为醉酒而死，世上的人都替他惋惜，而他自己未必不觉得快乐。将这样的菊花种在庭院中，就像见着好朋友，就像见着美人一样，不可不寻找这样的菊花啊！

书痴

【题解】

本篇写一个读书人读书走火入魔的故事。为什么读书？这是每个读书人都要回答的问题。读书不是目的，读书是为了掌握知识，成就自我，服务社会。假如认为读书的本身会产生"黄金屋""千钟黍""颜如玉"的话，读书就成了宗教乃至邪教，就走向了反面。郎玉柱读书的态度，对于自身无益，对于社会有害，所以从《汉书》中走出的女子被蒲松龄视为"女之妖，书之魔也"。假如我们比较卷十《素秋》中俞士枕和素秋兄妹的形象，那么同为有关书的妖精，却不难判断作者的不同态度。

在本篇中，有两个值得我们注意的情节。其一是作者写纱翦美人批评郎玉柱说："君所以不能腾达者，徒以读耳。"诱导郎玉柱废读学习音乐、下棋，"由此倜傥之名暴著"，以致郎玉柱后来"是年秋捷，次年举进士"。这是不是暗示了蒲松龄对于素质教育和考试教育之间辩证关系的看法呢？另一个情节写郎玉柱对于史姓邑宰"衔恨切于骨髓"，最后终于得以报复。郎玉柱报复史姓邑宰当然合理，但"衔恨切于骨髓"，却也与郎玉柱长期脱离社会读死书所形成的阴暗封闭性情相关联。

彭城郎玉柱[①]，其先世官至太守，居官廉，得俸不治生产[②]，积书盈屋。至玉柱，尤痴。家苦贫，无物不鬻[③]，惟父藏书，一卷不忍置[4]。父在时，曾书《劝学篇》黏其座右[5]，郎日讽诵，又幛以素纱，惟恐磨灭。非为干禄[6]，实信书中真有金粟[7]。昼夜研读，无间寒暑[8]。年二十馀，不求婚配，冀卷中丽人自至。见宾亲，不知温凉[9]，三数语后，则诵声大作，客逡巡自去[10]。每文宗临试[11]，辄首拔之[12]，而苦不得售[13]。

【注释】

①彭城：古县名。秦置，清雍正末改为"铜山县"，治所在今江苏徐州。

②俸：俸禄。生产：指盈利性营业。

③鬻(yù)：卖。

④置：弃置。

⑤《劝学篇》：指宋真宗赵恒所作的《劝学文》。文曰："富家不用买良田，书中自有千钟粟。安居不用架高堂，书中自有黄金屋。出门莫恨无人随，书中车马多如簇。娶妻莫恨无良媒，书中自有颜如玉。男儿欲遂平生志，六经勤向窗前读。"黏其座右：意谓当作座右铭，以鞭策自己。

⑥干禄：求取禄位。干，求取。

⑦金粟：即《劝学文》所说的"黄金屋"、"千钟粟"。

⑧间：间断，间隔。

⑨不知温凉：不知话温凉，不解应酬。温凉，犹言寒暄。

⑩逡巡：有所顾虑而徘徊不前或退却。这里是失意无趣之意。

⑪文宗临试：学使案临考试。文宗，明清时对各省提督学政的尊称。学政按期至所属府县巡回考试，称"案临"，意在考察生员的学业。

⑫首拔之：指在岁试或科试中选拔他为榜首。

⑬不得售：指乡试没有被录取。

【译文】

彭城人郎玉柱，祖上做官做到太守，为官清廉，所得的俸禄不用来置办产业，而是都用来买了书，堆了满满一屋子。到了郎玉柱，更是个书痴。家里贫穷，什么东西都卖掉了，但是父亲传下的藏书，一卷也舍不得卖掉。父亲在世的时候，曾经抄录宋真宗所编的《劝学篇》，贴在他的书桌右边，郎玉柱天天诵读，他又用白纱将座右铭盖上，唯恐磨坏了。郎玉柱读书不是为了做官，而是确实相信书中真有所谓的“黄金屋”、“千钟粟”。他不分昼夜刻苦攻读，全然不管寒暑易时。已经二十多岁了，也不考虑婚事，相信书中的美人会自己前来。见到宾客亲朋来，也不知道问寒问暖，聊了几句以后，就大声地诵读起来，客人觉得无趣，只好自己走了。每到学政主持考试时，总是首先选他作头名，但就是乡试不能录取。

一日方读，忽大风飘卷去，急逐之，踏地陷足。探之，穴有腐草；掘之，乃古人窖粟[1]，朽败已成粪土。虽不可食，而益信“千钟”之说不妄[2]，读益力。一日，梯登高架，于乱卷中得金辇径尺[3]，大喜，以为“金屋”之验[4]。出以示人，则镀金而非真金，心窃怨古人之诳己也。居无何，有父同年[5]，观察是道[6]，性好佛，或劝郎献辇为佛龛[7]。观察大悦，赠金三百、马二匹。郎喜，以为“金屋”、“车马”皆有验，因益刻苦。然行年已三十矣。或劝其娶，曰：“‘书中自有颜如玉’，我何忧无美妻乎？”又读二三年，迄无效，人咸揶揄之[8]。时民间讹言：天上织女私逃，或戏郎：“天孙窃奔[9]，盖为君也。”郎知其戏，置不辨。

【注释】

①窖(jiào):窖藏,把东西藏在地洞里。

②千钟之说:指《劝学文》中“书中自有千钟粟”的说法。钟,古代的量器,十釜为一钟,可容六斛四斗。

③金辇:人力拉挽的饰金之车,秦汉以后专指帝王的车子。

④“金屋”之验:辇车车盖如屋,故郎玉柱误作“金屋之验”。

⑤同年:科举时代同榜录取的人互称“同年”。

⑥观察是道:做彭城这个地方的观察使。清代一省分为数道,于藩、臬之下,设使守巡各道。“观察”则为守巡各道者的专称。

⑦佛龛(kān):供奉神像的小屋。

⑧咸:都。揶揄:嘲弄、戏弄、侮辱之意。

⑨天孙:即织女。

【译文】

一天,郎玉柱正在读书,忽然一阵儿大风吹来,把书刮跑了,他急忙去追,脚一踏在地上就陷了下去。往下一探,发现洞里面有腐烂的草,再扒开来一看,原来是一个古代人用来藏谷物的地窖,而粮食已经腐败成粪土了。虽然粮食已经不能吃了,而郎玉柱更加相信“书中自有千钟粟”的说法不假,读书也更加努力。又有一天,他爬上梯子来到书架的上面,从一堆乱七八糟的书中发现一驾尺把长的金车,他大为高兴,认为这就是“书中自有黄金屋”的应验。他拿出来给别人看,却发现只是镀金而不是真金,心里暗暗埋怨古人欺骗了自己。过了不久,有个与他父亲同一年参加科举考试的人到这个道来做视察使,这人很信佛,有人劝郎玉柱把金车献给观察使做佛龛。观察使十分高兴,赠送给他三百两银子和两匹马。郎玉柱大喜,认为“书中自有黄金屋”、“书中车马多如簇”这些话都有了应验,因此更加刻苦读书。但是,郎玉柱这时已经三十岁了。有人劝他娶妻,他说:“‘书中自有颜如玉’,我又何必担心没有美丽的妻子呢?”他又读了两三年,终于没有应验,周围的人都嘲笑他。当时，民间谣传天上的织女私自逃到人间来了，有人就对郎玉柱开玩笑地说："织女私奔，大概是冲你来的吧。"郎玉柱知道别人拿他开玩笑，也不跟人理论。

一夕，读《汉书》至八卷①，卷将半，见纱翦美人夹藏其中，骇曰："书中颜如玉，其以此应之耶？"心怅然自失。而细视美人，眉目如生，背隐隐有细字云"织女"。大异之。日置卷上，反复瞻玩，至忘食寝。一日，方注目间，美人忽折腰起，坐卷上微笑。郎惊绝，伏拜案下，既起，已盈尺矣。益骇，又叩之。下几亭亭②，宛然绝代之姝③。拜问："何神？"美人笑曰："妾颜氏，字如玉，君固相知已久。日垂青盼④，脱不一至⑤，恐千载下无复有笃信古人者。"郎喜，遂与寝处。然枕席间亲爱倍至，而不知为人⑥。

【注释】

①《汉书》：又称《前汉书》，由我国东汉时期的历史学家班固编撰，是中国第一部纪传体断代史，"二十四史"之一。与《史记》、《后汉书》、《三国志》并称为"前四史"。《汉书》全书主要记述了上起西汉的汉高祖元年（前206），下至新朝的王莽地皇四年（23），共230年的史事。包括纪十二篇，表八篇，志十篇，传七十篇，共一百篇，后人划分为一百二十卷，共八十万字。《汉书·宣帝纪》中有，宣帝地节四年，夏五月，诏曰："父子之亲，夫妇之道，天性也。虽有患祸，犹蒙死而存之。诚爱结于心，仁厚之至也，岂能违之哉！"

②几：案几，小桌。亭亭：身材窈窕的样子。

③绝代之姝：绝代佳人。姝，美丽，美好。

④日垂青盼：天天承蒙喜爱。《晋书·阮籍传》：阮籍能为青白眼，对其所喜欢的以青眼（黑眼珠）视之，后世遂以"青盼"、"垂青"，表示对人的喜爱。

⑤脱：假如。

⑥为人：指性生活。

【译文】

一天晚上，郎玉柱读《汉书》读到第八卷将近一半的地方，发现一个用纱剪成的美人夹在书页中，他惊骇地说："'书中自有颜如玉'，难道就是以此来应验吗？"心中不由怅然若失。但他仔细观看美人，觉得眉眼就像活人一样，而且背后隐隐约约写有两个小字："织女"。郎玉柱大感惊异。每天都把美人放在书上，反复观赏把玩，甚至到了废寝忘食的地步。一天，郎玉柱正盯着美人看，美人忽然弯腰起身，坐在书上冲着他微笑。郎玉柱大惊失色，拜伏在书桌下，等他立起身来，美人已经有一尺多高了。他越发惊骇，又赶紧叩头。美人走下桌子，亭亭玉立，简直就是一个绝代美女。郎玉柱向她行礼，问道："你是何方神仙？"美人笑着说："我姓颜，叫如玉，你很早就知道了。你每天都在盼着我，我如果不来一下，恐怕以后人们再也不会相信古人的话了。"郎玉柱很高兴，便和她住在一起。郎玉柱虽然和颜如玉在床上亲亲热热，却并不懂得如何才是真正的夫妻生活。

每读，必使女坐其侧。女戒勿读，不听。女曰："君所以不能腾达者，徒以读耳。试观春秋榜上[①]，读如君者几人？若不听，妾行去矣。"郎暂从之。少顷，忘其教，吟诵复起。逾刻，索女，不知所在。神志丧失，嘱而祷之，殊无影迹。忽忆女所隐处，取《汉书》细检之，直至旧所，果得之。呼之不动，伏以哀祝。女乃下曰："君再不听，当相永绝！"因使治棋枰、樗蒲之具[2]，日与遨戏。而郎意殊不属，觑女不在，则窃卷流览。恐为女觉，阴取《汉书》第八卷，杂溷他所以迷之[3]。一日，读酣[4]，女至，竟不之觉，忽睹之，急掩卷，而女已亡矣。大惧，冥搜诸卷，渺不可得。既，仍于《汉书》八卷中得之，叶数不爽。因再拜祝，矢不复读。女乃下，与之弈，曰："三日不工[5]，当复去。"至三日，忽一局赢女二子。女乃喜，授以弦索[6]，限五日工一曲。郎手营目注[7]，无暇他及，久之，随指应节，不觉鼓舞。女乃日与饮博，郎遂乐而忘读。女又纵之出门，使结客，由此倜傥之名暴著[8]。女曰："子可以出而试矣。"

【注释】

①春秋榜：春榜和秋榜。春榜，指春试考中进士之榜。秋榜，指秋试考中举人之榜。

②棋枰：棋盘。指围棋盘。樗蒱（chu pu）：古博戏的一种。博戏中用于掷采的骰子最初是用樗木制成，故称"樗蒱"。又由于这种木制掷具系五枚一组，所以又叫"五木之戏"，或简称"五木"。

③溷（hùn）：杂，混杂。

④读酣：读兴正浓。酣，畅，浓。

⑤工：精通。

⑥弦索：指弦乐。金、元以来常称用琵琶、三弦等弦乐伴奏的戏曲、曲艺为"弦索"，一般多指北曲。

⑦手营目注：谓手眼并用，意趣专注。营，操作。

⑧倜傥（tì tǎng）：洒脱而不拘束。

【译文】

郎玉柱每次读书，必定要让颜如玉坐在他身边。颜如玉劝他不要读了，他不听。颜如玉说："你之所以不能飞黄腾达，就是因为你只知道读书。你看看那些榜上题名的人，有几个人是像你这样读书的？你如果不听我的话，我就要离开了。"郎玉柱暂时听从了她。但过不了一会儿，就忘记了她的吩咐，又开始吟诵起来。转眼之间，他再找颜如玉，却不知她到哪里去了。郎玉柱失魂落魄，连声祷告，却丝毫不见颜如玉的踪影。他忽然回忆起颜如玉原来藏身的地方，急忙取来《汉书》细细翻检，一直翻到原来的地方，果然找到了颜如玉。郎玉柱叫她却不理，只好趴在地上苦苦祷告。颜如玉这才从书中走下来，说："你再不听我的话，就和你永远不相见了！"于是她让郎玉柱准备棋枰、樗蒱等器具，每天和他一起游戏。但是郎玉柱对这些东西一点儿都不感兴趣，一看颜如玉不在，就偷偷地看书。他恐怕被颜如玉发觉，就悄悄地取出《汉书》第八卷，混杂在其他书里，让她找不到回去的路。一天，郎玉柱读书太投入了，颜如玉来到了，他竟然都没有察觉，忽然看见她时，急忙把书合上，但是颜如玉已经不见了。郎玉柱十分害怕，暗自在每本书中寻找，但就是找不到。最后，还是在《汉书》第八卷中找到了，还是在那一页里。于是，他又行礼祷告，发誓不再读书了。颜如玉这才下来，和他下棋，说："三天之内如果学不好的话，我还是要离去。"到了第三天，郎玉柱忽然一局赢了颜如玉两子。颜如玉于是很高兴，又教他弹琴，限五天之内要学会弹一首曲子。郎玉柱手拨琴弦，眼盯琴谱，根本没有时间想别的；时间一长，他的手指也能符合音乐的节拍了，他自己也不觉受到鼓舞。颜如玉每天和他饮酒游戏，郎玉柱于是高兴得忘了读书。颜如玉又让他出门去结交朋友，从此，郎玉柱风流倜傥的名声大起。颜如玉说："现在你可以去参加考试了。"

郎一夜谓女曰："凡人男女同居则生子，今与卿居久，何不然也？"女笑曰："君日读书，妾固谓无益。今即夫妇一章[①]，尚未了悟[②]，枕席二字有工夫。"郎惊问："何工夫？"女笑不言。少间，潜迎就之。郎乐极，曰："我不意夫妇之乐，有不可言传者。"于是逢人辄道，无有不掩口者。女知而责之，郎曰："钻穴逾隙者[3]，始不可以告人；天伦之乐[4]，人所皆有，何讳焉。"过八九月，女果举一男，买媪抚字之[5]。

【注释】

①夫妇一章：语意双关，既指现实的性知识，也指经书中论述夫妇之道的章节。如《周易·序卦》："有天地，然后有万物。有万物，然后有男女。有男女，然后有夫妇。有夫妇，然后有父子。有父子，然后有君臣。"

②了悟：明白。

③钻穴逾隙：喻不正当男女关系。

④天伦之乐：这里指夫妇乐趣。天伦，指父子、兄弟、夫妇等天然的亲属关系。

⑤抚字：抚育。字，养育。

【译文】

一天晚上，郎玉柱对颜如玉说："在人间男女住在一起就会生孩子，我和你住在一起这么长时间，为什么没有孩子呢？"颜如玉笑着说："你每天只知道读书，我本来就说没有好处。就是关于夫妻生活这一章，你到现在还没弄懂，'枕席'这两个字里其实大有学问。"郎玉柱问："什么学问？"颜如玉只是笑，并不回答。过了一会儿，她暗中迎合挑逗他。郎玉柱快乐极了，说："我没想到夫妻之间，还有这样不可言传的快乐。"于是，他见人就讲，听到的人没有不捂着嘴笑的。颜如玉知道后就责备他，郎玉柱却说："那些背着父母的男女偷欢，才不可以告诉别人；天伦之乐，人人都有，有什么可避讳的。"过了八九个月，颜如玉果然生了一个男孩，郎玉柱买了一个老妇人抚养孩子。

一日，谓郎曰："妾从君二年，业生子，可以别矣。久恐为君祸，悔之已晚。"郎闻言，泣下，伏不起，曰："卿不念呱呱者耶？"女亦凄然，良久曰："必欲妾留，当举架上书尽散之。"郎曰："此卿故乡，乃仆性命，何出此言！"女不之强，曰："妾亦知其有数，不得不预告耳。"先是，亲族或窥见女，无不骇绝，而又未闻其缔姻何家，共诘之。郎不能作伪语，但默不言。人益疑，邮传几遍①，闻于邑宰史公。史，闽人②，少年进士。闻声倾动③，窃欲一睹丽容，因而拘郎及女。女闻知，遁匿无迹。宰怒，收郎，斥革衣衿④，梏械备加⑤，务得女所自往。郎垂死，无一言。械其婢，略能道其仿佛⑥。宰以为妖，命驾亲临其家。见书卷盈屋，多不胜搜，乃焚之，庭中烟结不散，瞑若阴霾。

【注释】

①邮传：旧时传递文书的驿站。这里指信息传播。

②闽：福建省的简称。

③倾动：心动，倾倒。

④斥革衣衿(jīn)：褫夺生员衣冠。指取消生员资格。斥革，同"褫革"。

⑤梏械：刑讯，用刑。

⑥仿佛：大概，不太真切。

【译文】

一天，颜如玉对郎玉柱说："我跟你两年，已经为你生了个儿子，可以就此告别了。时间拖久了，恐怕会给你带来灾祸，到时候后悔可就晚了。"郎玉柱听了，流下眼泪，趴在地上不起来，说："你难道不挂念咱们这刚会啼哭的儿子吗?"颜如玉也很凄然,过了好久,才说:"如果你一定要我留下,那么你就得把书架上的书全部扔掉。"郎玉柱说:"书是你的故乡,又是我的生命,你怎么会说出这样的话呢!"颜如玉也不勉强他,说:"我也只知道会有恶运,不得不预先告诉你。"原来,郎玉柱的亲戚中有人见过颜如玉,无不惊骇,而且又从来没有听说郎玉柱和谁家订过亲事,所以都来盘问他。郎玉柱不会说谎话,只是沉默不语。众人更加怀疑,这件事很快就传开了,一直传到了县令史公的耳朵里。史县令是福建人,年纪轻轻就中了进士。他听说这件事不由动心,暗自想一睹颜如玉的美貌,于是传令拘捕郎玉柱和颜如玉。颜如玉听说以后,就藏了起来,不见踪影。史县令发了火,将郎玉柱收进监狱,革去了他的秀才功名,对他严刑拷打,逼他说出颜如玉逃到哪里去了。郎玉柱几乎被打死,也没有说出一个字。史县令又将他家的丫环抓来,才知道了事情的大概。史县令认为这是妖人作怪,便亲自乘车来到郎玉柱家。只见屋子堆得满满的都是书,多得搜都没法搜,于是下令把书都烧了,院子里的烟在空中凝结不散,阴沉灰暗。

郎既释,远求父门人书,得从辨复①。是年秋捷②,次年举进士,而衔恨切于骨髓。为颜如玉之位③,朝夕而祝曰:"卿如有灵,当佑我官于闽。"后果以直指巡闽④。居三月,访史恶款⑤,籍其家。时有中表为司理⑥,逼纳爱妾,托言买婢寄署中。案既结,郎即日自劾⑦,取妾而归。

【注释】

①辨复:向上级官府申诉理由,请求恢复职务或功名。

②秋捷:考中举人。乡试在秋天举行。

③位:牌位,灵位。

④以直指巡闽：以御史衔巡察福建。直指，专管巡视、处理各地政事的官员。

⑤恶款：作恶的条款。

⑥司理：主管司法的州官。

⑦自劾：自我弹劾。劾，弹劾，揭发罪过。

【译文】

郎玉柱被释放以后，远道去找父亲的学生替他上书求情，得以平反昭雪，恢复了秀才的资格。这一年秋天他考中举人，第二年又中了进士，而郎玉柱对那个史县令恨之入骨。他为颜如玉立了个牌位，早晚都祈祷说："你如果在天有灵，就应该保佑我到福建做官。"后来，郎玉柱果然以直指的身份被派往福建。过了三个月，他查出史县令种种劣迹，将他抄了家。当时郎玉柱有个表亲担任州司理官，逼郎玉柱收了一个小妾，假称是买了个婢女寄住在官衙里。等这个案子完结以后，郎玉柱当天就上书自我弹劾辞了官职，然后带着小妾回家去了。

异史氏曰：天下之物，积则招妒，好则生魔①。女之妖，书之魔也。事近怪诞，治之未为不可，而祖龙之虐②，不已惨乎？其存心之私，更宜得怨毒之报也。呜呼！何怪哉！

【注释】

①好(hào)：喜好，爱好。

②祖龙之虐：指秦始皇焚书坑儒的暴政，喻指邑宰尽焚郎生之藏书，加刑于朗生。祖龙，秦人对秦始皇的代称。《史记·秦始皇本纪》《集解》："苏林曰：祖，始也；龙，人君象。谓始皇也。"

【译文】

异史氏说：天下的东西，积聚得多了就会招来他人的嫉妒；而过分的爱好就会生出妖魔之类的事。颜如玉这个妖女就是书魔。这件事情近乎怪诞，治办它未尝不可以，但是像秦始皇那样，一把火将书全部烧掉，又惩罚儒生，不是太残酷了吗？就因为那县令出于私心，所以日后才会得到狠毒的报应。唉！有什么好奇怪的呀！

齐天大圣

【题解】

这是一篇有关《西游记》中孙悟空在福建的传说。从这个传说中我们可以看到，在明清之际，《西游记》在南方的传播比北方要广泛而深入。关于《西游记》的作者，渊博如蒲松龄，当时还认为其作者不是吴承恩，而是"丘翁之寓言"。故事虽然荒诞，却也可以当做《西游记》传播史料来看。

本篇由两个小故事组成：前一个小故事写许盛对于孙悟空信仰由不以为然到心服口服；后一个小故事写许盛跟随孙悟空来到天上，财星赐给他十二个小石子，也就是"赐利十二分"。从后面的"异史氏曰"看，蒲松龄不过借用孙悟空的由头来编造自己的故事，他本人并不相信什么齐天大圣，也不相信疾病的发生是不敬神灵造成的，更不相信财星赐利的说法——"天下事固不必实有其人，人灵之，则既灵焉矣。何以故？人心所聚，而物或托焉耳。"

许盛，兖人①，从兄成贾于闽②，货未居积③。客言大圣灵著④，将祷诸祠。盛未知大圣何神，与兄俱往。至则殿阁连蔓，穷极弘丽。入殿瞻仰，神猴首人身，盖齐天大圣孙悟空云。诸客肃然起敬，无敢有惰容。盛素刚直，窃笑世俗之陋。众焚奠叩祝，盛潜去之⑤。

【注释】

①兖：府名。辖济宁、东平、曹、沂四州二十三县，治所在今山东兖州。

②贾：经商。闽：福建省简称。

③居积：囤积。这里指货物还没有齐备。

④大圣：指齐天大圣孙悟空，神魔小说《西游记》中的人物。孙悟空在花果山水帘洞占山为王与天庭对抗，曾自封为“齐天大圣”。灵著：灵异显著。

⑤去：离开。

【译文】

许盛是衮州府人，跟着哥哥许成到福建做生意，货物没有备齐。有客人说大圣很灵验，准备到祠庙去祈祷。许盛不知道大圣是何方神圣，便和哥哥一同前往。到了祠庙，只见殿阁相连，极其宏大壮丽。他们进殿瞻仰，见神像长着猴头人身，原来是齐天大圣孙悟空。众客人都肃然起敬，没人敢流露出萎靡不振的神情。许盛生性刚直，暗自笑话世俗之人的浅陋。众人焚香祭拜祷告，而许盛却悄悄地溜走了。

既归，兄责其慢[①]。盛曰：“孙悟空乃丘翁之寓言[②]，何遂诚信如此？如其有神，刀槊雷霆[③]，余自受之！”逆旅主人闻呼大圣名，皆摇手失色，若恐大圣闻。盛见其状，益哗辨之[④]，听者皆掩耳而走。至夜，盛果病，头痛大作。或劝诣祠谢[⑤]，盛不听。未几，头小愈，股又痛，竟夜生巨疽[⑥]，连足尽肿，寝食俱废。兄代祷，迄无验。或言：神谴须自祝。盛卒不信。月馀，疮渐敛，而又一疽生，其痛倍苦。医来，以刀割腐肉，血溢盈碗。恐人神其词[⑦]，故忍而不呻。又月馀，始就平复，而兄又大病。盛曰：“何如矣！敬神者亦复如是，足征余之疾，非由悟空也。”兄闻其言，益恚，谓神迁怒，责弟不为代祷。盛曰："兄弟犹手足。前日支体糜烂而不之祷，今岂以手足之病，而易吾守乎⑧？"但为延医剉药⑨，而不从其祷。药下，兄暴毙。

【注释】

①慢：怠慢，不恭敬。

②丘翁：指金元时道士丘处机(1148—1227)，字通密，道号长春子，登州栖霞人，道教主流全真道掌教、思想家、政治家、文学家、养生学家和医药学家。公元1219年成吉思汗西征，丘处机奉诏前往。公元1223年丘处机自西域返回。其弟子李志常将丘处机在西域的经历，写成《长春真人西游记》一书，凡二卷，今存《道藏》中。明清时代人曾误将此书与小说《西游记》混淆，并将小说《西游记》的作者误认为是丘处机。

③刀槊(shuò)雷霆：犹言刀砍雷轰。槊，长矛。

④哗：喧哗，大声。

⑤谢：谢罪，道歉。

⑥疽(jū)：局部皮肤下发生的疮肿。

⑦神：灵验。

⑧易吾守：改变我的操守。守，操守，信仰。指不随俗祷神。

⑨剉(cuò)药：切药，犹言制药材。剉，铡碎。

【译文】

回来以后，哥哥责怪他轻慢了神灵。许盛说："孙悟空是丘处机写的寓言，为什么要对他如此忠诚信仰呢？如果他真有神灵，不管是刀砍雷劈，我都心甘情愿地接受！"旅店的主人听他直呼大圣的名字，都吓得变了脸色，连连摆手，好像生怕大圣听到似的。许盛一见他们这副样子，更加大声地辩论起来，听的人都捂着耳朵走开了。到了半夜，许盛果然生病了，头疼得很厉害。有人劝他到齐天大圣庙去谢罪，许盛不听。不一会儿，头疼好些了，但大腿又疼了起来，一夜过去，竟然生了一个大毒疮，连脚都肿了，吃不下饭，睡不下觉。哥哥代他去祷告，但没有效果。有人说：如果遭受责罚，必须亲自去祷告才行。许盛始终不相信。过了一个多月，毒疮渐渐收敛了，但又长出一个来，而且更加痛苦。医生来用刀割掉腐烂的肉，血流了满满一碗。他怕人家再夸大说他不敬神惹出病来，就故意忍着不大声呻吟。又过了一个多月，疮才平复下去，但是他哥哥又生了大病。许盛说："为什么要这样！对神恭敬的人也会得病，这足以证明我的病并不是因孙悟空而起。"哥哥听他这么说，更加生气，责怪弟弟不替他去向神祷告。许盛说："兄弟如同手足。前段时间我肢体糜烂都没有去祷告，怎么能因为现在'手足'有病，而去改变我的操守呢？"于是，他只是替哥哥请来医生开了药，而没有听他的话去祈祷，哥哥服下药却突然死掉了。

盛惨痛结于心腹，买棺殓兄已，投祠指神而数之曰[①]："兄病，谓汝迁怒，使我不能自白。倘尔有神，当令死者复生，余即北面称弟子[②]，不敢有异辞，不然，当以汝处三清之法[③]，还处汝身，亦以破吾兄地下之惑。"至夜，梦一人招之去，入大圣祠，仰见大圣有怒色。责之曰："因汝无状[④]，以菩萨刀穿汝胫股[⑤]，犹不自悔，啧有烦言[⑥]。本宜送拔舌狱[⑦]，念汝一生刚鲠[⑧]，姑置宥赦。汝兄病，乃汝以庸医夭其寿数，于人何尤[⑨]？今不少施法力，益令狂妄者引为口实。"乃命青衣使请命于阎罗。青衣白："三日后，鬼籍已报天庭，恐难为力。"神取方版[⑩]，命笔，不知何词，使青衣执之而去。良久乃返，成与俱来，并跪堂上。神问："何迟？"青衣白："阎摩不敢擅专[⑪]，又持大圣旨上咨斗宿[⑫]，是以来迟。"盛趋上拜谢神恩。神曰："可速与兄俱去。若能向善，当为汝福。"兄弟悲喜，相将俱归。醒而异之。急起启材视之[13]，兄果已苏，扶出，极感大圣力。盛由此诚服信奉，更倍于流俗。而兄弟赀本[14]，病中已耗其半，兄又未健，相对长愁。

【注释】

①数：责数，数落。

②北面称弟子：意为甘心做信徒。旧时尊长者南面而坐，卑幼者北面参谒。

③当以汝处三清之法：《西游记》第四十四回，孙悟空命猪八戒把车迟国三清殿中供奉的三清，即元始天尊、灵宝道君、太上老君的塑像投入毛（茅）坑。猪八戒在做这些事的时候念念有词说："三清三清，我说你听：远方到此，惯灭妖精，欲享供养，无处安宁。借你坐位，略略少停。你等坐久，也且暂下毛坑。你平日家受用无穷，做个清净道士；今日里不免享些秽物，也做个受臭气的天尊！"

④无状：无礼。

⑤胫股：小腿。

⑥啧（zé）有烦言：抱怨责备，闲言碎语。《左传・定公四年》："会同难，啧有烦言，莫之治也。"注："啧，至也。烦言，忿争。"

⑦拔舌狱：民间认为凡言辞怨尤，挑弄是非的人死后入拔舌地狱受苦。吴承恩《西游记》第十一回载唐太宗入冥，在阴山后见到十八层地狱，其中有拔舌狱。

⑧刚鲠（gěng）：刚正鲠直。

⑨尤：怨。

⑩方版：木板，简牍。《论衡・须颂》："今方板之用，在竹帛，无主名。"

⑪阎摩：阎罗王，民间传说中的主管地狱的神灵。

⑫斗宿：天上二十八星宿之一。此指南斗星、北斗星。民间传说认为南斗主管生，北斗主管死。所以阎王请示南、北星斗。

⑬材：棺材。

⑭赀（zī）本：资本，本钱。

【译文】

许盛心中十分惨痛，买口棺材安葬了哥哥，然后他就前往祠庙，指着齐天大圣像数落道："我的哥哥生病，说是你迁怒的原因，弄得我不能辩白。如果你真有神灵，能让他死而复生，我就拜你为师，绝不敢说二话，不然的话，就用你在车迟国惩处三清的方法来对付你，把你的神像推翻，也好解除我哥哥在地下的疑惑。"到了夜里，许盛梦见一个人招呼他，来到了大圣祠，他抬头看见大圣脸上有怒色。大圣斥责他道："因为你无礼，所以用菩萨刀穿透你的小腿，但是你不仅不幡然悔悟，还说出许多闲话。本来应该将你送到拔舌狱去，但念你一直刚直不阿，姑且宽恕了你。你哥哥生病，是你自己请来庸医，使他折寿而死，与别人有什么关系？今天不施展一点儿法力让你看看，只怕更会让那些狂妄的人引为口实。"于是命令青衣使者去阎罗府请命。青衣使者禀告说："人死了三天后，鬼籍就上报到了天庭，恐怕无力回天了。"齐天大圣取过一块方板，在上面写字，不知写了些什么，让青衣使者拿着去了。过了好久，青衣使者才回来，许成和他一起来到，双双跪倒在大堂上。齐天大圣问道："为什么回来晚了？"青衣使者禀告道："阎罗也不敢擅自做主，又拿着大圣的圣旨上天去向南斗、北斗请示，所以回来晚了。"许盛急忙上前行礼，感谢大圣的恩德。齐天大圣说："赶快和你哥哥回去吧。如果你能一心向善，我会赐福给你的。"兄弟俩悲喜交加，互相搀扶着回去了。许盛一觉醒来，感到很奇怪。他急忙起身，打开棺材一看，只见哥哥果然已经苏醒了，便将他扶出来，心中深深感到大圣的法力无边。从此，许盛对大圣心悦诚服，比平常人还要信奉大圣。但是，兄弟二人做生意的本钱因为生病已经损耗了一半，而且哥哥的病还没有痊愈，因此二人常常面对面地发愁。

一日，偶游郊郭[1]，忽一褐衣人相之曰[2]："子何忧也？"盛方苦无所诉，因而备述其遭。褐衣人曰："有一佳境，暂往瞻瞩，亦足破闷。"问："何所？"但云："不远。"从之。出郭半里许，褐衣人曰："予有小术，顷刻可到。"因命以两手抱腰，略一点首，遂觉云生足下，腾踔而上[3]，不知几百由旬[4]。盛大惧，闭目不敢少启。顷之曰："至矣。"忽见琉璃世界，光明异色，讶问："何处？"曰："天宫也。"信步而行，上上益高[5]。遥见一叟，喜曰："适遇此老，子之福也！"举手相揖。叟邀过诸其所，烹茗献客，止两盏，殊不及盛。褐衣人曰："此吾弟子，千里行贾，敬造仙署，求少赠馈。"叟命僮出白石一柈[6]，状类雀卵，莹澈如冰，使盛自取之。盛念携归可作酒枚[7]，遂取其六。褐衣人以为过廉，代取六枚，付盛并裹之，嘱纳腰橐[8]。拱手曰："足矣。"辞叟出，仍令附体而下，俄顷及地。盛稽首请示仙号，笑曰："适即所谓筋斗云也[9]。"盛恍然，悟为大圣。又求祐护，曰："适所会财星[10]，赐利十二分[11]，何须他求。"盛又拜之，起视已渺。既归，喜而告兄。解取共视，则融入腰橐矣。后辇货而归，其利倍蓰[12]。自此屡至闽，必祷大圣。他人之祷，时不甚验，盛所求无不应者。

【注释】

①郭：城外围着城的墙，外城。

②褐衣：贫贱者的服装。《说文》："褐，一曰粗衣。"相：相面，仔细看。

③腾踔(chuō):腾跃。

④由旬:古代印度的长度单位,一由旬相当于一只公牛走一天的距离,大约七英里,即 11.2 公里。

⑤上上益高:意为越上越高。

⑥柈(pán):盘,碟。

⑦酒枚:犹言酒筹,饮酒用以计数之具。枚,《左传·昭公十二年》:“枚筮之。”疏:“今人数物云一枚、两枚。是筹之名也。”

⑧橐(tuó):口袋。

⑨筋斗云:跟头云。吴承恩《西游记》第七回谓孙悟空“会驾筋斗云,一纵十万八千里”。

⑩财星:民间传说认为天宫有主财的星宿,此星照临,财运就兴旺。

⑪赐利十二分:指得十二枚白石,为财星所赐的十二分利润。

⑫倍蓰(xǐ):亦作“倍屣”、“倍徙”,谓数倍。倍,一倍。蓰,五倍。《孟子·滕文公》:“夫物之不齐,物之情也。或相倍蓰,或相什伯,或相千万。”

【译文】

一天,许盛偶然到城外游玩,忽然一个穿着褐色衣服的人看着他说:“你有什么忧愁呀?”许盛正苦于无处诉说,便详细地叙述了一番自己的遭遇。褐衣人说:“有一处好地方,你可以暂且去看看,倒也足以解闷。”许盛问道:“是什么地方?”褐衣人只是说:“不远。”许盛便跟着他走。出城大约半里多地,褐衣人说:“我会点儿小法术,顷刻之间就能到。”于是让许盛用两手抱住他的腰,稍微一点头,只觉得脚下生云,腾跃而上,不知道飞出去几百千里。许盛十分害怕,闭着眼睛一点儿也不敢睁开。不一会儿,褐衣人说:“到了。”许盛睁开眼睛,忽然看见一片琉璃世界,到处发出神奇的光彩,不由惊讶地说:“这是什么地方?”褐衣人说:“是天宫。”两人信步走去,只觉得越走越高。远远看见一位老者,褐衣人高兴地说:“恰好遇上这位老者,真是你的福气啊!”便举手向老者行礼。老者邀请他们前往他的住处，煮茶献客，但是只端上来两盏茶，竟然没有许盛的。褐衣人说："这是我的弟子，不远千里来做买卖，诚心诚意地来仙署拜访，请求给他少许馈赠。"老者让小僮取出一盘白石，样子像雀蛋，晶莹透澈如冰，让许盛自己拿。许盛想带回去可以当酒筹，便拿了六个。褐衣人认为许盛过于客气，就替他又取了六个，交给许盛一并裹起来，嘱咐他放到腰包里，然后拱拱手说："足够了。"说完，向老者告辞出来，仍旧让许盛抱着他的腰，不一会儿就落到了地上。许盛向他行礼，请教他的仙号，褐衣人笑着说："刚才翻的就是所谓的筋斗云啊！"许盛这才恍然大悟，原来褐衣人就是齐天大圣。他又请求大圣保佑他，大圣说："刚才见到的是财星，已经赐给你十二分的利，你还要求什么？"许盛又向他行礼，起身再看，大圣已经无影无踪了。许盛回到店里，高兴地把这事告诉了哥哥。他解下腰包和哥哥一起观看，发现白石已经融入腰包了。后来，他们用车拉着货回到家乡，果然获得了好几倍的利。从此以后，许盛每次到福建，必定要去向大圣祈祷。别的人祈祷时常不怎么灵验，而许盛所求的无不应验。

异史氏曰：昔士人过寺①，画琵琶于壁而去，比返，则其灵大著，香火相属焉。天下事固不必实有其人，人灵之，则既灵焉矣。何以故？人心所聚，而物或托焉耳②。若盛之方鲠③，固宜得神明之佑，岂真耳内绣针，毫毛能变，足下筋斗，碧落可升哉④！卒为邪惑，亦其见之不真也。

【注释】

①士人过寺：指《太平广记》卷三百一十五引《原化记》所载故事，谓昔有书生欲游吴地，道经江西，因飓风泊舟，闲步来到一个寺院，见僧房院开，旁有笔砚。书生善画，乃于房门素壁上画一琵琶。

画毕离去。僧归，见画，乃告村人曰："恐是五台山圣琵琶。"于是"遂为村人传说，礼施求福甚效"。后来，书生得知其事，甚为惭愧，乃回到僧寺，以水洗尽所画琵琶，"自是灵圣亦绝"。

②托：托付，附着。

③方鲠：方正耿直。

④碧落：青天。以上均指《西游记》中孙悟空本领。

【译文】

异史氏说：从前，有个书生经过一座寺庙，在墙上画了一只琵琶后离去了，等他回来时，发现人们都说琵琶特别灵验，寺庙的香火非常旺盛。天下的事情，本来就不必确有其人，人们认为灵验，就是灵验的。为什么会这样呢？人们心里都这么想，神灵就有可能依托了。像许盛这样方正刚直的人，本来就应该得到神明的保佑，那里真的会有耳朵里藏绣花针，拔根毫毛就可以变化，脚下翻个跟头就能飞上青云的齐天大圣呢！可许盛后来为邪术迷惑，可见他并没有真正坚持自己的信仰操守。

青蛙神

【题解】

假如没有青蛙神的背景，那么崑生和十娘之间完全是青年小夫妻现实生活的写照。他们真挚相爱，又不乏矛盾、口角：第一次冲突是崑生不尊重十娘的家族，触犯了十娘的忌讳；第二次冲突是十娘不干家务，得罪婆婆，引起崑生的恼怒；第三次冲突是崑生恶作剧玩过了头，两人闹翻了脸——好了打，打了好，终因有真实的情感，小夫妻破镜重圆，最后"情好益笃"。

一般来说，男女之间婚前恋爱好写，婚后生活不太好写，因为容易琐屑平淡。《聊斋志异》中的爱情篇章就很少写婚后生活的，而《青蛙神》则是这个少数篇章之一，而且写得有声有色。小说紧紧抓住崑生年轻人争气好胜爱开玩笑的特点，同时突出了十娘作为青蛙女儿的生物特性——“谦驯，但善怒”。她三次与崑生的冲突，都隐含着青蛙的习性特征。比如第一次是直接维护青蛙家族的尊严，“十娘甚讳言‘蛙’”；第二次写“十娘日辄凝妆坐，不操女红”；第三次“十娘最恶蛇，崑生戏函小蛇，给使启之。十娘色变，诟崑生”。由于写出了崑生和十娘的性格特征，小夫妻的生活就写得生气勃勃，富于特色，给人留下深刻印象。

《青蛙神》与卷十的《五通》大概写于同一个时期，蒲松龄说：“五通、青蛙，惑俗已久，遂至任其淫乱，无人敢私议一语。”两篇故事遥遥相对，然而写法上却富于变化，绝不雷同。

江汉之间①，俗事蛙神最虔②。祠中蛙不知几百千万③，有大如笼者。或犯神怒，家中辄有异兆：蛙游几榻，甚或攀缘滑壁不得堕，其状不一，此家当凶。人则大恐，斩牲禳祷之④，神喜则已。

【注释】

①江汉之间：长江、汉水之间。指湖北地区。

②事：侍奉，崇奉。虔：虔诚。

③祠：供奉祖宗、鬼神或有功德的人的房屋。此处指蛙神祠。

④牲：家畜。古代特指供宴飨祭祀用的牛、羊、猪。禳(ráng)祷：祭祀祷告，祈求消灾。

【译文】

在长江、汉水之间，民间对青蛙神的侍奉最虔诚。祠堂里的青蛙不知道有几百千万只，大的竟然有蒸笼那么大。有的人触犯了神怒，家里面就会出现异常现象：青蛙在桌子、床铺之间游荡，甚至有的能够爬上光滑的墙壁却掉不下来，各个状态都不一样，这户人家就要发生灾祸了。家里的人就会十分恐慌，宰杀牲畜，向青蛙神上供祷告，如果青蛙神高兴的话，这户人家就不会有灾祸了。

楚有薛崑生者[①]，幼惠，美姿容。六七岁时，有青衣媪至其家，自称神使，坐致神意，愿以女下嫁崑生[②]。薛翁性朴拙，雅不欲，辞以儿幼。虽故却之，而亦未敢议婚他姓。迟数年，崑生渐长，委禽于姜氏[③]。神告姜曰："薛崑生，吾婿也，何得近禁脔[④]！"姜惧，反其仪[⑤]。薛翁忧之，洁牲往祷，自言"不敢与神相匹偶"。祝已，见肴酒中皆有巨蛆浮出，蠢然扰动，倾弃，谢罪而归。心益惧，亦姑听之。

【注释】

①楚：古楚国最初都城在今湖北省境内，所辖境主要即"江汉之间"。这里泛指湖北地区。

②下嫁：公主出嫁称"下嫁"。这里指蛙神的女儿嫁于凡人。

③委禽：订婚，致聘。

④近禁脔（luán）：染指不可以觊觎之物。《晋书·谢混传》：晋元帝渡江，在建业时，公私财用不足，每得一豘，视为珍膳；项上一脔尤美，部下不敢自吃，留下献帝，时呼为"禁脔"。因以"禁脔"喻独占之物。后晋孝武帝欲以晋陵公主尚谢混，而袁崧又欲以女妻谢混。王恂曰："卿莫近禁脔。"盖以"禁脔"喻谢混已为帝婿，他人不得以女妻之。脔，大块肉。

⑤反其仪：退还订婚的礼仪财物。

【译文】

楚地有一个叫薛崑生的人，年幼时就很聪明，长得也很俊美。六七岁的时候，有一位身穿青衣的老妇人来到他家，自称是青蛙神派来的使者，坐下来传达了神的旨意，愿意将女儿下嫁给薛崑生。薛崑生的父亲生性质朴率真，很不愿意答应这门亲事，便推辞说自己的儿子还小。但是薛家虽然拒绝了青蛙神，倒也不敢和别的人家定亲。过了几年，薛崑生渐渐长大了，和一户姓姜的人家定了亲。青蛙神告诉姜家说："薛崑生是我的女婿，你家怎么敢亲近他！"姜家很害怕，就把聘礼退给了薛家。薛崑生的父亲很犯愁，便带着洁净的供品到庙里向青蛙神祷告，声称"不敢和神仙结为婚姻"。他祷告完毕，就发现酒菜中都有大蛆浮出来，在那里乱动，他把酒菜全都倒了，向神谢罪后就回家了。他心里更加恐惧，也就姑且听之任之了。

一日，崑生在途，有使者迎宣神命，苦邀移趾[①]。不得已，从与俱往。入一朱门，楼阁华好，有叟坐堂上，类七八十岁人。崑生伏谒，叟命曳起之，赐坐案旁。少间，婢媪集视，纷纭满侧。叟顾曰："入言薛郎至矣。"数婢奔去。移时，一媪率女郎出，年十六七，丽绝无俦[②]。叟指曰："此小女十娘，自谓与君可称佳偶，君家尊乃以异类见拒。此自百年事[③]，父母止主其半[④]，是在君耳。"崑生目注十娘，心爱好之，默然不言。媪曰："我固知郎意良佳。请先归，当即送十娘往也。"崑生曰："诺。"趋归告翁。翁仓遽无所为计，乃授之词[⑤]，使返谢之[⑥]，崑生不肯行。方诮让间[⑦]，舆已在门，青衣成群，而十娘入矣。上堂朝拜，翁姑见之皆喜。即夕合卺，琴瑟甚谐。由此神翁神媪，时降其家。视其衣，赤为喜，白为财，必见[⑧]，以故家日兴[⑨]。

【注释】

①苦邀移趾：苦苦相邀。移趾，请人走动的敬辞。

②无俦(chóu):同伴,伴侣。

③百年事:指婚姻大事。

④主:做主。

⑤授之词:教其推托之词。

⑥谢:谢绝,婉言推辞。

⑦诮(qiào)让:争吵,言辞冲突。

⑧必见:一定灵验。见,同“现”。

⑨日兴:一天天兴旺。

【译文】

一天,薛崑生正在路上走着,一个使者迎上前来传达青蛙神的旨意,苦苦邀请他去一趟。薛崑生迫不得已,跟着他一同前往。他走进一道朱漆大门,只见楼阁华美,一位老者坐在堂上,看上去七八十岁的样子。薛崑生上前拜倒行礼,老者命人将他扶起来,让他在桌子旁边坐下。工夫不大,丫环、仆妇都来看他,乱哄哄地站满了大堂的两侧。老者转过头说:“进去通报一下,就说薛郎来了。”几个丫环跑了出去。过了一会儿,一个老妇人领着一位女郎出来,只见她十六七岁的样子,容貌艳丽无双。老者指着女郎对薛崑生说:“这是我家小女十娘,自称和你是天生的一对,但是你父亲以不是同类为理由拒绝了。婚姻是百年大事,父母只能做一半的主,所以这事得你自己拿主意。”薛崑生注视着十娘,心里十分喜欢,但却默默不语。老妇人说:“我早就知道薛郎会满意的。请先回去,我们马上就送十娘前往。”薛崑生说:“好。”薛崑生急忙赶回家告诉父亲。仓促之间,父亲也想不出什么好办法,便教给他一套话,让他回去谢绝这门亲事,薛崑生不肯去。父亲正在指责他,送亲的车子已经停在门口了,在成群的丫环们的簇拥下,十娘走了进来。她走上堂,拜见公婆,薛崑生的父母见到她都很喜欢。当天晚上就举行了婚礼,夫妻俩感情非常好。从此以后,十娘的父母时不时地光临薛家。从他们穿的衣服来看,红色的代表喜事,白色的代表钱财,每次都很灵验，因此，薛家一天天地兴旺起来。

自婚于神，门堂藩溷皆蛙[①]，人无敢诟蹴之[②]。惟崑生少年任性，喜则忌，怒则践毙，不甚爱惜。十娘虽谦驯[③]，但善怒，颇不善崑生所为，而崑生不以十娘故敛抑之[④]。十娘语侵崑生，崑生怒曰："岂以汝家翁媪能祸人耶？丈夫何畏蛙也！"十娘甚讳言"蛙"，闻之恚甚[⑤]，曰："自妾入门，为汝家田增粟，贾益价[⑥]，亦复不少。今老幼皆已温饱，遂如鸮鸟生翼，欲啄母睛耶[⑦]！"崑生益愤曰："吾正嫌所增污秽，不堪贻子孙[⑧]。请不如早别。"遂逐十娘。翁媪既闻之，十娘已去。呵崑生，使急往追复之，崑生盛气不屈。至夜，母子俱病，郁闷不食。翁惧，负荆于祠[⑨]，词义殷切。过三日，病寻愈。十娘亦自至，夫妻欢好如初。

【注释】

①藩：篱笆。溷(hùn)：厕所。

②诟蹴(cù)：指不敬行为。诟，辱骂。蹴，踢。

③谦驯：谦和温顺。

④敛抑：收敛、克制。

⑤恚(huì)：怒。

⑥田增粟，贾(gǔ)益价：种田增产，经商增利。益，增。

⑦鸮(xiāo)鸟生翼，欲啄母睛：比喻忘恩负义，以怨报德。鸮鸟，猫头鹰。民间传说幼鸟羽翼长成后，啄食母鸟眼睛而去。

⑧贻：留。

⑨负荆：请罪，道歉。《史记·廉颇蔺相如列传》载，战国时期，赵国宰相蔺相如由于保全了赵国的尊严和玉璧，受到赵国国君的礼

遇，以骁勇而闻名于诸侯国的大将廉颇不服气，经常找茬羞辱蔺相如。蔺相如不与计较，时时处处避让。后来廉颇知道蔺相如这么做是顾全大局，一心为国，深为感动，便背着荆条，亲自登门向蔺相如谢罪。

【译文】

自从与青蛙神结亲以来，薛家的门口、大堂、篱笆和厕所到处都是青蛙，家里没有人敢叫骂，也没有人敢用脚踩。唯独薛昆生少年任性，高兴的时候还有所忌讳，生气的时候就用脚乱踩，不是十分爱惜。十娘虽然谦和温顺，但也好生气，对薛昆生的所作所为很不满意，而薛昆生也不因为十娘不喜欢他这么做就有所收敛。十娘一次言语冒犯了薛昆生，薛昆生发怒道："难道就因为你父亲能祸害人吗？男子汉大丈夫还会怕青蛙！"十娘很忌讳"蛙"字，听他这么说，不由大为恼火，说："自从我进了你薛家门，替你家田里增了产，买卖加了价，也有不少了。现在老老少少都已经温饱，就想像猫头鹰长出了翅膀，要啄母鹰的眼睛吗！"薛昆生更加气愤地说："我正嫌你给我家增加的这些东西污秽，不堪留给子孙呢。不如请你早早离开吧。"于是就把十娘赶走了。等到薛昆生的父母听说以后，十娘已经走掉了。他们把薛昆生骂了一顿，让他赶紧去把十娘追回来，薛昆生正在气头上，不听父母的话。到了晚上，薛昆生母子都生病了，头昏脑胀，吃不下饭。薛昆生的父亲害了怕，就到青蛙祠去请罪，言语十分的恳切。过了三天，他们的病就好了。十娘也自己回来了，夫妻俩和好如初。

十娘日辄凝妆坐，不操女红①，昆生衣履，一委诸母②。母一日忿曰："儿既娶，仍累媪！人家妇事姑，吾家姑事妇！"十娘适闻之，负气登堂曰："儿妇朝侍食，暮问寝③，事姑者，其道如何④？所短者，不能吝佣钱，自作苦耳。"母无言，惭沮自哭[5]。崑生入,见母涕痕,诘得故,怒责十娘。十娘执辨不相屈。崑生曰:"娶妻不能承欢[6],不如勿有!便触老蛙怒,不过横灾死耳!"复出十娘。十娘亦怒,出门径去。次日,居舍灾[7],延烧数屋,几案床榻,悉为煨烬。崑生怒,诣祠责数曰:"养女不能奉翁姑,略无庭训[8],而曲护其短!神者至公,有教人畏妇者耶!且盎盂相敲[9],皆臣所为,无所涉于父母。刀锯斧钺[10],即加臣身[11]。如其不然,我亦焚汝居室,聊以相报。"言已,负薪殿下,爇火欲举。居人集而哀之,始愤而归。父母闻之,大惧失色。至夜,神示梦于近村,使为婿家营宅。及明,赍材鸠工,共为崑生建造,辞之不止。日数百人相属于道,不数日,第舍一新,床幕器具悉备焉。修除甫竟[12],十娘已至,登堂谢过,言词温婉。转身向崑生展笑,举家变怨为喜。自此十娘性益和,居二年,无间言[13]。

【注释】

①女红:女功,女工。旧时指女子所做的纺织、缝纫、刺绣等工作和这些工作的成品。是古时女子四德,即"德、言、工、容"之一。

②一委:全部推给。一,全。

③朝侍食,暮问寝:即"昏定晨省",旧时子妇侍奉翁姑的日常礼节。

④道:指"妇道",规范礼数。

⑤惭沮:惭愧沮丧。

⑥承欢:侍奉父母,承欢膝下。

⑦灾:火灾。

⑧略无庭训:毫无家教。庭训,父教。泛指家庭教育。《论语·季氏》:"陈亢问于伯鱼(孔子的儿子,名孔鲤)曰:'子亦有异闻乎?'

对曰：'未也。'尝独立，鲤趋而过庭。曰：'学诗乎？'对曰：'未也。''不学诗，无以言。'鲤退而学诗。他日又独立，鲤趋而过庭。曰：'学礼乎？'对曰：'未也。''不学礼，无以立。'鲤退而学礼。"后因称父教为"庭训"。

⑨盎盂相敲：比喻家庭日常生活矛盾口角。"盎"和"盂"都是盆碗一类的食器。

⑩刀锯斧钺（yuè）：刀、锯、斧、钺，皆为古代刑具。此处代指惩罚。

⑪臣：古时与神灵尊者谈话时的自我卑称。

⑫修：装修。除：清理打扫。甫：刚刚。竟：完结。

⑬无间言：没有不满意的，关系融洽。间言，避人或不能当面的议论。

【译文】

十娘每天总是打扮得好好地坐在那里，并不做针线活，薛崑生的衣服鞋子，都由母亲来做。一天，母亲忿忿地说："儿子已经娶媳妇了，还要累我这个老太婆！人家是媳妇侍候婆婆，我们家是婆婆侍候媳妇！"这话恰好被十娘听见，她生气地来到堂上说："我这个儿媳妇早上服侍您吃饭，晚上侍候您睡觉，侍奉婆婆的礼数还有什么呢？我所缺的，就是不会自己干活，省下给佣人的钱，自讨苦吃罢了。"薛崑生的母亲无言以对，神情沮丧，一个人流泪。薛崑生走进屋子，看见母亲脸上的泪痕，问明了情况以后，生气地斥责十娘。十娘据理强辩，不肯屈服。薛崑生说："娶了妻子却不能让父母高兴，还不如没有媳妇！就是触犯老青蛙发火，也不过是遇上横祸一死罢了！"又将十娘赶出家门。十娘也大怒，出门径直离去。第二天，薛家的住宅着了火，火势蔓延，烧着了几间屋子，屋里的桌子、椅子、床等家具全都化为灰烬。薛崑生大怒，来到青蛙祠指责数落道："生的女儿不能侍奉公婆，没有一点儿家教，倒反而袒护她的短处！神应该是极其公正的，哪里有教人畏惧媳妇的道理！况且我们两口子吵架，都是我一人干的，跟父母没有任何关系。即使有什么惩罚，也应该加在我身上。如果你不这样，我也把你家给烧了，算是对你的报复。”说完，他就在殿下堆上木柴，举着火就要去点。住在这一带的人都赶来苦苦哀求他，薛崑生才住手，愤愤不平地回家去了。他父母听说他的举动，不由大惊失色。到了夜里，青蛙神托梦给邻近的村子，让村民为他的女婿修建房屋。天亮以后，村民们备足材料，聚集工匠，一起来替薛崑生家建造新屋，薛家怎么劝也拦不住。每天都有好几百人络绎不绝地前来帮忙，没过几天，薛家的住宅焕然一新，床铺、帷帐等器具也都备齐了。薛家的屋子刚刚收拾停当，十娘就回来了。她来到堂上向公婆谢罪，言语温顺婉转，又转过身冲着薛崑生露出笑脸，全家转怒为喜。从此以后，十娘的性情更加温和，过了两年，也没有闹过矛盾。

十娘最恶蛇，崑生戏函小蛇[①]，绐使启之[②]。十娘色变，诟崑生[③]。崑生亦转笑生嗔[④]，恶相抵。十娘曰：“今番不待相迫逐，请从此绝！”遂出门去。薛翁大恐，杖崑生，请罪于神。幸不祸之，亦寂无音。积有年馀，崑生怀念十娘，颇自悔，窃诣神所哀十娘，迄无声应。未几，闻神以十娘字袁氏[⑤]，中心失望，因亦求婚他族。而历相数家，并无如十娘者，于是益思十娘。往探袁氏，则已垩壁涤庭[⑥]，候鱼轩矣[⑦]。心愧愤不能自已，废食成疾。父母忧皇，不知所处。忽昏愦中有人抚之曰[⑧]：“大丈夫频欲断绝[⑨]，又作此态！”开目，则十娘也。喜极，跃起曰：“卿何来？”十娘曰：“以轻薄人相待之礼[⑩]，止宜从父命，另醮而去[⑪]。固久受袁家采币[⑫]，妾千思万思而不忍也。卜吉已在今夕[⑬]，父又无颜反璧[⑭]，妾亲携而置之矣。适出门，父走送曰：‘痴婢！不听吾言，后受薛家凌虐，纵死亦勿归也！'"崑生感其义，为之流涕。家人皆喜，奔告翁媪。媪闻之，不待往朝[15]，奔入子舍，执手呜泣。

【注释】

①函：用匣子装着。

②绐(dài)：哄骗。

③诟：斥责，骂。

④嗔(chēn)：发怒，生气。

⑤字：许配。

⑥垩(è)壁涤庭：粉刷墙壁，清扫庭院。垩，粉刷。

⑦鱼轩：以鱼皮为饰之车，古时贵夫人所乘。《左传·闵公二年》："归夫人鱼轩。"后世用以代指夫人。

⑧昏愦：昏迷，不清醒。

⑨频：屡，多次。

⑩轻薄人：缺乏情义的人。指薛生。

⑪醮(jiào)：嫁。

⑫采币：彩礼。

⑬卜吉：婚嫁程序之一。这里指选定的结婚吉日。

⑭反璧：指退还聘礼。《左传·僖公三年》载，晋国重耳出亡，路上有人向他馈赠饭食，并附白璧为礼。重耳"受飧反璧"，后因称退还别人的赠物为"反璧"。

⑮往朝：指十娘来见。按照旧时礼数，儿媳应该先拜见婆婆。

【译文】

十娘最害怕蛇，一次，薛崑生开玩笑地用盒子装了一条，骗她打开。十娘一看，就神色大变，痛骂薛崑生。薛崑生也从开玩笑变成真的生气，二人恶语相对。十娘说："这一次我不用你赶，我们就此一刀两断吧！"说完，就出门离去。薛崑生的父亲很害怕，就用棍子打他，要他向青蛙神请罪。幸好这次青蛙神没有降祸，但也没有一点儿动静。过了一年多，薛崑生怀念起十娘，自己很懊悔，悄悄到蛙神祠哀求十娘回来，但是没有回音。不久，听说青蛙神已经将十娘许配给袁家，薛崑生心里很失望，于是也就向别的人家求婚。但是看了好几个人家，没有一个比得上十娘，于是薛崑生更加思念十娘。他到袁家去探听消息，发现人家已经开始粉刷墙壁，打扫庭院，只等着迎接娘子的车轿了。薛崑生心中又惭愧，又气愤，不能自已，饭也吃不下，病倒了。父母忧心忡忡，不知道怎么办才好。忽然，薛崑生在昏迷中感到有人抚摸他，并且说："大丈夫屡屡要和我断绝关系，怎么又这样子没出息啊！"他睁开眼睛一看，原来是十娘。薛崑生高兴极了，一跃而起，问："你是从哪里来的？"十娘说："要是以你这个轻薄之人对待我的礼数，我就应该听从父母之命，另嫁他人。本来早就收了袁家送来的聘礼，但我千思万想还是不忍心离开你。今天晚上就是成亲的日子，父亲又没有脸面退回聘礼，我就亲自提着聘礼退给了袁家。临出门时，父亲跑出来送我，说：'傻丫头！不听我的话，以后再受薛家的欺负，就是死也不要回家来！'"薛崑生被十娘的情义深深打动，流下了眼泪。家人都很高兴，急忙跑去告诉薛崑生的父母。薛母一听，也不等十娘来拜见她，就奔到儿子的屋里，拉着十娘的手痛哭流涕。

由此崑生亦老成[①]，不作恶谑[②]，于是情好益笃。十娘曰："妾向以君儇薄[③]，未必遂能相白首[④]，故不敢留孽根于人世[⑤]。今已靡他[⑥]，妾将生子。"居无何，神翁神媪着朱袍，降临其家。次日，十娘临蓐[⑦]，一举两男。由此往来无间。居民或犯神怒，辄先求崑生，乃使妇女辈盛妆入闺，朝拜十娘，十娘笑则解。薛氏苗裔甚繁[⑧]，人名之"薛蛙子家"。近人不敢呼，远人呼之。

【注释】

①老成：老成持重，稳重不轻浮。

②恶谑：恶作剧。谑，开玩笑。

③儇（xuān）薄：轻薄，轻浮。

④相白首：相约白头偕老。

⑤孽根：犹言孽根祸胎。此指后代、儿女。

⑥靡他：没有他心。靡，无。《诗·鄘风·柏舟》："之死矢靡它。"

⑦临蓐：临产，分娩。

⑧苗裔：后代子孙。

【译文】

从此以后，薛崑生也老成持重起来，不再搞恶作剧了，于是二人的感情更加深厚。十娘说："我一向以为你很轻薄，未必就能和你白头到老，所以也不想生下孩子留在世上。现在已经没有后顾之忧了，我打算生孩子了。"过了不久，蛙神夫妇穿着红袍，来到薛家。第二天，十娘就临产了，生下两个男孩。从此，薛家和蛙神常来常往，没有阻碍。居民有时触犯了神怒，就先来求薛崑生说情；薛崑生就让妇女穿着漂亮的衣服到里屋，朝拜十娘，十娘一笑，灾祸也就免除了。薛家的后代繁衍昌盛，人们称他家为"薛蛙子家"。不过住在附近的人不敢叫，只有住得远的人才敢这么称呼。

又

【题解】

本篇借青蛙神揭露世态诸相。

虽然由两个故事组成，却都是围绕着公益事业的募捐行为展开的。第一个故事讽刺吝啬的富贾周某在居人敛金修关圣祠时一毛不拔，却在青蛙神的胁迫下乖乖地掏出钱来。而掏钱的过程并非一次性的趸交，而是像挤牙膏一样，显示出其吝啬而无赖的市侩嘴脸。第二个故事接续前一个故事，写修好关圣祠后，在开光祭赛过程中，青蛙神督促监管参与其事而中饱私囊的人吐出赃款。有趣的是，这些人不仅包括首倡发起的头面人物，也包括沟通青蛙神和人的“巫”，让他们一一暴露借事敛财的嘴脸，反映了蒲松龄对于当时公益事业内幕的深刻了解和讽刺。

青蛙神，往往托诸巫以为言。巫能察神嗔喜[①]，告诸信士曰“喜矣”[②]，福则至；“怒矣”，妇子坐愁叹，有废餐者。流俗然哉？抑神实灵，非尽妄也？

【注释】

①嗔(chēn)喜：喜怒。嗔，怒。

②信士：指信奉蛙神的人。

【译文】

青蛙神往往托巫师的口说话。巫师能观察青蛙神的喜怒，告诉信神的人说“神高兴了”，福气就会降临；告诉信神的人说“神生气了”，这户人家的妻儿就会发愁叹息，饭也吃不下。这是一种流俗呢？还是青蛙神真有灵验，并不全是虚妄呢？

有富贾周某，性吝啬。会居人敛金修关圣祠[①]，贫富皆与有力[②]，独周一毛所不肯拔[③]。久之，工不就[④]，首事者无所为谋[⑤]。适众赛蛙神[⑥]，巫忽言：“周将军仓命小神司募政[⑦]，其取簿籍来。”众从之。巫曰：“已捐者，不复强；未捐者，量力自注[⑧]。”众唯唯敬听，各注已。巫视曰：“周某在此否?”周方混迹其后,惟恐神知,闻之失色,次且而前[9]。巫指籍曰:“注金百。”周益窘。巫怒曰:“淫债尚酬二百,况好事耶!”盖周私一妇,为夫掩执,以金二百自赎,故讦之也[10]。周益惭惧,不得已,如命注之。既归,告妻。妻曰:“此巫之诈耳。”巫屡索,卒不与。一日,方昼寝,忽闻门外如牛喘。视之,则一巨蛙,室门仅容其身,步履蹇缓,塞两扉而入。既入,转身卧,以阈承颔[11],举家尽惊。周曰:“必讨募金也。”焚香而祝,愿先纳三十,其馀以次赍送[12],蛙不动;请纳五十,身忽一缩,小尺许;又加二十,益缩如斗;请全纳,缩如拳,从容出,入墙罅而去[13]。周急以五十金送监造所。人皆异之,周亦不言其故。

【注释】

①会:正赶上,适逢。居人:居民。

②有力:出力,承担。

③一毛所不肯拔:喻极端吝啬。《孟子·尽心》:“杨子取为我,拔一毛而利天下,不为也。”

④就:完成。

⑤首事者:倡议或发起者。

⑥赛:祭。

⑦周将军仓:即周仓,传说为三国时蜀国关羽的部将,旧时小说、戏曲多演其事。关圣祠中有其塑像,持大刀立于关羽像后。司募政:主持募集建祠资金之事。

⑧注:注入,下注。

⑨次且(zī jū):同“趑趄”,脚步不稳。

⑩讦:揭发阴私。

⑪阈(yù)：门槛。颔：下颔。

⑫以次赍(jī)送：分期分批送交。赍，赠送。

⑬罅(xià)：缝隙。

【译文】

有一个姓周的富商，生性吝啬。当时恰巧居民聚集钱财修关圣祠，不论贫富都出了力，唯独周某像铁公鸡一样一毛不拔。修了很长时间，还是无法完工，为首的人也没有办法弄来钱。恰好有一天众人祭青蛙神，巫师忽然说："周仓将军命令小神负责募捐，把账本拿来。"众人取来了账本。巫师说："已经捐过钱的人，不再勉强；还没有捐的人，量力而行，自行认捐。"大家都恭恭敬敬地听着，各自捐了钱。巫师看着众人，说："周某在不在这里？"周某当时正躲在人群的后面，唯恐神知道他在，一听到叫他的名字，惊慌失色，犹犹豫豫地走到前面。巫师指着账本说："你捐一百两吧。"周某越发窘困。巫师生气地说："淫债你还交了两百，何况这是好事情！"原来，周某曾经和一个女人私通，被女人的丈夫抓住了，周某交了二百两银子了事，所以巫师揭了他的隐私。周某一听，又羞又怕，迫不得已，就在账本上认捐二百两。他回到家，告诉了妻子。妻子说："这是巫师在诈你。"巫师多次要钱，周某始终不肯交。一天，周某刚要睡午觉，忽然听到门外像有牛在喘气。他打开门一看，原来是一只巨蛙，房门刚刚容得下它的身子，步履缓慢，硬是挤进了屋子。巨蛙进屋以后，转身卧着，把下巴搁在门坎上，周家全家都很惊慌。周某说："这一定是讨认捐的钱来了。"便烧香祷告，愿先交三十两，剩下的分几次送上，那巨蛙一动不动；请求交五十两，巨蛙身体忽然一缩，小了一尺多；又加了二十两，巨蛙更缩成斗一般大；请求全部交纳，巨蛙缩成拳头大小，慢慢地走出去，钻入墙缝就不见了。周某急忙拿出五十两银子送到了监造所。人们都感到奇怪，周某也不说明原因。

积数日，巫又言："周某欠金五十，何不催并？"周闻之，惧，又送十金，意将以此完结。一日，夫妇方食，蛙又至，如前状，目作怒。少间，登其床，床摇撼欲倾，加喙于枕而眠①，腹隆起如卧牛，四隅皆满②。周惧，即完百数与之。验之，仍不少动。半日间，小蛙渐集，次日益多，穴仓登榻，无处不至。大于碗者，升灶啜蝇，糜烂釜中，以致秽不可食。至三日，庭中蠢蠢③，更无隙处。一家皇骇，不知计之所出。不得已，请教于巫。巫曰："此必少之也。"遂祝之，益以廿金，首始举；又益之，起一足；直至百金，四足尽起，下床出门，狼犺数步④，复返身卧门内。周惧，问巫。巫揣其意，欲周即解囊。周无奈何，如数付巫，蛙乃行。数步外，身暴缩，杂众蛙中，不可辨认，纷纷然亦渐散矣。

【注释】

①喙：嘴。

②隅：角落。

③蠢蠢：蠕动、杂乱的样子。此指小蛙密集。

④狼犺(kàng)：笨拙粗重的样子。

【译文】

过了几天，巫师又说："周某还欠五十两银子，为什么不去催讨？"周某一听，很害怕，又送去十两银子，想分几次交完剩下的。一天，周某夫妇正在吃饭，那只巨蛙又来了，还和上次一样，眼中露出怒火。一会儿，巨蛙上了床，床被压得摇摇欲坠，然后它就把嘴巴放在枕头上睡起觉来，肚子鼓起来好像一条卧着的牛，把床的四角都给占满了。周某害了怕，急忙拿出钱补齐一百两的数字交给它。再一看，巨蛙还是一动不动。半天的时间里，小青蛙渐渐聚集而来，第二天，来得更多，纷纷钻进粮仓，登上床铺，无处不去。大青蛙有碗口那么大，爬上灶台捉苍蝇吃，有的腐烂在锅里，以至于臭得没法吃饭。到了第三天，院子里到处都是青蛙，更是一点儿空隙都没有了。周某全家都惶恐惊骇，想不出一点办法。万不得已，只好向巫师请教。巫师说："这一定是因为你交的钱不如他的意。"周某于是向青蛙神祷告，加了二十两银子，巨蛙的头才抬了起来；又加了些钱，巨蛙抬起了一只脚；直到加足了一百两，巨蛙才抬起两只脚，下床出门，笨拙地走了几步，突然又转身卧在门里。周某又怕起来，问巫师怎么回事。巫师猜测蛙神的意思是让周某马上就拿出钱来。周某无奈，把钱如数交给了巫师，巨蛙这才起步。走了几步，巨蛙的身子猛地一缩，夹杂在众多的小青蛙中，辨认不出来，青蛙们也就乱哄哄地渐渐散去。

祠既成，开光祭赛[①]，更有所需。巫忽指首事者曰："某宜出如干数。"共十五人，止遗二人。众祝曰："吾等与某某，已同捐过。"巫曰："我不以贫富为有无，但以汝等所侵渔之数为多寡[②]。此等金钱，不可自肥，恐有横灾非祸。念汝等首事勤劳，故代汝消之也。除某某廉正无所苟且外[③]，即我家巫，我亦不少私之，便令先出，以为众倡[④]。"即奔入家，搜括箱椟。妻问之，亦不答，尽卷囊蓄而出。告众曰："某私剋银八两[⑤]，今使倾橐[⑥]。"与众共衡之，秤得六两馀，使人志其欠数。众愕然，不敢置辨，悉如数纳入。巫过此茫不自知，或告之，大惭，质衣以盈之。惟二人亏其数，事既毕，一人病月馀，一人患疔疽[⑦]，医药之费，浮于所欠[⑧]，人以为私剋之报云。

【注释】

①开光祭赛：指对新塑神像首次祭祀。开光，佛家语。佛像塑就

后，择日致礼供奉，称“开光”，也称“开眼”或“开眼供养”。

②侵渔：侵吞，贪污。

③苟且：不守礼法。指侵渔贪污。

④倡：倡导，起头。

⑤剋：克扣，扣减应该发给别人的财物而据为己有。

⑥倾橐：退还，清账。

⑦疔瘇(dīng zhǒng)：脚疔，腿上长疮。

⑧浮于所欠：超出欠数。

【译文】

关圣祠建成后，要进行开光祭拜活动，又需要钱。巫师忽然指着带头的人说：“某某还应该再交多少多少钱。”一共举了十五个人，只漏了两个人。众人祷告说：“我们和某人一样，已经一同捐过钱了。”巫师说：“我不是根据你们的贫富来决定交不交钱，而是根据你们侵吞修祠钱财的多少来决定的。这种钱财，是不可以塞到自己腰包的，恐怕会遭到飞来横祸。念在你们领头操办此事，也挺勤劳，所以替你们消除了灾祸。除掉某某廉洁正直，没有干出见不得人的事以外，即使是我家巫师，我也不会偏袒他一点儿，就让他先拿钱，给大家带个好头吧。”巫师说完，就跑回家，翻箱倒柜。妻子问他话，他也不回答，把家里的所有积蓄全都取了出来。他告诉众人说：“巫师私自克扣了八两银子，今天让他全都交出来。”巫师和众人一起称银子，发现只有六两多，便让人记下他欠的数目。众人都惊呆了，不敢再狡辩，全都如数交了钱。这事办完以后，巫师却茫然不知，有人告诉了他，他大为羞愧，就把衣服当了补足了欠款。只有两个人亏欠该交的钱，事情结束以后，其中一个人病了一个多月，另一个脚上长了疮，所花的医药费，比他们该交的欠款还要多，人们都认为这是对他们私下克扣钱财的报应。

异史氏曰：老蛙司募，无不可与为善之人，其胜刺钉拖索者[①]，不既多乎？又发监守之盗[②]，而消其灾，则其现威猛，正其行慈悲也。

【注释】

①刺钉拖索：泛指各种刑具。谓官府酷刑追索逋欠。刺，刺剟，以铁刺之。《史记·张耳陈馀列传》："榜笞数千，刺剟，身无可击者。"钉，钉镣，用以固定刑具。拖索，拖拽人的绳索。

②发监守之盗：揭露监守自盗者的贪污行为。指揭发巫者等人私克公银。监守之盗，即监守自盗，指窃取公务上自己看管的财物。《汉书·刑法志》："守县官财物而即盗之。已论命复有笞罪者，皆弃市。"颜师古注："即今律所谓主守自盗者也。"

【译文】

异史氏说：老青蛙主持募捐事宜，就没有人敢不做善事，比起官府用酷刑来催讨税债不是强很多吗？而且他又能揭发利用工作之便盗取钱财的人，同时又消除他们的灾祸，这不仅表现出他威猛的一面，也展示了他慈悲为怀的心肠。

任秀

【题解】

赌博绝非好事，蒲松龄的态度非常明确，说："只见博徒为乞丐，哪见相识成富豪。""赌博为盗根，而开场者即为盗薮。"《聊斋志异》也有多篇小说对于赌博行为进行了抨击。但本篇中的几个鬼设局赌博，让任建之的儿子——曾经涉赌的任秀，在偶然的机会中，靠着赌博赢回了父亲遗留下来的资产，惩戒了不讲朋友交情，侵吞朋友资产的申竹亭。

故事因果报应的色彩非常浓厚，几个鬼用纸钱换取真钱，将真钱输给本应继承遗产的任秀，把假钱留给不当得利的申竹亭，情节简明而荒诞。小说写得精彩的地方是“佻达善博”的任秀在母亲的管教下，改掉了恶习；但在离开家乡赴京城的路途上，鬼使神差，又禁不住诱惑参加了赌博。小说写任秀复赌的心理非常细腻曲折：“闻邻舟骰声清越，入耳萦心，不觉旧技复痒。窃听诸客，皆已酣寝，囊中自备千文，思欲过舟一戏。潜起解囊，捉钱踟蹰，回思母训，即复束置。既睡，心怔忡，苦不得眠，又起，又解，如是者三。兴勃发，不可复忍，携钱径去。”可以设想，没有对于生活的细致观察和把握，是很难写出这样精彩文字的。

任建之，鱼台人①，贩毡裘为业②。竭赀赴陕，途中逢一人，自言：“申竹亭，宿迁人③。”话言投契，盟为弟昆④，行止与俱。至陕，任病不起，申善视之。积十馀日，疾大渐⑤，谓申曰：“吾家故无恒产⑥，八口衣食，皆恃一人犯霜露⑦。今不幸，殂谢异域⑧。君，我手足也，两千里外，更有谁何！囊金二百馀，一半君自取之，为我小备殓具⑨，剩者可助资斧⑩；其半寄吾妻子，俾辇吾榇而归⑪。如肯携残骸旋故里，则装赀勿计矣。”乃扶枕为书付申，至夕而卒。申以五六金为市薄材⑫，殓已，主人催其移槥⑬，申托寻寺观，竟遁不返。

【注释】

①鱼台：县名。位于山东、江苏、安徽交界处，明清属兖州府，今为山东济宁下辖县。

②毡裘：毛毡、裘皮。

③宿迁：今江苏宿迁，与鱼台相邻。

④盟为弟昆：结拜为兄弟。唐杜甫《彭衙行》诗：“誓将与夫子，永结为弟昆。”弟昆，弟兄。

⑤大渐：即病危。渐，剧。

⑥恒产：家庭比较固定的产业。指土地、田园、房屋等不动产。

⑦犯霜露：冒霜露，形容负贩工作的艰辛。

⑧殂(cú)谢异域：死在他乡。殂谢，死。

⑨殓具：棺木。这里指丧葬费用。

⑩资斧：路费。

⑪俾(bǐ)：使。辇：车。这里指运送。榇(chèn)：棺材。

⑫薄材：指简陋的棺木。古代的棺木讲究厚重，轻薄的成本自然低。

⑬槥(huì)：小而薄的棺木。

【译文】

任建之是鱼台人，以贩卖毛毡皮裘为业。一次，他带着所有资金到陕西，途中遇到一个人，自称："申竹亭，是宿迁人。"二人谈得很投机，结拜为把兄弟，行走住宿都在一起。到了陕西，任建之病得起不来床，申竹亭很好地照顾他。过了十几天，任建之病危，他对申竹亭说："我家本来就没有什么固定资产，一家八口人的衣食都靠我一个人在外面辛辛苦苦地做生意挣钱。今天我不幸要死在异地他乡。你是我的好兄弟，离家两千里外，还有谁是我的亲人呢！我身上带有二百多两银子，一半你拿去，替我准备好棺材，剩下的你拿去做盘缠；另一半寄给我的妻子女儿，让他们能够雇车子把我的棺材运回家去。如果肯将我的残骸带回故乡，花多少路费就不必计较了。"说完，任建之就趴在枕头上写了封遗书，交给申竹亭，到了晚上，任建之就死了。申竹亭用五六两银子替任建之买了口薄棺材，将他入殓，店主人催促他赶紧把棺材移走，申竹亭借口去寻找寺庙安放，竟然逃走不回来了。

任家年馀方得确耗。任子秀，时年十七，方从师读，由此废学，欲往寻父柩。母怜其幼，秀哀涕欲死，遂典赀治任，俾老仆佐之行，半年始还。殡后，家贫如洗。幸秀聪颖，释服，入鱼台泮[①]。而佻达善博[②]，母教戒綦严[③]，卒不改。一日，文宗案临，试居四等[④]，母愤泣不食。秀惭惧，对母自矢[⑤]。于是闭户年馀，遂以优等食饩[⑥]。母劝令设帐[⑦]，而人终以其荡无检幅[⑧]，咸诮薄之[⑨]。

【注释】

①入鱼台泮：考入鱼台县学。指为县学生员。

②佻达：举止轻浮。善博：擅长于赌博。

③綦(qí)：很。

④试居四等：试，指岁试。清代科举制度，各省学政在三年的任职期间，要巡回所属府州县学，考试生员，称“岁试”或“岁考”。岁考成绩分为六等。一二等与三等前列者赏，四等以下者罚。

⑤自矢：自己发誓。矢，誓。

⑥以优等食饩(xì)：以优异成绩补选为廪生。清代岁试，一等前列者，可补廪生。廪生，可由官府支付生活补助。饩，粮食等生活补助，即“廪饩”。

⑦设帐：从事教师工作。

⑧荡无检幅：行为放荡，不自检束。检幅，检点约束。幅，边幅，范围。

⑨咸：全，都。诮(qiào)薄：议论看不起。

【译文】

任家一年多之后才得到确切的消息。任建之的儿子叫任秀，时年十七岁，正念着书，听到父亲的死讯，因此辍学，要去陕西找回父亲的灵柩。母亲因他年纪太小，不舍得叫他去，他哭得死去活来，母亲这才同意。变卖了东西给他准备路费，派老仆人和他一块儿去，半年才回来。出殡后，家里一贫如洗。幸亏任秀聪明，满了服，考中了本县的秀才。可惜这孩子性情放荡，又爱赌博，母亲虽然严加管教，只是不改。一次，学使前来主持岁试，他只考了四等，母亲气得哭，饭也吃不下。他又惭愧又害怕，发誓好好念书。闭门读了一年多，终于考了优等，并开始享受国家供给的衣物食品。母亲劝他收几个学生教书，可是人们了解他过去的行为，不相信他，都讥讽他，书也没教成。

有表叔张某，贾京师[1]，劝使赴都，愿携与俱，不耗其赀[2]。秀喜，从之。至临清[3]，泊舟关外[4]。时盐航艤集[5]，帆樯如林。卧后，闻水声人声，聒耳不寐。更既静，忽闻邻舟骰声清越[6]，入耳萦心[7]，不觉旧技复痒。窃听诸客，皆已酣寝，囊中自备千文，思欲过舟一戏。潜起解囊，捉钱踟蹰，回思母训，即复束置。既睡，心怔忡，苦不得眠，又起，又解，如是者三。兴勃发，不可复忍，携钱径去。至邻舟，则见两人对博，钱注丰美[8]。置钱几上，即求入局。二人喜，即与共掷，秀大胜。一客钱尽，即以巨金质舟主，渐以十馀贯作孤注[9]。赌方酣，又有一人登舟来，眈视良久[10]，亦倾橐出百金质主人，入局共博。张中夜醒，觉秀不在舟，闻骰声，心知之，因诣邻舟，欲挠沮之[11]。至，则秀胯侧积赀如山[12]，乃不复言，负钱数千而返。呼诸客并起，往来移运，尚存十馀千。未几，三客俱败，一舟之钱俱空。客欲赌金[13]，而秀欲已盈，故托非钱不赌以难之。张在侧，又促逼令归。三客燥急。舟主利其盆头[14]，转贷他舟，得百馀千。客得钱，赌更豪，无何，又尽归秀。天已曙，放晓关矣，共运赀而返，三客亦去。主人视所质二百馀金，尽箔灰耳[15]。大惊，寻至秀舟，告以故，欲取偿于秀。及问姓名、里居，知为建之之子，缩颈羞汗而退。过访榜人[16]，乃知主人即申竹亭也。

【注释】

①贾(gǔ):做买卖。

②不耗其赀(zī):不花他的钱。耗,消耗。

③临清:山东临清。明清时属东昌府,为当时运河的重要码头。

④关外:关卡之外。《临清直隶志·关榷志》:明宣德四年(1429)设临清关,“监收船料商税”,于“河内为铁索,直达两岸,开关时则撤之”。清沿明制,关卡设衙署,直接由巡抚派员管理。

⑤盐航:盐船。艤(yǐ):泊舟。

⑥骰(tóu)声:掷骰子的声音。骰,骰子,一种赌具。也称“色子”。

⑦萦:萦绕。

⑧钱注:赌注。注,用为赌博的财物。

⑨贯:穿制钱用的绳子,一千文为一贯。孤注:倾其所有以为赌注。

⑩眈视:贪婪地注视。

⑪挠沮:阻挠败坏。

⑫胯:股,大腿。

⑬赌金:指以白银作赌注。

⑭盆头:掷骰子时,赢者抽头交给赌具主人,俗称“打头钱”。盆,掷盆,赌具。

⑮箔灰:箔锞的灰烬。箔,一种涂金属粉的烧纸,旧时焚烧以为冥钱。

⑯榜人:船夫。

【译文】

任秀有个表叔,姓张,在京师经商,劝使赴都,愿意带他进京,并且不要他的路费。任秀很高兴,就跟表叔坐船上了路。到了临清地界,船停泊在城西关。正值好多运盐的船也停在那里,帆呀樯呀像树林。睡下以后,水声人声闹得他睡不着。更深夜静,忽然听见邻船上有掷骰子声,叮叮当当,清脆悦耳,牵动人心,任秀的手不禁痒痒起来。听听同船人都睡熟了，他摸摸包中的一千文钱，很想过船玩一玩。便轻轻起来解开包袱，拿起钱，但想起母亲的教导又犹豫了，便把钱包好睡下。躺下后心里终究不安定，还是睡不着，又起来，又解包袱，这样折腾了多次。终于忍不住了，带着钱上了邻船。见两个人正对赌，赌注很大。他把钱放在桌上，要求入局。那两人表示欢迎，就一起掷起骰子来，一会儿，任秀大胜。两人中的一个钱输光了，便把大块银子给船主人做抵押，换来零钱，又赌。后来又下了十几贯钱的注，想孤注一掷。正赌得起劲，又来了一个人，看了半天，也拿出百两银子压给主人，入了赌局。任秀的表叔半夜醒来，发觉任秀不在船上，听见骰子声，知道他准去赌博了，就到了邻船上，打算阻止他。一看任秀腿边上的钱堆积如山，就不说什么，背了好几千钱回船。把同船的几位客人都喊起来和他一块儿去运钱，运了好几趟，还剩下十几千钱没运完。一会儿，邻船的三个客人全败了，那船上再也没有钱了。三个客人要赌银子，可是任秀已经没了赌兴，借口只赌钱不赌银子。表叔又一个劲地催他别赌了，回船睡觉。三个客人输急了眼，船主人又贪恋赌客给小费，希望继续赌下去，就主动地到别的船上借来了很多钱。三个客人有了钱，赌得更欢了，不一会儿，又都成了任秀的。这时天已亮了，临清码头放早班开船了，任秀和表叔以及同船客人一起把赢的钱运到自己船上，三个客人也散去了。船主一看那三个客人抵押的二百多两银子，全都变成了纸箔灰。他大惊失色，找到了任秀的船，告诉他这个情况，想让任秀赔偿。等到问起任秀的姓名、籍贯，船主才知道他就是任建之的儿子，便缩起脖子，羞得流着汗走掉了。任秀问划船的人，才知道船主就是申竹亭。

秀至陕时，亦颇闻其姓字，至此鬼已报之，故不复追其前隙矣①。乃以赀与张合业而北②，终岁获息倍蓰③。遂援例入监④。益权子母⑤，十年间，财雄一方。

【注释】

①前隙：以前的仇怨。隙，嫌隙，仇恨。

②合业：一起营业。

③倍蓰（xǐ）：加倍。

④援例入监：根据条例捐纳资财取得监生资格。监，国子监。

⑤益权子母：更加以资本经商或放债生息。权子母，以钱生钱。《国语·周语》："古者，天灾降戾，于是乎量资币，权轻重，以振救民。民患轻，则为作重币以行之，于是乎有母权子而行，民皆得焉。若不堪重，则多作轻而行之，亦不废重，于是乎有子权母而行，小大利之。"

【译文】

任秀到陕西的时候，也常常听到申竹亭的姓名，事情至此，鬼已经报复了他，所以不再追究其以前的过错。任秀于是用这笔钱和张某合伙到北边做生意，到了年底赚了几倍的利。于是，任秀捐钱买了一个监生的身份。此后，他更加会做生意，在十年的时间里，他的财富雄霸一方。

晚霞

【题解】

在中国传统的艺术体系中，尤其是在明清时代，舞蹈不被社会所看重，是供人娱乐的低贱职业，舞蹈人也被视作舞伎、俳优、乐户，生活在社会的底层。因此，在中国的文学作品中，可以描写和欣赏舞蹈，但很少反映他们的生活，正视他们的人格，正面描写他们的爱恋题材的作品更是寥若晨星。从这个意义上，《晚霞》大概是中国古代文学作品中正面描写舞蹈演员生活的第一篇小说。

由于作者把主人公的生存环境不是放在了现实生活中，而是放在了龙宫之中，因此男女舞蹈家的生存和爱恋环境具有美丽的童话色彩。从发生爱情到实现爱情的结合，阿端和晚霞既具有少男少女的天真烂漫，又具有舞蹈的艺术美，他们的幽会也像仙境一样令人神往，简直是天作之合："莲花数十亩，皆生平地上，叶大如席，花大如盖，落瓣堆梗下盈尺。童引入其中，曰：'姑坐此。'遂去。少时，一美人拨莲花而入，则晚霞也。相见惊喜，各道相思，略述生平。遂以石压荷盖令侧，雅可幛蔽，又匀铺莲瓣而藉之，忻与狎寝。既订后约，日以夕阳为候，乃别。端归，病亦寻愈。由此两人日一会于莲亩。"这种具有抒情色彩的描述，表现了蒲松龄对于人性和情爱的讴歌，是《聊斋志异》最美丽的文字之一。

五月五日①，吴越间有斗龙舟之戏②。刳木为龙③，绘鳞甲，饰以金碧④。上为雕甍朱槛⑤，帆旌皆以锦绣。舟末为龙尾，高丈馀，以布索引木板下垂。有童坐板上，颠倒滚跌，作诸巧剧⑥。下临水，险危欲堕。故其购是童也，先以金啖其父母⑦，预调驯之⑧，堕水而死，勿悔也。吴门则载美妓⑨，较不同耳。

【注释】

①五月五日：指阴历，即端午节。

②吴越间：古代吴国和越国所辖地区。指今江苏、浙江一带。

③刳(kū)木：将整木挖空。

④金碧：指金黄色和青绿色的油彩。

⑤雕甍(méng)：雕饰的屋脊。甍，屋脊。朱槛：红色的栏杆。

⑥巧剧：精妙的节目。剧，指杂技、舞蹈等节目。

⑦啖(dàn)：吃，收买。

⑧调驯：调教，训练使之娴熟。

⑨吴门：古吴县的别称，即今苏州。因其地为春秋时吴都，故称。

【译文】

五月五日端午节，在吴越一带有斗龙舟的游戏。将木头从中剖开挖空，做成龙的形状，画上鳞甲，涂上金黄青绿的颜色。上面是雕花的屋脊，红色的栏杆，帆和旗都用锦绣做成。船尾做成龙尾的样子，有一丈多高，用布绳牵着木板垂下来。有小孩坐在木板上，翻滚摔跤，做出各种巧妙的游戏。但是木板下面就是江水，很是危险，弄不好就会掉下来。所以在选购这种小孩时，先用金钱堵住他父母的口，预先教练小孩，如果小孩落水而死，不得反悔。苏州则是在龙舟上载上美丽的歌妓，两者有所不同。

镇江有蒋氏童阿端①，方七岁，便捷奇巧，莫能过，声价益起，十六岁犹用之。至金山下②，堕水死。蒋媪止此子，哀鸣而已。阿端不自知死，有两人导去，见水中别有天地，回视，则流波四绕，屹如壁立。俄入宫殿，见一人兜牟坐③。两人曰："此龙窝君也。"便使拜伏。龙窝君颜色和霁④，曰："阿端伎巧可入柳条部。"遂引至一所，广殿四合。趋上东廊，有诸年少，出与为礼，率十三四岁。即有老妪来，众呼解姥。坐令献技。已，乃教以钱塘飞霆之舞，洞庭和风之乐⑤。但闻鼓钲喤聒⑥，诸院皆响。既而诸院皆息。姥恐阿端不能即娴⑦，独絮絮调拨之⑧，而阿端一过，殊已了了⑨，姥喜曰："得此儿，不让晚霞矣！"

【注释】

①镇江：明清府名。位于江苏省的西南部，即今江苏镇江。

②金山：在今江苏镇江西北的长江中，后沙涨成陆，现已与南岸相连。

③兜牟：古称“胄”，头盔。这里指戴着头盔。

④和霁(jì)：本指天气清爽，这里指脸色和蔼。

⑤钱塘飞霆之舞，洞庭和风之乐：均是作者虚拟的舞乐而受到唐人传奇《柳毅传》的影响。《柳毅传》写龙宫中钱塘君解救出龙女，洞庭君为庆贺龙女还宫，答谢柳毅，在宫中设宴歌舞：“初，笳角鼙鼓，旌旗剑戟，舞万夫于其右。中有一夫前曰：‘此《钱塘破阵乐》。’旌杰气，顾骤悍栗。坐客视之，毛发皆竖。复有金石丝竹，罗绮珠翠，舞千女于其左，中有一女前进曰：‘此《贵主还宫乐》。’清音宛转，如诉如慕，坐客听之，不觉泪下。二舞既毕，龙君大悦。”

⑥鼓钲(zhēng)：打击乐器。钲，古代铜质打击乐器，形似钟而狭长，有长柄可执，口向上以物击之而鸣。喤聒：形容声音宏大震耳。

⑦娴：熟悉，从容掌握。

⑧絮絮：唠唠叨叨地讲个不休。调拨：指点，教导。

⑨了了：明白，清楚。

【译文】

镇江有个叫蒋阿端的小孩，才七岁就灵便敏捷，奇异机巧，没人能超过他，名声身价日益上涨，到了十六岁时还用他。一天，船到金山下，落水而死。蒋老太太只有这么一个儿子，也只有痛哭而已。阿端自己还不知道已经死了，有两个人引导他前行，他一看，水中倒别有一番天地，回头再看，只见四面环绕水流波浪，像墙壁一样屹立着。过了一会儿，眼前出现一座宫殿，有一个戴着头盔的人坐着。那两人说：“这就是龙窝君。”便让阿端向他行礼。龙窝君和颜悦色地说：“依阿端的技艺可以进入柳条部。”于是将阿端带到一个地方，是一座四面围拢的大殿。阿端走上东廊，便有一些少年走出来与他见礼，这些少年大约是十三四岁的样子。很快就有一个老妇人走来,众人都称她“解姥”。解姥坐下来,让阿端表演技艺。等他演完了,便教他“钱塘飞霆”的舞蹈、“洞庭和风”的乐曲。只听得锣鼓阵阵,各院都传来响声。过了一会儿,各院的声音都平息了。解姥唯恐阿端不能马上练就纯熟,独自絮絮叨叨地调拨他一个人,而阿端一过场,就已经很明白了,解姥高兴地说:“我得到这个孩子,真是不比晚霞差了。”

明日,龙窝君按部[①],诸部毕集。首按夜叉部,鬼面鱼服。鸣大钲,围四尺许,鼓可四人合抱之,声如巨霆,叫噪不复可闻。舞起,则巨涛汹涌,横流空际,时堕一点星光,及着地消灭。龙窝君急止之,命进乳莺部。皆二八姝丽,笙乐细作,一时清风习习,波声俱静,水渐凝如水晶世界,上下通明。按毕,俱退立西墀下[②]。次按燕子部,皆垂髫人[③]。内一女郎,年十四五以来,振袖倾鬟,作散花舞[④],翩翩翔起,衿袖袜履间,皆出五色花朵,随风飏下,飘泊满庭。舞毕,随其部亦下西墀。阿端旁睨,雅爱好之。问之同部,即晚霞也。无何,唤柳条部。龙窝君特试阿端。端作前舞,喜怒随腔[⑤],俯仰中节[⑥]。龙窝君嘉其惠悟[⑦],赐五文袴褶[⑧],鱼须金束发[⑨],上嵌夜光珠。阿端拜赐下,亦趋西墀,各守其伍[⑩]。端于众中遥注晚霞[⑪],晚霞亦遥注之。少间,端逡巡出部而北,晚霞亦渐出部而南,相去数武[⑫],而法严不敢乱部,相视神驰而已。既按蛱蝶部,童男女皆双舞,身长短、年大小、服色黄白,皆取诸同[⑬]。诸部按已,鱼贯而出[⑭]。柳条在燕子部后,端疾出部前,而晚霞已缓滞在后。回首见端,故遗珊瑚钗,端急纳袖中。

【注释】

①按部:检查各部。按,审查,查验。

②墀(chí):台阶下空地,亦指台阶。

③垂髫(tiáo)人:小女孩。垂髫,指女子未笄前之发式;不束发,头发下垂。

④散花舞:指天女散花之舞。《维摩诘经·观众生品》:"时维摩诘室有一天女,见诸大人闻所说法,便现女身,即以天华散诸菩萨大弟子。"

⑤随腔:随着音乐变化。腔,声腔。

⑥中节:符合音乐的节奏。节,节奏。

⑦惠悟:聪明伶俐。惠,通"慧"。悟,悟性。

⑧五文:五彩。袴(kù)褶(xí):汉服的一种款式。上服褶而下缚袴,其外不复用裘裳,故谓"袴褶"。因便于骑乘,最早为军中之服。魏晋至南北朝,上下通用,既为军服也为行旅之服,以至作常服和朝服,并施于妇女。

⑨鱼须金束发:鱼须形金丝所制的束发。束发,童子束发为髻的饰物。

⑩各守其伍:各自保持队形。伍,部伍,队列。

⑪注:注目,盯着看。

⑫武:半步。

⑬皆取诸同:都选取各方面相同的。

⑭鱼贯:首尾相连,一个接着一个。

【译文】

第二天,龙窝君考察各部,各部都汇集在一起。首先考察的是夜叉部,夜叉们面部像鬼,穿着鱼皮服装。他们敲响周长四尺多的大锣,又擂响四个人才抱得过来的大鼓,声音就像打雷一样,喧闹得让人听不下去。等他们跳起舞来,只见波涛汹涌,在空中横流,不时落下一点儿星光，一着地就熄灭了。龙窝君急忙让他们停下来，命令乳莺部上前表演。乳莺部都是些十六七岁的漂亮女子，她们演奏的笙乐精美细致，一时间，习习清风吹来，波涛都安静了下来，水渐渐凝结起来，宛如水晶世界，上下通明。考察完毕，都退到西面的台阶下站立。接下来考察燕子部，都是一些未成年的女子。其中有个女郎，年纪在十四五岁上下，挥动衣袖，倾侧着脑袋，跳起了"天女散花舞"。只见她轻盈地飞舞起来，从她的衣襟、袖子、袜子、鞋子里，都落下五色的花朵，随风飘荡下来，落满了庭院。跳完以后，随着燕子部也到西面台阶下站立。阿端在旁边偷眼观瞧，心里很是喜欢她。向同部的人一问，原来她就是晚霞。过了不久，龙窝君点到柳条部。龙窝君特别考察了阿端。阿端在前面跳舞，只见他喜怒随着乐腔变化，舞姿合着节拍表演。龙窝君夸奖他聪慧有悟性，赐给他一件五色花纹的连衣裤，鱼须形状的金的束发带箍，上面嵌着夜明珠。阿端拜谢龙窝君的恩赐，也走到西面的台阶下，站在自己的队伍中。阿端在人群中远远地注视晚霞，晚霞也远远地注视着他。过了一会儿，阿端慢慢离开本部向北走，晚霞也渐渐出了本部向南走，两个人相隔几步，但法令严明不敢乱了部伍，他们互相注视，只能心神向往罢了。过一会儿又考察蛱蝶部，童男童女双双起舞，他们的身材高矮、年纪大小、衣服的颜色，都是一样的。等各部都考察以后，各部一个接一个地出来。柳条部排在燕子部后，阿端急忙走到部前面，而晚霞已经慢慢走在了后面。她回头看望阿端，故意丢下一支珊瑚钗，阿端急忙把它放在袖子里。

既归，凝思成疾，眠餐顿废。解姥辄进甘旨[①]，日三四省[②]，抚摩殷切，病不少瘥[③]。姥忧之，罔所为计，曰："吴江王寿期已促[④]，且为奈何！"薄暮，一童子来，坐榻上与语，自言："隶蛱蝶部。"从容问曰："君病为晚霞否？"端惊问："何知？"

笑曰:“晚霞亦如君耳。”端凄然起坐,便求方计[5]。童问:“尚能步否?”答云:“勉强尚能自力。”童挽出,南启一户,折而西,又辟双扉。见莲花数十亩,皆生平地上,叶大如席,花大如盖[6],落瓣堆梗下盈尺。童引入其中,曰:“姑坐此。”遂去。少时,一美人拨莲花而入,则晚霞也。相见惊喜,各道相思,略述生平。遂以石压荷盖令侧,雅可幛蔽,又匀铺莲瓣而藉之,忻与狎寝[7]。既订后约,日以夕阳为候,乃别。端归,病亦寻愈。由此两人日一会于莲亩。

【注释】

①甘旨:好吃的食品。

②省:看视。

③瘥(chài):病愈。

④寿期已促:祝寿的日期迫近。促,迫近。

⑤方计:方法计谋。

⑥盖:伞。

⑦忻(xīn):快乐。

【译文】

阿端回去以后,因为思念而得了病,寝食不安。解姥就给他送来美味的食物,每天探望三四次,殷切地抚爱照料他,但病没有一点儿好转。解姥很是忧虑,但又没有办法,说:“吴江王的寿日近在眼前,这可怎么办啊!”傍晚时分,一个小孩前来,坐在床上跟阿端说话,自称:“我是蛱蝶部的。”然后又慢慢地问道:“你的病是为了晚霞吧?”阿端惊讶地问:“你怎么知道?”那小孩笑着说:“晚霞也跟你一样。”阿端凄然地坐起身来,问小孩有什么办法。小孩问道:“还能走路吗?”阿端答道:“勉强还能自己走一走。”小孩扶着他出来,向南穿过一道门,转弯又向西,又打开两扇门。只见几十亩的莲花，都长在平地上，叶片像席子一样宽阔，花朵像伞盖一样大，落下来的花瓣堆在花梗下有一尺多厚。小孩领他进到莲花丛中，说："就坐在这儿吧。"然后就离去了。等了一会儿，只见一个美女拨开莲花走了进来，原来就是晚霞。两人相见，分外惊喜，各自述说相思，大致说了自己的情况。然后他们用石头压住荷叶让它们侧过来，尚可以作为屏障，又将莲花瓣均匀地铺在地上，两人欣然亲热地睡在一起。然后两人订好今后的约会时间为每天太阳西下以后，便分手了。阿端回去后，病也很快痊愈了。从此，两人每天在莲花地见一次面。

过数日，随龙窝君往寿吴江王。称寿已，诸部悉还，独留晚霞及乳莺部一人在宫中教舞，数月更无音耗，端怅惘若失。惟解姥日往来吴江府，端托晚霞为外妹[①]，求携去，冀一见之。留吴江门下数日，宫禁森严，晚霞苦不得出，怏怏而返。积月馀，痴想欲绝。一日，解姥入，戚然相吊曰[②]："惜乎！晚霞投江矣！"端大骇，涕下不能自止。因毁冠裂服，藏金珠而出，意欲相从俱死。但见江水若壁，以首力触不得入。念欲复还，惧问冠服，罪将增重，意计穷蹙[③]，汗流浃踵[④]。忽睹壁下有大树一章[⑤]，乃猱攀而上[⑥]，渐至端杪，猛力跃堕，幸不沾濡，而竟已浮水上。不意之间，恍睹人世，遂飘然泅去。移时，得岸，少坐江滨，顿思老母，遂趁舟而去。抵里，四顾居庐，忽如隔世。次且至家[⑦]，忽闻窗中有女子曰："汝子来矣。"音声甚似晚霞。俄，与母俱出，果霞。斯时两人喜胜于悲，而媪则悲疑惊喜，万状俱作矣。

【注释】

①托:托辞,假托。外妹:表妹。

②戚然:悲痛的样子。吊:慰问,安慰。

③意计穷蹙(cù):无计可施,没有主意。穷蹙,潦倒穷困。

④汗流浃踵:浑身是汗。浃,湿透。踵,脚后跟。

⑤章:株,大木材。

⑥猱(náo)攀:像猿猴那样攀爬。猱,猿类。

⑦次且(zī jū):同“趑趄”,行走困难的样子。

【译文】

过了几天,他们随龙窝君一起去给吴江王祝寿。祝寿后,各部都回去了,唯独留下晚霞和乳莺部的一个人在宫中教舞,过了几个月还没有消息,阿端怅惘若失。倒是解姥每天来往吴江府之间,阿端假称晚霞是表妹,请解姥带他一块儿去,希望能见晚霞一面。阿端留在吴江王门下几天,但是宫中禁规很森严,晚霞苦于不能出来,阿端只有怏怏地回去了。又过一个多月,阿端呆呆地思念,几乎要死去了。一天,解姥走进屋来,伤感地说道:“可惜啊!晚霞投江自杀了!”阿端大为惊骇,流下眼泪,控制不住自己。他于是毁坏帽子,撕裂衣服,在身上藏了金珠出来,想要跟阿霞一起去死。只见江水像墙壁一样,用头使劲撞也进不去。阿端想再回去,又害怕被问起帽子衣服的事,罪名将会加重。他计策用尽,汗一直流下去湿透脚跟。忽然,他看见墙壁下有一棵大树,于是像猴子一样攀援而上,渐渐地爬到树梢,他猛力跳下去,幸好没有沾湿,竟然已经浮在水面上了。不经意之间,好像看见是到了人世,于是飘然游过去。过了一会儿,到了岸边,在江边稍微坐了坐,突然想起了老母,便乘舟离去了。他到了家乡,四顾周围的房舍,好像隔世一样。他艰难地走到家,忽然听到窗户里有个女子说:“你儿子回来了。”声音听起来像是晚霞。一会儿,与阿端母亲一块儿出来的,果然就是晚霞。这时,二人的喜悦胜过悲伤,而他母亲则既悲伤又怀疑,既惊讶又高兴,极尽各种情态。

初，晚霞在吴江，觉腹中震动，龙宫法禁严，恐旦夕身娩，横遭挞楚，又不得一见阿端，但欲求死，遂潜投江水。身泛起，沉浮波中。有客舟拯之，问其居里。晚霞故吴名妓，溺水不得其尸。自念衏院不可复投[①]，遂曰："镇江蒋氏，吾婿也。"客因代贳扁舟[②]，送诸其家。蒋媪疑其错误，女自言不误，因以其情详告媪。媪以其风格韵妙，颇爱悦之，第虑年太少，必非肯终寡也者。而女孝谨，顾家中贫，便脱珍饰售数万。媪察其志无他，良喜。然无子，恐一旦临蓐[③]，不见信于戚里，以谋女。女曰："母但得真孙，何必求人知。"媪亦安之。会端至，女喜不自已。媪亦疑儿不死，阴发儿冢，骸骨具存，因以此诘端，端始爽然自悟[④]。然恐晚霞恶其非人，嘱母勿复言。母然之。遂告同里，以为当日所得非儿尸，然终虑其不能生子。未几，竟举一男，捉之无异常儿[⑤]，始悦。久之，女渐觉阿端非人，乃曰："胡不早言！凡鬼衣龙宫衣，七七魂魄坚凝[⑥]，生人不殊矣。若得宫中龙角胶，可以续骨节而生肌肤，惜不早购之也。"

【注释】

①衏(yuàn)院：即"行院"，妓院。

②贳(shì)：雇用。扁(piān)舟：小船。

③临蓐：临产，分娩。

④爽然：清醒的样子。

⑤捉：抚抱。

⑥七七：四十九天。

【译文】

原来，晚霞在吴江王府里，觉得腹中胎儿蠕动，龙宫中法规森严，她唯恐早晚就要分娩，会招来横祸，身受刑罚，又不能够见阿端一面，所以只想一死，便跳到了江中。身子漂起来，在波涛中沉浮。正好有艘客船经过，将她救起来，问她住在什么地方。晚霞原来是苏州的名妓，溺水而死，找不到尸体。她想妓院不能再回去了，便说："镇江蒋家，是我婆家。"客船上的人于是代她租了只小船，将她送到蒋家。蒋妈妈怀疑是个错误，晚霞自己说不错，便把实情详细告诉了蒋妈妈。蒋妈妈因为见她风姿美妙，很是喜欢她，只是担心她年纪太小，肯定不会终身守寡。但晚霞孝顺恭敬，看家里面贫穷，硬摘下身上的珍贵首饰卖了几万钱。蒋妈妈发现她确无二心，很是高兴。但是儿子不在家，唯恐晚霞一旦临产，不能被亲戚乡里相信，便跟晚霞商量。晚霞说："妈妈只要能有真正的孙子，又何必要人知道。"蒋妈妈也就安心了。正好阿端回来了，晚霞喜不自禁。蒋妈妈也怀疑儿子没死，暗中挖开了儿子的坟墓，尸骨却还都在，便拿这事追问阿端，阿端这才醒悟过来。但是唯恐晚霞厌恶他不是人，嘱咐妈妈不要再说了。妈妈答应了。便告诉乡里乡亲，说是当时找到的并不是儿子的尸体，但她始终担心晚霞不能生孩子。不久，晚霞竟生下一个男孩，看起来跟一般孩子没什么不同，妈妈才高兴起来。时间长了，晚霞渐渐觉出阿端不是人，便说："你为什么不早说呢！凡是鬼穿上龙宫的衣服，经过七七四十九天，魂魄就会凝固起来，和活人就没什么两样了。如果能得到宫中的龙角胶，就可以接上骨节，生出肌肤，可惜没能早点儿买到。"

端货其珠，有贾胡出赀百万①，家由此巨富。值母寿，夫妻歌舞称觞②，遂传闻王邸。王欲强夺晚霞。端惧，见王自陈："夫妇皆鬼。"验之无影而信，遂不之夺。但遣宫人就别院，传其技。女以龟溺毁容[3]，而后见之。教三月，终不能尽其技而去。

【注释】

①贾(gǔ)胡：做买卖的胡人。指外国商人。

②称觞(shāng)：举杯敬酒。指祝寿。

③龟溺：龟尿。民间传说认为龟尿沾污肌肤不易脱落。

【译文】

阿端出卖他的珠子，有个外国商人拿出百万购买，蒋家从此变得极为富有。正巧蒋妈妈过生日，夫妻俩一起载歌载舞，向母亲敬酒祝寿，这事传到淮王府里。淮王想强行抢夺晚霞。阿端很害怕，去见淮王，自我陈述道："我们夫妇都是鬼。"一查验，果然没有影子，淮王便相信了，不再抢夺。只是派宫人到别院由晚霞传授技艺。晚霞用龟尿毁了容，然后再去见淮王。教了三个月，终究没有全部传授完技艺就离去了。

白秋练

【题解】

本篇写商人慕小寰之子慕蟾宫和鱼精白秋练的浪漫爱情故事。鱼精，有人说是鲤鱼，有人说是白鳍豚，都无确证。

喜爱吟诵诗歌的白秋练有着蒲松龄南游时结识的歌姬顾青霞的影子。蒲松龄与顾青霞有着深挚的情感，蒲松龄很欣赏顾青霞的吟诵技巧，称其"吟声呖呖，玉碎珠圆"。"吟调铿锵春燕语，轻弹粉指叩金钗"，曾经专门为她从万首唐人绝句中"为选香奁诗百首，篇篇音调麝兰馨。莺吭啭出真双绝，喜付可儿吟与听"。顾青霞死后，蒲松龄还恋恋地说："吟声彷佛耳中存，无复笙歌望墓门。"

这篇小说有一个很精彩的地方，它打破了历来古典小说在婚姻问题上的一个传统套子，即当恋爱双方由于门户相差悬殊（一般总是女方门第高）时，总是由男方——贫穷的秀才赶考得中来改变这一差距——而是由女方白秋练"预知物价"，以可以使对方发财来解决两家门户上的差别。白秋练在估计婚姻形势时对慕蟾宫说："凡商贾之志，在于利耳。妾有术知物价……归家，妾言验，则妾为佳妇矣。"这一透辟的分析，非常犀利地揭示了商人慕小寰在婚姻上的心理，鲜明地显现了那个时代对待婚姻，对待人与人之间关系上的金钱标准。这，是那个时代出现的新的社会现象，也是蒲松龄对于商人阶层心理的深刻体察。

直隶有慕生①，小字蟾宫，商人慕小寰之子。聪惠喜读。年十六，翁以文业迂②，使去而学贾③，从父至楚④。每舟中无事，辄便吟诵。抵武昌，父留居逆旅⑤，守其居积⑥。生乘父出，执卷哦诗⑦，音节铿锵。辄见窗影憧憧，似有人窃听之，而亦未之异也。一夕，翁赴饮，久不归，生吟益苦。有人徘徊窗外，月映甚悉。怪之，遽出窥觇，则十五六倾城之姝⑧。望见生，急避去。又二三日，载货北旋，暮泊湖滨。父适他出，有媪入曰："郎君杀吾女矣！"生惊问之，答云："妾白姓，有息女秋练⑨，颇解文字。言在郡城⑩，得听清吟⑪，于今结想，至绝眠餐。意欲附为婚姻，不得复拒。"生心实爱好，第虑父嗔，因直以情告。媪不实信，务要盟约⑫，生不肯。媪怒曰："人世姻好，有求委禽而不得者⑬。今老身自媒，反不见纳，耻孰甚焉！请勿想北渡矣！"遂去。少间，父归，善其词以告之⑭，隐冀垂纳⑮。而父以涉远，又薄女子之怀春也⑯，笑置之。

【注释】

①直隶:直接隶属于京师的地区。清代的直隶所辖相当于今北京、天津两市、河北省大部和河南、山东的小部地区。

②以文业迂:认为读书科举不实用。文业,指举业。迂,不切实际。

③贾:经商。

④楚:楚地。指湖北、湖南地区。

⑤逆旅:旅馆。

⑥居积:货物。

⑦哦:吟唱。

⑧倾城之姝:漂亮少女。倾城,喻漂亮所达到的程度可以倾倒全城人。《诗·大雅·瞻卬》:"哲夫成城,哲妇倾城。"姝,美女。

⑨息女:亲生女儿。

⑩郡城:指武昌。

⑪清吟:对别人吟诵的敬称。

⑫务要盟约:一定要得到承诺。要,强求,要挟。

⑬委禽:求婚,定亲。

⑭善:加工修饰。

⑮隐冀:心中暗想或希望。垂纳:接受、接纳的敬辞。

⑯薄:鄙视。怀春:指少女思婚嫁。《诗·召南·野有死麕》:"有女怀春,吉士诱之。"

【译文】

直隶有个姓慕的书生,小名叫蟾宫,是商人慕小寰的儿子。他很聪明,喜欢读书。十六岁时,他父亲认为读书科考太过迂腐,便让他弃文从商,学做生意,他便跟着父亲来到楚地。每当在船上没事时,他就吟诗读书。到达武昌后,父亲将他留在旅店中看管货物。慕生趁着父亲外出,便拿出书本吟诗,音节铿锵。有时他看见窗外有人影晃动,像是有人在偷听,但也没觉得有什么奇怪的。一天晚上,父亲出去赴宴,好久也不回来，他吟诗越发勤苦。他看见有个人在窗外徘徊，在月光的映照下，看得很清楚。他感到奇怪，急忙出来察看，原来是一个十五六岁、倾城的美丽女子。她一看见慕生，就急忙躲开了。又过了两三天，他们装好货北上回家，晚上停泊在湖滨。父亲有事外出，一个老妇人进来说道："你要害死我女儿了！"慕生惊奇地问她怎么回事，那老妇人回答道："我姓白，有个亲生女儿，名叫秋练，很通文墨。她说在郡城时，听过你吟诵诗书，到现在还记在心里，不能忘怀，以至于废寝忘食。我想让她与你结为夫妻，希望你不要拒绝。"慕生心里倒真是喜欢那女孩，只是担心父亲会责怪，所以便对老妇人实情相告。老妇人不相信，一定要他应下这门婚事，慕生不肯。老妇人发怒说："人世间的婚姻，有的上门求亲都求不到。现在我自己做媒，反而不被接受，还有比这更丢脸的吗！你别想乘船回到北方去！"说完，就走了。过了一会儿，父亲回来了，慕生便好言好语将这事告诉了他，暗自希望他能够答应。但是他父亲认为离家远行，又看不起这个女孩主动对男人的示好，便一笑置之。

泊舟处，水深没棹[①]，夜忽沙碛拥起[②]，舟滞不得动。湖中每岁客舟必有留住守洲者[③]，至次年桃花水溢[④]，他货未至，舟中物当百倍于原直也[⑤]，以故翁未甚忧怪。独计明岁南来，尚须揭贽[⑥]，于是留子自归。生窃喜，悔不诘媪居里[⑦]。日既暮，媪与一婢扶女郎至，展衣卧诸榻上。向生曰："人病至此，莫高枕作无事者[⑧]！"遂去。生初闻而惊，移灯视女，则病态含娇，秋波自流。略致讯诘，嫣然微笑。生强其一语，曰："'为郎憔悴却羞郎'[⑨]，可为妾咏。"生狂喜，欲近就之，而怜其荏弱，探手于怀，接脑为戏[⑩]。女不觉欢然展谑[⑪]，乃曰："君为妾三吟王建'罗衣叶叶'之作[⑫]，病当愈。"生从其言。甫两过，女揽衣起坐曰："妾愈矣！"再读，则娇颤相和。生神志益飞，遂灭烛共寝。女未曙已起，曰："老母将至矣。"未几，媪果至。见女凝妆欢坐，不觉欣慰。邀女去，女俯首不语。媪即自去，曰："汝乐与郎君戏，亦自任也。"于是生始研问居止⑬，女曰："妾与君不过倾盖之友⑭，婚嫁尚不可必，何须令知家门。"然两人互相爱悦，要誓良坚。

【注释】

①棹：船桨。

②沙碛(qì)：浅水中的沙石。

③洲：露出水面的陆地。

④桃花水：即"桃花汛"。《汉书·沟洫志》注："盖桃方华时，既有雨水，川谷冰泮，众流猥集，波澜盛长，故谓之桃花水也。"

⑤直：价值。

⑥揭赀(zī)：措办资金。揭，持，负。

⑦诘：问。居里：住处。

⑧高枕：即高枕而卧。把枕头垫高，舒坦而睡，无所担忧。

⑨为郎憔悴却羞郎：唐代元稹《莺莺传》中的诗句。《莺莺传》写崔莺莺与张生两相爱慕。后来各自婚嫁。在一次偶然相遇中，张生欲求见莺莺。莺莺不见，留诗给张生曰："自从消瘦减容光，万转千回懒下床。不为旁人羞不起，为郎憔悴却羞郎。"

⑩接脗(hàn)：接吻。脗，下唇。

⑪展谑：放松活泼。

⑫王建"罗衣叶叶"之作：指唐代诗人王建《宫词》："罗衣叶叶绣重重，金凤银鹅各一丛。每遍舞时分两向，太平万岁字当中。"

⑬居止：住处，生活状况。

⑭倾盖之友：偶然相遇的朋友，喻短暂的会晤。倾盖，谓途中相遇。

盖，车盖，形如伞。停车而语，车盖相接。

【译文】

本来停船的地方，水深没过了船桨，晚上忽然涌出沙堆，将船陷住，移动不得。湖里每年客船都肯定有船留住在小洲上，到第二年桃花水上涨时，其他的货船还没到，船里的货物就比原来的价钱能贵出一百倍，因此慕生的父亲并不太忧愁。只是想明年到南方来，还需要筹集资金，于是他将儿子留下，自己回去了。慕生暗中高兴，只是后悔没有问老妇人住在哪里。天黑以后，那老妇人和一个丫环，扶着那女孩前来，铺开衣服让女孩躺在床上。对慕生说："人已经病成这样了，你可别像没事人似的，高枕无忧！"说完，就离开了。慕生刚听到时很惊奇，等拿灯一看，只见那女孩虽在病中，但依然娇美，一双乌黑的大眼睛顾盼动人。慕生略微问了几句，那女孩只是嫣然一笑。慕生非让女孩说一句话，女孩说："'为郎憔悴却羞郎'，这可以说是为我吟咏的诗句。"慕生大喜，便想亲近她，但又可怜她身体虚弱，就将手伸到她怀里，与她接吻亲热。那女孩不觉快乐起来，笑着说："你为我吟上三遍王建的'罗衣叶叶'那首诗，我的病就会好了。"慕生按照她说的开始吟诗。才吟了两遍，那女孩便揽过衣服起身说道："我已经好了！"再吟时，女孩也用娇滴滴、颤巍巍的声音跟他一块儿吟诵。慕生不由神采飞扬，便灭了灯，两人一块儿睡下。天还没亮，那女孩就起床了，说："我母亲就要来了。"没一会儿，老妇人果然到了。见女孩穿戴得好好的，很快乐地坐在那里，不觉很是欣慰。便要女儿跟她回去，女孩低下头不说话。老妇人便起身自己走了，说："你喜欢和慕生玩乐，我也就不管你了。"于是慕生问起那女孩住在哪儿，那女孩说："我和你只不过是刚刚结识的朋友，还不一定能谈婚论嫁，何必要知道我家住在哪里。"但是两个人互相爱慕，立下了海誓山盟。

女一夜早起挑灯，忽开卷凄然泪莹，生急起问之。女曰:“阿翁行且至[①]。我两人事,妾适以卷卜[②],展之得李益《江南曲》[③],词意非祥。”生慰解之,曰:“首句‘嫁得瞿塘贾’,即已大吉,何不祥之与有!”女乃稍欢,起身作别曰:“暂请分手,天明则千人指视矣[④]。”生把臂哽咽,问:“好事如谐,何处可以相报?”曰:“妾常使人侦探之,谐否无不闻也。”生将下舟送之,女力辞而去。无何,慕果至。生渐吐其情,父疑其招妓,怒加诟厉。细审舟中财物,并无亏损,谯诃乃已[⑤]。一夕,翁不在舟,女忽至,相见依依,莫知决策。女曰:“低昂有数[⑥],且图目前。姑留君两月,再商行止。”临别以吟声作为相会之约。由此值翁他出,遂高吟,则女自至。四月行尽,物价失时[⑦],诸贾无策,敛赀祷湖神之庙。端阳后[⑧],雨水大至,舟始通。

【注释】

①阿翁:公公。行且:将要。

②卷卜:用书占卜。指信手翻阅书卷某一页,就其内容占卜吉凶。卷,书。

③李益(约750—约830):字君虞,陇西姑臧人,后迁河南郑州。唐代诗人。大历四年(769)进士,因仕途失意,后弃官在燕赵一带漫游。以边塞诗闻名,擅长绝句,尤工七绝。《江南曲》:“嫁得瞿塘贾,朝朝误妾期。早知潮有信,嫁与弄潮儿。”诗写商人之妻对丈夫的思念。

④千人指视:即千夫所指,意为触犯众怒。《汉书·王嘉传》:“千人所指,无病而死。”

⑤谯(qiào)诃:训斥,指责。

⑥低昂有数:事物的起伏成败,自有天命。

⑦物价失时：指舟行受阻，货物失去了获取季节性差价的时机。

⑧端阳：端阳节，即阴历五月初五日。

【译文】

一天夜里，女孩早早起来点灯，忽然打开书，凄然地流下眼泪，慕生急忙起来问她怎么回事。女孩说："你爸爸快来了。我们两个人的未来我刚才卜了一卦，打开书一看，是李益的《江南曲》，诗的意思不太吉利。"慕生安慰她说："第一句'嫁得瞿塘贾'，就已经是大吉大利，有什么不吉祥的呢！"女孩于是稍微高兴了一点儿，起身告别道："咱们暂时分手吧，等天亮了会有好多人对我们指指点点的。"慕生抓住她的胳膊，哽咽着说："如果我父亲同意这门亲事，我到哪里去告诉你呢？"女孩说："我常常派人打听，同意不同意我都会知道。"慕生想下船送她，女孩竭力推辞而去。没过多久，慕生的父亲果然到了。慕生渐渐地吐出真情，父亲怀疑他招来妓女，生气地责骂他。他仔细检查了船里面的货物并没有减少，骂完也就算了。一天晚上，父亲不在船上，那女孩忽然来了，两人依依不舍，但也想不出办法来。女孩说："成败自有天定，先图眼前的快乐。我再留你两个月，然后商量怎么办。"临别时两人商定以吟诗作为约会的暗号。从此，每当父亲外出，慕生就高声吟诗，那女孩就来了。四月份快过去时，物价错过了良机，商人们没有办法，便筹钱到湖神庙求神保佑。端午节后下起了大雨，船开始通航了。

生既归，凝思成疾。慕忧之，巫医并进[①]。生私告母曰："病非药禳可痊[②]，唯有秋练至耳。"翁初怒之，久之，支离益惫[③]，始惧，赁车载子，复如楚，泊舟故处。访居人，并无知白媪者。会有媪操柁湖滨[④]，即出自任。翁登其舟，窥见秋练，心窃喜，而审诘邦族，则浮家泛宅而已[⑤]。因实告子病由，冀女登舟，姑以解其沉痼[⑥]。媪以婚无成约，弗许。女露半面，殷殷窥听[⑦]，闻两人言，眦泪欲堕。媪视女面，因翁哀请，即亦许之。至夜，翁出，女果至，就榻呜泣曰：“昔年妾状，今到君耶！此中况味，要不可不使君知。然羸顿如此[⑧]，急切何能便瘳[⑨]？妾请为君一吟。”生亦喜。女亦吟王建前作，生曰：“此卿心事，医二人何得效？然闻卿声，神已爽矣。试为我吟‘杨柳千条尽向西’[⑩]。”女从之。生赞曰：“快哉！卿昔诵诗馀[⑪]，有《采莲子》云‘菡萏香连十顷陂’[⑫]，心尚未忘，烦一曼声度之[⑬]。”女又从之。甫阕[⑭]，生跃起曰：“小生何尝病哉！”遂相狎抱，沈痾若失[⑮]。既而问：“父见媪何词？事得谐否？”女已察知翁意，直对“不谐”。

【注释】

①巫：巫师，巫术。医：医生，医术。

②禳(ráng)：除邪消灾的法式。

③支离：衰残瘦弱的病体。

④操柁：驾船。柁，即舵。

⑤浮家泛宅：居无定所。指飘泊无定的水上人家。

⑥姑：姑且。沉痼：经久难治的疾病。痼，病。

⑦殷殷：专注而忧伤的样子。

⑧羸(léi)顿：病体衰弱的样子。

⑨便瘳(chōu)：立刻病愈。瘳，病愈。

⑩杨柳千条尽向西：唐刘方平《代春怨》诗：“朝日残莺伴妾啼，开帘只见草萋萋。庭前时有东风入，杨柳千条尽向西。”

⑪诗馀：词的别名。

⑫采莲子：词调名。四句二十八字。菡萏(hàn dàn)香连十顷陂：唐皇甫松《采莲子》词：“菡萏香连十顷陂，小姑贪戏采莲迟。晚来

弄水船头湿，更说红裙裹鸭儿。”

⑬曼声度之：拖长声音歌唱它。曼，长，舒展。度，按谱歌唱。

⑭甫阕(què)：刚唱完。阕，乐终。

⑮沈痾：沉重的病。痾，病。

【译文】

慕生回家后，因为思念过度病倒了。他父亲很忧虑，便请来巫师和医生给他治病。慕生私下告诉母亲说：“我这个病不是药和巫能治好的，只有秋练来了才会好。”他父亲开始很生气，但久而久之，慕生更加瘦弱，疲倦无力，他父亲才害怕起来，租了车子，带上儿子，又来到楚地，又将船停在原来的地方。他们走访当地居民，并没有人知道谁是白老妇人。正好有个老妇人在湖边划船，她走出来称自己便是白老太太。慕生父亲登上她的船，看见秋练，心中暗暗高兴，再询问她们的家族情况，原来是水上人家。他便如实告诉了儿子生病的原因，希望秋练到船上去，为他儿子治好病。老妇人认为，还没有正式订婚，不让秋练去。秋练露出半边脸来，认真地听着他们两人的对话，泪水在眼眶中打转转。老妇人看见女儿的表情，再加上慕生父亲的苦苦哀求，也就同意了。到了夜里，慕生的父亲出去了，秋练果然来到船上，伏在床边呜咽着说：“当年我相思成病的样子，如今转到你身上了！此中甘苦，不可不让你也尝尝。但是这么瘦削困顿，一下子怎么可能治好呢？我为你吟诵吟诵诗吧。”慕生也很高兴。秋练吟的也是王建的那首诗，慕生说：“这诗咏的是你的心事，怎么可能对两个人都有效呢？但是听到了你的声音，我的精神已经爽快多了。你试着为我吟一首‘杨柳千条尽向西’。”秋练便吟诵了一遍。慕生赞叹道：“痛快啊！你以前吟咏的诗词中，有一首《采莲子》写道‘菡萏香连十顷陂’，我心里还没有忘记，烦请你再用长声吟诵一遍。”秋练又吟了这首词。刚吟完，慕生就一跃而起，说道：“我又何尝生过病呢！”说完，两人亲热地拥抱在一起，大病好像一下子就好了。过了一会儿，慕生问：“我父亲见你母亲时说了些什么？

咱们的婚事能谈成吗?”秋练已经觉察出慕生父亲的意思,便直率地说“没谈成”。

既而女去,父来,见生已起,喜甚,但慰勉之。因曰:“女子良佳。然自总角时[1],把柁棹歌[2],无论微贱,抑亦不贞。”生不语。翁既出,女复来,生述父意。女曰:“妾窥之审矣[3],天下事,愈急则愈远,愈迎则愈距[4]。当使意自转,反相求。”生问计,女曰:“凡商贾志在利耳。妾有术知物价。适视舟中物,并无少息[5]。为我告翁:居某物,利三之;某物,十之。归家,妾言验,则妾为佳妇矣。再来时,君十八,妾十七,相欢有日,何忧为!”生以所言物价告父。父颇不信,姑以馀赀半从其教。既归,所自置货,赀本大亏,幸少从女言,得厚息,略相准[6]。以是服秋练之神。生益夸张之,谓女自言,能使己富。翁于是益揭赀而南。至湖,数日不见白媪。过数日,始见其泊舟柳下,因委禽焉。媪悉不受,但涓吉送女过舟[7]。翁另赁一舟为子合卺[8]。女乃使翁益南,所应居货,悉籍付之[9]。媪乃邀婿去,家于其舟。翁三月而返,物至楚,价已倍蓰[10]。将归,女求载湖水。既归,每食必加少许,如用醯酱焉[11]。由是每南行,必为致数坛而归。

【注释】

①总角:指童年。古时男女未成年,束发为两结,形状如角,故称“总角”。

②棹歌:指渔民在撑船、划船时候唱的渔歌。棹,船桨。

③审:仔细,认真。

④距：同“据”。

⑤少息：微利。

⑥相准：相抵。

⑦涓吉：选择吉祥的日子。涓，选择。

⑧合卺(jǐn)：举行婚礼。

⑨籍付之：登记在簿籍上交给慕翁。

⑩倍蓰(xǐ)：数倍。《孟子·滕文公》：“夫物之不齐，物之情也。或相倍蓰，或相什伯，或相千万。”

⑪醯(xī)：醋。

【译文】

过了一会儿，秋练走了，父亲回来了，见慕生已经起床，很是欢喜，只是安慰他。接着又说：“那女孩好是好，但她从小就在船上把舵唱歌，且不说她出身低贱，恐怕也不一定贞洁。”慕生不说话。父亲出去后，秋练又回来了，慕生对她说了父亲的意思。秋练说：“我已经看得很清楚了，天下的事情，你越着急它就离你越远，你越想迎合它就越拒绝你。应该让你父亲回心转意，反过来求你。”慕生问她有什么计策，秋练说：“但凡商人想的都是谋利。我有办法知道物价。刚才我看了舱里的货物，都不是能赚钱的。你替我告诉你父亲，囤积某种货物，就可以获利三倍；囤积某种货物，就可以获利十倍。等回家后，如果我的话应验了，我就成你们家的好媳妇了。你再来的时候，你十八岁，我十七岁，自然有相好的日子，有什么好忧愁的呢！”慕生将秋练说的物价告诉父亲。他父亲很不相信，只拿出剩馀资金的一半按秋练教的去做了。等回家后一看，自己买的货物，大大亏了本，幸好稍微听了点儿秋练的主意，赚了一大笔钱，两个大致抵销。从此，他便信服秋练的神明。慕生更是在父亲面前夸奖秋练，说秋练自己说，能让我们家致富。他父亲又筹集了资金南下。到了湖中，好多天也没见着白老妇人。又过了几天，才看见她的船停在柳树下，慕生的父亲便送去聘礼。白老妇人全都不肯接受，只是挑了良辰吉日将女儿送过船来。慕生的父亲又租了条船，为儿子举行了婚礼。秋练让慕生的父亲再往南去，将应该采办的货物，全都登记在册子上交给他。老妇人于是邀请慕生住到她的船上去。慕生的父亲三个月回来了，货物运到楚地，价格已经涨了好几倍。要回老家时，秋练要求带点儿湖水回去。回家后，每次吃饭时，都要加上一点儿，就像放调料一样。此后，每次慕生的父亲去南方，都要为她带几坛湖水回来。

后三四年，举一子。一日，涕泣思归。翁乃偕子及妇俱如楚。至湖，不知媪之所在。女扣舷呼母，神形丧失，促生沿湖问讯。会有钓鲟鳇者[①]，得白骥[②]。生近视之，巨物也，形全类人，乳阴毕具。奇之，归以告女。女大骇，谓夙有放生愿[③]，嘱生赎放之。生往商钓者，钓者索直昂[④]。女曰："妾在君家，谋金不下巨万，区区者何遂靳直也[⑤]！如必不从，妾即投湖水死耳！"生惧，不敢告父，盗金赎放之。既返，不见女，搜之不得，更尽始至。问："何往？"曰："适至母所。"问："母何在？"腼然曰[⑥]："今不得不实告矣：适所赎，即妾母也。向在洞庭，龙君命司行旅[⑦]。近宫中欲选嫔妃，妾被浮言者所称道，遂敕妾母，坐相索。妾母实奏之。龙君不听，放母于南滨，饿欲死，故罹前难。今难虽免，而罚未释。君如爱妾，代祷真君可免[⑧]。如以异类见憎，请以儿掷还君。妾去，龙宫之奉，未必不百倍君家也。"生大惊，虑真君不可得见。女曰："明日未刻[⑨]，真君当至。见有跛道士，急拜之，入水亦从之。真君喜文士，必合怜允。"乃出鱼腹绫一方，曰："如问所求，即出此，求书一'免'字。"生如言候之，果有道士蹩躠而至[10]，生伏拜之。道士急走，生从其后。道士以杖投水，跃登其上。生竟从之而登，则非杖也，舟也。又拜之。道士问："何求？"生出罗求书[11]。道士展视曰："此白骥翼也，子何遇之？"蟾宫不敢隐，详陈颠末[12]。道士笑曰："此物殊风雅，老龙何得荒淫！"遂出笔草书"免"字，如符形，返舟令下。则见道士踏杖浮行，顷刻已渺。归舟，女喜，但嘱勿泄于父母。

【注释】

①鲟鳇(xún huáng)：鲟鱼和达氏鳇两种鱼类的总称，人们常将两者相提并论，称"鲟鳇鱼"。

②白骥：即白鳍豚，亦称"白暨豚"、"白鱀鲸"、"江马"、"扬子江豚"及"长江河豚"等。

③放生：释放被捕捉的生物。佛教所提倡的善举。

④直：价值。昂：高。

⑤靳(jìn)直：吝啬价格，把价钱看得很重。靳，吝惜。

⑥腼(miǎn)然：不好意思的样子。

⑦司：负责，管理。

⑧真君：道家对修仙得道者的尊称。

⑨未刻：下午一点到三点。

⑩蹩躠(bié xiè)：走路一瘸一拐。

⑪罗：绫罗。指"鱼腹绫"。

⑫颠末：始末过程。

【译文】

过了三四年，秋练生了个儿子。一天，她哭着想回家去，慕生的父亲便带着儿子和儿媳一起来到了楚地。到了湖中，也不知道老妇人在什么地方。秋练敲打船舷呼喊母亲，精神和肉体上都很痛苦，她催慕生沿着湖边去询问。正好碰上一个钓鲟鳇鱼的人，钓上来一条白鳍豚。慕生走近前一看，原来是个庞然大物，样子跟人一模一样，乳房、生殖器具备。他很奇怪，回来就告诉了秋练。秋练大为惊骇，说是平生有放生的愿望，嘱咐慕生把它买回来放掉。慕生去找钓鱼者商量，钓鱼者开出高价。秋练说："我在你家，帮你们挣下的钱不下万万，这么一点儿钱就舍不得啊！你如果不听我的，我就跳湖自杀！"慕生害怕了，不敢告诉父亲，偷了钱买了那鱼放掉了。回来后，却不见了秋练，找也没找到，一直到五更天后才回来。慕生问："你到哪里去了？"秋练说："上我母亲那里去了。"慕生问："你母亲在哪里？"秋练不好意思地说："现在我不得不如实相告了，你今天买了放生的那条鱼就是我的母亲。以前在洞庭湖时，龙君命令她管理行旅。近来宫中要挑选嫔妃，一些无聊的人夸我长得漂亮，龙君听了，就命令我母亲将我交出去。我母亲将实情禀告了龙君。龙君不听我母亲的解释，将她流放到南泊，她饿得快要死了，所以才遭受了前面的灾难。现在灾难虽已解脱，但是惩罚却没有免除。你如果爱我的话，请你代向真君祈求，就可以免除对我母亲的惩罚。你如果嫌弃我不是同类，我就把儿子还给你。我自己就回去，龙宫的供奉未必不比你家的要好上一百倍。"慕生大吃一惊，担心不能够见到真君。秋练说："明天未时，真君应该会来。你如果见到一个跛道士，就赶紧向他下拜，即使他下水，你也要跟下去。真君喜欢文士，他一定会同情你答应你的要求。"说着，她又拿出一块鱼腹绫来，说道："如果他问你求什么事，你就拿出这东西，求他在上面写一个'免'字。"慕生照秋练说的去等候真君，果然有一个道士跛着脚走过来，慕生上前跪倒参拜。道士急忙走开，慕生紧跟在他后面。道士将拐杖扔到水中，自己跳了上去。慕生竟然也跟着跳去，一看原来不是拐杖，而是一条船。慕生又向他下拜。道士问："你求什么事？"慕生拿出那块鱼腹绫，求他写字。道士展开一看，说："这是白鳍豚的鱼翅，你是怎么遇到的？"慕生不敢隐瞒，详细地陈述了事情的经过。道士笑着说："这东西很是风雅，那老龙怎么能如此荒淫呢!”他便取出笔来,草写了个“免”字,字形像个符咒,然后将船划到岸边让慕生下去。只见那道士踏杖在水中行走,顷刻间就不见了。慕生回到船上,秋练高兴极了,只是嘱咐慕生不要告诉他父母这件事。

归后二三年,翁南游,数月不归。湖水既罄①,久待不至,女遂病,日夜喘急。嘱曰:“如妾死,勿瘗②,当于卯、午、酉三时③,一吟杜甫《梦李白》诗④,死当不朽。候水至,倾注盆内,闭门缓妾衣,抱入浸之,宜得活。”喘息数日,奄然遂毙。后半月,慕翁至,生急如其教,浸一时许⑤,渐苏。自是每思南旋。后翁死,生从其意,迁于楚。

【注释】

①罄(qìng):空,尽。

②瘗(yì):埋。

③卯、午、酉三时:指早晨、中午、晚上。卯时,指上午五点至七点。午时,指上午十一点至下午一点。酉,指下午五点至七点。

④杜甫《梦李白》诗:李白晚年遭到流放,杜甫写成《梦李白》二首表示对李白不幸遭遇的深切怀念。其一云:“死别已吞声,生别常恻恻。江南瘴疠地,逐客无消息。故人入我梦,明我长相忆。君今在罗网,何以有羽翼?恐非平生魂,路远不可测。魂来枫林青,魂返关塞黑。落月满屋梁,犹疑照颜色。水深波浪阔,无使蛟龙得!”其二云:“浮云终日行,游子久不至。三夜频梦君,情亲见君意。告归常局促,苦道来不易。江湖多风波,舟楫恐失坠。出门搔白首,若负平生志。冠盖满京华,斯人独憔悴。孰云网恢恢,将老身反累。千秋万岁名,寂寞身后事。”

⑤一时许：一个时辰左右。

【译文】

他们回到家两三年后，慕生的父亲又到南方去了，几个月都不回来。家里的湖水都用光了，等了很久也不见回来。秋练于是病了，日夜喘个不停。她嘱咐慕生说："如果我死了，先不要埋葬，在每天的卯、午、酉三个时辰，吟诵杜甫的《梦李白》诗，这样我的尸体就不会腐烂。等湖水来了以后，就倒进盆里，关上门，将我的衣服松开，将我抱到盆里，浸泡在水中，我就能活过来了。"秋练喘息了几天后，就断气死掉了。半个月后，慕生的父亲回来了，慕生急忙按照秋练教的方法，将她浸泡在湖水中，过了一个多时辰，秋练就苏醒过来了。从此，秋练常常想回到南方去。后来，慕生的父亲死了，慕生就顺从秋练的心愿，迁家到了楚地。

王者

【题解】

在中国古代文学作品中，自从《诗经·硕鼠》篇发出"逝将去汝，适彼乐土。乐土乐土，爰得我所"后，历代"春蚕收长丝，秋收靡王税"的《桃花源记》式的作品，史不胜书。而强调反抗，寻求公平正义，主持公道的世外桃源却并不多见。《王者》篇别开生面，写受湖南巡抚某公派遣押解饷银的州佐中途被劫，来到深山城郭后，"见壁上挂人皮数张，五官俱备，腥气流熏"。"辕门俨如制府衙署，皂衣人罗列左右，规模凛肃。"——原来正是他们劫夺了这笔不义之财，并通过州佐告诫湖南巡抚"自发贪囊，补充旧额"。劫夺不义之财的深山城郭虽然写得含含糊糊，影影绰绰，但却明显具有政权性质。蒲松龄在"异史氏曰"中说"即剑客所集，乌得有城郭衙署哉"，即指明了这一点。这是本篇作品颇值得深思之处。

作品显而易见受有《桃花源记》的影响，"衣冠汉制，不言姓名"，

“后属员遣人寻其处，则皆重岩绝壑，更无径路矣”。但思想意识却大相径庭。

湖南巡抚某公[①]，遣州佐押解饷六十万赴京[②]。途中被雨，日暮愆程[③]，无所投宿，远见古刹[④]，因诣栖止[⑤]。天明，视所解金，荡然无存。众骇怪，莫可取咎[⑥]。回白抚公，公以为妄，将置之法。及诘众役，并无异词。公责令仍反故处，缉察端绪[⑦]。

【注释】

①巡抚：明清时地方军政大员之一。巡视各地的军政、民政大臣。清代巡抚主管一省军政、民政，以“巡行天下，抚军按民”而名。

②州佐：辅佐州郡长官的副职。清代知州以下的州同、州判之类的官员泛称“州佐”。饷：军粮及军队的俸给。

③愆程：耽误了行程。愆，失误。

④刹：寺庙。

⑤栖止：投宿休息。

⑥莫可取咎：无人可以加罪，找不到失金的原因。咎，罪责。

⑦端绪：头绪，原因。

【译文】

湖南巡抚某公，派遣州佐押解六十万两饷银前往京城。途中遇到下雨，到天黑时耽误了路程，已经找不到投宿的地方，远远地看见一座古刹，于是就到那里休息。等到天亮，一看押解的银两，已经荡然无存。众人惊骇奇怪，但也找不到什么蛛丝马迹。州佐回去禀告巡抚，巡抚认为他撒谎，要对他实行惩罚。等到问那些差役时，他们也没有不同的说法。巡抚责令州佐返回到丢银子的地方，搜查线索。

至庙前，见一瞽者[①]，形貌奇异，自榜云[②]：“能知心事。”因求卜筮[③]。瞽曰：“是为失金者。”州佐曰：“然。”因诉前苦。瞽者便索肩舆[④]，云：“但从我去，当自知。”遂如其言，官役皆从之。瞽曰：“东。”东之。瞽曰：“北。”北之。凡五日，入深山，忽睹城郭，居人辐辏[⑤]。入城，走移时[⑥]，瞽曰：“止。”因下舆，以手南指：“见有高门西向，可款关自问之[⑦]。”拱手自去。

【注释】

①瞽(gǔ)：目盲，瞎子。

②自榜：自我标榜，声称。

③卜筮：占卦问吉凶。古时占卜，用龟甲叫“卜”，用蓍草叫“筮”，合称“卜筮”。

④肩舆：代步工具。其制为二长竿，中设软椅以坐人。后加覆盖物，则为轿子。

⑤辐辏(fú còu)：原指车轮的辐条集聚于轴心，比喻密集。

⑥移时：一会儿，经历一段时间。

⑦款关：敲门。

【译文】

州佐来到庙前，见一个盲人，形貌很是奇特，声称：“能知道别人的心事。”于是州佐就请他给自己算一卦。那盲人说：“你来是为了丢失银子的事吧。”州佐回答道：“是。”接着就诉说丢失饷银的经过。盲人让他弄来一顶轿子，说：“你只要跟着我走，到时候你就知道了。”于是州佐按照他的吩咐做了，其他官役都跟在后面。盲人说：“向东。”他们就向东。盲人说：“向北。”他们就向北。这样走了五天，进入深山，忽然看见一座城，居民很多。他们进了城，走了不大一会儿，盲人说：“停下。”说完就下了轿子，用手向南一指：“看见有一个向西的高门，可以敲门自己问去吧。”说完，他拱拱手就走了。

州佐如其教，果见高门，渐入之。一人出，衣冠汉制[1]，不言姓名。州佐述所自来，其人云：“请留数日，当与君谒当事者。”遂导去，令独居一所，给以食饮。暇时闲步，至第后[2]，见一园亭，入涉之。老松翳日[3]，细草如毡。数转廊榭，又一高亭，历阶而入，见壁上挂人皮数张，五官俱备，腥气流熏。不觉毛骨森竖，疾退归舍。自分留鞹异域[4]，已无生望，因念进退一死，亦姑听之。明日，衣冠者召之去，曰：“今日可见矣。”州佐唯唯。衣冠者乘怒马甚驶[5]，州佐步驰从之[6]。俄，至一辕门[7]，俨如制府衙署[8]，皂衣人罗列左右，规模凛肃。衣冠者下马，导入。又一重门，见有王者，珠冠绣绂[9]，南面坐。州佐趋上，伏谒。王者问：“汝湖南解官耶？”州佐诺。王者曰：“银俱在此。是区区者[10]，汝抚军即慨然见赠，未为不可。”州佐泣诉：“限期已满，归必就刑，禀白何所申证[11]？”王者曰：“此即不难。”遂付以巨函云：“以此复之，可保无恙。”又遣力士送之。州佐慑息[12]，不敢辨[13]，受函而返。山川道路，悉非来时所经。既出山，送者乃去。

【注释】

①衣冠汉制：衣帽款式都是汉朝的样式。

②第：房屋，宅子。

③翳（yì）：遮蔽。

④留鞹（kuò）异域：意谓死在他乡。鞹，去毛的皮革。此指人。

⑤怒马：壮马。怒，形容气势强盛。驶：迅速。

⑥步驰:跑步,快走。

⑦辕门:古代帝王巡狩,止宿郊野时,用车子作为屏藩,出入处用两车的车辕相向交接为门,叫“辕门”。后也指领兵将帅的营门或督抚等官府的外门。

⑧俨:庄重齐整的样子。制府:指总督府。明清时,总督别称“制军”或“制台”。

⑨绣绂(fú):刺绣的礼服。绂,同“黼”,帝王的章服。

⑩区区者:微少之物。

⑪申证:申述验证。

⑫慑息:控制气息。指害怕得不敢喘气。

⑬辨:同“辩”。

【译文】

州佐按照盲人的指点,果然看见一个高大的门楼,慢慢地走进去。有一个人走出来,穿戴着汉朝的衣帽,不说自己姓甚名谁。州佐说明了自己的来意,那人说:“请留下住几天,我一定引你去见当事者。”说完,就领着州佐进去。让他一个人住一间屋子,给他提供饮食。州佐闲暇时散步,来到宅子的后面,看见一座带着亭台的花园,便走了进去。花园内苍老的松树遮天蔽日,地上的小草细如毛毡。他转过几处廊榭,眼前又是一座高亭,沿着台阶走进去,只见墙壁上挂着几张人皮,五官都在,一股血腥味熏人。州佐不由得毛骨悚然,急忙退出园子,回到住处。他料想留在这挂人皮的异地他乡,已经没有生存的希望了,但转念一想,不管进退都是死,也就姑且听之任之吧。第二天,那人召他前去,说:“今天可以见了。”州佐唯唯听命。那人骑着快马跑得飞快,州佐跑步跟在后面。过了一会儿,来到一座衙门外,看上去像是总督衙门,身穿皂衣的衙役站列两边,显得庄严肃穆。那人下了马,领着州佐进去,又穿过一道门,只见一位王者,头戴珠冠,身穿绣袍,面南背北而坐。州佐急忙上前,跪倒叩头。王者问道:“你就是湖南的那个押银官吧?”州佐回答说是。王者说:“银子都在这里。这么一点点银子,你家巡抚既然慷慨相赠,收下也不是不可以的。”州佐哭诉道:“我的期限已满,回去肯定会被杀死,我向他禀告时拿什么证明呢?”王者说:“这倒不难。”于是交给一个大信函,说:“你拿这个回复他,可保你安然无恙。”然后又派了一个力士送他出去。州佐恐惧得屏住呼吸,不敢声辩,接过信函就回去了。山川道路,全部不是来的时候经过的。把他送出山后,送他的力士就回去了。

数日,抵长沙,敬白抚公①。公益妄之,怒不容辨,命左右者飞索以缟②。州佐解襆出函③,公拆视未竟,面如灰土,命释其缚,但云:“银亦细事,汝姑出。”于是急檄属官④,设法补解讫。数日,公疾,寻卒。先是,公与爱姬共寝,既醒,而姬发尽失。阖署惊怪,莫测其由。盖函中即其发也。外有书云:“汝自起家守令⑤,位极人臣⑥,赇赂贪婪⑦,不可悉数。前银六十万,业已验收在库。当自发贪囊,补充旧额。解官无罪,不得加谴责。前取姬发,略示微警。如复不遵教令,旦晚取汝首领。姬发附还,以作明信。”公卒后,家人始传其书。后属员遣人寻其处,则皆重岩绝壑,更无径路矣。

【注释】

①白:告白,禀白。

②飞索以缟(tà):立即以绳索捆缚。缟,捆绑。

③襆(fú):包裹,包袱。

④急檄:犹急令。檄,檄文。古代官府用于征召、晓谕或申讨的文书。若有急事,则插上羽毛,称为“羽檄”。

⑤起家:出身,发家。守令:郡守、县令。

⑥位极人臣：居于最高官位。

⑦赇(qiú)赂：贿赂。

【译文】

几天以后，州佐回到长沙，恭敬地向巡抚禀告。巡抚更加认为他是说谎，愤怒得不容他争辩，就命令左右用绳子套住了他。州佐解开包袱，取出那份信函，交给巡抚，巡抚拆开来，没等看完，就已经面如灰土，命人替他松绑，只是说道："银子也只是小事，你先出去吧。"于是巡抚急忙命令下属官员，让他们设法补齐丢失的银两。几天以后，巡抚生了病，不久就死了。原来，巡抚和他的爱妾一起睡觉，醒来后却发现爱妾的头发全没了。全衙门都感到吃惊奇怪，猜不出其中的缘由，那封信函里装的就是爱妾的头发，另外还写道："你从做县令太守起家，现在已经做上了大官，你贪婪无比，收受的贿赂已经数不胜数。前次的六十万两银子，已经验收完毕，存在库里。你应该打开自己贪赃的钱袋，拿钱出来补充旧额。解银官没有罪，你不许加以谴责。上次割取你爱妾的头发，只是略微向你表示点儿警告。如果你还不遵从教令，早晚会来取你的首级。爱妾的头发附在信里送还，以作为明证。"巡抚死后，家人才将这封信传了出来。后来，巡抚的下属派人去寻找那个地方，只见都是悬崖峭壁，根本没有路可走。

异史氏曰：红线金合[①]，以儆贪婪[②]，良亦快异。然桃源仙人[③]，不事劫掠，即剑客所集，乌得有城郭衙署哉？呜呼！是何神欤？苟得其地，恐天下之赴愬者无已时矣[④]。

【注释】

①红线金合：唐袁郊《甘泽谣·红线》载，唐代潞州节度使薛嵩，害怕魏博节度使田承嗣侵犯。薛嵩婢女红线，自告奋勇，黑夜潜

入田府，盗走田承嗣藏于枕边的金盒，借以警告田承嗣不要侵犯潞州。此处借喻王者寄巨函，警告湖南巡抚的赇赂贪婪。合，同“盒”。

②儆(jǐng)：告诫，警醒不要犯过错。

③桃源仙人：指晋代陶渊明《桃花源记》中所写的避居世外的桃源中人。

④愬(sù)：告发，告状。

【译文】

异史氏说：当年红线盗走田承嗣枕边的金盒，是为了警告田承嗣不许再贪婪，确实也很痛快很诡异。但桃花源中的仙人，不从事劫掠，即使是剑客聚集的地方，又怎么会有城廓衙门呢？呜呼！这是个什么神呢？如果真能找到这个地方，恐怕前去告状的人就会没完没了了。

某甲

【题解】

这是一个因果报应复仇的故事。

作者叙述得简而不陋，颇为生动。前后十九年，再生的受害人面对害人者“倾囊赎命，迄不顾，亦不一言，但搜人而杀，共杀一家二十七口而去”，显示了仇恨之深，隐忍之久，报复之切。而害人者没有立刻死去，“寇去少苏，犹能言之。三日寻毙”。只有害人者暂缓死去，情节才显得曲折，因果报应的前后关系才能够贯穿。

某甲私其仆妇[①]，因杀仆纳妇，生二子一女。阅十九年[②]，巨寇破城，劫掠一空。一少年贼，持刀入甲家。甲视之，酷类死仆。自叹曰：“吾今休矣[③]！”倾囊赎命，迄不顾[④]，亦不一言，但搜人而杀，共杀一家二十七口而去。甲头未断，寇去少苏，犹能言之。三日寻毙。呜呼！果报不爽⑤，可畏也哉！

【注释】

①私：不正当关系。

②阅：经历。

③休：完结，终止。

④迄：始终。

⑤爽：差错。

【译文】

某甲和他仆人的妻子通奸，杀死了仆人，纳他的妻子为妾，生下两个儿子和一个女儿。过了十九年，大批贼寇攻破城池，把整座城劫掠一空。一个年轻的贼拿着刀闯入某甲家。某甲一看，觉得特别像那死去的仆人，他不由叹息道："我今天该死了！"便拿出所有的钱求他饶自己一条命，但那贼始终不理他，也不说一句话，只是找到人就杀，一共将某甲全家二十七人全部杀死才离开。某甲的头还没有断，等贼寇走了以后稍稍苏醒过来，还能够开口说话，三天以后才死去。呜呼！报应果然是没有差错，真是可怕啊！

衢州三怪

【题解】

在宋人的话本中有所谓《定山三怪》、《洛阳三怪记》、《西湖三塔记》，本卷也有《三仙》，都是记载某地多个怪异，而以"三"命名，"三"是中国小说里表示多数的惯用数字。

蒲松龄所记“衢州三怪”意象怪异，所处位置高低错落，各具形态、声音、色彩的特色。作者在叙述时富于节奏感，暗含音韵，极类散文诗。

张握仲从戎衢州①，言：“衢州夜静时，人莫敢独行。钟楼上有鬼，头上一角，象貌狞恶，闻人行声即下。人骇而奔，鬼亦遂去。然见之辄病，且多死者。又城中一塘，夜出白布一匹②，如匹练横地③。过者拾之，即卷入水。又有鸭鬼，夜既静，塘边并寂无一物，若闻鸭声，人即病。”

【注释】

①衢州：旧府名。治所在今浙江衢县。

②匹：古代计算布帛的单位，四丈为“匹”。

③练：白绢。

【译文】

张握仲曾经在衢州当过兵，他说：“衢州更深夜静的时候，没有人敢独自行走。钟楼上有个鬼，头上长着一个角，相貌狰狞凶恶，听到人走路的声音就会下来。人吓得逃跑，鬼也就走掉了。但是，只要见过他的人就会生病，而且大多数人都死了。另外，城里有一个池塘，夜里会出现一匹白布，像白绢铺在地上一样。路过的人如果拾起白布，就会被它卷入水中。还有所谓的鸭鬼，更深夜静的时候，池塘边静悄悄的什么东西也没有，如果听到鸭子的叫声，人就会生病。”

拆楼人

【题解】

中国人讲究子嗣，讲究家族的文化传递，所谓“忠厚传家久，诗书继世长”。如果家业败落,出了不肖子弟,是很严重的问题。何冏卿的后人“荡其家,佣为人役”,蒲松龄认为是为官残暴的结果。

就传统的民俗而言,好儿子是来家里报恩的,坏儿子是来家里讨债的。《聊斋志异》有不少反映这方面内容的作品,比如卷一《四十千》、卷五《柳氏子》等。但都是反映普通百姓之间的经济纠纷的,本篇反映的则为刑事执政方面的内容,告诫的对象是“身居人上”的当官的,这是本篇的特点。

何冏卿①,平阴人。初令秦中②,一卖油者有薄罪,其言戆③,何怒,杖杀之。后仕至铨司④,家赀富饶。建一楼,上梁日⑤,亲宾称觞为贺。忽见卖油者入,阴自骇疑。俄报妾生子。愀然曰⑥:“楼工未成,拆楼人已至矣!”人谓其戏,而不知其实有所见也。后子既长,最顽,荡其家。佣为人役,每得钱数文,辄买香油食之。

【注释】

①何冏(jiǒng)卿:即何海晏(约1520—1580),字治象,号敬庵,平阴镇东关人。少负才名,嘉靖二十二年(1543)以弱冠考中举人。翌年中进士,授四川顺庆府推官。累官吏部文选司郎中,迁太仆寺少卿,河南布政司左参政。明嘉靖年间参与纂修《平阴县志》,有《敬庵斋集》、《候虫鸣诗集》等传世,见光绪《平阴县志》。冏卿,即太仆寺卿。掌管皇帝车马、牲畜之事。《书·冏命序》:“穆王命伯冏为周太仆正。”后因称“太仆寺卿”为“冏卿”。

②秦中:今陕西省,为古秦国地,故称“秦中”,也称“关中”。

③言戆(zhuàng):不善言辞。戆,愚直。

④铨司:吏部文选清吏司,主管考核文职官员的任免调迁。司的长

官为郎中。

⑤上梁：指安装建筑物屋顶最高一根中梁的过程。除了有建筑结构实用上的意义外，更有无形的宗教层面的意义。故其时民间往往举行隆重仪式，既期盼中梁支撑永保建筑物之坚实，民宅合境平安，同时祈祷香火旺盛，泽被苍生，象征性更影响到相关的人、事、物未来的命运。

⑥愀（qiǎo）然：闷闷不乐的样子。

【译文】

何冏卿是山东平阴县人。起初在秦中做县令时，有一个卖油郎犯了不大的罪，但他说话很楞，何冏卿一怒之下，就把他打死了。后来，何冏卿到吏部文选清吏司做官，家中资产很是丰饶。家中新建一座楼，上梁的那天，亲戚朋友都来喝酒，向他祝贺。忽然，他看见卖油郎走了进来，心中暗暗感到疑惑。过了一会儿，有人来报告说他的妾生了一个儿子。何冏卿闷闷不乐地说：“新楼还没有建成，拆楼的人已经来了！”别人都以为他是开玩笑，却不知道他真的看见了。后来，他的儿子长大了，最顽劣，把家产都荡光了。他到别人家去做佣人，每次得到几文钱，就会买香油吃。

异史氏曰：常见富贵家楼第连亘[①]，死后，再过已墟[②]。此必有拆楼人降生其家也。身居人上，乌可不早自惕哉[③]！

【注释】

①连亘：接连不断。

②墟：废墟。

③乌：怎么。惕：警惕。

【译文】

异史氏说：常常可以见到富贵人家的宅院连绵不断，但等他们死后，再经过时发现已经成了一片废墟。这一定是有拆楼的人降生到他们家了。身为人上人，怎么可以不提早自我警惕啊！

大蝎

【题解】

本篇虽然只是写四川某大禅院中蝎子的逸闻，却写得章法斐然，神采飞扬。作者先从前殿写起，"有皂雕夺门飞去"。然后写中殿"无异"，最后进入佛阁，"周视亦无所见，但入者皆头痛不能禁"。叙次井然，曲折耐读。最后才揭示，所有怪异都是"有蝎如琵琶，自板上蠢蠢而下"造成的。

蝎子之大"如琵琶"，它有多大年龄呢？按照开头暗示"有大禅院，云已百年无僧。询之土人，则曰：'寺中有妖，入者辄死。'"——那么它有百年高龄了。

明彭将军宏，征寇入蜀。至深山中，有大禅院①，云已百年无僧。询之土人②，则曰："寺中有妖，入者辄死。"彭恐伏寇，率兵斩茅而入③。前殿中，有皂雕夺门飞去④，中殿无异，又进之，则佛阁，周视亦无所见，但入者皆头痛不能禁。彭亲入亦然。少顷，有蝎如琵琶，自板上蠢蠢而下，一军惊走。彭遂火其寺。

【注释】

①禅院：佛教寺院的一种，为禅宗派别的禅师们所建的参禅悟道修行场所。

②土人：本地人士。

③茅:茅草。

④皂雕:黑色大型猛禽。

【译文】

明朝一位叫彭宏的将军,为了征剿贼寇来到蜀地。他来到深山中,见到一座大禅院,据说已经有上百年没有和尚了。他向当地人打听,人们告诉他:“寺里有妖怪,进去的人就会死掉。”彭宏恐怕里面埋伏着贼寇,就命令士兵砍断茅草进去。走到前殿时,一只黑雕夺门而出;到中殿,没有什么异常现象;他们又往里走,就看见一座佛阁,四处巡视也没有发现什么,但是进去的人都头痛不已。彭宏亲自进去,也是这样。过了一小会儿,一只有琵琶那么大的蝎子,从楼板上慢慢地爬下来,所有的士兵都被吓跑了。彭宏于是放火将这座禅院烧了。

陈云栖

【题解】

就故事的表层来说,讲的是一个书香门第的子弟娶了两个女道士的故事,情节颇富于传奇色彩,真毓生与道姑陈云栖的爱恋曲曲折折,虽然发生的地点是“吕祖庵”——名为道观,实为色情场所——而真毓生和陈云栖出污泥而不染,真挚纯洁,于颠簸离散间互相追索探寻,始终不渝,终于结为夫妻。故事的立意明显受有明代传奇《玉簪记》的影响而在情节的离奇曲折上充分发挥了小说的优长。

书香门第子弟娶一个女道士为妻已属新奇,而真毓生竟然娶了两个女道士,当然更为新奇。娶两个女道士的原因,固然是情节的翻新花样,而更深层的原因是真毓生的母亲对于陈云栖的为人觉得有缺憾,即“弹琴好弈,不知理家人生业,夫人颇以为忧”。以致说“画中人不能作家,亦复何为?”——这大概也代表了蒲松龄对于婚姻中的一类女性的批评。《聊斋志异》中的女性按照性情可以分为两类,一类是浪漫的吟诗弹琴富有才艺的女性，一类是现实的持家理财温谨能干的女性，在《陈云栖》篇，蒲松龄把两类女性集合于一家之中，实际上展现的是他对于两类女性合二为一的理想追求。

真毓生，楚夷陵人①，孝廉之子。能文，美丰姿，弱冠知名②。儿时，相者曰："后当娶女道士为妻。"父母共以为笑。而为之论婚，低昂苦不能就③。

【注释】

①夷陵：明清时期州名。治所在今湖北宜昌东南长江西陵峡畔。

②弱冠：刚成人。《礼记·曲礼》："二十曰弱，冠。"

③就：成。

【译文】

真毓生是湖北宜昌人，举人的儿子。他擅长写文章，长得英俊潇洒，二十岁时就已经很出名了。小的时候，曾经有相面的人说："日后将以女道士为妻。"父母都认这为开玩笑，但是为他谈婚论嫁，总是高不成低不就。

生母臧夫人，祖居黄冈①。生以故诣外祖母，闻时人语曰："黄州'四云'②，少者无伦③。"盖郡有吕祖庵④，庵中女道士皆美，故云。庵去臧氏村仅十馀里，生因窃往。扣其关⑤，果有女道士三四人，谦喜承迎，仪席皆雅洁。中一最少者，旷世真无其俦⑥，心好而目注之。女以手支颐⑦，但他顾。诸道士觅盏烹茶。生乘间问姓字，答云："云栖，姓陈。"生戏曰："奇矣！小生适姓潘⑧。"陈赪颜发颊⑨，低头不语，起而去。少间，瀹茗[10]，进佳果。各道姓字：一，白云深，年三十许；一，盛云眠，二十以来；一，梁云栋，约二十有四五，却为弟[11]。而云栖不至。生殊怅惘，因问之，白曰："此婢惧生人。"生乃起别，白力挽之，不留而出。白曰："而欲见云栖，明日可复来。"生归，思恋綦切。

【注释】

①黄冈：县名。位于湖北省东部，今为湖北黄冈。

②黄州：府名。府治在黄冈县。

③无伦：无与伦比，卓著。

④吕祖：道教神话传说中的"八仙"之一，名岩，字洞宾。庵：特指女性修行者居住的寺庙。

⑤关：门。

⑥旷世：旷绝当世，整个世界上。俦（chóu）：同等，同列。

⑦支颐：支撑着下巴。

⑧适姓潘：正巧也姓潘。这是真毓生戏语挑逗之词。《古今女史》谓宋朝女贞观尼姑陈妙常与潘法成相恋，后来结为夫妇。明代高濂依据传说创作《玉簪记》传奇取得成功，陈妙常与潘必正的故事更在民间广为流传。真毓生因云栖姓陈，故随口自称姓潘，暗用这个故事挑逗陈云栖。后文"便道潘郎待妙常已久"，也用此故事。

⑨赪（chēng）：变红。

⑩瀹（yuè）茗：煮茶。

⑪弟：师弟。同辈女性修炼者互称师兄、师弟。

【译文】

真毓生的母亲臧夫人，祖籍在黄冈。真毓生有事到外祖母家，听当时的人告诉他说:“黄州有所谓的‘四云’,年少的最漂亮。”原来黄冈有一座吕祖庵,庵里的女道士都长得很美,所以有这个说法。吕祖庵离臧家村只有十几里地,真毓生便偷着去了。他一敲庵门,果然就有三四个女道士,谦恭喜悦地迎上前来,仪表风度都很高雅纯洁。其中最年轻的一个,更是世上无双的绝色美女,真毓生心里喜爱,就盯着她看。那女子却用手托着下巴,眼睛看着别处。女道士们找茶杯给真毓生煮茶,他趁这机会问那美女的姓名,她答道:“我姓陈,名云栖。”真毓生就用宋代尼姑陈妙常与书生潘必正的恋爱故事对她开玩笑地说:“太奇妙了!小生恰好姓潘。”陈云栖满脸通红,低头不语,起身走了。工夫不大,女道士端上煮好的茶和果品。分别作了自我介绍:一个叫白云深,三十多岁的年纪;一个叫盛云眠,二十多岁的样子:一个叫梁云栋,约有二十四五岁,却自称为师弟,而陈云栖却没有来。真毓生很是怅然,便问她为什么没来。白云深说:“这丫头怕见生人。”真毓生便起身告别,白云深竭力挽留他,他没有停留就出了门。白云深说:“你如果想见云栖的话,可以明天再来。”真毓生回到外祖母家,对云栖的思恋更加深切。

次日,又诣之。诸道士俱在,独少云栖,未便遽问。诸女冠治具留餐[①],生力辞,不听。白拆饼授箸,劝进良殷。既问:“云栖何在?”答云:“自至。”久之,日势已晚,生欲归。白捉腕留之,曰:“姑止此,我捉婢子来奉见。”生乃止。俄,挑灯具酒,云眠亦去。酒数行,生辞已醉。白曰:“饮三觥[②],则云栖出矣。”生果饮如数。梁亦以此挟劝之,生又尽之,覆盏告辞[③]。白顾梁曰:“吾等面薄,不能劝饮。汝往曳陈婢来,便道潘郎待妙常已久。”梁去,少时而返,具言:“云栖不至。”生欲去,而夜已深,乃佯醉仰卧。两人代裸之,迭就淫焉。终夜不堪其扰。天既明,不睡而别。数日不敢复往,而心念云栖不忘也，但不时于近侧探侦之。

【注释】

①女冠：女道士。俗女子无冠，女道士有冠，故名。

②觥（gōng）：盛酒器。

③覆盏：把酒杯覆置桌上，表示不再饮。

【译文】

第二天，他又来到吕祖庵。其他女道士都在，唯独少了云栖，真毓生也不好意思马上就问。女道士们准备好酒菜留真毓生吃饭，他竭力推辞，但就是推不掉。白云深替真毓生撕饼递筷子，十分殷勤地劝他吃。吃完饭，真毓生问："云栖在哪里？"白云深答道："她自然会来。"过了很久，天色已晚，真毓生想回去。白云深捉住他的手腕挽留她，说："你暂且在这里等一下，我去捉那丫头来见你。"真毓生就不走了。工夫不大，点上灯摆好酒，盛云眠也走了。酒过数巡，真毓生推辞说已经喝醉了。白云深说："再饮三杯，云栖就会出来了。"真毓生果然饮了三杯。梁云栋也如法炮制，真毓生又干了三杯，把酒杯扣在桌上就要告辞。白云深对梁云栋说："我们的面子薄，不能劝酒。你去把云栖拉来，就说潘郎等妙常已经很久了。"梁云栋去了，不大一会儿回来，说道："云栖不来。"真毓生想要离去，但是夜色已深，他便假装喝醉躺倒了。白、梁二人替他脱去衣服，轮番和他做爱。真毓生整夜受不了她们的骚扰，天亮以后，真毓生不睡觉就走了。一连几天都不好再去，但心里还是对云栖念念不忘，不时地到吕祖庵附近探听消息。

一日既暮，白出门，与少年去。生喜，不甚畏梁，急往款关。云眠出应门。问之，则梁亦他适。因问云栖，盛导去，又入一院，呼曰："云栖！客至矣。"但见室门阒然而合[1]。盛笑曰："闭扉矣。"生立窗外，似将有言，盛乃去。云栖隔窗曰："人皆以妾为饵，钓君也。频来，身命殆矣。妾不能终守清规[2]，亦不敢遂乖廉耻[3]，欲得如潘郎者事之耳。"生乃以白头相约[4]。云栖曰："妾师抚养，即亦非易。果相见爱，当以二十金赎妾身。妾候君三年。如望为桑中之约[5]，所不能也。"生诺之。方欲自陈，而盛复至，从与俱出，遂别归。中心怊怅[6]，思欲委曲夤缘[7]，再一亲其娇范[8]，适有家人报父病，遂星夜而还。

【注释】

①閛(pēng)然：关门的声音。

②清规：指道规，道士离俗出家，不能嫁娶。

③乖：违背。

④以白头相约：以婚姻相约。白头，白头偕老，即正式婚姻。

⑤桑中之约：指男女幽会。《诗·鄘风·桑中》："期我乎桑中，要我乎上宫。"后因以"桑中"为男女私相约会的地方。

⑥怊(chāo)怅：惆怅。形容人失意时感伤惆怅的情绪。

⑦委曲夤(yín)缘：想办法寻找借口或机会。夤缘，攀附以上，喻凭借的阶梯。

⑧娇范：少女仪容。范，仪范。

【译文】

一天，天色已晚，白云深出门，和一个年轻人走了。真毓生很高兴，他不很怕梁云栋，急忙上前敲门。盛云眠出来开门。一问，原来梁云栋也出去了。真毓生便问起云栖，盛云眠领他前去，又进了一个院子，喊道："云栖！有客来了。"只见房门"呯"的一声关上了。盛云眠笑着说："关门了。"真毓生站在窗外，似乎有话要说，盛云眠一见就先出去了。

云栖隔着窗户说："她们是拿我做诱饵，来钓您这条鱼。您要是常来，命就差不多完了。我不能终身恪守清规，但也不敢随便胡来，应当顾廉耻，希望能嫁给一个像潘必正那样的人。"真毓生于是和她相约白头到老。云栖说："我的师傅抚养我，也是很不容易。你如果真的爱我，就拿二十两银子替我赎身。我在这里等你三年。如果你想私下幽会，这不是我能做的。"真毓生答应了。刚想再有所表白，盛云眠又来了，他只好跟着出了院子，告别回家去了。真毓生内心惆怅，想着找个什么借口再去一趟，好再次一见云栖的芳容，不料，家人来报告说他父亲病了，他只好连夜赶回去了。

无何，孝廉卒。夫人庭训最严[1]，心事不敢使知，但刻减金赀[2]，日积之。有议婚者，辄以服阕为辞[3]，母不听。生婉告曰："曩在黄冈，外祖母欲以婚陈氏，诚心所愿。今遭大故[4]，音耗遂梗，久不如黄省问。旦夕一往，如不果谐，从母所命。"夫人许之，乃携所积而去。至黄，诣庵中，则院宇荒凉，大异畴昔。渐入之，惟一老尼炊灶下，因就问。尼曰："前年老道士死，'四云'星散矣。"问："何之？"曰："云深、云栋从恶少去，向闻云栖寓居郡北，云眠消息不知也。"生闻之悲叹，命驾即诣郡北，遇观辄询[5]，并少踪迹。怅恨而归，伪告母曰："舅言：陈翁如岳州[6]，待其归，当遣伻来[7]。"

【注释】

①庭训：原指父亲的训导，这里指家教。

②刻减金赀：精细而苛刻地节省金钱。刻减，俭省节约。

③服阕：守丧期满除服。阕，终了。

④大故：重大事故。指父母之死。

⑤观(guàn):道教寺观。

⑥岳州:府名。治所在今湖南岳阳。

⑦伻(bēng):使者,仆人。

【译文】

不久,真举人死了。臧夫人家教最严,真毓生不敢让她知道自己的心事,只是削减开支,一天一天地攒钱。有人来给他说媒,他就以服丧为理由拒绝,母亲不同意。他就婉转地告诉母亲说:“当初在黄冈时,外祖母想让我和陈家订婚,我也很愿意。现在家里遇到这么大的变故,音讯也断了,好久没有去黄冈打听。希望母亲让我去一趟,如果不合适,就全听母亲的吩咐。”臧夫人答应了,真毓生便带着积攒的钱出发了。到了黄冈,他来到吕祖庵,只见庭院楼宇荒凉,和以前大不一样。他慢慢地往里走,只有一个老尼姑在做饭,便上前询问情况。老尼姑说:“前年老道士死了,‘四云’就散掉了。”真毓生又问:“到哪里去了?”老尼姑说:“云深、云栋跟着恶少走了,以前听说云栖住在郡北,云眠的消息就不知道了。”真毓生听完,悲叹不已,便命令车马立即前往郡北,遇到寺观就打听,但没有查到一点儿踪迹。真毓生惆怅怨恨地回了家,向母亲撒谎说:“舅舅说,陈家父亲去岳州了,等他回来以后,就会派媒人前来。”

逾半年,夫人归宁,以事问母,母殊茫然。夫人怒子诳,媪疑甥与舅谋,而未以闻也。幸舅出,莫从稽其妄[①]。夫人以香愿登莲峰[②],斋宿山下。既卧,逆旅主人扣扉[③],送一女道士,寄宿同舍。自言“陈云栖”。闻夫人家夷陵,移坐就榻,告愬坎坷,词旨悲恻。末言:“有表兄潘生,与夫人同籍,烦嘱子侄辈一传口语,但道其暂寄栖鹤观师叔王道成所,朝夕厄苦,度日如岁。令早一临存,恐过此以往,未之或知也[④]。”夫人审名字，即又不知，但云：“既在学宫[⑤]，秀才辈想无不闻也。”未明早别，殷殷再嘱。夫人既归，向生言及。生长跪曰：“实告母：所谓潘生，即儿也。”夫人既知其故，怒曰：“不肖儿！宣淫寺观，以道士为妇，何颜见亲宾乎！”生垂头，不敢出词。会生以赴试入郡，窃命舟访王道成。至，则云栖半月前出游不返。既归，悒悒而病。

【注释】

①稽：考察，查询。

②香愿：民间所说的进香还愿。莲峰：山称莲峰者甚多，下文提到“五祖山”，此处当指湖北蕲州五祖山的山峰。

③逆旅主人：店主，旅馆老板。

④未之或知：难以再说。《穆氏四子讲艺录》：“曹、刘之气奋以举，潘、陆之词缛而丽。过此以往，未之或知。”

⑤学宫：县学。指真毓生是县学生员，即秀才。

【译文】

过了半年，臧夫人回娘家探亲，向母亲提起这件事，母亲一副茫然不知的样子。臧夫人很生气儿子撒谎，但外祖母以为是外甥和舅舅商量的事，所以自己没有听说。幸好舅舅出远门去了，也没办法查清是真是假。臧夫人到莲峰进香还愿，住在山下的旅店，斋戒独宿。她躺下以后，旅店主人来敲门，送来一个女道士和她同住。那女道士自称叫“陈云栖”，听说臧夫人家在宜昌，就过来坐在她的床边，向她诉说自己的坎坷经历，言语很是悲惨。最后说道：“我有一个表兄潘生，和夫人是同乡，麻烦您嘱咐您的孩子们替我传个口信，就说我暂时寄居在栖鹤观师叔王道成那里，从早到晚都很困苦，度日如年。叫他早一点儿去看我，恐怕过了这段时间，就没有人知道了。”臧夫人问她表兄叫什么名字，她又不知道，只是说："既然他在学校上学，想来秀才们不会不知道。"第二天，云栖天没亮就早早告别了，临走时一再诚恳地嘱托这件事。臧夫人回家后，跟真毓生提到这件事。真毓生跪下来说道："实话对母亲说，所谓的潘生就是孩儿。"臧夫人知道了情况，生气地说："你这个不孝的东西！在寺观里淫乱，娶道士做老婆，还有什么脸面见亲戚宾朋！"真毓生低下头，不敢开口说话。恰好真毓生到郡里参加考试，私下乘船去找王道成。等到了一问，才知道云栖半个月前出游，没有回来。他回到家，郁郁而病。

适臧媪卒，夫人往奔丧，殡后迷途[①]，至京氏家，问之，则族妹也。相便邀入。见有少女在堂，年可十八九，姿容曼妙，目所未睹。夫人每思得一佳妇，俾子不怼[②]，心动，因诘生平。妹云："此王氏女也，京氏甥也。怙恃俱失[③]，暂寄此耳。"问："婿家谁？"曰："无之。"把手与语，意致娇婉。母大悦，为之过宿，私以己意告妹。妹曰："良佳。但其人高自位置[④]，不然，胡蹉跎至今也[⑤]。容商之。"夫人招与同榻，谈笑甚欢，自愿母夫人[⑥]。夫人悦，请同归荆州[⑦]，女益喜。次日，同舟而还。既至，则生病未起。母欲慰其沉疴[⑧]，使婢阴告曰："夫人为公子载丽人至矣。"

【注释】

①殡：出殡，殡葬。指将棺木入土。

②俾子不怼(duì)：让儿子不再怨恨。俾，使。不怼，不怨恨。

③怙(hù)恃俱失：父母双亡。怙恃，父母的代称。《诗·小雅·蓼莪》："无父何怙，无母何恃？"

④高自位置：自视甚高。

⑤蹉跎：虚度光阴，喻时光流逝，无所成就。

⑥母夫人：以夫人为母。

⑦荆州：府名。位于湖北省中南部，治所在江陵县，即今湖北荆州。

⑧沉疴：重病。

【译文】

正巧臧老太太去世，臧夫人回去奔丧，安葬后迷了路，来到了京氏家，一问，原来是自己的族妹。京氏便邀请她进到家中，只见一位少女在堂上，大约十八九岁的年纪，姿态容貌很是柔美，从来没见过如此美丽的姑娘。臧夫人常常想给儿子娶回一个好媳妇，让他不至于恨自己，一看这位少女，不由动了心，便问起她的情况。族妹说："这是王家的女儿，是京家的外甥女。父母都已经去世了，暂时寄居在这里。"臧夫人问："她的夫家是谁呀？"族妹回答说："还没有嫁呢。"臧夫人握着少女的手和她说话，少女的表情娇美柔婉。臧夫人大喜，为了她在京家住了下来，并且私下把自己的心思告诉了族妹。族妹说："很好。但是她自视很高，不然的话，也不会拖到现在还不嫁人。容我跟她商量一下。"臧夫人便招呼少女跟她同床睡觉，两个人说说笑笑，十分愉快，少女自愿认臧夫人为干妈。臧夫人很开心，邀请她一同回荆州，少女也很高兴。第二天，臧夫人和少女同船而归。回到家里，见真毓生还病着没有起床。母亲想安慰重病的儿子，就让丫环暗暗告诉他说："夫人为公子带来美丽的姑娘了。"

生未信，伏窗窥之，较云栖尤艳绝也。因念三年之约已过，出游不返，则玉容必已有主[①]，得此佳丽，心怀颇慰。于是軿然动色[②]，病亦寻瘳。母乃招两人相拜见。生出，夫人谓女："亦知我同归之意乎？"女微笑曰："妾已知之。但妾所以同归之初志，母不知也。妾少字夷陵潘氏，音耗阔绝[③]，必已另有良匹。果尔，则为母也妇；不尔，则终为母也女，报母有日也。”夫人曰：“既有成约，即亦不强。但前在五祖山时[4]，有女冠问潘氏，今又潘氏，固知夷陵世族无此姓也。”女惊曰：“卧莲峰下者，母耶？询潘者，即我是也。”母始恍然悟，笑曰：“若然，则潘生固在此矣。”女问：“何在？”夫人命婢导去问生。生惊曰：“卿云栖耶？”女问：“何知？”生言其情，始知以潘郎为戏。女知为生，羞与终谈，急返告母。母问其“何复姓王”，答云：“妾本姓王。道师见爱，遂以为女，从其姓耳。”夫人亦喜，涓吉为之成礼[5]。先是，女与云眠俱依王道成。道成居隘[6]，云眠遂去之汉口。女娇痴不能作苦，又羞出操道士业，道成颇不善之。会京氏如黄冈，女遇之流涕，因与俱去，俾改女冠装，将论婚士族，故讳其曾隶道士籍。而问名者，女辄不愿，舅及妗皆不知其意向，心厌嫌之。是日，从夫人归，得所托，如释重负焉。合卺后[7]，各述所遭，喜极而泣。女孝谨，夫人雅怜爱之，而弹琴好弈，不知理家人生业，夫人颇以为忧。

【注释】

①玉容：女子的容貌。代指陈云栖。

②辴(chǎn)然：高兴的样子。

③音耗：音信。阔绝：长久地断绝。

④五祖山：在湖北蕲州境内，明清时属黄州府，今为湖北梅县辖地，称“东山”。禅宗五祖大满禅师弘忍于唐咸亨三年(672)在此创建东山寺，后世改称“五祖寺”，山则称“五祖山”，是佛教禅宗五祖弘忍大师说法道场，也是六祖惠能大师得衣之地。

⑤涓吉：选择好日子。

⑥居隘：住处狭窄。指寺观太小。

⑦合卺(jǐn)：成婚。

【译文】

真毓生不相信，就趴在窗户上窥视，见那少女比云栖还要艳丽动人。他于是心想：当初和云栖约定以三年为期，现在已经过了，她出游不归，想必已经嫁人了，能得到眼前这位美丽的姑娘，心里倒也很安慰。于是他高兴地笑了，病很快也好了。母亲于是让两个人互相见面。真毓生一出来，臧夫人对少女说："这下你知道我带你一起回来的用意了吧？"少女微笑着说："我已经知道了。但是当初我同意和您一同回来的用意，干妈却不知道。我小时候就和夷陵潘家订了亲，音讯已经断了很久，想必他家已经另娶了儿媳妇。果真如此的话，我就做干妈的儿媳妇；如果不是，我终身做您的女儿，以后再报答您。"臧夫人说："既然早就有婚约，我也就不勉强你。但是从前在五祖山时，有个女道士向我问起潘家，今天你又提起潘家，但我知道夷陵世族中没有姓潘的呀。"少女吃惊地说："在莲峰下住宿的就是您吗？那个打听潘郎的人，就是我呀。"臧夫人这才恍然大悟，笑着说："要是这样，那潘郎早就在这里了。"少女问道："在哪里？"臧夫人让丫环领着她去见真毓生。真毓生惊讶地问道："你就是云栖吗？"少女反问道："你怎么知道的？"真毓生就把事情的经过说了一遍，云栖这才知道所谓潘郎原来是他开的玩笑。云栖知道真相后，不好意思和他再谈下去，急忙回去告诉臧夫人。臧夫人问她"为什么又姓王"，云栖回答道："我本来就姓王。因为师傅喜欢我，认我做女儿，我就跟着她姓陈了。"臧夫人也很高兴，便选了个吉日替他们举行了婚礼。原来，云栖和云眠都依在王道成门下做道士。王道成的寺观太小，云眠就离开去了汉口。云栖娇弱不能干活，又羞于出来再做道士职业，王道成很不喜欢她。恰好京氏到黄冈，云栖见到她痛哭流涕，京氏就把她带回家，让她改穿女子的服装，打算将她许配给名门大户，所以就隐瞒了她当过道士的事。但是有人来提亲,她总是不愿意,舅舅和舅母都不知道她有什么打算,心里厌烦她。这一天,她跟着臧夫人回来,有了依靠,觉得如释重负。结婚以后,真毓生和云栖各自述说自己的遭遇,喜极而泣。云栖孝顺谨慎,臧夫人很喜欢她,但是云栖只会弹琴下棋,不知道操持家务,臧夫人为此感到很担心。

积月馀,母遣两人如京氏,留数日而归。泛舟江流,欻一舟过[1],中一女冠,近之,则云眠也。云眠独与女善。女喜,招与同舟,相对酸辛。问:“将何之?”盛云:“久切悬念。远至栖鹤观,则闻依京舅矣。故将诣黄冈,一奉探耳。竟不知意中人已得相聚。今视之如仙,剩此漂泊人,不知何时已矣!”因而欷歔。女设一谋,令易道装,伪作姊,携伴夫人,徐择佳耦。盛从之。

【注释】

①欻(xū):忽然。

【译文】

过了一个多月,臧夫人让二人去京氏家拜访,住了几天就回来了。他们乘船行进在江上,忽然一条船过来,船上有一个女道士,到近前一看,原来是云眠。云眠原来就和云栖特别好。云栖很高兴,让云眠到自己的船上来,两人相对而坐,不由辛酸。云栖问:“你打算到哪里去?”云眠说:“很久以来我一直挂念你。我老远地到栖鹤观找你,才听说你已经投靠了姓京的舅舅家。所以打算到黄冈,去看望你。真是想不到你们这一对意中人已经相聚。现在看见你真像仙人一般,只剩下我这个漂泊不定的人,不知何时才有归宿啊!”说着,伤心地哭了起来。云栖想出一个主意,让云眠换下道装,假装成云栖的姐姐,一起回去陪伴夫人,慢慢地替她找个好丈夫。云眠同意了。

既归,女先白夫人,盛乃入。举止大家[1],谈笑间,练达世故[2]。母既寡,苦寂,得盛良欢,惟恐其去。盛早起,代母劬劳[3],不自作客。母益喜,阴思纳女姊,以掩女冠之名,而未敢言也。一日,忘某事未作,急问之,则盛代备已久。因谓女曰:"画中人不能作家[4],亦复何为?新妇若大姊者,吾不忧也。"不知女存心久,但惧母嗔。闻母言,笑对曰:"母既爱之,新妇欲效英、皇[5],何如?"母不言,亦辴然笑。女退,告生曰:"老母首肯矣。"乃另洁一室,告盛曰:"昔在观中共枕时,姊言:'但得一能知亲爱之人,我两人当共事之。'犹忆之否?"盛不觉双眦荧荧,曰:"妾所谓亲爱者,非他,如日日经营,曾无一人知其甘苦。数日来,略有微劳,即烦老母恤念,则中心冷暖顿殊矣。若不下逐客令[6],俾得长伴老母,于愿斯足,亦不望前言之践也。"女告母。母令姊妹焚香,各矢无悔词,乃使生与行夫妇礼。将寝,告生曰:"妾乃二十三岁老处女也。"生犹未信,既而落红殷褥,始奇之。盛曰:"妾所以乐得良人者[7],非不能甘岑寂也,诚以闺阁之身,觍然酬应如勾栏,所不堪耳。借此一度,挂名君籍[8],当为君奉事老母,作内纪纲[9]。若房闱之乐,请别与人探讨之。"三日后,襆被从母,遣之不去。女早诣母所,占其床寝,不得已,乃从生去。由是三两日辄一更代,习为常。

【注释】

①举止大家:行为举止有大户人家的气派。大家,世族之家。

②练达世故：待人接物，老练通达。世故，指待人接物的处世经验。

③劬(qú)劳：操劳。

④画中人：形容美女。这里指新妇陈云栖。作家：操持家务。

⑤效英、皇：仿效女英、娥皇，指愿意两人同嫁一夫。英、皇，女英与娥皇。古代传说中帝尧的两个女儿，同嫁帝舜为妻。

⑥下逐客令：意谓驱逐客人。《史记·秦始皇本纪》：秦始皇十年，下令驱逐列国入秦游说之士，李斯上书谏阻，逐客令乃止。

⑦良人：丈夫。

⑧挂名君籍：取得妻子的名分。

⑨内纪纲：内室的管家，俗谓“管家婆”。纪纲，统领奴仆的人。也泛指仆人。

【译文】

回家以后，云栖先向臧夫人禀明情况，云眠才进去。她的举止很有大家风范，谈笑之间，很是老练明理。臧夫人久已守寡，苦于寂寞，见到云眠很高兴，生怕她会离去。云眠每天早上起来替臧夫人操劳家事，不把自己当客人。臧夫人更加高兴，暗自想让真毓生再把云眠娶了，也好掩盖云栖女道士的名声，但不敢明说。一天，臧夫人忘了有件事没做，急忙去问，发现云眠早就替她做好了。臧夫人于是对云栖说：“那个画中美人不能操持家务，又有什么用呢？如果新媳妇能像你大姐这样，我就不担心了。”不料云栖早就有这个想法，只是怕母亲生气，现在听母亲这么一说，便笑着答道：“母亲既然喜欢她，儿媳愿意效仿女英、娥皇共同嫁给舜帝的做法，和姐姐共嫁一夫，怎么样？”臧夫人不说话，也笑了起来。云栖回到房间，告诉真毓生说：“母亲答应了。”然后另外收拾干净一间屋子。云栖对云眠说：“当年在观里我们同床共枕时，姐姐曾说过：‘如果能找到一个懂得亲爱的男人，我们两人一起嫁给他。’你还记得吗？”云眠不觉两眼含泪，说：“我所说的亲爱的人，没有别的意思，像从前每天操劳，但没有一个人知道我的辛苦。这几天来，我刚做了一点儿事，就让老母体恤挂念，我内心感受到的冷暖顿时就不同了。如果不下逐客令赶我走，让我长期陪伴老母，我的愿望也就满足了，倒也不希望实现以前的诺言。”云栖把这番话告诉臧夫人。臧夫人便让她们姐妹焚香发誓决不反悔，然后又让真毓生和云眠行了夫妇礼。准备睡觉时，云眠告诉真毓生说：“我今年二十三岁，还是个处女。”真毓生还不相信，后来发现鲜血染红了床褥，这才感到惊奇。云眠说：“我之所以想嫁个好人家，并不是不能甘于寂寞，确实因为以处女的身体，像妓女一样厚着脸皮应酬，是我不堪忍受的。借此一夜，名义上成了你的妻子，就应该为你侍奉老母，做一个好管家。至于床笫间的乐事，你还是和别人探讨吧。”三天以后，云眠就抱着被子跟臧夫人去睡了，赶她也不走。云栖就早早地来到臧夫人的房里，占住云眠的床铺睡觉，云眠迫不得已，只好回去跟真毓生睡。从此以后，云栖、云眠三两天就更换一次，习以为常。

夫人故善弈，自寡居，不暇为之。自得盛，经理井井[1]，昼日无事，辄与女弈。挑灯瀹茗，听两妇弹琴，夜分始散。每与人曰：“儿父在时，亦未能有此乐也。”盛司出纳[2]，每记籍报母[3]。母疑曰：“儿辈常言幼孤，作字弹棋[4]，谁教之？”女笑以实告。母亦笑曰：“我初不欲为儿娶一道士，今竟得两矣。”忽忆童时所卜，始信定数不可逃也。生再试不第。夫人曰：“吾家虽不丰，薄田三百亩，幸得云眠纪理，日益温饱。儿但在膝下，率两妇与老身共乐，不愿汝求富贵也。”生从之。后云眠生男女各一，云栖女一男三。母八十馀岁而终。孙皆入泮[5]。长孙，云眠所出，已中乡选矣[6]。

【注释】

①井井:有条理。

②司出纳:管钱财收支。

③记籍:记在账簿上。

④弹棋:汉魏时博戏。《艺经·弹棋》:"弹棋,始自魏宫,内装器戏也。"又,徐广《弹棋经》:"弹棋二人对局,黑白各六子,先列棋相当,下呼上击之。"其术至宋代已失传。此处指弹琴、弈棋。

⑤入泮:考中秀才。

⑥中乡选:考中举人。

【译文】

臧夫人原来喜欢下棋,自从丈夫死后,就没有闲暇时间下了。自从有了云眠以后,将一切都处理得井井有条,白天没事,就和云栖下棋。晚上就挑灯品茶,听两个媳妇弹琴,到半夜时分才散去。她常常对人说:"孩子他爸在世时,也没能有这样的快乐。"云眠负责家里的出纳,经常记帐向母亲汇报。母亲怀疑地问:"你们两个常说小时候是孤儿,写字下棋是谁教给你们的?"云栖笑着把实情告诉她。母亲也笑着说:"当初我不想给儿子娶一个女道士,现在竟有了两个。"她忽然想起儿子小时候算命,这才相信人逃不过命运的安排。真毓生再次参加考试,还是没有考中。母亲说:"我家虽然不是很富裕,但也有三百亩田,幸好又有云眠打理,日子一天比一天好。我儿只要在我的面前,带着两个媳妇和我一同快乐,不希望你再去求什么富贵了。"真毓生听从了母亲的安排。后来,云眠生下一男一女,云栖生下三男一女,臧夫人活到八十多岁才去世。孙子们都进了县学,其中长孙是云眠生的,已经考中了举人。

司札吏

【题解】

按照民俗学和人类学的解释，世界各民族都存在着一定的语言禁忌。弗洛伊德认为，所谓禁忌有两个方面的含义：一是意味着崇高的、神圣的，二是意味着危险的、神秘的、禁止的、不洁的，也就是代表一种被限制或禁止而不可触摸的东西的存在。《司札吏》中的两个故事正好包括了这两个方面的内容。第一个故事写游击官某对于名讳的禁忌达到了极其可笑的地步，以致遭到了鬼的揶揄。第二个故事写牛首山的和尚放诞不羁，对于自己及作品夸张的自嘲——都反映了蒲松龄对于相关禁忌的豁达态度。

游击官某①，妻妾甚多。最讳某小字②，呼年曰岁，生曰硬，马曰大驴，又讳败曰胜，安为放。虽简札往来③，不甚避忌，而家人道之，则怒。一日，司札吏白事④，误犯，大怒，以研击之⑤，立毙。三日后，醉卧，见吏持刺入⑥。问："何为？"曰："'马子安'来拜。"忽悟其鬼，急起，拔刀挥之。吏微笑，掷刺几上，泯然而没。取刺视之，书云："岁家眷硬大驴子放胜⑦。"暴谬之夫，为鬼揶揄，可笑甚已！

【注释】

①游击：清代武官名。从三品，次于参将一级。

②小字：乳名，小名。

③简札：书信。

④司札吏：主管书信文墨的胥吏。白：禀白，言事。

⑤研：通"砚"。

⑥刺：名帖。

⑦岁家眷硬大驴子放胜：这是避某所讳而写的一份拜帖。正常的写法应是“年家眷生马子安拜”。科举时代同年登科者，互称“年家”。眷生，旧时两家通婚后，尊长对姻亲晚辈的自称。“拜”与“败”同音，讳作“胜”。

【译文】

有一个游击官，妻妾成群。他最忌讳别人称他的小名，因此把“年”称作“岁”，“生”称作“硬”，“马”称作“大驴”，又把“败”称作“胜”，“安”称作“放”。虽然书信往来，不是很忌讳，但如果家人说了该忌讳的字，他就会发火。一天，主管书信的小吏报告事情时，无意中犯了忌讳，游击官大怒，用砚台打小吏，一下子将他打死了。三天以后，游击官喝醉了酒睡觉，只见那个小吏拿着拜帖进来。游击官便问道：“有什么事？”小吏说：“‘马子安’前来拜访。”游击官忽然醒悟过来，知道小吏是鬼，急忙起身，拔刀向他砍去。小吏微笑着把拜帖扔到桌子上后，就突然消失了。游击官取过拜帖一看，见上面写道：“岁家眷硬大驴子放胜。”这种凶暴荒谬的人，被鬼嘲弄，真是可笑极了！

牛首山一僧[①]，自名铁汉，又名铁屎。有诗四十首，见者无不绝倒。自镂印章二[②]，一曰“混帐行子”[③]，一曰“老实泼皮”[④]。秀水王司直梓其诗[⑤]，名曰牛山四十屁，款云：“混帐行子、老实泼皮放。”不必读其诗，标名已足解颐[⑥]。

【注释】

①牛首山：位于南京南郊风景区江宁区境内，北连翠屏山、南接祖堂山，周围有感应泉、虎跑泉、白龟池、兜率岩、文殊洞、辟支洞等自然景观及宏觉寺、弘觉寺塔、郑和墓和抗金故垒等人文景观。

自梁代到明代的千馀年间，牛首山一直是寺庙的聚集之地。

②镂(lòu)：刻。

③混帐行子：品行恶劣的人。谓人言行无理无耻。

④泼皮：流氓，无赖。

⑤秀水：地名。在浙江嘉兴北。梓：刻印，出版。

⑥解颐：开颜欢笑。颐，面颊。

【译文】

牛首山有个和尚，自己起名叫铁汉，又叫铁屎。他写了四十首诗，读过的人无不大笑，不能自持。他自己刻了两方印章，一方刻的是“混帐行子”，另一方刻的是“老实泼皮”。秀水人王司直将他的诗刻印出来，题名为“牛山四十屁”，落款则是“混帐行子、老实泼皮放”。不用读里面的诗，光是这题名和落款已经足以让人开怀大笑了。

蚰蜒

【题解】

这篇小短文包括了三个方面的叙述。其一是全篇的重心，即描写学使朱裔三家里的蚰蜒之不一般：长大，与风雨相应，如白练般白洁。其二是蒲松龄对于蚰蜒的形状习性的一般介绍。其三是关于蚰蜒的有关传闻的点睛之笔——“蜈蚣无目而多贪也”。篇幅虽然短小，但不单薄简陋。

本篇可以与《何仙》一起阅读，都是指名道姓针对学使朱雯的。有人认为这与蒲松龄在学使朱雯当政期间受到压抑，没能参加乡试有关。

学使朱裔三家门限下有蚰蜒[①]，长数尺。每遇风雨即出，盘旋地上如白练然[②]。按蚰蜒形若蜈蚣，昼不能见，夜则出。闻腥辄集。或云：蜈蚣无目而多贪也。

【注释】

①朱斋(yù)三：即朱雯，浙江石门县人，康熙年间进士。康熙辛未年(1691)任山东省提学使。门限：门槛。蚰蜒(yóu yán)：节肢动物门，蚰蜒科。体短而扁，灰白色或棕黄色，全身分十五节，每节有足一对，最后一对足特长。触角长，毒颚很大，行动敏捷。多生活在房屋内外的阴暗潮湿处，捕食蚊蛾等小动物。俗称"钱串子"，古时称"草鞋虫"，有的地方称"香油虫"、"草鞋底"或"草鞋底子"。

②白练：白色熟绢。

【译文】

学使朱斋三家的门槛下有一条大蚰蜒，有几尺长。每当刮风下雨的时候就会出来，在地上盘旋，如同一条白缎。蚰蜒的形状很像蜈蚣，白天见不到，夜晚则出来，闻到腥味就会聚集起来。有人说：蜈蚣虽然没有眼睛却很贪婪。

司训

【题解】

如果要问在《聊斋志异》中最痛恨的社会阶层或职业是什么，那么可以肯定地说是衙役和教官。官僚有寒素清白浊如泥之别，但衙役没有一个好东西；同样，学使有求贤若渴和虚应故事的划分，但教官一律是贪婪鄙污之辈。

《司训》虽然写的是教官某，但实际上刻画的却是教官群体，给我们呈现的是一幅教官的群丑图。小说开端写教官某与狐狸的交往表现的是《聊斋志异》谈狐说鬼的叙述特色，并为后面情节作了铺垫。学使索贿，聋子教官呈上去的竟然是“房中伪器”，虽然是笑话，却将这群丑类鄙污丑陋的灵魂揭露鞭挞得淋漓尽致。而“八钱者最佳”的细节，透露了明清时代相关成人用品的价格，也算是经济史的有益资料了。

教官某①，甚聋，而与一狐善，狐耳语之，亦能闻。每见上官，亦与狐俱，人不知其重听也②。积五六年，狐别而去，嘱曰：“君如傀儡③，非挑弄之，则五官俱废。与其以聋取罪，不如早自高也④。”某恋禄⑤，不能从其言，应对屡乖。学使欲逐之⑥，某又求当道者为之缓颊⑦。一日，执事文场⑧。唱名毕⑨，学使退与诸教官燕坐⑩。教官各扪籍靴中⑪，呈进关说⑫。已而学使笑问：“贵学何独无所呈进？”某茫然不解。近坐者肘之，以手入靴，示之势。某为亲戚寄卖房中伪器⑬，辄藏靴中，随在求售。因学使笑语，疑索此物。鞠躬起对曰：“有八钱者最佳，下官不敢呈进。”一座匿笑。学使叱出之，遂免官。

【注释】

①教官：指明清时府、州、县学的学官。《明史·职官志》：“儒学。府教授一人，训导四人。州，学正一人，训导三人。县，教谕一人，训导二人，教授、学正、教谕，掌教诲所属生员，训导佐之。”

②重听：听力障碍，为耳聋之轻症。

③傀儡（kuǐ lěi）：木偶。借指受人操纵、没有自主权的人或事物。

④自高：自求清高。指辞去官职。

⑤禄：官位。

⑥学使:提学使,省级学官。

⑦缓颊:婉言说情。

⑧执事:操办,从事。文场:考校生员的岁考或科考。

⑨唱名:点名。指考生按册点名入场。

⑩燕坐:闲坐。燕,安息。

⑪扪籍靴中:从靴中摸出欲为之关说的考生名籍。籍,名籍。考生报名时均须填写姓名、籍贯、年岁及三代履历。

⑫呈进:下级或晚辈向上级长辈递送东西。呈,恭敬地送。关说:关节,说人情。

⑬房中伪器:指成人用品。

【译文】

有一个教官,耳朵聋得厉害,但他和一只狐狸很好,这狐狸在他耳边小声说话,他也能听得见。每当去见上司时,他就带着狐狸一起去,因此人们都不知道他耳朵聋。这样过了五六年,狐狸向他告别,临行前,嘱咐他说:“你就像傀儡一样,没有人操纵,你的五官就都没用。与其因为耳聋得罪上司,不如趁早辞官而去。”但教官贪恋俸禄,没能听狐狸的话,在回答上司时常常出错。学使想赶他走,他又求主事的官员替他说情。一天,教官们主持考场考试,点名以后,学使下来和教官们闲坐。教官们各自从靴子里取出想为之说情的考生名单,呈献给学使来说人情、通关节。过了一会儿,学使笑着问他道:“这位先生为什么独独没有什么要说的呢?”他没有听清学使说的话,一脸茫然。坐在他旁边的人用胳膊肘碰了他一下,将手伸靴子里,向他示意。这位教官替亲戚寄卖夫妻房事用具,就藏在靴子里,随时向人兜售。因为见学使笑着对他说话,他误认为学使是要这个东西,便鞠个躬站起来说道:“有一种八钱的最好,下官不敢呈上。”在座的教官都偷偷地笑。学使大声呵斥他出去,于是他被免了职。

异史氏曰：平原独无[①]，亦中流之砥柱也[②]。学使而求呈进，固当奉之以此。由是得免，冤哉！

【注释】

①平原独无：意谓教官某不同流合污，买通关节。平原，指东汉平原相史弼。《后汉书·史弼传》：桓帝、灵帝时有“党锢之祸”。朝廷下令逮捕党人，“郡国所奏相连及者多至数百，唯弼无所上”。因责弼曰：“青州六郡，其五有党；……平原何理，而得独无？”弼曰：“先王疆理天下，画界分境，水土异齐，风俗不同。它郡自有，平原自无，胡可相比？”

②中流之砥柱：屹立在黄河急流中的砥柱山。比喻坚强独立的人能在动荡艰难的环境中起支柱作用。《晏子春秋·内篇谏下》：“吾尝从君济于河，鼋御左骖，以入砥柱之中流。”

【译文】

异史氏说：后汉平原相史弼在别人举报有政治异见人士时，保持独立人格，没有举报，这个教官也和他一样，没有求学使通关节，也可以算是中流砥柱了。学使竟然索要下属的呈进，本来就该把那玩意儿送给他。因为这个被免职，冤枉啊！

朱公子子青耳录云[①]：“东莱一明经迟[②]，司训沂水[③]。性颠痴，凡同人咸集时，皆默不语，迟坐片时，不觉五官俱动，笑啼并作，旁若无人焉者。若闻人笑声，顿止。俭鄙自奉[④]，积金百余两，自埋斋房，妻子亦不使知。一日，独坐，忽手足自动，少刻云：‘作恶结怨，受冻忍饥，好容易积蓄者，今在斋房。倘有人知，竟如何？’如此再四。一门斗在旁[⑤]，殊亦不觉。次日，迟出，门斗入，掘取而去。过二三日，心不自宁，发穴验视，则已空空。顿足拊膺[⑥]，叹恨欲死。”教职中可云千态百状矣。

【注释】

①朱公子子青：朱子青，朱缃，字子青，号橡村，历城人，一说高唐人，康熙时为候补主事。能诗，得王士祯指点，传世有《橡村集》四卷，凡分四种，为“风香集”、“吴船书屋集”、“观稼楼诗”、“云根清壑集”。与蒲松龄亦交好，曾手录《聊斋志异》，对于蒲松龄及《聊斋志异》均有很深刻的了解，蒲松龄有《答朱子青见过惠酒》诗（七律三首），其中有句云：“不嫌老拙无边幅，东阁还当附恶宾。”“锦堂蕴藉诗千首，褐父叨沾酒一盛。”“淫霖快读惊人句，未觉深秋旅夜长。”《挽朱子青》云：“蕴藉佳公子，新诗喜共论。”《耳录》很可能为其受蒲松龄影响的作品。

②东莱：古郡名，治所在今山东掖县。明经：明清时代为贡生的别称。

③司训沂水：在沂水县当司训。沂水，今山东沂水。

④俭鄙自奉：对自己很抠门。俭鄙，节约到了刻薄的程度。

⑤门斗：在府县衙门中端茶送水的差役。清末徐珂《清稗类钞·胥役·门斗》：“旧称为学官供役者曰门斗，盖学中本为生员设廪膳，称门斗者，当是以司阍兼司仓，故合门子、斗子之名而称之耳。”清袁枚《随园随笔》“门子”条云：“今称府县侍茶者曰门子。”

⑥拊膺（yīng）：捶胸。膺，胸。

【译文】

朱子青在《耳录》一书中写道：“东莱一个姓迟的贡生，到沂水县当学官。他生性痴癫，凡是同僚聚会时，他都沉默不语。迟某坐一会儿，不知不觉五官都会动起来，又哭又笑，旁若无人，如果听到人的笑声，就会马上停止。迟某每天都省吃俭用，存了一百多两银子，自己埋在书房里，连妻子都不让知道。一天，他一个人坐着，忽然手脚动了起来，过了一会儿说：‘做了恶事，结了仇怨，忍饥挨冻，好不容易积蓄起来的钱，现在就在书房里。如果有人知道了，如何是好呢？’这话他反复说了好几遍。一个门斗站在旁边，他也一点儿没感觉到。第二天，迟某出门，那个门斗进了他的书房，将银子挖出来取走了。过了两三天，迟某心中不能安宁，打开钱洞一看，已经空空如也，他不由得捶胸顿足，叹气后悔得要死。”教官中的事情，真可以说是千姿百态。

黑鬼

【题解】

蒲松龄时代，正是西方贩卖黑人奴隶贸易的鼎盛时期，所以本篇中的所谓“二黑鬼”，大概就是黑人奴隶。而胶州位于胶州湾畔，东临即墨，北接平度，西靠高密，西南临诸城，南与青岛的黄岛区接壤，唐宋时期是全国五大商埠之一，北方唯一的通商口岸。因此李总镇买下的“二黑鬼”的确有黑人奴隶的可能。不过，说“生子而白”可能实有，说“检骨尽黑”，大概完全是传闻。本篇故事在赵翼的《檐曝杂记》“诸番”条中，“黑鬼”径直改为“黑奴”。

胶州李总镇①，买二黑鬼，其黑如漆。足革粗厚②，立刃为途，往来其上，毫无所损。总镇配以娼，生子而白，僚仆戏之③，谓非其种。黑鬼亦疑，因杀其子，检骨尽黑，始悔焉。公每令两鬼对舞，神情亦可观也。

【注释】

①胶州：位于山东省的东部，州治在今山东胶州。李总镇：胶州在

清顺治元年(1644)设胶州镇总兵，习称“胶州总镇”。康熙二十一年(1682)废。据《增修胶州志》卷十四《职官》，李永盛、李克德，都曾先后任胶州总领。此处的李总镇当指此二人之一。李永盛，奉天人，顺治十七年(1660)任。李克德，亦奉天人，康熙五年(1666)任。

②足革：脚上的皮肤。

③僚仆：同事一主的仆人。

【译文】

胶州的李总兵，买了两个黑鬼，黑得像漆一样。他们脚底的皮又粗又厚，用尖刀排成道，他们在上面来来往往，一点儿损伤也没有。李总兵把娼妓配给他们，生下的孩子皮肤是白的，其他的仆人拿他们开玩笑，说孩子不是他们亲生的。黑鬼也觉得可疑，便杀了孩子，一检查，发现骨头全是黑的，这才懊悔不已。李总兵每次让两个黑鬼相对跳舞，神情舞姿也十分耐看。

织成

【题解】

本篇虽然在故事的立意上不是很出色，甚至可以说仅是仿效唐传奇的习作，但却可以当做《聊斋志异》故事题材创作的典型看待，即故事一般是由民俗传说，前代文献记载，蒲松龄独创想象三者杂糅而成的，只不过在不同的故事里三者的含量有所差异而已。

本篇开端介绍洞庭湖的“水神借舟”传说，结尾又谈到洞庭湖的风波湖禁，以这些传说为故事的框架，中间还穿插有毛将军、南将军的水患传闻，然后借用和比附唐传奇《柳毅传》中的相关人物和情节，叙述作者创作的柳生和龙女织成浪漫的恋爱故事。所谓“落第秀才”，因赋“风鬟雾鬓”而得到柳毅“真名士也”的赞赏恩赐云云，都有着蒲松龄独特的情结。

现代的读者在阅读到柳生在船上因织成“立近颊际，翠袜紫舄，细瘦如指。心好之，隐以齿啮其袜”，登岸后，与别人谈自己的奇遇竟然念念不忘的仍然是织成“裙下双钩，亦人世所无”，可能感到不解；不过，如果时间回放到明清时期，明白那个时代士人对于女人的性取向，就会感到一些释然。这方面的叙述，在《聊斋志异》卷三的《连琐》篇也有所描写，比如：“欲视其裙下双钩，女俯首笑曰：‘狂生太啰唣矣！’杨把玩之，则见月色锦袜，约彩线一缕。”

洞庭湖中，往往有水神借舟，遇有空船，缆忽自解①，飘然游行。但闻空中音乐并作，舟人蹲伏一隅②，瞑目听之③，莫敢仰视，任所往。游毕，仍泊旧处。

【注释】

①缆：缆绳，系船用的粗绳或铁索。

②隅：角落。

③瞑(míng)目：闭眼。

【译文】

洞庭湖中，往往有水神借船，遇到有空船，缆绳会忽然自己解开，飘飘然游行。只听空中音乐齐鸣，船夫蹲在角落里，闭上眼睛听着，不敢抬头张望，任凭船游荡，等游完了，船仍旧停在原处。

有柳生，落第归，醉卧舟上。笙乐忽作，舟人摇生不得醒，急匿艎下①。俄有人捽生②，生醉甚，随手堕地，眠如故，即亦置之。少间，鼓吹鸣聒③，生微醒，闻兰麝充盈，睨之，见满船皆佳丽。心知其异，目若瞑④。少间，传呼“织成”。即有侍儿来，立近颊际，翠袜紫舄⑤，细瘦如指。心好之，隐以齿啮其袜⑥。少间，女子移动，牵曳倾踣⑦。上问之，因白其故。在上者怒，命即行诛。遂有武士入，捉缚而起。见南面一人⑧，冠类王者。因行且语，曰："闻洞庭君为柳氏⑨，臣亦柳氏；昔洞庭落第，今臣亦落第；洞庭得遇龙女而仙，今臣醉戏一姬而死：何幸不幸之悬殊也！"王者闻之，唤回，问："汝秀才下第者乎？"生诺。便授笔札，令赋"风鬟雾鬓"⑩。生固襄阳名士⑪，而搆思颇迟，捉笔良久。上诮让曰："名士何得尔？"生释笔自白："昔《三都赋》十稔而成⑫，以是知文贵工⑬，不贵速也。"王者笑听之。自辰至午⑭，稿始脱。王者览之，大悦曰："真名士也！"遂赐以酒。顷刻，异馔纷纶⑮。方问对间，一吏捧簿进白："溺籍告成矣⑯。"问："人数几何？"曰："一百二十八人。"问："签差何人矣⑰？"答云："毛、南二尉。"生起拜辞，王者赠黄金十斤，又水晶界方一握⑱，曰："湖中小有劫数，持此可免。"忽见羽葆人马⑲，纷立水面，王者下舟登舆，遂不复见，久之，寂然。

【注释】

①艎(huáng)下：船舱下。艎，大型渡船。

②捽(zuó)：揪，扯。

③鸣聒：震耳。

④目若瞑：眼睛好像是闭着。

⑤舄(xì)：鞋。

⑥啮(niè)：咬。

⑦倾踣(bó)：倾倒。踣，倒地。

⑧南面：面向南。古代以坐北朝南为尊位。

⑨洞庭君为柳氏：洞庭君，指柳毅。唐人李朝威《柳毅传》载，洞庭湖龙女遭受夫家虐待，在野外放牧，碰到落第秀才柳毅。柳毅锐身自任，赴洞庭湖为其传书，解救龙女。后柳毅与龙女成为夫妇，嗣为洞庭君。

⑩赋"风鬟雾鬓"：以"风鬟雾鬓"为题作赋。《柳毅传》载，柳毅在洞庭湖龙宫见到龙王，述说龙女的情况，云："见大王爱女牧羊于野，风鬟雨鬓，所不忍视。"此处作"风鬟雾鬓"，亦用以形容龙女放牧时的苦难。

⑪襄阳：位于湖北省西北部，即今湖北襄阳。

⑫《三都赋》：作者为西晋左思。《晋书·左思传》载，左思写作此赋，"构思十年，门庭藩溷皆著笔纸，遇得一句，即便疏之"。稔(rěn)：年。

⑬贵工：以工为贵。工，好，精巧。

⑭辰：上午七点到九点。午：中午十一点到一点。

⑮纷纶：花样丰富。

⑯溺籍：被淹死者的名册。

⑰签差：旧时派遣官吏，称"签差"。

⑱界方：界尺，用以比划直线或压纸。一握：一柄，一具。

⑲羽葆：仪仗名。《汉书·韩延寿传》："建幢棨，植羽葆。"颜师古注："羽葆，聚翟尾为之，亦今纛之类也。"

【译文】

有个姓柳的书生，落榜回家，喝醉了酒躺在船上。忽然间笙乐大作，船夫摇晃柳生，没把他叫醒，只好自己躲到了船下。过了一会儿，有人来拽柳生，柳生醉得很厉害，随手倒在了地上，还是睡着不醒，那人也就不管他了。工夫不大，鼓乐声震耳，柳生微微醒来，闻到满船都是兰麝的香气，他斜眼一看，只见满船都是漂亮的女子。柳生心里知道碰上奇事了，便假装闭上眼睛。过了一小会儿，就听传唤"织成"。马上就有一个侍女走来，站在柳生的脸颊旁，穿着翠色的袜子和紫色的鞋子，脚细小得像手指。柳生心中很喜欢，就暗暗地用牙齿咬她的袜子。不一会儿，侍女挪动脚步，被柳生拖着摔倒在船上。坐在上面的人问是怎么回事，她就说了原因。上面的那人很生气，下令马上将柳生斩了。于是武士进来，把柳生捆绑起来。柳生抬头一看，只见坐北朝南一个人，穿戴看上去像君王。他便一边走一边说："听说那洞庭君姓柳，我也姓柳；当年洞庭君落第不中，现在我也没中；洞庭君遇到龙女成了仙，今天我喝醉了酒戏弄一个女子却要被处死，为什么幸运和不幸竟有这么大的悬殊啊！"王者听他这么一说，就把他叫回来，问道："你是落榜的秀才吗？"柳生说是。王者便递给纸笔，命他以"风鬟雾鬓"为题作一篇赋。柳生本来是襄阳名士，但是构思比较缓慢，提笔停了很久。王者讥笑他说："名士怎么会这样呢？"柳生放下笔，陈述道："当年左思写《三都赋》，十年才完成，因此可见文章贵在写得好，不在写得快。"王者听了，一笑了之。柳生从早上写到中午，才脱稿。王者读完，大为高兴，说："真是名士啊！"便赐柳生喝酒。一会儿工夫，桌上就堆满了美酒佳肴。正在谈话之间，一个小吏捧着簿册进来禀告道："该淹死的人的名单已经准备好了。"王者问："一共是多少人？"小吏答道："一百二十八人。"王者又问："派谁去执行？"小吏答道："是毛、南二位都尉。"柳生起身告辞，王者赠给他十斤黄金，还有一把水晶界方，说："湖中将发生的灾祸，拿着这个就可以避免。"忽然，只见车盖人马纷纷站立在水面上，王者下船登上车子，便不见了，过了许久，湖上恢复了平静。

舟人始自艎下出，荡舟北渡，风逆不得前。忽见水中有铁猫浮出，舟人骇曰："毛将军出现矣！"各舟商人俱伏。又无何，湖中一木直立，筑筑摇动①，益惧曰："南将军又出矣！"少时，波浪大作，上翳天日②，四顾湖舟，一时尽覆。生举界方危坐舟中，万丈洪涛，至舟顿灭，以是得全。

【注释】

①筑筑：意谓像打夯一样上下捣动。筑，打地基用的工具，俗称“夯”。

②翳(yī)：原指用羽毛做的华盖，后引申为起障蔽作用的东西。

【译文】

船夫这才从船下面钻出来，划着船向北进发，因为顶风难以向前。忽然，只见水中浮出来一只大铁猫，船夫惊骇地说：“毛将军出现了！”各船的商人都趴下了。又过了不久，湖中又直着冒出一根木头，上上下下地摇动，船夫更加恐惧，说：“南将军又出来了！”工夫不大，湖上波涛大作，遮天蔽日，再看湖上的船只，倾刻之间全翻了。柳生手举水晶界方，正襟危坐在船中，万丈波涛涌到他的船边就平息，因此柳生得以保全了生命。

既归，每向人语其异，言舟中侍儿，虽未悉其容貌，而裙下双钩[①]，亦人世所无。后以故至武昌，有崔媪卖女，千金不售，蓄一水晶界方，言有能配此者，嫁之。生异之，怀界方而往。媪忻然承接，呼女出见，年十五六已来，媚曼风流[②]，更无伦比。略一展拜，返身入帏。生一见，魂魄动摇，曰：“小生亦蓄一物，不知与老姥家藏颇相称否？”因各出相较，长短不爽毫厘。媪喜，便问寓所，请生即归命舆[③]，界方留作信。生不肯留。媪笑曰：“官人亦太小心！老身岂为一界方抽身窜去耶？”生不得已，留之。出则赁舆急返，而媪室已空，大骇。遍问居人，迄无知者。日已向西，形神懊丧，邑邑而返。

中途，值一舆过，忽搴帘曰：“柳郎何迟也？”视之，则崔媪。喜问：“何之？”媪笑曰：“必将疑老身拐骗者矣。别后，适有便舆，顿念官人亦侨寓，措办良艰④，故遂送女归舟耳。”生邀回车，媪必不可。生仓皇不能确信，急奔入舟，女果及一婢在焉。见生入，含笑承迎。见翠袜紫履，与舟中侍儿妆饰，更无少别。心异之，徘徊凝注。女笑曰：“眈眈注目⑤，生平所未见耶？”生益俯窥之，则袜后齿痕宛然，惊曰：“卿织成耶？”女掩口微哂。生长揖曰：“卿果神人，早请直言，以祛烦惑⑥。”女曰：“实告君：前舟中所遇，即洞庭君也。仰慕鸿才，便欲以妾相赠，因妾过为王妃所爱⑦，故归谋之。妾之来，从妃命也。”生喜，沐手焚香，望湖朝拜，乃归。

【注释】

①双钩：女人的双脚。

②媚曼：风韵美妙。

③命舆：派车。舆，车。

④措办：筹办。

⑤眈眈：目不转睛的样子。

⑥祛(qū)：除去，驱除。

⑦过：超限，很。

【译文】

柳生回到家，常常向别人说起这件奇事，并且说，船上的那个侍女，虽然没有看清她的容貌，但她裙下的那双小脚，也可以说是人世间所没有的。后来，柳生因为有事去武昌，有一位崔老妇人卖女儿，就是给一千两银子也不卖，她家里藏有一把水晶界方，声称如果有人能拿来与她家的界方可以配成一对的，就把女儿嫁给他。柳生很惊讶，便怀揣界方前去。老妇人高兴地迎接柳生，叫女儿出来与柳生相见，只见她十五六岁的年纪，生得妩媚风流，美貌无与伦比。她微微地向柳生行了个礼，就转身进了帏帐。柳生一见，不禁心旌摇荡，神魂颠倒，说："小生也藏有一把界方，不知与姥姥家藏的是否能够相配？"于是双方都取出界方，互相比较，果然长短不差一分一毫。老妇人很高兴，便问柳生住在哪里，请柳生马上回去准备车来迎接，界方留下当作信物。柳生不肯留下界方。老妇人笑着说："官人也太小心了！我难道还会因为一把界方就抽身逃跑吗？"柳生没办法，只好留下了界方。柳生从老妇人家出来，租了一辆车急急忙忙赶回去，却发现老妇人家中已经空无一人，柳生大为惊骇。问遍了住在附近的人家，都没有一个人知道。这时日头已经偏西，柳生神情懊丧，郁郁不乐地往回走。走在半路上，碰上一辆车子迎面驶来，忽然，有人掀开帘子，说："柳郎怎么来迟了？"柳生一看，原来是崔老妇人，便高兴地问："您去哪儿？"老妇人笑着说："你肯定以为我是个骗子吧。刚才分别以后，恰好有辆便车，我马上想到你也是从外地来的，操办起来一定很麻烦，所以就把女儿给你送回船上去了。"柳生邀请老妇人掉转车头一同回去，老妇人死活也不同意。柳生心中不宁，不敢确信老妇人说的是真是假，急忙跑回船上，果然看见崔家女儿和一个丫环已经在那里了。那女子一见崔生，就笑着迎上前。柳生见她穿的翠绿的袜子和紫色的鞋子，和上次船上见到洞庭君的侍女的打扮没有一点儿区别。他心中奇怪，徘徊着凝视那女子。女子笑着说："这么直勾勾地盯着看，难道从来没有见过吗？"柳生又俯身细看，发现袜子后面他咬过的齿印还在，便吃惊地说："你就是织成吗？"那女子掩嘴微笑。柳生冲她深施一礼，说："你果然是仙女，请你赶快直说，也好驱除我心中的烦忧疑惑。"织成说："实话对您说：上次您在船上遇到的就是洞庭君。他仰慕您的大才，就想把我赠送给您；但我深受王妃的喜爱，所以洞庭君先回去和她商量。我这次前来，就是遵照王妃的命令。"柳生大喜，赶忙洗手烧香，向湖中朝拜，然后才归去。

后诣武昌，女求同去，将便归宁。既至洞庭，女拔钗掷水，忽见一小舟自湖中出，女跃登，如飞鸟集，转瞬已杳。生坐船头，于没处凝盼之[①]。遥遥一楼船至，既近窗开，忽如一彩禽翔过，则织成至矣。一人自窗中递掷金珠珍物甚多，皆妃赐也。自是，岁一两觐以为常[②]。故生家富有珠宝，每出一物，世家所不识焉。

【注释】

①没(mò)处：消失之处。没，潜入水中。

②觐：觐见，拜见尊贵长者。

【译文】

后来，柳生去武昌，织成要求一起去，顺便回娘家探亲。到了洞庭湖，织成拔下头钗扔到水里，忽然看见一条小船从湖里出来，织成一跃而上，像鸟儿飞到树上一样，转眼之间就消失了。柳生坐在船头，盯着织成消失的地方看。只见远远地一只大游船划来，开到近前窗户开了，忽然好像一只五彩的鸟儿飞过，原来是织成回来了。有一个人从窗户里递出很多的金银珠宝，都是王妃赐的。从此以后，柳生和织成每年都要去朝拜一两次，成了常例。所以柳生家有许多珠宝，每拿出一件，都是那些世家大族们没有见过的。

相传唐柳毅遇龙女，洞庭君以为婿。后逊位于毅[①]。又以毅貌文，不能摄服水怪，付以鬼面，昼戴夜除。久之渐习忘除，遂与面合而为一，毅览镜自惭。故行人泛湖，或以手指物，则疑为指己也；以手覆额，则疑其窥己也。风波辄起，舟多覆。故初登舟，舟人必以此告戒之。不则设牲牢祭享[②]，乃得渡。许真君偶至湖[③]，浪阻不得行。真君怒，执毅付郡狱。狱吏检囚，恒多一人，莫测其故。一夕，毅示梦郡伯[④]，哀求拔救。伯以幽明异路，谢辞之。毅云："真君于某日临境，但为求恳，必合有济[⑤]。"既而真君果至，因代求之，遂得释。嗣后湖禁稍平。

【注释】

①逊位：退位，让位。逊，礼让。

②牲牢：杀牲为祭品。牛、羊、豕为"牲"，系养者为"牢"。

③许真君：东晋道士许逊，字敬之，汝南人。后居南昌。年二十岁学道于吴猛，尽传其秘。曾任旌阳令，政绩卓著。后弃官东归，周游江湖，于东晋宁康年间举家成仙飞升。宋代封为"神功妙济真君"，世称"许真君"或"许旌阳"。传说他曾镇摄孽龙，江西南昌有锁龙井。

④郡伯：郡守。

⑤有济：有办法。济，原指过河，引申为获得帮助。

【译文】

相传唐代书生柳毅遇到龙女，洞庭君就认他做女婿，后来又把王位让给了他。洞庭君又因为柳毅相貌文静，不能镇服那些水怪，就交给他一副鬼面具，白天戴上，晚上摘下。久而久之，也就习以为常，忘了摘下来，终于面具和脸就合而为一，柳毅照镜子时感到很羞愧难堪。所以来往的行人在船上，如果有人用手指一件东西，柳毅就会怀疑是在指自己；把手挡在额头上，柳毅就怀疑是在看自己。这时湖上就会兴风作浪，大多数船只会沉没。所以第一次上船的人，船夫就会告诉他这些禁忌。否则的话，就要宰杀牲口拜祭湖君，才能够渡过湖去。许真君偶然来到洞庭湖，被风浪阻碍，不能前进。许真君很生气，就命人将柳毅抓住，送到郡里的监狱关押。狱吏检查囚犯时，常常会多出一个人，但不明白是什么缘故。一天晚上，柳毅托梦给郡守，苦苦哀求他救自己出狱。郡守以人神不属同一世界为理由，婉言拒绝。柳毅说："真君将在某日来到贵地，只要你向他恳求，就一定能救我。"不久，许真君果然来了，郡守便代柳毅向他求情，柳毅就被释放了。从此以后，湖上的禁忌才解除了，风浪也平静了不少。

竹青

【题解】

这是一篇关于乌鸦的美丽童话。

从某种意义上，本篇可以视作《织成》的姊妹篇。故事发生的地点也是在洞庭湖，主人公也是落第秀才，也有唐代传奇故事作为参照（见《太平广记》卷四百六十二《乌君山》），但想象力的丰富和立意的高洁则远远过之。

故事的前半段写鱼客穿上黑色的衣服，化为乌鸦，与竹青结为夫妻，被射杀后，竹青不离不弃，不过是民间传说的小说版。小说精彩的部分，也是体现了《聊斋志异》的创作特色，表现了奇瑰浪漫想象力的是故事的后半部分。写恢复了人形的鱼客与已经成为汉水女神的竹青重逢，人与乌鸦过起了人间的普通夫妻的生活。不仅其中写鱼客又穿上黑衣，"两胁生翼，翕然凌空"，到达目的地后，"众手为缓结，觉羽毛划然尽脱"，他俩生下的孩子，"胎衣厚裹，如巨卵然，破之，男也"，超出了前代民间故事的简单模式，而且写鱼客和竹青的夫妻生活，温馨和谐，恬美新奇，既富于浓浓的人情味，又不失神奇浪漫，掩卷而思，悠然神往。

鱼客，湖南人，忘其郡邑①。家贫，下第归②，资斧断绝。

羞于行乞，饿甚，暂憩吴王庙中[3]，拜祷神座。出卧廊下[4]，忽一人引去，见王，跪曰："黑衣队尚缺一卒，可使补缺。"王曰："可。"即授黑衣。既着身，化为乌，振翼而出。见乌友群集，相将俱去，分集帆樯[5]。舟上客旅，争以肉向上抛掷，群于空中接食之。因亦尤效[6]，须臾果腹。翔栖树杪[7]，意亦甚得。逾二三日，吴王怜其无偶，配以雌，呼之竹青。雅相爱乐。鱼每取食，辄驯无机[8]。竹青恒劝谏之，卒不能听。一日，有满兵过[9]，弹之中胸。幸竹青衔去之，得不被擒。群乌怒，鼓翼搧波，波涌起，舟尽覆。竹青仍投饵哺鱼，鱼伤甚，终日而毙。忽如梦醒，则身卧庙中。先是，居人见鱼死，不知谁何，抚之未冷，故不时令人逻察之[10]。至是，讯知其由，敛赀送归[11]。

【注释】

①郡邑：府、县，即"籍贯"。

②下第：科举落榜。

③憩：休息。吴王庙：原称"吴将军庙"，祀三国时吴国大将甘宁，在湖北阳新富池口镇。宋时因有神风助漕运有功，赐王爵，改称"吴王庙"。据云，甘宁祠庙前颇多大树，常有乌鸦停栖，往来船只前来祭庐时，乌鸦成群迎送船只，当地人称为"吴王神鸦"。

④廊：指屋檐下的过道、房屋内的通道或独立有顶的通道。包括回廊和游廊，具有遮阳、防雨、小憩等功能。

⑤帆樯：船桅，桅杆。

⑥尤效：仿效。

⑦杪（miǎo）：树梢，末梢。

⑧驯无机：驯良而不机警。《水经注·温水》："鸟兽驯良，不知畏。"

⑨满兵：清兵。

⑩逻察：巡逻侦察。

⑪敛赀：凑集钱财。

【译文】

鱼客是湖南人，忘了是哪个郡县的了。他家中贫穷，落榜后回家，但盘缠已经用光了。他不好意思去乞讨，饿得很厉害，就暂时在吴王庙中休息，他向神像行礼祷告以后，就出来躺在廊下。忽然，来了一个人将他领去见吴王，那人跪倒禀告说："黑衣队还缺一个人，可以让他补缺。"吴王说："好吧。"就命人给鱼客一件黑衣。黑衣刚穿上身，鱼客就变成了一只乌鸦，扇着翅膀飞了出去。只见同伴们已经聚在一起，他便跟着一同飞去，分别落在船的桅杆上。船上的旅客，争着把肉向上扔，乌鸦就在空中接着吃。鱼客便学着他们的样子，不一会儿就吃饱了，他飞落到树梢上，倒也是一副很满足的样子。过了两三天，吴王可怜他没有配偶，就配他一只叫做竹青的雌鸦。他们相亲相爱，很是快乐。鱼客每次找食吃时，都很驯服，一点儿戒备心也没有。竹青常常劝告他，但他始终不听。一天，有满兵打这里经过，用弹弓打中了鱼客的胸膛，幸亏竹青将他衔走，才没有被捉住。乌鸦们很生气，就一起鼓动翅膀，扇动波浪，波浪涌起，一下子就把船都打翻了。竹青叼来食物喂鱼客，但他伤势太重，过了一天就死了。鱼客忽然像从梦里醒过来一样，发现自己已经躺在吴王庙里了。原来，住在附近的人看见鱼客死了，不知道他是什么人，一摸他的身体，还没有凉，所以时不时让人来察看他。至此，大家问明他的情况，凑了些钱送他回了家。

后三年，复过故所，参谒吴王。设食，唤乌下集群啖①，祝曰："竹青如在，当止。"食已，并飞去。后领荐归②，复谒吴王庙，荐以少牢③。已，乃大设以飨乌友④，又祝之。是夜宿于湖村，秉烛方坐，忽几前如飞鸟飘落，视之，则二十许丽人。辴然曰[5]："别来无恙乎？"鱼惊问之，曰："君不识竹青耶？"鱼喜，诘所来，曰："妾今为汉江神女[6]，返故乡时常少。前乌使两道君情，故来一相聚也。"鱼益欣感，宛如夫妻之久别，不胜欢恋。生将偕与俱南[7]，女欲邀与俱西[8]，两谋不决。寝初醒，则女已起。开目，见高堂中巨烛荧煌，竟非舟中。惊起，问："此何所？"女笑曰："此汉阳也[9]。妾家即君家，何必南！"天渐晓，婢媪纷集，酒炙已进。就广床上设矮几，夫妇对酌。鱼问："仆何在？"答："在舟上。"生虑舟人不能久待。女言："不妨，妾当助君报之[10]。"于是日夜谈讌[11]，乐而忘归。

【注释】

①啖(dàn)：吃。

②领荐：领乡荐，乡试考中举人。

③荐：祭。少牢：祭祀单用猪、羊称"少牢"。后专以羊为少牢。

④大设：盛设，大设肴馔。飨(xiǎng)：广泛宴请。

⑤辴(chǎn)然：微笑的样子。

⑥汉江：即汉水，是长江最大最长的支流，发源于陕西省境内秦岭南麓，南流至湖北汉口入江。

⑦偕与俱南：偕同南去。指去鱼客的家乡湖南。

⑧邀与俱西：请他一同西去。指西去竹青为神的地方汉江。

⑨汉阳：府名。今在湖北省汉水下游南岸武汉汉阳区，与武昌、汉口并称武汉三镇。

⑩报：报施，酬劳。

⑪讌：同"宴"。

【译文】

三年以后，鱼客又经过那个地方，就去吴王庙拜见。他摆上食物，叫乌鸦一起下来吃，并且祷告说："竹青如果在这里，请留下来。"乌鸦们吃完，一齐都飞走了。后来，鱼客考中回来，又去吴王庙拜祭，供上猪羊祭品。祭祀完毕，他摆上许多吃的招待当年的乌鸦伙伴，又向竹青祷告。这天夜里，鱼客在湖边的村子住下，他正端坐在灯下，忽然桌前像有一只飞鸟飘落下来，鱼客一看，却是一位二十几岁的美丽女子。她笑着说："别来无恙呀？"鱼客吃惊地问她是谁，她说："您不认识竹青了吗？"鱼客很高兴，问她从哪里来，竹青说："我现在是汉江的神女，返回故乡的机会很少。此前乌鸦使者两次转达您的情意，所以特地来和您相聚。"鱼客更加喜悦感激，两人就像久别重逢的夫妻一样，不胜欢喜热恋。鱼客打算带她一同回南方去，竹青则想邀请他一起向西，两人商量，没有定下来。第二天早上，鱼客一觉醒来，发现竹青已经起来了。他睁开眼睛，只见高堂上巨大的蜡烛辉煌灿烂，竟然已不在船上。鱼客一惊而起，问道："这是什么地方？"竹青笑着说："这里是汉阳。我的家就是您的家，何必要到南方！"天渐渐亮了起来，丫环仆妇纷纷赶来，酒菜已经端了上来。他们就在大床上摆了矮脚桌子，夫妻俩相对饮酒。鱼客问："我的仆人现在哪里？"竹青回答说："在船上。"鱼客担心船夫不能够久等。竹青说："不碍事，我会替您告诉他的。"于是他们日夜笑谈欢宴，高兴得忘了回家。

舟人梦醒，忽见汉阳，骇绝。仆访主人，杳无音信。舟人欲他适，而缆结不解，遂共守之。积两月馀，生忽忆归，谓女曰："仆在此，亲戚断绝。且卿与仆，名为琴瑟，而不一认家门，奈何？"女曰："无论妾不能往，纵往，君家自有妇，将何以处妾乎？不如置妾于此，为君别院可耳[①]。"生恨道远，不能时至。女出黑衣，曰：“君向所着旧衣尚在。如念妾时，衣此可至，至时，为君解之。”乃大设肴珍，为生祖饯[2]。即醉而寝，醒，则身在舟中。视之，洞庭旧泊处也。舟人及仆俱在，相视大骇，诘其所往。生故怅然自惊，枕边一襆[3]，检视，则女赠新衣袜履，黑衣亦折置其中。又有绣橐维絷腰际[4]，探之，则金赀充牣焉[5]。于是南发，达岸，厚酬舟人而去。

【注释】

①别院：别宅，别业。

②祖饯：饯行。古时出行，祭路神叫“祖”，用酒食送行叫“饯”。

③襆(fú)：包袱。

④绣橐(tuó)：绣制的布囊。橐，口袋。絷(zhí)：捆，绑。

⑤充牣(rèn)：充满。

【译文】

船夫从梦中醒来，忽然发现到了汉阳，惊讶极了。鱼客的仆人寻访主人，也杳无音信。船夫想到别的地方去，但船缆怎么也解不开，只好和仆人在船上守候。过了两个多月，鱼客忽然想要回家，对竹青说：“我在这里，和亲戚都断绝了来往。况且你和我名义上是夫妻，却不去一认家门，为什么呢？”竹青说：“甭说我不能前往，就是去了，您家里已经有媳妇了，打算如何安置我呢？不如把我安顿在这里，算是你的别院吧。”鱼客只恨路途遥远，不能时时前来。竹青取出黑衣服，说：“您以前穿过的旧衣服还在。如果您想念我的话，穿上这衣服就可以到，等到的时候，我再为您解开。”于是大摆酒宴，为鱼客饯行。鱼客喝醉酒就睡着了，一觉醒来发现自己已经在船上了。一看，是在洞庭湖原来停泊的地方。船夫和仆人都在，他们互相一见，大为惊骇，便问鱼客到哪里去了。鱼客自己也很怅然惊奇，枕头边有一个包袱，他打开一看，里面是竹青送给他的衣服鞋袜，那件黑衣服也折叠好了放在里边。又有一个绣花口袋绑在腰上，用手一摸，里面装得满满的都是钱。于是鱼客向南进发，抵达对岸，厚厚地酬谢了船夫就离开了。

归家数月，苦忆汉水，因潜出黑衣着之。两胁生翼，翕然凌空[①]，经两时许[②]，已达汉水。回翔下视，见孤屿中有楼舍一簇[③]，遂飞堕。有婢子已望见之，呼曰："官人至矣！"无何，竹青出，命众手为缓结，觉羽毛划然尽脱。握手入舍，曰："郎来恰好，妾旦夕临蓐矣。"生戏问曰："胎生乎？卵生乎？"女曰："妾今为神，则皮骨已硬，应与曩异。"越数日，果产，胎衣厚裹[④]，如巨卵然，破之，男也。生喜，名之汉产。三日后，汉水神女皆登堂，以服食珍物相贺。并皆佳妙，无三十以上人。俱入室就榻[⑤]，以拇指按儿鼻，名曰"增寿"。既去，生问："适来者皆谁何？"女曰："此皆妾辈。其末后着藕白者，所谓'汉皋解佩'[⑥]，即其人也。"居数月，女以舟送之，不用帆楫，飘然自行。抵陆，已有人絷马道左，遂归。由此往来不绝。

【注释】

①翕(xī)然：飞翔迅疾。

②两时：两个时辰。相当于现在的四个小时左右。许：多。

③屿：岛。

④胎衣：胎胞。

⑤就榻：走近榻床。就，近。

⑥汉皋解佩：《列仙传》载，郑交甫路过汉皋台下，遇见两个女子，每

人都佩带一颗巨珠，郑交甫注目相挑，二女解下佩珠赠给郑交甫。汉皋，山名。在湖北襄阳西。佩，佩带的玉饰。

【译文】

鱼客回到家几个月，苦苦地思念竹青，于是悄悄地取出黑衣服穿上。顿时两肋长出了翅膀，忽地一下飞上了天空，大约两个时辰，就飞到了汉水。他在空中盘旋着往下看，在孤岛上有一簇楼房，便飞落下去。有个丫环已经看见了他，高声喊道："官人回来了！"一会儿，竹青出来，让众人帮鱼客脱下黑衣服，鱼客觉得羽毛一下子都脱光了。竹青拉着他进了屋，说："您来得正好，我就要临产了。"鱼客开玩笑地说："是胎生呀，还是卵生呢？"竹青说："我现在是神，皮肉骨头都换过了，和过去已经不一样了。"过了几天，竹青果然生了，孩子包裹在一层厚厚的胎衣里，像一只大蛋，打开一看，是个男孩。鱼客很高兴，给他取名为"汉产"。三天以后，汉水的神女们都来了，带来许多衣服、食物和珍宝表示祝贺。她们都是些美丽的女子，年纪没有在三十岁以上的。她们进了屋来到床边，用拇指按一下孩子的鼻子，这叫做"增寿"。等神女们走了以后，鱼客问："刚才来的是些什么人？"竹青说："她们都是我的同辈。最后那个身穿藕白色衣服的，就是传说中郑交甫在汉皋遇见的解佩相赠的仙女。"过了几个月，竹青用船送鱼客回去，船不用帆桨，飘飘然自己就会行走。到了岸上，已经有人牵着马在路边等候了，鱼客于是回到家中。从此以后，两边往来不绝。

积数年，汉产益秀美，生珍爱之。妻和氏，苦不育，每思一见汉产。生以情告女。女乃治任，送儿从父归，约以三月。既归，和爱之过于己出，过十馀月，不忍令返。一日，暴病而殇，和氏悼痛欲死。生乃诣汉告女。入门，则汉产赤足卧床上，喜以问女。女曰："君久负约。妾思儿，故招之也。"

生因述和氏爱儿之故。女曰："待妾再育，令汉产归。"又年馀，女双生男女各一，男名汉生，女名玉佩。生遂携汉产归。然岁恒三四往，不以为便，因移家汉阳。汉产十二岁入郡庠。女以人间无美质[1]，招去，为之娶妇，始遣归。妇名卮娘，亦神女产也。后和氏卒，汉生及妹皆来擗踊[2]。葬毕，汉生遂留，生携玉佩去，自此不返。

【注释】

①美质：指素质美好的女子。

②擗踊（pǐ yǒng）：指为双亲举哀送葬。《孝经·丧亲》："擗踊哭泣，哀以送之。"抚心为"擗"，跳跃为"踊"，形容哀痛之极。

【译文】

又过了几年，汉产长得越发秀美，鱼客很珍爱他。妻子和氏，苦于不能生育，常常想见汉产一面。鱼客把这情况告诉竹青。竹青便准备行装，送儿子和父亲一同回家，约好以三个月为期。汉产来到鱼客家里，和氏比对自己亲生的孩子还要疼爱他，过了十几个月，还是不想让他回去。一天，汉产突然得了急病死了，和氏悲痛欲绝。鱼客于是赶到汉水告诉竹青，一进门，就看见汉产光着脚躺在床上，便高兴地问竹青是怎么回事。竹青说："你违背约定的时间太久了。我也很想念他，就把他招回来了。"鱼客于是说明了和氏不能生产因而喜爱孩子的原因。竹青说："等我再生了孩子，就让汉产回去。"又过了一年多，竹青生下一对双胞胎，一男一女，男的取名叫"汉生"，女的取名叫"玉佩"。鱼客就带着汉产回家去了。但是一年里常常要跑三四趟，鱼客觉得很不方便，就把家搬到了汉阳。汉产十二岁的时候，进了郡学。竹青认为人间没有美丽的女子可以做她的儿媳妇，就把汉产叫回去，为他娶了个媳妇，才让他回家。媳妇的名字叫"卮娘"，也是神女的女儿。后来，和氏死了，汉生和妹妹玉佩都赶来送葬。安葬完毕，汉生就留了下来，鱼客带着玉佩走了，从此再也没有回来。

段氏

【题解】

这是一篇说教味极浓的小说，主旨就是段氏临死时对女性晚辈留下的遗嘱："汝等志之：如三十不育，便当典质钗珥，为婿纳妾。无子之情状实难堪也！"

子嗣是中国宗法社会里牵一发而动全身的大问题，所谓"不孝有三，无后为大"。大在哪里？说穿了，就大在它是宗法社会里权力和财产再分配的枢纽。段氏绝嗣，养老和身后财产都成了大问题，而一旦有了子嗣，哪怕是私生子，段氏家庭的财产转眼之间风雨不动安如山。小说同时反映了封建社会中妇女在家庭中的位置：段氏虽然有女，但女儿在身后财产的再分配中没有任何发言权。妾在家庭中，除了是丈夫的性伙伴之外，另一个功能便是生子嗣的补充工具。

段瑞环，大名富翁也[①]，四十无子。妻连氏最妒，欲买妾而不敢。私一婢，连觉之，挞婢数百，鬻诸河间栾氏之家[②]。段日益老，诸侄朝夕乞贷，一言不相应，怒征声色[③]。段思不能给其求，而欲嗣一侄[④]，则群侄阻挠之，连之悍亦无所施，始大悔。愤曰："翁年六十馀，安见不能生男！"遂买两妾，听夫临幸，不之问。居年馀，二妾皆有身[⑤]，举家皆喜。于是气息渐舒。凡诸侄有所强取，辄恶声梗拒之。无何，一妾生女，一妾生男而殇[⑥]。夫妻失望。又将年馀，段中风不起[⑦]，诸侄益肆，牛马什物，竞自取去。连诟斥之，辄反唇相稽[⑧]。

无所为计，朝夕呜哭。段病益剧，寻死。诸侄集柩前，议析遗产。连虽痛切[9]，然不能禁止之。但留沃墅一所[10]，赡养老稚，侄辈不肯。连曰："汝等寸土不留，将令老妪及呱呱者饿死耶[11]！"日不决，惟忿哭自挝[12]。忽有客入吊，直趋灵所，俯仰尽哀[13]。哀已，便就苫次[14]。众诘为谁，客曰："亡者吾父也。"众益骇。客从容自陈。

【注释】

①大名：府名。府治在今河北大名。

②河间：府名。位于冀中平原，治所在今河北河间。

③怒征声色：即不给好脸色，发怒。征，迹象，显示。

④嗣：接续，后代。这里是过继为后代的意思。

⑤身：怀孕。

⑥殇：夭折。

⑦中风：中医疾病名。中医所称多指内伤病证的类中风，或因气血逆乱、脑脉痹阻或因血溢于脑所致。以突然昏仆、半身不遂、肢体麻木、舌蹇不语、口舌歪斜、偏身麻木等为主要表现的脑神经疾病。具有起病急、变化快、如风邪善行之特点。

⑧反唇相稽：恶言相对。《汉书·贾谊传》："妇姑不相悦，则反唇而相稽。"注："应邵曰：稽，计也，相与计较也。"

⑨痛切：非常伤痛。

⑩沃墅：肥沃的田庄。墅，田庐。

⑪呱呱（gū）：小儿啼声。指一妾所生之女孩。

⑫挝（zhuā）：指打嘴巴。

⑬俯仰：低头和仰首。指举哀时尽礼，俯首而泣，仰面而号。

⑭苫（shān）次：子女居丧的席次。苫，草垫。古时居丧，寝苫枕块。

子女在灵旁设草垫，寝息其上，守护左右。

【译文】

段瑞环是大名府的富翁，四十岁了还没有儿子。他的妻子连氏嫉妒心最强，所以他想买个小妾也不敢。他和一个丫环私通，被连氏发觉了，将这丫环鞭打了几百下，然后卖给了河间府一户姓栾的人家。段瑞环越来越老，他的侄子们一天到晚上门来借钱，一句话说得不合适，他们就会对他狠声恶气。段瑞环想既然不能满足他们所有人的要求，不如过继一个侄子当儿子，但是侄子们从中阻挠，连氏虽然凶悍，却也无计可施，这才十分后悔当初没让丈夫娶妾。她愤愤地说："老头六十多岁了，怎么见得就不能生出个男孩！"便买了两个妾，听任丈夫和她们生活，不加过问。过了一年多，两个妾都有了身孕，全家都很高兴。于是，家的气氛渐渐舒缓。凡是侄子们再来强取豪夺，就叫骂着将他们拒之门外。不久，一个妾生了女儿，一个妾生了男孩却死了。段家夫妻都很失望。又过了一年多，段瑞环中风瘫痪，卧床不起，侄子们更加放肆，争着把家里的牛马家具拿走了。连氏责骂他们，他们就反唇相讥。她无计可施，整天"呜呜"哭泣。段瑞环的病情日益加剧，不久就死了。侄子们聚集在他的灵柩前，商议分他的遗产。连氏虽然有切肤之痛，但也不能禁止他们，只想留下一所庄园，用来赡养老幼，但侄子们也不肯答应。连氏说："你们连一寸土地都不留，是想要我这个老太婆和呱呱啼哭的孩子饿死吗！"连天闹也没能决定下来，连氏只能忿忿地哭泣，打自己的脸。忽然，一个客人进来吊唁，直奔灵堂，前俯后仰地哭泣，尽礼尽哀。他哀悼完毕，就坐在子女守灵堂的草席上。众人问他是谁，客人说："死者是我的父亲。"众人更加惊骇，客人便慢慢地述说起来。

先是，婢嫁栾氏，逾五六月，生子怀，栾抚之等诸男[①]。十八岁入泮[②]。后栾卒，诸兄析产，置不与诸栾齿[③]。怀问母，始知其故，曰："既属两姓，各有宗祏[④]，何必在此承人百亩田哉！”乃命骑诣段，而段已死。言之凿凿，确可信据[⑤]。连方忿痛，闻之大喜，直出曰：“我今亦复有儿！诸所假去牛马什物[⑥]，可好自送还，不然，有讼兴也[⑦]！”诸侄相顾失色，渐引去。怀乃携妻来，共居父忧[⑧]。诸段不平，共谋逐怀。怀知之，曰：“栾不以为栾，段复不以为段，我安适归乎！”忿欲质官[⑨]，诸戚党为之排解，群谋亦寝。而连以牛马故，不肯已，怀劝置之。连曰：“我非为牛马也，杂气集满胸，汝父以愤死，我所以吞声忍泣者，为无儿耳。今有儿，何畏哉！前事汝不知状，待予自质审。”怀固止之，不听，具词赴宰控。宰拘诸段，审状[⑩]。连气直词侧，吐陈泉涌。宰为动容，并惩诸段，追物给主。既归，其兄弟之子有不与党谋者，招之来，以所追物，尽散给之。连七十馀岁，将死，呼女及孙媳曰：“汝等志之：如三十不育，便当典质钗珥，为婿纳妾。无子之情状实难堪也！”

【注释】

①等诸男：同其他儿子一样。等，等同。

②入泮：入县学，中秀才。

③不与诸栾齿：不把他当栾家的兄弟看待。齿，并列。

④宗祏(shí)：祖庙。祏，宗庙中藏神主的石室。

⑤信据：可信的依据。

⑥假：借。

⑦讼：诉讼，官司。

⑧居父忧：为父亲守丧。

⑨质官：向官府申诉，打官司。下文“质审”同。

⑩审状：审阅诉状，受理。状，诉讼呈文。

【译文】

原来，那个被连氏卖到栾家的丫环，五六个月以后，生下一个男孩，名叫怀，栾家像对自己的亲生儿子一样抚养他。十八岁时，栾怀进了县学。后来，栾氏死了，他的儿子们分家产，却不把栾怀当成栾家的后代看待。栾怀问母亲是怎么回事，才知道其中的缘故，说："既然我和栾家没有关系，我有自己的宗庙，何必在这里瓜分别人家的那几百亩地！"于是骑马来到段家，而段瑞环已经死了。栾怀说的有理有据，确实令人信服。连氏正在愤怒痛恨之中，听栾怀这么一番叙述，不由大喜，径直走出去说："我现在也有儿子了！你们借去的牛马和其他东西，都好好地给我送回来，不然的话，我就到官府告你们！"那些侄子们互相看了看，都变了脸色，慢慢地散去了。栾怀于是把妻子带回来，一起给父亲服丧。那些侄子们心中不平，一起商量要把栾怀赶走。栾怀知道以后，说道："栾家不拿我当栾家的人，段家不拿我当段家的人，我该到哪里去呢！"说完，就气愤地要到官府对质，亲戚们替他从中调解，侄子们也就不再闹事了。但是连氏因为侄子们抢走的牛马还没有送回来，不肯罢休，栾怀劝她算了。连氏说："我倒不是为了那些牛马，而是我的胸中充满了怨气，你父亲被他们气死了，我之所以忍气吞声，是因为没有儿子。现在，我有儿子了，有什么可怕的呢！以前发生的事你不了解情况，让我自己到官府与他们当堂对质。"栾怀坚决要阻止她，连氏不听，写好状词到县衙告状。县官将段家的侄子拘捕到庭，审问案情。连氏理直气壮，言词悲切，话如泉涌。县令被她感动了，惩罚了段家的侄子们，追回了那些被抢的财物。连氏回到家中，将那些没有参与谋夺财物的侄子们叫来，把追讨回来的财物都分给了他们。连氏活到七十多岁，临死前，她将女儿和孙媳妇叫来，嘱咐道："你们记住，如果到三十岁还不能生下儿子，就应该典当首饰，替丈夫纳妾。没有儿子的苦处，实在是难以忍受啊！"

异史氏曰：连氏虽妒，而能疾转[①]，宜天以有后伸其气也。观其慷慨激发，吁！亦杰矣哉！

【注释】

①疾转：迅速转变。

【译文】

异史氏说：连氏虽然生性好嫉妒，但能够迅速改变，难怪老天让她有了后代，替她伸张了正气。看她慷慨激昂的样子，唉！也可以算是个女中豪杰了！

济南蒋稼，其妻毛氏，不育而妒。嫂每劝谏，不听，曰："宁绝嗣，不令送眼流眉者忿气人也[①]！"年近四旬，颇以嗣续为念。欲继兄子，兄嫂俱诺，而故悠忽之[②]。儿每至叔所，夫妻饵以甘脆[③]，问曰："肯来吾家乎？"儿亦应之。兄私嘱儿曰："倘彼再问，答以不肯。如问何故不肯，答云：'待汝死后，何愁田产不为吾有？'"一日，稼出远贾[④]，儿复至。毛又问，儿即以父言对。毛大怒曰："妻孥在家，固日日算吾田产耶！其计左矣[⑤]！"逐儿出，立招媒媪，为夫买妾。及夫归，时有卖婢者，其价昂，倾赀不能取盈[⑥]，势将难成。其兄恐迟而变悔，遂暗以金付媪，伪称为媪转贷而玉成之[⑦]。毛大喜，遂买婢归。毛以情告夫，大怒，与兄绝。年馀，妾生子。夫妻大喜。毛曰："媪不知假贷何人，年馀竟不置问，此德不可忘。今子已生，尚不偿母价也！"稼乃囊金诣媪。媪笑曰："当大谢大官人。老身一贫如洗，谁敢贷一金者。"具以实告。稼感悟，归告其妻，相为感泣。遂治具邀兄嫂至，夫妇皆膝行，出金偿兄，兄不受，尽欢而散。后稼生三子。

【注释】

①送眼流眉者：眉目送情的人。这里指姬妾。

②悠忽：推脱不实，拖延时日。指怠慢过继之事。

③甘脆：指味美可口的食物。

④远贾：出远门经商。贾，经商。

⑤计左：打错主意。左，斜，偏，差错。

⑥倾赀（zī）不能取盈：用尽手边现钱不够偿足身价。取盈，满足其欲。

⑦玉成：成全好事。宋张载《西铭》："富贵福泽，将厚吾之生也；贫贱忧戚，庸玉女于成也。"

【译文】

济南人蒋稼，他的妻子毛氏不能生育，却妒忌心很重。嫂嫂常常劝她替丈夫纳妾，她都不听，说："我宁可绝了后，也不能让小狐狸精来给我气受！"蒋稼快到四十岁时，因为没有儿子传宗接代，很是忧愁。他想过继哥哥的儿子，哥哥嫂子都答应了，但是故意地拖着不办。他们的儿子每次到叔叔家，蒋稼夫妻都给他好吃的，问他："愿意来我家吗？"孩子也答应他们。蒋稼的哥哥私下嘱咐儿子说："如果他们再问的话，你就回答说不肯。如果再问你为什么不肯，你就回答说：'等你死了以后，还愁你们的田产不归我所有吗？'"一天，蒋稼出远门做生意，哥哥的孩子又来了。毛氏又拿原来的话问他，孩子就用他父亲教的话回答。毛氏听了，大怒道："原来你们母子在家，天天都在盘算我家的田产啊！你们打错主意了！"说完，就把孩子赶出门，马上叫来媒婆，替丈夫买妾。等丈夫回来，恰好这时有人卖丫环，但价钱很高，毛氏就算把家里所有的钱都拿出来也不够，眼看就要买不成了。蒋稼的哥哥生怕耽搁了，毛氏又会变卦，就暗中把钱交给媒婆，假装是媒婆借来钱促成这件好事。毛氏十分高兴，就把丫环买回了家。毛氏又把哥哥一家盘算他家田产的事告诉丈夫，蒋稼也很生气，和哥哥断绝了来往。过了一年多，小妾生了个儿子。蒋稼夫妻十分高兴。毛氏说："媒婆不知道跟什么人借的钱，过了一年多也不来讨还。这个大恩大德不可忘记。现在儿子已经生了，还不赶紧把钱还给人家！"蒋稼便带着钱到媒婆家。媒婆笑着说："你应当好好谢谢你哥哥。我老太婆一贫如洗，谁敢借给我一分钱呀。"然后就把实情告诉了蒋稼。蒋稼恍然大悟，回家告诉毛氏，夫妻俩都感动得流下眼泪。于是摆设酒宴邀请哥哥嫂子前来，夫妻俩又以膝当步，走到兄嫂面前，拿出钱还给哥哥，哥哥不肯要，一家人高高兴兴地喝完酒才散去。后来，蒋稼有了三个儿子。

狐女

【题解】

本篇由两个联系很松散的小故事组成。第一个小故事写父母千方百计阻止狐女与伊衮来往失败，却由于狐女碍于伦理，不能"对翁行淫"而取得成功。第二个小故事写分手后的狐女在战乱中略施小计救护伊衮。写人与狐女的恋爱故事，由于缺乏真挚缠绵的情感联系，并不十分出色，但作者用伦理观念驱狐，特别是写狐女用顶针、针、脂粉盒建造临时的精巧避难所展现的想象力，却给人留下较深的印象。

伊衮，九江人①。夜有女来，相与寝处。心知为狐，而爱其美，秘不告人，父母亦不知也。久而形体支离。父母穷诘，始实告之。父母大忧，使人更代伴寝，兼施敕勒②，卒不能禁。翁自与同衾③，则狐不至，易人，则又至。伊问狐，狐曰："世俗符咒，何能制我？然俱有伦理，岂有对翁行淫者！”翁闻之，益伴子不去，狐遂绝。后值叛寇横恣，村人尽窜，一家相失。伊奔入昆仑山[④]，四顾荒凉。日既暮，心恐甚。忽见一女子来，近视之，则狐女也。离乱之中，相见欣慰。女曰：“日已西下，君姑止此。我相佳地[⑤]，暂创一室，以避虎狼。”乃北行数武[⑥]，遂蹲莽中[⑦]，不知何作。少刻返，拉伊南去，约十馀步，又曳之回。忽见大木千章[⑧]，绕一高亭，铜墙铁柱，顶类金箔[⑨]。近视，则墙可及肩，四围并无门户，而墙上密排坎窞[⑩]。女以足踏之而过，伊亦从之。既入，疑金屋非人工可造，问所自来。女笑曰：“君子居之，明日即以相赠。金铁各千万，计半生吃着不尽矣。”既而告别。伊苦留之，乃止。曰：“被人厌弃，已拚永绝[⑪]，今又不能自坚矣。”及醒，狐女不知何时已去。天明，逾垣而出。回视卧处，并无亭屋，惟四针插指环内[⑫]，覆脂合其上[⑬]；大树，则丛荆老棘也。

【注释】

①九江：古称“柴桑”、“江州”、“浔阳”，今江西九江。

②敕勒：指民间宗教法术中的禁制之术。

③翁：指伊父。

④昆仑山：指安徽潜山东北的昆仑山，地近九江。

⑤相：勘察，选择。

⑥武：半步。

⑦莽：丛杂茂密的草木。

⑧章：大树称“章”。

⑨类：像。金箔：金属薄片。

⑩坎窞(dàn):洞穴。

⑪拚(pàn):不惜。

⑫指环:俗称“顶针”,妇女做针线活所用。上多坑点,即上文所云之“坎窞”。

⑬脂合:脂粉盒。合,同“盒”。

【译文】

伊衮是江西九江人。一天夜里,有个女子前来,和他一起睡觉。他心里知道她是狐女,但喜爱她的美貌,所以保守这个秘密不告诉别人,连他的父母也不知道。时间一长,他的身体日渐消瘦下去。父母追问不止,伊衮才说出了实情。父母很是担忧,让人轮流陪着他睡觉,而且施用符咒巫术,但始终禁止不了。父亲亲自和伊衮同床睡觉,狐女就不来了;一换别人,狐女就又来了。伊衮问狐女为什么这样,狐女说:“世间的那些符咒,怎么可能制得了我?但是都有伦理道德,哪有当着父亲的面行淫的呢!”父亲听说以后,更加陪儿子睡觉不离去,狐女也就不来了。后来,碰上叛贼横行肆虐,村里的人全都逃跑了,伊衮也和家人走散了。他逃进九江附近的昆仑山,四面望去,满目苍凉。这时天色已晚,伊衮心里很害怕。忽然,只见一个女子走来,到近前一看,原来是狐女。在离乱之中相见,两人都很欣慰。狐女说:“太阳已经西下,你暂且在这里等着。我去找一个好地方,临时建个屋子,好躲避虎狼侵害。”说完,她向北走了几步,蹲在荒草丛中,不知道干了些什么。过了一会儿,狐女回来,拉着伊衮往南走,走了约有十几步,又把他拽回来。伊衮忽然看见一片高大的树林,围绕着一座高高的亭子,铜墙铁柱,屋顶好像贴着金箔。走到近前一看,只见墙与肩膀齐高,四周并没有门,倒是墙上密密麻麻排着小洞。狐女就踩着小洞过了墙,伊衮也学着她的样子过去了。进了屋子,伊衮怀疑这座金屋不是人工可以造出来的,就问是从哪里来的。狐女笑着说:“你就住在这里,明天就把它送给你。这屋子各用金铁千万斤造成,你一辈子也用不完。”说完,就要告别。伊衮苦苦地挽留她，狐女才留下了。狐女说："我遭人厌恶抛弃，已经发誓永远断绝往来，今天却又不能坚持了。"伊衮一觉醒来，狐狸不知道什么时候已经走了。天亮以后，伊衮翻墙而出，回头一看睡觉的地方，并没有什么亭屋，只有四根针插在指环里，上面盖着个胭脂盒；那一处大树林，原来是丛丛荆棘。

张氏妇

【题解】

本篇故事赞扬了张氏妇"巧计六出""慧而能贞"的英勇机智，更多地却是控诉了清兵借镇压"三藩之乱"烧杀奸淫祸害山东民众的暴行。"凡大兵所至，其害甚于盗贼。盖盗贼人犹得而仇之，兵则人所不敢仇也"，写得极其沉痛。张氏妇正是在这个背景和特点下，不露痕迹，不留把柄地为民除害。从她或"公然在家"或"于大道旁并无树木处，携女红往坐烈日中"看，她的行为不是一般的自卫，而是类似于主动为民除害的游侠。由于此篇强烈的政治色彩，青柯亭本没有收录此篇。

凡大兵所至①，其害甚于盗贼。盖盗贼人犹得而仇之②，兵则人所不敢仇也。其少异于盗者，特不敢轻于杀人耳。甲寅岁③，三藩作反④，南征之士，养马兖郡⑤，鸡犬庐舍一空，妇女皆被淫污。时遭霪雨⑥，田中潴水为湖⑦，民无所匿，遂乘桴入高粱丛中⑧。兵知之，裸体乘马，入水搜淫，鲜有遗脱⑨。惟张氏妇不伏，公然在家。有厨舍一所，夜与夫掘坎深数尺，积茅焉，覆以薄⑩，加席其上，若可寝处。自炊灶下。有兵至，则出门应给之⑪。二蒙古兵强与淫⑫。妇曰："此等事，岂可对人行者！"其一微笑，啁嗻而出⑬。妇与入室，指席使先登。薄折，兵陷。妇又另取席及薄覆其上，故立坎边，以诱来者。少间，其一复入。闻坎中号，不知何处。妇以手笑招之曰："在此处。"兵踏席，又陷。妇乃益投以薪，掷火其中。火大炽，屋焚，妇乃呼救。火既熄，燔尸焦臭⑭。人问之，妇曰："两猪恐害于兵，故纳坎中耳。"由此离村数里，于大道旁并无树木处，携女红往坐烈日中。村去郡远，兵来率乘马，顷刻数至。笑语啁嗻，虽多不解，大约调弄之语。然去道不远，无一物可以蔽身，辄去，数日无患。一日，一兵至，甚无耻，就烈日中欲淫妇。妇含笑不甚拒，隐以针刺其马，马辄喷嘶，兵遂絷马股际⑮，然后拥妇。妇出巨锥猛刺马项⑯，马负痛奔骇。缰系股不得脱，曳驰数十里，同伍始代捉之⑰。首躯不知处，缰上一股，俨然在焉。

【注释】

①大兵：军队，士兵。这里指清兵。

②仇：怨恨，报复。

③甲寅：康熙甲寅，即康熙十二年，1673年。

④三藩：清初封明降将耿仲明为靖南王，尚可喜为平南王，吴三桂为平西王，称"三藩"。后逐渐成为割据势力。康熙十二年(1673)清廷下令削藩，三藩先后反清，后被清军平定。

⑤兖郡：兖州府，今山东兖州。

⑥霪雨：连绵的雨。

⑦潴(zhū)水：积水。

⑧桴(fú)：小筏子。

⑨鲜(xiǎn)：少。

⑩薄：苇箔。

⑪应给：应酬。

⑫蒙古兵：也指清兵。清代兵制以满洲八旗为主体，蒙古人归附者，编为蒙古八旗。

⑬啁哳(zhōu zhē)：鸟鸣声。形容叽里咕噜的外族语言。

⑭燔(fán)：焚烧。

⑮絷(zhí)马股际：把马拴在大腿上。絷，拴。

⑯项：颈，脖子。

⑰同伍：同列，同伴。伍，古代军队的编制。一伍(五人)，后来直接指代军队。

【译文】

凡是大兵所到之处，他们的危害比盗贼还要厉害。因为盗贼人们还可以怨恨，但是大兵人们却不敢怨恨。大兵和盗贼稍有一点儿区别，就是他们不敢轻易杀人。甲寅年，吴三桂、尚可喜和耿仲明等三个藩王发动叛乱，南征的大兵驻扎在兖州，城里的鸡犬庐舍被抢劫一空，妇女都被奸污。当时阴雨连绵，庄稼地积水变成湖泊，老百姓无处躲藏，就划着筏子钻进高粱丛中。大兵知道以后，就光着身子骑着马，到水里去搜寻奸淫妇女，很少有妇女能幸免。只有一个张氏妇没有躲藏，公然留在家里。她家有一间厨房，夜里她和丈夫一起挖了一个几尺深的坑，里面堆上茅草，坑口盖上一层帘子，上面又加上一床草席，好像是可以睡觉的地方。张氏妇自己在灶前做饭。有大兵来到，就出门应酬他们。两个蒙古兵想要强奸她。张氏妇说："这种事情，怎么可以当着别人的面干！"其中一个微笑着，说了些听不懂的话走出来。张氏妇和另一个一起进了厨房，指着草席让他先上去。那蒙古兵刚上去，帘子就折断了，蒙古兵掉了下去。张氏妇又另外取来草席和帘子盖在坑口，故意站在坑边，引诱另一个蒙古兵。过了一会儿，那个兵进来，听到坑里有人呼号，却不知在什么地方。张氏妇笑着招手对他说："在这里。"那个兵一踏上席子，也掉进了坑里。张氏妇于是又往坑里扔进柴禾，点着火扔进坑里。火越烧越旺,连屋子都烧着了,张氏妇这才呼喊救火。等火扑灭以后,被烧焦的尸体发出臭味。有人问是怎么回事,张氏妇说:“有两头猪怕被大兵抢走,所以藏在坑里被烧死了。”从此以后,张氏妇就到离村子几里的大路旁没有树木的地方,坐在烈日下做针线活。村子离郡城很远,大兵来时多骑着马,顷刻之间就来了几个。他们笑着说一些听不懂的话,虽然很多听不懂,但无非是一些调戏的话。但是这里离大路不远,又没有东西可以遮盖身体,他们只好走了,这样过了几天,张氏妇都没有受到祸害。一天,一个大兵来了,是个极其无耻的人,就想在光天化日之下强奸张氏妇。张氏妇面含微笑,不是很拒绝,悄悄地用针去刺他的马,马就大声地呼气嘶叫,大兵就把马缰绳系在大腿上,然后过来拥抱张氏妇。张氏妇拿出大锥子猛地刺向马的脖子,马疼得立刻狂奔起来。大兵因为缰绳系在大腿上,解不下来,被马拖着跑了几十里以后,才被其他大兵把马捉住。再看那大兵的头和身躯已经不知到哪里去了,只有缰绳上还绑着一条大腿。

异史氏曰:巧计六出①,不失身于悍兵。贤哉妇乎!慧而能贞。

【注释】

①巧计六出:即六出奇计。此处用以比附张氏妇屡用巧计。汉陈平曾六出奇计,以胜强敌。《史记·陈丞相世家》:“凡六出奇计,辄益邑,凡六益封。奇计或颇秘,世莫能闻也。”

【译文】

异史氏说:汉代的陈平六出奇计辅助汉高祖取得天下,张氏妇妙计迭出,有着同样的智慧,所以没有失身于凶悍的大兵。张氏妇真是贤良啊!又聪明机智又有贞洁操守!

于子游

【题解】

本篇与卷二的《海大鱼》可以对读。

虽然它们各自独立，但都是写海上在寒食时往往“有高山出”，“山为大鱼”，是“海中大鱼携儿女往拜其墓”的。不过，《海大鱼》只是写海上现象，而《于子游》则增加了人物的活动，较前者略详而有情节。两篇比照，似乎《海大鱼》类似于绘画速写，民俗素材，而《于子游》是基于其上的加工。

海滨人说：“一日，海中忽有高山出，居人大骇。一秀才寄宿渔舟，沽酒独酌。夜阑①，一少年入，儒服儒冠，自称‘于子游’，言词风雅。秀才悦，便与欢饮。饮至中夜②，离席言别。秀才曰：‘君家何处？玄夜茫茫③，亦太自苦。’答云：‘仆非土著④，以序近清明⑤，将随大王上墓。眷口先行⑥，大王姑留憩息，明日辰刻发矣⑦。宜归，早治任也⑧。’秀才亦不知大王何人。送至鹢首⑨，跃身入水，拨剌而去⑩，乃知为鱼妖也。次日，见山峰浮动，顷刻已没。始知山为大鱼，即所云大王也。”

【注释】

①夜阑：夜深。

②中夜：半夜。

③玄夜：黑夜。玄，黑色。

④土著：祖居当地之人。

⑤序：节序，时序。

⑥眷口：家眷。

⑦辰刻：辰时，早晨7点至9点。发：出发。

⑧治任：整理行装。《孟子·滕文公》："昔者孔子没，三年之外，门人治任将归。"赵岐注："任，担也。"

⑨鹢(yì)首：船头。鹢，水鸟名。形如鹭。旧时船家多画鹢首于船头，故为船头的代称。

⑩拨剌：形容鱼尾拨水声。唐杜甫《漫成一绝》："沙头宿鹭联拳静，船尾跳鱼拨剌鸣。"

【译文】

住在海边上的人说："一天，海上突然冒出来一座高山，人们大为惊骇。一个秀才寄宿在渔船上，打来酒独自一个人喝着。夜深时分，一个年轻人走了进来，一副读书人的穿戴，自称叫'于子游'，言词非常风雅。秀才很高兴，便和他一起愉快地对饮起来。喝到半夜，于子游离开座位，向秀才告别。秀才说：'您家在什么地方？黑夜茫茫，也太苦自己了。'于子游回答道：'我不是当地人，因为清明节快到了，要跟大王去上墓。家眷已经先走了，大王暂且留下来休息，明天一大早就要出发。我该回去了，早点儿准备行装。'秀才也不知道大王是什么人。把于子游送到船头，只见于子游纵身跳入海中游走了，于是知道他原来是鱼妖。第二天，只见那座高山浮动，一会儿工夫就不见了。秀才这才知道那座高山原来是条大鱼，也就是于子游所说的大王。"

俗传清明前，海中大鱼携儿女往拜其墓，信有之乎？康熙初年[①]，莱郡潮出大鱼[②]，鸣号数日，其声如牛。既死，荷担割肉者，一道相属。鱼大盈亩，翅尾皆具，独无目珠。眶深如井，水满之。割肉者误堕其中，辄溺死。或云：海中贬大鱼[③]，则去其目，以目即夜光珠云[④]。

【注释】

①康熙：清圣祖仁皇帝爱新觉罗·玄烨的年号。康，安宁；熙，兴盛，取万民康宁、天下熙盛的意思。

②莱郡：莱州府。位于山东省东北部，治所在今山东莱州。

③贬：贬谪。

④夜光珠：夜明珠。南朝梁任昉《述异记》："南海有珠，即鲸目，夜可以鉴，谓之夜光珠。"

【译文】

民间传说清明前，海里的大鱼会带着儿女去扫墓，真有这回事吗？康熙初年，莱州海水涨潮时，出现了一条大鱼，号叫了几天，声音像牛叫。鱼死了以后，挑着担子去割肉的人络绎不绝。那鱼的身体比一亩地还大，翅膀尾巴都有，只是没有眼珠。眼眶深得像一口井，里面装满了水。割肉的人不小心掉进去，就会被淹死。有人说：海里被贬职的大鱼，眼睛会被割掉，因为它的眼睛是夜明珠。

男妾

【题解】

人类大多数个体均对异性产生性吸引，这是与其繁衍后代的生物本能相一致的。但在动物进化的历程中，人类的一部分个体出现性取向与繁殖本能分离的现象，也就是同性恋现象，导致这一现象的原因尚不十分清楚。

《聊斋志异》颇有几篇谈到同性恋的问题。本篇是其中之一。从"异史氏曰"来看，蒲松龄对于同性恋的态度相当宽松，这除了明清时代士大夫的风气濡染外，大概与蒲松龄的唯情主义一脉相承。既然对于人与异类（鬼狐花妖）的相恋，蒲松龄都持肯定的态度，认为"怀之专一，鬼神可通”，当然在人类的同性恋问题上蒲松龄持“苟遇知音，即予以南威不易”也就顺理成章。

一官绅在扬州买妾，连相数家[①]，悉不当意。惟一媪寄居卖女，女十四五，丰姿姣好[②]，又善诸艺[③]。大悦，以重价购之。至夜，入衾，肤腻如脂。喜扪私处，则男子也。骇极，方致穷诘。盖买好僮，加意修饰，设局以骗人耳。黎明，遣家人寻媪，则已遁去无踪。中心懊丧，进退莫决。适浙中同年某来访[④]，因为告诉。某便索观，一见大悦，以原价赎之而去。

【注释】

①相（xiàng）：察看，观察。

②丰姿：风度姿态。姣（jiāo）好：美好。

③诸艺：各种伎艺。艺，这里指琴棋书画、吹拉弹唱等文艺项目。

④浙：浙江省简称。同年：科举时代同榜录取的人互称“同年”。

【译文】

一个官绅到扬州买妾，连看了好几家，都不满意。倒是一个老妇人寄卖的女孩，年纪十四五岁，丰姿绰约，容貌姣好，又擅长各种技艺。官绅十分高兴，花大钱把她买了下来。到了晚上，两人上床睡觉，官绅摸那少女的肌肤，好像油脂一般细腻。他高兴地去摸少女的私处，却发现是个男的。他大为惊骇，便追问是怎么回事。原来老妇人买来俊美的男孩，刻意装饰打扮成少女，设下圈套来骗人。黎明时分，官绅派家人去找老妇人，她早已经逃得无影无踪。官绅心中很懊丧，不知道如何是好。恰好一个浙江的同年来拜访，官绅便告诉他此事。同年便要求看一看，不料一见面，十分高兴，就用原价赎下带走了。

异史氏曰：苟遇知音，即予以南威不易[1]。何事无知婆子，多作一伪境哉！

【注释】

①南威：春秋时晋国美女，即南之威。《战国策·魏策》："晋文公得南之威，三日不听朝，遂推南之威而远之，曰：'后世必有以色亡其国者。'"

【译文】

异史氏说：如果能遇到知音，即使拿像南之威那样的美女也不会换。那个老婆子实在无知，何必多此一举把男的装成女的呢！

汪可受

【题解】

《聊斋志异》记三生的故事，共有三篇。除此之外还有卷一的《三生》，卷十的《三生》。本篇虽以"汪可受"人名命篇，也是记三生的故事。它们共同的特点是都比较简短，带有寓言性质。卷一《三生》阐明的是"毛角之俦，乃有王公大人在其中"。卷十《三生》阐明的是"一被黜而三世不解，怨毒之甚至此哉！"本篇阐明的则是，有成就获得功名的读书人都是前世有宿慧，积累几代读书的成果。

湖广黄梅县汪可受[1]，能记三生。一世为秀才，读书僧寺。僧有牝马产骡驹[2]，爱而夺之。后死，冥王稽籍，怒其贪暴，罚使为骡偿寺僧。既生，僧爱护之，欲死无间[3]。稍长，辄思投身涧谷，又恐负豢养之恩，冥罚益甚，遂安之。数年，孽满自毙[4]，生一农人家。堕蓐能言[5]，父母以为怪，杀之。乃生汪秀才家。秀才近五旬，得男甚喜。汪生而了了[6]，但忆前生以早言死，遂不敢言。至三四岁，人皆以为痖[7]。一日，父方为文，适有友人过访，投笔出应客。汪入见父作，不觉技痒，代成之。父返见之，问："何人来？"家人曰："无之。"父大疑。次日，故书一题置几上，旋出[8]。少间即返，翳行悄步而入[9]，则见儿伏案间，稿已数行。忽睹父至，不觉出声，跪求免死。父喜，握手曰："吾家止汝一人，既能文，家门之幸也，何自匿为[10]？"由是益教之读。少年成进士，官至大同巡抚[11]。

【注释】

①湖广黄梅县：今湖北黄梅。湖广，行省名。元至元年间置，治所在今湖北武汉，辖今湖北省大部，湖南、广西僮族自治区全部及广东、贵州小部分地区。明代辖境有所变化。清康熙六年(1667)分为湖南、湖北二省。汪可受(1559—1620)：一名汪静峰，字以虚，号以峰。湖北黄梅县人。万历八年(1580)考中进士，初任浙江金华令，旋升礼部主事，后历任员外郎、郎中，江西吉安知府，山西提学副使，江西右参政，山东霸州兵备道，山东按察使，顺天府尹，大同巡抚，兵部侍郎，总督蓟、辽宁、保定等处。见《湖北通志》。

②牝(pìn)：母，雌。

③无间：没有机会。

④孽满：偿满罪债。孽，罪。指其"贪暴"之罪。

⑤堕蓐：生下来。蓐，草垫子，草席。

⑥了了：聪明晓事。

⑦瘂：同"哑"，发音障碍。

⑧旋：随即。

⑨翳(yì)行：隐蔽而行。

⑩匿：隐藏，躲藏。

⑪大同：军镇名。明代"九边"之一，为京师的西北门户，治所在今山西大同。巡抚：明清时期地方军政大员之一，巡视各地的军政、民政。清代巡抚主管一省军政、民政，以"巡行天下，抚军安民"而名。

【译文】

湖北黄梅县有个叫汪可受的人，能记住他前三生做过的事。一世他是个秀才，在寺庙里读书。寺里的和尚有匹母马，生下一头小骡子，汪可受很喜欢，就把它抢走了。他死后，阎王爷检查簿册，对他贪婪的做法很生气，就罚他转生为骡子，偿还给寺里的和尚。他出生为骡子后，和尚很爱护他，他想寻死但找不到机会。等他长大后，就想跳到深谷，又恐怕辜负了和尚豢养他的恩情，到阴间惩罚会更厉害，便安下心来好好干活。过了几年，他的罪孽偿还完了就死了，投生在一个农民的家里。他一掉在产蓐上就会说话，父母以为他是个怪物，就把他杀死了。他又转生到了汪秀才家。汪秀才年近五十，生下个男孩非常高兴。汪可受一生下来就聪明懂事，但想起前生因为说话太早被杀，便不敢说话。长到三四岁时，人们还以为他是哑巴。一天，父亲正在做文章，恰好有个朋友前来拜访，父亲放下笔出去接待客人。汪可受进书房见到父亲未做完的文章，不由得手痒，就代父亲做完了文章。父亲回来发现文章已经写好，便问："什么人来过？"家人说："没有人来。"父亲十分疑惑。第二天，父亲故意写了个题目放在书桌上，随即就出去了。过了一小会儿，返回来，蹑手蹑脚地走进书房，他发现儿子正伏在书桌上，文章已经写了几行。儿子忽然看见父亲，不觉叫出声来，跪倒在地，求父亲免他一死。父亲高兴地握着他的手说："我家只有你这么一个儿子,既然你会写文章,这是家门大幸呀,为什么要躲躲藏藏的呢?"从此,汪秀才更加认真地教儿子读书。汪可受少年时就中了进士,官做到大同巡抚。

牛犊

【题解】

本篇是讲述关于贩牛的风俗。

如果直接讲述"贩牛者露宿,辄以牛自卫,遥见马过,急驱避之,恐其误触也",那么该篇只是关于民俗的一般说明,而加上农人和相面者的故事,本篇就成为有趣的小说。当然,这并不意味着蒲松龄真的相信相面。

楚中一农人赴市归①,暂休于途。有术人后至②,止与倾谈。忽瞻农人曰:"子气色不祥,三日内当退财,受官刑。"农人曰:"某官税已完,生平不解争斗,刑何从至?"术人曰:"仆亦不知。但气色如此,不可不慎之也!"农人颇不深信,拱别而归③。次日,牧犊于野④,有驿马过⑤,犊望见,误以为虎,直前触之⑥,马毙。役报农人至官,官薄惩之,使偿其马。盖水牛见虎必斗,故贩牛者露宿,辄以牛自卫,遥见马过,急驱避之,恐其误触也。

【注释】

①楚:指楚地。古代楚国管辖之地,相当于今湖北、湖南、安徽一带。市:集市。

②术人:俗称从事巫祝占卜的人,此处指相面的人。

③拱别:拱手告别。

④牧犊:放牛。犊,小牛。

⑤驿马:驿站的马,供官府载人或邮传之用。

⑥触:顶,抵。

【译文】

楚中一个农夫赶完集回来,在途中暂且休息。有个算命先生从后面走来,停下和农夫交谈起来。他忽然看着农夫说:"你脸上的气色不祥,三天之内要破财,而且还会受到官府的惩罚。"农夫说:"我的官税已经交完了,平生从来不喜欢与人争斗,这处罚从何而来呢?"算命先生说:"我也不知道。但你脸上的气色如此,不可不慎重啊!"农夫很不相信,向他拱拱手,告别回家了。第二天,农夫到野外放牛犊,有匹驿站的马经过,牛犊看见马,误以为是老虎,冲上前用犄角顶马,把马给顶死了。差役把农夫告到官府,官长从轻发落,只让赔偿马钱。原来,水牛一看见老虎就要和它斗,所以牛贩子露地宿营,就用牛来自卫,如果远远地看见马过来,就会急忙把牛赶走避开,唯恐它会误撞马。

王大

【题解】

本篇是劝诫意味很浓的小说。劝诫什么呢?劝诫男人不要赌博而附带劝诫女人不要喜争善骂。这大概都是当日农村中的痼疾。

故事叙述人间的赌徒和阴间的赌徒竟然联手赌博,而赌兴正浓时,遇到城隍夜巡,受到严惩。结尾叙述赌徒们回到人间,赌徒周子明"既苏,臀创坟起,脓血崩溃,数月始痊。……而周以四指带赤墨眼,赌如故。此以知博徒之非人矣!"小说的宗旨十分明了。赌棍们在阴间受到的惩罚颇有创意,是城隍"令以利斧斫去将指,乃以墨朱各涂两目,游市三周讫”。不过，联系到故事后面的附录，称张石年在担任淄川县令时：“最恶博。其涂面游城，亦如冥法，刑不至堕指，而赌以绝。”就豁然开朗，原来惩罚手段的发明权缘于张石年，而小说是依据张石年的禁赌政绩编排的。

李信，博徒也①。昼卧，忽见昔年博友王大、冯九来，邀与敖戏②。李亦忘其为鬼，欣然从之。既出，王大往邀村中周子明，冯乃导李先行，入村东庙中。少顷，周果同王至。冯出叶子③，约与撩零④。李曰：“仓卒无博赀，辜负盛邀，奈何？”周亦云然。王云：“燕子谷黄八官人放利债⑤，同往贷之，宜必诺允。”于是四人并去。飘忽间，至一大村。村中甲第连垣，王指一门，曰：“此黄公子家。”内一老仆出，王告以意。仆即入白。旋出，奉公子命，请王、李相会。入见公子，年十八九，笑语蔼然。便以大钱一提付李⑥，曰：“知君悫直⑦，无妨假贷。周子明我不能信之也。”王委曲代为请。公子要李署保⑧，李不肯。王从旁怂恿之，李乃诺，亦授一千而出。便以付周，具述公子之意，以激其必偿。

【注释】

①博徒：赌徒。博，赌博。

②敖戏：游戏。此处指赌博。

③叶子：叶子戏用的纸牌，因大小如树叶，故名。叶子戏是世界可考的最早的古代扑克牌雏形，被认为是扑克、字牌和麻将的鼻祖。据考证，发明者是唐代著名天文学家张遂（一行和尚）。至清代，样式及打法已基本完善。

④撩零:犹言赌博。唐李肇《国史补》卷下《叙博长行戏》:"博徒强各争胜谓之撩零,假借分画谓之囊家,囊家什一而取谓之乞头。"

⑤放利债:有息借款,借钱与人,收取利息。

⑥大钱:清康熙年间铸造大制钱、小制钱。大制钱又称"大钱",每千文作银一两;小制钱又称"小钱",每千文作银七钱。一提:一串,一千文为一串。

⑦悫(què)直:忠厚耿直。

⑧署保:签字署名当保人。

【译文】

李信是个赌徒。一天,他白天睡觉,忽然看见当年的赌友王大、冯九来了,邀请他一起去赌钱。李信也忘了他们已经是鬼,便高兴地跟着去了。出了门,王大去邀请村里的周子明,冯九便领着李信先走,来到村东的庙中。不一会儿,周子明果然和王大一起来了。冯九拿出纸牌,大家约好开赌。李信说:"匆匆忙忙出来没有带赌本,辜负你们的盛情邀请,怎么办呢?"周子明也说没带钱。王大说:"燕子谷的黄八官人放高利贷,我们一起去向他借钱,他一定会借的。"于是四个人一同前往。飘飘忽忽之间,他们来到一个大村子。村子高宅大院接连不断,王大指着一扇门说:"这就是黄公子家。"门里走出一个老仆人,王大说明来意。仆人马上进去禀告,很快就出来,说是奉公子的命令,请王大、李信二人相会。王、李二人进到里面,只见黄公子十八九岁的样子,笑着说话,态度和蔼。黄公子拿出一串大钱交给李信,说:"我知道你是个诚实正直的人,不妨借给你,但是周子明我不能信任他。"王大婉转地代周子明求情。黄公子要求李信替他担保,李信不肯。王大在旁边怂恿他,李信就答应了,于是黄公子也借给周子明一千钱。两个人出来,把钱交给周子明,并且复述了黄公子的话,来激周子明一定要还钱。

出谷,见一妇人来,则村中赵氏妻,素喜争善骂[①]。冯曰:“此处无人,悍妇宜小祟之[2]。”遂与王捉返入谷。妇大号,冯掬土塞其口。周赞曰:“此等妇,只宜椓杙阴中[3]!”冯乃捋襟,以长石强纳之。妇若死。众乃散去,复入庙,相与博赌。

【注释】

①素:平常,平素。

②祟:暗中作弄。

③椓杙(zhuò yì):敲入木橛。椓,敲击。杙,一头尖的短木,俗称“木橛”。

【译文】

他们出了燕子谷,见一个妇人走来,原来是村中赵某的妻子,平时喜欢争吵骂人。冯九说:“这里没有人,咱们给这个泼妇一点儿苦头吃。”于是与王大上前捉住赵氏妇,返回谷中。赵氏妇放声大嚎,冯九捧了把土塞住她的嘴。周子明赞许道:“这样的泼妇,还应该把木桩塞进她的阴道里!”冯九于是脱下她的裤子,把一根长条石硬塞进去。赵氏妇昏死过去。众人于是散去,又回到庙里,开始赌博。

自午至夜分[1],李大胜,冯、周赀皆空。李因以厚赀增息悉付王,使代偿黄公子。王又分给周、冯,局复合[2]。居无何,闻人声纷拏[3],一人奔入,曰:“城隍老爷亲捉博者,今至矣!”众失色。李舍钱逾垣而逃,众顾赀[4],皆被缚。既出,果见一神人坐马上,马后絷博徒二十馀人。天未明,已至邑城,门启而入。至衙署,城隍南面坐,唤人犯上,执籍呼名。呼已,并令以利斧斫去将指[5],乃以墨朱各涂两目⑥，游市三周讫。押者索贿而后去其墨朱，众皆赂之。独周不肯，辞以囊空，押者约送至家而后酬之，亦不许。押者指之曰："汝真铁豆，炒之不能爆也！"遂拱手去。周出城，以唾湿袖，且行且拭，及河自照，墨朱未去，掬水盥之⑦，坚不可下，悔恨而归。

【注释】

①夜分：半夜。

②局复合：赌局从新开始。

③纷拏(ná)：杂乱。

④顾：顾及，舍不得。

⑤将指：中指。《左传·宣公四年》："子公之食指动。"孔颖达疏："五指之名曰巨指、食指、将指、无名指、小指也。"

⑥墨朱：黑色和红色。

⑦掬：双手捧。盥(guàn)：洗。

【译文】

从中午一直玩到半夜，李信大获全胜，冯九、周子明都输光了。李信便拿出很多钱加上利息都给了王大，请他代为还给黄公子。王大又把钱分给周子明、冯九，重新开始赌博。过了不一会儿，就听到人声嘈杂，一个人跑进来喊道："城隍老爷亲自捉拿赌博的人，现在已经到了！"众人大惊失色。李信丢下钱翻墙逃跑了，其他的人顾钱，都被抓住捆起来。出了庙门，果然看见一个神人坐在马上，马后面一连捆着二十几个赌徒。天还没有亮，已经来到县城，打开城门进了城。来到衙门，城隍面南背北坐下，传唤犯人上堂，拿着簿籍点名。点完名后，就命人用锋利的斧子砍去他们的中指，然后再用黑红两种颜色分别涂在两只眼睛上，押他们游完三周街。押送的人索要贿赂后就替他们去掉黑红颜色，众赌徒都拿出钱行贿。唯独周子明不肯，借口说身上没钱，押送的人跟他约好送到家再付钱，周子明也不肯。押送的人指着他骂道："你真是个铁豆子，炒都炒不爆！"便拱手告别而去。周子明出了城，用唾沫粘湿袖子，一边走一边擦眼睛，走到河边一照，黑红颜色没能去掉，捧水来洗，也洗不掉，他只好又悔又恨地回家了。

先是，赵氏妇以故至母家，日暮不归，夫往迎之。至谷口，见妇卧道周①，睹状，知其遇鬼，去其泥塞，负之而归。渐醒能言，始知阴中有物，宛转抽拔而出。乃述其遭。赵怒，遽赴邑宰②，讼李及周。牒下，李初醒，周尚沉睡，状类死。宰以其诬控，笞赵械妇，夫妻皆无理以自申。越日，周醒，目眶忽变一赤一黑，大呼指痛。视之，筋骨已断，惟皮连之，数日寻堕。目上墨朱，深入肌理，见者无不掩笑③。一日，见王大来索负④。周厉声但言无钱，王忿而去。家人问之，始知其故。共以神鬼无情，劝偿之。周龂龂不可⑤，且曰："今日官宰皆左袒赖债者，阴阳应无二理，况赌债耶！"

【注释】

①道周：道旁。

②遽(jù)：急速，快。

③掩笑：掩口而笑。

④索负：讨债。

⑤龂龂(yín)：争辩貌。

【译文】

先前，赵氏妇因为有事回娘家，天晚了还不回来，她丈夫去接她。走到谷口，发现媳妇躺在路边，看她的样子，知道她是遇到鬼了，便去掉她嘴里的泥巴，把她背回家。赵氏妇渐渐地醒过来能说话了，这才知道阴道里还有东西，便宛转地替她抽拔出来。赵氏妇这才叙述了自己的遭遇。赵氏大怒，马上就赶到县衙，告李信和周子明。官府发下传票，李信刚刚睡醒，周子明还在沉睡，像死了一样。县令认为赵氏诬告，便将赵氏打了一顿，还给他媳妇戴上刑具，赵氏夫妻都拿不出理由为自己申辩。第二天，周子明醒过来，眼眶忽然变成一红一黑，而且大喊手指疼。一看，中指的筋骨已经断了，只有皮还连着，过了几天就彻底掉了。眼睛上的黑红颜色深入到肌肤里面，见到的人没有不捂着嘴笑的。一天，王大来索要欠款，周子明恶声恶气地只说没钱，王大忿忿地走了。家里的人问他怎么回事，这才知道事情的经过。大家都认为神鬼是不讲情面的，劝他还钱。周子明争辩着就是不给，并且说："现在当官的都袒护赖债的，人世和阴间应该是一样的，何况是赌债呢！"

次日，有二鬼来，谓黄公子具呈在邑[①]，拘赴质审。李信亦见隶来，取作间证[②]，二人一时并死。至村外相见，王、冯俱在。李谓周曰："君尚带赤墨眼，敢见官耶？"周仍以前言告。李知其吝，乃曰："汝既昧心，我请见黄八官人，为汝还之。"遂共诣公子所。李入而告以故，公子不可，曰："负欠者谁，而取偿于子？"出以告周，因谋出赀，假周进之。周益忿，语侵公子。鬼乃拘与俱行。无何，至邑，入见城隍。城隍呵曰："无赖贼！涂眼犹在，又赖债耶！"周曰："黄公子出利债，诱某博赌，遂被惩创。"城隍唤黄家仆上，怒曰："汝主人开场诱赌，尚讨债耶？"仆曰："取赀时，公子不知其赌。公子家燕子谷，捉获博徒在观音庙，相去十馀里。公子从无设局场之事[③]。"城隍顾周曰："取赀悍不还，反被捏造！人之无良，至汝而极！"欲笞之。周又诉其息重。城隍曰："偿几分矣？"答云："实尚未有所偿。"城隍怒曰："本赀尚欠，而论息耶？"笞三十，立押偿主。二鬼押至家，索贿，不令即活，缚诸厕内，令示梦家人。家人焚楮锭二十提④，火既灭，化为金二两、钱二千。周乃以金酬债，以钱赂押者，遂释令归。既苏，臀创坟起，脓血崩溃，数月始痊。后赵氏妇不敢复骂，而周以四指带赤墨眼，赌如故。此以知博徒之非人矣！

【注释】

①具呈：呈上状子，告状。

②间证：中间证人，第三者证人或证词。

③局场：赌场。

④楮(chǔ)锭：祭奠用的纸钱。楮，落叶乔木，叶似桑，树皮是制造桑皮纸和宣纸的原料。古时亦作纸的代称。

【译文】

第二天，有两个鬼前来，说黄公子已经在县里把他告下了，要将他拘捕到堂对质审问。李信也看见鬼差前来，让他去当旁证，于是周子明和李信同时都死了。他们来到村外相见，王大、冯九二人都在。李信对周子明说："你还带着红黑眼，敢去见官吗？"周子明还是用前面说过的话回答他。李信知道他吝啬，便说："你既然没有良心，那我就去见黄八官人，替你把账还了。"于是众人一起前往黄公子家。李信进去对黄公子说明自己的意思，黄公子不同意，说："欠钱的是谁，凭什么要你来还呢？"李信出来告诉周子明，于是大家商量凑出一笔钱，假称是周子明的钱还给黄公子。周子明更加忿忿不平，言语冒犯黄公子。鬼就押着他们一起走了。工夫不大，到了县城，去见城隍老爷。城隍老爷呵斥道："你这个无赖贼！眼睛上涂的颜色还在，又想赖债！"周子明说："黄公子放高利贷，引诱我参加赌博，这才受到了惩罚。"城隍老爷传唤黄家的仆人上堂，愤怒地说："你家主人开赌场诱人赌博，还想讨债吗？"仆人说："取钱的时候，黄公子并不知道他是要赌博。我们公子的家在燕子谷，抓获赌徒是在观音庙，两地相距十几里。我们公子从来没有干过开设赌场的事情。"城隍老爷看着周子明说："借了别人的钱耍赖不还，反而捏造事实，诬陷好人！要说没有良心，你可算是到了极点！"说着就要动刑。周子明又说黄公子的利息太重。城隍老爷问："你还了几分？"周子明说："确实一分钱也没有还。"城隍老爷气愤地说："本钱还没有偿还，还说什么利息？"然后下令打了周子明三十下，立即押回阳间偿还债主。两个鬼把周子明押送到家，向他索要贿赂，不让他马上活过来，把他绑在厕所里，命令他托梦给家里人。家里人烧了二十提纸做的银锭，火灭了以后，化成二两银子和二千钱。周子明就用二两银子还了债，二千钱贿赂押送的鬼，这才将他释放回家。周子明苏醒过来，屁股上长了好多疮，脓血溃烂，过了几个月才好。后来，赵氏妇不敢再骂人，而周子明虽然只有四个指头，眼睛还是红黑色，照样赌博。由此可见，赌徒真不是人啊！

异史氏曰：世事之不平，皆由为官者矫枉之过正也[①]。昔日富豪以倍称之息折夺良家子女[②]，人无敢言者。不然，函刺一投[③]，则官以三尺法左袒之[④]。故昔之民社官[⑤]，皆为势家役耳。迨后贤者鉴其弊，又悉举而大反之。有举人重赀作巨商者[⑥]，衣锦厌粱肉，家中起楼阁、买良沃，而竟忘所自来。一取偿，则怒目相向。质诸官，官则曰："我不为人役也。"是何异懒残和尚[⑦]，无工夫为俗人拭涕哉！余尝谓昔之官谄，今之官谬。谄者固可诛，谬者亦可恨也。放贳而薄其息，何尝专有益于富人乎？

【注释】

①矫枉之过正:比喻纠正错误超过了应有的限度。

②倍称之息:加倍的利钱,高利贷。

③函刺:书信名片。

④三尺法:法律。古时把法律条文写在三尺长的竹简上,故称。

⑤民社官:地方官。民社,原指地方土神,引申为州县地方官。

⑥重赀(zī):大量钱财。

⑦懒残和尚:唐代衡岳寺高僧明瓒禅师,因其性懒而食残,故号懒残和尚。明人翟汝稷《水月斋指月录》记载:唐德宗曾使人诏请明瓒禅师。使者见其零涕垂膺,便令其拭涕。他回答说:“我岂有工夫为俗人拭涕也。”使者不悦,诏请的事作罢。

【译文】

异史氏说:世上之所以有不公平的事情,都是因为做官的矫枉过正的缘故。从前,富豪们用放一收二的高利贷来抢夺良家女子,人们都不敢说话。如果有人不满,富豪就会给官府写信通关节,官府便用法律来袒护他们。所以从前的地方官,都是有钱有势人家的差役。后来,一些贤明的人发现了其中的弊病,又全部反了过来。有的人向别人借了一大笔钱做生意成了富商,穿着锦绣衣服,饱食美味佳肴,家里盖起了楼阁,买了良田,却忘了钱是从哪里来的。一向他讨债,就怒目相向。等告到衙门,官长就会说:“我不是他人的奴役。”这跟懒残和尚没工夫替俗人擦眼泪有什么区别!我曾经说过,从前的官员谄媚,现在的官员荒谬。谄媚的人固然应该声讨,荒谬的人也很可恨。让人放债却让他收很少的利息,难道只会对富人有利吗?

张石年宰淄川①,最恶博。其涂面游城,亦如冥法,刑不至堕指,而赌以绝。盖其为官,甚得钩距法②。方簿书旁午时[3]，每一人上堂，公偏暇[4]，里居、年齿、家口、生业，无不絮絮问。问已，始劝勉令去。有一人完税缴单，自分无事，呈单欲下。公止之，细问一过，曰："汝何博也？"其人力辨生平不解博。公笑曰："腰中尚有博具。"搜之，果然。人以为神，而并不知其何术。

【注释】

①张石年：张嵋，字石年，仁和人。康熙二十五年（1686）以贡监考授淄川令，康熙二十八年（1689）任满，擢升甘肃省巩昌府同知。见乾隆《淄川县志》。张嵋大概是与蒲松龄关系很和谐亲密的一位淄川县令。现存《蒲松龄集》载有蒲松龄为张嵋写的《〈古香书屋存草〉序》、《呈石年张县公俚谣序》、《和张邑侯过明水之作》、《颂张邑侯德政序》、《俚谣颂张明府》、《廉叔行》、《弹乌行》、《从侄阿九归自费》等多篇诗文。还为他代拟了《上巩昌府知府书》。张嵋离任，蒲松龄写了《送别张明府》、《悲喜十三谣》为之送行。他对好友李希梅说："张公在县，虽故刚鲠，而清明异常，谦和异常，故人畏而爱之。"（《与李希梅》）

②钩距：犹言钩致，由此及彼，钩索隐情。《汉书·赵广汉传》："广汉迁京兆尹，威名流闻，其发奸擿伏如神，尤善为钩距，以得事情。钩距者，设欲知马价，则先问狗，已，问羊，又问牛，然后及马，参伍其贾，以类相准，则知马之贵贱，不失实矣。"王先谦补注："钩，若钩取物也。距与致同。钩距，谓钩而致之。"

③方簿书旁午时：当忙碌处理公文之时。簿书，官署文书。旁午。交错纷繁，谓事物繁杂。

④偏暇：乘空，忙里偷闲。

【译文】

张石年担任淄川县令时，最讨厌赌博。像给赌徒涂面，拉他们游城，和阴间的做法一样，不过没有到砍手指这种程度，因此，赌博被禁止了。张石年做官，很善于由此及彼，钩索隐情。当他处理公事很繁忙的时候，每有一个人上堂，他就抽出空子，将这人的住处、年纪、家中人口、职业都详详细细地问个遍。问完以后，才劝勉一番让人离去。有一个人纳完税缴单子，自己以为无事，递上单子就要下堂。张石年让他停下，细细地问了他一遍，问："你为什么要赌博?"那人竭力争辩，说是一辈子都没有赌过。张石年笑着说："你腰里还有赌博的器具呢。"让人一搜，果然如此。人们都认为他很神，但不知道他用的什么方法。

乐仲

【题解】

乐仲是作者试图塑造的一个集儒家至孝和佛教狂禅于一身的人物。在他的身上，有许多被常人认为人格分裂之处。他至孝，但是对于信佛的母亲并不顺从，母亲好佛，"不茹荤酒"，他却"嗜饮善啖，窃腹诽母"，实际上违背了《孝经》"事长则顺"的原则。他绝情地对待妻子，可是与妓女舜华一见如故。至于信佛，不仅没有见他如何敬佛，敬法，敬僧，反而焚佛像，吃酒食肉，带着妓女去南海。小说最后写他突然悟道成佛。蒲松龄在"异史氏曰"中赞美他："断荤戒酒，佛之似也。烂熳天真，佛之真也。""此为菩萨真面目，世中人乌得而测之哉!"都令人有些莫名其妙。乐仲的形象及意识大概是明清之际所谓狂禅思潮的产物，在文学的继承上显然受有《水浒传》中鲁智深的影响。

乐仲去南海寻母的情节有人认为与《续金瓶梅》中了空(西门庆遗腹子)到南海寻母的情节十分雷同，认为蒲松龄和《续金瓶梅》的作者丁耀亢或者是互有参考。

乐仲，西安人。父早丧，遗腹生仲。母好佛，不茹荤酒[①]。仲既长，嗜饮善啖，窃腹诽母[②]，每以肥甘劝进。母咄之[③]。后母病，弥留[④]，苦思肉。仲急无所得肉，刲左股献之[⑤]。病稍瘥[⑥]，悔破戒，不食而死。仲哀悼益切，以利刃益刲右股见骨。家人共救之，裹帛敷药，寻愈。心念母苦节，又恸母愚，遂焚所供佛像，立主祀母[⑦]。醉后，辄对哀哭。年二十始娶，身犹童子。娶三日，谓人曰："男女居室，天下之至秽，我实不为乐！"遂去妻[⑧]。妻父顾文渊，浼戚求返[⑨]，请之三四，仲必不可。迟半年，顾遂醮女[⑩]。仲鳏居二十年，行益不羁：奴隶优伶皆与饮；里党乞求，不靳与[⑪]；有言嫁女无釜者[⑫]，揭灶头举赠之，自乃从邻借釜炊。诸无行者知其性[⑬]，咸朝夕骗赚之。或以赌博无赀，对之欷歔，言追呼急[⑭]，将鬻其子[⑮]，仲措税金如数，倾囊遗之。及租吏登门，自始典质营办[⑯]。以故，家日益落。

【注释】

①茹：吃。

②腹诽：心中不以为然。诽，非议。

③咄：呵斥。

④弥留：病重濒死。

⑤刲（kuī）：刺杀，割取。

⑥瘥（chài）：痊愈。

⑦主：神主，木制牌位。祀：祭。

⑧去：休弃，抛离。

⑨浼（měi）戚：央求亲戚。浼，央求，请求。

⑩醮(jiào):嫁。

⑪不靳(jìn):不吝啬。靳,吝惜。

⑫釜:铁锅。这里指代日常器用。

⑬无行:缺乏道德。

⑭追呼:指胥吏催租追索号呼。《新唐书·陆贽传》:“禁防滋章,吏不堪命,农桑废于追呼,膏血竭于笞捶。”

⑮鬻(yù):卖。

⑯典质:典当,抵押。

【译文】

乐仲是西安人。他父亲死得早,母亲遗腹生下了乐仲。母亲信佛,从来不沾酒肉。乐仲长大以后,嗜好吃喝,对母亲不吃酒肉暗自感到很可笑,常常拿来好吃的肉食劝母亲吃。母亲就呵责他。后来母亲生了病,弥留之际,苦苦要求吃肉。乐仲一下子找不到肉,情急之下,就割下左大腿的肉请母亲吃。母亲的病稍微好点儿以后,后悔破了戒,绝食而死。乐仲更加悲伤地悼念母亲,又用锋利的刀子割右大腿上的肉,连骨头都露出来了。家里的人一齐救他,替他敷上药,裹好伤口,不久就好了。乐仲想母亲一生苦苦守节,又对母亲信佛这种愚昧的做法而感到悲痛,于是烧掉了母亲原来供奉的佛像,立了牌位祭祀母亲。每次喝醉了酒,就对着母亲的牌位哀声痛哭。乐仲到二十岁时才娶妻,还是处男。娶妻三天,他对别人说:“男女住在一间屋里,是天下最污秽的事情,我实在不觉得快乐!”于是他就休了妻子。他的岳父顾文渊央求亲戚代为请乐仲同意他女儿回去,尽管再三请求,乐仲坚决不同意。过了半年,顾文渊只好让女儿改嫁了。乐仲独身生活了二十年,行为更加无拘无束:无论是仆人还是戏子都和他们一起饮酒;乡里的邻居朋友有所乞求,他都毫不吝啬地解囊相助;有人说嫁女儿没有锅,他就把自家灶台上的锅拿去送给别人,而自己却再从邻居家借锅来做饭。那些品行不端的人知道了他这种习性,常常来骗他的东西。有的因为赌博没有本钱，在他面前哀声哭泣，说是官府催他还债很急迫，打算卖了儿子还债，乐仲就把自己交税的钱拿出来，全部给了那个人。等到催租的官吏上门向他要钱时，他自己才开始典当东西筹集银两交税。因此，乐仲家越来越败落。

先是，仲殷饶①，同堂子弟争奉事之②，凡有任其取携，莫之较。及仲蹇落③，存问绝少④。仲旷达，不为意。值母忌辰⑤，仲适病，不能上墓，欲遣子弟代祀，诸子弟皆谢以故。仲乃酹诸室中，对主号痛⑥，无嗣之戚，颇萦怀抱，因而病益剧。瞀乱中⑦，觉有人抚摩之，目微启，则母也。惊问："何来？"母曰："缘家中无人上墓，故来就享，即视汝病。"问："母向居何所？"母曰："南海⑧。"抚摩既已，遍体生凉。开目四顾，渺无一人，病瘥。

【注释】

①殷饶：富有，有钱。

②同堂：同祖之亲属称"堂"，古时称"同堂"。

③蹇(jiǎn)落：困苦，败落。

④存问：关心，送寒问暖。

⑤忌辰：忌日，死之日。旧俗这一天禁饮酒作乐，故称"忌日"。

⑥主：木主，牌位。

⑦瞀(mào)乱：昏迷。

⑧南海：世传观世音居于南海，即浙江省舟山群岛东部的普陀山。故以之为佛教圣地。

【译文】

原来，乐仲家富裕的时候，同族的子弟们争先恐后地侍奉他。凡是家里有的东西，乐仲都随他们拿走，不和他们计较。等到乐仲家道败落，那些子弟就很少来问候他了。乐仲为人旷达，并不是很在意。一天，正值母亲的忌日，乐仲恰巧生病，不能上坟，就想请同族子弟代为祭扫，但那些人都推托有事不愿去。乐仲只好在家里洒酒拜祭，对着母亲的牌位号啕大哭，没有后嗣的悲伤，在他的心中久久萦绕，因此，他的病情更加重了。就在他心绪烦乱之中，忽然觉得有人抚摩他，他微微睁开眼睛一看，原来是母亲。乐仲吃惊地问道："您怎么来了？"母亲说："只因为家里没有人上坟，所以到家里来享受祭奠，顺便也看一下你的病。"乐仲又问："母亲一向住在什么地方？"母亲回答说："南海。"等母亲抚摩完毕，乐仲感到全身生出凉意，睁开眼睛一看，周围竟然一个人也没有，他的病也就好了。

既起，思朝南海。会邻村有结香社者[①]，即卖田十亩，挟赀求偕。社人嫌其不洁，共摈绝之[②]。乃随从同行。途中牛酒薤蒜不戒[③]，众更恶之，乘其醉睡，不告而去。仲即独行。至闽遇友人邀饮，有名妓琼华在座。适言南海之游，琼华愿附以行。仲喜，即待趣装[④]，遂与俱发。虽寝食与共，而毫无所私。既至南海，社中人见其载妓而至，更非笑之，鄙不与同朝[⑤]。仲与琼华知其意，乃任其先拜而后拜之。众拜时，恨无现示。及二人拜，方投地，忽见遍海皆莲花[⑥]，花上璎珞垂珠[⑦]。琼华见为菩萨，仲见花朵上皆其母。因急呼奔母，跃入从之。众见万朵莲花，悉变霞彩，障海如锦。少间，云静波澄，一切都杳，而仲犹身在海岸。亦不自解其何以得出，衣履并无沾濡[⑧]。望海大哭，声震岛屿。琼华挽劝之，怆然下刹[⑨]，命舟北渡。

【注释】

①结香社：信奉神佛的人结伙成伴祀神进香，称“结香社”。

②摈：摈弃，排斥。

③薤（xiè）：别名“小根蒜”、“山蒜”、“苦蒜”、“小根菜”、“大脑瓜儿”、“野蒜”、“野葱”、“野藠”等，为百合科，葱属植物。与蒜、葱、韭菜等均为斋戒者所忌。

④趣（cù）装：速整行装。趣，赶快，从速。

⑤朝：朝拜。指拜佛。

⑥遍海皆莲花：指观音显圣。莲花，青莲花，梵语“优婆罗”的意译。佛家以“青莲花”比作佛眼。

⑦璎珞（luò）：串连珠玉而成的装饰物。

⑧濡（rú）：沾湿，润泽。

⑨刹（chà）：梵语“刹多罗”的简称。指寺庙佛塔。

【译文】

乐仲病愈以后，就想着要去南海朝拜。正好邻村有人结成香社，集体去南海朝神，乐仲就卖掉十亩田，带着钱请求与他们一同前往。香社人嫌他不洁净，都拒绝他加入。乐仲便跟在他们后面随行。途中，乐仲照样吃肉喝酒，荤腥不戒，那些人更加厌恶他，趁他喝醉酒睡着了，便不告而别。乐仲只好独自上路。到了福建，乐仲碰到朋友请他喝酒，有位名妓琼华也在座。刚好说到南海之行，琼华愿意跟乐仲一同前往。乐仲很高兴，就让她迅速收拾行装以后，便一同出发了。两个人虽然吃住在一起，却毫无私情发生。等乐仲到了南海，香社的人看他带着妓女前来，更是嘲笑他，不屑和他一起朝拜。乐仲和琼华明白他们的意思，就等他们先拜祭完了再朝拜。那些人朝拜的时候，只恨佛没有显示征兆。等到乐仲、琼华二人朝拜的时候，他们刚跪倒在地，忽然看见遍海都是莲花，花上挂着成串的珠子。琼华见到莲花中是菩萨，而乐仲看见花朵上都是他的母亲。他便急忙呼喊着奔向母亲，跳进花中跟着母亲。众人看见万朵莲花全都变成了彩霞，像锦缎一样遮住大海。一会儿工夫，云静波澄，刚才的一切都消失了，而乐仲还身在海岸。他自己也不知道是怎么从海中出来的，身上的衣服鞋子也一点儿没有打湿。乐仲望着大海放声大哭，哭声震动了岛屿。琼华挽着他的胳膊加以劝慰，然后神情凄凉地离开庙，叫了船北上。

途中有豪家招琼华去，仲独憩逆旅[①]。有童子方八九岁，丐食肆中，貌不类乞儿。细诘之，则被逐于继母。心怜之，儿依依左右，苦求拔拯[②]，仲遂携与俱归。问其姓氏，则曰："阿辛，姓雍，母顾氏。尝闻母言：适雍六月，遂生余。余本乐姓。"仲大惊，自疑生平一度[③]，不应有子。因问乐居何乡，答云："不知。但母没时，付一函书，嘱勿遗失。"仲急索书，视之，则当年与顾家离婚书也。惊曰："真吾儿也！"审其年月良确，颇慰心愿。然家计日疏，居二年，割亩渐尽[④]，竟不能畜僮仆。

【注释】

①逆旅：旅店。

②拔拯：解救。

③生平一度：指仅与其妻性交一次。

④割亩：割卖土地。

【译文】

途中，有个富豪人家将琼华招去，乐仲便一个人住在旅店里。有个刚八九岁的小孩在店里乞讨，但样子并不像乞丐。乐仲细细地询问他，原来是被继母赶出来的。乐仲很可怜他，小孩依恋地靠在他的左右，苦苦地请求乐仲救他脱离苦海，乐仲就带着他一起回家。问起他的姓氏，小孩说："我叫阿辛，姓雍，母亲姓顾。曾经听母亲说过：她嫁到雍家六个月，就生下了我，我本来姓乐。"乐仲大惊，自己怀疑平生就那么一次三天的婚姻，不应该有儿子的。便问那姓乐的住在什么地方，小孩回答道："我也不知道。但母亲去世前，交给我一封信，嘱咐我不要遗失。"乐仲急忙要来信，打开一看，正是当年他写给顾家的离婚文书。他吃惊地说："真是我的儿子啊！"再一算孩子的出生年月确实符合，他也感到很欣慰。但是家里的钱日渐减少，过了两年，田地渐渐卖光了，竟然连仆人也雇不起了。

一日，父子方自炊，忽有丽人入，视之，则琼华也。惊问："何来？"笑曰："业作假夫妻，何又问也？向不即从者，徒以有老妪在，今已死。顾念不从人，无以自庇；从人，则又无以自洁。计两全者，无如从君，是以不惮千里。"遂解装代儿炊。仲良喜。至夜，父子同寝如故，另治一室居琼华。儿母之，琼华亦善抚儿。戚党闻之，皆馔仲①，两人皆乐受之。客至，琼华悉为治具，仲亦不问所自来。琼华渐出金珠，赎故产，广置婢仆马牛，日益繁盛。仲每谓琼华曰："我醉时，卿当避匿，勿使我见。"华笑诺之。一日，大醉，急唤琼华。华艳妆出，仲睨之良久，大喜，蹈舞若狂，曰："吾悟矣！"顿醒。觉世界光明，所居庐舍，尽为琼楼玉宇②，移时始已。从此不复饮市上，惟日对琼华饮。琼华茹素，以茶茗侍。

【注释】

①馔（nuǎn）：古代婚礼，嫁女之家三日后以熟食馈女曰"馔"。这里指贺婚的馈赠礼物。

②琼楼玉宇：富丽堂皇的建筑。亦指仙境。《酉阳杂俎》："翟乾祐于江岸玩月，或问：'此中何有？'翟笑曰：'可随我指观之。'俄见琼楼玉宇烂然。"

【译文】

一天，父子俩正在自己做饭，忽然有个美丽的女子进来，一看，原来是琼华。乐仲吃惊地问道："你怎么来了？"琼华笑着说："我们已经做过假夫妻了，怎么又问呢？当初没有马上跟你回来，只是因为老妈妈还在，现在她已经死了。我想如果不嫁个男人，无法保护自己；如果嫁人，又无从保持自己的贞洁。而两全之计，就是不如跟着你，所以我不远千里赶来了。"说完，她就卸装替孩子做饭。乐仲十分高兴。到了晚上，父子俩像平时一样睡在一屋，又另外收拾了一间屋子给琼华住。儿子把琼华当作母亲，琼华也很好照顾儿子。亲戚朋友听说以后，都给乐仲送来吃的，两人很高兴地接受了。有客人来访，琼华都做好接待，而乐仲也不问她东西是从哪里来的。渐渐地，琼华拿出金银珠宝替乐仲赎回原来的产业，广为购买婢女、仆人、牛马，家业日益繁盛起来。乐仲每每对琼华说："我喝醉的时候，你就要避开，不要让我看见你。"琼华笑着答应了他。一天，乐仲喝得大醉，急忙呼唤琼华。琼华身穿艳装出来，乐仲斜眼看了她很久，忽然大喜，手舞足蹈，像发狂一样，喊道："我醒悟了！"酒一下子就醒了。他只觉得眼前的世界一片光明，所住的房舍都变成了琼楼玉宇，过了一段时间幻景才消失。从此以后，乐仲不再到集市上喝酒，只是和琼华对坐饮酒。琼华吃素，以茶代酒相陪。

一日，微醺[1]，命琼华按股，见股上封痕，化为两朵赤菡萏[2]，隐起肉际，奇之。仲笑曰："卿视此花放后，二十年假夫妻分手矣。"琼华信之。既为阿辛完婚，琼华渐以家付新妇，与仲别院居。子妇三日一朝，事非疑难不以告。役二婢，一温酒，一瀹茗而已。一日，琼华至儿所，儿媳咨白良久[3]，共往见父。入门，见父白足坐榻上[4]。闻声，开眸微笑曰："母子来大好！"即复瞑。琼华大惊曰："君欲何为？"视其股上，莲花大放，试之，气已绝。急以两手捻合其花，且祝曰："妾千里从君，大非容易。为君教子训妇，亦有微劳。即差二三年，何不一少待也？"移时，仲忽开眸笑曰："卿自有卿事，何必又牵一人作伴也？无已，姑为卿留。"琼华释手，则花已复合。于是言笑如初。

【注释】

①醺（xūn）：酒醉。

②菡萏（hàn dàn）：荷花。

③咨白：禀白，请示。

④白足：赤脚。

【译文】

一天，乐仲喝得有点儿醉，让琼华替他按摩大腿，只见腿上当年刀割的伤痕，已经化为两朵红莲花，隐隐约约地在肉里突起。琼华很好奇，乐仲笑着说："等你看见这两朵花开放以后，我们这对二十年的假夫妻就该分手了。"琼华相信了他的话。他们替阿辛完婚以后，琼华就渐渐地把家中事务交给新媳妇管理，自己和乐仲住到别的院子里。儿媳妇三天拜见琼华一次，不是什么疑难的事情也就不报告了。乐仲和琼华只用两个婢女，一个负责温酒，一个负责煮茶。一天，琼华来到儿子住的地方，新媳妇和她说了很久，然后一同去见乐仲。一进门，就看见乐仲光着脚坐在床上。听到她们的声音，乐仲睁开眼睛，微笑着说："你们母子来得太好了！"说完，又闭上了眼睛。琼华大惊，问道："你要干什么？"看他的大腿上两朵莲花已经完全绽放，用手一试，乐仲已经气绝。

琼华就用两手将红莲花合上，并且祷告说："我不远千里来跟着你，实在是不容易。替你教导儿子媳妇，也算有一点儿功劳。就差两三年的时间，为什么不能再等一会儿呢？"过了一会儿，乐仲忽然睁开眼睛，笑着说："你自有你自己的事，何必又要拉一个人做伴呢？没办法，姑且为你再留一段时间吧。"琼华放开手，只见那两朵红莲花又合上了。于是两人又像平常一样说笑起来。

积三年馀，琼华年近四旬，犹如二十许人。忽谓仲曰："凡人死后，被人捉头舁足①，殊不雅洁。"遂命工治双槥②。辛骇问之，答云："非汝所知。"工既竣，沐浴妆竟，命子及妇曰："我将死矣。"辛泣曰："数年赖母经纪，始不冻馁。母尚未得一享安逸，何遂舍儿而去？"曰："父种福而子享，奴婢牛马，皆骗债者填偿汝父，我无功焉。我本散花天女③，偶涉凡念，遂谪人间三十馀年，今限已满。"遂登木自入。再呼之，双目已含。辛哭告父，父不知何时已僵，衣冠俨然。号恸欲绝。入棺，并停堂中，数日未殓，冀其复返。光明生于股际，照彻四壁。琼华棺内则香雾喷溢，近舍皆闻。棺既合，香光遂渐减。

【注释】

①舁（yú）：抬。

②槥（huì）：棺木。

③散花天女：佛界天女名。

【译文】

又过了三年多，琼华将近四十岁，但还像二十多岁的人。她忽然对乐仲说："人死了以后，都要被人弄头抬脚，很不雅洁。"于是让工匠打造两口棺材。阿辛惊讶地问怎么回事，琼华回答说："这事你不明白。"棺材打好以后，琼华沐浴梳妆完毕，告诉儿子和媳妇说："我就要死了。"阿辛哭泣着说："这么多年来全靠母亲操持，才不至于挨饿受冻。母亲还没有享受到一点儿安逸，为什么就要舍下孩儿离去呢？"琼华说："父亲种下福种由儿子享受，那些奴婢牛马，都是骗债的人拿来偿还你父亲的，我并没有什么功劳。我原本是散花天女，因为偶然动了凡念，于是被贬到人间三十多年，到今天期限已经满了。"说完就蹬着木头，进了棺材。阿辛再叫她时，琼华已经闭上双眼。阿辛哭着去告诉父亲，父亲不知什么时候已经僵硬了，衣冠穿戴得整整齐齐。阿辛号啕大哭，伤心欲绝。阿辛把父亲装进棺材，和琼华的棺材一并停放在大堂上，几天没有入殓，希望他们还能醒过来。只见一道亮光从乐仲的大腿间射出，照亮了四壁。而琼华的棺材里，则散发出浓浓的香雾，附近的人家都能闻到。等棺材合上以后，香雾和亮光才渐渐减弱。

既殡[①]，乐氏诸子弟觊觎其有[②]，共谋逐辛，讼诸官。官莫能辨，拟以田产半给诸乐。辛不服，以词质郡，久不决。初，顾嫁女于雍，经年馀，雍流寓于闽，音耗遂绝。顾老无子，苦忆女，诣婿，则女死甥逐。告官，雍惧，赂顾，不受，必欲得甥。穷觅不得。一日，顾偶于途中，见彩舆过，避道左。舆中一美人呼曰："若非顾翁耶？"顾诺。女子曰："汝甥即吾子，现在乐家，勿讼也。甥方有难，宜急往。"顾欲详诘，舆已去远。顾乃受赂入西安。至，则讼方沸腾。顾自投官，言女大归日[③]，再醮日[④]，及生子年月，历历甚悉。诸乐皆被杖逐，案遂结。及归，述其见美人之日，即琼华没日也[⑤]。辛为顾移家，授庐赠婢。六十馀，生一子，辛顾恤之。

【注释】

①殡：入土埋葬。

②觊觎(jì yú)：非分之想或图谋。

③大归：旧称妇女被丈夫休弃回娘家为“大归”。

④醮(jiào)：嫁。

⑤没日：去世的日子。

【译文】

乐仲、琼华下葬以后，乐家的本族子弟们觊觎他家的财产，一起商量赶走阿辛，就到官府去告状。县官不能分辨真伪，打算将一半的田产分给那些本族子弟。阿辛不服，将官司打到郡里，很长时间没有判决。当初，顾家把女儿嫁给雍家，过了一年多，雍氏流落到福建，音讯就断绝了。顾翁老年无子，苦苦地思念女儿，就到女婿家去，才知道女儿已经死了，外孙也被赶走了。顾翁告到官府，雍家害怕了，就想拿钱收买顾翁，但顾翁不肯接受，一定要得到外孙。到处寻找也找不到阿辛。一天，顾翁偶然走在路上，看见一辆车经过，他便避开在路边。车里的一个美人喊道：“你不是顾翁吗?”顾翁回答说是。那女子说：“你的外孙就是我的儿子，现在乐家，你不要告状了。你的外孙现在有难，应该马上赶去。”顾翁还想问个究竟，车子已经走远了。顾翁于是拿了雍家收买他的钱启程去西安。他到的时候，乐家关于财产的官司正打得热闹。顾翁自己到公堂投案，讲述了女儿被休回家的时间、再嫁的日子，以及生孩子的年月，详详细细地说个清楚。那些乐家的本族子弟都被打了一顿逐了出去，案子就结了。等到他们回到家，说起见到美人的日子，原来就是琼华去世的那一天。阿辛替顾翁搬了家，给他房子，还送给他婢女。顾翁六十多岁生了一个儿子，阿辛照顾抚养他。

异史氏曰：断荤戒酒，佛之似也。烂熳天真，佛之真也。乐仲对丽人，直视之为香洁道伴[①]，不作温柔乡观也[②]。寝处三十年，若有情、若无情，此为菩萨真面目，世中人乌得而测之哉！

【注释】

①香洁道伴：芳香洁静的道友。

②温柔乡：喻迷人美色。汉伶玄《赵飞燕外传》："是夜进合德，帝大悦，以辅属体，无所不靡，谓为温柔乡。语嫕曰：'吾老是乡矣，不能效武皇帝求白云乡也。'"

【译文】

异史氏说：不沾荤腥，远离妻室，只是与佛相似而已。天真烂漫，才是佛的真性。乐仲对于美人，只是把她看作是芳香纯洁的求道同伴，而不是同床共枕的情侣。两人共同居住三十年，好像是有情，又好像是无情，这就是菩萨的真面目，世上的人们怎么可能猜测出来呢！

香玉

【题解】

《香玉》与卷十的《葛巾》可称作是姊妹篇，写的都是人与牡丹花神的恋爱，在结尾的"异史氏曰"中有着相同的话语：《葛巾》篇是"怀之专一，鬼神可通"，《香玉》篇是"情之至者，鬼神可通"。《葛巾》篇中的常大用没有做到"怀之专一"，造成分手的悲剧；而《香玉》篇中的胶州黄生与牡丹花和冬青做到了"情之至者，鬼神可通"，于是"花以鬼从，而人以魂寄"。人与牡丹花和冬青长相厮守，生死不渝。蒲松龄赞美说："非其结于情者深耶？一去而两殉之，即非坚贞，亦为情死矣。"可以说是汤显祖《牡丹亭》的"唯情主义"传统在文言小说的继续。1672年夏天，蒲松龄与唐梦赉、高珩等八人游览崂山，并搜奇记异前后写下了许多关于崂山的有趣故事，如卷一《崂山道士》，卷二《龁石》，卷三《海公子》，卷五《莲花公子》《阳武侯》《柳氏子》，卷七《罗祖》等。《香玉》即是其中之一。关于崂山宫观中白牡丹显异生而复死的传说，明末高弘图在其《崂山九游记》中有着相关的记载："宫有白牡丹一本，近接宫之几案，阅其皴干，似非近时物。道士神其说，谓百岁前，曾有大力者发其本，负之以去。凡几何年，大力者旋不禄。有衣白人叩宫门至，曰：'我今来，我今来。'盖梦谈也。晨视其牡丹旧坎，果已归根吐茎矣。大力者之庭，向所发而负者，即以是年告瘁。"可以称作是《香玉》基本筋脉。较之传说，《香玉》可谓点石成金，不仅将简单的传说编织成浪漫哀艳的故事，而且寄托了蒲松龄对于真挚情感的讴歌。

劳山下清宫①，耐冬高二丈②，大数十围③，牡丹高丈馀，花时璀璨似锦④。胶州黄生⑤，舍读其中⑥。一日，自窗中见女郎，素衣掩映花间⑦。心疑观中焉得此？趋出，已遁去。自此屡见之。遂隐身丛树中，以伺其至。未几，女郎又偕一红裳者来，遥望之，艳丽双绝。行渐近，红裳者却退，曰："此处有生人！"生暴起。二女惊奔，袖裙飘拂，香风洋溢，追过短墙，寂然已杳。爱慕弥切，因题句树下云：

无限相思苦，含情对短窗。
恐归沙吒利⑧，何处觅无双⑨？

【注释】

①劳山：位于青岛东部，古代又曾称"牢山"、"崂山"、"鳌山"等。东高而悬崖傍海，西缓而丘陵起伏，山区面积446平方公里。山脉以崂顶为中心，向四方延伸。下清宫：又名"太清宫"，始建于西汉武帝建元元年（前140）。前临太清湾，背依七峰，三面环山，前

濒面海，四季葱茏。为崂山道教祖庭，是崂山最大的道观，全真道天下第二丛林。宫内有三宫殿、三清殿、三皇殿。太清宫曾以“太清水月”之誉列崂山十二景之一。

②耐冬：为山东对山茶花的称呼，又名“绛雪”。隆冬季节，冰封雪飘，绿树红花，红白相映，气傲霜雪，故得名“耐冬”。属山茶科山茶属，常绿灌木或者小乔木，耐寒，耐旱，适应性强，抗逆性强，抗病虫害，并吸收大气中的二氧化硫，是青岛的市花。

③围：计算圆周的量词。径尺为“围”，一说五寸为“围”。

④璀璨（cuǐ càn）：玉石的光泽，形容色彩鲜明。锦：彩色花纹的丝织物。

⑤胶州：州名。位于山东省的东部，治所在今山东胶州。

⑥舍：住。

⑦掩映：若隐若现，忽隐忽现。

⑧沙吒利：唐人传奇故事中人物。《太平广记》卷四百八十五许尧佐《柳氏传》（又名《章台柳传》）载，书生韩翊和柳氏相恋，安史乱起，柳氏被番将沙吒利劫走，几经曲折，韩翊后得虞候许俊相助，与柳氏复合。

⑩无双：唐人传奇故事中的人物。唐人薛调《无双传》载，唐德宗年间刘震的女儿无双，与刘震的外甥王仙客青梅竹马，情深义笃。王仙客身世孤寒，刘震则“位尊官显”，因而有毁约之意。其后发生战乱，无双没籍为宫女。仙客时为驿官，仙客借家人塞鸿之助，与无双相见；又得豪士古押衙乞取茅山道士妙药，设计使无双服药自尽，赎其尸，三日后复苏。两人浪迹江湖以避祸，后得归故乡，夫妇偕老。

【译文】

劳山的下清宫里，耐冬树有两丈多高，几十围粗；牡丹有一丈多高，每当花开的时候，花儿璀璨夺目，光彩似锦。胶州的黄生住在宫里读书。一天，黄生从窗子里看见一个女郎，一身白色的衣服在花丛中若隐若现。黄生心中奇怪道观里怎么会有这样的女子？就急忙出去，那女子已经走开了。从此以后，黄生经常能看见她。他就藏身在树丛里，等候女子的到来。不久，那女子又和一位穿红衣的姑娘一同前来，远远望去，真是两位绝色美女。两个女子越走越靠近，红衣女子忽然往后退去，说："这里有生人！"黄生一下子站起身来。两个女子惊慌奔逃，裙子飘舞起来，送来一股迷人的香气。黄生追过短墙，却已经不见了她们的踪影。他心中非常爱慕，便在树下题诗道：

无限相思苦，含情对短窗。
恐归沙吒利，何处觅无双？

归斋冥想，女郎忽入，惊喜承迎。女笑曰："君汹汹似强寇，使人恐怖。不知君乃骚雅士，无妨相见。"生略叩生平[①]，曰："妾小字香玉，隶籍平康巷[②]。被道士闭置山中，实非所愿。"生问："道士何名？当为卿一涤此垢[③]。"女曰："不必，彼亦未敢相逼。借此与风流士长作幽会，亦佳。"问："红衣者谁？"曰："此名绛雪，乃妾义姊。"遂相狎。及醒，曙色已红。女急起，曰："贪欢忘晓矣。"着衣易履，且曰："妾酬君作[④]，勿笑：'良夜更易尽，朝暾已上窗[⑤]。愿如梁上燕，栖处自成双。'"生握腕曰："卿秀外惠中[⑥]，令人爱而忘死。顾一日之去，如千里之别。卿乘间当来，勿待夜也。"女诺之。由此夙夜必偕。每使邀绛雪来，辄不至，生以为恨。女曰："绛姊性殊落落[⑦]，不似妾情痴也。当从容劝驾[⑧]，不必过急。"

【注释】

①叩：询问。

②平康巷：指妓院。唐代长安丹凤街有平康坊，也称“平康里”，为妓女聚居之地。旧时因以“平康”泛指妓女居地。

③涤：洗雪，洗涤。垢：耻辱。

④酬：唱和，以诗词应答。

⑤朝暾（tūn）：朝日。暾，清晨初升的太阳。

⑥秀外惠中：外貌秀美，内心聪明。惠，通“慧”。

⑦落落：孤高不凡。

⑧劝驾：劝人任职或做某事。

【译文】

写完，他回到书房苦思冥想，白衣女子忽然走了进来，黄生惊喜地迎上前去。白衣女子笑着说：“您刚才气势汹汹地像个强盗，真是令人恐怖。却不知原来您是一位风雅的读书人，所以不妨与您相见。”黄生询问她的生平，她回答道：“我小名叫做香玉，原来是个妓女。后来被道士关在山里，实在不是我心甘情愿的。”黄生问：“那道士叫什么名字？我会为你洗刷这一耻辱的。”香玉说：“不必了，他倒也不敢逼我。借此机会能与您这位风流人士长期幽会，倒也是件好事。”黄生问：“穿红衣服的是谁呀？”香玉回答道：“她名叫绛雪，是我的干姐姐。”说完，两个人便亲热起来。等到醒来时，东方已经出现了曙光。香玉急忙起身，说：“只顾贪图快乐，忘记天亮了。”她一边穿衣换鞋，一边说：“我酬答您一首诗，可不要笑话：‘良夜更易尽，朝暾已上窗。愿如梁上燕，栖处自成双。’”黄生握住她的手腕说：“你外表秀美，内心贤惠，真是令人爱得要死。但是离开一天，就像是分别千里之遥。你有工夫就来，不要等到晚上啊。”香玉答应了。从此以后，黄生和香玉无论早晚必在一起。黄生常常让香玉邀请绛雪一起来，但她就是不来，黄生感到很遗憾。香玉说：“绛雪姐姐的性格特别孤僻寡合，不像我这样痴情。我会慢慢地劝她，您不必过于着急。”

一夕，女惨然入，曰："君陇不能守，尚望蜀耶[①]？今长别矣。"问："何之？"以袖拭泪，曰："此有定数，难为君言。昔日佳作，今成谶语矣[②]。'佳人已属沙吒利，义士今无古押衙'[③]，可为妾咏。"诘之，不言，但有呜咽。竟夜不眠，早旦而去。生怪之。次日，有即墨蓝氏[④]，入宫游瞩，见白牡丹，悦之，掘移径去。生始悟香玉乃花妖也，怅惋不已。过数日，闻蓝氏移花至家，日就萎悴。恨极，作哭花诗五十首，日日临穴涕洟[⑤]。

【注释】

①陇不能守，尚望蜀耶："得陇望蜀"成语的活用，意为"陇都保不住了，还奢望得蜀"。《后汉书·岑彭传》："人苦不知足，既平陇复望蜀。"

②谶(chèn)语：预言吉凶的话语。

③佳人已属沙吒利，义士今无古押衙：是宋许觊《彦周诗话》引王晋卿的诗句。意为虽然仍出现了佳人被有势力者劫夺的事，但难以有古押衙那样的豪侠相助的事情再现了。《彦周诗话》载："王晋卿得罪外谪，后房善歌者名啭春莺，乃东坡所见也。亦遂为密县马氏所得。后晋卿还朝，寻访微知之，作诗云：'佳人已属沙吒利，义士今无古押衙。'"沙吒利、古押衙，分别是唐传奇《柳氏传》、《无双传》中人物。古，姓。押衙，官名。管领皇帝仪仗和担任侍卫。

④即墨：县名。位于山东省西南部，即今山东即墨。

⑤穴：指白牡丹被移后所留下的土坑。涕洟(tì)：痛哭流涕。涕，眼泪。洟，鼻涕。

【译文】

一天，香玉神情凄惨地进来，说："您连我都守不住，还想绛雪吗？我今天就是来和您告别的。"黄生问："你要到哪里去？"香玉用袖子擦眼泪，说："这是命中注定的，难以跟你说清。当初作的诗，今天应验了。'佳人已属沙吒利，义士今无古押衙'，可以算是为我作的。"黄生追问她是怎么回事，香玉也不说，只是呜咽不止。整夜没有睡觉，一大早就离去了。黄生觉得很奇怪。第二天，有个即墨县姓蓝的人，来到下清宫游览，见到白牡丹，十分喜爱，就将它挖出来径自拿走了。黄生这才醒悟原来香玉是花妖，心中怅恨惋惜不止。过了几天，听说姓蓝的把花移回家后，花儿一天天枯萎憔悴。黄生恨极了，写了五十首哭花诗，天天对着树坑哭泣。

一日，凭吊方返，遥见红衣人，挥涕穴侧。从容近就，女亦不避。生因把袂，相向汍澜[①]。已而挽请入室，女亦从之。叹曰："童稚姊妹，一朝断绝！闻君哀伤，弥增妾恸。泪堕九泉，或当感诚再作[②]。然死者神气已散，仓卒何能与吾两人共谈笑也。"生曰："小生薄命，妨害情人，当亦无福可消双美。曩频烦香玉道达微忱，胡再不临？"女曰："妾以年少书生，什九薄倖，不知君固至情人也[③]。然妾与君交，以情不以淫。若昼夜狎昵，则妾所不能矣。"言已，告别。生曰："香玉长离，使人寝食俱废。赖卿少留，慰此怀思，何决绝如此！"女乃止，过宿而去。数日不复至。冷雨幽窗，苦怀香玉，辗转床头，泪凝枕席。揽衣更起，挑灯复踵前韵曰[④]：

山院黄昏雨，垂帘坐小窗。
相思人不见，中夜泪双双。

诗成自吟。忽窗外有人曰："作者不可无和⑤。"听之，绛雪也。启户内之⑥。女视诗，即续其后曰：

连袂人何处⑦？孤灯照晚窗。

空山人一个，对影自成双。

【注释】

①汍(wán)澜：流泪。

②作：兴起。这里指重生。

③至情人：极重感情之人。

④踵前韵：依照前诗的韵脚再作一首。踵，跟随，随顺。前韵，指先后作旧体诗二首以上，用韵皆同，第一首对以后各首来说，其所用之韵称"前韵"。

⑤和(hè)：和诗，和他人之诗而用其原韵。

⑥内：同"纳"。

⑦连袂人：同伴。这里指香玉。袂，衣袖。

【译文】

一天，黄生凭吊完刚刚返回，远远看见绛雪在树坑边擦眼泪。他慢慢地走到近前，绛雪也不回避。黄生于是上前拉住她的衣袖，两人相对涕泣。过了一会儿，黄生拉着绛雪邀请她到自己的屋里，绛雪也就跟着去了。绛雪叹息着说："从小长大的姐妹，突然间就断绝了音讯！听说您很哀伤，更加增添了我的悲痛。眼泪流到九泉之下，或许她会被我们的诚意打动而复活。但是死者的神气已经散掉，仓猝之间怎么可能和我们两人一起谈笑。"黄生说："是我的命薄，害了情人，自然也没有福气可以消受两位美人。以前我多次请香玉代为转达我心中的诚意，为什么你再也不来了呢？"绛雪说："我一直认为年轻的书生，十个就有九个轻薄无行，却不知道您竟然这么痴情。但是我和您交往，只讲感情，不可淫乱。如果要昼夜亲热，这是我不能做到的。”说完，就向黄生告别。黄生说：“香玉已经离去，让我吃不下饭，睡不着觉，就指望你多停留一会儿，来安慰我思念的情怀，为什么要如此绝情呢！”绛雪便留了下来，住了一夜就走了。这以后一连几天绛雪都没有再来。在一个清冷的雨夜，黄生望着幽暗的窗户，苦苦地思念香玉，在床头辗转反侧，眼泪打湿了枕席。他披上衣服又起床，点上灯，按照上首诗的韵又写了一首诗：

山院黄昏雨，垂帘坐小窗。

相思人不见，中夜泪双双。

写完以后，自己吟诵起来。忽听窗外有人说道：“有诗不可没人相和。”黄生一听，是绛雪，便开门让她进来。绛雪看完他的诗，就在后面续了一首：

连袂人何处？孤灯照晚窗。

空山人一个，对影自成双。

生读之泪下，因怨相见之疏。女曰：“妾不能如香玉之热，但可少慰君寂寞耳。”生欲与狎，曰：“相见之欢，何必在此？”于是至无聊时，女辄一至。至则宴饮唱酬，有时不寝遂去，生亦听之。谓曰：“香玉吾爱妻，绛雪吾良友也。”每欲相问：“卿是院中第几株？乞早见示，仆将抱植家中，免似香玉被恶人夺去，贻恨百年[①]。”女曰：“故土难移，告君亦无益也。妻尚不能终从，况友乎！”生不听，捉臂而出，每至牡丹下，辄问：“此是卿否？”女不言，掩口笑之。

【注释】

①贻恨：遗憾。

【译文】

黄生读完，流下了眼泪，于是埋怨相见的机会太少。绛雪说："我不可能像香玉那样热情，但也可以稍稍安慰您心中的寂寞。"黄生想和她亲热，绛雪说："我们相见的快乐，何必在这里呢？"从此以后，每当黄生无聊的时候，绛雪就会前来。来了就一起饮酒作诗，有时不睡觉就走了，黄生也随她的意。黄生对她说："香玉是我的爱妻，而绛雪是我的好友。"黄生常常问绛雪："你是院里的第几棵花？请你早点儿告诉我，我打算把你抱到家里种植，免得像香玉那样被恶人抱走，让我抱恨终生。"绛雪说："我难以离开故土，告诉您也没用。妻子尚且不能终生相伴，何况朋友呢！"黄生不听她的话，拉着她的胳膊出来，每到一颗牡丹花下，就问："这是你吗？"绛雪不说话，只是捂着嘴笑他。

旋生以腊归过岁①。至二月间，忽梦绛雪至，愀然曰②："妾有大难！君急往，尚得相见，迟无及矣。"醒而异之，急命仆马，星驰至山。则道士将建屋，有一耐冬，碍其营造，工师将纵斤矣③。生急止之。入夜，绛雪来谢。生笑曰："向不实告，宜遭此厄！今已知卿，如卿不至，当以艾炷相炙④。"女曰："妾固知君如此，曩故不敢相告也。"坐移时，生曰："今对良友，益思艳妻。久不哭香玉，卿能从我哭乎？"二人乃往，临穴洒涕。更馀，绛雪收泪劝止。又数夕，生方寂坐，绛雪笑入曰："报君喜信：花神感君至情，俾香玉复降宫中。"生问："何时？"答曰："不知，约不远耳。"天明下榻，生嘱曰："仆为卿来，勿长使人孤寂。"女笑诺。两夜不至。生往抱树，摇动抚摩，频唤，无声。乃返，对灯团艾，将往灼树。女遽入，夺艾弃之，曰："君恶作剧，使人创痏⑤，当与君绝矣！"生笑拥之。坐未定，香玉盈盈而入。生望见，泣下流离，急起把握。香玉以一手握绛雪，相对悲哽。及坐，生把之觉虚，如手自握，惊问之。香玉泫然曰[⑥]："昔，妾花之神，故凝；今，妾花之鬼，故散也。今虽相聚，勿以为真，但作梦寐观可耳。"绛雪曰："妹来大好！我被汝家男子纠缠死矣。"遂去。

【注释】

①旋：不久。腊：腊月，阴历十二月。

②愀(qiǎo)然：忧愁貌。

③斤：斧。

④艾炷：中医用艾绒团点燃薰灸经络穴位。

⑤创痏(wěi)：创伤而致疤痕。

⑥泫(xuàn)然：伤心流泪。

【译文】

不久，时间到了腊月，黄生回家过年。到了二月间，他忽然梦见绛雪来了，闷闷不乐地说："我有大难！您赶快回去，还能见上一面，迟的话，就来不及了。"黄生醒来觉得很惊异，急忙命令仆人备马，连夜赶到山里。原来是道士打算建房子，有一棵耐冬树，妨碍施工，工匠正要用斧子砍。黄生急忙阻止他们。到了晚上，绛雪来道谢。黄生笑着说："从前你不告诉我实话，难怪会遭到这样的厄运！现在我已经知道你了，以后你如果不来，我就点着艾条去烧你。"绛雪说："我早就知道您会这样，所以以前不敢告诉您。"坐了一会儿，黄生说："现在面对你这个好朋友，更加思念我那爱妻。好久没有哭香玉了，你能跟我一起哭吗？"两个人便一同前往香玉的坑穴前流泪拜祭。哭到半夜，绛雪止住眼泪，劝黄生不要再伤心了。又过了几个晚上，黄生正一个人寂寞地坐着，绛雪笑着走进来，说："报告您一个好消息，花神被您的纯真感情打动，让香玉又降生在宫里。”黄生问:“什么时候?”绛雪回答说:“不知道,估计不远了。”天亮时绛雪下床,黄生嘱咐她说:“我是为你而来的,不要让我长时间孤独寂寞。”绛雪笑着答应了,但又是两个晚上绛雪没有来。黄生就去抱住那棵耐冬树,摇动抚摩,连声呼唤,但没有回声。他便回到屋里,在灯下盘好艾绳,就要去灼树。绛雪一下子冲进来,夺过艾绳扔掉,说:“您玩这种恶作剧,让我受伤留下疤痕,我真要和您断绝关系了!”黄生笑着抱住了她。两个人还没有坐稳,香玉步履轻盈地走了进来。黄生一看见她,止不住眼泪“哗哗”地流下来,急忙起身握住她的手。香玉用另一只手握住绛雪,相对悲咽,泣不成声。等坐下来以后,黄生觉得自己握香玉的手是虚着的,像手自己握着一样,便惊奇地问是怎么回事。香玉流着眼泪说:“从前的我是花神,所以是凝聚的;现在的我只是花的鬼魂,所以是分散的。今天虽然相聚,但不要当真,只看成是梦里相会就行了。”绛雪说:“妹妹来太好了!我被你家男人纠缠死了。”说完就走了。

香玉款笑如前,但偎傍之间,彷佛一身就影。生悒悒不乐,香玉亦俯仰自恨,乃曰:“君以白蔹屑[①],少杂硫黄[②],日酹妾一杯水,明年此日报君恩。”别去。明日,往观故处,则牡丹萌生矣。生乃日加培植,又作雕栏以护之。香玉来,感激倍至。生谋移植其家,女不可,曰:“妾弱质,不堪复戕[③]。且物生各有定处,妾来原不拟生君家,违之反促年寿[④]。但相怜爱,合好自有日耳。”生恨绛雪不至。香玉曰:“必欲强之使来,妾能致之。”乃与生挑灯至树下,取草一茎,布掌作度[⑤],以度树本[⑥],自下而上,至四尺六寸,按其处,使生以两爪齐搔之。俄见绛雪从背后出,笑骂曰:“婢子来,助桀为虐耶[⑦]!”牵挽并入。香玉曰:“姊勿怪!暂烦陪侍郎君,一年后不相扰矣。”从此遂以为常。

【注释】

①白蔹(liǎn)：中草药名。其根可入药。《群芳谱》谓种植牡丹，以白蔹末拌种，可使苗旺；分枝栽培，则需以少量轻粉和琉璜涂抹劈破之处，然后埋坑培土。

②硫黄：淡黄色脆性结晶或粉末，有特殊臭味，易燃，主要用于制造染料、农药、火柴、火药、橡胶、人造丝等。

③戕：残害，伤害。

④促：缩减。

⑤布掌作度：以手掌比量作为尺度。

⑥度树本：量树干。

⑦助桀为虐：比喻帮助坏人作恶。《史记·留侯世家》：“今始入秦，即安其乐，此所谓‘助桀为虐’。”桀，夏代末期暴君。

【译文】

香玉还和从前一样欢声笑语，但两个人依偎在一起时，黄生感到像是靠着一个影子似的。因此闷闷不乐，香玉也十分怨恨自己，于是说：“您用白蔹草的粉末，稍微掺杂点儿琉璜，每天给我浇上一杯这样的水，明年的今天我就来报答您对我的恩情。”说完告别而去。第二天，黄生去看原来的花坑，只见那白牡丹又萌发了。黄生于是每天加以培植，又做了栅栏来保护她。香玉前来，对黄生感激备至。黄生打算把她移植到自己家去，香玉说不行，她说：“我体质很弱，不能忍受再被残害。而且万物生长都有一定的地方，我这次前来原本就没有打算生在您家，违背了反而会减少寿命。只要您爱怜我，合好总会有那一天的。”黄生埋怨绛雪不经常来。香玉说：“如果您一定要强迫她来，我倒有办法。”便和黄生打着灯来到耐冬树下，摘了一根草，用手掌当尺，来量这棵树的高度，从下往上，到四尺六寸的地方，便用手按住，叫黄生用双手一齐挠。不一会儿，只见绛雪从树后走出来，笑着骂道："死丫头，来助纣为虐啊！"便互相挽着手走进屋子。香玉说："姐姐不要责怪！麻烦你暂且陪侍郎君，一年后我就不打扰你了。"从此以后，就习以为常了。

生视花芽，日益肥茂，春尽，盈二尺许[①]。归后，以金遗道士，嘱令朝夕培养之。次年四月至宫，则花一朵，含苞未放。方流连间，花摇摇欲拆[②]，少时已开，花大如盘，俨然有小美人坐蕊中，裁三四指许。转瞬飘然欲下，则香玉也。笑曰："妾忍风雨以待君，君来何迟也！"遂入室。绛雪亦至，笑曰："日日代人作妇，今幸退而为友。"遂相谈讌。至中夜，绛雪乃去。二人同寝，款洽一如从前。

【注释】

①盈：增长，生长。

②拆：同"坼"，裂开，绽开。指花蕾开放。

【译文】

黄生看那白牡丹花芽，一天天地肥壮茂盛起来，春天结束的时候，已经长到二尺多高了。黄生回家后，把银子留给道士，嘱咐他早晚好好培育这棵花。第二年四月，黄生又来到下清宫，发现已经长出一朵花，含苞待放。他正在花前流连忘返，就见那花苞摇摇晃晃地好像要开，工夫不大，就已经开放了，花有盘子那么大，俨然有一位小美人坐在花蕊里，才有三四指长。转眼之间，她就飘飘然要下来，一看，果然是香玉。她笑着说："我在这里忍受风雨等着您，您怎么来得这么迟啊！"说完就进了屋子。绛雪也来了，笑着说："天天替别人当媳妇，今天总算可以撤身当朋友了。"于是三个人笑谈欢宴。到了半夜，绛雪就走了。黄生、香玉一起睡下，还和以前一样欢爱。

后生妻卒，遂入山，不复归。是时，牡丹已大如臂。生每指之曰："我他日寄魂于此，当生卿之左。"二女笑曰："君勿忘之。"后十馀年，忽病。其子至，对之而哀。生笑曰："此我生期，非死期也，何哀为！"谓道士曰："他日牡丹下有赤芽怒生①，一放五叶者，即我也。"遂不复言。子舆之归家②，即卒。次年，果有肥芽突出，叶如其数。道士以为异，益灌溉之。三年，高数尺，大拱把③，但不花。老道士死，其弟子不知爱惜，斫去之。白牡丹亦憔悴死，无何，耐冬亦死。

【注释】

①怒生：茁壮地生出。怒，形容生气勃勃。

②舆：车载。

③拱把：指树干盈握。

【译文】

后来，黄生的妻子死了，他就进山不回去了。这时，那白牡丹花已经有胳膊粗细了。黄生常常指着牡丹说："我死后就要埋葬在这里，好生在你的身旁。"二女笑着说："您别忘了自己说过的话。"十几年以后，黄生忽然病了，他的儿子赶来，在他面前伤心地哭泣。黄生笑着说："这是我新生的日子，不是我死的日子，有什么可悲哀的！"他对道士说："日后牡丹花下如果有红色的花芽怒放，一下子长出五片叶子的，就是我。"说完，就不再说话。他的儿子用车子把他送回家，黄生就死了。第二年，牡丹花下果然有肥壮的花芽冒出来，正如黄生所说的长有五片叶子。道士感到很神异，更加悉心地浇灌它。三年以后，这花长到几尺高，有两手合抱那么粗，只是不开花。老道士死后，他的弟子不知道爱惜，把它砍掉了。白牡丹花也枯萎而死，不久，耐冬树也死掉了。

异史氏曰：情之至者，鬼神可通。花以鬼从[①]，而人以魂寄[②]，非其结于情者深耶？一去而两殉之[③]，即非坚贞，亦为情死矣。人不能贞，亦其情之不笃耳。仲尼读唐棣而曰"未思"[④]，信矣哉！

【注释】

①花以鬼从：指香玉死后以"花之鬼"相从黄生。

②人以魂寄：指黄生死后魂灵依附于香玉之侧。寄，依附。

③两殉之：指牡丹和耐冬树因黄生被"斫去之"而相继死去，像是殉情而亡。

④仲尼：孔子的字。《唐棣》：《论语》所引古逸诗。见《论语·子罕》："'唐棣之华，偏其反而。岂不尔思？室是远而。'子曰：'未之思也，夫何远之有。'"孔子认为用"室是远而"解释"岂不尔思"没有说服力，因为距离不能成为理由，假如要是真的想念，遥远的距离算得了什么呢？此处引用孔子"未思"之句，意在说明"情之至者，鬼神可通"。

【译文】

异史氏说：感情到了极点，鬼神也可以沟通。花死了以后化成鬼来陪伴，而人死以后又将魂魄寄托在花的旁边，难道不是因为他们之间结成的深厚感情吗？黄生一死，香玉、绛雪也殉情而死，即使不说是坚贞，也是为了爱情而死。人不能守贞，也是因为他的感情不深厚。孔子读完《唐棣之花》诗说"没有思念，又有什么远不远的呢"，确实如此啊！

三仙

【题解】

赖以考中举人的试题及文章竟然出自蟹、蛇、蛤蟆，天下考中的举人其人品文章为何物就可以想而知之。《三仙》讽刺的指向显然是当时的科场弊端！

唐代传奇《玄怪录》有一篇作品叫《元无有》，在意境和结构上与本篇极为类似，《三仙》的创作是否受其影响不得而知。不过，在《元无有》篇，四个精怪暗夜里称“今夕如秋，风月如此，吾党岂不为文，以纪平生之事”，作的是“口号联句”；而在本篇，三个精怪在暗夜里则说的是：“昔日以文会友，今场期伊迩，不可虚此良夜。请拟四题，命阄各拈其一，文成方饮。”写的是八股文！有着十分明显的时代特色。

一士人赴试金陵[①]，经宿迁[②]，遇三秀才，谈论超旷[③]，遂与沽酒款洽[④]。各表姓字[⑤]：一介秋衡，一常丰林，一麻西池。纵饮甚乐，不觉日暮。介曰：“未修地主之仪[⑥]，忽叨盛馔[⑦]，于理不当。茅茨不远[⑧]，可便下榻。”常、麻并起捉裾[⑨]，唤仆，相将俱去。至邑北山，忽睹庭院，门绕清流。既入，舍宇清洁。呼童张灯，又命安置从人。麻曰：“昔日以文会友[⑩]，今场期伊迩[⑪]，不可虚此良夜。请拟四题，命阄各拈其一[⑫]，文成方饮。”众从之。各拟一题，写置几上，拾得者就案构思。二更未尽，皆已脱稿，迭相传视[⑬]。秀才读三作，深为倾倒，草录而怀藏之。主人进良酝[⑭]，巨杯促釂[⑮]，不觉醺醉。主人乃导客就别院寝。客醉不暇解履，和衣而卧。及醒，红日已高，四顾并无院宇，主仆卧山谷中。大骇。见傍有一洞，水涓涓流。自讶迷惘。视怀中，则三作俱存。下山问土人，始知为“三仙洞”。盖洞中有蟹、蛇、虾蟆三物，最灵，时出游，人往往见之。士人入闱，三题即仙作，以是擢解⑯。

【注释】

①金陵：今江苏南京。

②宿迁：位于江苏省的北部，今江苏宿迁。

③超旷：超逸旷达。

④款洽：表达善意，共叙情好。

⑤表：通报，展示。

⑥地主：东道主。

⑦叨：有愧于。表示承受的谦词。盛馔：丰盛的酒食。

⑧茅茨(cí)：茅屋，寒舍。谦称自己的房舍。

⑨捉裾：牵着衣襟。指牵衣挽手。裾，衣服的大襟。

⑩以文会友：通过文字往来，结交朋友。

⑪场期伊迩：试期临近。伊，助词。迩，近。

⑫命阄(jiū)：犹言制阄。即将四题分写成四阄，拈得某阄题即作阄上之文题。阄，为了赌输赢或决定事情，预先在纸上做好记号揉成纸卷或纸团，然后每人抓去一个，打开看，按纸卷或纸团上定的行事。这种纸卷或纸团称“阄”。

⑬迭：轮流。

⑭良酝：好酒。酝，酿酒，酒。

⑮促釂(jiào)：敬酒，干杯。

⑯擢(zhuó)解：考中举人。

【译文】

一个读书人到金陵参加考试，经过宿迁的时候，遇到三个秀才，谈论都超凡旷达，他便打来酒，和他们一起饮酒，态度亲密。三个人各自作了介绍：一个叫介秋衡，一个叫常丰林，一个叫麻西池。他们放纵饮酒，十分快乐，不知不觉天已经黑了。介秋衡说：“我们还没有尽地主之谊，就承蒙您用这么丰盛的酒席招待，道理上说不过去。我家离这里不远，可以就近住下。”常丰林、麻西池一齐站起来，拉着读书人的衣襟，又叫他的仆人跟着一块儿去。他们来到县城北山，忽然看见一座庭院，门前环绕着一条清流。进了庭院，只见房屋非常清洁。他们叫来僮仆点上灯，又让安顿好读书人的仆人。麻西池说：“从前是以文会友，如今考试的日子就快到了，不可虚度了美好的今晚。请拟出四个题目做阄，我们各抓一下，文章写成才可以饮酒。”大家都答应了。各人拟定一个题目，写好放在桌上，抓到题目就在桌子边构思。二更天还没结束，大家都写完了，互相传阅一番。读书人读完那三个秀才的文章，深深地折服，便草草地抄录下来，收藏在怀里。主人端上来美酒，用大杯子劝大家干杯，读书人不觉喝得大醉。主人于是引着客人到别的院子就寝。读书人醉得无暇脱掉鞋子，穿着衣服就睡了。等到他一觉醒来，太阳已经很高了，四面望去，并没有什么庭院，主仆二人都躺在山谷里。读书人大为惊骇。只见旁边有一个小洞，水涓涓地流着。他很是惊讶迷惘，往怀里一摸，只见三篇文章都在。下山一问当地人，才知道这是“三仙洞”。洞里有蟹、蛇、蛤蟆三种神物，最有灵性，时不时会出游，人们常常可以看见他们。读书人进入考场参加考试，三个题目就是那三位仙人作的，读书人凭着他们的文章，考中了举人。

鬼隶

【题解】

在中国的民俗文化中，凡是人力不可抗拒者——主要是天灾人祸，往往归之于命运。本篇正是借助于民俗鬼神之口，揭露了明末清兵在山东屠戮之惨烈。证之以谈迁《国榷》卷九十六和卷九十七："崇祯十二年(1639)正月，庚申建虏陷济南，……巡按御史宋学朱、左布政使张秉文、历城知县韩丞宣……俱死之。……德王由枢被执，诸郡王并见杀。济南焚掠一空。""戊辰，命云南御史郭景昌巡按山东，及核失事情形，景昌至，瘗济南城中积尸十三万馀。"《鬼隶》可谓借鬼话说历史。至于"扛尸百万"，可能有点夸张。或许是加上济南附近州县被杀的人数，辗转流传，加以渲染的缘故。

历城县二隶①，奉邑令韩承宣命②，营干他郡③，岁暮方归。途遇二人，装饰亦类公役，同行话言。二人自称郡役。隶曰："济城快皂④，相识十有八九，二君殊昧生平⑤。"二人云："实相告：我城隍鬼隶也。今将以公文投东岳⑥。"隶问："公文何事？"答云："济南大劫，所报者，杀人之名数也。"惊问其数，曰："亦不甚悉，约近百万。"隶问其期，答以"正朔"⑦。二隶惊顾，计到郡正值岁除⑧，恐罹于难⑨，迟留恐贻谴责。鬼曰："违误限期罪小，入遭劫数祸大。宜他避，姑勿归。"隶从之。未几，北兵大至⑩，屠济南，扛尸百万。二人亡匿得免。

【注释】

①历城县：清属济南府，位于济南市区东南部，现为济南历城区。

②韩承宣：字长卿，蒲州人。崇祯七年(1634)进士，曾任山东淄川县知县，后调任历城县。见光绪《山东通志·职官志》。《钦定胜朝殉节诸臣录》卷六："历城知县韩承宣，蒲州人，大学士爌孙。崇祯十一年，济南破，与妻妾同死。"

③营干：办事，办公。

④快皂：捕快。旧时州县地方担任缉捕的役卒。

⑤殊昧生平：从来不认识。昧，暗。

⑥东岳：泰山东岳大帝。民间传说东岳大帝掌管世人生死祸福。

⑦正朔：正月初一。“正”和“朔”分别为一年和一月的开始。

⑧岁除：年终的一天，除夕。

⑨罹（lí）：遭受。

⑩北兵：指清兵。

【译文】

历城县有两个差役，奉县令韩承宣的命令，到别的郡去办公事，到了年底才回来。途中遇到两个人，穿着打扮也像是公门里的差役。这二人自称是郡里的差役。县差问道：“济南府的捕快皂隶，十有八九我们都认识，但两位好像从来没有见过。”郡役说：“实话对你们说：我们是城隍的鬼隶。现在要到东岳大帝那里去送公文。”县差问道：“公文上说的是什么事？”鬼隶回答说：“济南将要有一场浩劫，公文上报的就是杀人的数目。”县差吃惊地问有多少，鬼隶说：“我们也不太清楚，大约近一百万。”县差又问是什么时间，鬼隶回答说是“正月初一”。两个县差吃惊地互相看了看，算了一下行程，赶到济南府正好是除夕，恐怕会碰上这场大难，但如果停留拖延又会受到谴责。鬼隶说：“违误期限罪小，赶上大难可是大祸。应该躲到别处去，暂时先不要回家。”两个县差听从了他们的话。不久，清兵蜂拥而至，在济南屠城，尸横百万。两个县差由于逃亡在外幸免于难。

王十

【题解】

单纯从小说技巧上看，《王十》并不是很成功。它按照《聊斋志异》特有的图解方式，让小盐贩王十在阴间走一圈，用其所见所闻，表达了蒲松龄对于清初保护大盐商,“专杀此贫难军民”的食盐政策的不满。但从另一个角度看,本篇小说在总体结构上有着自己的特点,它由“正文”、“异史氏曰”、“附则”三部分组成。“正文”讲故事,“异史氏曰”议论,“附则”故事补充说明,三位一体,不仅在《聊斋志异》中颇具典型,而且在中国文言小说的体例上也有创造性。另外,以小说的形式介入国家经济政策,发表议论,在中国小说史上也颇为罕见。

高苑民王十①,负盐于博兴②,夜为二人所获。意为土商之逻卒也③,舍盐欲遁,足苦不前,遂被缚。哀之。二人曰:“我非盐肆中人,乃鬼卒也。”十惧,乞一至家,别妻子。不许,曰:“此去亦未便即死,不过暂役耳。”十问:“何事?”曰:“冥中新阎王到任,见奈河淤平④,十八狱坑厕俱满⑤,故捉三种人淘河:小偷、私铸、私盐⑥。又一等人使涤厕:乐户也⑦。”

【注释】

①高苑:旧县名。清代属青州府,在今山东博兴高苑镇。

②负:负贩。博兴:县名。清代属青州府,今为山东滨州下辖博兴县。

③土商:本地商人,指当地盐商。逻卒:巡逻士兵。

④奈河:民间传说中地狱的河名。唐张读《宣室志》:“(董观死)行十馀里,至一水,广不数尺,流而西南。……此俗所谓奈河,其源出于地府。观即视其水皆血,而腥秽不可近。”淤:水道被泥沙阻塞。

⑤十八狱:民间传说认为阴曹地府有十八层地狱。坑厕:旧时的简易厕所。

⑥私铸:私自铸钱。私盐:旧时指违反国家有关禁令而私自生产、

运输、销售的食盐。私盐的产生和泛滥通常同国家的食盐政策，特别是食盐专卖政策关系密切。一般说来，在食盐由民间自由生产、运销的时期，既不存在为官府垄断经营的官盐，自然也就无所谓私盐了，所以，私盐在某种程度上可以说是食盐专卖制度（政策）的直接产物。

⑦乐户：中国历史上以音乐歌舞专业活动为业的贱民，具有世袭性质。他们来源于罪犯的家属，也有部分原为良人。乐户制度作为历代统治者惩罚罪犯和政敌的一项手段从北魏一直延续至清，直至雍正皇帝即位后才从法律层面将乐户的贱籍制度加以削除。

【译文】

高苑县有个叫王十的百姓，一次从博兴背盐回家，夜里被两个人抓住。王十以为他们是当地商人雇用的巡逻卒子，丢下盐就想逃走，但是苦于脚不能向前，就被绑了起来。他哀求二人放了他。二人说："我们不是盐市上的人，是鬼卒。"王十很害怕，乞求让他回家一趟，向妻子儿女告别。两人不同意，说："这次去也不见得马上就死，不过暂时服役罢了。"王十问道："做什么事情？"两人回答说："阴间新阎王上任，看见奈河被淤泥填平了，十八狱的茅厕都满了，所以要捉小偷、私铸钱币的、贩卖私盐的三种人去淘河；另外让官妓等人去洗厕所。"

十从去，入城郭，至一官署，见阎罗在上，方稽名籍[①]。鬼禀曰："捉一私贩王十至。"阎罗视之，怒曰："私盐者，上漏国税，下蠹民生者也[②]。若世之暴官奸商所指为私盐者，皆天下之良民。贫人揭锱铢之本[③]，求升斗之息[④]，何为私哉！"罚二鬼市盐四斗，并十所负，代运至家。留十，授以蒺藜骨朵[⑤]，令随诸鬼督河工。鬼引十去，至奈河边，见河内人夫缁续如蚁[⑥]。又视河水浑赤，臭不可闻。淘河者皆赤体持畚锸[⑦]，出没其中。朽骨腐尸，盈筐负舁而出[⑧]，深处则灭顶求之。惰者辄以骨朵击背股。同监者以香绵丸如巨菽[⑨]，使含口中，乃近岸。见高苑肆商[⑩]，亦在其中。十独苛遇之，入河楚背[⑪]，上岸敲股。商惧，常没身水中，十乃已。经三昼夜，河夫半死，河工亦竣。前二鬼仍送至家，豁然而苏。先是，十负盐未归，天明，妻启户，则盐两囊置庭中，而十久不至。使人遍觅之，则死途中。舁之而归，奄有微息，不解其故。乃醒，始言之。肆商亦于前日死，至是始苏。骨朵击处，皆成巨疽[⑫]，浑身腐溃，臭不可近。十故诣之，望见十，犹缩首衾中，如在奈河状。一年始愈，不复为商矣。

【注释】

①稽：查核。

②蠹(dù)：本指蛀蚀器物的虫子，亦喻侵蚀或消耗国家财富的人或事。

③揭锱铢(zī zhū)之本：持微少的资本。揭，持。锱铢，形容微小的数量。《礼记·儒行》："虽分国如锱铢。"郑玄注："八两曰锱。"《说文·金部》："六铢为锱。"

④求升斗之息：求取赖以糊口的微利。升斗，喻指少量口粮。

⑤蒺藜骨朵：古兵器。其制，于棒端缀以铁制或坚木所制的蒜头形"骨朵"。即旧时仪仗中的"金瓜"。骨朵上加铁刺，状如蒺藜者，称"蒺藜骨朵"。

⑥繦(qiǎng)续：谓人群不断，如用绳索连接在一起。繦，绳索。

⑦畚锸(běn chā)：挖运泥土的工具。畚，箕。锸，铁锹。

⑧舁(yú)：抬。

⑨巨菽：巨大的豆粒。菽，豆。

⑩肆商：店商。肆，店。

⑪楚：杖击，敲打。

⑫疽（jū）：毒疮。多而广的叫“痈”，深的叫“疽”。

【译文】

王十跟着他们前去，进了城廓，来到一座官署，只见阎罗王坐在上面，正在查验名册。小鬼禀告说：“抓到一个私盐贩子王十。”阎罗往下一看，大怒道：“所谓私盐贩子，是指那些对上偷漏国税，对下残害百姓的。像人世间凶暴的官吏、奸诈的商人所指责为私盐贩子的，都是天下的良民。这些穷苦人拿出一点点本钱，只求挣上点儿买粮食的钱，如何能称为私盐贩子呢！”说完，就罚两鬼背上四斗盐，加上王十原来背的，代他送回家去。阎王留下王十，授予他一把蒺藜骨朵，让他和众鬼一道去监督河工。鬼领着王十出去，来到奈河边，只见河里的民夫，一个一个用绳子连着，多得像蚂蚁一样。再看那河水浑浊赤红，臭不可闻。淘河的人都赤身露体，拿着竹筐和铁锹，在河水中出没。把腐朽的尸骨装满筐再抬出来，水深的地方就钻到水里去挖。对偷懒的人就用蒺藜骨朵戳他们的后背大腿。和王十同时监工的鬼给他一粒豆大的香绵丸，让他含在嘴里，这才走近岸边。王十发现一个高苑的盐商，也夹在民夫中间。王十唯独对他苛责，下河就打他的后背，上岸就敲他的大腿。盐商害怕了，常常把身子沉到水里去，王十这才罢手。经过三天三夜，挖河的民夫死了一半，工程也结束了。前面的那两个鬼仍旧送他回家，他一下子就苏醒过来。原来，王十去背盐没有回家，这天天亮以后，他的妻子打开门一看，只见两袋盐放在院子里，但过了好久王十也没到。请人到处去找，发现他死在了途中。众人把他抬回家中，还有一点儿气息，妻子不明白是怎么回事。等王十醒过来以后，才说起了事情的经过。那盐商也是前天死后，至此才醒了过来。被王十用蒺藜骨朵打过的地方，都长成巨大的毒疮，浑身腐臭溃烂，臭得让人无法靠近。王十故意去看他，那盐商看见王十，还把头缩在被子里，和在奈河里的情形一样。过了一年，他的病才好，从此不再做盐商了。

异史氏曰：盐之一道，朝廷之所谓私，乃不从乎公者也；官与商之所谓私，乃不从乎其私者也。近日齐、鲁新规，土商随在设肆[①]，各限疆域。不惟此邑之民，不得去之彼邑，即此肆之民，不得去之彼肆。而肆中则潜设饵以钓他邑之民：其售于他邑，则廉其直；而售诸土人，则倍其价以昂之。而又设逻于道，使境内之人，皆不得逃吾网。其有境内冒他邑以来者，法不宥[②]。彼此互相钓，而越肆假冒之愚民益多。一被逻获，则先以刀杖残其胫股，而后送诸官。官则桎梏之[③]，是名“私盐”。呜呼！冤哉！漏数万之税非私，而负升斗之盐则私之；本境售诸他境非私，而本境买诸本境则私之。冤矣！律中“盐法”最严，而独于贫难军民[④]，背负易食者，不之禁。今则一切不禁，而专杀此贫难军民！且夫贫难军民，妻子嗷嗷[⑤]，上守法而不盗，下知耻而不倡[⑥]，不得已，而揭十母而求一子[⑦]。使邑尽此民，即“夜不闭户”可也[⑧]，非天下之良民乎哉！彼肆商者，不但使之淘奈河，直当使涤狱厕耳！而官于春秋节[⑨]，受其斯须之润[⑩]，遂以三尺法助使杀吾良民[⑪]。然则为贫民计，莫若为盗及私铸耳：盗者白昼劫人，而官若聋；铸者炉火亘天[⑫]，而官若瞽[⑬]；即异日淘河，尚不至如负贩者所得无几，而官刑立至也。呜呼！上无慈惠之师，而听奸商之法，日变日诡，奈何不顽民日生，而良民日死哉！

【注释】

①随在：到处。

②宥：宽免，饶恕。

③桎梏(zhì gù)：刑具，用刑。

④贫难军民：贫困的军户和民户。军户，世代充军者。始于南北朝。明清时期，屯卫的兵丁以及充配为军的犯人及其随配子女和后代，也称"军户"，其地位低下，生活贫苦。

⑤噭噭：哀号声。

⑥倡：同"娼"，妓女。

⑦揭十母而求一子：持十本而求一利。言赚钱不容易，微利。母，本钱。子，利息。

⑧夜不闭户：喻社会安定。《礼记·礼运》："是故谋闭而不兴，盗窃乱贼而不作，故外户而不闭，是为大同。"

⑨春秋节：犹岁时节序。春秋，岁时，四时。

⑩斯须之润：意谓暂时捞到一点儿好处。斯须，些许。润，沾润。此指贿赂。

⑪三尺法：法律，国家权力。

⑫炉火亘(gèn)天：炉火旺盛照耀整个天空。亘，空间和时间上延续不断。

⑬瞽(gǔ)：瞎。

【译文】

异史氏说：贩运盐这件事，朝廷所说的私盐，就是不依照国家法律制度的行为；而官吏和盐商所说的私盐，是指不符合他们的个人利益的行为。近来齐鲁一带新规定，当地的盐商可以到处设店，各自限定地盘。不仅仅是这个县的百姓不能到别的县买盐，就连属于这个盐店地盘上的百姓也不得去别的盐店买盐。而店家则暗中设下诱饵引使其他县的百姓来买盐：卖给其他县的盐，价钱就便宜；而卖给当地人的盐，价钱就高出一倍。而且又在路上设人巡逻,使自己境内的百姓,都逃不脱我设定的圈套。如果境内有人冒充其他县的人来买盐,就依法予以严惩。盐商之间互相引诱,而到其他店买盐和假冒别处的百姓也就越来越多。一旦被巡逻的人抓获,就先用刀杖打残他们的腿,然后再送到官府。官府就把他们关押起来,这就叫做"私盐"。唉!真是冤枉啊!逃漏好几万税的人不叫私盐贩子,而背一升一斗盐的人倒叫做私盐贩子;在本境内卖盐给别的地方的人不叫私盐,而本境内的人买本境的盐倒反而叫做私盐。真是冤枉啊!国家的法律中以"盐法"最为严厉,而唯独对贫困艰难的军民户,背盐换粮的人,并不加以禁止。现在却是对别的私盐贩子不加禁止,而专门杀这些贫困艰难的军民户!况且这些贫困艰难的军民户,妻子儿女嗷嗷待哺,对上能遵守国法而不偷盗,对下能知廉耻不去当娼妓;迫不得已的情况下,才会干持十本求一利的事情。如果城市里都是这样的百姓,就可以"夜不闭户"了,这些人难道不是天下的良民吗?那些盐商,不但应该让他们去淘挖奈河,更应该让他们去刷洗地狱的厕所!但那些官吏每逢过年过节时,都会接受盐商暂时的一点儿好处,于是就用法律帮助盐商杀害我们良民。那么,我为贫苦百姓考虑,还不如去做强盗和私自铸钱:强盗大白天抢劫杀人,官吏像聋子一样听不见;私自铸钱的炉火照耀整个天空,官吏却像瞎子一样看不见;即使日后下地狱去淘奈河,也不至于像背负贩盐的人虽所得无几,却立刻遭到官府的严惩。唉!朝廷没有仁慈恩惠的人,听任奸商害民的方法,一天天变得诡计多端,如何能够不使刁顽的人越来越多,而善良的人越来越少呢!

各邑肆商,旧例以若干石盐赀,岁奉本县,名曰"食盐"。又逢节序,具厚仪[①]。商以事谒官,官则礼貌之,坐与语,或茶焉。送盐贩至,重惩不遑[②]。张公石年令淄川[③],肆商来见,循旧规,但揖不拜[④]。公怒曰:"前令受汝贿,故不得不隆汝礼[5]；我市盐而食，何物商人[6]，敢公堂抗礼乎[7]！”捋袴将笞。商叩头谢过，乃释之。后肆中获二负贩者，其一逃去，其一被执到官。公问：“贩者二人，其一焉往？”贩者曰：“逃去矣。”公曰：“汝腿病不能奔耶？”曰：“能奔。”公曰：“既被捉，必不能奔。果能，可起试奔，验汝能否。”其人奔数步欲止，公曰：“奔勿止！”其人疾奔，竟出公门而去。见者皆笑。公爱民之事不一[8]，此其闲情，邑人犹乐诵之。

【注释】

①具厚仪：准备厚重的礼物。仪，礼。

②不遑：迫不及待，不敢怠慢。

③张公石年令淄川：时在康熙二十五年至二十八年（1686—1689）。张石年，即张嵋，仁和人。《淄川县志·职官志》记其“精明有才干，邑中百废俱举”。

④但揖不拜：只作揖而不行跪拜礼。

⑤隆：重，厚。

⑥何物：什么东西。

⑦抗礼：行平等的礼，指“但揖不拜”。

⑧不一：不只。指同类的情况有很多。

【译文】

各城镇的盐商，依照惯例，每年都要拿出若干石的盐资，来供奉本县的县官，称作“食盐”。另外逢年过节时，还要送上丰厚的礼物。盐商有事要拜见县官，县官就很礼貌地接见他，坐着和他说话，有时还给端上茶。而送来盐贩子，则严加惩处，不敢怠慢。张石年公担任淄川县令时，有个盐商前来拜见，按照以前的规矩，只是作揖，不行跪拜礼。张公大怒道：“前任县令接受你的贿赂，所以不得不用隆重的礼节接待你；我自己买盐吃，你这个商人是什么东西，竟然敢在公堂上分庭抗礼吗！”说完，就命人脱掉盐商的裤子要打。盐商赶紧叩头谢罪，张公才放了他。后来，市里抓了两个私自贩盐的人，其中一个逃走了，另一个被押送到官府。张公问道：“贩盐的有两个人，另一个哪里去了？”贩盐的人说：“逃走了。”张公问：“你的腿有病不能跑吗？”那人回答：“能跑。”张公说：“既然被抓住，一定不能跑。果真能够跑的话，可以起身试着跑跑，看看你是不是能跑。”那人跑了几步要停下来，张公说：“跑，不要停下来！”那人快跑起来，竟然出了衙门跑掉了。看见的人都笑了。张公爱护百姓的事迹不止这一件，这不过是他的一桩小事，县里的人至今还很喜欢传颂它。

大男

【题解】

本篇从两个方面展示故事的传奇性。一个线索是年幼的孩子大男千里寻父。另一个线索是奚成列的妻妾在这一过程中颠倒名分，妾何氏变成了正妻，而原来的正妻申氏变成了妾。前一个线索是后一个线索的引子，后一个线索是故事的重点和重心。蒲松龄在“异史氏曰”中说：“颠倒众生，不可思议，何造物之巧也！”指的就是妻妾名分上的传奇性。

在封建社会里，妻妾的名分是很严格的。《唐律疏议》上说：“诸以妻为妾，徒二年。各还正之。”“以妾及客女为妻，徒一年半。各还正之。”《大男》中的妻妾之所以发生错位，作者认为首先是奚成列碌碌无为，没有丈夫气，其次是申氏不守妇道，最后是儿子和妾是“孝子贤母”。作者的观点是不是正确呢？大概不尽然。其实最主要的原因是何氏的儿子当了官。假如大男是申氏的儿子，何氏再贤惠贞洁，申氏再泼辣悍妒，妻妾之位也不会颠倒。

本篇故事虽然具有传奇色彩，但情节编造的痕迹太显，说教的意味太重。比如何氏和申氏两人在被掠卖的过程中竟然都保持着贞操就十分荒诞。

奚成列，成都士人也[1]，有一妻一妾。妾何氏，小字昭容。妻早没，继娶申氏，性妒，虐遇何，因并及奚。终日哓聒[2]，恒不聊生。奚怒，亡去。去后，何生一子大男。奚去不返，申摈何不与同炊[3]，计日授粟。大男渐长，用不给[4]，何纺绩佐食。大男见塾中诸儿吟诵，亦欲读。母以其太稚，姑送诣读[5]。大男慧，所读倍诸儿。师奇之，愿不索束脩[6]，何乃使从师，薄相酬。积二三年，经书全通[7]。一日归，谓母曰："塾中五六人，皆从父乞钱买饼，我何独无？"母曰："待汝长，告汝知。"大男曰："今方七八岁，何时长也？"母曰："汝往塾[8]，路经关帝庙，当拜之，祐汝速长。"大男信之，每过必入拜。母知之，问曰："汝所祝何词？"笑云："但祝明年便使我如十六七岁。"母笑之。然大男学与躯长并速，至十岁，便如十三四岁者，其所为文竟成章[9]。一日，谓母曰："昔谓我壮大，当告父处，今可矣。"母曰："尚未，尚未。"又年馀，居然成人，研诘益频，母乃缅述之[10]。大男悲不自胜，欲往寻父。母曰："儿太幼，汝父存亡未知，何遽可寻？"大男无言而去，至午不归。往塾问师，则辰餐未复[11]。母大惊，出赀佣役[12]，到处冥搜，杳无踪迹。

【注释】

①成都：今四川成都。

②哓(xiāo)聒:吵嚷。

③摈(bìn):拒绝,排斥。

④用:日用。不给:匮乏,不足。

⑤姑:姑且,暂时。诣读:跟读。指非正式学习。

⑥束(xiū)脩:学费。《论语·述而》:"自行束脩以上,吾未尝无诲焉。"后因称学生聘请老师的酬金为束脩。脩,干肉。

⑦经书:指儒家经典著作。经,即《诗》、《书》、《礼》、《乐》、《易》、《春秋》。《乐经》亡佚较早(《汉书·艺文志》已无《乐经》),因此后世传诵只有"五经"。

⑧塾:学校,教书就读之所。

⑨成章:成篇,指完整的八股文。章,乐竟为章。

⑩缅述:详细述说。缅,尽貌。

⑪辰餐未复:早饭后没有回来。辰,上午7点到9点。

⑫佣役:雇人。

【译文】

奚成列是成都的读书人,有一妻一妾。妾姓何,小名叫昭容。妻子早死了,续娶了申氏,申氏生性嫉妒,虐待何氏,而且牵涉到奚成列。申氏整天吵吵闹闹,家里常常不能够安生。奚成列大怒,就离家出走了。奚成列出走以后,何氏生下一个儿子叫大男。奚成列一去不回,申氏就排挤何氏,不让何氏和她一起吃饭,算计日子给她粮食。大男渐渐长大了,钱不够用,何氏就纺线来补助家用。大男见私塾里的孩子们吟诵,也想去读书。母亲因为他太小,姑且送去试读。大男很聪颖,读的书是其他孩子的几倍。老师很惊奇他的才能,愿意不收他的学费,何氏便让大男跟着老师读书,给一点点酬金。这样过了两三年,大男就读通了经书。一天放学回家,对母亲说:"私塾里的五六个人,都跟父亲要钱买饼吃,为什么我没有父亲呢?"母亲说:"等你长大了,就告诉你。"大男说:"我现在才七八岁,什么时候才能长大呀?"母亲说:"你到私塾上学,路上经过关帝庙时，应该进去拜关帝，求他保佑你快点长大。”大男相信了，每次经过关帝庙都要进去拜关帝。母亲知道了，就问他：“你祷告的是些什么话呀？”大男笑着说：“我只是祈祷他让我明年就长到十六七岁。”母亲笑话他。但是大男的学业和身体一齐迅速增长，长到十岁时，就像十三四岁的孩子，写的八股文竟然能够成篇了。一天，大男对母亲说：“从前你说我长大了，就告诉我父亲在哪里，现在可以了。”母亲说：“还不到时候，还不到时候。”又过了一年多，大男已经长大成人，越发频繁地追问母亲，何氏便详详细细地叙述了事情的经过。大男不胜伤悲，就要去寻找父亲。何氏说：“你还太小，你父亲生死未卜，哪能一下子就找到呢？”大男不说话就走了，到了中午没有回来。何氏到私塾去问老师，知道他吃完早饭就没有回来。何氏大惊，花钱雇人到处寻找，但是杳无踪迹。

大男出门，循途奔去，茫然不知何往。适遇一人将如夔州①，言姓钱，大男丐食相从。钱病其缓②，为赁代步③，资斧耗竭。至夔，同食，钱阴投毒食中，大男瞑不觉。钱载至大刹④，托为己子，偶病绝赀，卖诸僧。僧见其丰姿秀异，争购之，钱得金竟去。僧饮之，略醒。长老知而诣视⑤，奇其相，研诘，始得颠末。甚怜之，赠赀使去。有泸州蒋秀才⑥，下第归，途中问得故，嘉其孝，携与同行。至泸，主其家⑦。月馀，遍加谘访。或言闽商有奚姓者，乃辞蒋，欲之闽。蒋赠以衣履，里党皆敛赀助之。途遇二布客，欲往福清⑧，邀与同侣。行数程，客窥囊金，引至空所，絷其手足，解夺而去。适有永福陈翁过其地⑨，脱其缚，载归其家。翁豪富，诸路商贾，多出其门。翁嘱南北客代访奚耗，留大男伴诸儿读。大男遂住翁家，不复游。然去家愈远，音益梗矣⑩。

【注释】

①夔(kuí)州:旧府名。治所在今四川奉节。

②病其缓:嫌大男走得慢。病,不满,嫌恶。

③代步:车马之类。

④刹(chà):寺庙。

⑤长老:僧之年德俱高者。指主持僧人。诣视:看望。

⑥泸州:今四川泸州。

⑦主其家:当管家。主,舍于其家,以之为居停。

⑧福清:今福建福清。

⑨永福:今福建永泰。

⑩梗:梗阻。指不通音信。

【译文】

大男出门以后,就顺着大道跑去,但却茫然不知到什么地方去。恰好碰到一个人要去夔州,自称姓钱,大男一路要饭跟在他后面。钱某嫌他走得太慢,就替他雇了匹马,钱都给花光了。到了夔州,两人一起吃饭,钱某暗中在食物里下毒,大男一点儿也没有察觉。钱某把他送到一座大庙,假称说是自己的儿子,偶然生了病但没钱救治,想卖给庙里的和尚。和尚见大男长得丰姿秀异,争着花钱买他,钱某拿到钱就走了。和尚喂他喝水,大男稍微清醒过来。长老知道这个情况后前来探视,发现他的长相奇特,便慢慢盘问,才了解了事情的真相。长老很同情他,给了他一些钱让他走了。有个泸州的秀才姓蒋,考试落榜回家,途中问明了大男的情况,夸奖他的孝心,便带着他一起走。到了泸州,大男就在蒋家当管家。一个多月的时间里,他到处打听。有人说起福建有个姓奚的商人,大男便向蒋秀才辞行,要到福建去。蒋秀才送给他衣服鞋子,周围邻居也都聚钱资助他。在途中,大男遇到两个布商,要到福建去,邀请他结伴同行。走了一段路程,布商窥探到大男口袋里有钱,就将他诱到没人的地方,把他的手脚捆起来,解下他的钱袋就跑掉了。恰巧永福的陈翁路过这里，替他松了绑，用车子带他回家。陈翁十分富有，各路商人多是他的门下。陈翁嘱咐南来北往的商人代为查访奚成列的消息，留下大男陪他的儿子们读书。大男便住在陈翁家，不再到处寻找，但是离家越远，音讯也就更加闭塞了。

何昭容孤居三四年，申氏减其费，抑勒令嫁[1]。何志不摇。申强卖于重庆贾，贾劫取而去。至夜，以刀自劙[2]，贾不敢逼，俟创瘥[3]，又转鬻于盐亭贾[4]。至盐亭，自刺心头，洞见脏腑。贾大惧，敷以药。创平，求为尼。贾曰："我有商侣，身无淫具，每欲得一人主缝纫。此与作尼无异，亦可少偿吾值。"何诺。贾舆送去，入门，主人趋出，则奚生也。盖奚已弃儒为商，贾以其无妇，故赠之也。相见悲骇，各述苦况，始知有儿寻父未归。奚乃嘱诸客旅，侦察大男。而昭容遂以妾为妻矣。然自历艰苦，疴痛多疾[5]，不能操作，劝奚纳妾。奚鉴前祸，不从所请。何曰："妾如争床笫者，数年来固已从人生子，尚得与君有今日耶？且人加我者，隐痛在心，岂及诸身而自蹈之[6]？"奚乃嘱客侣，为买三十馀老妾。逾半年，客果为买妾归。入门，则妻申氏。各相骇异。

【注释】

①抑勒：威逼，逼迫。

②劙（lí）：割。

③创瘥（chài）：创伤痊愈。

④盐亭：今四川盐亭。

⑤疴（kē）痛：病痛。疴，病。

⑥岂及诸身而自蹈之：岂能把别人加给自身的痛苦而自己也重复给别人，即“己所不欲，勿施于人”之意。蹈，蹈袭。

【译文】

何昭容一个人生活了三四年，申氏克扣她的费用，逼迫她改嫁。何氏的意志绝不动摇。申氏就强行把她卖给重庆的商人，商人把何氏强行带走了。到了晚上，何氏用刀自割，商人也不敢逼迫她，等她的伤口愈合了，便把她转卖给盐亭的商人。到了盐亭，何氏一刀刺向心窝，连脏腑都露出来了。商人很恐惧，替她敷上药。伤口长好后，何氏要求出家为尼。商人说：“我有个经商的朋友，没有性生活能力，常常想找个人替他做做家务。这和当尼姑没有什么不同，也可以稍微赔偿我买你的钱。”何氏答应了。商人用车将何氏送去。一进门，主人迎了出来，竟然是奚成列。原来，奚成列已经弃儒经商，那个商人见他没有媳妇，所以把何氏赠送给他。两人见面，又惊又悲，各自述说分别的痛苦，奚成列这才知道有个儿子寻找父亲还没有回来。奚成列便嘱托各位旅客，帮助打听大男的消息。而何昭容便由妾变成妻。但是何氏历经艰难困苦，身体多病，不能操持家务，便劝奚成列纳妾。奚成列鉴于前面的灾祸，不答应她的请求。何氏说：“我如果是争夺床笫之欢的人，几年来早已经嫁人生孩子了，怎么可能和你有今天呢？况且别人加在我身上的痛苦，使我心里隐隐作痛，怎么会把痛苦加在她身上而重蹈覆辙呢？”奚成列于是嘱咐伙伴，替他买一个三十多岁的老妾。过了半年，伙伴果然为他买回一个妾，进门一看，原来是妻子申氏，双方都很惊异。

先是，申独居年馀，兄苞劝令再适[①]，申从之。惟田产为子侄所阻，不得售。鬻诸所有，积数百金，携归兄家。有保宁贾[②]，闻其富有奁资，以多金啖苞，赚娶之。而贾老废不能人[③]。申怨兄，不安于室，悬梁投井，不堪其扰。贾怒，搜括其赀，将卖作妾，闻者皆嫌其老。贾将适夔，乃载与俱去。遇奚同肆，适中其意，遂货之而去。既见奚，惭惧不出一语。奚问同肆商，略知梗概，因曰："使遇健男，则在保宁，无再见之期，此亦数也。然今日我买妾，非娶妻，可先拜昭容，修嫡庶礼。"申耻之。奚曰："昔日汝作嫡，何如哉！"何劝止之。奚不可，操杖临逼。申不得已，拜之。然终不屑承奉，但操作别室。何悉优容之[4]，亦不忍课其勤惰[5]。奚每与昭容谈谳[6]，辄使役使其侧，何更代以婢，不听前[7]。

【注释】

①再适：再嫁。适，女子出嫁。

②保宁：府名。治所在今四川阆中。

③不能人：没有性能力。

④优容：宽容。

⑤课：监督，考核。

⑥谈谳：即"谈宴"，边叙谈边宴饮。

⑦不听前：不让申氏在面前侍奉。

【译文】

此前，申氏一个人生活了一年多，哥哥申苞劝她改嫁，申氏答应了。只是家里的田产因为奚家子侄的阻拦，不能够出售。申氏便把属于自己的东西卖了，积攒了几百两银子，带回了哥哥家。有个保宁的商人，听说申氏的嫁妆很富有，便用很多钱贿赂申苞，把申氏赚娶回家。但是这商人年老体废，不能过正常夫妻生活。申氏埋怨哥哥，在家里不安心，便闹着又是上吊又是跳井，把家里闹得天翻地覆。商人发怒把她的钱财搜刮一空，将她卖给别人当妾，但人们都嫌她岁数太大了。商人要去夔州，便带着她一同前往。在商界遇到奚成列，商人恰好很中意，便把她卖了离去。申氏见到奚成列,又是惭愧,又是害怕,说不出一句话来。奚成列询问伙伴,知道事情的大概,于是说:“假如你遇到一个健壮的男子,就会留在保宁,我们也就不会有再见的日子,这也是命吧。不过,今天我是买妾,不是娶妻,你可以先去见昭容,作为妾向妻子行礼。”申氏觉得很羞耻。奚成列说:“当初你做正室的时候,又如何啊!”何氏劝说奚成列。但是奚成列不同意,手持棍子逼迫申氏。申氏迫不得已,向何氏行了礼。但是申氏始终不屑于侍奉何氏,只在别的屋里做事情。何氏全都宽容她,也不忍心苛责她是懒惰还是勤快。奚成列常常和昭容一起谈话饮酒,就让申氏站在旁边服侍,何氏就用婢女代替申氏,不让她前来。

会陈公嗣宗宰盐亭[①],奚与里人有小争,里人以逼妻作妾揭讼奚[②]。公不准理,叱逐之。奚喜,方与何窃颂公德。一漏既尽[③],僮呼叩扉,入报曰:“邑令公至。”奚骇极,急觅衣履,则公已至寝门[④],益骇,不知所为。何审之,急出曰:“是吾儿也!”遂哭。公乃伏地悲哽。盖大男从陈翁姓,业为官矣。初,公至自都,迂道过故里,始知两母皆醮,伏膺哀痛[⑤]。族人知大男已贵,反其田庐。公留仆营造,冀父复还。既而授任盐亭,又欲弃官寻父,陈翁苦劝止之。会有卜者,使筮焉[⑥]。卜者曰:“小者居大,少者为长;求雄得雌,求一得两:为官吉。”公乃之任。为不得亲,居官不茹荤酒。是日,得里人状,睹奚姓名,疑之,阴遣内使细访[⑦],果父。乘夜微行而出[⑧]。见母,益信卜者之神。临去,嘱勿播,出金二百,启父办装归里。父抵家,门户一新,广畜仆马,居然大家矣。申见大男贵盛,益自敛。兄苞不愤,告官,为妹争嫡。官廉得其情，怒曰："贪赀劝嫁，已更二夫，尚何颜争昔年嫡庶耶！"重笞苞。由此名分益定。而申妹何，何姊之，衣服饮食，悉不自私。申初惧其复仇，今益愧悔。奚亦忘其旧恶，俾内外皆呼以太母⑨，但诰命不及耳⑩。

【注释】

①会：适逢，正值。宰：主持。指任县令。

②揭讼：告发，举报。

③一漏：一更，晚上七点至九点。

④寝门：内室或卧室门。

⑤伏膺：同"服膺"，发自内心。

⑥筮（shì）：占卜。

⑦内使：指随身役使之仆。

⑧微行：便服出行。

⑨俾（bǐ）：使，分派。内外：指家庭内外。太母：奴仆对其官员主人嫡母的敬称。

⑩诰命：又称"诰书"，是皇帝封赠官员的专用文书。由翰林院撰拟，有固定的程式，用骈体文，按品级高低增减字句，由内阁颁发。清沿明制，五品以上官员授以诰命，六品以下授以敕命（含六品）。五品官员本身受封称为"诰授"，封其曾祖父母、祖父母、父母及妻，生者称"诰封"，死者称"诰赠"。何氏因已为妾，故得不到诰命。

【译文】

正好陈嗣宗到盐亭当县令，奚成列和乡民发生小的争执，乡人就以逼妻为妾为由告奚成列的状。陈嗣宗不予受理，把乡人叱责走了。奚成列很高兴，正在和何氏暗暗称颂陈县令的恩德。一更天以后，突然仆人前来敲门，进来报告说："县太爷来了。"奚成列惊讶极了，急忙寻找衣服鞋子，而县令已经来到卧室门前，奚成列更加惊慌，不知怎么办才好。何氏仔细一看，急忙迎出来说："是我的儿子啊！"说完就痛哭起来，陈县令也趴在地上悲伤地哭泣。原来大男跟随陈翁姓陈，已经当上官了。起初，陈公前往做官的州郡，绕道经过故乡，才知道两位母亲都改嫁了，不由抚胸哀声痛哭。奚家族人知道大男已经显贵，就把强占的田地房屋还给他。陈公便留下仆人经常打理，希望父亲还能回来。不久，他接受任命到盐亭为官，又想放弃官职去寻找父亲，陈翁苦苦相劝，才制止了他。恰好有个算卦的，陈公就叫他给算一算。算卦的说："小的做了大的，年轻的做了长者；找男的得到女的，找一个人得到两个人：当官吉利。"陈公于是上任来了。因为没有找到亲人，为官期间不沾荤酒。这一天，接到乡人的状子，看见奚成列的名字，心中疑惑，他便暗中派家里的仆人细细访探，果然是自己的父亲。他便趁着夜色微服出行。见到母亲，他越发相信算卦的灵验。陈公离开父亲家时，嘱咐不要传扬，拿出二百两银子，让父亲置办行装回老家去。奚成列回到家，只见门户焕然一新，家里有许多牛马和仆人，已经是一派大家景象。申氏见大男富贵气盛，更加自我收敛。她的哥哥申苞愤愤不平，告到官府，为妹妹争夺嫡妻的位置。官长查明实情，愤怒地说："贪图财产，劝妹改嫁，已经换过两个丈夫，还有什么脸面争夺当年的嫡庶地位！"便重重地打了申苞一顿。从此，大小的名分更加确定了。而申氏认何氏当妹妹，何氏也把她当姐姐看待，衣服饮食，都不自私。申氏开始时惧怕何氏复仇，现在更加羞愧后悔。奚成列也忘记了申氏以前的种种劣迹，让家里家外的人也都叫她太母，但是官府的诰命轮不到她身上了。

异史氏曰：颠倒众生[①]，不可思议，何造物之巧也！奚生不能自立于妻妾之间，一碌碌庸人耳。苟非孝子贤母，乌能有此奇合，坐享富贵以终身哉！

【注释】

①颠倒众生:佛家语。指迷乱的人世。《圆觉经》:"一切众生从无始来,种种颠倒,犹如迷人,四方易处。"

【译文】

异史氏说:颠倒众生,不可思议,造物主做得是何等巧妙啊!奚成列不能在妻妾之间自立,只是一个碌碌无为的庸人罢了。如果不是像大男之类的孝子、何氏这样的贤母,怎么可能有这一段奇异的组合,让他终身坐享富贵啊!

外国人

【题解】

这大概是《聊斋志异》中所记载的最南端的地域了。就中国而言,涉及清代岭南道的澳门,就国度而言,言及吕宋国,即今菲律宾。故事只是记载了当日传闻,并不涉鬼神怪异。己巳秋,指康熙二十八年己巳,即1689年,是时任广东巡抚的是蒲松龄的友人朱缃的父亲朱宏祚。朱缃在父亲任广东巡抚期间去广东探望过。估计本篇故事是朱缃得自于父亲的讲述而转达于蒲松龄的。

己巳秋①,岭南从外洋飘一巨艘来②,上有十一人,衣鸟羽,文采璀璨。自言:"吕宋国人③。遇风覆舟,数十人皆死,惟十一人附巨木,飘至大岛得免。凡五年,日攫鸟虫而食④,夜伏石洞中,织羽为帆。忽又飘一舟至,橹帆皆无⑤,盖亦海中碎于风者,于是附之将返。又被大风引至澳门。"巡抚题疏⑥,送之还国。

【注释】

①己巳：指康熙二十八年己巳(1689)。

②岭南：岭南道。旧指中国南方的五岭之南的地区，相当于现在广东、广西及海南全境，以及湖南及江西等省的部分地区，治所在今广东广州。

③吕宋国：菲律宾群岛中面积最大、人口最多、经济最发达的岛屿，位于菲律宾群岛的北部，都邑马尼剌。

④攫：攫取，捕捉。

⑤橹：船桨。

⑥题疏：题奏。指奏闻皇帝。按，此处的巡抚当指蒲松龄的友人朱缃的父亲朱宏祚，是时正任广东巡抚。

【译文】

己巳年秋天，岭南从海上飘来一只大船，船上有十一个人，穿着鸟羽毛做成的衣服，文采璀璨夺目。他们自称："我们是吕宋国人。在海上遇到大风翻了船，几十个人都死了，只剩下十一个人趴在一根大木头上，飘到一个大的岛上，才幸免于难。五年的时间里，白天靠抓鸟虫充当食物，晚上就在石洞里睡觉，用鸟的羽毛编织成帆。忽然又飘来一只船，船上的橹、帆都不见了，大概也是在海里被风刮碎了的，于是就上了这条船。将要返回时，又被大风吹到了澳门。"巡抚把这个情况上奏朝廷，送他们返回自己的国家。

韦公子

【题解】

韦公子靠权势和钱财玩弄了许多女性，到头来受到了惩罚。惩罚包括三个方面：一是"以己之骨血，而谓他人父"，罗惠卿、沈韦娘本来是韦公子的孩子，改姓了他姓。二是“自食便液”，在不知情的情况下，韦公子与自己的男孩罗惠卿，女儿沈韦娘发生了性关系。三是这些孩子都在从事被社会认为最贱的性工作。

与蒲松龄相隔一百多年之后的法国短篇小说作家莫泊桑也写过相似题材的作品《隐士》和《一个儿子》，对于依仗钱财而好色成性的男主人公进行了鞭挞。不过在惩罚的方式上则体现了东西方文化的差异。

韦公子，咸阳世家①，放纵好淫，婢妇有色，无不私者②。尝载金数千，欲尽览天下名妓，凡繁丽之区，无不至。其不甚佳者，信宿即去③；当意，则作百日留。叔亦名宦，休致归④，怒其行，延明师置别业⑤，使与诸公子键户读⑥。公子夜伺师寝，逾垣归⑦，迟明而返⑧，以为常。一夜，失足折肱⑨，师始知之，告公。公益施夏楚⑩，俾不能起而始药之。及愈，公与之约：能读倍诸弟，文字佳，出勿禁；若私逸⑪，挞如前。然公子最慧，读常过程⑫。数年，中乡榜⑬。欲自败约，公箝制之。赴都，以老仆从，授日记籍，使志其言动，故数年无过行。后成进士，公乃稍弛其禁。公子或将有作，惟恐公闻，入曲巷中⑭，辄托姓魏。

【注释】

①咸阳：位于陕西省八百里秦川腹地，渭水穿南，嵕山亘北，山水俱阳，故称“咸阳”。明清时属西安府，即今陕西咸阳。

②私：指非婚姻关系的性占有。

③信宿：连宿两夜。《诗·豳风·九罭》：“公归不复，于女（汝）信宿。”毛传：“再宿曰信，宿，犹处也。”

④休致：官吏年老退休。清制，自陈衰老去职，称“自请休致”；老不

称职，谕令退离，称“勒令休致”。

⑤明师：好的老师。明，明达。别业：别墅。

⑥键户：闭门。键，门闩。

⑦逾垣归：翻墙回家。垣，短墙。

⑧迟明：早晨，天刚刚亮。

⑨折肱：胳臂断了。肱，胳膊由肘到肩的部分。

⑩夏(jiǎ)楚：古代体罚学生的代称。夏，榎木；楚，荆木。古代常用之以体罚学生。

⑪私逸：私自逃跑。

⑫过程：超过规定进度。程，进度，限度。

⑬中乡榜：考中举人。

⑭曲巷：偏僻小巷。借指妓女们所居之地。

【译文】

韦公子是咸阳的世家子弟，放纵好淫，丫环仆妇稍有点儿姿色，无不被他奸淫。他曾经带着几千两银子，想要遍览天下的名妓，凡是繁华的地区，没有他不到的。对长得不太好的妓女，他住上两宿就走；合他意的，就逗留上百天。他的叔叔是一个有名的官员，退休回到家里，对他的放荡行为十分愤怒，便为他请来名师，另外买了房子，让他和韦家其他公子一起闭门读书。到了夜里，韦公子看师傅睡觉了，就翻墙回到家里，快天亮时再返回来，习以为常。一天夜里，他失足摔断了胳膊，师傅才发现他的秘密，就向他叔叔报告。叔叔对他加重责打，一直到他起不来才给他上药。等他伤好以后，叔叔和他约定，如果他读书比其他人强一倍，写的文章好，就不禁止他出去；如果私自出逃，还和上次一样鞭打。但是韦公子最聪明，读的书常常超过老师的课程。过了几年，韦公子考中举人。他想私自破坏约定，叔叔制止了他。他赴京参加考试，叔叔派一个老仆人跟着他，并且交给他一个日记簿，让他记录韦公子的言行，所以几年里韦公子没有犯什么过错。后来，韦公子考中进士，叔叔才稍稍放宽了对他的禁令。韦公子有时想要有所举动，生怕叔叔知道，就在进妓院时，假称姓魏。

一日，过西安，见优僮罗惠卿①，年十六七，秀丽如好女，悦之。夜留缱绻，赠贻丰隆。闻其新娶妇尤韵妙，私示意惠卿。惠卿无难色，夜果携妇至，三人共一榻。留数日，眷爱臻至，谋与俱归。问其家口，答云："母早丧，父存。某原非罗姓。母少服役于咸阳韦氏，卖至罗家，四月即生余。倘得从公子去，亦可察其音耗②。"公子惊问母姓，曰："姓吕。"生骇极，汗下浃体③，盖其母即生家婢也。生无言。时天已明，厚赠之，劝令改业。伪托他适，约归时召致之，遂别去。

【注释】

①优僮：年青的男艺人。

②音耗：消息。

③浃体：湿透全身。

【译文】

一天，韦公子经过西安，见到年轻的男演员罗惠卿，十六七岁的年纪，秀丽得像良家女子，韦公子很是喜欢他。便留他过夜，赠送给他丰厚的礼物。韦公子听说罗惠卿新娶的媳妇风韵尤其绝妙，便私下向罗惠卿示意。罗惠卿面无难色，夜里果然带着媳妇前来，三个人睡在一张床上。逗留了几天，韦公子对他们更加疼爱，想带他们夫妇一同回家，便问起他家还有些什么人，罗惠卿回答说："我母亲早死，父亲还活着。我原来并不姓罗。母亲年轻时在咸阳韦家当丫环，后来卖到罗家，过了四个月就生下了我。如果能跟公子一同前去，也可以打听父亲的消息。"韦公子吃惊地问他母亲姓什么，罗惠卿说："姓吕。"韦公子惊骇极了，汗流浃背，原来罗惠卿的母亲当年就是韦公子家的丫环。韦公子说不出话来。这时，天已经亮了，韦公子赠给罗惠卿许多礼物，劝他改行，不要做优伶。又假装说要到别的地方去，约定好回家的时候再来找他，就告别而去了。

后令苏州[①]，有乐妓沈韦娘[②]，雅丽绝伦，爱留与狎。戏曰："卿小字取'春风一曲杜韦娘'耶[③]？"答曰："非也。妾母十七为名妓，有咸阳公子，与公同姓，留三月，订盟昏娶[④]。公子去，八月生妾，因名韦，实妾姓也。公子临别时，赠黄金鸳鸯，今尚在。一去竟无音耗，妾母以是愤悒死。妾三岁，受抚于沈媪，故从其姓。"公子闻言，愧恨无以自容，默移时，顿生一策。忽起挑灯，唤韦娘饮，暗置鸩毒杯中[⑤]。韦娘才下咽，溃乱呻嘶。众集视，则已毙矣。呼优人至，付以尸，重赂之。而韦娘所与交好者尽势家，闻之，皆不平，贿激优人，讼于上官。生惧，泻橐弥缝[⑥]，卒以浮躁免官。

【注释】

①令苏州：指任苏州府某县县令。

②乐妓：从事歌舞的女艺人，一般兼营卖春、卖艺两业。

③春风一曲杜韦娘：语出刘禹锡赠李绅《歌妓诗》。《本事诗·情感》载："刘尚书禹锡罢和州，为主客郎中、集贤学士。李司空罢镇在京，慕刘名，尝邀至第中，厚设饮馔。酒酣，命妙妓歌以送之。刘于席上赋诗曰：'鬖髻梳头宫样妆，春风一曲杜韦娘。司空见惯浑闲事，断尽江南刺史肠。'李因以妓赠之。"杜韦娘，唐代歌女名。

④昏：同"婚"。

⑤鸩(zhèn)毒:古代著名毒药。传说鸩是一种猛禽,比鹰大,鸣声凄厉。羽毛紫黑色,有剧毒,用其羽浸在酒中则成鸩酒,毒性很大,几乎不可解救。久而久之,"鸩"就成了毒酒的统称。

⑥泻橐弥缝:尽其所有贿赂当道以掩饰罪过。《左传·僖公二十六年》:"(齐)桓公是以纠合诸侯而谋其不协,弥缝其阙,而匡救其灾。"后来也称掩饰不法行为为"弥缝"。

【译文】

后来,韦公子担任苏州令,有个乐伎名叫沈韦娘,风雅俏丽,无与伦比。韦公子很喜爱她,就留下她亲热。他开玩笑地说:"你的名字是从'春风一曲杜韦娘'这句诗来的吗?"沈韦娘答道:"不是。我的母亲十七岁时是名妓,有位咸阳来的公子与大人同姓,留住了三个月,和我母亲订立婚约要娶她。韦公子走了以后,母亲怀胎八个月生下了我,于是取名为韦,这实际上是我的姓。韦公子临别时,赠我母亲一副黄金鸳鸯,现在还在。但韦公子一去就再也没有消息,我母亲因此心中悲愤,郁郁而死。我三岁的时候,被一个姓沈的老妈妈收养,所以我就跟她姓沈。"韦公子听完她的话,又羞愧又悔恨,无地自容。沉默了一阵子,立刻想出一条计策。他突然站起来点上灯,叫沈韦娘起来饮酒,暗中在杯子里放了毒药。沈韦娘一口才咽下去,就神经溃乱,呻吟嘶喊起来。众人聚到面前一看,发现她已经死了。韦公子把艺人叫来,将尸体交给他,给了很多钱贿赂他。但和沈韦娘交好的都是些有权势的人,听说沈韦娘惨死都愤愤不平,便给了艺人许多钱,怂恿他到官府去告状。韦公子害怕了,倾家荡产来掩盖自己的罪恶,后来终因浮躁而被罢免了官职。

归家,年才三十八,颇悔前行。而妻妾五六人,皆无子。欲继公孙[①],公以其门无内行[②],恐儿染习气,虽许过嗣,但待其老而后归之。公子愤欲招惠卿,家人皆以为不可,乃止。

又数年，忽病，辄挝心曰[③]：“淫婢宿妓者，非人也！”公闻而叹曰：“是殆将死矣！”乃以次子之子，送诣其家，使定省之[④]。月馀果死。

【注释】

①欲继公孙：想过继叔父的孙子为后嗣。公，指韦公子的叔叔。

②内行(xíng)：家居的操行。《吕氏春秋·下贤》：“世多举桓公之内行，内行虽不修，霸亦可矣。”

③挝(zhuā)：打，敲击。

④定省：昏定晨省。指旧时人待父母之礼。

【译文】

韦公子回到家时，才三十八岁，很后悔以前的行为。而他的五六个妻妾，都没有生儿子。他想过继叔叔的孙子为子，但叔叔认为他居家没有德行，唯恐孙子去了会染上不良习气，虽然同意过继，却一定要等到他老了以后才把孙子过继到他家。韦公子很气愤，想把罗惠卿招回来，家里的人都认为不可以，他才作罢。又过了几年，他忽然生了病，总是拍打心口说：“奸淫丫环、夜宿妓院，真不是人干的事啊！”叔叔听了，叹息说：“他就要死了！”于是便将自己的二儿子的孩子送到韦公子家，让他认韦公子为父。过了一个多月，韦公子果然死了。

异史氏曰：盗婢私娼[①]，其流弊殆不可问。然以己之骨血[②]，而谓他人父[③]，亦已羞矣。而鬼神又侮弄之，诱使自食便液[④]。尚不自剖其心，自断其首，而徒流汗投鸩，非人头而畜鸣者耶[⑤]！虽然，风流公子所生子女，即在风尘中，亦皆擅场[⑥]。

【注释】

①盗婢：与婢私通。盗，偷情。

②己之骨血：指自己的孩子。

③谓：称呼，叫。

④自食便液：指与子女淫乱。

⑤人头而畜鸣：长着人的脸面，干着畜生的行为。《史记·秦始皇本纪》后附文："（胡亥）诛斯、去疾，任用赵高。痛哉言乎！人头畜鸣。"《正义》："言胡亥人身有头面，口能言语，不辨好恶，若六畜之鸣。"

⑥擅场：压倒全场。指技艺高超出众。

【译文】

异史氏说：私通丫环，嫖淫娼妓，它们的流弊简直就不必问了。但是自己的孩子却叫别人为父亲，也已经是很羞耻的事了。而鬼神又侮辱戏弄他，引诱他跟自己的女儿淫乱。他还不自己剖开心脏，自己割掉脑袋，而只是汗流浃背，甚至下毒杀死自己的女儿，这不是长着人头的畜牲吗！虽然如此，但风流公子所生的子女，即使在风月场中，也都堪称高手呢。

石清虚

【题解】

本篇虽然写的是石头和爱石头的人的悲欢离合故事，却反映了丰富的社会现实。珍玩古董，对于真正爱好的人来说，是知音的关系，可以双向互动，石头也具有灵性和生命。蒲松龄在"异史氏曰"中说："'士为知己者死。'非过也！石犹如此，何况于人！"但由于它们同时具有经济价值，也就成为有权势者巧取豪夺的对象，在人间演出一幕幕悲剧。

邢云飞的石头屡次被社会恶势力劫夺，凭借着石头的灵性而物归原主，是蒲松龄浪漫而乐观的构思。相较而言，《红楼梦》第四十八回写石呆子珍爱自己收藏的古扇，声言“饿死冻死，一千两银子一把我也不卖”，“要扇子，先要我命”。与邢云飞一样的性情，但不幸的是，当他的扇子被贾赦看中，巴结贾府的贾雨村便“讹他拖欠了官银”，将扇子抄没送与贾赦。石呆子和扇子最后的结局没有邢云飞和石头幸运，反映的则是曹雪芹的严格的现实主义的态度。

邢云飞，顺天人①。好石，见佳石，不惜重直②。偶渔于河，有物挂网，沉而取之，则石径尺，四面玲珑，峰峦叠秀。喜极，如获异珍。既归，雕紫檀为座③，供诸案头④。每值天欲雨，则孔孔生云，遥望如塞新絮。

【注释】

①顺天：顺天府。明清时代的北京地区。

②重直：重金。直，价值。

③紫檀：别名“青龙木”、“黄柏木”、“蔷薇木”、“花榈木”等。豆科、紫檀属乔木，是世界名贵木材之一，主要产于南洋群岛的热带地区，其次是交趾。我国广东、广西也产紫檀木，但数量不多。

④供：陈设。

【译文】

邢云飞是顺天人。喜欢收藏石头，见到好的石头，不惜花大价钱买下。偶然有一次，他在河边捕鱼，感觉到有个东西挂住了渔网，他就潜到水里将它取出来，原来是一块一尺多长的石头，四面玲珑剔透，山峦叠嶂秀丽。他高兴极了，如获至宝。回到家里，他用紫檀木雕了一个底座，将石头供在案头。每到天要下雨的时候，山石的孔窍里就会生出云气，远远望去，好像塞进了新棉花。

有势豪某，踵门求观①。既见，举付健仆，策马径去。邢无奈，顿足悲愤而已。仆负石至河滨，息肩桥上②，忽失手，堕诸河。豪怒，鞭仆。即出金，雇善泅者③，百计冥搜④，竟不可见。乃悬金署约而去⑤。由是寻石者日盈于河，迄无获者。后邢至落石处，临流於邑⑥，但见河水清澈，则石固在水中。邢大喜，解衣入水，抱之而出。携归，不敢设诸厅所，洁治内室供之。

【注释】

①踵门：登门。

②息肩：休息。

③善泅：善于游泳。泅，游泳。

④冥搜：仔细搜索。

⑤悬金署约：悬赏立约，即发出署名告示愿出重金报酬寻能找到异石的人。

⑥临流於（wū）邑：面对河水悲泣。於邑，同“呜唈”，怨愤悲伤而气塞。

【译文】

有个有权势的恶霸上门请求观赏。看完以后，便拿起来交给健壮的仆人，然后骑马飞奔而去。邢云飞无可奈何，只能跺着脚表示心中的悲愤罢了。仆人背着石头来到河边，到了桥上从肩上往下放，忽然失手将它掉入河中。恶霸大怒，用鞭子抽打仆人，然后马上花钱雇善于游泳的人，千方百计地四处搜寻，竟然找不到。于是他贴出悬赏告示就走了。从此，搜寻石头的人每天挤满了河道，但没有一个人找到。后来，邢云飞来到石头掉落的地方，望着河水伤心地哽咽，只见河水清澈见底，那石头竟然就在水里。邢云飞十分高兴，脱下衣服跳到水里，把石头抱出了河。他带着石头回家，不敢再把它放在客厅里，而是将内室打扫干净供奉石头。

一日，有老叟款门而请[①]，邢托言石失已久。叟笑曰："客舍非耶？"邢便请入舍，以实其无[②]。及入，则石果陈几上，愕不能言。叟抚石曰："此吾家故物，失去已久，今固在此耶。既见之，请即赐还。"邢窘甚，遂与争作石主。叟笑曰："既汝家物，有何验证？"邢不能答。叟曰："仆则故识之。前后九十二窍，巨孔中五字云：'清虚天石供[③]。"邢审视，孔中果有小字，细如粟米，竭目力裁可辨认，又数其窍，果如所言。邢无以对，但执不与。叟笑曰："谁家物，而凭君作主耶！"拱手而出。邢送至门外，既还，已失石所在。邢急追叟，则叟缓步未远，奔牵其袂而哀之[④]。叟曰："奇哉！径尺之石，岂可以手握袂藏者耶？"邢知其神，强曳之归，长跽请之[⑤]。叟乃曰："石果君家者耶，仆家者耶？"答曰："诚属君家，但求割爱耳。"叟曰："既然，石固在是。"入室，则石已在故处。叟曰："天下之宝，当与爱惜之人。此石能自择主，仆亦喜之。然彼急于自见[⑥]，其出也早，则魔劫未除[⑦]。实将携去，待三年后，始以奉赠。既欲留之，当减三年寿数，乃可与君相终始。君愿之乎？"曰："愿。"叟乃以两指捏一窍，窍软如泥，随手而闭。闭三窍，已，曰："石上窍数，即君寿也。"作别欲去。邢苦留之，辞甚坚，问其姓字，亦不言，遂去。

【注释】

①款门：敲门。

②实：落实，证实。

③清虚天：作者虚拟的洞府名，或指月宫。唐末谭用之《江边秋夕》："七色花虬一声鹤，几时乘兴上清虚。"石供：赏玩的石头。

④袂：衣袖。

⑤长跽(jì)：长跪。跽，双膝着地，上身挺直。

⑥自见(xiàn)：自现于世。见，同"现"。

⑦魔劫：劫难，灾难。魔，梵语"魔罗"音译。佛教指妨碍修行的邪恶之神。

【译文】

一天，有个老头敲门进来，请求看那块石头，邢云飞推辞说石头已经丢了很久。老头笑着说："不就在客厅里吗？"邢云飞便请他进了客厅，想证明石头确实不在。等到进了客厅，发现石头果然供在桌子上，邢云飞惊愣得说不出话来。老头抚摸着石头说："这原本就是我家的东西，已经丢了很久，没想到它就在这里。既然已经看见了，就请你还给我吧。"邢云飞窘困极了，便和老头争当石头的主人。老头笑着说："既然说是你家的东西，那么有什么证据呢？"邢云飞不能回答。老头说："我倒是早就了解它。它前后共有九十二个小孔，其中一孔中刻着五个字：'清虚天石供。'"邢云飞仔细一看，发现孔里确实有像米粒大小的字样，睁大了眼睛才可以辨认，他再数石头上的孔，果然是老头说的九十二个。邢云飞无言以对，就是坚决不把石头还给老头。老头笑着说："到底是谁家的东西，非得由你做主不成吗！"说完，向邢云飞拱拱手就出门而去。邢云飞将老头送到门外，等他回到屋里一看，石头已经不见了。邢云飞急忙追赶老头，却见老头慢慢地走着，还没有走远，他奔上前去，拉住老头的衣襟，苦苦哀求他把石头还给自己。老头说："这倒奇怪了！一尺见方的石头，怎么可能拿在手上、藏在袖筒里呢？"邢云飞知道老头是神仙，便强行把他拉回家，直挺挺地跪在地上请求。老头于是说："石头果真是你家的呢，还是我家的呢？"邢云飞回答道："确实是您家的东西，只请求您割爱相让。"老头说："既然这样，石头还在这里。"进入内室，石头已在原来的地方了。老头说："天下的宝贝，当然应该给爱惜它的人。这块石头能够自己选择主人，我也很高兴它选择了你。但它急于出来表现自己，因为出来得太早，所以它命中的灾难还没有消除。我要把它带走，等三年以后，再把它赠送给你。既然你要把它留下，就应当减少三年的寿命，这样才可以让它与你相始终，你愿意吗？"邢云飞说："愿意。"老头于是用两根手指捏一个小孔，小孔软得像泥一样，随着他的手指就闭上了。等他封完三个孔，老头说："石头上小孔的数量就是你的寿命。"说完，就告别要走。邢云飞苦苦地挽留他，老头去意非常坚决，问他的姓名，他也不肯说，就走了。

积年馀，邢以故他出，夜有贼入室，诸无所失，惟窃石而去。邢归，悼丧欲死。访察购求，全无踪迹。积有数年，偶入报国寺[1]，见卖石者，则故物也，将便认取。卖者不服，因负石至官。官问："何所质验[2]？"卖石者能言窍数，邢问其他，则茫然矣。邢乃言窍中五字及三指痕，理遂得伸。官欲杖责卖石者，卖石者自言以二十金买诸市，遂释之。邢得石归，裹以锦，藏椟中，时出一赏，先焚异香而后出之。

【注释】

①报国寺：据《帝京景物略》卷三载，报国寺在北京城南。

②质验：凭证。

【译文】

过了一年多的时间，邢云飞因为有事外出，有个贼夜里闯进他家行窃，其他东西都没有丢，只是将那块石头偷走了。邢云飞回到家，不由得悲痛欲绝。他四处寻找，拿钱收买，但没有一点儿踪迹。过了几
邢云飞偶然到报国寺，见到一个人正在卖石头，那石头正是他丢
他便上前要认领。卖石头的人不服，于是背着石头和邢云
官府。长官问道："怎么证明石头是你们谁的呢？"卖石头的
上的小孔数，邢云飞问他还有什么特征，他就茫然不知了
说出小孔里的五个字和三个指痕，真相终于大白。长官
的棍子，卖石头的声称自己是用二十两银子从集市上买
把他释放了。邢云飞拿着石头回家，用锦缎把石头裹
里，时不时地拿出来欣赏一下，每次都要先烧香，再拿石

有尚书某，购以百金。邢曰："虽万金不易也。
阴以他事中伤之①。邢被收②，典质田产。尚书托他
其子。子告邢，邢愿以死殉石。妻窃与子谋，献石尚书家。邢出狱始知，骂妻殴子，屡欲自经，家人觉救，得不死。夜梦一丈夫来，自言"石清虚"。戒邢勿戚："特与君年馀别耳。明年八月二十日，昧爽时③，可诣海岱门④，以两贯相赎⑤。"邢得梦，喜，谨志其日。其石在尚书家，更无出云之异，久亦不甚贵重之。明年，尚书以罪削职，寻死。邢如期至海岱门，则其家人窃石出售，因以两贯市归。

【注释】

①中伤：诬陷或恶意造谣，旨在毁坏人的名誉。

②收：囚禁入狱。

③昧爽：拂晓，黎明。

④海岱门：北京崇文门的别名。始建于1267年，历经元、明、清三

朝，近740年历史。因是向皇城内运酒的专用通道，被称为“酒门”，又称“酒道”，因之闻名于世。谐音又称为“哈达门”，官方称呼为“文明门”“崇文门”。因为才子赶考必经之门，被称为“幸运门”，又因明清时期在此设立税务司，又被称为“财富之门”，是北京九门之中颇具声名的名门之一。

⑤两贯：两千文铜钱。古时千钱为一贯。

【译文】……，想用一百两银子买这块石头。邢云飞说：“即使是一……。”尚书大怒，暗中用别的事情来中伤邢云飞。邢云飞……里的田产也被抵押。尚书托别的人向邢云飞的儿子暗……石头换人。儿子告诉了邢云飞，邢云飞宁死也不肯交出石……下和儿子商量，把石头献给了尚书家。邢云飞出狱以后才……事，对妻子儿子又打又骂，好几次要自杀，都被家里人发觉救下来，才得以不死。一天夜里，他梦见一个男子前来，自称叫“石清虚”。他告诫邢云飞不要伤心，说：“我是特意要和你分别一年多的。明年八月二十日天刚亮的时候，你可以前往海岱门，用两贯钱把我买回来。”邢云飞从梦中得到石头的下落，十分高兴，认真记住了这个日子。再说那块石头在尚书家里，再也没有出现下雨前小孔往外冒云气的奇异景象，时间一长，他也就不把石头看得很贵重了。第二年，尚书犯了罪，被罢了官，不久就死了。邢云飞按照梦里指示的日期来到海岱门，只见尚书的家人把那石头偷出来卖，他便用两贯钱把它买回来。

后邢至八十九岁，自治葬具，又嘱子必以石殉①。及卒，子遵遗教，瘗石墓中②。半年许，贼发墓，劫石去。子知之，莫可追诘。越二三日，同仆在道，忽见两人，奔蹶汗流③，望空投拜，曰：“邢先生，勿相逼！我二人将石去④，不过卖四两银耳。”遂絷送到官，一讯即伏。问石，则鬻宫氏[5]。取石至，官爱玩，欲得之，命寄诸库。吏举石，石忽堕地，碎为数十馀片，皆失色。官乃重械两盗论死。邢子拾碎石出，仍瘗墓中。

【注释】

①殉：陪葬。

②瘗（yì）：埋葬。

③奔踬（zhì）：跌跌撞撞地奔跑。踬，跌倒。

④将：拿取。

⑤鬻（yù）：出卖。

【译文】

后来，邢云飞活到八十九岁时，自己准备好棺材，又叮嘱儿子一定要用石头作陪葬。他死了以后，儿子遵照他的遗嘱，把石头埋在墓里，过了半年多，盗贼打开坟墓，把石头抢走了。儿子知道以后，也无法追究查问。过了两三天，他儿子和仆人一道走在路上，忽然看见两个人一边跑一边摔跟头，而且满头大汗，对着空中下拜，说：“邢先生，不要再逼我们了！我们二人偷了石头去，只不过卖了四两银子罢了。”邢云飞的儿子便将他们捆送到官府，一审问他们就招供了。问起石头的下落，原来已经卖给了宫家。长官命人将石头取来，他也很喜爱这块石头，想要占为己有，便下令将它寄放到府库里。小吏刚举起石头，石头忽然掉在地上，碎成几十片，众人都大惊失色。长官于是对两名盗贼施以重刑，处以死罪。邢云飞的儿子把碎石头捡起来出了衙门，仍旧把它埋在父亲的墓里。

异史氏曰：物之尤者祸之府[1]。至欲以身殉石，亦痴甚矣！而卒之石与人相终始[②]，谁谓石无情哉？古语云：“士为知己者死[③]。”非过也！石犹如此，何况于人！

【注释】

①尤：特异，突出。府：渊薮，汇集的地方。

②卒：终于。

③士为知己者死：男人愿意为赏识自己、了解自己的人而献身。语出刘向《战国策·赵策》：“晋毕阳之孙豫让，始事范中行氏而不说，去而就知伯，知伯宠之。及三晋分知氏，赵襄子最怨知伯，而将其头以为饮器。豫让遁逃山中，曰：“嗟乎！士为知己者死，女为悦己者容。吾其报知氏之仇矣。”

【译文】

异史氏说：好的东西往往是灾祸的根源。邢云飞甚至想为石头殉死，也太痴情了！到最后石头和人相伴终始，谁又能说石头没有情呢？古语说：“士为知己者死。”这话一点儿都不过分！石头尚且能够如此，何况人呢！

曾友于

【题解】

曾友于是封建大家庭中的补天式的人物，也是作者关于家庭伦理道德的理想典范。

在封建大家庭存在的时候：一方面，社会道德规范讲究仁爱孝悌，同气连枝，一方面，实际生活中，在前房和后房，嫡子和庶子之间，因为家产和继承乃至生活中的琐屑小事争斗不断，“一个个像乌眼鸡似地，恨不得你吃了我我吃了你”。道德和规范的善终于敌不过实际生活中的物质利益的恶,大家庭的分崩离析总是早晚的事。曾友于事事恪守封建道德,忍辱负重,只能够补封建大家庭之天的万一,而不能根本解决痼疾。实际上,他的有限的补缀,他的向心力,完全仰赖于"明季科甲最重"而曾友于"父子同科"高中举人,否则他依然难逃"携妻子借寓他所"的结局。

曾翁,昆阳故家也①。翁初死未殓,两眶中泪出如沈②。有子六,莫解所以。次子悌,字友于,邑名士,以为不祥,戒诸兄弟各自惕,勿贻痛于先人,而兄弟半迂笑之。先是,翁嫡配生长子成③,至七八岁,母子为强寇掳去。娶继室,生三子:曰孝,曰忠,曰信。妾生三子:曰悌,曰仁,曰义。孝以悌等出身贱,鄙不齿,因连结忠、信为党。即与客饮,悌等过堂下,亦傲不为礼。仁、义皆忿,与友于谋,欲相仇。友于百词宽譬④,不从所谋,而仁、义年最少,因兄言,亦遂止。孝有女,适邑周氏,病死。纠悌等往挞其姑⑤,悌不从。孝愤然,令忠、信合族中无赖子,往捉周妻,搒掠无算,抛粟毁器,盎盂无存⑥。周告官。官怒,拘孝等囚系之,将行申黜⑦。友于惧,见宰自投⑧。友于品行,素为宰重,诸兄弟以是得无苦。友于乃诣周所负荆⑨,周亦器重友于,讼遂止。

【注释】

①昆阳:州名。在今云南省中部,明清时属云南府,后并入今之云南晋宁。故家:世家大族,世代仕宦之家。《孟子·公孙丑》:"纣之去武丁,未久也。其故家遗俗,流风善政,犹有存者。"焦循《正义》:"故家,勋旧世家。"

②沈:汁水。

③嫡配:原配妻子。

④宽譬:宽慰、解说。

⑤姑:婆婆。

⑥盎盂:指代生活器具。盎,腹大口小的盛物洗物的瓦盆。盂,盛液体的器皿。

⑦申黜:申报郡府,革除功名。

⑧自投:主动投案,自首。

⑨负荆:指谢罪。《史记·廉颇蔺相如列传》:“廉颇闻之,肉袒负荆,因宾客至蔺相如门谢罪。”荆,荆条,荆杖。

【译文】

曾翁,是昆阳的世代官宦人家。他刚死的时候,还没有入殓,两只眼眶中流出像汁一样的眼泪。曾翁有六个儿子,都不明白是怎么回事。二儿子曾悌,字友于,是当地的名士,认为这种现象是不祥的,告诫众兄弟各自小心谨慎,不要给先人带来痛苦,但兄弟们多半笑话他迂腐。原来,曾翁的正妻生了长子曾成,长到七八岁的时候,母子被强盗们抢去。曾翁娶了一房继室,生了三个儿子,分别叫:曾孝、曾忠、曾信。他的妾生了三个儿子,分别叫:曾悌、曾仁、曾义。曾孝认为曾悌三兄弟出身卑贱,对他们鄙夷不屑,于是和曾忠、曾信结为同党。即使他们和客人饮酒时,曾悌等人从堂下经过,他们也表现出很傲慢无礼的样子。曾仁、曾义都很愤怒,就和曾悌商量,要对曾孝三兄弟进行报复。友于用尽千言万语宽慰劝解他们,不同意他们的计划,因为曾仁、曾义年纪最小,见兄长这么一说也就作罢了。曾孝有个女儿,嫁给城里的周家,病死了。曾孝就纠集曾悌等兄弟去打女儿的婆婆,曾悌不同意。曾孝很恼火,让曾忠、曾信集合族里的一帮无赖子弟,到周家捉住周妻,把她痛打了一顿,又抛撒粮食,捣毁器物,连坛坛罐罐都砸得光光的。周家告到官府。长官大怒,就把曾孝等人抓来关进监狱里,准备报请上司予以惩处。友窃，其他东西都没有丢，只是将那块石头偷走了。邢云飞回到家，不由得悲痛欲绝。他四处寻找，拿钱收买，但没有一点儿踪迹。过了几年，邢云飞偶然到报国寺，见到一个人正在卖石头，那石头正是他丢掉的，他便上前要认领。卖石头的人不服，于是背着石头和邢云飞一同来到官府。长官问道："怎么证明石头是你们谁的呢？"卖石头的能说出石头上的小孔数，邢云飞问他还有什么特征，他就茫然不知了。邢云飞于是说出小孔里的五个字和三个指痕，真相终于大白。长官还要打卖石头的棍子，卖石头的声称自己是用二十两银子从集市上买回来的，长官便把他释放了。邢云飞拿着石头回家，用锦缎把石头裹起来，藏在匣子里，时不时地拿出来欣赏一下，每次都要先烧香，再拿石头出来。

有尚书某，购以百金。邢曰："虽万金不易也。"尚书怒，阴以他事中伤之①。邢被收②，典质田产。尚书托他人风示其子。子告邢，邢愿以死殉石。妻窃与子谋，献石尚书家。邢出狱始知，骂妻殴子，屡欲自经，家人觉救，得不死。夜梦一丈夫来，自言"石清虚"。戒邢勿戚："特与君年馀别耳。明年八月二十日，昧爽时③，可诣海岱门④，以两贯相赎⑤。"邢得梦，喜，谨志其日。其石在尚书家，更无出云之异，久亦不甚贵重之。明年，尚书以罪削职，寻死。邢如期至海岱门，则其家人窃石出售，因以两贯市归。

【注释】

①中伤：诬陷或恶意造谣，旨在毁坏人的名誉。

②收：囚禁入狱。

③昧爽：拂晓，黎明。

④海岱门：北京崇文门的别名。始建于1267年，历经元、明、清三

朝,近740年历史。因是向皇城内运酒的专用通道,被称为“酒门”,又称“酒道”,因之闻名于世。谐音又称为“哈达门”,官方称呼为“文明门”“崇文门”。因为才子赶考必经之门,被称为“幸运之门”,又因明清时期在此设立税务司,又被称为“财富之门”,是京都九门之中颇具声名的名门之一。

⑤两贯:两千文铜钱。古时千钱为一贯。

【译文】

有一个尚书,想用一百两银子买这块石头。邢云飞说:“即使是一万两银子也不卖。”尚书大怒,暗中用别的事情来中伤邢云飞。邢云飞被关进监狱,家里的田产也被抵押。尚书托别的人向邢云飞的儿子暗示,要拿那块石头换人。儿子告诉了邢云飞,邢云飞宁死也不肯交出石头。妻子私下和儿子商量,把石头献给了尚书家。邢云飞出狱以后才知道这事,对妻子儿子又打又骂,好几次要自杀,都被家里人发觉救下来,才得以不死。一天夜里,他梦见一个男子前来,自称叫“石清虚”。他告诫邢云飞不要伤心,说:“我是特意要和你分别一年多的。明年八月二十日天刚亮的时候,你可以前往海岱门,用两贯钱把我买回来。”邢云飞从梦中得到石头的下落,十分高兴,认真记住了这个日子。再说那块石头在尚书家里,再也没有出现下雨前小孔往外冒云气的奇异景象,时间一长,他也就不把石头看得很贵重了。第二年,尚书犯了罪,被罢了官,不久就死了。邢云飞按照梦里指示的日期来到海岱门,只见尚书的家人把那石头偷出来卖,他便用两贯钱把它买回来。

后邢至八十九岁,自治葬具,又嘱子必以石殉①。及卒,子遵遗教,瘗石墓中②。半年许,贼发墓,劫石去。子知之,莫可追诘。越二三日,同仆在道,忽见两人,奔蹶汗流③,望空投拜,曰:“邢先生,勿相逼!我二人将石去④,不于很害怕，便去向长官自首。友于的品行素来受到长官的敬重，因此，曾家诸兄弟在监狱里没有受苦。友于又到周家负荆请罪，周氏也很器重友于，官司也就作罢了。

孝归，终不德友于[①]。无何，友于母张夫人卒，孝等不为服[②]，宴饮如故。仁、义益忿。友于曰："此彼之无礼，于我何损焉？"及葬，把持墓门，不使合厝[③]。友于乃瘗母隧道中[④]。未几，孝妻亡，友于招仁、义同往奔丧。二人曰："'期'且不论，'功'于何有[⑤]！"再劝之，哄然散去。友于乃自往，临哭尽哀。隔墙闻仁、义鼓且吹，孝怒，纠诸弟往殴之。友于操杖先从。入其家，仁觉先逃，义方逾垣，友于自后击仆之。孝等拳杖交加，殴不止，友于横身障阻之。孝怒，让友于[⑥]。友于曰："责之者，以其无礼也，然罪固不至死。我不怙弟恶[⑦]，亦不助兄暴。如怒不解，身代之。"孝遂反杖挞友于，忠、信亦相助殴兄，声震里党[⑧]，群集劝解，乃散去。友于即扶杖诣兄请罪。孝逐去之，不令居丧次[⑨]。而义创甚[⑩]，不复食饮。仁代具词讼官，诉其不为庶母行服。官签拘孝、忠、信[⑪]，而令友于陈状。友于以面目损伤，不能诣署，但作词禀白，哀求寝息，宰遂销案[⑫]。义亦寻愈。由是仇怨益深。仁、义皆幼弱，辄被敲楚[⑬]，怨友于曰："人皆有兄弟，我独无！"友于曰："此两语，我宜言之，两弟何云！"因苦劝之，卒不听。友于遂扃户[⑭]，携妻子借寓他所，离家五十馀里，冀不相闻。

【注释】

①德：感激，念好。

②不为服：不为服孝。服，旧丧礼规定穿戴的丧服，也指居丧。

③合厝(cuò)：合葬。指与其父合葬。厝，把棺材停放待葬或浅埋以待改葬。此处是后者。

④隧道：埋藏于土层内的工程空间建筑物。这里指墓道。

⑤期、功：古代丧服的礼仪。期，期服。指为祖父母、伯叔父母、庶母死亡的服孝，按照规定齐衰服丧一年。功，功服。又分大功、小功。大功服丧九月，小功服丧五月，以用于稍疏于期服的亲属。曾孝妻为曾仁、曾义之嫂，当服小功丧。这里分别指张夫人、曾孝妻的丧礼。

⑥让：责备。

⑦怙：依仗，凭持。这里是纵使、放任的意思。

⑧里党：乡党，邻里。

⑨丧次：丧葬时，哀祭者的位次。

⑩创甚：伤势严重。

⑪签拘：发签拘传。

⑫销案：撤销案件。

⑬敲楚：杖击，殴打。

⑭扃(jiōng)户：关上门。扃，闭。

【译文】

曾孝回到家，始终不感激友于。不久，友于的母亲张夫人病死，曾孝等兄弟不穿丧服，和平常一样饮酒作乐。曾仁、曾义更加气愤。友于说："他们无礼，对我们有什么损害呢？"等到下葬的时候，曾孝等人又把住墓门，不让张夫人和曾翁合葬在一起。友于便将母亲安葬在隧道里。过了不久，曾孝的妻子死了，友于招呼曾仁、曾义一同前往奔丧。二人说："我们的母亲去世了他们都不奔丧，他的老婆死了我们凭什么去！"友于还想再劝，他们已经一哄而散了。友于于是一个人前去吊丧，哭得十分哀痛。隔着墙听到曾仁、曾义在那里奏乐，曾孝大怒，纠集弟弟们就要去打他们。友于拿起棍子率先跟从。一进他们的家，曾仁觉察到了先逃走了，曾义刚要爬墙，友于从后面将他击倒。曾孝等人拳头、棍子一齐上，打个不停，友于挺身横在前面拦阻。曾孝很愤怒，指责友于。友于说："我之所以要责罚曾仁、曾义，是因为他们无礼，但是他们的罪还不至于被打死。我不袒护弟弟为恶，也不帮助兄长施暴。如果你的怒气不解，我愿意以身相代。"曾孝于是反过来用棍子打友于，曾忠、曾信也帮助曾孝打他们的哥哥，打骂声震动了邻里，众人聚集来劝解，曾孝兄弟才散去。友于马上拄着拐杖去向兄长曾孝请罪。曾孝将他赶走了，不让他加入守丧的行列。而曾义的伤很重，不能进食。曾仁就代他写了状词告到官府，告曾孝等人不替庶母服丧。长官发文将曾孝、曾忠、曾信拘捕到官府，而让友于来陈述状词。友于因为脸面被打伤，不能前往衙门，就写了份证词禀明情况，哀求长官平息这件事，长官也就取消了这个案子。曾义的伤不久也好了。从此以后，双方的仇怨也就更深了。曾仁、曾义都年幼体弱，动不动就被曾孝等人打一顿，他们怨恨友于说："人人都有兄弟，唯独我们没有！"友于说："这两句话，应该是我说的，两位弟弟怎么能说呢！"于是苦苦劝告他们，但他们始终不听。友于便锁了自家的门，带着妻子借住到别的地方，离家五十多里地，希望不再听到那些烦心的事情。

友于在家，虽不助弟，而孝等尚稍有顾忌，既去，诸兄一不当，辄叫骂其门，辱侵母讳[①]。仁、义度不能抗，惟杜门思乘间刺杀之[②]，行则怀刃。一日，寇所掠长兄成，忽携妇亡归。诸兄弟以家久析，聚谋三日，竟无处可以置之。仁、义窃喜，招去共养之。往告友于，友于喜，归，共出田宅居成。诸兄怒其市惠[③]，登门窘辱。而成久在寇中，习于威猛，大怒曰："我归，更无人肯置一屋，幸三弟念手足，又罪责之，是欲逐我耶!”以石投孝,孝仆。仁、义各以杖出,捉忠、信,挞无数。成乃讼宰,宰又使人请教友于。友于诣宰,俯首不言,但有流涕。宰问之,曰:“惟求公断。”宰乃判孝等各出田产归成,使七分相准[4]。自此仁、义与成倍加爱敬。谈及葬母事,因并泣下。成恚曰[5]:“如此不仁,是禽兽也!”遂欲启圹[6],更为改葬。仁奔告友于,友于急归谏止。成不听,刻期发墓,作斋于茔[7]。以刀削树,谓诸弟曰:“所不衰麻相从者[8],有如此树!”众唯唯。于是一门皆哭临,安厝尽礼。自此兄弟相安。而成性刚烈,辄批挞诸弟,于孝尤甚。惟重友于,虽盛怒,友于至,一言即解。孝有所行,成辄不平之,故孝无一日不至友于所,潜对友于诟诅[9]。友于婉谏,卒不纳。友于不堪其扰,又迁居三泊[10],去家益远,音迹遂疏。

【注释】

①辱侵母讳:指名道姓地提及曾仁、曾义之母,在旧时是对于长者的大不敬。讳,名讳。

②乘间:寻找机会。

③市惠:买好,卖人情。惠,恩惠。

④七分相准:以财产七份平分为准。

⑤恚(huì):怒。

⑥圹(kuàng):墓穴。

⑦茔(yíng):坟墓,墓地。

⑧衰(cuī)麻:俗称披麻带孝。又分斩衰和齐衰。“斩衰”为丧服中最重的一种,用粗麻布制成,左右和下边不缝,用于子及未嫁女对父母的丧服,服丧三年。齐衰,用粗麻布制成,其缉边缝齐,故称“齐衰”,用于庶母之死亡,服丧一年。

⑨诟诅：说坏话，诅咒。

⑩三泊：县名。属云南府，在昆阳州附近。

【译文】

友于在家时，虽然不帮助自己的弟弟，但曾孝等人好歹还有所顾忌；他走了以后，曾孝兄弟一不称心，就到曾仁、曾义家门前叫骂，而且还直呼友于兄弟母亲的名讳。曾仁、曾义考虑自己不能与他们相对抗，只是关上门想着找机会刺杀他们，出门的时候，身上都揣着刀。一天，当年被强盗掳走的长兄曾成，忽然带着媳妇逃回来了。曾家兄弟因为家分了很久，聚在一起商量了三天，竟然没有地方可以安顿曾成。曾仁、曾义暗自高兴，就将曾成夫妇招去，由他们一起来供养。去告诉了友于，友于很高兴，回到家里，和曾仁、曾义一起拿出田地房屋给曾成。曾孝兄弟很生气友于兄弟对曾成施以恩惠，便上门来羞辱他们。而曾成长期生活在强盗中，习惯了威武凶猛的气势，勃然大怒道："我回到家，竟然没有一个人肯给我安置一间房子；幸好三弟念在兄弟的情分上让我住下来，你们却又责骂他，是想赶我走吗！"说完，便用石头砸曾孝，把他打倒在地。曾仁、曾义分别拿着棍棒杀出，捉住曾忠、曾信，打了无数下。曾成于是到县衙告状，县令又派人来向友于请教。友于来到县衙，低头不说话，只是流眼泪。县令问他应该怎么办，他说："只求公正判决。"县令于是判定曾孝等人各自拿出田产给曾成，使兄弟七人的田产相等。从此以后，曾仁、曾义与曾成之间更加互相敬爱。他们谈到安葬母亲的事时，都流下了眼泪。曾成生气地说："这样不仁爱，真是和禽兽一模一样！"于是想打开墓穴，重新安葬张夫人。曾仁跑去告诉友于，友于急忙赶回家劝阻。曾成不听，定好了日期打开墓穴，在墓地举行祭祀。曾成拿刀砍在树上，对众兄弟说："如果有人敢不和我一起服丧，这棵树就是他的下场！"众兄弟连连答应。于是，曾家全家都到坟前哭丧，按照礼节安葬好张夫人。至此，兄弟之间相安无事。但曾成性情刚烈，动不动地打众兄弟，对曾孝尤其厉害。唯独尊重友于，即使盛怒之下，只要友于前来，一句话就可以化解。只要曾孝有所行为，曾成就不公平地对待他，所以曾孝没有哪一天不到友于家，暗中对友于诅咒曾成。友于好言劝谏，但曾孝始终不听他的意见。友于不堪忍受曾孝的骚扰，又搬家去了三泊，离家就更远了，来往也就渐渐减少了。

又二年，诸弟皆畏成，久而相习。而孝年四十六，生五子：长继业，三继德，嫡出；次继功，四继绩，庶出；又婢生继祖。皆成立，效父旧行，各为党[①]，日相竞，孝亦不能呵止。惟祖无兄弟，年又最幼，诸兄皆得而诟厉之[②]。岳家故近三泊，会诣岳，迂道诣叔。入门，见叔家两兄一弟，弦诵怡怡[③]，乐之，久居不言归。叔促之，哀求寄居。叔曰："汝父母皆不知，我岂惜瓯饭瓢饮乎[④]？"乃归。过数月，夫妻往寿岳母。告父曰："儿此行不归矣。"父诘之，因吐微隐。父虑与有夙隙[⑤]，计难久居。祖曰："父虑过矣。二叔，圣贤也。"遂去，携妻之三泊。友于除舍居之[⑥]，以齿儿行[⑦]，使执卷从长子继善。祖最慧，寄籍三泊年馀，入云南郡庠[⑧]。与善闭户研读，祖又讽诵最苦[⑨]。友于甚爱之。

【注释】

①党：结伙，偏私。

②诟厉：辱骂。

③弦诵怡怡：弦歌诵读，兄弟亲睦。怡怡，和顺貌。《论语·子路》："朋友切切偲偲，兄弟怡怡。"

④瓯饭瓢饮：指量少的饮食。瓯，小盆，杯。瓢，舀水或取东西的工具，多用对半剖开的匏瓜或木头制成。

⑤夙隙：宿仇，旧怨。

⑥除舍：打扫房舍。

⑦齿儿行（hàng）：列入儿辈行列。意为像亲生儿子一样看待。齿，列。

⑧郡庠：府学。入府学，即考中秀才。

⑨讽诵：诵习，研读。

【译文】

又过了两年，曾家兄弟都害怕曾成，久而久之就成了习惯。这时曾孝四十六岁，生下五个儿子：老大继业、老三继德，是长妻生的；老二继功、老四继绩，是小老婆生的；还有一个是丫环生的，名叫继祖。五个儿子都长大成人，效仿父亲从前的行为，各自结为一派，每天互相争斗，曾孝也不能制止他们。只有继祖没有兄弟，年纪又最小，那些兄长都可以呵斥辱骂他。继祖的岳父家临近三泊，一次他去岳父家，绕道去看叔叔友于。他一进门，就看见叔叔家的两个哥哥和一个弟弟，正在弦歌诵读，非常融洽快乐，继祖很是喜欢，在友于家住了很久也不说要回去。友于催促他，他苦苦哀求要寄居在这里。友于说："你的父母都不知道你在这里，我难道舍不得供你吃喝吗？"继祖就回家去了。过了几个月，继祖夫妻去给岳母拜寿。他告诉父亲说："儿这次一走就不回来了。"父亲问他怎么回事，继祖便把想住到叔叔友于家的想法说了出来。曾孝担心自己和友于有夙怨，怕继祖难以在友于家长住。继祖说："父亲顾虑得太多了。二叔是个圣贤人。"便走了，带着妻子一起来到三泊。友于收拾屋子让他们居住，将他当作自己的儿子看待，让他跟自己的长子继善一起读书。继祖最聪慧，在三泊住了一年多，进入了云南府学为生员。他和继善闭门苦读，继祖读书又最刻苦，友于很喜爱他。

自祖居三泊，家中兄弟益不相能[①]。一日，微反唇[②]，业诟辱庶母。功怒，刺杀业。官收功，重械之，数日死狱中。

业妻冯氏，犹日以骂代哭。功妻刘闻之，怒曰："汝家男子死，谁家男子活耶！"操刀入，击杀冯，自投井死。冯父大立，悼女死惨，率诸子弟，藏兵衣底，往捉孝妻，裸挞道上以辱之。成怒曰："我家死人如麻，冯氏何得复尔！"吼奔而出。诸曾从之，诸冯尽靡。成首捉大立，割其两耳，其子护救，继绩以铁杖横击，折其两股。诸冯各被夷伤[3]，哄然尽散。惟冯子犹卧道周，成夹之以肘，置诸冯村而还。遂呼绩诣官自首；冯状亦至。于是诸曾被收。惟忠亡去，至三泊，徘徊门外。适友于率一子一侄乡试归，见忠，惊曰："弟何来？"忠未语先泪，长跪道左。友于握手曳入，诘得其情，大惊曰："似此奈何！然一门乖戾[4]，逆知奇祸久矣[5]。不然，我何以窜迹至此？但我离家久，与大令无声气之通[6]，今即蒲伏而往[7]，徒取辱耳。但得冯父子伤重不死，吾三人中幸有捷者，则此祸或可少解。"乃留之，昼与同餐，夜与共寝。忠颇感愧。居十馀日，见其叔侄如父子，兄弟如同胞，凄然下泪曰："今始知从前非人也。"友于喜其悔悟，相对酸恻。俄报友于父子同科[8]，祖亦副榜[9]，大喜。不赴鹿鸣[10]，先归展墓[11]。明季科甲最重[12]，诸冯皆为敛息[13]。友于乃托亲友赂以金粟，资其医药，讼乃息。

【注释】

①不相能：不能融洽相处。能，和睦。

②反唇：吵架。

③夷伤：杀伤，创伤。

④乖戾：乖悖违戾而急躁易怒。

⑤逆知:预料。

⑥大令:旧时对县令的尊称。

⑦蒲伏:犹匍匐,爬行。

⑧同科:指同榜考中举人。

⑨副榜:明代嘉靖年间开始,乡试设正榜、副榜。名列正榜者为举人,列副榜者准作贡生,称“副贡”,为“五贡”之一。

⑩鹿鸣:鹿鸣宴。明清时于乡试揭晓之次日,宴主考以下各官及中式举人,宴会时歌《诗·小雅·鹿鸣》之章。

⑪展墓:扫墓。

⑫科甲:科举。汉唐时举士考试,分甲、乙等科,后因称“科举”为“科甲”。科举考试成功意味着有社会地位和权势,被社会所看重。

⑬敛息:收敛气焰。

【译文】

自从继祖搬到三泊居住以后,留在家里的兄弟更加不能友善相待。一天,稍微话不投机,继业就辱骂庶母。继功大怒,将继业杀死了。官府把继功抓了起来,对他施以重刑,几天后,继功就死在监狱里。继业的妻子冯氏还是每天以骂代哭。继功的妻子刘氏听了,大怒说:“你家的男人死了,谁家的男人活着呢!”说完,持刀冲进去,把冯氏杀死了,自己也跳井而死。冯氏的父亲冯大业,痛悼女儿死得凄惨,便带领冯家子弟,将兵刃藏在衣服里面,到曾家去捉曾孝的妾,把她拖到道上脱光衣服打她,羞辱她。曾成大怒道:“我家死人如麻,冯家为什么还要来闹事!”大吼一声,杀了出去。曾家子弟都跟在他后面,冯家的人都被吓跑了。曾成首先捉住冯大立,割掉了他的双耳,他的儿子上来救护,曾继绩用铁棍横扫,打断了他的双腿。冯家的人个个都被打伤,一哄而散。只有冯大立的儿子还躺在路边,曾成用胳膊夹着他,送到冯村就回来了。然后,曾成就叫继绩到官府自首,冯家的状子也到了。于是,曾家的人都被收进监狱。只有曾忠一个人逃走了,他来到三泊,在友于家门外徘徊。恰好友于带着一个儿子一个侄子参加乡试回来,看见曾忠,吃惊地说:“弟弟怎么会来了?”曾忠还没说话就先流泪,挺直身子跪在路边。友于握着他的手把他拉进屋,问明了情况,大惊说:“这可如何是好!一家人不和睦,我早就知道会有大祸临头。不然的话,我怎么会逃到这里来呢?但是我离开家很久了,与县令没有交往,现在即使匍匐在地前去求情,也只是自取其辱罢了。不过,只要冯家父子伤重不至于死,我们三个人中有人幸运地考中,或许这场灾祸可以稍有缓解。”友于便留曾忠住下,白天和他一起吃饭,晚上和他一起睡觉。曾忠很感动又很羞愧。在友于家住了十几天,他见友于叔侄亲如父子,堂兄弟间像亲兄弟一样和睦,不由凄凉地流下眼泪说:“今天我才知道,以前真不是人。”友于很高兴他能幡然悔悟,兄弟相对,不由心酸。不久,报喜的来报友于父子同时登第,继祖也中了副榜,一家人欢天喜地。友于第二天没有去参加庆祝高中的鹿鸣宴,而是先回家扫墓。明代后期最重视科举,冯家人得知曾家一门三人都考中了,气焰有所收敛。友于便找亲戚朋友赠送给冯家钱财粮食,又出钱帮他们治伤,那场官司也就平息了。

举家泣感友于,求其复归。友于乃与兄弟焚香约誓,俾各涤虑自新[①],遂移家还。祖从叔不欲归其家。孝乃谓友于曰:“我不德,不应有亢宗之子[②]。弟又善教,俾姑为汝子[③]。有寸进时,可赐还也。”友于从之。又三年,祖果举于乡。使移家去,夫妻皆痛哭而去。不数日,祖有子方三岁,亡归友于家,藏继善室,不肯返,捉去辄逃。孝乃令祖异居,与友于邻。祖开户通叔家,两间定省如一焉[④]。时成渐老,家事皆取决于友于。从此门庭雍穆[⑤],称孝友焉[⑥]。

【注释】

①涤虑：净洁身心，清除杂念。

②亢宗之子：光宗耀祖之子。《左传·昭公元年》："大叔曰：'吉不能亢身，焉能亢宗。'"杜预注："亢，蔽也。"亢宗，原指庇护宗族。

③姑：姑且，暂且。

④定省：昏定晨省，子女早晚向亲长问安。《礼记·曲礼》："凡为人子之礼，冬温而夏凊，昏定而晨省。"郑玄注："定，安其床衽也；省，问其安否何如。"

⑤雍穆：和睦。

⑥孝友：孝顺父母，友爱兄弟。《诗·小雅·六月》："侯谁在矣，张仲孝友。"

【译文】

全家人都流着眼泪感激友于，恳求他搬回家来。友于便和兄弟们焚香发誓，让他们各人反省自我，改过自新，然后就搬回家来。继祖想跟着友于，不愿回自己的家。曾孝于是对友于说："我没有德行，不应该有光宗耀祖的儿子。兄弟你又善于教人，让他暂且做你的儿子吧。日后他有了一点儿进步，可以再赐还给我。"友于答应了他。又过了三年，继祖果然中了举人。友于让他搬回自己的家，继祖夫妻痛哭流涕而去。没几天，继祖才三岁的儿子，逃回了友于家，藏在伯父继善的屋里，不肯回家，捉回去就又逃出来。曾孝就让继祖搬出来住，和友于家做邻居。继祖在院墙上开了门通到叔叔家，两家互相来往像一家人似的。这时，曾成渐渐老了，家里的事情都由友于决定。从此，曾家一家和睦，称得上是孝悌友爱。

异史氏曰：天下惟禽兽止知母而不知父，奈何诗书之家，往往而蹈之也①！夫门内之行②，其渐渍子孙者③，直入骨髓。古云：其父盗，子必行劫[4]，其流弊然也。孝虽不仁，其报亦惨，而卒能自知乏德，托子于弟，宜其有操心虑患之子也[5]。若论果报犹迂也。

【注释】

①蹈：朝某个方向走，行。

②门内之行：家门内的品行。《颜氏家训·序致》："吾今所以复为此者，非敢轨物范世也，业以整齐门内，提撕子孙。"

③渐渍：浸润，感化。《史记·礼书》："而况中庸以下，渐渍于失教，被服于成俗乎？"

④其父盗，子必行劫：语出宋苏轼《荀卿论》。原文为："其父杀人报仇，其子必且行劫。"

⑤操心虑患：深思远虑，居安思危。《孟子·尽心》曰："人之有德、慧、术、知者，恒存乎疢疾。独孤臣孽子，其操心也危，其虑患也深，故达。"

【译文】

异史氏说：天下唯有禽兽才只知道母亲不知道父亲，怎么知书达礼的人家往往会犯这样的错误呢！家庭的道德品行，对于后代子孙的影响浸润，一直渗透到骨髓里。古人说：父亲是强盗，他的儿子一定会行劫，这是由弊病流传造成的结果。曾孝虽然不仁，他得到的报应也够惨的；可最后他自己也能知道缺乏德行，把儿子托付给弟弟友于，怨不得他有一个深思远虑、居安思危的儿子。如果要说起因果报应，好像有点儿迂腐。

嘉平公子

【题解】

嘉平风仪秀美的公子，获得美貌多情的温姬青睐。温姬夜夜与之幽会,不以大雨误约,不以路途阻隔,不以父母反对阻断,却因为嘉平公子写错字连篇,于是妓女飘然而去,临别还发出“有婿如此,不如为娼”的叹息。

写错别字而蒙羞如此,虽然是笑话,但对于接受教育的学生而言,其警戒作用却是非常大的。本篇近取譬喻,深入浅出,将严肃的道理以诙谐幽默的浅近方式表达出来,使人在微笑中领悟其深邃的教育内容。从这个意义上,可以说在中国古代的文言小说中,《聊斋志异》是最具有教育意味的文言小说集,同时也是文学史上最成功的具有教育精神的小说集。

嘉平某公子①,风仪秀美。年十七八,入郡赴童子试②。偶过许娼之门,见内有二八丽人,因目注之。女微笑点首,公子近就与语。女问:“寓居何处?”具告之。问:“寓中有人否?”曰:“无。”女云:“妾晚间奉访,勿使人知。”公子归,及暮,屏去僮仆。女果至,自言:“小字温姬。”且云:“妾慕公子风流,故背媪而来。区区之意,愿奉终身。”公子亦喜。自此三两夜辄一至。一夕,冒雨来,入门解去湿衣,罥诸椸上③,又脱足上小靴,求公子代去泥涂,遂上床以被自覆。公子视其靴,乃五文新锦④,沾濡殆尽,惜之。女曰:“妾非敢以贱物相役,欲使公子知妾之痴于情也。”听窗外雨声不止,遂吟曰:“凄风冷雨满江城。”求公子续之,公子辞以不解。女曰:“公子如此一人,何乃不知风雅⑤!使妾清兴消矣⑥!”因劝肄习⑦,公子诺之。

【注释】

①嘉平:古县名。故治在今安徽全椒西南。

②童子试：亦称“童试”，即科举时代参加科考的资格考试，包括县试、府试和院试三个阶段，通过后便成为秀才，才可以继续参加以后的乡试、会试、殿试。

③罥(juàn)：挂。椸(yí)：衣架。

④五文新锦：崭新的五彩织锦。

⑤风雅：泛指诗文方面的事。《诗经》有《国风》、《大雅》、《小雅》等部分。

⑥清兴：雅兴。指写诗的兴致。

⑦肄(yì)习：学习，练习。

【译文】

嘉平有一位公子，风度仪态秀美。十七八岁的时候，到郡里参加郡学的入学考试。偶然经过姓许的妓院门前，见里面有一位十六七岁的美丽女子，便用眼睛盯着她看。女子微笑着冲他点头，公子走到近前和她说话。女子问道：“你住在哪里呀？”公子详细地告诉她。女子又问：“屋里还有别人吗？”公子答道：“没有。”女子说：“我晚上去拜访你，不要让别人知道。”公子回到旅店，到了晚上，让仆人退下。女子果然前来，自称：“小名叫温姬。”而且说：“我敬慕公子风流倜傥，所以背着妈妈前来。我的意思是想终身侍奉你。”公子也很高兴。从此以后，温姬每隔两三夜就来一次。一天晚上，温姬冒雨前来，进门脱去湿衣服，挂在衣架上；又脱下脚上的小靴子，求公子替她除去上面的污泥，自己就上了床，拉过被子盖上。公子看她的靴子，是用新的五彩锦缎做的，几乎被泥水浸透了，他感到很可惜。温姬说：“我并不敢让你替我干擦鞋子这样的事，只是想让公子知道我对你的一片痴情。”温姬听着窗外雨声不停，便随口吟道：“凄风冷雨满江城。”请公子替她接续下去，公子推辞说不懂诗。温姬说：“公子这样一个人，怎么会不懂诗呢！把我的诗兴都给打消了！”于是劝公子好好学习，公子答应了她。

往来既频[1]，仆辈皆知。公子姊夫宋氏，亦世家子，闻之，窃求公子一见温姬。公子言之，女必不可。宋隐身仆舍，伺女至，伏窗窥之，颠倒欲狂[2]。急排闼，女起，逾垣而去。宋向往甚殷[3]，乃修贽见许媪[4]，指名求之。媪曰："果有温姬，但死已久。"宋愕然退，告公子，公子始知为鬼。至夜，因以宋言告女，女曰："诚然。顾君欲得美女子，妾亦欲得美丈夫。各遂所愿足矣，人鬼何论焉？"公子以为然。

【注释】

①频：频繁，屡次。

②颠倒：谓心神颠倒，失去理智。

③向往：思慕。殷：殷切，厚。

④修贽(zhì)：准备礼物。贽，见面礼。

【译文】

二人往来频繁，仆人们就都知道了。公子的姐夫姓宋，也是个世家大族的子弟，听说以后，就私下求公子让他见一见温姬。公子对温姬一说，温姬坚决不同意。宋某就藏在仆人的屋里，等温姬来时，趴在窗户上窥视她，不由得神魂颠倒得要发狂。他急急地推开门，温姬站起来，翻过墙走了。宋某十分殷切地思慕温姬，于是准备好礼物去见许妈妈，点名要温姬。许妈妈说："倒真有温姬这么个人，但已经死了很久了。"宋某惊愕地离开，回来告诉公子，公子这才知道温姬是鬼。到了夜里，公子就把宋某的话告诉温姬，温姬说："我确实是鬼。但是你想得到的是美貌女子，我也想得到美丈夫，各自都能满足心愿，人和鬼又何必分得那么清呢？"公子认为她说得对。

试毕而归，女亦从之。他人不见，惟公子见之。至家，寄诸斋中。公子独宿不归,父母疑之。女归宁[1],始隐以告母。母大惊,戒公子绝之,公子不能听。父母深以为忧,百术驱之不能去。一日,公子有谕仆帖[2],置案上,中多错谬:“椒”讹“菽”[3],“姜”讹“江”,“可恨”讹“可浪”。女见之,书其后:“何事‘可浪’?‘花菽生江’。有婿如此,不如为娼!”遂告公子曰:“妾初以公子世家文人,故蒙羞自荐[4]。不图虚有其表[5]!以貌取人,毋乃为天下笑乎!”言已而没。公子虽愧恨,犹不知所题,折帖示仆。闻者传为笑谈。

【注释】

①归宁:回娘家。

②谕仆帖:谕告仆人的便条。帖,便条。

③讹:错。

④蒙羞自荐:不避羞耻,主动相就。荐,进。指荐枕侍寝。

⑤不图:没料到,未想到。虚有其表:空有好看的外表,实际上不行。谓才不副貌。

【译文】

公子考试完毕回家,温姬也跟他回去。别人见不着她,只有公子能看见。回家以后,公子把温姬安顿在书房里。公子一个人睡在书房不回家,他的父母很怀疑。等到温姬回娘家探亲,公子才悄悄地告诉母亲。母亲听了大惊,告诫公子和温姬断绝关系,公子听不进母亲的话。父母很为公子担忧,用尽了办法也赶不走温姬。一天,公子给仆人写了张条子,放在桌上,里面有好多错字:“椒”错写成“菽”,“姜”错写成“江”,“可恨”则错写成“可浪”。温姬看了,在后面写道:“什么事情‘可浪’?‘花菽生江’。与其有这样的丈夫,倒不如去做娼妓!”于是,温姬对公子说:“我起初以为公子是读书世家,也是个文人,所以不怕害羞自愿上门。没想到你是一个图有其表的人！我根据相貌选择人，不是被天下人耻笑吗？”说完，她就消失了。公子虽然又愧又恨，还不懂温姬写的是什么意思，折好条子交给仆人看。听说的人都把这件事引为笑谈。

异史氏曰：温姬可儿[①]！翩翩公子，何乃苛其中之所有哉[②]！遂至悔不如娼，则妻妾羞泣矣[③]。顾百计遣之不去，而见帖浩然[④]，则“花菽生江”，何殊于杜甫之“子章髑髅”哉[⑤]！

【注释】

①可儿：称心如意的人。南朝宋刘义庆《世说新语·赏誉》：“桓温行经王敦墓边过，望之云：‘可儿！可儿！’”

②苛其中之所有：苛求他胸有才学。苛，苛求。中，腹中，胸中。所有，指才学、学问。

③妻妾羞泣：化用《孟子·离娄》中语，意为这样的丈夫让妻妾都感到羞耻。原文是：“齐人有一妻一妾而处室者，其良人出，则必餍酒肉而后反。其妻问所与饮食者，则尽富贵也。其妻告其妾曰：‘良人出，则必餍酒肉而后反；问其与饮食者，尽富贵也，而未尝有显者来，吾将瞯良人之所之也。’蚤起，施从良人之所之，遍国中无与立谈者。卒之东郭墦间，之祭者，乞其馀；不足，又顾而之他——此其为餍足之道也。其妻归，告其妾，曰：‘良人者，所仰望而终身也，今若此！——’与其妾讪其良人，而相泣于中庭，而良人未之知也，施施从外来，骄其妻妾。由君子观之，则人之所以求富贵利达者，其妻妾不羞也，而不相泣者，几希矣！”

⑤浩然：不可阻遏、无所留恋的样子。《孟子·公孙丑》：“夫出昼，而王不予追也，于然后浩然有归志。”朱熹《集注》：“浩然，如水之流不可止也。”

⑥子章髑髅：为唐杜甫《戏作花卿歌》中诗句。子章，唐代梓州刺史段子璋。《旧唐书·肃宗纪》载，唐肃宗上元二年(761)，段子璋反，攻占绵州，自称梁王。五月，成都尹崔光远率部将花敬定，攻拔绵州，斩子璋。杜甫为此写诗盛赞花敬定的勇武。诗中有云："子璋髑髅血模糊，手提掷还崔大夫。"关于吟诵这两句诗可以驱邪疗疟，唐末即有此传闻，然亦有考订者，如《西清诗话》曰："《树萱录》云：杜子美自负其诗，郑虔妻病疟，过之云：当诵予诗，疟鬼自避。初云'日月低秦树，乾坤绕汉宫'，不愈，则诵'子璋髑髅血模糊，手提掷还崔大夫'；又不愈，则诵'虬须似太宗，色映塞外春'。若又不愈，则卢、扁无如之何。此唐末俗子之论。少陵与虔结交，义动死生。若此乃昨暮小儿语耳，万无此理。'虬须似太宗'，乃《八哀诗》谓汝阳王琎也。琎虽死先于虔，而《八哀诗》乃郑虔辈没后同时作，则虔不及见此诗明矣。"髑髅，死人的头骨。

【译文】

异史氏说：温姬真是可爱的人儿！风度翩翩的公子，怎么能够苛求他胸中有东西呢！至于让温姬后悔还不如做娼妓，那么公子的妻妾也要羞愧得哭泣。千方百计地赶她也赶不走，但一见那张条子却使温姬去意坚决，可见"花菽生江"这四个字，和杜甫"子章髑髅"这句诗一样，也有驱鬼避邪的作用啊！

《耳录》云①：道傍设浆者②，榜云③："施'恭'结缘④。"亦可一笑。

【注释】

①《耳录》：蒲松龄友人朱缃曾作《耳录》。

②浆:凡水、茶、酒等均可称"浆"。这里指茶。

③榜:张贴出来的文告或名单。

④恭:俗称"大便"为"出恭"。又,大便为大恭,小解为小恭。

【译文】

《耳录》上说:有个在路边卖茶的人,招牌上写道:"施'恭'结缘。"把"茶"字错写成"恭"字,也值得一笑。

有故家子,既贫,榜于门曰:"卖古淫器。"讹"窑"为"淫"①。云:"有要宣淫、定淫者②,大小皆有,入内看物论价。"崔卢之子孙如此甚众③,何独"花萩生江"哉!

【注释】

①讹"窑"为"淫":将"窑"字误写成"淫"字。

②宣淫、定淫:正字应是"宣窑"、"定窑"。这是因为"讹窑为淫",所以连带写成"宣淫"、"定淫"。按,明宣德年间景德镇制瓷官窑称"宣窑",宋代河北定州瓷窑称"定窑",都是我国著名瓷器产地的名品。

③崔卢之子孙:指贵族世家子弟。崔、卢为魏晋以来两大族姓,世居高显之位。后因以崔、卢为大姓显贵人家的代称。

【译文】

有个世家子弟,家里贫穷后,在门上写道:"卖古淫器。"——把"窑"字错写成"淫"字。还写道:"有要宣淫、定淫的人,大小都有,到门里看货论价。"这些世家子弟写错别字的情况很多,何止一个"花萩生江"啊!

卷十二

二班

【题解】

本篇是关于老虎的童话故事。

医生殷元礼夜行害怕碰见老虎，却偏偏两次碰见老虎，还给老虎用针灸治了病。不过老虎并没有以真面目示人，殷元礼也一直以为是与人在打交道，只是在故事的结末，殷元礼才恍然大悟，自己夜行所遇是给老虎治病。

写人与虎的奇遇，老虎知恩图报，在中国的文言小说中并不罕见。本篇精彩的地方，其一是在结构上没有简单地写老虎如何报恩，也没有写三年之后老虎在救援狼袭击殷元礼之后立刻亮明身份，而是“虎悉扑杀之，竟去”。殷元礼在接下来接受病人招待后天亮才发现真相，显得曲折有味。其二是故事中的老虎一直以人的身份在活动，同时又具有老虎的性情特征。二班如此，它们的母亲也是这样。《聊斋志异》评论家何垠说“虎之报德亦犹人，但不免粗莽耳”，道出了其中的真谛。

殷元礼，云南人，善针灸之术。遇寇乱，窜入深山，日既暮，村舍尚远，惧遭虎狼。遥见前途有两人，疾趁之[1]。既至，两人问客何来，殷乃自陈族贯[2]。两人拱敬曰[3]："是良医殷先生也！仰山斗久矣[4]！"殷转诘之。二人自言班姓，一为班爪，一为班牙。便谓："先生，余亦避难石室，幸可栖宿，敢屈玉趾[5]，且有所求。"殷喜从之。俄至一处，室傍岩谷[6]。爇柴代烛[7]，始见二班容躯威猛，似非良善。计无所之，亦即听之。又闻榻上呻吟，细审，则一老妪僵卧，似有所苦。问："何恙？"牙曰："以此故，敬求先生。"乃束火照榻，请客逼视[8]。见鼻下口角有两赘瘤，皆大如碗。且云："痛不可触，妨碍饮食。"殷曰："易耳。"出艾团之[9]，为灸数十壮[10]，曰："隔夜愈矣。"二班喜，烧鹿饷客，并无酒饭，惟肉一品[11]。爪曰："仓猝不知客至，望勿以辅亵为怪[12]。"殷饱餐而眠，枕以石块。二班虽诚朴，而粗莽可惧，殷转侧不敢熟眠。天未明，便呼妪，问所患。妪初醒，自扪，则瘤破为创[13]。殷促二班起，以火就照，敷以药屑，曰："愈矣。"拱手遂别。班又以烧鹿一肘赠之。

【注释】

①趁：逐，赶。

②族贯：姓氏居里。贯，籍贯。

③拱敬：拱手致敬。

④山斗："泰山北斗"的省称，比喻德高望重。《新唐书·韩愈传赞》："自愈没，其言大行，学者仰之如泰山、北斗云。"

⑤屈玉趾：劳动别人脚步的敬称。屈，屈尊。玉趾，步履的敬称。

⑥傍（bàng）：靠近。

⑦爇（ruò）：烧。

⑧逼：近。

⑨艾：艾蒿，一种菊科的多年生草本植物，叶制成艾绒，供针灸用。

⑩壮：中医灸法术语。医用艾灸一的称为“一壮”。宋沈括《梦溪笔谈》：“医用艾一灼谓之一壮者，以壮人为法。其言若干壮，壮人当依此数，老幼羸弱量力减之。”

⑪一品：一种。品，种类。

⑫犹（yóu）亵：简慢，不敬，即招待不周。犹，轻。

⑬创：通“疮”。

【译文】

殷元礼是云南人，擅长针灸。一次，他遇上强盗作乱，逃到了深山里，天已经晚了，离村庄还很远，他害怕会碰上虎狼。远远地看见前面路上有两个人，就急忙追了上去。追上以后，那两人就问殷元礼是从哪里来的，殷元礼就自我介绍了姓名、籍贯。两个人听了，向他行礼，恭敬地说：“原来是名医殷先生，久仰！久仰！”殷元礼转而问他们的姓名。两人自称姓班，一个叫班爪，一个叫班牙。两个人说：“殷先生，我们也是来避难的，有间石室幸而可以住下，就请您上我们家去吧，而且我们也有事求您。”殷元礼高兴地跟他们走了。工夫不大，来到一处地方，只见一间石室座落在悬崖深谷旁边。他们点上木柴权当蜡烛，殷元礼这才发现二班相貌身躯都很威猛，好像不是善良的人。殷元礼想也无处可去，也就只好听之任之了。他又听到床上有人呻吟，仔细一看，原来是一个老妇人直挺挺地躺在那里，好像痛苦的样子。他便问道：“是什么病？”班牙说：“正是因为这事，所以敬求先生看治。”说完，就点了火把照着床铺，请殷元礼就近诊视。只见老妇人鼻子下、口角两边有两个瘤子，都像碗那么大。并且说：“疼得不敢触摸，而且妨碍吃饭。”殷元礼说：“这个病好治。”说着，就取出艾绒团来，替她灸了几十下，然后说：“隔一夜就会好了。”二班很高兴，烧了鹿肉来招待殷元礼，没有酒饭，只有这一种鹿肉。班爪说：“仓猝间不知道客人光临，希望先生不要因招待不周见怪。”殷元礼吃饱鹿肉就睡觉了，用石块当作枕头。二班虽然坦诚朴实，但是粗野鲁莽，让人害怕，殷元礼辗转反侧，不敢熟睡。天还没有亮，殷元礼就叫醒老妇人，问她的病怎么样了。老妇人刚刚醒来，自己用手一摸，发现瘤子已经破了，变成两个创口。殷元礼催促二班起床，拿火把照看，给创口抹上药屑，说：“好了。”说完，他拱拱手，就要告别。二班又送给他一只烧好的鹿腿。

后三年无耗①。殷适以故入山，遇二狼当道，阻不得行。日既西，狼又群至，前后受敌。狼扑之，仆，数狼争啮，衣尽碎。自分必死。忽两虎骤至，诸狼四散。虎怒，大吼，狼惧尽伏。虎悉扑杀之，竟去。殷狼狈而行，惧无投止②。遇一媪来，睹其状，曰：“殷先生吃苦矣！”殷戚然诉状③，问何见识④。媪曰：“余即石室中灸瘤之病妪也。”殷始恍然，便求寄宿。媪引去，入一院落，灯火已张。曰：“老身伺先生久矣。”遂出袍裤⑤，易其敝败。罗浆具酒，酬劝谆切⑥。媪亦以陶碗自酌，谈饮俱豪，不类巾帼⑦。殷问：“前日两男子，系老姥何人？胡以不见？”媪曰：“两儿遣逆先生⑧，尚未归复，必迷途矣。”殷感其义，纵饮不觉沉醉，酣眠座间。既醒，已曙，四顾竟无庐，孤坐岩上。闻岩下喘息如牛，近视，则老虎方睡未醒，喙间有二瘢痕⑨，皆大如拳。骇极，惟恐其觉，潜踪而遁。始悟两虎即二班也。

【注释】

①耗：音信。

②投止：投宿，找住处。

③戚然：痛苦，伤感。诉状：告诉状况。

④见识：相识。

⑤袴(kù)：同“裤”。

⑥谆(zhūn)切：真诚，恳切。

⑦巾帼：妇女的头巾，覆发的冠饰，代称妇女。

⑧逆：迎接。

⑨喙(huì)：嘴。瘢(bān)痕：伤口愈合而形成的疤。

【译文】

此后三年没有音讯。殷元礼一次因为有事进山，遇到两只狼挡住去路，让他无法前进。日头已经偏西，又来了一群狼，殷元礼腹背受敌。狼向他扑来，将他扑倒在地，几只狼争着咬他，把衣服都给咬碎了。殷元礼想自己一定会被咬死。忽然，两只老虎杀到，把狼群吓得四散奔逃。老虎发怒，大声吼叫，群狼吓得全部趴在地上，老虎把群狼全部咬死，然后离开了。殷元礼狼狈地往前走，害怕没有地方可以投宿。迎面遇到一个老妇人前来，看他这副样子，开口说：“殷先生吃苦了！”殷元礼神情凄惨地诉说了自己的经历，问老妇人怎么会认识自己。老妇人说：“我就是你在石室里用针灸治瘤子的那个病老太太。”殷元礼这才恍然大悟，便要求到老妇人家借住一宿。老妇人领他前去，进了一座院落，屋里已经点上了灯。老妇人说：“老身等候先生已经很久了。”说完，就拿出一身袍裤，让殷元礼把身上破烂衣服换下来。然后又摆上酒菜，殷切诚恳地劝殷元礼饮酒。老妇人自己也用陶碗自斟自饮，说话喝酒都很豪迈，不像普通的女子。殷元礼问：“上次的两个男子，是老太太的什么人？为什么没有看见呢？”老妇人说：“我派两个儿子去迎接先生，还没有回来，一定是迷路了。”殷元礼被老妇人的情义打动，开怀畅饮，不知不觉就喝醉了，就在座位上呼呼大睡。等殷元礼一觉醒来，天已经亮了，他往四周一看，房子竟然已经没有了，自己孤零零地坐在岩石上。他听见岩下传来牛一样喘息声，走近一看，原来是一只老虎正睡着还没有醒，它的嘴角边有两道瘢痕，都有拳头那么大。殷元礼惊骇极了，唯恐被老虎发觉，就悄悄地逃走了。这时，他才醒悟两只老虎原来就是二班。

车夫

【题解】

这是狼与人的冷笑话。狼竟然在人无暇或无力对付它的时候乘人之危，占人便宜，可谓狡猾之至。故事虽然说的是人与狼，但社会上人情世故亦往往有此情景。

有车夫载重登坡，方极力时①，一狼来啮其臀②。欲释手，则货敝身压③，忍痛推之。既上，则狼已龁片肉而去④。乘其不能为力之际，窃尝一脔⑤，亦黠而可笑也⑥。

【注释】

①极力：使劲，努力。

②啮（niè）：咬。

③敝：损坏，坍塌。

④龁（hé）：咬。

⑤脔（luán）：成块的肉。

⑥黠（xiá）：狡猾。

【译文】

有个车夫拉着很重的东西上坡，正在用尽全力时，一只狼跑来咬他的屁股。他如果一松手，货物就会摔坏，身子也会被压在车下，所以他只好忍着疼痛继续推车。等车子推上坡后，那狼已经咬下一片肉跑掉了。狼乘车夫无能为力的时候，偷了他身上一块肉吃，倒也狡猾可笑。

乩仙

【题解】

假如乩仙直接以“猪血红泥地”应对，乩仙显得很平庸，故事也很平淡。现在拐了个弯，“问城南老董”，乩仙便风趣机智，故事也便曲折有趣了。

不过，本篇故事大概自明代就有流传，明代俞弁《山樵暇语》和冯梦龙的《古今谭概》都有记载，只是情节和人物略有不同，应对的下联为“鳝血黄泥地”。估计《乩仙》是依据广泛流传的故事加以改编的。

章丘米步云①，善以乩卜②。每同人雅集③，辄召仙相与赓和④。一日，友人见天上微云，得句，请以属对⑤，曰：“羊脂白玉天。”乩批云：“问城南老董。”众疑其妄。后以故偶适城南，至一处，土如丹砂⑥，异之。见一叟牧豕其侧，因问之。叟曰：“此猪血红泥地也。”忽忆乩词，大骇。问其姓，答云：“我老董也。”属对不奇，而预知遇城南老董，斯亦神矣！

【注释】

①章丘：位于山东济南的东部，明清时属济南府，今为山东济南下辖县级市。

②乩(jī)卜：旧时求神问事的一种方法。两人扶一“丁”字形木架于沙盘之上，谓神降临时则木架移动划字，借以决疑或占卜吉凶，通称“扶乩”或“扶鸾”。

③同人：志同道合者。雅集：指文人雅士吟咏诗文，议论学问的

集会。

④赓(gēng)和：续用他人原韵或题意唱和。

⑤属(zhǔ)对：对对子，给上联对下联。

⑥丹砂：朱砂。

【译文】

章丘的米步云，善于通过扶乩占卜。每当朋友们举行风雅的聚会，米步云就召来仙人与大家唱和。一天，一位朋友见到天上淡淡的云彩，想出一句上联："羊脂白玉天。"就请仙人对下联。米步云扶乩求仙，批语写的是："问城南老董。"众人怀疑仙人是胡说。后来，米步云因为有事偶然到城南去，来到一个地方，土的颜色像朱砂一样，他觉得很奇怪。又看见一个老头在旁边放猪，便问他是怎么回事。老头回答说："这里是'猪血红泥地'。"米步云忽然想起那扶乩得来的批语，大为惊骇。他问老头姓什么，老头回答道："我是老董。"仙人能对出下联并不神奇，而能够预先知道米步云会遇到城南的老董，这可真是神奇的事了！

苗生

【题解】

本篇由三个小故事组成，通过老虎幻化的苗生讥讽嘲笑了当时的一些假名士的丑态，可以当做讽刺小品读。

第一个小故事讥讽龚生自视甚高，以貌取人。第二个小故事是全篇重点，讽刺假名士自鸣风雅，互相吹捧，以致苗生怒斥"此等文，只宜向床头对婆子读耳"，最后化作老虎把众秀才吃掉。为什么老虎留下龚生和靳生没有吃掉呢？因为龚生有一酒之酬，而靳生有联句之谊，并且与后面的小故事还有关联。第三个小故事揭露并抨击了所谓名士的内心丑恶。蒋生由于嫉妒别人"考居其上"，竟然心怀杀心而自食恶果。

龚生，岷州人[①]。赴试西安，憩于旅舍，沽酒自酌。一伟丈夫入，坐与语。生举卮劝饮[②]，客亦不辞。自言苗姓，言噱粗豪[③]。生以其不文，偃蹇遇之[④]，酒尽，不复沽。苗曰："措大饮酒[⑤]，使人闷损！"起向垆头沽[⑥]，提巨瓻而入[⑦]。生辞不饮，苗捉臂劝釂[⑧]，臂痛欲折。生不得已，为尽数觞。苗以羹碗自吸[⑨]，笑曰："仆不善劝客，行止惟君所便。"生即治装行。约数里，马病，卧于途，坐待路侧。行李重累，正无方计[⑩]，苗寻至[⑪]。诘知其故，遂谢装付仆，己乃以肩承马腹而荷之，趋二十馀里[⑫]，始至逆旅[⑬]，释马就枥[⑭]。移时，生主仆方至。生乃惊为神人，相待优渥[⑮]，沽酒市饭，与共餐饮。苗曰："仆善饭，非君所能饱，饫饮可也[⑯]。"引尽一瓻，乃起而别曰："君医马尚须时日，余不能待，行矣。"遂去。

【注释】

①岷州：指岷州卫，即今甘肃定西岷县。明末清初统属于陕西都指挥司，故龚生需赴陕西西安参加科举考试。

②卮：酒杯。

③言噱(jué)：言谈笑语。噱，笑。

④偃蹇遇之：傲慢地对待他。偃蹇，骄傲，盛气凌人。遇，对待。

⑤措大：穷酸。对贫寒读书人的轻侮称呼。

⑥垆头：指酒店。垆，酒店安置酒瓮的土墩，因以代称酒店。

⑦瓻(chī)：古代陶制酒器。《唐韵》："大者容一石，小者五斗。"按古代量制，十斗为一石。据计算，若以今每瓶一斤的白酒通常是500毫升换算的话，一大瓻，即一石酒，相当于今130瓶酒。

⑧釂(jiào)：饮尽杯中酒，干杯。

⑨羹碗：汤碗。自吸：自饮。

⑩方计:方法计谋。

⑪寻至:旋即来到。寻,不久。

⑫趋:快走。

⑬逆旅:客舍,旅店。

⑭释马:放下肩负的马。枥:马槽。

⑮优渥:优裕,丰厚。

⑯饫(yù):饱,食过多。

【译文】

龚生是岷州人。一次,他到西安去赶考,在旅店休息片刻,买来酒自斟自饮。一个魁梧的男子走了进来,坐下来和他说话。龚生举起酒杯邀请他喝酒,客人并不推辞。他自称姓苗,言谈粗犷豪放。龚生认为不是个文人,所以对他很傲慢,酒喝完了,龚生就不再去打。苗生说:"跟穷酸秀才喝酒,真要把人闷死!"说完就站起身来到柜台上打酒,提了一大坛酒回来。龚生推辞说不喝了,苗生抓住他的胳膊劝他喝,龚生胳膊疼得像要断了一样。他迫不得已,又陪着喝了几杯。苗生用盛汤的大碗自饮,笑着说:"我不善劝客人饮酒,是去是留,你请自便吧。"龚生立刻收拾行装上路了。走了几里地,龚生的马病了,趴倒在路上,龚生只好坐在路边等待。他的行李很重,正在他无计可施的时候,苗生赶到了。他问明了情况,就把马上的行李卸下来,让龚生的仆人背上,自己则用肩膀托着马的肚子把马扛了起来,快步走了二十多里地,找到一家旅店,把马放下来,牵到马槽边。过了一会儿,龚生主仆才赶到。龚生惊异极了,把苗生看成神,对待他非常优厚,又是打酒又是买饭,要和苗生一起吃饭喝酒。苗生说:"我的饭量大,不是你能供得饱的,我们喝一通酒就行了。"等他们喝干了一坛酒,他站起来告辞说:"你要治马,还需要一段时间,我不能等了,就此告别。"说完就走了。

后生场事毕①,三四友人,邀登华山②,藉地作筵③,方共宴笑，苗忽至。左携巨尊，右提豚肘，掷地曰："闻诸君登临[4]，敬附骥尾[5]。"众起为礼，相并杂坐，豪饮甚欢。众欲联句[6]，苗争曰："纵饮甚乐，何苦愁思！"众不听，设"金谷之罚[7]"。苗曰："不佳者，当以军法从事[8]！"众笑曰："罪不至此。"苗曰："如不见诛[9]，仆武夫亦能之也。"首座靳生曰："绝巘凭临眼界空[10]。"苗信口续曰[11]："唾壶击缺剑光红[12]。"下座沉吟既久[13]，苗遂引壶自倾。移时，以次属句[14]，渐涉鄙俚[15]。苗呼曰："只此已足，如赦我者，勿作矣！"众弗听。苗不可复忍，遽效作龙吟[16]，山谷响应，又起俛仰作狮子舞。诗思既乱，众乃罢吟，因而飞觞再酌。时已半酣，客又互诵闱中作[17]，迭相赞赏。苗不欲听，牵生豁拳[18]。胜负屡分，而诸客诵赞未已。苗厉声曰："仆听之已悉，此等文，只宜向床头对婆子读耳[19]，广众中刺刺者可厌也！"众有惭色，更恶其粗莽，遂益高吟。苗怒甚，伏地大吼，立化为虎，扑杀诸客，咆哮而去。所存者，惟生及靳。

【注释】

①场事：考场的事。指考试。

②华(huà)山：五岳中的西岳，也称"太华山"。位于陕西华阴。

③藉地作筵：以地作席。筵，铺在地上的坐具。古人席地而坐，饮食置于筵间，后因称招人饮食为设筵，称酒席为"筵席"。

④登临：登山临水。指游览山水。

⑤敬附骥尾：谦词。意谓敬附名士之后而得到荣耀。《史记·伯夷列传》："伯夷、叔齐虽贤，得夫子而名益彰；颜渊虽笃学，附骥尾而行益显。"骥，千里马。

⑥联句：旧时作诗方式之一。每人一句或数句，相联成篇，多用于朋友间饮宴时的应酬。

⑦金谷之罚：意谓作诗不成，罚酒三杯。《世说新语·品藻》注引晋石崇《金谷诗序》，谓石崇筑园于洛阳金谷涧中，于此游宴，欢送征西大将军王诩归长安。“遂各赋诗，以叙中怀。或不能者，罚酒三斗”。后因称宴会中罚酒三杯为“金谷之罚”或“金谷酒数”。

⑧以军法从事：按军法处罚。《史记·齐悼惠王世家》载，吕后召集宴饮，命令朱虚侯刘章为监酒吏。刘章说：“臣将种也，请得以军法行酒。”吕后表示同意。席间诸吕中有一人酒醉逃席，刘章追上，拔剑斩之。“太后左右皆大惊。业已许其军法，无以罪也”。

⑨见诛：被杀。

⑩绝巘(yǎn)：山的高险处。巘，山峰。凭临：凭高临视。

⑪信口：随口，不加思索。

⑫唾壶击缺：《世说新语·豪爽》：“王处仲(王敦)每酒后辄咏：‘老骥伏枥，志在千里，烈士暮年，壮心不已。’以如意打唾壶，壶口尽缺。”后因以“唾壶击缺”，表示豪情壮怀的激发。剑光红：用剑击唾壶星光四射。

⑬下座：下手座位上的人。

⑭以次属(zhǔ)句：按次序联句。属，连接。

⑮鄙俚：粗俗。

⑯龙吟：龙的叫声。指大声吟啸。汉张衡《归田赋》：“尔乃龙吟方泽，虎啸山丘。”李善注：“言已从容吟啸，类乎龙虎……《淮南子》曰：龙吟而景云至，虎啸而谷风生。”

⑰闱中作：科举考场中所作的文字。指应试的八股文。

⑱豁拳：也叫“猜拳”，饮酒时助兴取乐的一种游戏。两人同时出拳伸指喊数，喊中两人伸指之和者胜，负者罚饮。

⑲婆子：老婆。

【译文】

后来，龚生参加考试完毕，有三四位朋友邀请他一起登华山，众人在地上摆好酒菜，正在一起欢宴谈笑，苗生忽然来了。只见他左手提着一个大酒杯，右手拿着一只猪肘子，往地上一扔，说："听说诸君登临华山，所以我也来凑个数。"众人起身行礼，然后混杂着坐下，开怀畅饮，十分快乐。大家想联句作诗，苗生争论说："开怀痛饮很快乐，何苦费脑子想那些东西！"大家不听，定下"金谷之罚"的规矩：如果作不成诗，就罚酒三杯。苗生说："如果诗作得不好，就要以军法从事！"众人笑着说："罪过还不至于到杀头的地步。"苗生说："如果不杀头的话，我这个武夫也能凑上两句。"首座靳生吟道："绝巘凭临眼界空。"苗生随口接道："唾壶击缺剑光红。"下座的人沉吟了好久没有续上来，苗生就拿过壶来自己倒酒喝。过了一会儿，众人又依次联句作诗，诗句越来越粗俗。苗生说："就这些已经足够了，如果饶了我的话，别再作了！"众人不听他的话。苗生实在忍无可忍，便学着龙一样长啸起来，山谷中发出回响，他又站起来昂首低胸地跳起了狮子舞。大家作诗的思路被打乱了，也就停止作诗，又传杯换盏喝起酒来。酒喝到半醉的时候，大家又互相诵读在考场上做的文章，互相吹捧。苗生不想听，就拉着龚生划拳。他们划了好几遍拳，互有胜负，但那些人互相诵读吹捧还没有结束。苗生厉声喝道："你们的文章我都已经听到了，这样的文章只配在床头读给自己的老婆听，大庭广众中你们唠唠叨叨的，实在可恶！"众人脸上露出惭愧的神色，更加厌恶苗生粗莽，就越发高声吟诵。苗生十分愤怒，趴在地上大吼一声，立即变成一只老虎，扑向众人将他们咬死，然后咆哮着走掉了。众人中幸存的只有龚生和靳生。

靳是科领荐①。后三年，再经华阴②，忽见嵇生，亦山上被噬者。大恐欲驰，嵇捉鞚使不得行③。靳乃下马，问其何为，答曰："我今为苗氏之伥④，从役良苦。必再杀一士人，始可相代。三日后，应有儒服儒冠者见噬于虎，然必在苍龙岭下，始是代某者。君于是日，多邀文士于此，即为故人谋也。”靳不敢辨，敬诺而别[5]。至寓，筹思终夜，莫知为谋，自拚背约，以听鬼责。适有表戚蒋生来，靳述其异。蒋名下士[6]，邑尤生考居其上[7]，窃怀忌嫉。闻靳言，阴欲陷之。折简邀尤，与共登临，自乃着白衣而往[8]，尤亦不解其意。至岭半，肴酒并陈，敬礼臻至[9]。会郡守登岭上，与蒋为通家[10]，闻蒋在下，遣人召之。蒋不敢以白衣往，遂与尤易冠服。交着未完[11]，虎骤至，衔蒋而去。

【注释】

①是科领荐：这一次考试考中了举人。领荐，领乡荐，中举。

②华阴：地名。华山所在地。

③捉鞚(kòng)：抓住马络头。鞚，有嚼口的马络头。

④苗氏：指苗生。伥(chāng)：民间传说认为人被虎啮死后，鬼魂为虎服役，引虎吃人。这种鬼叫作“伥”。

⑤诺：答应的声音。

⑥名下士：有文名的读书人。

⑦邑：县。指同县。

⑧白衣：犹言布衣。古时没有官职或没有功名的人着白衣。此指便服，不同于士人秀才的冠服。

⑨臻(zhēn)至：周到完善。

⑩通家：世交。

⑪交着：互换冠服。着，穿。

【译文】

靳生这一年中了举人。过了三年，靳生再次经过华阴，忽然看见嵇生，也是三年前在山上被老虎吃掉的人之一。靳生大为恐惧，就要飞马逃走，嵇生捉住他的马缰绳不让他走。靳生于是下马，问他想干什么。嵇生回答说："我现在是姓苗的伥鬼，帮助他吃人，从事的差役十分辛苦。一定要再杀死一个读书人，才可以代替我。三天以后，应该有一个穿儒服、戴儒冠的人被老虎吃掉，但是地点必须在苍龙岭下，才是代替我的人。如果您能在那一天，多邀请读书人来到这里，就算是为老朋友着想了。"靳生不敢争辩，只能答应下来告别而去。他回到寓所，左思右想了一整夜，也想不出有什么好主意，他打算豁出去背叛约定，听凭嵇生的责罚。恰好有一个他的表亲蒋生前来，靳生就向他述说了这件奇事。蒋生在当地有点儿名气，但县里的尤生考试的名次位居其上，蒋生心中暗暗嫉妒。他听靳生这么一说，就想暗害尤生。他写了封书信邀请尤生，与他一同登山游玩，自己则身穿普通百姓的衣服前往，尤生也不明白他的用意。上到半山腰时，蒋生准备了酒菜，对尤生十分恭敬有礼。正好郡守也登上岭来，他和蒋生家是世家通好，听说蒋生在下面，就派人去叫他。蒋生不敢穿着普通的衣服去，就和尤生互换了衣服，他们衣服还没有换完，老虎突然跑到，将蒋生叼走了。

异史氏曰：得意津津者①，捉衿袖，强人听闻，闻者欠伸屡作②，欲睡欲遁，而诵者足蹈手舞，茫不自觉。知交者亦当从旁肘之蹑之③，恐座中有不耐事之苗生在也。然嫉忌者易服而毙，则知苗亦无心者耳。故厌怒者苗也，非苗也。

【注释】

①得意津津：即得意洋洋。津，指见美味而口生津。

②欠伸：打呵欠，伸懒腰。形容不感兴趣。

③知交者：知己的朋友。肘之蹑之：用肘碰他，用脚踏他，提醒示

意，加以制止。

【译文】

异史氏说：得意洋洋的人喜欢侃侃而谈，拉住别人的衣袖，强迫别人听他说话；听的人不断地打呵欠、伸懒腰，又想睡觉，又想逃走，而讲的人手舞足蹈，一点儿都不自觉。知己的朋友就应当从旁边用胳膊肘撞他，或用脚踩他，唯恐座中有像苗生一样不耐烦的人在啊。然而嫉妒的人因为交换衣服而死，由此可知苗生也是无心的。所以厌恶愤怒的，可能是苗生，也可能不是苗生。

蝎客

【题解】

本篇属于因果报应的篇章，告诫不要杀生。

蝎子成为商品的原因，大概一是可以作为药材，不过用量不大。二是可以食用，大快朵颐。这里的南商，大概为的是第二种原因，可能为广东一带的食客进行采买的。

南商贩蝎者，岁至临朐[①]，收买甚多。土人持木钳入山，探穴发石搜捉之。一岁，商复来，寓客邸。忽觉心动，毛发森悚，急告主人曰："伤生既多，今见怒于虿鬼[②]，将杀我矣！急垂拯救[③]！"主人顾室中有巨瓮，乃使蹲伏，以瓮覆之。移时，一人奔入，黄发狞丑。问主人："南客安在？"答曰："他出。"其人入室四顾，鼻作嗅声者三，遂出门去。主人曰："可幸无恙矣。"及启瓮视客，已化为血水。

【注释】

①临朐(qú):今山东临朐,位于山东半岛的中部。

②虿(chài):古书上说的蝎类毒虫。

③垂:敬辞。用于别人(多是长辈或上级)对自己的行动。

【译文】

有个南方贩卖蝎子的商人,每年都要来到临朐,收买大量的蝎子。当地人拿着木钳进山,挖洞穴,翻石头,搜索捕捉蝎子。这一年,蝎客又来了,住在客店里。他忽然感觉心悸动起来,毛发悚然,急忙告诉客店主人说:"我杀生太多,今天触怒了虿鬼,它要来杀我了!求您赶紧救救我!"店主人四下看看,屋子里有一只大瓮,就让他蹲在地上,然后把大瓮盖在上面。不一会儿,一个人跑了进来,长着黄色的头发,相貌狰狞丑陋。他问店主说:"南方来的客商在哪里?"店主回答道:"到别处去了。"那人走进屋子,四处看了看,鼻子嗅了几下,就出门走了。店主说:"总算幸运,平安无事了。"等他揭开大瓮,再看那个蝎客,已经化成了一滩血水。

杜小雷

【题解】

这是一篇谈因果、讲报应、说教味很浓的小说。相似的传说在元代《续夷坚志前集》中也有记载。除了地点、人物不同外,媳妇给瞎眼婆婆吃的食物是"以面裹粪为饼馅",变成的是狗而已。

杜小雷的妻子因为在馎饦中的肉里"杂蜣螂其中"给婆婆吃,于是变成了猪。故事不近情理,叙述漏洞所在多有。比如"杂蜣螂其中",也可能为失误,何以见得一定是主观故意?婆婆"藏以待子",则见出婆媳不和并非一日,婆婆之城府很深。从"妻自馁,彷徨榻下"来看,杜小雷的妻子并非悍泼大恶之人，仅仅因为一顿饭于是就被罚变成“一豕”云云，既有失公允，也荒诞不稽。至于说用“谭薇臣曾亲见之”，并不能证明其真实性。

杜小雷，益都之西山人①。母双盲，杜事之孝，家虽贫，甘旨无缺②。一日，将他适，市肉付妻，令作馎饦③。妻最忤逆④，切肉时，杂蜣螂其中⑤。母觉臭恶不可食，藏以待子。杜归，问：“馎饦美乎？”母摇首，出示子。杜裂视，见蜣螂，怒甚。入室，欲挞妻，又恐母闻，上榻筹思。妻问之，不语。妻自馁⑥，彷徨榻下，久之，喘息有声。杜叱曰：“不睡，待敲扑耶⑦！”亦竟寂然。起而烛之，但见一豕⑧，细视，则两足犹人，始知为妻所化。邑令闻之，絷去，使游四门⑨，以戒众人。谭薇臣曾亲见之。

【注释】

①益都：旧县名。位于山东省的中部，明清时代属青州府，在今山东青州西北部益都街道。

②甘旨：美食。汉晁错《论贵粟疏》：“夫寒之于衣，不待轻煖；饥之于食，不待甘旨。”

③馎饦（bó tuō）：汤饼的别名。古代一种水煮的面食。

④忤（wǔ）逆：旧时称不孝顺父母、公婆为“忤逆”。

⑤蜣螂（qiāng láng）：一种鞘翅昆虫，背有坚甲，黑色，喜食粪，俗称“屎窠螂”。

⑥自馁（něi）：自觉理亏而畏缩。馁，空虚。

⑦敲扑：用棍子打。

⑧豕（shǐ）：猪。

⑨四门:古代集宗教、政事、教化为一体的所在。

【译文】

杜小雷是益都县西山人。母亲双目失明,杜小雷很孝顺地侍奉母亲,家里虽然贫穷,但给母亲好吃的东西倒是从来不缺。一天,杜小雷要到外面去,就买了肉交给妻子,让她给母亲做汤饼吃。他的妻子最为大逆不道,不孝敬老人,切肉的时候故意把蜣螂夹杂在里面。母亲觉得汤饼有股恶臭,吃不下去,就藏了起来等儿子回来看。杜小雷回家后,问道:“汤饼好吃吗?”母亲摇摇头,拿出汤饼给儿子看。杜小雷掰开饼一看,发现里面有蜣螂,不由大怒。他回到卧室,就想打老婆一顿,但又担心母亲听见,便上床琢磨这事。妻子问他怎么回事,他不说话。妻子自己泄了气,在床下徘徊,过了好久,就听见床下传来喘息声。杜小雷呵斥她道:“还不睡觉,等着挨打吗!”仍然还是没有回答。他坐起身来,点上灯,只见到地下有一口猪,再仔细一看,那猪的两只脚还是人脚,这才知道是妻子变的。县令听说以后,就把猪捆了去,押着它到处游街,以警戒那些不孝的人。谭薇臣曾经亲眼看见过。

毛大福

【题解】

本篇与《二班》可以对读,都是写动物求人治病报恩的童话。蒲松龄称“可知此事从来多有”,显然在民间相关的传说很多。

与《二班》不同的是,《毛大福》篇的情节更为复杂,不仅写狼求人治病如人间的礼仪——先送上礼金,然后迎送,而且牵涉到商人被杀于途的命案,毛大福误陷其中,凭借狼的参与,得以昭雪。由于《毛大福》情节曲折有趣,故曾被改编为戏剧演出。川剧《一只鞋》就是根据这个故事加以改编上演的。

太行毛大福[①]，疡医也[②]。一日，行术归，道遇一狼。吐裹物，蹲道左。毛拾视，则布裹金饰数事[③]。方怪异间，狼前欢跃，略曳袍服，即去。毛行，又曳之。察其意不恶，因从之去。未几，至穴，见一狼病卧，视顶上有巨疮，溃腐生蛆。毛悟其意，拨剔净尽，敷药如法，乃行。日既晚，狼遥送之。行三四里，又遇数狼，咆哮相侵，惧甚。前狼急入其群，若相告语，众狼悉散去。毛乃归。

【注释】

①太行：旧县名。唐武德三年(620)设，后改为河内县，即今河南博爱，在太行山南麓。

②疡(yáng)医：治疗创伤肿毒的外科医生。《周礼·天官·疡医》："疡医掌肿疡、溃疡、金疡、折疡之祝药劀杀之齐。"

③金饰：金银饰物。数事：数件。

【译文】

太行县有个毛大福，是个专治疮伤的外科医生。一天，他外出行医回家，路上遇到一只狼。那狼把嘴里含着的一包东西吐出来，然后蹲在路边。毛大福捡起来一看，原来是用布包着的几件黄金首饰。他正感到怪异，狼欢快地跳到他面前，轻轻地拽他的衣服，就走。毛大福要走，狼又来拽他。毛大福察觉狼没有什么恶意，便跟着它走。不一会儿，他们来到一处洞穴，见一只狼生病躺在床上，仔细一看，它的头顶上有一个大疮，已经溃烂，长出蛆来。毛大福明白了狼的用意，就给那只狼把疮上的脓血蛆虫都刮干净，像对人一样替它敷上药，然后走了。这时，天色已晚，狼在后面远远地跟着他护送他。走了三四里地，又遇到几只狼，咆哮着要侵害毛大福，他害怕极了。那只狼急忙赶到那些狼面前，好像告诉它们什么话，那些狼就都跑掉了，毛大福这才安全地回了家。

先是，邑有银商宁泰[1]，被盗杀于途，莫可追诘[2]。会毛货金饰，为宁所认，执赴公庭。毛诉所从来，官不信，械之[3]。毛冤极不能自伸，唯求宽释，请问诸狼。官遣两役押入山，直抵狼穴。值狼未归。及暮不至，三人遂反。至半途，遇二狼，其一疮痕犹在。毛识之，向揖而祝曰："前蒙馈赠，今遂以此被屈。君不为我昭雪，回去搒掠死矣！"狼见毛被絷，怒奔隶，隶拔刀相向。狼以喙拄地大嗥[4]，嗥两三声，山中百狼群集，围旋隶[5]。隶大窘。狼竞前啮絷索[6]，隶悟其意，解毛缚，狼乃俱去。归述其状，官异之，未遽释毛。后数日，官出行，一狼衔敝履[7]，委道上。官过之，狼又衔履奔前置于道。官命收履，狼乃去。官归，阴遣人访履主。或传某村有丛薪者，被二狼迫逐，衔其履而去。拘来认之，果其履也。遂疑杀宁者必薪，鞫之果然[8]。盖薪杀宁，取其巨金，衣底藏饰，未遑搜括[9]，被狼衔去也。

【注释】

①银商：制造或贩卖金银饰物的商人。

②追诘：究问，追查。

③械：拘禁，拘系。

④嗥（háo）：叫。

⑤围旋：围绕旋转。

⑥絷（zhí）索：捆绑的绳索。絷，捆缚。

⑦敝履：破鞋。

⑧鞫（jū）：审。

⑨未遑：没有来得及。

【译文】

此前，县里有个叫宁泰的银商，在路上被强盗杀死，一直也没能查出凶手是谁。正好毛大福卖首饰，被宁家人认了出来，便把毛大福扭送到衙门。毛大福叙述了首饰的由来，县官不相信，把他关进了监狱。毛大福冤枉极了，但又不能替自己申辩，只希望能够宽释几天，好让他去向狼问个清楚。县官就派了两个差役押着毛大福进山，一直来到狼窝，恰好狼外出没有回来。天黑了也没有回来，三个人只好往回走，走到半路上，遇到两只狼，其中一只头上的疮痕还在。毛大福认出这只狼，就上前作揖，祷告说："上次承蒙你们馈赠，现在我却因为那些首饰被冤枉杀人。你们如果不能替我昭雪，回去我就会被活活打死了！"狼一见毛大福被捆着，就愤怒地扑向差役，差役拔出刀来，和狼对峙。狼便用嘴拄着地，大声地嚎叫起来，刚嚎了两三声，就看见有上百只狼从山里的四面八方蜂拥而来，将差役层层地包围起来。差役大为窘困。那两只狼扑上前咬捆着毛大福的绳子，差役明白了它们的意思，替毛大福松了绑，狼这才一起散去。差役回到衙门，叙述了他们见到狼的经过，县官感到很惊异，但也没有马上释放毛大福。过了几天，县官外出，一只狼叼着一只破鞋子放在路上。县官径直过去，狼又叼着破鞋子跑到前面，放在路上。县官命人收起鞋子，狼这才走了。县官回到衙门，暗中派人查访破鞋子的主人。有人传说某村有个叫丛薪的人，被两只狼追赶，狼叼走了他的鞋子。县官命人将丛薪拘捕到官来认，果然是他的鞋子。县官便怀疑杀死宁泰的人肯定是丛薪，一审问，果然他就是凶手。原来丛薪杀死宁泰以后，偷走了他许多银子，而宁泰藏在衣服里面的首饰，他没有来得及搜刮，就被狼叼走了。

昔一稳婆出归[①]，遇一狼阻道，牵衣若欲召之。乃从去。见雌狼方娩不下，妪为用力按捺，产下放归。明日，衔鹿肉置其家以报之。可知此事从来多有。

【注释】

①稳婆:接生婆。

【译文】

从前有一个接生婆外出归来,遇到一只狼挡住了去路,牵着她的衣服,好像要请她去什么地方。接生婆便跟着它去了。到了地方一看,原来是一只母狼正在分娩,但生不下来,接生婆便替它用力按捺,帮着它生下了小狼,狼就放她回家了。第二天,那只狼叼着鹿肉放在接生婆的家里,作为对她的报答。由此可见,这样的事情从来就很多。

雹神

【题解】

李左车是汉代历史文化名人,关于他的生平籍贯,文献记载不详。河北、山东许多地方都争着说李左车的籍贯和墓地在本地,以图借名人的光标榜自己。有趣的是,传说中的李左车也不能免俗,小说写他也借当日的名人唐太史显示自己的存在。所以蒲松龄很诧异地说:“受职于天。然业神矣,何必翘然自异哉?”但话说回来,唐太史是不是也有借李左车之名“翘然自异”的嫌疑呢?

唐太史济武①,适日照会安氏葬②。道经雹神李左车祠③,入游眺。祠前有池,池水清澈,有朱鱼数尾游泳其中。内一斜尾鱼唼呷水面④,见人不惊。太史拾小石将戏击之,道士急止勿击。问其故,言:“池鳞皆龙族,触之必致风雹。”太史笑其附会之诬⑤,竟掷之。既而升车东行,则有黑云如盖⑥,随之以行,簌簌雹落,大如绵子⑦。又行里馀,始霁⑧。太史弟凉武在后⑨,追及与语,则竟不知有雹也。问之前行者亦云。太史笑曰:“此岂广武君作怪耶!”犹未深异。安村外有关圣祠[10],适有稗贩客[11],释肩门外[12],忽弃双篚[13],趋祠中,拔架上大刀旋舞,曰:“我李左车也。明日将陪从淄川唐太史一助执绋[14],敬先告主人。”数语而醒,不自知其所言,亦不识唐为何人。安氏闻之,大惧。村去祠四十馀里,敬修楮帛祭具[15],诣祠哀祷,但求怜悯,不敢枉驾。太史怪其敬信之深,问诸主人。主人曰:“雹神灵迹最著,常托生人以为言,应验无虚语。若不虔祝以尼其行[16],则明日风雹立至矣。”

【注释】

①唐太史济武:唐梦赉(1628—1698),字济武,别字豹岩。淄川县人。顺治六年(1649)进士,授翰林院庶吉士、翰林院检讨。直言敢谏,陷入朝中派系斗争漩涡,遂拂袖而归。时年仅26岁。归田后,寄情山水,栖心禅悦,日与高珩等人诗酒唱和,曾为蒲松龄《聊斋志异》写序言,称“留仙蒲子,幼而颖异,长而特达。下笔风起云涌,能为载记之言。于制艺举业之暇,凡所见闻,辄为笔记,大要多鬼狐怪异之事”云云。太史,官名。明清两代翰林院修撰国史,因称翰林为“太史”。

②适:去,前往。日照:位于山东省的东南部,黄海之滨,今为山东日照。会安氏葬:为安氏送葬。会,会吊。《后汉书·周举传》:“其今将大夫以下到丧发日,复会吊。”

③李左车:秦末年间谋士,初依附赵王武臣,封广武君,后归附韩信。韩信采用他的计谋先后攻克燕、齐等地。相传其死后为雹神。

④唼(shà)呷:鱼类吞食吸饮的声音。唼,鱼吃食。呷,吸饮。

⑤诬:不实之言。

⑥盖：车盖，形圆如伞的车篷。

⑦绵子：棉花籽。外部为坚硬的褐色籽壳，形状大小因品种而异。

⑧霁(jì)：天晴。

⑨凉武：唐梦师，字凉武，监生。唐梦赉之弟。

⑩关圣祠：关帝庙。

⑪稗(bài)贩客：小商贩。稗，小。

⑫释肩：放下担子休息。

⑬簏(lù)：竹篾编的盛物器，形状不一。

⑭执绋(fú)：送葬。古时送葬的人牵引灵车以助行进，因称送葬为“执绋”。绋，牵引灵车的绳索。

⑮楮(chǔ)帛：犹言楮钱。旧时祀神所用的纸钱。

⑯尼(nì)：阻止。

【译文】

太史唐济武，某天去日照参加安氏的葬礼。他途经雹神李左车的祠庙，便进去游览。在祠堂前面有一座养鱼池，池水清澈见底，有几条红鱼在水中嬉戏。其中一条长着斜尾巴，在水面上吃食，见到人也没有惊走。唐济武拾起一块小石头，就要开玩笑地扔过去，道士急忙劝止他不要扔。唐济武问道士为什么不可以，道士回答说：“这个池子里的鱼都是属于龙族的，触犯它必然导致风雹灾害。”唐济武笑话道士牵强附会，说话没有根据，到底还是把手里的石头扔了过去。游览完毕，唐济武上了车，继续向东走，就有一片像伞盖一样的黑云，跟着他的车子走，一会儿就“扑簌簌”地下起了雹子，有棉花籽那么大。又走了一里多地，天才放晴。唐济武的弟弟唐凉武跟在后面，追上来和他说起这事，唐凉武竟然不知道刚才下过雹子，再问走在前面的人，也说不知道下过雹子。唐济武笑着说：“这难道是广武君在作怪！”还是没有很怀疑。安村外有一座关圣祠，刚好有一个小商贩，在庙门外放下担子休息。他忽然撇下两个箱子，跑到庙里面，拔出架上的大刀旋转挥舞起来，还说道：

“我是李左车。明天要陪同淄川的唐太史一起前来送葬，特此先来告诉主人。”说完这几句话，他就醒了过来，但自己不知道刚才说过的话，也不认识唐太史是什么人。安村的人们听到他这番话，大为恐惧。安村离雹神祠有四十多里地，他们恭敬地准备好纸钱等祭品，前往雹神祠苦苦祷告，只求雹神怜悯，不敢劳动神仙大驾光临。唐济武奇怪他们怎么会如此深切地敬畏笃信雹神，便问他们是怎么回事。安村人说：“雹神显灵的情况最显著，常常托生人的嘴说话，每次都会应验，没有一次失言。如果不虔诚地祷告来阻挡他前行，到了明天风雹肯定会来。”

异史氏曰：广武君在当年，亦老谋壮事者流也①。即司雹于东②，或亦其不磨之气，受职于天。然业神矣③，何必翘然自异哉④！唐太史道义文章，天人之钦瞩已久⑤，此鬼神之所以必求信于君子也。

【注释】

①壮事：深于事理，富于经验。

②东：东道主。指日照。

③业：已经。

④翘然自异：自我飘扬，显示灵异。翘，扬起，举起。

⑤天人：天上和人间。钦瞩：钦佩重视。

【译文】

异史氏说：想当年，广武君也是属于老谋深算、能办大事的人物。他接任日照雹神一职，或许也是因为他不可磨灭的气概，才被上天任命的吧。但是，既然已经是神了，又何必张扬个性，显示灵异呢！唐太史的道德文章，为上天和世人钦仰瞩目已经很久了，这就是鬼神之所以一定要求信于君子的缘故吧。

李八缸

【题解】

一般预言故事都比较短，只是为了证明预言之不诬，往往缺乏故事性。本篇故事也不长，却具有小说意味。其一是预言耐人寻味，不显豁。因为“无多人”的话在解读上有歧义，就给故事的发展造成第一次曲折。其二是“山穷水尽”的话，也给故事的发展以“疑无路”，而有着无限的解读空间。作者把李月生的故事写得曲曲折折，十分耐读。其三是在故事的发展中作者同时塑造了太学李月生“朴诚无伪”的性格，给人留下较深的印象。这些都使得《李八缸》在诸多预言故事中显得卓异。

太学李月生[①]，升宇翁之次子也。翁最富，以缸贮金，里人称之“八缸”。翁寝疾[②]，呼子分金，兄八之，弟二之。月生觖望[③]。翁曰：“我非偏有爱憎。藏有窖镪[④]，必待无多人时，方以畀汝[⑤]，勿急也。”过数日，翁益弥留[⑥]。月生虑一旦不虞[⑦]，觑无人，即床头秘讯之。翁曰：“人生苦乐，皆有定数。汝方享妻贤之福，故不宜再助多金，以增汝过。”盖月生妻车氏，最贤，有桓、孟之德[⑧]，故云。月生固哀之，怒曰：“汝尚有二十馀年坎壈未历[⑨]，即予千金，亦立尽耳。苟不至山穷水尽时，勿望给与也！”月生孝友敦笃[⑩]，亦即不敢复言。无何，翁大渐[⑪]，寻卒。幸兄贤，斋葬之谋，勿与校计。月生又天真烂漫，不较锱铢，且好客善饮，炊黍治具[⑫]，日促妻三四作，不甚理家人生产。里中无赖窥其懦，辄鱼肉之[⑬]。逾数年，家渐落。窘急时，赖兄小周给[⑭]，不至大困。

【注释】

①太学：中国古代的大学。其名始于西周。汉武帝时，董仲舒上“天人三策”，提出“愿陛下兴太学，置明师，以养天下之士”的建议。元朔五年（前124）在长安设太学，由五经博士专门讲授儒家经典《诗》、《书》、《礼》、《易》、《春秋》。魏晋至明清或设太学，或设国子学、国子监，或同时设立，均为传授儒家经典的最高学府。明清两代称“国子监”为“太学”。

②寝疾：卧病不起。一般指病危。

③觖（jué）望：不满足所望。觖，不满，怨望。

④窖镪（qiǎng）：窖藏的白银。镪，钱贯。引申指银钱。

⑤畀（bì）：给予。

⑥弥留：濒临死亡。《书·顾命》：“病日臻，既弥留。”弥，久。本谓久病不愈，后多指病重将死之际。

⑦不虞：意外，不测。死亡的讳言。虞，意料。

⑧桓、孟之德：指为妇的美德。桓，桓少君，东汉鲍宣妻。桓少君嫁时装奁甚多，鲍宣不悦。桓少君乃将装奁尽还父家，改穿短衣，与鲍宣共挽鹿车（用人推拉的小车）回乡里。“拜姑礼毕，提瓮出汲”。见《后汉书·鲍宣妻传》。孟，指东汉梁鸿妻孟光，扶风平陵人，字德曜。夫妻耕织于霸陵山中。后随梁鸿至吴地。梁鸿贫困为人佣工，归家，孟光每为具食，举案齐眉，恭敬尽礼。见《后汉书·梁鸿传》。旧时以桓少君、孟光为贤妻的典型。

⑨坎壈（lǎn）：困顿。历：经历。

⑩孝友：孝顺父母，友爱兄弟。敦笃：真挚深厚。

⑪大渐：病危。渐，剧。

⑫炊黍治具：意为备办酒食。黍，谷物的总称。

⑬鱼肉：欺凌。

⑭周给：接济。

【译文】

太学生李月生是李升宇老先生的二儿子。李升宇最为富有，用大缸来贮存钱财，乡里的人称之为“李八缸”。李升宇临终前，把儿子们叫来分发钱财，哥哥分得八成，弟弟分得两成。月生心中怨恨不满。李升宇说：“我不是偏心，喜欢他不喜欢你。家里还有一窖银子，一定要等到没有多少人时，才能够拿出来给你，你不要着急。”过了几天，李升宇病情更加沉重。月生担心父亲一旦发生意外，自己得不到钱财，就趁着没人的时候，在床头悄悄地问父亲钱在哪里。李升宇说：“人的苦乐，都是上天排定的。你正在享妻子贤惠的福，所以不应该再给你太多的钱，来增添你的罪过。”原来，月生的妻子最是贤惠，像古代著名的贤妻桓少君、孟光一样，所以父亲才这么说。月生还是苦苦地哀求，李升宇恼怒地说：“你还有二十多年的坎坷没有经历，即使给你好多钱，也会一下子被你花光了。不到山穷水尽的时候，你不要指望会把钱给你！”月生对父亲孝敬，对兄长友爱，是个忠厚老实的人，听父亲这么一说，也就不敢再提了。不久，李升宇病得更厉害了，不久就死了。幸好哥哥贤良，关于丧葬方面的事情，也不和月生计较。月生又天真烂漫，不计较金钱的得失，而且很好客，喜欢饮酒，每天都要催促妻子做三四次饭，来开办酒宴，不怎么管家里的生计。乡里的无赖看他很软弱无能，就经常欺负他。过了几年，家道渐渐中落。生活窘困紧张的时候，幸好兄长还能给点儿贴补，不至于穷困到极点。

无何，兄以老病卒，益失所助，至绝粮食。春贷秋偿，田所出，登场辄尽。乃割亩为活①，业益消减②。又数年，妻及长子相继殂谢③，无聊益甚。寻买贩羊者之妻徐，冀得其小阜④。而徐性刚烈，日凌藉之⑤，至不敢与亲朋通吊庆礼⑥。忽一夜梦父曰：“今汝所遭，可谓山穷水尽矣。尝许汝窖金，今其可矣。”问：“何在？”曰：“明日畀汝。”醒而异之，犹谓是贫中之积想也。次日，发土葺墉[7]，掘得巨金。始悟向言“无多人”，乃死亡将半也。

【注释】

①割亩：指卖地。

②业：家业。益：更加。

③殂(cú)谢：死亡。

④小阜：稍稍富裕。阜，盛，多。

⑤凌藉：欺凌，作践。

⑥吊庆：吊唁或庆贺。指应酬往来。

⑦葺(qì)墉：修理墙垣。

【译文】

不久，哥哥又年老病死了，月生更加没人帮助了，甚至到了家中断粮的地步。他只好春天向人借贷，到秋天就偿还，田里打下来的粮食，一登场就全部净尽了。他只好靠卖土地来维持生计，家业日渐消减。又过了几年，他的妻子和长子也相继死去，月生更加感到没有依靠。不久，他买了一个羊贩子的妻子徐氏，希望她能带来一点儿财富。但是徐氏生性刚烈，每天凌辱欺压月生，以至于他不敢和亲戚朋友互通往来。忽然在一个晚上，月生梦见父亲说：“现在你的遭遇，可以说是山穷水尽了。当年我答应给你一窖银子，现在是给你的时候了。”月生问：“在哪里呢？”父亲说：“明天就给你。”月生一觉醒来，很是奇怪，还以为穷困之中想起当年的往事。第二天，他挖土砌墙，挖出许多银子。他这才醒悟，当初父亲说的“没有多少人”，是指家里死了一半人的意思。

异史氏曰：月生，余杵臼交[1]，为人朴诚无伪。余兄弟与交，哀乐辄相共。数年来，村隔十馀里，老死竟不相闻。余偶过其居里，因亦不敢过问之。则月生之苦况，盖有不可明言者矣。忽闻暴得千金，不觉为之鼓舞。呜呼！翁临终之治命②，昔习闻之，而不意其言皆谶也③。抑何其神哉！

【注释】

①杵臼交：不计贫贱之交。《东观汉记·吴祐传》："公沙穆游太学，无资粮，乃变服客佣，为祐赁舂。祐与语，大惊。遂共订交于杵臼之间。"杵臼，舂米农具。后因以"杵臼交"指不计贫贱之交。

②治命：指先人临终前的清醒遗言，与"乱命"相对。后亦泛指生前遗言。《左传·宣公十五年》："初，魏武子有嬖妾，无子。武子疾，命颗曰：'必嫁是。'疾病，则曰：'必以为殉。'及卒，颗嫁之，曰：'疾病则乱，吾从其治也。'及辅氏之役，颗见老人结草以亢杜回。杜回踬而颠，故获之。夜梦之曰：'余，而所嫁妇人之父也。尔用先人之治命，余是以报。'"

③其言皆谶（chèn）：他的每句话都有应验。谶，预言。

【译文】

异史氏说：月生是我不计贫贱而结交的朋友，为人朴实诚恳，一点儿也不虚伪。我们像兄弟一样交往，同甘共苦。几年来，村子相隔十几里，好久也没有来往。我偶然经过他的村子，也不敢去看望他，这是因为月生的苦处，有不可明说的地方呀。忽然听说他一下子得到许多钱，也不觉为他欢欣鼓舞。啊！升宇老人临终遗训，早年也常听说过，没想到他的话都是谶语，一一应验了。怎么会这么神呢！

老龙舡户

【题解】

朱徽荫是蒲松龄的朋友朱缃之父，在朱徽荫任广东巡抚期间，朱缃往省其父，很可能回来后与蒲松龄谈过其父的轶事。不过依据吕湛恩《详注聊斋志异图咏》所引《朱公祭城隍文》和《各省士民公启》，《老龙舡户》的故事也可能当日就广为流传，是蒲松龄依据发生在康熙戊辰年(1688)的时事所写的。

朱徽荫致檄城隍之神确有其事。《朱公祭城隍文》言："维康熙二十有七年，岁次戊辰，冬十月，庚子，朔，越十有五日，甲辰，巡抚广东等处地方，提督军务，监理粮饷、盐法，都察院右佥都御史朱，谨以羊一、彘一，致祭于城隍神而告之……舟人劫财杀命者，尤为惨异。如朱肇运一案，主仆两命。吴学伊一案，主仆三命。谢俊卿一案，男女五命。……闻迩来谢俊卿以无可如何，日焚词泣诉于神之庙中。神或者哀而怜之，故今特有以诱启于某之衷欤？"但其中朱徽荫与城隍的戏剧性对话大概是出于蒲松龄的创作，"鬓边垂雪，天际生云，水中漂木，壁上安门"云云，可能受到唐传奇《谢小娥传》的启示。而对于案情的叙述，基本上是沿用了《各省士民公启》的说法，其中"以舟渡为名，赚客登舟，或投蒙药，或烧闷香，致客沉迷不醒，而后剖腹纳石，以沉水底"，则直接化用了《各省士民公启》的原句。

蒲松龄在"异史氏曰"对于此事进行了的评论，痛斥了清初司法的颟顸黑暗，表达了对于商人利益的关注。

朱公徽荫巡抚粤东时①，往来商旅，多告无头冤状。千里行人，死不见尸，数客同游，全无音信。积案累累，莫可究诘。初告，有司尚发牒行缉②，迨投状既多，竟置不问。公莅任，历稽旧案，状中称死者不下百馀，其千里无主者，更不知凡几。公骇异恻怛[③]，筹思废寝，遍访僚属，迄少方略[④]。于是洁诚熏沐，致檄城隍之神[⑤]。已而斋寝[⑥]，恍惚见一官僚，搢笏而入[⑦]。问："何官？"答云："城隍刘某。""将何言？"曰："鬓边垂雪，天际生云，水中漂木，壁上安门。"言已而退。既醒，隐谜不解。辗转终宵，忽悟曰："垂雪者，老也；生云者，龙也；水上木为舡[⑧]；壁上门为户，岂非'老龙舡户'耶！"盖省之东北，曰小岭、曰蓝关，源自老龙津[⑨]，以达南海，岭外巨商，每由此入粤。公遣武弁[⑩]，密授机谋，捉龙津驾舟者，次第擒获五十馀名，皆不械而服[⑪]。盖此等贼以舟渡为名，赚客登舟，或投蒙药[⑫]，或烧闷香[⑬]，致客沉迷不醒，而后剖腹纳石，以沉水底。冤惨极矣！自昭雪后，遐迩欢腾[⑭]，谣颂成集焉[⑮]。

【注释】

①朱公徽荫：朱宏祚（1630—1700），字徽荫，高唐人。顺治五年（1648）举人，康熙九年（1670），由举人选授江南盱眙县知县。在任5年，颇多治绩。后举卓异入京为御史，改刑部主事，迁兵部督捕郎中。康熙二十三年（1684），出任直隶天津道佥事。参与编修《大清一统志》，主持编绘直隶各地地图。后调直隶分守道参议。其任广东巡抚是康熙二十六年至康熙三十一年（1687—1692），期间裁减赋税，清理冤狱，政绩显著。后迁闽浙总督。因疏奏被责"失言"，降级调用，督修江苏高家堰工，寻卒于任。见光绪《山东通志》。粤东：指广东省。

②牒：公文。行缉：捕拿。

③恻怛(dá)：感伤，同情。

④方略：计谋。

⑤檄(xí)：古代官府用以征召或声讨的文书。

⑥斋寝：宿于斋戒的寝居。

⑦搢(jìn)笏：指身穿公服。搢，插。笏，笏板。古代官僚穿公服时，插笏板于绅。

⑧舡(chuán)：船。

⑨老龙津：当在今广东龙川老龙埠附近，当时为龙川江上游。参见《大清一统志》。

⑩武弁(biàn)：武官。

⑪不械而服：没有刑讯就招供了。械，刑具。

⑫蒙药：又叫“蒙汗药”，投酒中，饮之则昏迷沉睡。

⑬闷香：又叫“迷魂香”，点燃后，烟气入鼻，使昏沉麻醉。

⑭遐：远。迩：近。

⑮谣颂：称颂功德的民歌民谣。

【译文】

朱徽荫先生担任广东巡抚的时候，常常会有来来往往的商人来告无头的冤案。有的是千里出行的人，死不见尸；有的是几个人一同外出，结果全无音信。这样的案子堆积得很多，无法查明。开始上告时，官府还发出公文捉拿凶手，到后来，类似的案子越来越多，官府也就置之不理了。朱徽荫上任之后，一一查核原来的案子，发现状子里报称死掉的人已经不下一百多了，至于千里之外前来却不知下落的，更不知道有多少人。朱徽荫十分震惊，心中很是忧伤，百般思索，到了废寝忘食的地步，他问遍了所有的同僚下属，也找不到一点儿好办法。于是，朱徽荫虔诚地沐浴斋戒，向城隍神乞求破案的良策。他祭祀完毕，就在斋房中睡下，恍恍惚惚看见一个官员，腰带里插着笏板走了进来。朱徽荫问道：“你是什么官？”那人答道：“我是刘城隍。”“你有什么话要说？”刘城隍答道："鬓边垂雪，天际生云，水中漂木，壁上安门。"说完，刘城隍就不见了。朱徽荫一觉醒来，知道这四句是隐语但怎么也解不开。他辗转反侧，想了一整夜，忽然醒悟道："'垂雪'，是个'老'字；能够生出云来的，是个'龙'呀；水上漂的木头，是个'船'字；壁上开门，是个'户'字；岂不是'老龙船户'四个字吗？"原来，在广东省的东北部，有两条河分别叫小岭和蓝关，由老龙津发源，流到南海，北方的客人常常从这里进入广东。朱徽荫于是派遣一些武官，秘密地教给他们一些计谋，捉拿龙津驾船的船夫，先后捉拿了五十多名，都不用上刑就供认不讳。原来这些水贼以撑船摆渡为名，骗客人上船，或是下蒙汗药，或是烧闷香，使客人昏迷不醒，然后剖开他们的肚子，塞进石头，将他们沉到水底。真是悲惨到极点！自从这些无头冤案昭雪以后，远近一片欢腾，赞颂朱徽荫的诗文都能编成了文集。

异史氏曰：剖腹沉石，惨冤已甚，而木雕之有司①，绝不少关痛痒，岂特粤东之暗无天日哉②！公至则鬼神效灵，覆盆俱照③，何其异哉！然公非有四目两口，不过痌瘝之念④，积于中者至耳。彼巍巍然⑤，出则刀戟横路，入则兰麝熏心，尊优虽至，究何异于老龙舡户哉！

【注释】

①木雕之有司：形如木雕泥塑的官员。有司，有关部门或负责人。

②特：只，只是。

③覆盆：覆置的盆，比喻沉冤莫伸。《抱朴子内篇·辨问》："日月有所不照，圣人有所不知，……是责三光不照覆盆之内也。"

④痌瘝(tōng guān)之念：谓视民之疾苦，如病痛之在身。《书·康诰》："恫瘝乃身。"孔安国传："恫，痛；瘝，病。治民务除恶政，当

如痛病在汝身，欲去之。”痌，同“恫”。

⑤巍巍然：高高在上的样子，比喻高官。《孟子·尽心》：“孟子曰：说大人，则藐之，勿视其巍巍然。”

【译文】

异史氏说：剖开肚子，塞进石头，将人沉到河底，实在是太过凄惨冤屈了；但是那些像木头人一样的官员，却决不关心一点儿百姓的痛痒，难道只是广东才这样暗无天日吗！朱徽荫先生一来，鬼神就显灵，冤案得以昭雪，这是何等的神奇啊！但朱先生并没有四只眼睛，两张嘴，不过是他的胸中充满了对百姓疾苦的无比关心罢了。那些高高在上的大官们，出门的时候有荷刀扛戟的卫兵保护，在家的时候有兰麝的香味熏染，虽然尊贵到了极点，究其本质，和老龙船户又有什么不同啊！

青城妇

【题解】

本篇叙述的奇病属于性交猝死。按照现代医学的解释，其原因往往是由心脑血管的疾病引起的。其中长期分居，久别重逢，过分劳累，成为非常重要的诱因之一。西商与青城山寡妇发生的性交事故，大概即属于这方面的问题。小说把这个问题归之于“妇女多为蛇交，则生女尖喙，阴中有物类蛇舌”云云，有点儿猎奇。不过，幸好由此奇闻才使青城妇躲过一劫，没有使悲剧进一步发生。

费邑高梦说为成都守①，有一奇狱。先是，有西商客成都，娶青城山寡妇②。既而以故西归，年馀复返。夫妻一聚，而商暴卒。同商疑而告官，官亦疑妇有私，苦讯之。横加酷掠③，卒无词。牒解上司④，并少实情，淹系狱底⑤，积有时日。后高署有患病者[⑥]，延一老医，适相言及。医闻之，遽曰[⑦]："妇尖嘴否？"问："何说？"初不言，诘再三，始曰："此处绕青城山有数村落，其中妇女多为蛇交[⑧]，则生女尖喙，阴中有物类蛇舌。至淫纵时，则舌或出，一入阴管，男子阳脱立死[⑨]。"高闻之骇，尚未深信。医曰："此处有巫媪能内药使妇意荡[⑩]，舌自出，是否可以验见。"高即如言，使媪治之，舌果出，疑始解。牒报郡，上官皆如法验之，乃释妇罪。

【注释】

①费邑：位于山东省南部，今为费县，山东临沂辖县。高梦说（1613—1694）：字兴岩，号易菴。费县城关高家行村人，顺治五年（1648）副贡，顺治十一年（1654）任河南修武县丞，康熙二年（1663）升四川成都府同知，后任安徽按察使。见光绪《费县志》。

②青城山：位于成都西南。群峰环绕起伏，林木葱茏幽翠，是我国道教四大名山之一，属成都府。

③酷掠：严刑逼供。

④牒解上司：备具公文，押送上一级官府。上司，上级。此指成都府衙。

⑤淹系狱底：很久地关押在牢狱里。淹，久留。系，关押。

⑥高署：指高梦说的衙署。

⑦遽（jù）：立刻，快。

⑧交：性行为，交配。

⑨阳脱：男子因性交出现虚脱的症状，往往可引起猝死。

⑩内：同"纳"，入。

【译文】

费县人高梦说担任成都太守时，发生了一桩奇案。此前，有个从西边来的客商居住在成都，娶了青城山的一个寡妇。不久，客商因为有事回去了，过了一年多又返回来。夫妻俩一团聚，客商就突然死了。客商的伙伴很怀疑，就告到官府，高梦说也怀疑是那个寡妇有私情，便严加审讯。对寡妇用尽了酷刑，但寡妇始终不肯招认。高梦说就把这件案子移交上司审理，但还是因为实际证据不足无法审结，这案子就拖延下来，寡妇也被关在监狱里很长时间。后来，高梦说的衙门里有人生病，请来一位老医生，恰好说到寡妇的这件案子。医生听了，脱口问道："寡妇的嘴巴尖吗？"高梦说问："有什么说法？"起初医生不肯说，高梦说再三追问，他才说："这里环绕青城山有几个村落，村里的妇女大多和蛇性交过，她们生下来的女儿就是尖嘴，阴道里有像蛇舌头一样的东西。她们进行房事的时候，有时那蛇舌就会伸出来，一进入阴管，男人就会阳脱，马上死掉。"高梦说听了以后十分惊骇，但还是不很相信。医生说："这里有巫婆，能够通过服药让妇人心迷意荡，舌头就会自己伸出来，到底是真是假，一试验就可以知道。"高梦说便按照医生教给的方法，让巫婆给妇人服药，舌头果然伸了出来，这个疑团才得以解开。高梦说将案情报告到上司，上司也如法检验，这才将寡妇无罪释放。

鸮鸟

【题解】

贪官借国家有事发财，自古如此。

蒲松龄对于事件的评论，对于贪官的仇视，假借酒令的形式道出。从文学的角度看，故事叙述的可能并不十分成功。从结构上看不十分协调。前半截是对于时事的直接描述，后半截加进了志怪的情节，鞭挞了长山杨令的无耻，表达了作者的愤懑。小说结尾鸮鸟"且飞且笑而去"，故事就戛然结束，似乎没有结局，也似乎表达了作者无可奈何下的苦笑。

长山杨令[①]，性奇贪。康熙乙亥间[②]，西塞用兵[③]，市民间骡马运粮[④]。杨假此搜括，地方头畜一空。周村为商贾所集[⑤]，趁墟者车马辐辏[⑥]。杨率健丁悉篡夺之，不下数百馀头。四方估客，无处控告。时诸令皆以公务在省，适益都令董、莱芜令范、新城令孙[⑦]，会集旅舍。有山西二商，迎门号愬[⑧]，盖有健骡四头，俱被抢掠。道远失业，不能归，哀求诸公为缓颊也[⑨]。三公怜其情，许之。遂共诣杨，杨治具相款。

【注释】

①长山：旧县名。明清时属济南府。后并入邹平县，现为山东邹平长山镇。杨令：长山县令杨杰，奉天监生，康熙二十八年（1689）任长山令，康熙三十五年（1696）即因贪渎事发去职。

②康熙乙亥：康熙三十四年，1695年。

③西塞用兵：指抗击噶尔丹的入侵。《清鉴纲目》卷五载：康熙乙亥三十四年，“冬十月，噶尔丹入寇，十一月以费扬古为抚远大将军率兵讨之”。次年，“春二月，帝亲征噶尔丹”。“五月，大将军费扬古破噶尔丹于昭莫多”。西塞，西部边塞地区。

④市：买，做买卖。

⑤周村：今山东淄博周村区。明清时代周村是长山县下辖的南边的镇。

⑥趁墟：俗称“赶集”。墟，乡村市集。辐辏（fú còu）：也作“辐凑”。形容人或物聚集像车辐集中于车毂一样。

⑦益都令：益都县令。益都，旧县名。今山东青州。莱芜令：莱芜县令。莱芜，今山东莱芜。莱芜县令为范溥，字天如，吴县监生。据《莱芜县志·吏迹志》载，“康熙二十三年任莱芜，留心民瘼，报灾赈饥如救头目。民田没于河者数百顷，溥悉免其赋役，民甚载

之”。后来擢升为东平知州。蒲氏曾与范溥有交往，并有赠《莱芜范邑侯太公》诗一首：“道德文章日日闻，倾风遥祝意欣欣。义田尚足追文正，庙器真堪继史云。阶上兰芝方竞秀，庭中羔雁欲成群。从来厚积流光远，今对高贤我亦云。”新城令：新城县令。新城，今山东桓台。

⑧号愬（sù）：哭诉。

⑨缓颊：代说人情。

【译文】

长山县的县令杨某，生性特别贪婪。康熙乙亥年间，西部边塞发生战争，朝廷征发民间骡马运输粮食。杨某借此机会搜刮财物，地方的牲畜被抢劫一空。周村是商人聚集的地方，每逢赶集的日子，许多商人的车马都云集而来。杨某率领手下将骡马全部抢来，不下几百多头。四面八方的商人也没有地方控告。当时，各县令因为有公务来到省城，恰好益都县令董某、莱芜县令范某、新城县令孙某，会集到旅舍里。有两个山西来的商人，找上门来号哭上诉，诉说他们有四头健壮的骡子，全部被抢夺走了。他们离家遥远，又丢了骡子，不能回家，就哀求各位县令去替他们求情。三位县令很同情他们的遭遇，就答应了他们的请求。于是一同来见杨某，杨某摆下酒宴款待他们。

酒既行，众言来意，杨不听。众言之益切，杨举酒促釂以乱之①，曰：“某有一令②，不能者罚。须一天上、一地下、一古人，左右问所执何物，口道何词，随问答之。”便倡云③：“天上有月轮，地下有昆仑，有一古人刘伯伦④。左问所执何物，答云：‘手执酒杯。’右问口道何词，答云：‘道是酒杯之外不须提。’”范公云：“天上有广寒宫⑤，地下有乾清宫⑥，有一古人姜太公⑦。手执钓鱼竿，道是‘愿者上钩’⑧。”孙云：“天上有天河，地下有黄河，有一古人是萧何[9]。手执一本《大清律》[10]，道是'赃官赃吏'。"杨有惭色，沉吟久之，曰："某又有之。天上有灵山[11]，地下有泰山[12]，有一古人是寒山[13]。手执一帚，道是'各人自扫门前雪'[14]。"众相视觍然[15]。

【注释】

①促釂(jiào)：劝饮。釂，干杯。乱：搅乱，岔开。

②令：酒令。

③倡：倡导，起头。

④刘伯伦：刘伶，字伯伦，晋代沛人。与阮籍、嵇康等友好，"竹林七贤"之一。刘伶纵酒放达，是著名酒鬼，有《酒德颂》，自称"惟酒是务，焉知其馀"。见《晋书·刘伶传》。

⑤广寒宫：神话传说月中的仙宫。《洞冥记》："冬至后，月养魄于广寒。"

⑥乾清宫：在北京故宫"内庭"最前面，建于明永乐十八年(1420)。清康熙之前，为皇帝居住和处理政务之处。

⑦姜太公：即太公望，吕尚。姓姜名牙，又称"姜子牙"。曾佐武王伐纣，有功勋，封于齐。

⑧愿者上钩：比喻心甘情愿地上当。传说姜太公钓于渭滨，用直钩又不设饵。明叶良表《分金记·强徒夺节》："自古道，姜太公钓鱼，愿者上钩。不愿，怎强得他？"

⑨萧何：汉初沛人。秦二世元年(前209)佐刘邦起义建立汉王朝，为丞相，封酂侯。汉之律令典制，多其制定，故世称"萧何律"。

⑩《大清律》：中国封建社会最后一部法典。清统治者取得全国政权之初，暂用《大明律》。顺治二年(1645)，即以"详绎明律，参以国制，增损剂量，期于平允"为指导思想，着手制订法典。三年

(1646)律成，定名为《大清律集解附例》，颁行全国。十三年(1656)复颁满文本。康熙二十八年(1689)，将康熙十八年(1679)纂修的《现行则例》附于律文之后。雍正元年(1723)续修，三年书成，五年(1727)发布施行。乾隆五年(1740)，更名为《大清律例》，通称《大清律》。乾隆十一年(1746)定制"条例五年一小修，十年一大修"。以后虽历经修订，但主要是增减修改附律之条例，律文则变动不大。

⑪灵山：神话传说中山名，可做天梯。见《山海经·大荒西经》。

⑫泰山：位于山东泰安中部。主峰玉皇顶海拔1545米，气势雄伟磅礴，有"五岳之首"、"天下第一山"之称。

⑬寒山：唐代大历年间僧人，长安人，出身于官宦人家，多次投考不第，被迫出家，三十岁后隐居于浙东天台山，享年一百多岁。严振非《寒山子身世考》中更以《北史》、《隋书》等大量史料与寒山诗相印证，指出寒山乃为隋皇室后裔杨瓒之子杨温，因遭皇室内的妒忌与排挤及佛教思想影响而遁入空门，隐于天台山寒岩。有诗名。

⑭各人自扫门前雪：比喻不要多管闲事。宋陈元靓《事林广记·警世格言》："自家扫取门前雪，莫管他人屋上霜。"

⑮觍(tiǎn)然：惭愧，不好意思。

【译文】

喝了一会儿酒，众人说明了来意，杨某不听。众人越发恳切地劝说他，杨某举起酒杯催大家喝酒，来搅乱大家的思路，说："我有一个酒令，对不上来的就要罚酒。酒令要说一个天上的东西，一个地下的东西，还有一位古人，左右要问手里拿着什么东西，嘴里说什么话，而且要随问随答。"杨某首先说道："天上有月轮，地下有昆仑，有一个古人名叫刘伯伦。左边的问，手上拿着什么，回答是：'手执酒杯。'右边的问，口中说些什么，回答是：'酒杯之外的事情不须提。'"范县令说："天上有广寒宫，地下有乾清宫，有一个古人名叫姜太公。手上拿着钓鱼竿，口中说的是‘愿者上钩’。”孙县令说：“天上有天河，地下有黄河，有一个古人名字叫萧何。手上拿着一本《大清律》，口中说的是‘赃官赃吏’。”杨某脸上露出羞惭的神色，沉吟了很久，说道：“我又有了一条。天上有灵山，地下有泰山，有一个古人名字叫寒山。手上拿着一把扫帚，口中说的是‘各人自扫门前雪’。”众人听了，面面相觑，无言以对。

忽一少年傲岸而入，袍服华整，举手作礼。共挽坐，酌以大斗①。少年笑曰：“酒且勿饮。闻诸公雅令，愿献刍荛②。”众请之。少年曰：“天上有玉帝，地下有皇帝，有一古人洪武朱皇帝③。手执三尺剑，道是‘贪官剥皮’④。”众大笑。杨恚骂曰：“何处狂生敢尔！”命隶执之。少年跃登几上，化为鸮⑤，冲帘飞出，集庭树间，回顾室中，作笑声。主人击之，且飞且笑而去。

【注释】

①大斗：大酒杯。

②献刍荛：进献刍荛之言。对己言的谦词。《诗·大雅·板》：“先民有言，询于刍荛。”刍荛，割草打柴的人。

③洪武朱皇帝：指明太祖朱元璋，其年号为“洪武”。

④贪官剥皮：据叶子奇《草本子》记载，朱元璋严于吏治，凡守令贪酷者，许民赴京陈诉。赃至六十两以上者，枭首示众，且剥皮实草。府州县卫之左特立一庙，以祀土地，为剥皮之场，名为“皮场庙”。官府公座旁，各悬一剥皮实草之袋，使之触目惊心。

⑤鸮（xiāo）：鸟名。俗称“猫头鹰”，民间认为是不祥之鸟。谚云：“不怕猫头鹰叫，就怕猫头鹰笑。”谓笑则主凶。

【译文】

这时，忽然一位年轻人高傲地走了进来，身上的衣服很是华丽齐整，举手向众人行礼。众县令邀请他入座，给他斟上一大杯酒。年轻人笑着说："酒倒不着急喝。刚才听诸公行的酒令，我也想献上自己的一条。"众人请他说。年轻人说："天上有玉帝，地下有皇帝，有一个古人叫洪武朱皇帝。手上拿着三尺剑，口中说的是'贪官剥皮'。"众人听了大笑。杨某恼羞成怒，骂道："哪里来的狂妄小子，竟然如此无礼！"就命令差役捉拿他。年轻人一下跑到几案上，变成一只猫头鹰，冲开帘子飞了出去，停在院子里的树上，回过头来看着屋里，发出笑声。杨某用东西打它，它就一边飞一边笑着走了。

异史氏曰：市马之役①，诸大令健畜盈庭者十之七②，而千百为群，作骡马贾者，长山外不数数见也③。圣明天子爱惜民力，取一物必偿其值，焉知奉行者流毒若此哉！鸮所至，人最厌其笑，儿女共唾之，以为不祥。此一笑，则何异于凤鸣哉！

【注释】

①市马之役：指上述康熙年间征购民间骡马的事件。

②大令：指县令。

③数数（shuò）：屡次，经常。

【译文】

异史氏说：在征集买马的差役中，那些县令中十个有七个家里的庭院挤满了牲畜，但是像这样成百上千，能够做起骡子生意的人，除了长山的这位杨县令，倒并不多见。圣明的天子爱惜民力，拿百姓一件东西也要按价付钱，他哪里知道下面奉命行事的官吏流毒竟会如此大啊！

猫头鹰所到之处,人们最讨厌听到它笑,连孩子们也一起唾弃它,认为不吉利。但这一次猫头鹰的笑声,和凤凰的鸣叫又有什么两样呢!

古瓶

【题解】

用故事来表现博物是《聊斋志异》有别于六朝博物类篇章的一大特点。

先叙述村人淘井遇见的怪异,次写所掘得的器物:“磁瓶二、铜器一。”接下来分述器物特点,而以古瓷器为主。一瓷器“可验阴晴”,一瓷器“可志朔望”。写“可志朔望”者又有缺憾,但“浸花其中,落花结实,与在树者无异云”。叙述井然而又错落有致,给人留下深刻的印象。

淄邑北村井涸①,村人甲、乙缒入淘之②。掘尺馀,得髑髅③,误破之,口含黄金,喜纳腰橐④。复掘,又得髑髅六七枚,悉破之,无金。其旁有磁瓶二、铜器一。器大可合抱⑤,重数十斤,侧有双环,不知何用,斑驳陆离⑥。瓶亦古,非近款。既出井,甲、乙皆死。移时乙苏,曰:“我乃汉人。遭新莽之乱⑦,全家投井中。适有少金,因内口中,实非含敛之物⑧,人人都有也。奈何遍碎头颅?情殊可恨!”众香楮共祝之⑨,许为殡葬,乙乃愈。甲则不能复生矣。

【注释】

①涸(hé):水干。

②缒(zhuì):用绳索拴住人或物从上往下放。

③髑髅(dú lóu):死人头骨。

④腰橐(tuó):腰包。橐,口袋。

⑤合抱:两手合围。

⑥斑驳陆离:锈迹斑斑,颜色错杂。

⑦新莽之乱:指新朝(8—23),是中国历史上继西汉之后出现的朝代,为西汉外戚王莽所建立。王莽称帝后进行了多项改革,主要包括:推行王田制,限制私有土地持有,超出部分为国有,无土地者由国家分配,一夫百亩,目的是解决西汉后期以来土地兼并严重的问题,但事与愿违,无法执行;禁赏奴婢;推广国营事业;改革币制等。由于政令繁琐,朝令夕改,改革失败,导致新朝急速灭亡。

⑧含敛之物:放在死人口中的金玉之类物品。

⑨香楮(chǔ):指焚香烧纸。楮,冥币,纸钱。

【译文】

在临淄县北村,有一口井干枯了,村民甲、乙两个人缒到底部去淘井。他们挖了一尺多深时,挖到了一个骷髅,一不小心把它打破了,发现口中含着黄金,他们高兴地放进了腰包。又继续挖,又找到六七具骷髅,他们把骷髅全部打破,却没有再发现金子。在骷髅旁边还有两只瓷瓶,一只铜器。铜器有两臂合抱那么大,重几十斤,两侧还有两只杯,不知道有什么用,色彩斑斓,光怪陆离。瓷瓶也很老,不是近时的款式。从井里上来以后,甲、乙两人都昏死过去。过了一会儿,乙苏醒过来,说:“我是汉朝人。遇到王莽篡政,天下荒乱,全家人都跳到井里。恰好有少量的黄金,于是放在口中,确实不是死人入殓时放在嘴里的东西,不是人人都有的。为什么要把所有人的头颅都打碎呢?实在是太可恨了!”村民焚香烧纸钱一起祷告,答应替他们重新下葬,乙才痊愈,而甲却再没有复活。

颜镇孙生闻其异[1]，购铜器而去。袁孝廉宣四得一瓶[2]，可验阴晴：见有一点润处，初如粟米，渐阔渐满，未几雨至，润退，则云开天霁。其一入张秀才家，可志朔望[3]：朔则黑点起如豆，与日俱长，望则一瓶遍满，既望[4]，又以次而退，至晦则复其初[5]。以埋土中久，瓶口有小石黏口上，刷剔不可下。敲去之，石落而口微缺，亦一憾事。浸花其中，落花结实，与在树者无异云。

【注释】

①颜镇：颜神镇。明清之际属青州府益都县，在今山东青州西南。

②袁孝廉宣四：袁藩，字宣四，淄川县人。康熙二年（1663）举人。与蒲松龄有很深的交情，是作者的词友，在词作方面两人酬唱最多，计有《念奴娇》五阕，《贺新凉》六阕，《一剪梅》、《临江仙》、《钗头凤》、《瑞鹧鸪》、《蝶恋花》各一阕，共十六阕。袁藩去世，蒲松龄写了《念奴娇·挽袁宣四》，给以深切的哀悼："三秋淫雨，日倦倦相与，投桃报李。返驾无期，人道是，萌水松篱逝矣。藤茧犹新，笔花似故，谁信人真死！窥园不见，还疑暂复归耳。遐想潇洒生平，吟髭拈断，了才思如绮。不道堂前燕子来，回首河山非是。古往今来，茫茫泉路，下曾无雁鲤。夜台寥阔，知君何处栖止？"

③朔：阴历每月初一。望：阴历每月十五。

④既望：望日的后一天，即阴历每月十六。

⑤晦：阴历每月最后的一天。

【译文】

颜镇的孙生听说这件事后很惊异，把那件铜器买回去。袁宣四举人得到其中一只瓷瓶，可以用来检验天气的阴晴：天阴时，就可以看见有一点儿湿润的地方，起初像是一粒米那么大，渐渐地宽阔圆满起来，不一会儿雨就会下来了;等到湿润消失,就会云开天晴。另一只古瓶到了张秀才家,可以用来显示朔望:初一这天,瓶上就会出现像豆子大小的黑点,随着时间长大;到了十五这一天,整个瓶子上都布满了黑点;过了十五,又会渐渐地退去;到月末最后一天,就会恢复到原来的样子。因为埋在土里的时间很长,瓶口上黏了一块小石头,怎么刷、剔也弄不下来。等到敲它时,小石头掉了,但瓶口也有了一个小缺口,倒也是件令人遗憾的事情。把花浸在瓶子里,花落后可以结果,和在树上长着的没有什么不同。

元少先生

【题解】

在题目中称先生,这是《聊斋志异》唯一的一篇,可见韩元少的文章道德在蒲松龄心目中的地位;作者写韩元少为幽冥中阎王的家庭教师,也可以想见韩元少的文章道德之不凡。虽然作者意在表彰韩元少,但所描写的聘用教师的礼仪,也给我们勾画出明清时代教师生活的民俗细节。

韩元少先生为诸生时①,有吏突至,白主人欲延作师,而殊无名刺②,问其家阀③,含糊对之。束帛缄贽④,仪礼优渥,先生许之,约期而去。至日,果以舆来,迤逦而往⑤,道路皆所未经。忽睹殿阁,下车入,气象类藩邸⑥。既就馆,酒炙纷罗⑦,劝客自进,并无主人。筵既撤,则公子出拜,年十五六,姿表秀异。展礼罢⑧,趋就他舍,请业始至师所⑨。公子甚慧,闻义辄通。先生以不知家世,颇怀疑闷。馆有二僮给役⑩,私诘之,皆不对。问:“主人何在?”答以事忙。先生求导窥之，僮不可。屡求之，乃导至一处，闻拷楚声[11]。自门隙目注之，见一王者坐殿上，阶下剑树刀山，皆冥中事，大骇。方将却步[12]，内已知之，因罢政[13]，叱退诸鬼，疾呼僮。僮变色曰："我为先生，祸及身矣！"战惕奔入。王者怒曰："何敢引人私窥！"即以巨鞭重笞讫。乃召先生入，曰："所以不见者，以幽明异路[14]。今已知之，势难再聚。"因赠束金使行[15]，曰："君天下第一人[16]，但坎壈未尽耳[17]。"使青衣捉骑送之[18]。先生疑身已死，青衣曰："何得便尔！先生食御一切[19]，置自俗间，非冥中物也。"既归，坎坷数年，中会、状[20]，其言皆验。

【注释】

①韩元少：韩菼（1637—1704），字元少，号慕庐，长洲人。康熙癸丑（1674）会试，殿试皆第一。授翰林修撰，累官至礼部尚书兼翰林院掌院学士。谥文懿，人称韩文懿公。以文章名世，有《有怀堂诗文稿》。诸生：秀才。古代经考试录取而进入中央、府、州、县各级学校，包括太学学习的生员，统称"诸生"。

②殊：竟。名刺：名片。

③家阀：家族门第。

④束帛缄贽：指聘师之礼。束帛，帛五匹为一束。缄，封。贽，聘礼。

⑤迤逦（yǐ lǐ）：曲折路长。

⑥藩邸：藩王的府第。

⑦酒炙：酒肉。炙，烤肉。纷罗：丰盛。

⑧展礼：行礼。

⑨请业：向师长请教学业。《礼记·曲礼》："请业则起，请益则起。"

⑩给役：服务，供使用。

⑪拷楚：敲打，动刑。

⑫却步：退步。

⑬罢政：停止办公。

⑭幽明：阴间人世。幽，暗。

⑮束金：致送教师的酬金。

⑯天下第一人：指考中状元。明清考试制度，殿试第一名称“状元”。

⑰坎壈（lǎn）：谓坎坷之经历。

⑱青衣：指衙门皂吏。

⑲食御：食用。

⑳中会、状：指考中会元、状元。会试第一名称“会元”，殿试一甲第一名称“状元”。

【译文】

韩元少先生当秀才时，突然有个小吏来到他家，说他的主人想聘请他去做老师，但是没带名片，韩元少问起他主人的门第情况，他也含含糊糊地回答。但这个小吏随身带来许多布帛、银子，聘请老师的礼仪很丰厚，韩元少先生答应了，约定好日期，那人就告辞而去。到了那天，果然有车子来接，车子曲曲折折地往前走，道路都是韩元少先生以前没有走过的。忽然，眼前出现一座殿阁，韩元少先生下车走进去，觉得它的气派很像是藩王的府第。他到馆以后，摆上了丰盛的酒席，但只是劝他自斟自饮，并没有主人做陪。等到撤了宴席，公子出来拜见老师，只见那公子十五六岁的年纪，姿态秀美，仪表不凡。他向老师行完礼，就到别的屋子去了，只是在上课时才到老师的住所。公子十分聪慧，韩元少先生给他一讲，他就能完全明白那些深文大意了。韩元少先生因为不知道这家人的家世，心中很是怀疑纳闷。学馆里有两个学僮服侍他，他就私下向他们询问，但都不肯回答。韩元少先生问：“主人在哪里？”回答说是他很忙。韩元少先生就请学僮领着他偷偷地看上一眼，学僮也不同意。韩元少先生屡屡请求，学僮就带他来到一处地方，听见里面传来拷打人的声音。韩元少先生透过门缝往里面一看，只见一位君王坐在大殿上，台阶下刀山剑树，都是阴曹地府的东西，韩元少先生看了十分害怕。他刚要往后退，殿里已经知道了，君王于是停止办公，将诸鬼喝退，厉声传唤学僮。学僮吓得变了脸色，说："我为了您惹祸上身了！"说完，战战兢兢地跑了进去。君王发怒地说："你怎么胆敢带人来偷看！"就用巨鞭将学僮狠狠地打了一顿。然后，君王叫韩元少先生进去，对他说："我之所以不见你，是因为人间和地府不是一个世界。现在你已经知道了实情，我们也就很难再聚在一起了。"于是赠送给他银两当作学费，让他回去，说："先生是天下第一人，但该遭受的坎坷还没有完。"君王命令手下牵来马送韩元少先生上路。韩元少先生怀疑自己已经死了，送他的人说："哪有这么容易就死的啊！先生的一切吃穿用度，都是从人世间置办来的，不是阴间的东西。"韩元少先生回到家里，又经历了几年的坎坷，果然连中会元、状元，君王说的话全都应验了。

薛慰娘

【题解】

本篇写一个被劫杀的叫薛慰娘的女鬼复生与父亲相认的故事。人物众多，情节复杂，作者多次采用了倒叙、插叙、补叙的手法，将这个传奇故事写得曲曲折折。人物共分五组：一组是儒生丰玉桂，成了薛慰娘的丈夫；一组是李洪都，收留薛慰娘为义女；一组是李洪都的三个儿子，挖掘薛慰娘的墓穴使之复生；一组是薛慰娘的父亲薛寅侯，留寓平阳后来与女儿相认；另一组就是杀害薛慰娘的凶手冯某，被薛慰娘认出后逃脱，被受害人之子无意杀害。《聊斋志异》评论家但明伦非常赞扬此篇的叙述技巧，说："头绪极繁，笔无经纬，则以棼而治丝矣。鸟迹蛛丝，若断若续，经营惨澹，大费匠心。"但由于薛慰娘的活动在本篇中不多，既缺乏主动，也缺乏应有的浓烈情感，故人物形象不是很鲜明。

丰玉桂，聊城儒生也[1]，贫无生业。万历间[2]，岁大祲[3]，孑然南遁，及归，至沂而病[4]。力疾行数里[5]，至城南丛葬处，益惫，因傍冢卧。忽如梦，至一村，有叟自门中出，邀生入。屋两楹[6]，亦殊草草[7]。室内一女子，年十六七，仪容慧雅。叟使瀹柏枝汤[8]，以陶器供客。因诘生里居、年齿，既已，乃曰："洪都姓李，平阳族[9]。流寓此间，今三十二年矣。君志此门户，余家子孙如见探访，即烦指示之。老夫不敢忘义。义女慰娘，颇不丑，可配君子。三豚儿到日[10]，即遣主盟[11]。"生喜，拜曰："犬马齿二十有二[12]，尚少良配。惠以眷好，固佳，但何处得翁之家人而告诉也？"叟曰："君但住北村中，相待月馀，自有来者，止求不惮烦耳。"生恐其言不信，要之曰[13]："实告翁，仆故家徒四壁[14]，恐后日不如所望，中道之弃[15]，人所难堪。即无姻好，亦不敢不守季路之诺[16]，即何妨质言之也[17]？"叟笑曰："君欲老夫旦旦耶[18]？我稔知君贫[19]。此订非专为君，慰娘孤而无依，相托已久，不忍听其流落，故以奉君子耳。何见疑！"即捉臂送生出[20]，拱手阖扉而去。

【注释】

①聊城：位于山东省西部，明清时是东昌府下辖县，今为山东聊城。

②万历：明神宗朱翊钧的年号，共48年，为明朝所使用时间最长的年号。

③岁大祲(jìn)：农业受灾，犹言大荒年。岁，一年的收成。祲，天灾。

④沂：沂州，治所在今山东临沂。

⑤力疾：勉力支撑病体。

⑥两楹：两间。楹，堂屋前面的柱子，亦用以计算房屋间数。

⑦草草：简陋。

⑧瀹（yuè）：泡，煮。

⑨平阳族：平阳氏族。平阳，指山西省平阳府，故治在今山西临汾。

⑩豚儿：谦称自己的儿子。

⑪主盟：指主婚。

⑫犬马齿：自称年龄的谦词。齿，年龄。

⑬要（yāo）：要盟。谓逼其守信。

⑭家徒四壁：形容家境贫寒，一无所有。《史记·司马相如列传》："文君夜亡奔相如，相如乃与驰归，家居徒四壁立。"

⑮中道：半道，中途。

⑯季路之诺：信守诺言。季路，即子路，孔子的弟子，鲁国人。为人诚信，一言，人皆信之。《左传·襄公十四年》："小邾射以句绎来奔，曰：'使季路要我，吾无盟矣。'使子路，子路辞。季康子使冉有谓之曰：'千乘之国，不信其盟，而信子之言，子何辱焉？'对曰：'鲁有事于小邾，不敢问故，死其城下可也。彼不臣而济其言，是义之也。由弗能。'"杨伯峻注："季路即子路。"

⑰质言：实言。

⑱旦旦：意为盟誓。《诗·卫风·氓》："言笑晏晏，信誓旦旦。"

⑲稔（rěn）知：熟知。

⑳捉臂：挽臂。

【译文】

丰玉桂是山东聊城的一个儒生，家里很穷，没有赖以生活的职业。万历年间，发生了大的灾荒，丰玉桂一个人逃向南方，等他回来的时候，走到沂州就病倒了。他竭力又走了几里路，到了城南的一处乱坟岗，更加觉得疲惫，实在走不了，就靠着一座坟墓躺下了。忽然，就像做梦一样，他来到一座村庄，有个老头从门里面走出来，邀请他进去。到里面一看，只见有两间屋子，显得很简陋。屋里有一个女子，十六七岁的年纪，仪态俊美，文雅贤慧。老头让女子煮柏枝汤，用陶器盛上来招待客人。然后就问丰玉桂的籍贯、岁数，问完了，就对他说："我叫李洪都，是平阳人。流落到这里居住，已经三十二年了。请你记住我家门户，如果我家的子孙要来探访，就麻烦你指点给他们。老夫不敢忘记你的情义。她是我的义女，叫慰娘，长得倒不丑，可以许配给你为妻。等我的三儿子来时，就让他替你们主持婚礼。"丰玉桂听了很高兴，向老头行礼道："我今年二十二岁，还没有娶亲。承蒙您把女儿下嫁给我，当然很好，但是哪里可以找到您的家里人告诉他们呢？"老头说："你只管住在村子里，等上一个多月，自然会有人来，只是希望你不要等得不耐烦。"丰玉桂唯恐他说话不算数，就要挟他说："实话对您老说吧，我很穷，家徒四壁，只怕日后不能如您所愿，到时候您女儿中途将我抛弃，实在是很难堪的事情。即使没有这层婚姻关系，我也不会不信守诺言的。您又何妨直言相告呢？"老头笑着说："你是想让老夫发誓吗？我早就知道你家很穷。这次和你订亲并非全都为你，慰娘孤苦伶仃没有依靠，我们互相依托已经很久了，我不忍心让她跟我一起流落下去，所以把他许配给你，你又何必怀疑呢？"说完，老头就把着丰玉桂的胳膊送他出门，向他拱拱手，就关上门回去了。

生觉[①]，则身卧冢边，日已将午，渐起，次且入村[②]。村人见之皆惊，谓其已死道旁经日矣。顿悟叟即冢中人也，隐而不言，但求寄寓。村人恐其复死，莫敢留。村有秀才与同姓，闻之，趋诘家世[③]，盖生缌服叔也[④]。喜导至家，饵治之[⑤]，数日寻愈。因述所遇，叔亦惊异，遂坐待以觇其变[⑥]。

【注释】

①觉：醒来。

②次且(zī jū):同“趑趄”,且前且退,走路不稳。

③趋:快步。诘:询问。

④缌(sī)服叔:犹言远房叔叔。缌服,丧服名。为五服(斩衰、齐衰、大功、小功、缌麻)中最轻的一种。服缌麻三月,用于疏远的亲属。缌,布。

⑤饵:服用药饵。

⑥觇(chān):看,观察。

【译文】

丰玉桂一觉醒来,发现自己躺在坟墓边,天已经快到中午了,他慢慢地爬起身来,犹犹豫豫地进了村子。村民们一看见他都很吃惊,说是以为他已经死在路边一天了。丰玉桂一下子明白过来,那老头是坟墓里的死人,他隐瞒着不说,只求村里人让他借宿。但村民们唯恐他又死过去,都不敢收留他。村里有个秀才,和丰玉桂同姓,听说他来后,就赶来询问他的家世,原来丰秀才是丰玉桂的远房叔叔。他高兴地把丰玉桂领回家,给他治病,没几天,丰玉桂的病就好了。他便向叔叔叙述了自己的遭遇,叔叔听了也很惊异,便坐在家里等候,看看会有什么事情发生。

居无何,果有官人至村,访父墓址,自言平阳进士李叔向。先是,其父李洪都,与同乡某甲行贾①,死于沂,某因瘗诸丛葬处。既归,某亦死。是时翁三子皆幼。长伯仁,举进士,令淮南②,数遣人寻父墓,迄无知者。次仲道,举孝廉。叔向最少,亦登第③。于是亲求父骨,至沂遍访。是日至,村人皆莫识。生乃引至墓所,指示之。叔向未敢信,生为具陈所遇,叔向奇之。审视两坟相接,或言三年前有宦者,葬少妾于此。叔向恐误发他冢,生遂以所卧处示之。叔向命舁材其侧④，始发冢。冢开，则见女尸，服妆黯败，而粉黛如生⑤。叔向知其误，骇极，莫知所为。而女已顿起，四顾曰："三哥来耶？"叔向惊，就问之，则慰娘也。乃解衣蔽覆，舁归逆旅。急发旁冢，冀父复活。既发，则肤革犹存，抚之僵燥，悲哀不已。装敛入材，清醮七日⑥，女亦缞绖若女⑦。忽告叔向曰："曩阿翁有黄金二锭⑧，曾分一为妾作奁⑨。妾以孤弱无藏所，仅以丝线絷腰，而未将去，兄得之否？"叔向不知，乃使生反求诸圹⑩，果得之，一如女言。叔向仍以线志者分赠慰娘⑪。暇乃审其家世。

【注释】

①行贾：经商。

②令淮南：为淮南县令。淮南，今安徽寿县。

③登第：指考中进士。

④舁(yú)材：抬着棺材。舁，抬。

⑤粉黛：指面色。

⑥清醮(jiào)：旧时超度亡灵，请僧人道士诵经礼神的一种仪式。因举行这种仪式要清心素食，所以称为"清醮"。

⑦缞绖(cuī dié)：丧服名。用于父母丧。

⑧曩(nǎng)：从前。阿翁：犹阿父，指李翁。

⑨奁：女子梳妆用的镜匣，泛指精巧的小匣子。也指嫁妆。

⑩圹(kuàng)：墓穴。亦指坟墓。

⑪线志：用丝线标记。

【译文】

过了不久，果然有个客人来到村里，查找父亲的墓址，他自称是平阳的进士，名叫李叔向。原来，李叔向的父亲李洪都和同乡某甲一起做生意，死在沂州，某甲就把他埋在了乱坟岗。回家以后，某甲也死了。这时，李洪都的三个儿子岁数还小。长子李伯仁中了进士，担任淮南县令，几次派人寻找父亲的坟墓，都没有人知道。二儿子仲道中了举人。叔向最小，也考中了。于是他亲自寻找父亲的骸骨，来到沂州四处打听。这一天，叔向来到村里，村民都不知道。丰玉桂就把他领到墓地，指点他父亲的坟墓。叔向不敢相信，丰玉桂就向他叙述了自己的遭遇，叔向觉得很惊奇。他们仔细观察，发现两座坟连接在一起，有人说三年前有个做官的，把他的小妾葬在这里。叔向唯恐错挖了别人的坟墓，丰玉桂便把自己躺下的地方指给他看。叔向命人把棺材抬来放在旁边，这才开始挖坟。坟墓一打开，却见里面是一具女尸，衣服妆饰已经黯淡破败了，但容颜还像活人一样。叔向知道是挖错了坟，惊骇极了，不知道怎么办才好。而那女子已经一下子坐了起来，四面看看，说："是三哥来了吗?"叔向大惊，就近问她话，原来她就是慰娘。于是他脱下自己的衣服给慰娘披上，让人把她抬回旅店。他又急忙打开旁边的坟墓，希望父亲也能够复活。打开墓穴一看，父亲的皮肤还在，但摸上去已经僵硬干燥了，他悲伤得哭个不停。叔向把父亲装进棺材，请来和尚道士诵经七天，超度亡灵，慰娘也像亲生女儿一样披麻戴孝。一天，慰娘忽然对叔向说："从前，爹有两锭黄金，曾经分给我一锭作为嫁妆。我因为孤苦体弱，无处收藏，就只用丝线系在它的腰上，并没有拿走，兄长可找到了吗?"叔向不知道这件事，就让丰玉桂回到墓穴里找，果然找到了，正如慰娘所言。叔向便仍旧把系有丝线的那锭给慰娘。空闲的时候，叔向就打听慰娘的身世。

先是，女父薛寅侯无子，止生慰娘，甚钟爱之。女一日自金陵舅氏归，将媪问渡[①]。操舟者乃金陵媒也。适有宦者，任满赴都，遣觅美妾。凡历数家，无当意者，将为扁舟诣广陵[②]，忽遇女。隐生诡谋，急招附渡。媪素识之，遂与共济[③]。中途，投毒食中，女、妪皆迷。推妪堕江，载女而返，以重金卖诸宦者。入门，嫡始知，怒甚。女又惘然[④]，莫知为礼，遂挞楚而囚禁之。北渡三日，女方醒。婢言始末，女大泣。一夜，宿于沂，自经死，乃瘗诸乱冢中。女在墓，为群鬼所凌，李翁时呵护之，女乃父事翁。翁曰："汝命合不死，当为择一快婿。"前生既见而出，反谓女曰："此生品谊可托。待汝三兄至，为汝主婚。"一日曰："汝可归候，汝三兄将来矣。"盖即发墓之日也。

【注释】

①将：携带。问渡：打听渡口，问路。

②扁(piān)舟：小舟，轻舟。广陵：郡名。今江苏扬州。

③共济：同舟共渡。

④惘然：无所知，没主意。

【译文】

原来，慰娘的父亲薛寅侯没有儿子，只生了慰娘一个女儿，十分地疼爱她。一天，慰娘从金陵的舅舅家回来，带着一个老妈子要雇船。划船的是金陵的一个媒人。恰好有个做官的，任满进京，派这个媒人给他挑个美妾。媒人找了好几家，都没有合意的，他正打算划船到扬州挑选，忽然遇到了慰娘。便心中暗生诡计，急忙招手让她们上船。老妈子素来认识这个媒人，就和慰娘上了船。走到半路上，媒人在食物里下了毒，慰娘、老妈子都被迷倒了。媒人把老妈子推到江里，带着慰娘回到金陵，用大价钱把她卖给了那个当官的。慰娘进门后，当官的大老婆才知道买妾这件事，很生气。慰娘这时还有点儿迷迷糊糊，不知道向大老婆行礼，大老婆就把她打了一顿，然后关了起来。等到他们渡河向北走了三天，慰娘才醒过来。丫环告诉她事情的前后经过，慰娘听了放声大哭。一天晚上，他们在沂州住宿，慰娘上吊自杀，当官的就把她埋在乱坟岗上。慰娘在坟墓里，被群鬼欺凌，而李洪都时时呵护她，她也就认李洪都为父亲。李洪都说："你命不该死，应该为你找一个女婿。"上一次丰玉桂前来见过面后，李洪都回来对慰娘说："这个书生的品行情谊值得终身相托。等你三哥来了，就让他为你主婚。"有一天，他说："你可以回到墓里等候，你三哥就要来了。"那一天，正是叔向开挖坟墓的日子。

女于丧次[①]，为叔向缅述之[②]。叔向叹息良久，乃以慰娘为妹，俾从李姓。略买衣妆，遣归生，曰："资斧无多，不能为妹子办妆。意将偕归，以慰母心，如何？"女亦欣然。于是夫妻从叔向，辇柩并发[③]。及归，母诘得其故，爱逾所生，馆诸别院[④]。丧次，女哀悼过于儿孙。母益怜之，不令东归，嘱诸子为之买宅。适有冯氏卖宅，直六百金。仓猝未能取盈，暂收契券，约日交兑。及期，冯早至，适女亦从别院入省母，突见之，绝似当年操舟人，冯见亦惊。女趋过之。两兄亦以母小恙，俱集母所。女问："厅前跮踱者为谁[⑤]？"仲道曰："几忘却，此必前日卖宅者也。"即起欲出。女止之，告以所疑，使诘难之。仲道诺而出，则冯已去，而巷南塾师薛先生在焉。因问："何来？"曰："昨夕冯某浼早登堂[⑥]，一署券保[⑦]。适途遇之，云偶有所忘，暂归便返，使仆坐以待之。"少间，生及叔向皆至，遂相攀谈。慰娘以冯故，潜来屏后窥客，细视之，则其父也。突出，持抱大哭。翁惊涕曰："吾儿何来！"众始知薛即寅侯也。仲道虽于街头常遇，初未悉其名字。至是共喜，为述前因，设酒相庆。因留信宿，自道行踪。盖失女后，妻以悲死，鳏居无依[8]，故游学至此也[9]。生约买宅后，迎与同居。翁次日往探，冯则举家遁去，乃知杀媪卖女者，即其人也。冯初至平阳，贸易成家，比年赌博，日就消乏，故货居宅，卖女之资亦濒尽矣。

【注释】

①丧次：治丧期间。

②缅述：详细叙述。

③辇柩：以车运送的灵柩。

④馆：安排住房。

⑤跮(chì)踱：走路忽前忽后的样子。

⑥浼(měi)：拜托，请求。登堂：指赴李家。

⑦署券保：署名于券，做保证人。

⑧鳏(guān)居：男子独身而住。

⑨游学：赴外地设馆授徒。

【译文】

慰娘在服丧期间，对叔向详细叙述了这段往事。叔向叹息了许久，就认慰娘为妹妹，让她跟自己姓李。他又略微置办了一些嫁妆，让她和丰玉桂结了婚，并且说："我身上带的盘缠不多，不能为妹妹置办丰厚的嫁妆。我打算带你们一同回去，也好让母亲开心，你觉得如何？"慰娘也很高兴。于是慰娘夫妻跟着叔向，用车子装着灵柩，一起出发。回到家后，母亲问明了慰娘的情况，对她的疼爱超过了亲生女儿，让她和丈夫住在别的院落里。在为李洪都服丧期间，慰娘的哀悼比他的亲生子孙还要沉痛。母亲更加怜爱她，不让他们回聊城，嘱咐儿子给他们购买住宅。恰好有个姓冯的卖宅子，要价六百两银子。仓猝之间银子没能凑齐，就暂且收入房契，约好了日期交兑。到了日子，冯某早早地就到了，恰好慰娘也从别的院子前来向母亲问安，突然看见冯某，极像当年那个划船的媒人，冯某一见慰娘，也大吃一惊。慰娘赶紧从他身边走过去。两个哥哥也因为母亲有点儿不适，都来到母亲的屋里。慰娘问道："在厅前徘徊的是什么人？"仲道说："差点儿忘了，是前日卖宅子的那个人。"说完起身就要出去。慰娘拦住他，告诉她自己心中的疑惑，让仲道去盘问他。仲道答应着就出去了，而冯某已经走了，只有巷南的私塾老师薛先生坐在那里。仲道问道："你怎么来了？"薛先生说："昨天晚上冯某请我早上来贵府，帮忙签署文书并做保人。刚才在路上碰见他，他说偶尔忘了一件事，先回家一趟再回来，让我坐在这里等他。"过了一会儿，丰玉桂和叔向都来了，于是互相攀谈起来。慰娘因为冯某的缘故，悄悄地来到屏风后面窥视客人。她仔细一看，原来这薛先生就是她的父亲。她突然跑了出来，抱住父亲放声大哭。薛先生也吃惊地流下眼泪，说："我儿怎么会到这儿来的！"大家这才知道薛先生就是薛寅侯。仲道虽然常常能在街头遇见他，但当初并不清楚他叫什么名字。至此，大家都很高兴，向薛寅侯叙述了前面的故事，并且设下酒宴表示庆祝。晚上，薛寅侯又留宿在李家，叙述了自己的行踪。原来，自从慰娘失踪以后，他的妻子悲伤而死，他一个人生活无依无靠，所以到处给人教书，流落到此地。丰玉桂和薛寅侯约好，等买了房子，把他接来和他们夫妻同住。薛寅侯第二天到冯家探听消息，冯家已经带着全家逃走了，这才知道当年杀死老妈子、卖掉慰娘的，就是这个冯某。冯某刚到平阳的时候，靠做生意发了家，后来他连年赌博，家产渐渐地消减了，所以只好卖掉住宅；当年卖掉慰娘的钱，也已经快花光了。

慰娘得所[①]，亦不甚仇之，但择日徙居，更不追其所往。李母馈遗不绝，一切日用皆供给之。生遂家于平阳，但归试甚苦[②]，幸是科举孝廉。慰娘富贵，每念媪为己死，思报其子。媪夫姓殷，一子名富，好博，贫无立锥[③]。一日，博局争注[④]，殴杀人命，亡归平阳，远投慰娘。生遂留之门下。研诘所杀姓名，盖即操舟冯某也。骇叹久之，因为道破，乃知冯即杀母仇人也。益喜，遂役生家。薛寅侯就养于婿，婿为买妇，生子女各一焉。

【注释】

①得所：得到所要得到的。指得到安居之地或合适的位置。《诗·魏风·硕鼠》："乐土乐土，爰得我所。"

②归试：指回原籍聊城参加科举考试。明清科举制度，岁、科试及乡试，必须回原籍参加。

③贫无立锥：形容极端的贫穷。《庄子·盗跖》："尧舜有天下，子孙无置锥之地；汤武立为天子，而后世绝灭；非以其利大故邪？"

④博局争注：在赌博时为赌注而争斗。注，赌注，赌博时用以赌输赢的财物。

【译文】

慰娘得到了宅子，也不是很仇视冯某，只是选了个好日子搬进去，更不追究冯某逃到哪里去了。李母不断地送给慰娘东西，一切生活用度都由李家供应。丰玉桂就在平阳定居下来，但他要回聊城参加考试，来往很是辛苦，幸好丰玉桂这一科就中了举人。慰娘富贵以后，常常想着当年老妈子是为自己死的，就想报答她的儿子。老妈子的夫家姓殷，一个儿子名叫富，喜欢赌博，家里穷得没有立锥之地。一天，殷富赌博时争着下注，打死了人命，逃回平阳，远远地投奔慰娘来了。丰玉桂就把他留在门下。问起殷富杀死的人的姓名，正是那个划船人冯某。丰玉桂惊骇叹息了许久，便对殷富说了实情，殷富这才知道冯某原来就是他的杀母仇人。他听了更加高兴，就在丰玉桂家当了仆人。薛寅侯也搬到女婿家来住，丰玉桂替他买了媳妇，生育子女各一人。

田子成

【题解】

本篇与《薛慰娘》有相同之处，都是写离散的父亲和子女相认，虽然一方已死为鬼魂，也念念不忘以及将骨殖埋葬故乡的民俗，有着浓厚的家庭伦理意识。不同的是，《薛慰娘》篇是父女相认，《田子成》篇是父子相认；《薛慰娘》篇突出的是曲曲折折的故事，展示的是叙述的技巧，《田子成》篇强调的是母节子贤，血浓于水的亲情，展示的是作者韵文的能力。《聊斋志异》中的诗歌多为鬼诗，不仅幽怨阴森，鬼气十足，而且与人物性格际遇熨帖相合，显示出受有李贺诗歌的明显影响。田子成的鬼所咏的诗："满江风月冷凄凄，瘦草零花化作泥。千里云山飞不到，梦魂夜夜竹桥西。"把一个溺于洞庭湖的孤苦而思念妻子的鬼魂的痛苦展现出来，同时起到了弥合全篇结构的作用。

江宁田子成①，过洞庭②，舟覆而没。子良耜，明季进士③，时在抱中④。妻杜氏，闻讣，仰药而死⑤。良耜受庶祖母抚养成立，筮仕湖北⑥。年馀，奉宪命营务湖南⑦，至洞庭，痛哭而返。自告才力不及，降县丞⑧，隶汉阳⑨，辞不就，院司强督促之乃就⑩。辄放荡江湖间，不以官职自守。

【注释】

①江宁：府名。治所在今江苏南京。

②洞庭：洞庭湖，我国第二大淡水湖。位于湖南省东北部，长江荆江河段以南。

③明季：明朝末年。

④抱中：怀抱中。指婴儿。

⑤仰药：服毒。

⑥筮(shì)仕：古人将出仕，先卜吉凶，故称做官为“筮仕”。筮，以蓍草占卜。

⑦奉宪命：遵从上官的命令。宪命，法令。

⑧县丞：县令的副职。

⑨隶汉阳：隶属汉阳府。地处长江以北、汉江以南，隔长江与其对岸武昌相望，并汉江与其对岸汉口相望，府治在今之武汉市汉阳区。

⑩院：指巡抚衙门。司：指布政使司，主管全省财赋和官员的调遣任免。就：就职。

【译文】

江宁人田子成，乘船过洞庭湖时，船翻了落水而死。他的儿子田良耜是明朝末年的进士，当时还在母亲的怀抱中。妻子杜氏听说丈夫的死讯，服毒药而死。田良耜在庶祖母的抚养下长大成人，到湖北去做官。过了一年多，他奉上级的命令到湖南办理公务，到洞庭湖时，他痛哭一场返回湖北。向上级报告说才力不够，于是降为县丞，分派到汉阳县，他推辞不愿上任，上级强行督促他前往，他只好去上任。但他总是在江湖间游玩放荡，不以官员的职责要求自己。

一夕，艤舟江岸[①]，闻洞箫声，抑扬可听。乘月步去，约半里许，见旷野中，茅屋数椽，荧荧灯火。近窗窥之，有三人对酌其中，上座一秀才，年三十许；下座一叟；侧座吹箫者，年最少。吹竟，叟击节赞佳[②]，秀才面壁吟思[③]，若罔闻。叟曰：“卢十兄必有佳作，请长吟，俾得共赏之。”秀才乃吟曰：

满江风月冷凄凄，瘦草零花化作泥。

千里云山飞不到，梦魂夜夜竹桥西。

吟声怆恻。叟笑曰："卢十兄故态作矣！"因酌以巨觥[4]，曰："老夫不能属和[5]，请歌以侑酒[6]。"乃歌"兰陵美酒"之什[7]。歌已，一座解颐[8]。

【注释】

①艤(yǐ)舟：停船靠岸。

②击节：打拍子。

③吟思：吟句苦思，谓构思作诗。

④觥(gōng)：古代酒器。腹椭圆，上有提梁，底有圈足，兽头形盖，亦有整个酒器作兽形并附有小勺的。这里仅指酒杯。

⑤属和(zhǔ hè)：与别人的诗词相唱和。

⑥侑(yòu)酒：劝酒。

⑦"兰陵美酒"之什：指唐李白《客中作》诗："兰陵美酒郁金香，玉碗盛来琥珀光；但使主人能醉客，不知何处是他乡。"

⑧解颐：开颜欢笑。《汉书·匡衡传》："匡语《诗》，解人颐。"颜师古注引如淳曰："使人笑不能止也。"颐，面颊。

【译文】

一天晚上，田良耜的船停泊在江边，忽然传来洞箫声，抑扬顿挫，非常动听。他乘着月色信步而去，大约走了半里路，只见旷野中有几间茅屋，屋子里灯火闪烁。田良耜走到窗前往里窥视，发现里面有三个人在对饮。上座是一个秀才，大约三十多岁的样子；下座是一个老头；侧座吹箫的，年纪最小。一曲吹完，老头击节叫好，而秀才却面对墙壁沉思，好像没有听到一样。老头说："卢十兄必定是有了佳作，请放声吟诵出来，好让我们共同欣赏。"秀才于是吟道：

满江风月冷凄凄，瘦草零花化作泥。

千里云山飞不到，梦魂夜夜竹桥西。

吟诵声悲怆凄凉。老头笑着说:“卢十兄故态又犯了。”于是倒了一大杯酒,说:“老夫不能和诗,就唱一首歌助酒兴吧。”于是唱了一首“兰陵美酒”。一曲唱罢,座中人都开怀大笑。

少年起曰:“我视月斜何度矣。”突出见客,拍手曰:“窗外有人,我等狂态尽露也!”遂挽客入,共一举手。叟使与少年相对坐。试其杯皆冷酒,辞不饮。少年起以苇炬燎壶而进之[①]。良耜亦命从者出钱行沽,叟固止之。因讯邦族,良耜具道生平。叟致敬曰:“吾乡父母也[②]。少君姓江,此间土著[③]。”指少年曰:“此江西杜野侯。”又指秀才:“此卢十兄,与公同乡。”卢自见良耜,殊偃蹇不甚为礼[④]。良耜因问:“家居何里?如此清才,殊早不闻[⑤]。”答曰:“流寓已久,亲族恒不相识。可叹人也!”言之哀楚。

【注释】

①苇炬:用芦苇束成的火把。

②父母:父母官。旧时对地方官的称呼,多指县令。

③土著:当地人。

④偃蹇(jiǎn):自高傲慢。

⑤殊:竟。

【译文】

年轻人站起身来,说:“我看看现在是什么时辰了。”他走出门突然看见田良耜,拍着手说:“窗外有人,我们的狂态全都暴露了!”说完就拉着田良耜进屋,众人一起拱手行礼。老头让田良耜坐在年轻人的对面。田良耜一试杯子,都是冷酒,便推辞说不饮。年轻人站起身来,用芦苇做成火把给酒壶加热,然后递给田良耜。田良耜也命令随从拿出钱去打酒，老头坚决拦住。于是问起客人的家乡姓名，田良耜便叙述了自己的生平。老头向他致敬说："您原来是我们的父母官呀。我姓江，是当地人。"指着年轻人介绍说："这位是江西的杜野侯。"又指着秀才说："这位卢十兄，跟您是同乡。"卢十兄自从见了田良耜，很是傲慢，不以礼相待。田良耜于是问道："你家住在哪里？如此清高有才，为什么一直没有听说过？"卢十兄回答道："我在外面已经流落很久了，亲戚们都已经不认识了。真是可叹啊！"言语哀伤凄楚。

叟摇手乱之曰："好客相逢，不理觞政①，聒絮如此，厌人听闻！"遂把杯自饮，曰："一令请共行之，不能者罚。每掷三色②，以相逢为率③，须一古典相合④。"乃掷得幺二三⑤，唱曰："三加幺二点相同，鸡黍三年约范公⑥：朋友喜相逢。"次少年，掷得双二单四，曰："不读书人，但见俚典，勿以为笑。四加双二点相同，四人聚义古城中⑦：兄弟喜相逢。"卢得双幺单二，曰："二加双幺点相同，吕向两手抱老翁⑧：父子喜相逢。"良耜掷，复与卢同，曰："二加双幺点相同，茅容二簋款林宗⑨：主客喜相逢。"

【注释】

①觞(shāng)政：指属客饮酒之事和酒令。

②每掷三色：一次掷三颗色子。色，即"骰子"。

③以相逢为率：指所掷三色点数，其一之数与另二和数相同，即所谓相逢。率，标准。

④须一古典相合：谓所掷点数相逢，应与一故事相合。古典，典故。

⑤幺(yāo)：小，排行最末的。也指色子或骨牌的点数为一点。

⑥鸡黍三年约范公：意为朋友约期相会。《后汉书·范式传》：范式

字巨卿，山阳金乡人，与汝南张劭为友，两人同时归里，约定三年后的某日范式到张劭家去看望。至期，张劭于家中准备鸡黍，范式果至。鸡黍，杀鸡作肴，煮黍为饭，指招待客人的饭菜。

⑦聚义古城：指《三国演义》第二十八回中刘、关、张三兄弟古城相会的故事。古城，在今河南确山。

⑧吕向两手抱老翁：指父子相逢。吕向，字子回。唐玄宗李隆基时期人，生卒年均不详。据《新唐书》卷二百二载："始，向之生，父岌客远方不还。少丧母，失墓所在，将葬，巫者求得之。不知父在亡，招魂合诸墓。后有传父犹在者，访索累年不获。它日自朝还，道见一老人，物色问之，果父也。下马抱父足号恸，行人为流涕。帝闻，咨叹，官岌朝散大夫，赐锦彩，给内教坊乐工，娱怿其心。"

⑨茅容二簋（guǐ）款林宗：指主客相逢，得遇知己。茅容，东汉学者。林宗，指郭林宗。东汉著名学者。善于知人，经他夸赞荐举的士人，结果证明一如他的品评。据《后汉书·茅容传》载，茅容……耕于野，与等辈避雨树下，众皆夷踞相对，茅容独危坐愈恭。郭林宗见而奇之，遂与共言，寄宿其家。次日，茅容杀鸡为馔，郭林宗谓为己设，既而以供其母，己则以草蔬与客共饭。郭林宗深受感动，盛赞茅容贤孝。二簋，指食物简陋。簋，古代食器。

【译文】

老头摇摇手制止他道："好朋友相逢，不喝酒行令，倒罗罗嗦嗦说这些话，让人不爱听！"于是端起酒杯自己喝了，说："我这儿有个酒令，大家一齐来行，做不了的人罚酒。这个酒令要每个人每次掷三个骰子，以两个掷得的点数之和等于另一个骰子的点数为标准，还必须说一个跟点数相合的典故。"老头先掷，掷了一个幺二三，便喝道："三加幺二点相同，鸡黍三年约范公：朋友喜相逢。"下一个轮到年轻人，掷了个双二单四，他说道："我不是个读书人，只知道些俚语典故，说不好请不要见笑。

四加双二点相同，四人聚义古城中：兄弟喜相逢。”卢十兄掷了个双幺单二，便唱道：“二加双幺点相同，吕向两手抱老翁：父子喜相逢。”田良耜掷的点数和卢十兄掷的一样，便唱道：“二加双幺点相同，茅容二簋款林宗：主客喜相逢。”

令毕，良耜兴辞①。卢始起曰：“故乡之谊，未遑倾吐②，何别之遽？将有所问，愿少留也。”良耜复坐，问：“何言？”曰：“仆有老友某，没于洞庭③，与君同族否？”良耜曰：“是先君也④，何以相识？”曰：“少时相善。没日，惟仆见之，因收其骨，葬江边耳。”良耜出涕下拜，求指墓所。卢曰：“明日来此，当指示之。要亦易辨，去此数武⑤，但见坟上有丛芦十茎者是也。”良耜洒涕，与众拱别⑥。

【注释】

①兴辞：起身告辞。兴，起。

②未遑：没有来得及。遑，闲暇。

③没：死。

④先君：称已死的父亲。

⑤武：半步。

⑥拱别：拱手相别。

【译文】

酒令行完，田良耜就起身告辞。卢十兄这才站起来，说：“同乡的情谊，还没有来得及倾吐，为什么这么匆忙就要告别呢？我还有话问你，请你再留一会儿。”田良耜又坐下来，问：“你有什么事要问？”卢十兄说：“我有一个好朋友某某，在洞庭淹死了，和你是同族吗？”田良耜说：“他就是先父，你们怎么会认识的呢？”卢十兄回答道：“我们小时候就是好朋友。他死的那一天，只有我一个人看见，就收拾了他的尸骨，埋在了江边。”田良耜流着眼泪向卢十兄下拜，求他指点父亲的坟墓在哪里。卢十兄说：“明天你来这里，我就指给你看。其实倒也不难辨认，离这里几步路的地方，只要看见坟上有一丛芦苇，共有十根的就是了。”田良耜泪流满面，向众人拱手告别。

至舟，终夜不寝，念卢情词似皆有因。昧爽而往[①]，则舍宇全无，益骇。因遵所指处寻墓，果得之。丛芦其上，数之，适符其数。恍然悟卢十兄之称，皆其寓言，所遇，乃其父之鬼也。细问土人，则二十年前，有高翁富而好善，溺水者皆拯其尸而埋之，故有数坟在焉。遂发冢负骨，弃官而返。归告祖母，质其状貌皆确。江西杜野侯，乃其表兄，年十九，溺于江，后其父流寓江西。又悟杜夫人殁后[②]，葬竹桥之西，故诗中忆之也。但不知叟何人耳。

【注释】

①昧爽：黎明。

②殁（mò）：死。

【译文】

田良耜回到船上，一整夜都睡不着觉，觉得卢十兄的神情话语好像都有原因。第二天，天刚亮，田良耜就去找卢十兄，一到地方，却发现昨天的房屋全都没了，他更加惊骇。于是按照卢十兄指点的地方寻找坟墓，果然找到了。有一丛芦苇在坟上，一数恰好就和卢十兄说的数目一样。他恍然大悟，原来卢十兄说的话，都是有寓意的，昨天晚上见到的，就是他父亲的鬼魂。他又详细地向当地人打听，原来二十年前，有一位高翁很富有，好做善事，凡是有人溺水而死，他都将尸体打捞上来埋好，所以有几座坟在这里。他便打开坟墓，取出父亲的尸骨，然后辞官回到家乡。他回到家就把情况告诉了祖母，两下一对，卢十兄的相貌形体都和田子成一样。江西杜野侯是田良耜的表兄，十九岁那一年，淹死在江里，后来他父亲流落到江西。田良耜又明白了杜夫人死后，葬在竹桥的西边，所以卢十兄的诗里提到了"梦魂夜夜竹桥西"。只是不知道那老头是什么人。

王桂庵

【题解】

本篇写人间的青年男女的恋爱故事。除去做梦有所预见，增加了故事的浪漫气息外，没有掺杂鬼怪因素，比较少见。无论写世家子弟王桂庵对于爱情追求的莽撞、真挚、执着，芸娘对于爱情含蓄的接受，温婉深挚而有分寸。特别是写新婚后小夫妻得意地互开玩笑以致乐极生悲，均鲜活生动，颇为感人。由于充满现实生活气息，其中芸娘对于婚姻的要求标准，比如对于男方的身份教养企求，明媒正娶的形式不可或缺，拒绝婚前性行为，绝不接受重婚或妾的地位，对于我们正确解读《聊斋志异》在婚姻爱情上的看法以及明清时期的婚姻风俗都有重要参考价值。

本篇篇幅不长，写得曲折生动。但明伦评论说："文夭矫变化，如生龙活虎，不可捉摸。然以法求之，只是一蓄字诀。……有如古句所云：'山穷水复疑无路，柳暗花明又一村'者。至大收煞处，犹不肯遽使芸娘出见，而以寄生认父，故作疑阵出之。解此一诀，为文可免平庸、直率、生硬、软弱之病。"

王樨，字桂庵，大名世家子①。适南游，泊舟江岸。邻舟有榜人女[2]，绣履其中，风姿韵绝。王窥既久，女若不觉。王朗吟"洛阳女儿对门居"[3]，故使女闻。女似解其为己者，略举首一斜瞬之[4]，俛首绣如故[5]。王神志益驰，以金一锭投之，堕女襟上。女拾弃之，金落岸边。王拾归，益怪之，又以金钏掷之[6]，堕足下，女操业不顾。无何，榜人自他归。王恐其见钏研诘，心急甚，女从容以双钩覆蔽之[7]。榜人解缆，径去。王心情丧惘，痴坐凝思。时王方丧偶，悔不即媒定之。乃询舟人，皆不识其何姓。返舟急追之，杳不知其所往，不得已，返舟而南。务毕[8]，北旋，又沿江细访，并无音耗。抵家，寝食皆萦念之。

【注释】

①大名：大名府。地处冀鲁豫三省交界处，今为河北邯郸大名县。

②榜（bàng）人：船家，船夫。

③朗吟：高声吟咏。洛阳女儿对门居：唐王维《洛阳女儿行》："洛阳女儿对门居，才可容颜十五馀。……谁怜越女颜如玉，贫贱江头自浣纱。"

④斜瞬：斜眼瞅了一下。瞬，眨眼，眼球一动。

⑤俛：同"俯"。

⑥钏（chuàn）：手镯。

⑦双钩：双脚。钩，指纤弯的女足。

⑧务毕：事务办完。

【译文】

王樨，字桂庵，是大名府的世家子弟。一次，王桂庵到南方游历，船停靠在江边。邻船有一位船家的姑娘，坐在船里绣鞋子，风姿绰约，堪称绝世美人。王桂庵偷看了她很久，姑娘好像没有察觉他在偷看一样。

王桂庵便大声吟起“洛阳女儿对门居”的诗句，故意让那姑娘听见。姑娘似乎明白他这么做是为了自己，略微抬起头，斜瞟了他一眼，又低下头继续绣鞋子。王桂庵越发心旌摇荡，便把一锭银子扔过去，正掉在姑娘的衣襟上。姑娘捡起银子扔掉，落在了岸边。王桂庵把银子捡回来，心中更加觉得奇怪，又扔过一枚金钏，掉在姑娘的脚下，那姑娘继续手里的活计，毫不理睬。不一会儿，船家从别处回来。王桂庵唯恐他发现金钏会追究，心里十分着急，姑娘从容地用两只脚把金钏盖了起来。船家解开缆绳，把船开走了，王桂庵的心情十分沮丧，呆呆坐在那时凝想。这时，王桂庵的妻子刚刚去世，他后悔没有马上托媒人定下这门婚事。便向船夫们打听这姑娘是谁，但是谁也不知道姑娘家的姓名。王桂庵回到自己的船上，急忙去追赶姑娘的船，却已经消失得无影无踪，不知开向哪里去了。王桂庵没有办法，只好掉转船头南下。事情办完以后，他返回北方，途中又沿着江边细细地寻访，还是没有一点儿音讯。他回到家里，无论吃饭还是睡觉，脑海中总萦绕着那个姑娘。

逾年，复南，买舟江际，若家焉。日日细数行舟，往来者帆楫皆熟，而曩舟殊杳[①]。居半年，赀罄而归。行思坐想，不能少置。一夜，梦至江村，过数门，见一家柴扉南向，门内疏竹为篱。意是亭园，径入。有夜合一株[②]，红丝满树。隐念：诗中“门前一树马缨花”[③]，此其是矣。过数武，苇笆光洁。又入之，见北舍三楹，双扉阖焉。南有小舍，红蕉蔽窗[④]。探身一窥，则椸架当门[⑤]，罥画裙其上[⑥]，知为女子闺闼，愕然却退。而内亦觉之，有奔出瞰客者，粉黛微呈，则舟中人也。喜出非望，曰：“亦有相逢之期乎！”方将狎就，女父适归，倏然惊觉[⑦]，始知是梦。景物历历，如在目前。秘之，恐与人言，破此佳梦。

【注释】

①曩(nǎng):以往,从前。

②夜合:夜合欢,又名“绒花树”,一名“马缨花”。豆科、合欢属植物。因昼开夜合故名“夜合”。

③门前一树马缨花:见元代虞集《水仙神》诗:“钱塘江上是奴家,郎若闲时来吃茶。黄土筑墙茅盖屋,门前一树马缨花。”

④红蕉:开红花的美人蕉。

⑤椸(yí)架:衣架。

⑥罥(juàn):挂。

⑦倏(shū)然:忽然。

【译文】

过了一年,他又到南方去,在江边雇了条船,把船当成家一样。每天细细地检查过往的船只,对来来往往的船只上的桨、帆都熟悉了,却见不到去年见到的那只船的影子。过了半年,他的盘缠用光了,只好回家。他不论是走还是坐的时候,都在思念姑娘,心里放不下来。一个晚上,他做梦来到江边的一个村子,走过几道门,看见一户人家,柴门朝南开,门里用稀疏的竹子做篱笆。他想这是一座亭园,就径直走了进去。到园中一看,有一棵合欢树,满树开的都是红花。他暗自想:古诗提到的“门前一树马缨花”,就是眼前的景象。又走了几步,一道用芦苇编成的篱笆很是光洁。又过了这道篱笆,只见有三座北房,两扇门都关着。南边有一间小屋子,开着红花的美人蕉挡着窗户。王桂庵探身往里一看,发现门口有个衣架,上面挂着一条花裙子,知道这是女子的闺房,惊慌地就要往后退。但里面的人已经发觉了,有人跑出来看是什么客人,微微地露出脸来,原来就是船上的那位姑娘。王桂庵喜出望外,说:“我们也有相逢的日子啊!”他刚要上前和姑娘亲热,姑娘的父亲正好回来,把他一下子惊醒过来,这才知道是一场梦。但是梦中的景物都很清晰,好像就在眼前。他严守这个秘密,恐怕跟别人说了,会破坏这个好梦。

又年馀，再适镇江[①]。郡南有徐太仆[②]，与有世谊，招饮。信马而去，误入小村，道途景象，仿佛平生所历。一门内，马缨一树，梦境宛然。骇极，投鞭而入，种种物色，与梦无别。再入，则房舍一如其数。梦既验，不复疑虑，直趋南舍，舟中人果在其中。遥见王，惊起，以扉自幛，叱问："何处男子？"王逡巡间，犹疑是梦。女见步趋甚近，闸然扃户[③]。王曰："卿不忆掷钏者耶？"备述相思之苦，且言梦征[④]。女隔窗审其家世，王具道之。女曰："既属宦裔，中馈必有佳人[⑤]，焉用妾？"王曰："非以卿故，昏娶固已久矣[⑥]。"女曰："果如所云，足知君心。妾此情难告父母，然亦方命而绝数家[⑦]。金钏犹在，料钟情者必有耗问耳[⑧]。父母偶适外戚[⑨]，行且至。君姑退，倩冰委禽[⑩]，计无不遂，若望以非礼成耦，则用心左矣[⑪]。"王仓卒欲出，女遥呼王郎曰："妾芸娘，姓孟氏。父字江蓠。"王记而出。

【注释】

①镇江：明清时府名。府治在今江苏镇江。

②太仆：太仆寺卿，掌管皇帝舆马和马政的官员。

③闸(pēng)：关门声。

④梦征：梦兆。

⑤中馈：家中供膳诸事。《易·家人》："无攸遂，在中馈。"孔颖达疏："妇人之道……其所职，主在于家中馈食供祭而已。"

⑥昏：同"婚"。

⑦方命：违命，抗命。《书·尧典》："帝曰：'吁，咈哉！方命圮族。'"蔡沉《集传》："方命者，逆命而不行也。"

⑧耗问：消息。问，通“闻”。

⑨外戚：母亲、妻子的亲戚。

⑩倩冰委禽：求亲说媒。倩，请。冰，媒人。委禽，求亲。

⑪左：差错。

【译文】

又过了一年多，他再次来到镇江。城南有一位徐太仆，和王桂庵家是世交，叫王桂庵到他家喝酒。王桂庵骑着马前去，马不知不觉带他误入了一个小村子，道路景象，好像是他平生见过的一样。一道门内，有一棵马缨花树，和他梦中的景色也一模一样。他惊骇极了，跳下马就进了院子，眼前的种种景物和梦里见到的没有什么区别。再往里面走，只见房间的数目也和梦中见到的一样。梦既然得到应验，王桂庵也就不再疑虑，直奔南面的那间小屋子，船上的姑娘果然在里面。她远远地看见王桂庵，吃惊地站起身来，躲在门后面，大声斥问道：“哪里来的男人？”王桂庵迟疑之间，还是怀疑像在梦中。姑娘见他已经走得很近了，便“呯”的一声把门关上。王桂庵说：“你难道不记得那个扔金钏的人吗？”便详细地叙述了对她的相思之苦，并且讲了做的那个梦。姑娘隔着窗户审问他的家世，王桂庵也一一回答。姑娘说：“你既然是官宦子弟，家里肯定已有娇妻，哪里还用得着我呢？”王桂庵说：“要不是为了找你，我早就结婚了。”姑娘说：“果真如你所说的话，也就足以知道你的心了。我的这份心事难以告诉父母，但也因此违抗父母之命拒绝了几家的求婚。金钏还在我身边，我料想钟情的人一定会有消息的。父母恰好看母亲家的亲戚去了，不久就会回来。你暂且回去，请媒人前来提亲，相信一定会成功的，如果你想用非礼的手段强行结合，那你可就想错了。”王桂庵仓猝地就要出去。姑娘远远地叫着“王郎”，说：“我叫芸娘，姓孟，父亲名字叫江蓠。”王桂庵记下姑娘的话就走了。

罢筵早返，谒江蓠。江迎入，设坐篱下。王自道家阀[①]，即致来意，兼纳百金为聘。翁曰："息女已字矣[②]。"王曰："讯之甚确，固待聘耳，何见绝之深？"翁曰："适间所说，不敢为诳。"王神情俱失，拱别而返。当夜辗转，无人可媒。向欲以情告太仆，恐娶榜人女为先生笑[③]，今情急，无可为媒，质明，诣太仆，实告之。太仆曰："此翁与有瓜葛，是祖母嫡孙，何不早言？"王始吐隐情。太仆疑曰："江蓠固贫，素不以操舟为业，得毋误乎？"乃遣子大郎诣孟。孟曰："仆虽空匮[④]，非卖昏者。曩公子以金自媒，谅仆必为利动，故不敢附为婚姻。既承先生命，必无错谬。但顽女颇恃娇爱，好门户辄便拗却[⑤]，不得不与商榷，免他日怨婚也。"遂起，少入而返，拱手一如尊命[⑥]，约期乃别。大郎复命，王乃盛备禽妆，纳采于孟，假馆太仆之家，亲迎成礼。

【注释】

①家阀：家世门第。

②息女：亲生女儿。自称己女。字：许嫁。

③先生：对年长有道者的尊称。

④空匮：空乏，贫穷。

⑤拗(ào)却：拒绝。

⑥一如尊命：一切按您的吩咐办事。

【译文】

王桂庵早早在徐太仆家吃完饭就返回来，求见孟江蓠。孟江蓠将他迎进屋，二人在篱芭边坐下。王桂庵自我介绍了家庭情况后，就说明了来意，并且拿出一百两银子作为聘礼。孟江蓠说："小女已经许配人了。"王桂庵说："我打听得很清楚，令千金确实待字闺中，为什么您要这样一口回绝呢?”孟江蓠说:“刚才我说的话都是实话,绝不敢欺骗你。”王桂庵听了,神情十分沮丧,向孟江蓠拱拱手就告别了。当天夜里,他辗转反侧,难以入睡,找不到人能替他说媒。他原来想把自己的心事告诉徐太仆,但又怕娶船家的姑娘会被徐太仆耻笑,现在情势急迫,没有人可以做媒,只能向太仆求助。天一亮,王桂庵去找徐太仆,把情况如实告诉了他。徐太仆说:“这个老头和我是亲戚关系,他是我祖母的嫡孙,你为什么不早说呢?”王桂庵这才吐露了心中的隐情。徐太仆疑惑地说:“江蓠固然贫穷,但从来不以划船为职业,不会是你搞错了吧?”于是,他让儿子大郎去见孟江蓠。孟江蓠说:“我家虽然很穷,但不会拿婚事来做买卖。上次公子拿着银子来给自己做媒,猜我肯定会被金钱打动,所以我不敢高攀官宦人家。现在承蒙先生前来做媒,想来肯定不会有什么差错。但我那顽皮的女儿很是娇纵任性,明明是好人家,她也动不动就拒绝,所以不能不和她商量,以免日后她会埋怨这桩婚事。”说完起身进去,不一会儿就回来了,向大郎拱手,说是一切遵从徐太仆的意思。两人约定好婚期,大郎就告辞了。大郎向父亲复命,王桂庵就开始置办丰厚的聘礼,前往孟家送上聘礼,顺便就假借徐太仆的家举行亲迎之礼。

居三日,辞岳北归。夜宿舟中,问芸娘曰:“向于此处遇卿,固疑不类舟人子。当日泛舟何之?”答云:“妾叔家江北,偶借扁舟一省视耳。妾家仅可自给,然傥来物颇不贵视之[①]。笑君双瞳如豆[②],屡以金赀动人。初闻吟声,知为风雅士,又疑为儇薄子作荡妇挑之也[③]。使父见金钏,君死无地矣。妾怜才心切否?”王笑曰:“卿固黠甚[④],然亦堕吾术矣!”女问:“何事?”王止而不言。又固诘之,乃曰:“家门日近,此亦不能终秘。实告卿:我家中固有妻在,吴尚书女也。”芸娘不信，王故庄其词以实之[⑤]。芸娘色变，默移时，遽起，奔出，王蹝履追之[⑥]，则已投江中矣。王大呼，诸船惊闹，夜色昏蒙，惟有满江星点而已。王悼痛终夜，沿江而下，以重价觅其骸骨，亦无见者。邑邑而归[⑦]，忧痛交集，又恐翁来视女，无词可对。有姊丈官河南，遂命驾造之[⑧]。

【注释】

①傥来物：意外偶得的财物。《庄子·缮性》："物之傥来，寄也。"疏："傥者，意外忽来者耳。"

②双瞳如豆：喻目光短浅，小觑他人。

③儇(xuān)薄子：轻薄少年。

④黠(xiá)：聪明而狡猾。

⑤庄其词：郑重其词。庄，庄重。

⑥蹝(xǐ)履：趿拉着鞋。谓急遽，来不及穿好鞋。蹝，趿拉。

⑦邑邑：忧闷、伤感的样子。

⑧造：造访。

【译文】

婚后三天，王桂庵就向岳父辞行，带着芸娘乘船北上回家。夜晚他们住在船上，王桂庵问芸娘道："当年在这里遇见你，本来就怀疑你不像是船家的姑娘。那一天你打算上哪里去？"芸娘回答说："我的叔叔家在江北，偶然借了一只小船，要去探望叔叔。我家虽然只能自给自足，但是对于意外之财却看得不重。可笑你却目光如豆，屡屡想用金银钱财来勾引人。起初听你吟诵诗句，知道你是风雅人士，但又疑心是轻薄弟子，想把我当成荡妇来挑逗。假如父亲见到那只金钏，你可就死无葬身之地了。我是不是怜才心切呀？"王桂庵笑着说："你真是有心计啊，可你也中了我的圈套！"芸娘问道："什么事？"王桂庵闭口不言。芸娘又紧紧追问，王桂庵才说："离家越来越近，这个秘密也不能始终不告诉你。实话对你说吧：我家里早就有妻子了，是吴尚书的女儿。"芸娘不相信，王桂庵故意夸大其词说得跟真的似的。芸娘变了脸色，沉默了一会儿，突然站起身来，跑了出去。王桂庵趿拉着鞋追出去，芸娘已经跳到江里了。王桂庵大声呼叫，其他船只都被惊动起来，然而，夜色昏濛濛的，只有满江的星光点点闪烁。王桂庵悲悼哀痛了一整夜，沿江而下，想用重金请人寻找芸娘的尸体，但也没有人见到过。他心情抑郁地回到家，忧痛交集，又担心岳父来看望女儿，到时候无言以对。他的姐夫在河南做官，他便命人驾着马车，前往河南看望姐夫。

年馀始归。途中遇雨，休装民舍，见房廊清洁，有老妪弄儿厦间[①]。儿见王入，即扑求抱，王怪之。又视儿秀婉可爱，揽置膝头。妪唤之，不去。少顷，雨霁，王举儿付妪，下堂趣装。儿啼曰："阿爹去矣！"妪耻之，呵之不止，强抱而去。王坐待治任[②]，忽有丽者自屏后抱儿出，则芸娘也。方诧异间，芸娘骂曰："负心郎！遗此一块肉，焉置之？"王乃知为己子，酸来刺心。不暇问其往迹[③]，先以前言之戏，矢日自白[④]。芸娘始反怒为悲，相向涕零。先是，第主莫翁[⑤]，六旬无子，携媪往朝南海[⑥]。归途泊江际，芸娘随波下，适触翁舟。翁命从人拯出之，疗控终夜[⑦]，始渐苏。翁媪视之，是好女子，甚喜，以为己女，携归。居数月，欲为择婿，女不可。逾十月，生一子，名曰寄生。王避雨其家，寄生方周岁也。王于是解装[⑧]，入拜翁媪，遂为岳婿。居数日，始举家归。至，则孟翁坐待，已两月矣。翁初至，见仆辈情词恍惚[⑨]，心颇疑怪，既见，始共欢慰。历述所遭，乃知其枝梧者有由也[10]。

【注释】

①弄：玩，戏耍。

②治任：整理行装。任，担。

③往迹：往日的经历。指芸娘投水后的遭遇。

④矢日：指着天日发誓。矢，发誓。

⑤第主：宅主。

⑥朝南海：到南海去拜观音。南海，指浙江定海的普陀山。佛教传说，普陀山是观音菩萨修道的地方，因而信佛的人多到普陀山朝礼。

⑦疗控：指对溺水者的急救措施。控，覆身曲体，使之吐水。

⑧解装：放下行装。解，放。

⑨情词恍惚：神情异常，言词含糊。

⑩枝梧：敷衍搪塞。

【译文】

过了一年多，王桂庵才回来。半道上碰到下雨，他就到一家民宅去躲雨。只见这户人家房屋清洁，有个老妈妈正在屋里抚弄一个男孩。男孩一见王桂庵进来，就扑上来要他抱，王桂庵感到很奇怪。他再看那孩子眉清目秀，十分可爱，就把他抱起来，放在膝盖上。老妈妈又叫孩子，但孩子不肯离去。工夫不大，雨过天晴，王桂庵抱起孩子递给老妈妈，然后走到堂下让仆人收拾行装。孩子哭着说："阿爹走了！"老妈妈觉得孩子说得不得体，便不停地呵斥他不许这么叫，强行抱着他走了。王桂庵坐着等仆人收拾行装，忽然有个美丽女子从屏风后面抱着孩子走出来，却是芸娘。他正感到诧异，芸娘骂道："你这个负心郎！留下这一块肉，怎么安置他呀？"王桂庵这才知道孩子原来是自己的儿子，不由得一阵辛酸涌上心头。他来不及问芸娘这一阵是怎么过的，赶紧对天日发誓说从前的那番话都是开玩笑，不是真的。芸娘这才反怒为悲，对着王桂庵痛哭起来。原来，这所宅子的主人叫莫翁，六十岁了没有儿子，带着老伴到南海去朝拜观音菩萨。回来的途中船停靠在江边，芸娘随波而下，恰好撞在莫翁的船上。莫翁叫仆人把芸娘从水里救出来，控水抢救忙活了一整夜，芸娘才渐渐苏醒过来。莫翁夫妇一看，是一个很漂亮的女子，心里十分高兴，把她认作自己的女儿，带回家去。过了几个月，他们想替芸娘挑选女婿，芸娘不同意。过了十个月，她生下一个儿子，取名叫王寄生。王桂庵来到莫家避雨时，王寄生刚好一周岁。王桂庵于是解下行装，进到里屋拜见莫翁夫妇，双方认了岳父女婿。过了几天，王桂庵才带着家人回到家乡。一到家，发现孟翁正坐着等候，已经等了两个月了。孟翁刚到的时候，见仆人们神情言语恍恍惚惚，心里很是疑惑奇怪，等见了女儿女婿，才高兴地放下心来。听他们叙述完这些年来的遭遇，孟翁这才明白原来仆人们支支吾吾是有原因的。

寄生附

【题解】

本篇是上篇《王桂庵》的续篇。寄生即上篇王桂庵之子，王桂庵和芸娘在本篇也仍活动着。这在《聊斋志异》的结构中可谓绝无仅有。之所以出现这一现象，大概与蒲松龄有意翻空出奇，打算在同一模式下展现不同的故事情节有关。“异史氏曰”说：“父痴于情，子遂几为情死。所谓情种，其王孙之谓与？不有善梦之父，何生离魂之子哉！”但明伦说：“此幅以‘情种’二字为根，‘离魂’二字为线。”可以作为比照理解《王桂庵》和《寄生》的钥匙。

由于本篇是从形式的变化上谋篇布局，故在人物性格和内容描写上有许多可争议之处。比如，王桂庵痴情于芸娘，可谓情种，但寄生见异思迁，是否也称得上是情种？在《王桂庵》篇，芸娘不能接受二女共嫁一夫的现实，这大概是明清时期正经人家少女，尤其是父母们的婚姻底线，但本篇中不仅五可和闺秀乐于接受共嫁的现实，大事化小，父母也竟然接受，尤其是闺秀的父亲郑秀才既然在“中表为嫌”上可以拒婚，在共嫁问题上更不可能不作梗发声，大发雷霆，这些，都是读者要探索而作品回避了的地方。不过，单纯从文学技巧上看，本篇的确充满浪漫气息，“反复展玩，有如山阴道上行，令人应接不暇，及求其运笔之妙，又如海上三神山，令人可望而不可即”(但明伦评)。

寄生，字王孙，郡中名士。父母以其襁褓认父①，谓有夙惠②，钟爱之。长益秀美，八九岁能文，十四入郡庠③。每自择偶。父桂庵有妹二娘，适郑秀才子侨④，生女闺秀，慧艳绝伦。王孙见之，心切爱慕，积久，寝食俱废。父母大忧，苦研诘之，遂以实告。父遣冰于郑⑤，郑性方谨⑥，以中表为嫌⑦，却之。王孙逾病。母计无所出，阴婉致二娘，但求闺秀一临存之⑧。郑闻，益怒，出恶声焉。父母既绝望，听之而已。

【注释】

①襁褓(qiǎng bǎo)：背负婴儿用的宽带和包裹婴儿的被子。“襁”指婴儿的带子，“褓”指小儿的被子。后亦指婴儿包或借指未满周岁的婴儿。寄生“襁褓认父”一事见《王桂庵》篇。

②夙惠：天生慧根。惠，通“慧”。

③入郡庠：指考中秀才。

④适：嫁。

⑤冰：冰人，媒人。

⑥方谨：方正拘谨。

⑦以中表为嫌：指对于表兄妹、表姐弟之间结成配偶的婚姻形式的

忌嫌。在中国历史上,唐代以前一般不禁止表亲婚。到宋代才将表亲婚定为禁律,明、清两代沿袭,由于这种婚姻形式在民间已经相沿成俗,法律条文亦难禁绝。

⑧存:抚慰,顾恤。

【译文】

王寄生,字王孙,是大名府的名士。父母因为他在襁褓里就能认出父亲,认为他天生聪慧,对他十分钟爱。长大以后,他越发秀美,八九岁的时候就能写文章,十四岁就进了府学。王寄生常常想自己选择配偶。他的父亲王桂庵有个妹妹二娘,嫁给秀才郑子侨,生了一个女儿名叫闺秀,长得艳丽,生得聪明,是举世无双的女子。王寄生见到她以后,心中十分爱慕,时间一长,就到了寝食俱废的地步。父母万分忧虑,苦苦地追问他是怎么回事,王寄生就说出了实情。父亲请媒人到郑家提亲,但郑子侨生性固执严谨,认为表亲不可通婚,便拒绝了这门亲事。王寄生病得更重了。他母亲芸娘想不出什么好办法,就暗中托人委婉地跟二娘商量,只求闺秀能到王家来一次,看一看王寄生。郑子侨听说后,更加愤怒,便说了些很不好听的话,王寄生父母已经绝望了,只好听之任之了。

郡有大姓张氏,五女皆美,幼者名五可,尤冠诸姊①,择婿未字②。一日,上墓,途遇王孙,自舆中窥见,归以白母。母沈知其意,见媒媪于氏,微示之。媪遂诣王所。时王孙方病,讯知,笑曰:“此病老身能医之。”芸娘问故。媪述张氏意,极道五可之美。芸娘喜,使媪往候王孙。媪入,抚王孙而告之。王孙摇首曰:“医不对症,奈何!”媪笑曰:“但问医良否耳。其良也,召和而缓至③,可矣。执其人以求之,守死而待之,不亦痴乎?”王孙欷歔曰④:“但天下之医,无愈和者[⑤]。”媪曰：“何见之不广也？”遂以五可之容颜发肤，神情态度，口写而手状之。王孙又摇首曰：“媪休矣！此余愿所不及也。”反身向壁，不复听矣。媪见其志不移，遂去。

【注释】

①冠：在……之上，超出众人。

②字：许嫁。

③召和而缓至：和、缓，皆春秋时秦之名医，意谓同是名医，请谁都一样。《左传·昭公元年》：晋平公有疾，求医于秦，秦景公使医和视之。《左传·成公十年》：晋景公有疾，求医于秦，秦桓公使医缓为之。

④欷歔（xī xū）：哭泣后不由自主地急促呼吸。

⑤愈：胜过。

【译文】

郡里有个姓张的大户人家，生的五个女儿都很美丽，最小的叫五可，比她的姐姐们都还要美艳，正在挑选女婿还没有许人。一天，五可在上坟的路上遇到王寄生，从车子里窥见他的样子，回家告诉了母亲。母亲探明了五可的心思，就见了媒婆于氏，暗中示意她去说媒。于氏便来到王家。这时王寄生还病着，于氏一听他的病情，便笑着说：“这个病我老婆子能治好。”芸娘问是怎么回事。于氏便叙述了张家的意思，极口称赞五可的美貌。芸娘很高兴，让于氏去见王寄生。于氏进了屋子，抚摸着王寄生，并且告诉他自己来的意思。王寄生摇摇头说：“医不对症，又有什么用啊！”于氏笑着说：“看病只问医生的医术是否高明。如果医术高明，即使请的是医和，来的却是医缓，一样可以治病。如果固执地认准一个人要他治病，即使死守也要等他，这不是太傻了吗？”王寄生抽泣着说：“不过天下的医生，没有人能超过医和。”于氏说：“你的见识怎么这么不广啊?"接着,她就把五可的容颜、皮肤、神情态度,连说带比划地给王寄生描绘了一番。王寄生又摇摇头说:"妈妈不必再说了!这个人不是我心里想念的。"说完,转过身冲着墙壁,不再听于氏说了。于氏见王寄生的想法不可动摇,只好走了。

一日,王孙沉痼中①,忽一婢入曰:"所思之人至矣!"喜极,跃然而起。急出舍,则丽人已在庭中。细认之,却非闺秀,着松花色细褶绣裙,双钩微露,神仙不啻也②。拜问姓名,答曰:"妾,五可也。君深于情者,而独钟闺秀,使人不平。"王孙谢曰:"生平未见颜色,故目中止一闺秀。今知罪矣!"遂与要誓③。方握手殷殷,适母来抚摩,蘧然而觉④,则一梦也。回思声容笑貌,宛在目中,阴念:"五可果如所梦,何必求所难遘⑤?"因而以梦告母。

【注释】

①沉痼:病重。

②不啻(chì):无异于,如同。

③要(yāo)誓:订盟。此指订嫁娶之约。

④蘧(qú)然:惊喜的样子。

⑤遘(gòu):遇。

【译文】

一天,王寄生病得昏沉沉的,忽然一个丫环走进来说:"你思念的人到了!"王寄生高兴极了,一下子就从床上跳了起来,急忙跑出了屋子,发现一个美人已经站在庭院里。王寄生细细地辨认,却不是闺秀,只见她身穿松花色细褶绣裙,微微露出双脚,真是如同神仙下凡。王寄生上前施礼,请问姓名。姑娘回答说:"我是五可。你的一片深情都只在闺秀的身上，让人心中不平。”王寄生谢罪道：“我生平从未见过你的容貌，所以眼睛里只有一个闺秀，今天我才知罪了！”说完，就和五可定了誓约。王寄生正亲热地握着五可的手，恰好母亲来抚摩他，他惊喜地醒过来，这才发现刚才是一场梦。他回想五可的音容笑貌，好像还在眼前，不由心中暗想：“五可果真像梦中见到的一样，又何必去追求那难于求到的闺秀呢？”于是，他就把梦见五可的经过告诉了母亲。

母喜其念少夺，急欲媒之。王孙恐梦见不的①，托邻妪素识张氏者，伪以他故诣之，嘱其潜相五可②。妪至其家，五可方病，靠枕支颐，婀娜之态，倾绝一世。近问：“何恙？”女默然弄带，不作一语。母代答曰：“非病也。连日与爹娘负气耳③！”妪问故，曰：“诸家问名④，皆不愿，必如王家寄生者方嫁。是为母者劝之急，遂作意不食数日矣。”妪笑曰：“娘子若配王郎，真是玉人成双也。渠若见五娘⑤，恐又憔悴死矣！我归，即令倩冰⑥，如何？”五可止之曰：“姥勿尔！恐其不谐，益增笑耳！”妪锐然以必成自任，五可方微笑。妪归，复命，一如媒媪言。王孙详问衣履，亦与梦合，大悦。意虽稍舒，然终不以人言为信。

【注释】

①不的：不准确。的，真实，实在。

②潜相(xiàng)：暗地相看。

③负气：犹言赌气。

④问名：古代婚礼六礼中的第二礼。即男方遣媒人到女家询问女方姓名，生辰八字。取回庚贴后，卜吉合八字。《仪礼·士昏礼》：“宾执雁，请问名；主人许，宾入授。”郑玄注：“问名者，将归卜其吉

凶。”贾公彦疏：“问名者，问女之姓氏。”此处是求婚的意思。

⑤渠：代词，他。

⑥倩冰：请媒人来提亲。倩，请。冰，冰人，即媒人。

【译文】

芸娘很高兴儿子的念头已经有所改变，急忙想找人去张家说媒。王寄生唯恐梦中所见不真，便托一位平素和张家相识的邻居老妈妈，假装有什么事到张家去，嘱咐她暗中相看五可。老妈妈来到张家时，五可正在生病，头靠在枕头上，手托着香腮，一副婀娜动人的姿态，真是倾国倾城的美貌。老妈妈走近前问道：“是什么病呀？”五可默默地玩弄着衣带，一句话也不说。母亲代她回答说：“不是生病。是这几天在跟爹妈斗气呢！”老妈妈问是什么原因，母亲说：“好多人家来提亲，她都不愿意，一定要是王家的王寄生才肯嫁。因为我这个当妈的劝她急了，她就发了脾气，好几天不吃饭。”老妈妈笑着说：“姑娘如果配王郎，真是天生的一对玉人。他如果见了五娘，恐怕又要憔悴死了！我回去告诉王家，就让他家请媒人来提亲，怎么样？”五可制止她说：“妈妈别这么做！只怕人家不同意，更会招人笑话！”老妈妈毅然表示一定办成这事，五可这才微笑着答应了。老妈妈回到王家复命，讲得和媒婆说的一样。王寄生详细地询问五可的衣着，也和梦中见到的一样，大为高兴。王寄生的心情虽然稍稍舒缓了一些，但是始终不敢全信别人说的话。

过数日，渐瘳[①]，秘招于媪来，谋以亲见五可。媪难之，姑应而去。久之，不至。方欲觅问，媪忽忻然来曰[②]：“机幸可图。五娘向有小恙，日令婢辈将扶[③]，移过对院。公子往伏伺之，五娘行缓涩[④]，委曲可以尽睹矣。”王孙喜。明日，命驾早往，媪先在焉。即令絷马村树，引入临路舍，设座掩扉而去。少间，五可果扶婢出。王孙自门隙目注之。女从门外过，媪故指挥云树以迟纤步。王孙窥觇尽悉，意颤不能自持⑤。未几，媪至，曰："可以代闺秀否？"王孙申谢而返。始告父母，遣媒要盟。及妁往⑥，则五可已别字矣。

【注释】

①瘳(chōu)：病愈。

②忻(xīn)然：高兴的样子。

③将扶：扶持。

④缓涩：缓慢。

⑤意颤：心跳动着，心情激动。

⑥妁(shuò)：媒人。

【译文】

过了几天，王寄生的病渐渐好了，他秘密地把媒婆于氏招来，和她商量要亲眼见一见五可。于氏觉得很为难，姑且答应下来就走了。过了好久，于氏也没有来。王寄生正要找人去问，于氏忽然高高兴兴地来了，说："幸好有机可图了。五娘一直都有小病，每日就让丫环扶着，到对面院子散步。公子先去埋伏在一边等候，五娘行动缓慢，你就可以把她看个清清楚楚了。"王寄生很高兴。第二天，王寄生早早地让人备马前往，于氏已经先等在那里了。就让他把马系在村外的树上，然后领他进了临街的一间屋子，让他坐下，关上门就走了。过了一会儿，五可果然扶着丫环出来了。王寄生从门缝中注视着五可。五可从门外走过，于氏故意指点着云呀树的，来放缓五可的脚步。王寄生把五可看了个清清楚楚，不禁心跳加快，不能自持。不一会儿，于氏来了，问道："可以代替闺秀吗？"王寄生向于氏道谢后就回家了。王寄生回家后，立刻把相看五可的事告诉父母，派媒人去张家订亲。等媒人前往张家一说，却发现五可已经许给别人了。

王孙失意，悔闷欲死，即刻复病。父母忧甚，责其自误。王孙无词，惟日饮米汁一合①，积数日，鸡骨支床②，较前尤甚。媪忽至，惊曰："何惫之甚？"王孙涕下，以情告。媪笑曰："痴公子！前日人趁汝来③，而故却之；今日汝求人，而能必遂耶？虽然，尚可为力。早与老身谋，即许京都皇子，能夺还也。"王孙大悦，求策。媪命函启遣伻④，约次日候于张所。桂庵恐以唐突见拒⑤，媪曰："前与张公业有成言⑥，延数日而遽悔之。且彼字他家，尚无函信。谚云：'先炊者先餐⑦。'何疑也！"桂庵从之。次日，二仆往，并无异词，厚犒而归⑧。王孙病顿起，由此闺秀之想遂绝。

【注释】

①一合(gě)：量词。十合为升，一合约为一小碗。

②鸡骨支床：形容瘠瘦。《世说新语·德行》："王戎、和峤同时遭大丧，俱以孝称，王鸡骨支床，和哭泣备礼。"

③趁：追求。

④伻(bēng)：使者。

⑤唐突：莽撞，冒失。

⑥成言：约定，成议。

⑦先炊者先餐：先做成饭的先吃。

⑧犒(kào)：犒劳，赏赐。

【译文】

王寄生大失所望，后悔郁闷得要死，一下子又病倒了。父亲很是忧虑，怪他是自己误了好事。王寄生无言以对，每天只饮一碗米汤，过了几天，已经瘦得皮包骨头躺在床上，比上一次病得还要厉害。这一天，于氏忽然来了，吃惊地问："你怎么病成这样呢？"王寄生流下眼泪，把实情告诉她。于氏笑着说："真是个痴公子！前些日子是人家来追你，你却故意拒绝人家；现在是你求人家，哪能说成就成呢？虽然如此，倒还可以想想办法。早点儿和我老婆子商量，即使嫁给了京城的皇子，也能够替你夺回来。"王寄生大为高兴，便请教有何计策。于氏便让他写好一封书信，派人送往张家，并约好第二天在张家等候。王桂庵担心会因为唐突行事而被张家拒绝，于氏说："前些日子我和张公已经有约在先，延迟了几天，是他们忽然反悔的。况且说五娘已经许给别人，并没有什么书信帖子。俗语说：'先做饭的人先吃。'有什么好怀疑的！"王桂庵听从了她的意见。第二天，两个仆人前往张家下聘，张家没说什么二话，厚厚地犒赏了他们。王寄生的病也一下子好了，从此他再也不去想闺秀了。

初，郑子侨却聘①，闺秀颇不怿②，既闻张氏婚成，心愈抑郁，遂病，日就支离③。父母诘之，不肯言。婢窥其意，隐以告母。郑闻之，怒不医，以听其死。二娘怼曰④："吾侄亦殊不恶，何守头巾戒⑤，杀吾娇女！"郑恚曰："若所生女，不如早亡，免贻笑柄！"以此夫妻反目。二娘与女言，将使仍归王孙，若为媵⑥。女俛首不言，意若甚愿。二娘商郑，郑更怒，一付二娘⑦，置女度外，不复预闻。二娘爱女切，欲实其言⑧。女乃喜，病渐瘥。

【注释】

①却聘：拒婚。

②怿（yì）：悦，快乐。

③支离：形容病中体瘦骨露，衰弱无力。宋陆游《病起书怀》诗："病骨支离纱帽宽。"

④怼(duì):怨恨,恼怒。

⑤头巾戒:儒生所遵守的迂腐戒律。头巾,封建时期读书人的冠巾。

⑥若为媵(yìng):如同做妾。若,如。媵,媵妾。

⑦一:全。

⑧实:实践。

【译文】

起初,郑子侨拒绝了王家的聘礼,闺秀很不高兴。等到听说王家和张家结成婚姻,心情更加抑郁,就病倒了,一天比一天憔悴。父母问她是怎么回事,她也不肯说。丫环窥探出闺秀的心思,悄悄地告诉她的父母。郑子侨听说后非常生气,不给闺秀请医生看病,听任她病死。二娘埋怨道:"我侄子也不差,何必死守那些陈腐的清规戒律,害死我们的女儿呢!"郑子侨恼羞成怒地说:"就你生的这种女儿,不如早点儿死掉,免得被人家当成笑柄!"从此以后,夫妻俩反目成仇。二娘跟女儿商量,还让她嫁给王寄生,但是只能做小老婆了。闺秀低下头不说话,看上去好像还很愿意。二娘又跟郑子侨商量,郑子侨更加愤怒,把这事全都交给二娘处理,将女儿置之度外,不再干涉这桩婚事。二娘爱女心切,就想把她的话变成现实,闺秀于是高兴起来,病也渐渐好了。

窃探王孙,亲迎有日矣①。及期,以侄完婚,伪欲归宁②。昧旦③,使人求仆舆于兄。兄最友爱,又以居村邻近,遂以所备亲迎车马,先迎二娘。既至,则妆女入车④,使两仆两媪护送之。到门,以毡贴地而入⑤。时鼓乐已集,从仆叱令吹擂,一时人声沸聒。王孙奔视,则女子以红帕蒙首⑥,骇极,欲奔,郑仆夹扶,便令交拜。王孙不知何由,即便拜讫。二媪扶女,径坐青庐⑦,始知其闺秀也。举家皇乱,莫知所为。时渐濒暮,王孙不复敢行亲迎之礼。桂庵遣仆以情告张,张怒，遂欲断绝。五可不肯，曰："彼虽先至，未受雁采[8]，不如仍使亲迎。"父纳其言，以对来使。使归，桂庵终不敢从。相对筹思，喜怒俱无所施。张待之既久，知其不行，遂亦以舆马送五可至，因另设青帐于别室。而王孙周旋两间，蹀躞无以自处[9]。母乃调停于中，使序行以齿，二女皆诺。及五可闻闺秀差长，称"姊"有难色，母甚虑之。比三朝公会[10]，五可见闺秀风致宜人，不觉右之[11]，自是始定。然父母恐其积久不相能[12]，而二女却无间言[13]，衣履易着，相爱如姊妹焉。

【注释】

①亲迎：婚礼六礼之一，即新婿亲自到女家迎娶新娘。

②归宁：回娘家。

③昧旦：天未亮，破晓。

④妆女：指盛妆其女闺秀。

⑤毡：这里指婚礼中的红地毯。

⑥红帕蒙首：旧时婚礼，新妇以红帕蒙头，俗称"盖头"，行交拜礼。

⑦青庐：古时婚俗，以青布幔为屋，于此交拜迎妇，称"青庐"。这里指新婚的房屋。

⑧未受雁采：指没有正式订婚手续。雁采，古代婚礼六礼之一，又称"纳采"。

⑨蹀(dié)躞：小步徘徊的样子。

⑩三朝公会：指婚后第三天相互会见。

⑪右之：尊重她。古代以右为尊。这里指以闺秀为姊。

⑫不相能：不相容。

⑬无间言：亲密没有隔阂。

【译文】

二娘暗中探听到王寄生迎亲的日期已经确定。到了那一天,二娘便以侄子要结婚,假装要回娘家探望。天刚亮,她就派人到哥哥家借车马。王桂庵对妹妹最为友爱,又因为两个村子靠得很近,就派准备用来迎亲的车马先去迎接二娘。车马一到,二娘就为女儿装扮好送上车,派两个仆人和两个仆妇护送。车马来到王家,便用红毡铺地,将闺秀接了进去。这时鼓乐已经准备好,仆人便喝令开始吹打起来,一时间人声鼎沸,鼓乐齐鸣。王寄生跑出来一看,只见女子用红帕蒙着头,不由十分惊骇,转身就要跑;郑家的两个仆人上前将王寄生夹扶在中间,就让他和新人拜堂。王寄生不知道是怎么回事,就已经拜完了天地。两个仆妇扶着女子,径直进了洞房,这才知道她竟是闺秀。一时间,全家慌乱起来,不知道该怎么办才好。渐渐地到了傍晚,王寄生也不再敢去张家迎接新人了。王桂庵派仆人把这个情况告诉张家,张家听了非常气愤,就想断绝这门亲事。五可不同意,说:"她虽然先到了,但是没有正式下聘礼,不如仍旧让王家来迎亲。"父亲采纳了她的意见,并且告诉了来送信的仆人。仆人回来报告了情况,但王桂庵终究不敢按张家的意思办。一家人坐在一起筹划商量,都被弄得高兴不是,发火也不是。张家等了很久,知道王家不会来迎亲了,便也派车马将五可送到王家。王家就在另外的房间也设了洞房,王寄生在两个洞房之间往来周旋,不知怎么办才好。于是,芸娘从中调解,让五可和闺秀二人根据岁数排列长次,两个姑娘都同意了。五可听说闺秀稍微大一点,就不是很愿意叫她姐姐,芸娘很是担忧。等到结婚第三天,两人在公婆面前见面,五可见闺秀很有风致,举止大方,不自觉地尊她为姐姐,从此,两位新娘才定了长次。王桂庵夫妇担心时间长了她们不能和睦共处,但两个媳妇却从来没有闹过矛盾,互相交换衣服,相亲相爱像姐妹一样。

王孙始问五可却媒之故,笑曰:"无他,聊报君之却于媪耳①。尚未见妾，意中止有闺秀；既见妾，亦略靳之②，以觇君之视妾，较闺秀何如也。使君为伊病，而不为妾病，则亦不必强求容矣。”王孙笑曰：“报亦惨矣！然非于媪，何得一觌芳容③？”五可曰：“是妾自欲见君，媪何能为？过舍门时，岂不知眈眈者在内耶④？梦中业相要，何尚未知信耶？”王孙惊问：“何知？”曰：“妾病中梦至君家，以为妄，后闻君亦梦妾，乃知魂魄真到此也。”王孙异之，遂述所梦，时日悉符。父子之良缘，皆以梦成，亦奇情也。故并志之。

【注释】

①却：拒绝，推却。

②靳(jìn)：吝惜。这里是矜持的意思。

③觌：朝见君主或朝拜圣地。

④眈眈：贪婪地盯着。《易·颐》：“虎视眈眈，其欲逐逐。”

【译文】

这时，王寄生才问起五可为什么当初要拒绝婚事，五可笑着说：“没有别的原因，只是为了报复你拒绝于媒婆提亲。还没有见到我的时候，你的心中只有一个闺秀；即使见了我以后，我也要庄重一点儿，来看你对待我的态度，和对待闺秀是不是一样。假使你为了她生病，却不为我生病，我也就不会强求你一定要娶我了。”王寄生笑着说：“报复得也够惨的！要不是于媒婆，我又怎么能一睹你的芳容呢？”五可说：“是我自己想见你，于媒婆她怎么能办得到呢？经过那家门前时，我难道不知道里面有个人直勾勾盯着我看吗？梦里都已经和你约定了，你为什么还不相信呢？”王寄生吃惊地问：“你怎么会知道我做的梦？”五可说：“我生病的时候做梦到了你家，以为很荒唐，后来听说你也做了个梦，我这才知道我的魂魄真的到过这里。”王寄生觉得很神奇，便讲述了自己做的那个梦,和五可做梦的时辰日期都符合。王桂庵父子的良缘都是通过梦而成的,这也可以称得上是神奇的爱情了。所以一并记载下来。

异史氏曰:父痴于情,子遂几为情死。所谓情种[①],其王孙之谓与?不有善梦之父,何生离魂之子哉[②]!

【注释】

①情种:痴情种子,感情特别丰富的人。特指钟于男女情爱者。

②离魂:脱离躯体的灵魂。特指为爱情而魂魄离体。

【译文】

异史氏说:父亲痴迷于爱情,儿子也几乎为情而死。所谓的情种,说的就是王孙这样的人吧?如果没有一个善于做梦的父亲,又怎么会生出一个为爱离魂的儿子呢!

周生

【题解】

本篇写周生由于亵渎神灵遭到惩罚。

表面上看,本篇好像是批评周生,他把祭神之文写成"婬嫚之词",受到神的惩罚理所应当,也绕着脖子讽刺了县官的喜好男色。但从另一个方面看,本篇未尝不曲折反映了清初文字狱的恐怖。比如1663年发生的庄廷鑨私刻明史案,庄廷鑨被剖棺戮尸,家属被杀。凡是为书作序者、校刻者,甚至售书、买书者也都被杀。此次大狱,死七十馀人,充军无数。1711年发生了戴名世案,因书中多记明代事实,触犯忌讳,不仅戴名世全家被杀,而且为此书出资、作序、发行的人都受到了牵连,此案死百人,流放者数百人。这些案件的发生都在《聊斋志异》创作之时，对于蒲松龄不可能不造成震动。篇中谴责所谓冥诛“使贤夫人及千里之仆，骈死而不知其罪，不亦与刑律中分首从者，反多愦愦耶？冤已！”蒲松龄愤慨于株连之广，应该是话中有话，不但仅指所谓“冥谴”而已；告诫“恣情纵笔，辄洒洒自快，此文客之常也”，也绝不仅指读书人写祭神之文应该警惕自律，也泛指在所有文字上都应该小心在意，不要惹祸。

周生者，淄邑之幕客①。令公出，夫人徐有朝碧霞元君之愿②，以道远故，将遣仆赍仪代往③，使周为祝文④。周作骈词⑤，历叙平生，颇涉狎谑⑥。中有云：“栽般阳满县之花⑦，偏怜断袖⑧；置夹谷弥山之草⑨，惟爱馀桃⑩。”此诉夫人所愤也，类此甚多。脱稿，示同幕凌生。凌以为亵⑪，戒勿用。弗听，付仆而去。未几，周生卒于署，既而仆亦死，徐夫人产后，亦病卒。人犹未之异也。周生子自都来迎父榇⑫，夜与凌生同宿，梦父戒之曰：“文字不可不慎也！我不听凌君言，遂以亵词，致干神怒⑬，遽夭天年，又贻累徐夫人，且殃及焚文之仆。恐冥罚尤不免也！”醒而告凌，凌亦梦同，因述其文。周子为之惕然⑭。

【注释】

①淄邑：淄川县。幕客：又称“幕僚”、“幕宾”、“幕友”，指应主管官员之聘，办理文书、刑名、钱谷等事务的人员。这里指县令的幕客。

②碧霞元君：即天仙玉女泰山碧霞元君，相传出生于山东庆云丁家林，俗称“泰山娘娘”、“泰山老奶奶”、“泰山老母”等。道教认为，碧霞元君“庇佑众生，灵应九州”，“统摄岳府神兵，照察人间善恶”，是道教中的重要女神，也是中国历史上影响最大的女神之

一。泰山顶上有碧霞元君祠。

③赍(jī)仪:赍捧祭祀之礼品。

④祝文:祭神的祷辞。

⑤骈词:一种讲求对偶和韵律的文体。多用四、六字句,故又称“四六文”。

⑥狎谑:轻侮嬉戏而不庄重。

⑦般阳:旧路名。元代设般阳路,治所在淄川县。这里代指淄川。

⑧断袖:断袖之欢的省词。《汉书·董贤传》:“(贤)常与上卧起。尝昼寝,偏藉上袖,上欲起,贤未觉,不欲动贤,乃断袖而起。”后因称宠爱男色为“断袖”或“断袖之欢”。

⑨夹谷:地名。春秋齐地。据明顾炎武《山东考古录》考订,故址有三说,旧说在今江苏赣榆西;一说在今山东莱芜南;一说在今山东淄博淄川西南。《金史·地理志》云:“淄川县有夹谷山。”蒲松龄写有《夹谷行》诗,本文所说夹谷即指淄川之夹谷。弥:满。

⑩馀桃:指宠爱男色。语本《韩非子·说难》:“昔者弥子瑕有宠于卫君……异日,与君游于果园,食桃而甘,不尽,以其半啖君。君曰:‘爱我哉!忘其口味,以啖寡人。’及弥子色衰爱弛,得罪于君。君曰:‘是固尝矫驾吾车,又尝啖我以馀桃。’故弥子之行未变于初也,而以前之所以见贤,而后获罪者,爱憎之变也。”后用作以男色事人之典实。

⑪亵(xiè):狎亵。

⑫榇(chèn):棺木。

⑬干:干犯,冒犯。

⑭惕然:惊惧的样子。

【译文】

周生是淄川县衙门里的一个幕客。县令因为公事外出,他的夫人徐氏,一直就有朝见碧霞元君的心愿,因为道路远的缘故,打算派遣仆人带着祭礼，替她前往还愿，她请周生替她写了一篇祝文。周生写了一篇四六对偶的骈文，一一叙述了徐氏的平生，语言很轻佻谐谑。其中写道："栽般阳满县之花，偏怜断袖；置夹谷弥山之草，惟爱馀桃。"这两句表达了徐氏心中的愤恨，像这样的句子还有很多。周生脱稿以后，就拿给同幕的凌生看。凌生认为写得太过轻浮，告诫他不要用这篇文章。但周生不听劝告，把祝文交给仆人就离去了。不久，周生在衙门里死了，接下来仆人也死了，而徐夫人生孩子以后，也病死了。旁人还没有感到诧异。周生的儿子从京城赶来迎接父亲的灵柩，晚上和凌生睡在一起，他听父亲告诫他说："写文章不可不谨慎啊！我不听凌先生的劝告，便因为用词轻浮而冒犯了鬼神，让鬼神发了怒，迅速短命早死，而且还连累了徐夫人，殃及了焚烧祝文的仆人。只恐怕在阴间受罚是不可能免除的！"周生的儿子醒来告诉凌生，凌生也做了同样的梦，便把周生的那篇骈文说给他听。周生的儿子听了之后觉得心有馀悸。

异史氏曰：恣情纵笔，辄洒洒自快，此文客之常也。然媟嫚之词[①]，何敢以告神明哉！狂生无知，冥谴其所应尔。但使贤夫人及千里之仆，骈死而不知其罪[②]，不亦与刑律中分首从者[③]，反多愦愦耶[④]？冤已！

【注释】

①媟嫚(màn)：秽亵戏谑。

②骈死：一齐死去。骈，并列。

③首从：首恶和从恶。

④愦愦(kuì)：糊涂、昏庸的样子。

【译文】

异史氏说：放纵感情，任意抒写，觉得洋洋洒洒的，很是得意，这是文人的常情。但是淫秽轻慢的词句，怎么敢用来敬告神明呢！狂生无知，受到阴间的惩罚是理所应当的。但是让贤惠的徐夫人和奔波千里的仆人也一并不知犯了什么罪过就死去，不是相较之刑律中还分首犯和从犯，让人们更觉得有些昏聩了吗？真是冤枉啊！

褚遂良

【题解】

这是一篇具有《聊斋志异》特色的中国民间故事，或称中国民间童话故事的《聊斋志异》版。

在中国的民间故事中有一种类型是董永和七仙女的故事，叙述勤劳的单身汉受到仙女的垂青从而改变贫穷的生活状态，为穷人吐气。本篇也属于这个类型。其中言长山赵某前身是文人褚遂良，美丽的仙女是狐仙，则体现了蒲松龄叙述故事的特点。

长山赵某[①]，税屋大姓[②]。病症结[③]，又孤贫，奄然就毙[④]。一日，力疾就凉，移卧檐下。既醒，见绝代丽人坐其傍，因诘问之。女曰："我特来为汝作妇。"某惊曰："无论贫人不敢有妄想，且奄奄一息，有妇何为！"女曰："我能治之。"某曰："我病非仓猝可除，纵有良方，其如无赀买药何[⑤]！"女曰："我医疾不用药也。"遂以手按赵腹，力摩之，觉其掌热如火。移时，腹中痞块[⑥]，隐隐作解拆声[⑦]。又少时，欲登厕，急起，走数武[⑧]，解衣大下，胶液流离，结块尽出，觉通体爽快。返卧故处，谓女曰："娘子何人？祈告姓氏，以便尸祝[⑨]。"答云："我狐仙也。君乃唐朝褚遂良[⑩]，曾有恩于妾家，每铭心欲一图报。日相寻觅，今始得见，夙愿可酬矣。”某自惭形秽，又虑茅屋灶煤，玷染华裳。女但请行。赵乃导入家，土莝无席[11]，灶冷无烟。曰：“无论光景如此，不堪相辱，即卿能甘之，请视瓮底空空，又何以养妻子？”女但言：“无虑。”言次[12]，一回头，见榻上毡席衾褥已设；方将致诘，又转瞬，见满室皆银光纸裱贴如镜，诸物已悉变易，几案精洁，肴酒并陈矣。遂相欢饮。日暮，与同狎寝，如夫妇。

【注释】

①长山：旧县名。明清时代属济南府。后并入邹平县，现为山东邹平长山镇。

②税屋：租赁房屋。

③症结：中医指腹中痞块之病。

④奄然：气息微弱的样子。

⑤赀(zī)：钱财。

⑥痞块：中医指肚子中可以摸得到的硬块。

⑦解拆：分解。

⑧武：半步为“武”。

⑨尸祝：设立牌位祝祷。尸，古代祭祀时，设置生人象征鬼神，称之为“尸”。后人逐渐改用画像、牌位。

⑩褚遂良：字登善，钱塘人。唐初大臣、书法家。博涉文史。贞观中历任谏议大夫、中书令等职。武则天即位后，因反对武则天遂遭贬斥而死。

⑪土莝(cuò)：土炕铺着碎草。土，土炕。莝，切碎的杂草。

⑫言次：说话之间。

【译文】

长山县有个姓赵的，租了一个大户人家的屋子居住。他生了一种腹中结块的病，又孤苦贫穷，奄奄一息地等死。一天，他竭力挣扎着要找一个凉快的地方，便挪到屋檐下睡着了。等他醒过来时，发现一位绝代佳人正坐在他的身边，他便问女子来干什么。女子说："我是特地来给你做老婆的。"赵某吃惊地说："且不说我这样的穷人不敢有这样的妄想，何况我已经奄奄一息，要老婆有什么用！"女子说："我能治你的病。"赵某说："我的病不是一下子就能消除的，纵然有好的药方，我没钱买药，还不是一样！"女子说："我治病不需要用药。"说完，她就用手按住赵某的腹部，用力地按摩，赵某就觉得她的手掌像火一样热。过了一会儿，就觉得腹中的硬块，隐隐约约地发出分解破裂的声音。又过了一会儿，他想去上厕所，便急忙起身，刚走了几步，就解开衣服大便，排泄出许多的黏液，结块也都排泄出来，他只觉得浑身一下子爽快起来。他返回刚才的地方躺下，对女子说："娘子是什么人？请你告诉我姓名，好让我为你立个神位，向你拜谢。"女子回答说："我是个狐仙。你的前生是唐朝的褚遂良，曾经对我家有恩，我把它铭记在心，常常想找个机会报答你。每天我都在寻找你，今天才得以相见，总算是实现了我心中的夙愿。"赵某自惭形秽，觉得自己配不上她；又担心自己住的是茅草屋，烧的是煤烟灶，怕弄脏了女子漂亮的衣裳。女子只是请他带路回家。赵某便把她带回自己的家，只见土坑上没有席子，炉灶冰冷没有生火。赵某说："不说如此光景，我不忍心让你受委屈；就算你心甘情愿，你看坛子里空空的，我又能拿什么来养活妻子呢？"女子只是说："不必忧虑。"她的话音刚落，赵某一回头，只见床上毡席被褥都已铺好了；他刚要发问，又一转眼的工夫，只见满屋都裱贴了银光纸，亮得像镜子一样，其他的器具也都变了个样儿，桌子精致干净，已经摆好了酒菜。两个人便高兴地一起饮起酒来。到了晚上，他们一起亲热地睡觉，像夫妻一样。

主人闻其异，请一见之。女即出见，无难色。由此四方传播，造门者甚夥[①]。女并不拒绝，或设筵招之，女必与夫俱。一日,座中一孝廉,阴萌淫念。女已知之,忽加诮让[2],即以手推其首,首过棂外[3],而身犹在室,出入转侧,皆所不能。因共哀免,方曳出之[4]。

【注释】

①夥(huǒ):多。

②诮(qiào)让:责备。

③棂:窗棂。过去窗户的木条格子。

④曳:拖。

【译文】

赵某的房东听说这件奇事以后,请求见一见女子。女子就出来相见,没有一点儿为难的神色。从此,消息传遍四面八方,登门观看的人很多。女子并不拒绝,有人设宴请她去,她一定要和丈夫一起去。一天,她去赴宴,席间有一个举人,暗中生出淫荡的念头。女子已经知道了,忽然对他大声责问,接着就用手推他的头,只见举人的脑袋已经到了窗外,而身子还在屋里,无论是出入或是转身,他都无法做到。于是众人一起苦苦请求女子宽恕他,她这才把举人拽了回来。

积年馀,造请者日益烦[1],女颇厌之。被拒者辄骂赵。值端阳[2],饮酒高会,忽一白兔跃入。女起曰:"春药翁来见召矣[3]!"谓兔曰:"请先行。"兔趋出,径去。女命赵取梯。赵于舍后负长梯来,高数丈。庭有大树一章[4],便倚其上,梯更高于树杪[5]。女先登,赵亦随之。女回首曰:"亲宾有愿从者,当即移步。"众相视不敢登,惟主人一僮,踊跃从其后。上上益高,梯尽云接,不可见矣。共视其梯,则多年破扉[6],

去其白板耳。群入其室，灰壁败灶依然，他无一物。犹意僮返可问，竟终杳已。

【注释】

①造请：登门造访。烦：多。

②端阳：端午节，阴历五月初五。民间习俗于是日有饮酒聚会的风俗。

③舂药翁：指民间传说中月亮里的玉兔。舂药，用杵臼捣药。《神异记》载：月中有玉兔，持杵捣药。

④章：株。

⑤杪(miǎo)：树梢。

⑥扉：门扇。

【译文】

过了一年多，登门拜访的人日益增多，女子感到很厌烦。而被拒绝的人就骂赵某。到了端午节这一天，他们请来邻居朋友一起饮酒聚会，忽然有一只白兔跳了进来。女子起身说："捣药翁召我来了！"便对白兔说："请你先走一步。"兔子急忙出门，径直去了。女子让赵某取来梯子。他便到房屋背后扛来长梯子，有几丈高。庭院里有一棵大树，她就把梯子倚在大树上，梯子比树梢还要高。女子先登上梯子，赵某人也跟随在后。女子回过头来说："亲戚朋友中有人愿意跟随的，就请上梯子吧！"众人互相看了看，没有人敢上，只有房东主人的一个书童，踊跃地跟在他们背后。他们越走越高，梯子的最后和云彩连在一起，人也都不见了。大家一起看那梯子，发现是一扇用了多年的破门，只不过是把门板抽掉了。众人进入赵某的屋子，只见灰墙败灶依然还在，其他并没有什么东西。他们想等那个书僮回来相问，但终究是杳无音讯了。

刘全

【题解】

站在现代人的立场,《刘全》篇整个是无稽之谈,是宣传因果报应的故事,但却由此使我们了解了明清时代农村的民间风俗。

鬼神之有无,自古以来便有不同的见解,但"敬鬼神"却是中国古代文化的传统。刘全得到好报和善终的原因,全在于敬重鬼神,无论它们是有形的还是无形的,这大概是全篇宣传的重点所在。当然,作者在不经意之间,也不忘讽刺他最痛恨的衙役。

邹平牛医侯某[1],荷饭饷耕者[2]。至野,有风旋其前,侯即以杓掬浆祝奠之[3]。尽数杓,风始去。一日适城隍庙,闲步廊下,见内塑刘全献瓜像[4],被鸟雀遗粪,糊蔽目睛。侯曰:"刘大哥何遂受此玷污!"因以爪甲为除去之。

【注释】

①邹平:县名。位于山东省中部偏北,明清属济南府,今为山东滨州下辖县。牛医:兽医。因农村中牛具代表性,故用牛医指代。

②饷:供食,送饭。

③杓:木勺。掬浆:舀汤水。

④刘全献瓜:神话故事。刘全,均州人。曾代替唐太宗李世民赴阴曹进奉瓜果给十殿阎王。见《西游记》第十一回《游地府太宗还魂 进瓜果刘全续配》。

【译文】

邹平县有个姓侯的牛医,挑着担子去给耕地的人送饭。走到田野上,有股风在他面前旋转,侯某马上用勺舀汤来祭奠祷告。洒了好几匀，旋风才离去。一天，他来到城隍庙，在廊下闲步，见殿内有一座唐代刘全到阴间献瓜的雕像，刘全的眼睛被鸟粪迷糊住了。侯某说："刘大哥为什么受到如此玷污！"说完就用指甲把塑像上的鸟粪抠掉了。

后数年，病卧，被二皂摄去[①]。至官衙前，逼索财贿甚苦。侯方无所为计，忽自内一绿衣人出，见之讶曰："侯翁何来？"侯便告诉。绿衣人责二皂曰："此汝侯大爷，何得无礼！"二皂喏喏[②]，逊谢不知[③]。俄闻鼓声如雷，绿衣人曰："早衙矣[④]。"遂与俱入，令立墀下[⑤]，曰："姑立此，我为汝问之。"遂上堂点手[⑥]，招一吏人下，略道数语。吏人见侯拱手曰："侯大哥来耶？汝亦无甚大事，有一马相讼，一质便可复返[⑦]。"遂别而去。少间，堂上呼侯名。侯上跪，一马亦跪。官问侯："马言被汝药死，有诸？"侯曰："彼得瘟症，某以瘟方治之。既药不瘳[⑧]，隔日而死，与某何涉？"马作人言，两相苦[⑨]。官命稽籍，籍注马寿若干，应死于某年月日，数确符。因诃曰[⑩]："此汝天数已尽[⑪]，何得妄控！"叱之而去。因谓侯曰："汝存心方便，可以不死。"仍命二皂送回。前二人亦与俱出，又嘱途中善相视。侯曰："今日虽蒙覆庇[⑫]，生平实未识荆[⑬]。乞示姓字，以图衔报[⑭]。"绿衣人曰："三年前，仆从泰山来，焦渴欲死。经君村外，蒙以杓浆见饮，至今不忘。"吏人曰："某即刘全。曩被雀粪之污，闷不可耐，君手为涤除，是以耿耿[⑮]。奈冥间酒馔，不可以奉宾客，请即别矣。"侯始悟，乃归。既至家，款留二皂，皂并不敢饮其杯水。侯苏，盖死已逾两日矣。

【注释】

①皂：皂隶，公差。

②喏喏：答应、称是的声音。

③逊谢：道歉。

④早衙：早上官员升堂办公。

⑤墀(chí)：台阶。

⑥点手：招手。

⑦质：质讯，对质。

⑧瘳(chōu)：病愈。

⑨两相苦：两相诘难。苦，责难对方，使之困辱。

⑩诃：呵斥。

⑪天数：上天注定的命运，寿数。

⑫覆庇：庇护。

⑬识荆：唐李白《与韩荆州书》：“生不用封万户侯，但愿一识韩荆州。”韩荆州，即韩朝宗，为荆州长史，能够赏识提携后进，为时人所重。后被用以久闻其名而初次识面的敬词。

⑭衔报：衔环以报的省辞。意谓报恩。南朝梁吴均《续齐谐记》载，汉朝杨宝年少时，在华阴山营救了一只黄雀，后来黄雀衔来玉环相报，并祝其累世为官，以报其恩。

⑮耿耿：不忘于心。

【译文】

几年之后，侯某生病躺在床上，被两个差役带走。来到官衙门前，他们就恶狠狠地向侯某逼索钱财贿赂。侯某正在无计可施的时候，忽然从门里走出一个穿绿衣服的人，一见侯某，惊讶地问：“侯翁怎么会到这儿来的？”侯某便告诉他被抓来的经过。绿衣人斥责两个差役说：“这是你们侯大爷，怎么敢无礼！”两个差役连声答应，向侯某道歉，说原先并不知道。过了一会儿，只听见如雷鸣一般的鼓声，绿衣人说：“升早堂了。”便和侯某一起走进去，让他站在台阶下，说：“你先在这里站一会儿，我替你问问情况。”说完就走上大堂点了点头，叫下一个小吏，和他简单地说了几句话。那小吏见了侯某，就冲他拱拱手说：“侯大哥来啦！你也没有什么大事，是一匹马把你给告了，上堂对质一下就可以回去。”然后就告辞而去。工夫不大，堂上呼叫侯某的名字。侯某走上大堂跪下，一匹马也跪下来。官员问侯某道：“这匹马说是你将它药死的，有这回事吗？”侯某说：“它得了瘟病，我用治瘟病的药方给它治病。它服了药以后没有好，隔了一天死了，和我有什么关系呢？”那匹马也像人一样说话，和侯某争论得很激烈。官员命人去查生死簿，簿上注明这匹马的寿命是多少年，应该死于某年某月某日，和实际寿命、死亡日期完全相符。官员于是呵斥说：“这是你的命数已尽，怎么能随便控告他人！”便将马给轰了出去。官员于是对侯某说：“你有心给人方便，可以不死。”仍旧命令那两个差役送他回家。前面的绿衣人和小吏也跟着他们一起出来，又嘱咐两个差役路上好好照顾侯某。侯某说：“今天虽然承蒙两位如此庇护关照，但我们平生从未相识。请两位告诉我你们的姓名，以后也有机会报答。”绿衣人说：“三年前，我从泰山前来，嗓子眼冒烟，渴得要死。经过你们村外时，承蒙你用勺舀汤给我喝，至今不能忘怀。”小吏说：“我就是刘全。从前我被鸟粪玷污，闷得受不了，蒙你的手替我消除干净，所以心中念念不忘。无奈阴间的酒饭，不能拿来敬奉宾客，请就此告别吧。”侯某这才醒悟过来，就回了家。到家以后，他想款待挽留两位差役，但他们却连一杯水也不敢喝就走了。侯某苏醒过来，发现自己已经死了两天多了。

自此益修善。每逢节序，必以浆酒酹刘全。年八旬，尚强健，能超乘驰走[①]。一日，途间见刘全骑马来，若将远行。拱手道温凉毕，刘曰：“君数已尽，勾牒出矣。勾役欲相招，我禁使弗须[②]。君可归治后事，三日后，我来同君行。地下代买小缺[③],亦无苦也。"遂去。侯归告妻子,招别戚友,棺衾俱备。第四日日暮,对众曰:"刘大哥来矣。"入棺遂殁。

【注释】

①超乘:指跃身上马。

②弗须:不必。

③小缺:小官职。缺,官位。

【译文】

从此以后,侯某更加行善积德。每逢节日,他都要拿酒去祭奠刘全。活到八十岁的时候,他的身体还很强健,能够骑马奔驰。一天,他在路上看见刘全骑着马过来,好像要出远门的样子。两个人互相拱手,寒暄一番以后,刘全说:"你的阳寿已尽,勾魂的文书已经发出来了。勾魂的鬼卒要来带你走,我阻止了他们这样做。你可以回家准备后事,三天以后,我来和你一同上路。我在地下替你买了个小官,日子过着也不会有什么困难。"说完,就走了。侯某回家,告诉妻子,又把亲戚朋友请来向他们告别,然后把棺材衣服都准备停当。到了第四天傍晚时分,侯某对众人说道:"刘大哥来了。"说着就进入棺材死掉了。

土化兔

【题解】

在记载地方民俗传闻中,《聊斋志异》大致有两种模式:一种是作者认可的博物类民俗传闻,言之凿凿,往往有署名或时人为亲历者。如卷五《龙肉》、卷九《研石》《沅俗》等。一种是作者所述模棱两可,也视为传闻,往往并不署名。比如卷二《海大鱼》《造畜》、卷四《龙无目》、卷九《澂俗》《元宝》《武夷》《红毛毡》等,本篇属于后者。

靖逆侯张勇镇兰州时①,出猎获兔甚多,中有半身或两股尚为土质。一时秦中争传土能化兔②。此亦物理之不可解者③。

【注释】

①张勇:字非熊,陕西咸宁人,原为明之副将,顺治间降清。初授游击,继任甘肃总兵,驻军兰州。后在平定吴三桂的叛乱中,屡立战功,授靖逆将军,升任靖逆侯,加少傅兼太子太师。康熙二十三年(1684),张勇到丹山防御青海蒙古,途中在甘州病逝,追赠少师,谥号襄壮。

②秦中:古地区名。也称“关中”。即古代秦国之地,相当于今陕西中部平原地区。

③物理:事物的常理。《鹖冠子·度万》:“庞子曰:‘愿闻其人情物理。’”

【译文】

靖逆侯张勇镇守兰州的时候,经常外出打猎,抓到很多的兔子。这些兔子中有的半截身子或是两条大腿还是土质的。一时间,在秦中一带,人们争相传说土能变成兔子。这也是普通道理无法解释的一件事。

乌使

【题解】

小小故事虽然很短,不足百字,但完整而颇为耸动灵异,包括了先期报告消息,至期迎接完成使命,给人留下无穷遐想。其中“忽有乌集屋上,香色类鸦”,“殡日,鸦复至,随榇缓飞”,“及殡,鸦始不见”等细节的描写,简明、有序,展现了出色的文字技巧。

苑城史乌程家居①，忽有鸟集屋上，香色类鸦②。史见之，告家人曰："夫人遣鸟使召我矣。急备后事，某日当死。"至日果卒。殡日，鸦复至，随槥缓飞③，由苑之新④。及殡，鸦始不见。长山吴木欣目睹之⑤。

【注释】

①苑城：位于山东旧长山县城北二十五里处。见嘉庆《长山县志》。1956年长山县并入邹平县，现为山东邹平苑城镇。

②香色：声音相貌。《正字通》："凡物有声色，皆曰香。"

③槥（huì）：棺木。

④新：指新城，在苑城之北，与苑城接壤，即今山东桓台。

⑤吴木欣：名长荣，字木欣，别字青立，又号茧斋，长山人。与蒲松龄有交往，蒲松龄有《题吴木欣班马论》、《题吴木欣戒谑论》等文。从下文《姬生》来看，《鸟使》可能是作者与《姬生》同时所写的一组有关吴木欣的短文。

【译文】

苑城有个人叫史乌程，在家里闲居，忽然有一只鸟落在屋顶上，颜色声音看上去像是乌鸦。史乌程一见这只鸟，就对家里人说："夫人派鸟使来召我去了。赶紧准备后事，某天我就要死了。"到了那一天，他果然死了。出殡时，乌鸦又来了，跟在棺材后面缓缓地飞着，从苑城一直飞到新城。等到下葬完毕，乌鸦才不见了。长山人吴木欣亲眼目睹了这件事。

姬生

【题解】

本篇由"正文"和"附则"两部分组成。正文中的姬生打算按照人的道德标准去影响和改造狐狸，结果喝了毒酒，差点儿反被狐狸影响和改造。蒲松龄的结论是与小人交往要小心，以防自己陷进去。附则是蒲松龄的友人吴木欣讲的笑话。

在一般情况下，《聊斋志异》中的“附则”往往与正文以类相从，只是附庸，情节上并不发生联系。《姬生》篇的“附则”却由此及彼，在议论中联系到正文的情节——即提供理解正文狐狸行为的另一个思路——顺带讽刺了科举中的贿赂现象，买官鬻爵现象，也使得“正文”与“附则”成为一个整体，这可以看做是《聊斋志异》结构上的一种创新。

南阳鄂氏[①]，患狐，金钱什物，辄被窃去。迕之[②]，祟益甚[③]。鄂有甥姬生，名士不羁，焚香代为祷免，卒不应。又祝舍外祖使临己家，亦不应。众笑之。生曰：“彼能幻变，必有人心。我固将引之，俾入正果[④]。”数日辄一往祝之。虽不见验，然生所至，狐遂不扰。以故，鄂常止生宿。生夜望空请见，邀益坚。一日，生归，独坐斋中，忽房门缓缓自开。生起致敬曰：“狐兄来耶？”殊寂无声。一夜，门自开。生曰：“倘是狐兄降临，固小生所祷祝而求者，何妨即赐光霁[⑤]？”却又寂然。案头有钱二百，及明失之。生至夜，增以数百，中宵，闻布幄铿然[⑥]。生曰：“来耶？敬具时铜数百备用[⑦]。仆虽不充裕，然非鄙吝者。若缓急有需[⑧]，无妨质言[⑨]，何必盗窃？”少间，视钱，脱去二百。生仍置故处，数夜不复失。有熟鸡，欲供客而失之。生至夕，又益以酒，而狐从此绝迹矣。鄂家祟如故。生又往祝曰：“仆设钱而子不取，设酒而子不饮。我外祖衰迈，无为久祟之。仆备有不腆之物[⑩]，夜当凭汝自取。”乃以钱十千、酒一罇，两鸡皆聂切[⑪]，陈几上。生卧其傍，终夜无声，钱物如故。狐怪从此亦绝。

【注释】

①南阳：府名。治所在今河南南阳。

②迕：触犯，抗拒。

③祟：民间传说称鬼神带给人的灾祸。

④俾（bǐ）：使。正果：佛教认为学佛而得到证悟。这里是指正道，与邪魔外道相对。

⑤光霁："光风霁月"的省词。意为天朗气清时的和风，雨过天晴后的明月。常用以比喻人物胸襟开朗、心地坦率。宋黄庭坚《豫章集·濂溪诗序》："舂陵周茂叔（敦颐）人品甚高，胸中洒落如光风霁月。"后用为对人容貌的美称。这里指显形。

⑥布幄（wò）：布的帷幕。指以布为幔帐的内室。铿然：金属撞击的声响。这里指铜钱的响声。

⑦时铜：指铜钱。

⑧缓急：偏义复词。指急难。

⑨质言：直言。

⑩不腆（tiǎn）：不够丰美。腆，丰厚，美好。《仪礼·燕礼》："寡君有不腆之酒。"

⑪聂（zhé）切：切成薄片。《礼记·少仪》："牛与羊鱼之腥，聂而切之为脍也。"

【译文】

南阳鄂家有狐狸为患，家里的金钱器物动不动就被偷走。如果触犯它，受到的祸害更加厉害。鄂氏有个外甥叫姬生，是一个名士，为人豪放不羁，他焚香祷告，企图代替鄂家请求狐狸不要为患，但没有作用。他又祈求狐狸舍弃外祖父家而到自己家去作乱，狐狸也不肯答应。大家嘲笑姬生。他说："狐狸既然能够变幻人形，就一定具备人心。我一定要引导它，让它得成正果。”此后他隔几天就去一次，向狐狸祷告。虽然不是很灵验，却是姬生一来，狐狸就不来骚扰了。因此，鄂家常常邀请姬生留宿。姬生到了夜晚就望着星空请求见狐狸一面，而且邀请得越来越坚决。一天，姬生回到家里，一个人坐在书房里，忽然房门慢慢地自己打开了。姬生站了起来，一边行礼，一边说道：“是狐兄来了吗？”却又是四下寂静无声。又一个晚上，门又自己开了。姬生说：“如果是狐兄大驾光临，小生本来就祷告要求一见，何妨显形相见呢？”但是仍然寂静无声。案头上原来有二百文钱，到天亮时发现丢了。姬生到了晚上，又增加了几百文钱，半夜时分，就听见布帐发出响声。姬生说：“是狐兄来了吗？我已经准备了几百文钱供你使用。我虽然不很富裕，但也不是一个吝啬的人。如果你确实需要用钱，不妨直言相告，何必要盗窃呢？”过了一小会儿，再看那些钱，已经少掉了二百文。姬生把剩下的钱仍旧放在原处，几个晚上不再丢失。还有只熟鸡，本来打算给客人吃的，又丢失了。姬生到了晚上，又加上酒，从此以后，狐狸就绝迹了。但鄂家狐狸还是作祟。姬生又前去祷告说：“我放了钱你不拿，摆了酒你不喝。我的外祖父年迈体衰，不要老是在他家作祟。我准备了一些不成敬意的东西，今天晚上任凭你自己拿走吧。”他便将一万文钱、一坛酒和两只已经切成薄片的鸡放在几案上。姬生就在桌子旁边睡觉，但一整夜都没有动静，钱和吃的原封不动，狐狸从此绝迹了。

生一日晚归，启斋门[①]，见案上酒一壶，燂鸡盈盘[②]，钱四百，以赤绳贯之[③]，即前日所失物也。知狐之报。嗅酒而香，酌之色碧绿，饮之甚醇。壶尽半酣，觉心中贪念顿生，蓦然欲作贼，便启户出。思村中一富室，遂往越其墙。墙虽高，一跃上下，如有翅翎。入其斋，窃取貂裘、金鼎而出[④]，归置床头，始就枕眠。天明，携入内室。妻惊问之，生嗫嚅而告⑤,有喜色。妻骇曰:“君素刚正,何忽作贼!”生恬然不为怪⑥,因述狐之有情。妻恍然悟曰:“是必酒中之狐毒也。”因念丹砂可以却邪⑦,遂研入酒⑧,饮生。少顷,生忽失声曰:“我奈何做贼!”妻代解其故,爽然自失。又闻富室被盗,噪传里党⑨。生终日不食,莫知所处。妻为之谋,使乘夜抛其墙内,生从之。富室复得故物,事亦遂寝。

【注释】

①斋:书斋。

②燂(xún)鸡:烧鸡。燂,烧烤。

③贯:贯穿,钱绳。

④貂裘:貂皮袄。金鼎:金香炉。

⑤嗫嚅:吞吞吐吐、欲言又止的样子。

⑥恬然:心安自得的样子。

⑦丹砂:朱砂,矿物名。为炼汞的主要原料,也可制作颜料和药材。古代方士用为炼丹的主要原料,民间认为可以辟邪。

⑧研:研为细末。

⑨里党:乡邻。

【译文】

一天,姬生回家晚了,打开书房门一看,桌上放着一壶酒,满满一盘烤熟的鸡,还有四百文钱,用红绳子穿在一起,就是前些日子丢掉的东西。他知道这是狐狸报答他的。他一嗅酒壶,觉得很香;倒出来一看,酒是碧绿色的,喝着感觉很醇美。一壶酒喝干,他有了些醉意,觉得心中顿时产生了贪婪的欲望,突然间就想去做贼,便打开门走了出去。他想起来村里有一个富人,就前往他家,要翻墙进去。墙虽然很高,但他很轻易地就跳上跳下,好像长了翅膀一样。他闯入屋内,偷了貂裘、金鼎就跑了出来，回家后放在床头，这才躺下睡觉。天亮以后，姬生把东西带进内室。妻子吃惊地问他是怎么回事，姬生含含糊糊地告诉了她，而且脸上显出高兴的表情。妻子惊骇地说："夫君素来刚正，怎么会忽然做贼去呢！"姬生一副满不在乎的样子，不觉得奇怪，还说狐狸很有情义。妻子恍然大悟，说："这一定是中了酒里的狐毒了。"于是想起丹砂可以用来驱邪，便找来丹砂研成末，掺到酒里，让姬生喝下去。过了一会儿，姬生忽然失声喊道："我怎么会做贼呢！"妻子就向他解释了做贼的原因，姬生茫然没有主见，不知怎么办是好。又听说富人家里被偷的事情，已经传遍了乡里。姬生整天吃不下饭，不知如何处置那些东西。妻子替他想了个办法，让他趁着夜色把东西扔到富人家墙内。姬生听从了她的的意见。富人家看被偷的东西自己又回来了，事情也就这么平息了。

生岁试冠军①，又举行优②，应受倍赏。及发落之期③，道署梁上黏一帖云④："姬某作贼，偷某家裘、鼎，何为行优？"梁最高，非跂足可黏⑤。文宗疑之⑥，执帖问生。生愕然，思此事除妻外无知者，况署中深密，何由而至？因悟曰："此必狐之为也。"遂缅述无讳⑦，文宗赏礼有加焉。生每自念：无所取罪于狐，所以屡陷之者，亦小人之耻独为小人耳。

【注释】

①岁试：学政到任第一年为岁考，凡生员必须应岁考。岁考采取六等黜陟法，文理平通者列为一等。

②举行优：指举为优贡。顺治二年（1645）令省、府、州、县学，在生员中选取文行兼优者，送国子监肄业，名为"贡监"。

③发落：科举时代，在岁试或科试中分等评成绩，评定后根据等级

进行赏罚，叫“发落”。

④道署：学道的衙署。清初由学道考定保送行优。

⑤跂(qǐ)：踮着脚。

⑥文宗：指学道。

⑦缅述：详细叙述。讳：隐讳。

【译文】

姬生在岁试中得了冠军，又被举荐为品行优良，应该受到加倍的奖赏。等到发榜的那一天，道署的房梁上黏了一张帖子，上面写道：“姬某曾经做过贼，偷了某某人家的貂裘、金鼎，怎么能说是品行优良呢？”那道署房梁很高，不是普通人踮起脚就可以黏上去的。主考官很怀疑，拿着帖子问姬生是怎么回事。姬生很惊愕，想到这件事除了妻子以外没有人知道，何况道署衙门森严，帖子是从哪里来的呢？他于是醒悟道：“这一定是狐狸干的好事。”他便不加隐讳地详细叙述了事情的经过，主考官仍旧给了他丰厚的奖赏和礼物。姬生常常自己想：我也没有得罪狐狸，它之所以屡屡陷害我，大概也是小人耻于他一个人做小人吧。

异史氏曰：生欲引邪入正，而反为邪惑。狐意未必大恶，或生以谐引之，狐亦以戏弄之耳。然非身有夙根[①]，室有贤助[②]，几何不如原涉所云，家人寡妇，一为盗污遂行淫哉[③]！吁！可惧也！

【注释】

①夙根：佛家语。指前世带来的好天性。

②贤助：贤内助，好妻子。

③“几何”三句：意谓一旦失足，则不能自止。几何，多少，若干。原涉，字巨先，汉代茂陵人。祖父官二千石，父为南阳太守，原涉官

谷口令。别人曾讥笑他官位低，并批评他“自放纵，为轻侠之徒”。原涉回答说：“子独不见家人寡妇邪？始自约敕之时，意乃慕宋伯姬及陈孝妇，不幸壹为盗贼所污，遂行淫失，知其非礼，然不能自还。吾犹此也。”见《汉书·游侠传》。

【译文】

异史氏说：姬生原本是想引邪入正，却反而被邪恶的狐狸迷惑。狐狸的本意未必是要做大恶事，也许是因为姬生用开玩笑的方法引导它，它也就用类似的方法戏弄姬生吧。但是，如果不是姬生天生有慧根，家里又有贤内助，几乎就要像西汉原涉所说的，家人、寡妇，一旦被强盗奸污，就会自暴自弃呀！唉，可怕啊！

吴木欣云：“康熙甲戌[①]，一乡科令浙中[②]，点稽囚犯[③]。有窃盗，已刺字讫[④]，例应逐释[⑤]。令嫌‘窃’字减笔从俗，非官板正字[⑥]，使刮去之，候创平，依字汇中点画形象另刺之[⑦]。盗口占一绝云[⑧]：‘手把菱花仔细看[⑨]，淋漓鲜血旧痕斑。早知面上重为苦，窃物先防识字官。’禁卒笑之曰：‘诗人不求功名，而乃为盗？’盗又口占答之云：‘少年学道志功名，只为家贫误一生。冀得赀财权子母[⑩]，囊游燕市博恩荣[⑪]。’”即此观之，秀才为盗，亦仕进之志也。狐授姬生以进取之资，而返悔为所误，迂哉！一笑。

【注释】

①康熙甲戌：康熙三十三年，1694年。

②乡科：指举人。令浙中：为浙江省某地县令。

③点稽：清点。

④刺字：一种墨刑。刺臂上者，多刺于腕上肘下；刺面上者，多刺于

鬓下颊上。刺明所犯事由或发遣地点。

⑤逐释：赶走释放。

⑥官板正字：官方文件采用的正体字。按，“窃”的繁体正字应为“竊”。

⑦字汇：字典类书籍。

⑧口占：随口念出。一绝：一首绝句。

⑨菱花：镜子。

⑩权子母：放债、经商均可称“权子母”。此指出资捐官，以官敛财。

⑪燕市：指京都北京。北京曾为古代战国时燕国首都。《史记·刺客列传》：“荆轲嗜酒，日与狗屠及高渐离饮于燕市。”博恩荣：博取朝廷恩荣。指捐得官职，即后文所说的“仕进之志”。

【译文】

吴木欣说：“康熙甲戌年间，一个举人到浙中担任县令，清点稽查狱中的犯人。有一个窃盗，已经刺完字了，依照惯例应该将他逐出释放。但县令嫌‘窃’字减笔从俗，不是官版的正字‘竊’，便命人把字刮掉，等伤口愈合以后，又依照字汇里的笔画形象给他重新刺了一个‘窃’字。这个窃盗便随口吟了一首诗道：‘手把菱花仔细看，淋漓鲜血旧痕斑。早知面上重为苦，窃物先防识字官。’狱卒笑话他说：‘你这个诗人为什么不去求功名，却要去做窃盗呢？’窃盗又口诵一诗，回答道：‘少年学道志功名，只为家贫误一生。冀得赀财权子母，囊游燕市博恩荣。’”由此看来，秀才改行做强盗，同样也是为了求取功名。狐狸教给姬生图谋进取的资本，而他却反悔，认为被狐狸所误导，真是迂腐啊！一笑。

果报

【题解】

这两则故事都是谈因果报应的，共同的特点是惩恶。尽管恶人干的坏事都很隐蔽——前一则是利用占卜之术钻穴逾隙，后一则是利用承继手法，骗取遗产，而得到的果报谴责则非常惨烈而彰显，以此来劝诫世人诸恶莫作。

安丘某生①，通卜筮之术②。其为人邪荡不检③，每有钻穴逾隙之行④，则卜之。一日，忽病，药之不愈。曰："吾实有所见。冥中怒我狎亵天数⑤，将重谴矣，药何能为！"亡何，目暴瞽⑥，两手无故自折。

【注释】

①安丘：位于山东半岛中部，今为山东安丘。

②卜筮（shì）：占卜。

③邪荡不检：邪恶放荡，不自检束。

④钻穴逾隙：指奸盗方面的不当行为。《孟子·滕文公》："钻穴隙相窥，逾墙相从。"

⑤狎亵（xiè）天数：按照民间传统说法，凡吉凶祸福都是上天预先规定的，不可更易变动。占卜可以窥测并泄露天机，而通过占卜避凶化吉，乃至做坏事，更为上天所不允许，故称为"狎亵天数"。狎亵，亵渎。天数，天命，上天的规定。

⑥暴瞽（gǔ）：突然瞎了。瞽，目盲。

【译文】

安丘的某生，精通占卜之术。他为人奸邪淫荡，行为不检，每次要做偷鸡摸狗的事情之前，他都要算上一卦。一天，他忽然生病了，服了药也不见效，说："我其实早就有所预见。阴间对我狎亵天数很愤怒，要对我重加谴责，光服药又有什么用啊！"不久，他的两眼突然失明，双手也无缘无故地折断了。

某甲者，伯无嗣[1]。甲利其有，愿为之后。伯既死，田产悉为所有，遂背前盟。又有叔，家颇裕，亦无子。甲又父之。死，又背之。于是并三家之产，富甲一乡[2]。一日，暴病若狂，自言曰："汝欲享富厚而生耶！"遂以利刃自割肉，片片掷地。又曰："汝绝人后，尚欲有后耶！"剖腹流肠，遂毙。未几，子亦死，产业归人矣。果报如此，可畏也夫！

【注释】

①伯：父亲的哥哥。无嗣：没有子嗣。嗣，在古代特指男性继承人。

②富甲一乡：财富之多为乡里第一。甲，首位，超过其他。

【译文】

某甲，他的伯父没有后代。某甲看中了伯父家的财富，表示愿意过继给他当儿子。伯父死了以后，他家的田产都归某甲所有，于是他就背弃了原来的誓约。他又有个叔叔，家境很富裕，也没有儿子。某甲又认他做父亲，等叔叔死后，他又背叛了叔叔。于是，某甲将三家的财产都据为己有，成为一乡的首富。一天，他突然得病，像发狂一样，自言自语地说："你想要享有丰富厚足的财产而活着吗？"说完，就用利刃自己割肉，一片片扔在地上。又说："你绝了人家后嗣，还想有后代吗！"就剖开肚子，肠子也流了出来，就这样死去了。不久，他的儿子也死了，产业也归了别人。因果报应如此灵验，真是可怕啊！

公孙夏

【题解】

这是一篇讽刺清初买官鬻爵的小说。大概受到当时郭华野在赴任途中清除沿途招摇的捐纳湖南县令的实事影响改编而成，反映了蒲松龄对于官场上腐败行为的愤懑和清官理想。

《聊斋志异》中的某些小说的创作来源于现实生活。像本篇“异史氏曰”中那个“加纳赴任湖南者”的行径是“驼车二十馀乘，前驱数十骑，驺从以百计”，公孙夏则是“自念监生卑贱，非车服炫耀，不足震慑曹属。于是益市舆马，又遣鬼役以彩舆迓其美妾。区画方已，真定卤簿已至。途中里馀，一道相属，意得甚”。郭华野痛斥捐纳者说：“蕞尔一邑，何能养如许驺从？履任，则一方涂炭矣！”关帝则曰：“区区一郡，何直得如此张皇！”都体现了一种相承相似的血缘关系。

保定有国学生某[①]，将入都纳赀[②]，谋得县尹[③]。方趣装而病[④]，月馀不起。忽有僮人曰：“客至。”某亦忘其疾，趋出逆客[⑤]。客华服类贵者，三揖入舍，叩所自来。客曰：“仆，公孙夏，十一皇子坐客也[⑥]。闻治装将图县尹，既有是志，太守不更佳耶？”某逊谢，但言：“赀薄，不敢有奢愿。”客请效力，俾出半赀[⑦]，约于任所取盈[⑧]。某喜求策，客曰：“督、抚皆某最契之交[⑨]，暂得五千缗[⑩]，其事济矣。目前真定缺员[⑪]，便可急图。”某讶其本省[⑫]。客笑曰：“君迂矣！但有孔方在[⑬]，何问吴越桑梓耶[⑭]。”某终踌躇，疑其不经[⑮]。客曰：“无须疑惑。实相告，此冥中城隍缺也。君寿尽，已注死籍，乘此营办，尚可以致冥贵[⑯]。”即起告别，曰：“君且自谋，三日当复会。”遂出门跨马去。某忽开眸[⑰]，与妻子永诀。命出藏镪[⑱]，市楮锭万提[⑲]，郡中是物为空。堆积庭中，杂刍灵鬼马[⑳]，日夜焚之，灰高如山。三日，客果至。某出赀交兑，客即导至部署[㉑]，见贵官坐殿上，某便伏拜。贵官略审姓名，便勉以“清廉谨慎”等语。乃取凭文[㉒]，唤至案前与之。

【注释】

①保定:明清时府名。府治在今河北保定。国学生:国子监的生员,即监生。

②都:京城。指北京。纳赀(zī):即“捐纳”,指不是通过科举考试,而是依靠向政府捐纳钱财,谋取官职。

③县尹:县令。

④趣装:整理行装。

⑤逆:迎。

⑥坐客:座上客,受到礼遇的宾客。

⑦俾(bǐ):使。半赀:一半的钱。

⑧取盈:取满所定之额。盈,圆满。

⑨督:总督。抚:巡抚。契:契合,亲密。

⑩缗(mín):成串的钱,贯。

⑪真定:府名。府治在今河北正定。清雍正元年(1723)改名“正定”。

⑫某讶其本省:按清代官员任职规定,本省人不能在本省做官。某为保定人,保定和真定在清代同属直隶省。

⑬孔方:钱。古代铜钱中有方孔,故称“孔方”。《晋书·鲁褒传》:“亲之如兄,字曰‘孔方’。”

⑭何问吴越桑梓:哪管它在外地还是家乡。吴越,吴地和越地。借指外省、远方。桑梓,家乡。这里指本省。

⑮不经:不合常理,妄诞。

⑯冥贵:阴间的富贵。

⑰开眸:睁开眼睛。眸,眼睛。

⑱藏镪(qiǎng):存储的钱。镪,钱贯,钱。

⑲楮(chǔ)锭:祭祀时焚化的纸制银锭。提:量词。成串。

⑳刍灵鬼马:茅草扎的假人假马,均为旧时送葬用的焚化物。

㉑部署：中央六部的部级衙门。按，捐纳由户部主持。这里指掌管捐纳事宜的阴间官署。

㉒凭文：捐得的官职证书文件。

【译文】

保定有个国子监学生，想进京花钱买官，谋个县官位子。他正收拾行装时突然病倒了，过了一个多月也不能起床。这一天，忽然有个书僮跑进来报告说："有客到。"某生也忘了自己正在生病，就急忙出来迎接客人。客人身着华丽的衣服，看上去像是贵人，某生很恭敬地向客人行礼，把他请进屋，询问客人是从哪里来的。客人说："我叫公孙夏，是十一皇子的幕客。听说你收拾行装要进京谋个县职，既然有这样的志向，捐个太守当当不是更好吗？"某生客气地谢过公孙夏的好意，只是说："我的钱不多，不敢有这样的奢望。"公孙夏表示愿意为他效力，而且让他先拿出一半的钱，另一半可以在到任后再交齐。某生高兴地问他有什么方法，公孙夏说："总督、巡抚都和我交情很好，只要先拿出五千吊钱来，这事就成了。目前真定府缺一个知府，就可以马上谋划这个职位。"某生惊讶地认为真定是本省境内的州，按规定本省人是不能做本省的官的。公孙夏笑着说："你也太迂腐了！只要是有钱，谁还管你是本省还是外省的人呢？"某生终究踌躇不定，怀疑公孙夏的这个建议是否荒唐。公孙夏说："你不必疑惑了。实话告诉你说吧，这是阴曹地府中城隍的空缺。你的阳寿已尽，已经在死簿上登了记，抓住这个机会赶紧筹办，还可以到地下享受富贵。"说完，就起身告别，又说："你自己再琢磨琢磨，三天后我再来找你。"便出门骑上马走了。某生忽然睁开眼睛，和妻子诀别。他让妻子拿出家里存的银子，买来上万串的纸钱，把郡里的纸钱全部买光了。他把这些纸钱堆在院子里，又夹杂着草人纸马，白天黑夜地烧个不停，纸灰堆得像小山一样高。到了第三天，公孙夏果然如约而至。某生拿出钱来交给他，公孙夏就领着他来到一座官署，只见一个大官端坐在殿上，某生便上前跪倒行礼。大官略微问一下姓名，就对他说了一些“做官要清廉谨慎”之类的话。然后就取来委任书，把他叫到桌前递给了他。

某稽首出署[①]。自念监生卑贱[②]，非车服炫耀[③]，不足震慑曹属[④]。于是益市舆马[⑤]，又遣鬼役以彩舆迓其美妾[⑥]。区画方已[⑦]，真定卤簿已至[⑧]。途中里馀，一道相属，意得甚。忽前导者钲息旗靡[⑨]。惊疑间，见骑者尽下，悉伏道周[⑩]，人小径尺，马大如狸。车前者骇曰：“关帝至矣[⑪]！”某惧，下车亦伏。遥见帝君从四五骑，缓辔而至。须多绕颊[⑫]，不似世所模肖者[⑬]，而神采威猛，目长几近耳际。马上问：“此何官？”从者答：“真定守。”帝君曰：“区区一郡，何直得如此张皇[⑭]！”某闻之，洒然毛悚[⑮]，身暴缩，自顾如六七岁儿。帝君命起，使随马踪行。道傍有殿宇，帝君入，南向坐，命以笔札授某，俾自书乡贯姓名。某书已，呈进。帝君视之，怒曰：“字讹误不成形象！此市侩耳，何足以任民社[⑯]！”又命稽其德籍。傍一人跪奏，不知何词。帝君厉声曰：“干进罪小[⑰]，卖爵罪重[⑱]！”旋见金甲神绾锁去。遂有二人捉某，褫去冠服，笞五十，臀肉几脱，逐出门外。四顾车马尽空，痛不能步，偃息草间[⑲]。

【注释】

①稽（qǐ）首：叩头行礼。“稽首”是中国古代最隆重的跪拜礼，施礼者屈膝跪地，左手按右手（掌心向内），拱手于地，头也缓缓至于地。头至地须停留一段时间，手在膝前，头在手后。

②监生卑贱：科举时代官吏的任用讲究出身，以进士为贵，监生以

捐纳买官，被人看不起，故监生某也自认为卑贱低下。

③车服：舆车与冠服。按，官员的车服有等级定制，不能僭越。

④曹属：下属，属官。

⑤益：增加。市：买。

⑥迓（yà）：迎。

⑦区画：筹划，安排。

⑧卤簿：贵官出行时的仪仗队。

⑨钲（zhēng）息旗靡：鼓乐停止，旗帜放下。钲，古代一种带有长柄的打击乐器，形似钟，口向上。这里指开道用的器乐。靡，倒下。

⑩道周：道旁。

⑪关帝：三国时蜀将关羽，明清时代神化，清初封为“关圣大帝”。

⑫须多绕颊：满脸的胡须，俗称“络腮胡子”。世称关羽“美髯公”，“髯长二尺”。

⑬模肖：描摹的肖像。

⑭张皇：夸张炫耀。

⑮洒（sěn）然：惊异的样子。

⑯任民社：担任地方官员。民社，百姓与社稷。也泛指地方或地方官吏。

⑰干进：营谋官职。干，求取。

⑱卖爵：卖官。爵，爵位。

⑲偃息：仰卧。

【译文】

某生行完礼，就出了官署。他想，自己在阳间做国子监生，地位卑贱，如果不在车马、衣服上炫耀一番，不足以震慑自己的下属。于是，他大肆购买车马，又派遣鬼卒用彩车把他的美妾接来。等这一切忙完，真定府来接他的仪仗队也已经到了。某生便下令出发，浩浩荡荡的车马拉出去有一里多地，在路上络绎不绝，某生心中得意极了。忽然，走在前面的先导队伍停止鼓乐，放下旗子。某生正在惊疑，只见骑马的人纷纷下马，全都趴在路边；人缩小成一尺左右，马也变成像狸猫那么大。车前的马伕惊骇地说："关帝来了！"某生害怕了，也下车趴在地上。远远地看见关帝带着四五个骑马的随从，缓缓地骑马而来。关帝的胡须大多绕在脸颊上，不像世上画的一副长髯飘洒胸前，但是显得神采奕奕，威猛极了，眼睛很长，几乎到了耳边。关帝坐在马上问道："这是什么官？"随从回答道："他是真定知府。"关帝说："区区一个知府，怎么敢如此的张狂！"某生一听，十分吃惊，吓得毛骨悚然，身子猛然缩小，自己一看已经缩小得像六七岁的孩子。关帝命令他站起来，让他跟在马后边走。在道路旁边有一座殿宇，关帝走了进去，面朝南坐下，让人把纸笔递给某生，让他自己写下籍贯、姓名。某生写完，呈递上去。关帝看完，发怒地说："字错得不成样子！这样的市侩小人，怎么能够胜任百姓的父母官！"他又让随从检查他的德行簿。旁边一个人跪下启奏，不知道说了些什么。关帝厉声喝斥道："想当官罪小，买卖官爵罪重！"不一会儿，就见一位金甲神拿着锁链走来。于是又有两个人过来捉住某生，剥掉他的官服，打了五十大板，屁股上的肉几乎打开了，然后将他赶出门去。某生四下看看，车马都不见了，身上疼得走不了路，只好趴在草丛里休息。

细认其处，离家尚不甚远。幸身轻如叶，一昼夜始抵家。豁若梦醒，床上呻吟。家人集问，但言股痛。盖瞑然若死者，已七日矣，至是始寤[①]。便问："阿怜何不来？"盖妾小字也。先是，阿怜方坐谈，忽曰："彼为真定太守，差役来接我矣。"乃入室丽妆，妆竟而卒，才隔夜耳。家人述其异。某悔恨椎胸，命停尸勿葬，冀其复还。数日杳然，乃葬之。某病渐瘳[②]，但股疮大剧[③]，半年始起。每自曰："官赀尽耗，而横被冥刑，此尚可忍，但爱妾不知舁向何所[4]，清夜所难堪耳！”

【注释】

①寤：醒。

②瘳（chōu）：病愈。

③剧：剧烈，严重。

④舁（yú）：抬。

【译文】

某生仔细辨认了一下这个地方，发现离家倒不是很远。幸好身体轻得像树叶一样，一昼夜的工夫就回到了家。他一下子醒了过来，躺在床上呻吟。家里的人围过来问，他只说大腿疼。原来他昏沉沉的像死了似的，已经有七天了，到现在才醒过来。他便问道：“阿怜怎么不来？”阿怜，就是某生爱妾的名字。原来，那一天阿怜正坐着和人聊天，忽然说：“他当上了真定知府，派人来接我了。”说完，就回到屋里梳妆打扮，刚打扮好就死了，不过就是隔夜的事情。家里人说完这事都觉得奇怪。某生又悔又恨，捶胸顿足，让人先将阿怜停尸在家，不要下葬，希望她还能复活。过了几天，阿怜还是没有一点儿动静，只好把她埋了。某生的病渐渐地好了，只是腿上的疮更加厉害了，躺了半年才能起床。他常常说：“家里的钱都给折腾光了，却到地下横遭酷刑，这些倒还可以忍受，只是不知道爱妾被弄到哪里去了，漫漫长夜让人难以忍受啊！”

异史氏曰：嗟乎！市侩固不足南面哉[1]！冥中既有线索[2]，恐夫子马踪所不及到，作威福者，正不胜诛耳。吾乡郭华野先生传有一事[3]，与此颇类，亦人中之神也。先生以清鲠受主知[4]，再起总制荆楚[5]。行李萧然[6]，惟四五人从之，衣履皆敝陋，途中人皆不知为贵官也。适有新令赴任，道与相值。驼车二十馀乘[7]，前驱数十骑[8]，驺从以百计[9]。先生亦不知其何官，时先之，时后之，时以数骑杂其伍。彼前马者怒其扰，辄诃却之[10]。先生亦不顾瞻。亡何，至一巨镇，两俱休止。乃使人潜访之，则一国学生，加纳赴任湖南者也[11]。乃遣一介召之使来[12]。令闻呼骇疑，及诘官阀，始知为先生，悚惧无以为地，冠带蒲伏而前[13]。先生问："汝即某县县尹耶？"答曰："然。"先生曰："蕞尔一邑[14]，何能养如许驺从？履任，则一方涂炭矣[15]！不可使殃民社，可即旋归，勿前矣。"令叩首曰："下官尚有文凭。"先生即令取凭，审验已，曰："此亦细事，代若缴之可耳。"令伏拜而出。归途不知何以为情，而先生行矣。世有未莅任而已受考成者[16]，实所创闻[17]。盖先生奇人，故有此快事耳。

【注释】

①南面：指做官。古时以坐北朝南为尊，官员坐堂皆南面而坐。

②线索：事情的端绪。此处指买通关节、营私舞弊的痕迹。

③郭华野：郭琇（1638—1715），字瑞甫，号华野，山东即墨人。少励志清苦，读书深山。康熙九年（1670）成进士。初任吴江知县、江南道御史，二十八年（1689）擢左都御史，弹劾权贵，其声震朝野。三十八年（1699）授湖广总督，严惩贪墨。四十二年（1703）罢归。五十四年（1715）卒。见郭廷翼《郭华野年谱》。

④以清骾（gěng）受主知：因清正骾直，受到皇帝的赏识。清骾，亦作"清鲠"，清高刚直。

⑤再起：再次起用。指康熙三十八年（1699），康熙南巡，郭琇至德

州迎驾。起用为湖广总督。在此之前，郭琇因上《参河臣疏》，弹劾河道总督靳辅、户部尚书佛伦，接着又以《纠大臣疏》弹劾明珠、余国柱“植党类以树私，窃威福以惑众”，次年又上《参近臣疏》，弹劾少詹事高士奇、原任右都御史王鸿绪、给事中何楷、修撰陈之龙、编修王顼龄等植党营私。不久，郭琇便遭明珠馀党诬陷，罢官。总制荆楚：指为湖广总督。荆楚，泛指两湖（湖南、湖北）地区，明清时称为“湖广”。

⑥萧然：稀少的样子。

⑦驼车：运载行李的车辆。驼，通“驮”。

⑧前驱：导引开路。

⑨驺(zōu)从：随从。

⑩诃却：呵斥驱逐。

⑪加纳：捐纳，买官。

⑫一介：一个，多指一个人。含有渺小、不足道的谦辞之意。

⑬蒲伏：犹匍匐。

⑭蕞(zuì)尔：微小。

⑮涂炭：陷入泥沼，坠入炭火。比喻遭殃。

⑯考成：旧时考核官吏的政事成绩，叫“考成”。

⑰创闻：往昔所无的新闻。

【译文】

异史氏说：唉！市侩小人本来就没资格做官嘛！阴间既然已经有关节，恐怕连关帝的马迹都难以达到，那些作威作福的人，真是诛不胜诛啊！我的同乡郭华野先生，相传也办过一件与此类似的事情，也可以说他是人中之神吧。郭先生以他清廉正直的品性深受皇上的赏识，又起用他担任湖广总督。他的行李非常简陋，只有四五个人相随，衣服鞋子都很破旧，路上的人竟然都不知道他是一个大官。恰好有一个新任县令上任，与郭先生在路上遇见。那县官的车队有二十几辆驼车，前面开道的有几十个骑马的，随从也有上百人之多。郭先生也不知道他是个什么官，一会儿走在他们的前面，一会儿走在他们的后面，还时不时地让自己的随从混进他们的队伍里。那些开道的人很生气地认为他们是故意捣乱，就呵斥驱逐他们。郭先生也不过问。不一会儿，来到一个大镇子上，两路人马都停下休息。郭先生便派人暗中查访这个人的底细，原来这个县令是一个国子监学生，花钱捐了个知县，要到湖南去上任。郭先生便让一个随从去把县令叫来。县令听说有人传他进去，又是吃惊，又是疑惑，便反过来查问对方的官位，这才知道对方原来是湖广总督，吓得毛骨悚然，恐惧到了极点，赶紧整理好衣帽，爬着来到郭先生面前。郭先生问道："你就是某县的县令吗？"县令回答："是。"郭先生说："小小的一个县，怎么能养得起这么多的随从？你要是上了任，那一方的百姓可就要遭殃了！不能让你去殃害百姓，你可以马上回家，不要再往前走了。"县令连忙叩头说："下官还有委任书呢。"郭先生命他把委任书取来，查验以后，对他说："这也是一桩小事，我代你交回去就是了。"县令跪倒叩头后就出去了。回家的路上不知他是怎样的心情，而郭先生已经上路了。世上有这样官员没上任就已经受到考核的事情，实在是闻所未闻的创举。郭先生大概是位奇人，所以才会做出这样大快人心的事来。

韩方

【题解】

本篇表面上看是颂赞农民韩方的孝行感天动地，使父母避免了瘟疫，实际上则在反映明末清兵对于山东屠杀之多以外，揭露了社会上的一些悖论——本来要寻找正直的人做官吏，没想到起到了相反的社会效果。正如"异史氏曰"所说："沿途祟人而往，以求不作邪祟之用，此与策马应'不求闻达之科'者何殊哉！天下事大率类此。"

人类需要社会，社会需要管理，管理需要官吏。官吏的选拔任命就是大事，也成为人类社会很大的困扰，古今中外还没有一个十全十美的办法。不过，只要是自上而下任命，不经民选，则任免的官吏鲜有真正为老百姓负责者。这已经为古今中外的历史所证明。

明季，济郡以北数州县[①]，邪疫大作，比户皆然[②]。齐东农民韩方[③]，性至孝，父母皆病，因具楮帛[④]，哭祷于孤石大夫之庙[⑤]。归途零涕。遇一人，衣冠清洁，问："何悲？"韩具以告。其人曰："孤石之神，不在于此，祷之何益？仆有小术，可以一试。"韩喜，诘其姓字。其人曰："我不求报，何必通乡贯乎[⑥]？"韩敦请临其家[⑦]。其人曰："无须。但归，以黄纸置床上，厉声言：'我明日赴都[⑧]，告诸岳帝[⑨]！'病当已。"韩恐不验，坚求移趾[⑩]。其人曰："实告子，我非人也。巡环使者以我诚笃[⑪]，俾为南乡土地[⑫]。感君孝，指授此术。目前岳帝举枉死之鬼[⑬]，其有功人民，或正直不作邪祟者，以城隍、土地用。今日殃人者，皆郡城北兵所杀之鬼，急欲赴都自投，故沿途索赂[⑭]，以谋口食耳。言告岳帝，则彼必惧，故当已。"韩悚然起敬[⑮]，伏地叩谢。及起，其人已渺，惊叹而归。遵其教，父母皆愈。以传邻村，无不验者。

【注释】

①济郡：济南府，今山东济南。

②比户：家家户户。

③齐东：旧县名。明清时属济南府，1958 年撤销，划归山东邹平、博兴两县。

④楮(chǔ)帛:民间旧俗祭祀时用的纸钱。

⑤孤石大夫:山东淄博南部、济南东部和泰安、莱芜一带,普遍存在着石大夫信仰。明万历二十四年(1596)的《章丘县志》载:"东陵山下大石高丈馀,有神异,不时化为人,行医章丘邑中。嘉靖初年,尝化一男子,假星命,号石大夫,至渭南刘家。是时,刘县令凤池方为诸生,见其支干,即下拜曰:'我父母也。异日登第,必令吾章丘。'凤池愕然。后果登进士,谒选得章丘。迹其人,父老并不知。夜石见梦曰:'我非人,东陵山下亭亭大石即我也。'凤池因往祭其处,留诗刻之,为立庙。邑人有沉疾,多往祈祷,辄托之梦寐为人医,无不立愈。"《古今图书集成·祠庙考·邹平》有"石大夫祠"的记载:"石大夫祠,在城外东北隅长白山,中有石,病者偶祷即愈,俗遂纷祷焉,号曰石大夫。"《古今图书集成·山川考一·章丘》中还谈到东陵山有"孤石大夫祠":"杈牙山,县东五十里,长白迤南之高峰也,亦名东陵山。山势巉岩,怪石林立,石多土少,孔窍皆通,一窟着火,则遍山生烟,堪舆家为长白龙脉自泰岱来此,初入长白之第一峰云。山之西有孤石大夫祠。东连玉清山接淄川界。"与蒲松龄同时代的王渔洋在《古夫于亭杂录》"太山石敢当"条中还考证了石大夫与泰山石敢当的关系:"齐鲁之俗,多于村落巷口立石,刻'太山石敢当'五字,云能暮夜至人家医病。北人谓医士为大夫,因又名之曰'石大夫'。案,'石敢当'三字,出《急就篇》,师古注但云'所当无敌'。石贤士祠,本汝南田间一石人,有妪遗饵一片于其下,民遂讹言能治病,是两事讹为一也。'太山'二字,义亦难解,或以劭为太山太守而转讹耳。"

⑥乡贯:乡里籍贯。

⑦敦:殷切,恳请。

⑧都:指鬼都。民间传说,泰山之南的蒿里山为鬼都。晋陆机的

《泰山吟》:“泰山一何高,迢迢造天庭。峻极周以远,层云郁冥冥。梁父亦有馆,蒿里亦有亭。幽涂延万鬼,神房集百灵。长吟泰山侧,慷慨激楚声。”

⑨岳帝:指泰山神东岳大帝。民间传说认为,东岳大帝掌人间生死。《云笈七签·五岳真形图序》:“东岳泰山君领群神五千九百人,主治死生,百鬼之主帅也。”

⑩移趾:挪动脚步,前行。趾,脚趾。

⑪巡环使者:民间传说中阴曹地府派往巡视人间生死祸福的神。诚笃:诚恳厚道。

⑫土地:土地神。民间传说中掌管、守护某个地方的神。清赵懿《名山县志》卷九:“李凤翽《觉轩杂录》云:‘土地,乡神也,村乡处处奉之。’”

⑬举:遴选,选拔。

⑭索赂:指祟人以求楮钱。

⑮悚(sǒng)然:恭敬的样子。

【译文】

明朝末年,济南以北的几个州县,暴发了大规模的瘟疫,挨家挨户都有病人。齐东有一个农民叫韩方,天性最为孝顺,他的父母都得了病,他就准备了纸钱,到常替人治病的神仙孤石大夫的庙里痛哭祷告。走在回家的路上,韩方还流泪不止。突然遇到一个人,身穿整洁的衣帽,问韩方道:“为什么伤悲呀?”韩方就把实情告诉他。那人说:“孤石大夫不在这里,你向他祈祷有什么用呢?我倒有一个办法,你可以试一试。”韩方很高兴,便请教他的姓名。那人说:“我又不求你报答我,何必通报籍贯姓名呢?”韩方恳请他到家里去。那人说:“不必,你只管回去,把黄纸放在床上,然后厉声说:‘我明天要去鬼都,到岳帝那里告状!’病就会好了。”韩方唯恐这个方法不灵验,坚决请求他走一趟。那人说:“实话对你说吧,我不是人。巡环使者因为我为人诚实,让我做了南县的土地爷。因为你很孝顺，所以才传授给你这个方法。目前，岳帝正在从枉死的鬼中，推举对人们有功的，或是生性正直、不作奸弄祟的人，来担任城隍、土地。现在害人的，都是郡城里被清兵杀死的冤鬼，急于赶到鬼都投状自荐，所以沿途索要贿赂，来谋取盘缠。一说要向岳帝告状，他们必然会害怕，所以病就会好了。”韩方听了，肃然起敬，趴在地上叩头表示感谢。等他站起来时，那人已经消失得无影无踪了。韩方回到家里，遵照土地爷教的方法去做，父母的病就都好了，他又把这个方法传到邻近的村子，没有不灵验的。

异史氏曰：沿途祟人而往，以求不作邪祟之用，此与策马应“不求闻达之科”者何殊哉①！天下事大率类此。犹忆甲戌、乙亥之间②，当事者使民捐谷③，具疏谓民“乐输”④。于是各州县如数取盈⑤，甚费敲扑⑥。时郡北七邑被水⑦，岁祲⑧，催办尤难。唐太史偶至利津⑨，见系逮者十馀人⑩，因问：“为何事？”答曰：“官捉吾等赴城，比追‘乐输’耳⑪。”农民不知“乐输”二字作何解，遂以为徭役敲比之名⑫，岂不可叹而可笑哉！

【注释】

①策马应“不求闻达之科”：意谓热衷功名，而又自称不求闻达，用以讽刺名实相背、言行乖违。唐赵璘《因话录》卷四载：唐德宗时，“搜访怀才抱器不求闻达者。有人于昭应县逢一书生，奔驰入京。问求何事，答云：‘将应不求闻达科。’”

②甲戌、乙亥之间：指康熙三十三年（1694）、三十四年（1695）对西塞用兵，科敛繁琐事。

③当事者：主事者。指地方主管官员。

④具疏：写奏章。疏，分门别类说明的一种公文。乐输：乐意输纳。

⑤如数取盈：照数取足。

⑥敲扑：本为施教令之具。短曰敲，长曰扑。汉贾谊《过秦论》："履至尊而制六合，执敲扑以鞭笞天下。"意谓鞭挞催逼。

⑦七邑：济南府在清初辖十五县，七邑，则受灾近半。

⑧岁祲(jìn)：岁凶，荒年。祲，凶，不祥。

⑨唐太史：指唐梦赉。利津：位于山东省北部，清代属武定府。

⑩系逮：抓捕捆绑。

⑪比追：同"追比"。旧时官府限令吏役办事，如果不能按期完成，就打板子以示警惩，叫做"追比"。

⑫敲比：即"追比"。

【译文】

异史氏说：沿途作祟害人，只是为了到鬼都证明自己不是作奸弄祟的鬼，此和举子进京赶考，却宣称"不是为了出人头地"的人又有什么区别啊！天下的事情大多与此类似。还记得甲戌、乙亥年之间，当官的让百姓捐粮食，上疏时却说百姓"乐于捐粮"。于是各州各县都如数捐够了粮食，很是动用了一番刑罚。当时济南北部的七个县遭受水灾，发生了饥荒，催办捐粮的事宜尤其难以进行。唐太史偶然来到利津，见监狱里关着十几个农民，便问道："为了什么事情被抓呀？"农民回答道："官府把我们捉到城里，是向我们追缴'乐输'。"这些农民不明白"乐输"两个字是什么意思，就以为和徭役、催征是一类的意思，岂不是让人可叹而又可笑的事吗？

纫针

【题解】

在纫针的悲欢离合故事中，有创新的因素，也有传统的因素。

创新的因素是，纫针是商人的女儿，生活在商人中间，她的悲喜剧是由债务引起的。债权人富室黄氏看见她长得漂亮,便趁她父亲还不起钱,打算娶她为妾。而她的商人父亲也屡次准备顺从黄氏的图谋,纫针在这一曲曲折折过程中同命运进行了抗争,赞颂了夏夫人的见义勇为,也抨击并揭露了金钱社会的黑暗。但明伦对此评论说:"权子母而谋其女,其恶与权子母而绝人之产者同。吾见之,吾且数见之。"

传统的因素则表现在两个方面:其一是故事情节的关键是雷击,雷击先后救活了慈善好德的夏夫人和纫针,同时震死了偷窃夏夫人辛苦凑集的赎回纫针钱财的马大。这一情节显然具有传统的因果报应色彩。其二是当富室黄氏贼心不改,重新布置落网,陷纫针于婚姻纠纷中时,与纫针"襁中论婚"的阿卯,此时中了举人,从外地赶到,于是凭借婚约,更凭借举人的身份彻底击败富室黄氏的阴谋,阖家团圆。因此就故事的框架而言,《纫针》依然没有摆脱传统婚姻故事中士人凭借科举战胜商人的老套。

虞小思,东昌人①,居积为业②。妻夏,归宁返③,见门外一妪,偕少女哭甚哀。夏诘之,妪挥泪相告。乃知其夫王心斋,亦宦裔也。家中落,无衣食业,浼中保贷富室黄氏金④,作贾。中途遭寇,丧赀,幸不死。至家,黄索偿,计子母不下三十金⑤,实无可准抵⑥。黄窥其女纫针美,将谋作妾,使中保质告之:如肯可,折债外,仍以廿金压券⑦。王谋诸妻,妻泣曰:"我虽贫,固簪缨之胄⑧。彼以执鞭发迹⑨,何敢遂媵吾女⑩!且纫针固自有婿,汝乌得擅作主!"先是,同邑傅孝廉之子,与王投契⑪,生男阿卯,与襁中论婚⑫。后孝廉官于闽⑬,年馀而卒,妻子不能归,音耗俱绝⑭。以故纫针十五,尚未字也⑮。妻言及此,遂无词,但谋所以为计。妻曰:"不得已,其试谋诸两弟。"盖妻范氏,其祖曾任京职,两孙田产尚多也。次日,妻携女归告两弟。两弟任其涕泪,并无一词肯为设处⑯。范乃号啼而归,适逢夏诘,且诉且哭。

【注释】

①东昌:府名。位于山东省西部,治所在今山东聊城。

②居积:囤积,做买卖。《论衡·知实》:"子贡善居积,意贵贱之期,数得其时,故货殖多,富比陶朱。"

③归宁:回娘家。

④浼(měi):恳托,央求。中保:保人。

⑤子母:本息。

⑥准抵:按价相抵。

⑦压券:山东旧俗,贸易成交时买主临时交给卖主以示事成的少数钱款。俗称"压约钱"。这里指除去借贷的钱外再付给买女做妾的钱。券,指妪卖女为妾之文书。

⑧簪缨之胄(zhòu):官宦人家的后代。簪缨,古代高级官员的冠饰。胄,后代。

⑨执鞭:执鞭之士。指职务卑贱。《论语·述而》:"子曰:富而可求,虽执鞭之士,吾亦为之。"

⑩媵(yìng):妾。

⑪投契:投缘,心意相合。

⑫襁中论婚:在婴儿时订下婚约。襁,襁褓。

⑬闽:福建省的简称。

⑭音耗:音问,消息。

⑮字:许嫁。

⑯设处:设身处地,出谋划策。

【译文】

虞小思是东昌人,以囤积货物为业。他的妻子夏氏,一天从娘家探亲回来，看见门外有个老妇人，领着一位少女，哭得很伤心。夏氏上前询问，老妇人擦着眼泪把事情告诉了夏氏。才知道老妇人的丈夫叫王心斋，也是个官宦人家的后代。家道中落，又没有谋生的职业，他就央求保人向富户黄某借钱做生意。途中，遭遇到强盗，钱被抢去了，幸好命保住了。他回到家里，黄某就来索要债务，算下来，本钱加上利息不下三十两银子，实在没有什么东西可以拿来抵债。黄某看王家的女儿纫针长得很美，就想要她做妾，于是让保人直接告诉王心斋：如果答应他的要求，除了可以抵债外，还可以再多给二十两银子。王心斋和妻子商量，妻子说："我家虽然贫穷，好歹也是官宦人家的后代。他家靠贱业发的家，怎么敢娶我的女儿当小老婆！况且纫针本来就有女婿，你怎么能够擅自做主呢！"原先，同城傅举人的儿子和王心斋很投得来，傅家生了个男孩叫阿卯，两家在他们还在襁褓时就订了亲。后来傅举人到福建当官，过了一年多死了，妻儿没有能力回乡，从此音讯也就断绝了。因此纫针长到十五岁时，还没有许配人家。妻子提到这件事，王心斋无言以对，只是想着怎么能还上这笔债。妻子说："迫不得已，我去试着和两个弟弟商量商量吧。"王心斋妻子的娘家姓范，她的祖父曾经在京城做过官，两个孙子的田产还很多。第二天，范氏就带着女儿回娘家，把黄某逼债的事情告诉了两个弟弟。两个兄弟任凭她涕泪纵横，也没有说一句要为她想办法的话。范氏于是哭哭啼啼地回来，恰好碰到夏氏询问，就一边哭，一边诉说。

夏怜之，视其女，绰约可爱①，益为哀楚②。因邀入其家，款以酒食，慰之曰："母子勿戚③，妾当竭力。"范未遑谢④，女已哭伏在地，益加惋惜。筹思曰："虽有薄蓄，然三十金亦复大难。当典质相付⑤。"母子拜谢。夏以三日为约。别后，百计为之营谋，亦未敢告诸其夫。三日，未满其数，又使人假诸其母。范母女已至，因以实告，又订次日。抵暮，假金至，合裹并置床头。至夜，有盗穴壁，以火入。夏觉，睨之，见一人臂挎短刀，状貌凶恶，大惧，不敢作声，伪为睡者。盗近箱，意将发扃[⑥]，回顾夏枕边有裹物，探身攫去[⑦]，就灯解视，乃入腰橐，不复胠箧而去[⑧]。夏乃起呼。家中惟一小婢，隔墙告邻，邻人集而盗已远。夏乃对灯啜泣，见婢睡熟，乃引带自经于棂间[⑨]。天曙婢觉，呼人解救，四肢冰冷。虞闻奔至，诘婢始得其由，惊涕营葬。

【注释】

①绰(chuò)约：娴静柔美。

②哀楚：伤感，悲悯。

③戚：伤心，难过。

④未遑：没来得及，不及。遑，空闲，闲暇。

⑤典质：典当。

⑥发扃(jiōng)：打开。扃，从外面关门的闩、钩等。

⑦攫(jué)：抓取。

⑧胠箧(qū qiè)：撬开箱子。《庄子·胠箧》："将为胠箧、探囊、发匮之盗而为守备，则必摄缄縢、固扃鐍；此世俗之所谓知也。"

⑨引带自经：拿着带子上吊自杀。棂：窗棂，窗子里的木格子。

【译文】

夏氏很可怜她们，再看这姑娘，丰姿绰约，可爱动人，心中越发为她们感到哀伤凄悲。她便邀请母女俩到了她家，款待她们吃了酒饭，安慰道："你们母女不要哀伤，我一定竭尽全力帮助你们。"范氏还没来得及道谢，纫针已经哭着跪倒在地，夏氏对她更感痛惜。她筹划着说："我虽然有一点儿积蓄，但要凑够三十两银子也不是太容易的事。我再去典当一些东西,凑足了钱给你们。”范氏母女再三拜谢。夏氏跟她们约好三天后来取钱。分手以后,夏氏就千方百计地替她们筹钱,但也没敢告诉自己的丈夫。三天以后,银子还没有凑够数,她又让人去向她的母亲借。范氏母女已经来了,夏氏如实告诉了她们,又约定明天再来取。到了晚上,跟母亲借的银子到了,夏氏就把所有的银子合并在一个包裹里,放在床头。到了夜里,有个强盗在墙上打了洞,举着灯进来。夏氏惊醒过来,偷偷一看,见这个人胳膊上挎着短刀,样子很凶恶,她心里十分恐惧,不敢作声,假装睡着了。强盗走近箱子,打算把锁撬开,回过头看见夏氏的枕头边有一包裹东西,便探身抓走,拿到灯下解开看了看,把它放进自己腰间的口袋里,不再开箱子就走掉了。夏氏急忙起床呼救。家里只有一个小丫环,隔着墙呼喊邻居,等邻居们赶过来时,强盗早已经跑远了。夏氏于是坐在灯下低声地哭泣,她见丫环睡熟了,就解下带子在窗棂间上吊自杀了。天亮以后,丫环醒来发现,急忙叫人来解救,夏氏的四肢已经冰凉了。虞小思听说妻子的死讯急忙赶回来,盘问丫环才知道其中的原因,很是吃惊,流着眼泪为夏氏办理丧事。

时方夏,尸不僵,亦不腐。过七日,乃殓之。既葬,纫针潜出,哭于其墓。暴雨忽集,霹雳大作,发墓,纫针震死。虞闻,奔验,则棺木已启,妻呻嘶其中,抱出之。见女尸,不知为谁。夏审视,始辨之。方相骇怪,未几,范至,见女已死,哭曰:“固疑其在此,今果然矣!闻夫人自缢,日夜不绝声。今夜语我,欲哭于殡宫[①],我未之应也。”夏感其义,遂与夫言,即以所葬材穴葬之。范拜谢。虞负妻归,范亦归告其夫。闻村北一人被雷击死于途,身有字云:“偷夏氏金贼。”俄闻邻妇哭声,乃知雷击者即其夫马大也。村人白于官,拘妇械鞫[②]。则范氏以夏之措金赎女,对人感泣,马大赌博无赖，闻之而盗心遂生也。官押妇搜赃，则止存二十数，又检马尸得四数。官判卖妇偿补责还虞。夏益喜，全金悉仍付范，俾偿债主。

【注释】

①殡宫：墓室。

②械鞫(jū)：刑讯。

【译文】

这时正是夏天，夏氏的尸体既不僵硬，也不腐烂。过了七天，才将她入殓。夏氏埋葬以后，纫针偷偷地从家里跑出来，来到她的墓前痛哭。忽然，暴雨倾盆而下，雷声大作，坟墓被劈开来，纫针也被雷震死了。虞小思听说以后，跑去查验，发现棺材已经打开了，妻子正在里面呻吟，便把她抱了出来。再一看，旁边还有具女尸，不知道是什么人。夏氏仔细一看，才辨认出是纫针。夫妻正在惊骇的时候，不一会儿范氏赶来了，看见女儿已经死了，不由哭着说："我本来就怀疑她在这里，现在果然如此！她听说夫人自杀的消息后，日夜不停地哭泣。今天晚上她对我说，要到坟上来痛哭一场，我没有答应她。"夏氏被纫针的情意感动，便和丈夫商量，就用埋葬自己的棺材墓穴替纫针下葬。范氏向他们表示感谢。虞小思背着妻子回家，范氏也回家告诉丈夫。接着，又听说村北有个人被雷给劈死在路上，身上还有字，写道："偷夏氏钱的贼。"不一会儿，就听见邻家妇女的哭声，这才知道被雷劈死的是她的丈夫马大。乡民告到官府，县令将马大媳妇拘捕到衙门，严加审讯。原来，范氏因为夏氏筹集银子替她女儿赎身，就感动地流着眼泪对别人说起这件事，马大是个好赌成性的无赖，听说以后，心中生出偷盗的念头，到虞家偷了钱。县令命令押着马大媳妇搜查赃款，发现只剩下二十两，又从马大的尸体上找到四两。县令判决将马大媳妇卖掉，用这笔钱来弥补不足的部分。夏氏更加高兴，就仍然把这笔钱都给了范氏，让她去偿还债主。

葬女三日，夜大雷电以风，坟复发，女亦顿活。不归其家，往扣夏氏之门，盖认其墓，疑其复生也。夏惊起，隔扉问之。女曰："夫人果生耶！我纫针耳。"夏骇为鬼，呼邻媪诘之，知其复活，喜内入室①。女自言："愿从夫人服役，不复归矣。"夏曰："得无谓我损金为买婢耶？汝葬后，债已代偿，可勿见猜。"女益感泣，愿以母事，夏不允。女曰："儿能操作，亦不坐食。"天明，告范。范喜，急至，亦从女意，即以属夏。范去，夏强送女归。女啼思夏。王心斋自负女来，委诸门内而去。夏见，惊问，始知其故，遂亦安之。女见虞至。急下拜，呼以父。虞固无子女，又见女依依怜人，颇以为欢。女纺绩缝纫，勤劳臻至②。夏偶病剧，女昼夜给役③，见夏不食，亦不食，面上时有啼痕。向人曰："母有万一，我誓不复生！"夏少瘳，始解颜为欢④。夏闻流涕，曰："我四十无子，但得生一女如纫针亦足矣。"夏从不育，逾年忽生一男，人以为行善之报。

【注释】

①内：同"纳"。

②臻(zhēn)至：周到，完善。

③给役：服侍。

④解颜：开颜，消除愁颜。

【译文】

纫针下葬第三天的晚上，电闪雷鸣，狂风大作，坟墓又被劈开来，纫针也一下活了过来。她没有回自己的家，而是去敲夏氏的家门。因为纫针认识夏氏的坟墓，见她不在，疑心她已经复活了。夏氏被敲门声惊醒，起来隔着门问是谁。纫针说："夫人果然是复活啦！我是纫针呀。"夏氏害怕她是鬼，便喊来邻居的老妈妈盘问她，知道纫针复活了，便高兴地把她迎进屋里。纫针自己说："我愿意在这里侍候夫人，不再回家去了。"夏氏说："如果这样人家不会说我是花钱买了一个丫环吗？你下葬以后，我已经替你们家把债还清了，你大可不必猜疑。"纫针更加感动得流泪，就想把夏氏当作母亲来侍奉，夏氏不同意。纫针说："孩儿能做家务活，不会吃闲饭的。"天亮以后，夏氏通知了范氏。范氏很高兴，急忙赶来，她也遵从女儿的心愿，就把纫针托付给了夏氏。范氏走了以后，夏氏强行送纫针回家。纫针在家日夜啼哭思念夏氏。王心斋便背着女儿来到虞家，把她放在门里就走了。夏氏一见纫针，大吃一惊，一问才知道其中的原因，就安心地让纫针留了下来。纫针见虞小思回来，急忙上前下拜，叫他父亲。虞小思本来就没有子女，又见纫针温柔可爱，令人爱怜，心中倒也很高兴。纫针纺纱织布，缝纫衣服，十分勤劳。夏氏偶然得了重病，纫针日夜不停地服侍她，她看夏氏不吃饭，自己也不肯吃，脸上还时不时地有泪痕。她向人说道："母亲万一有个好歹，我决不活了！"夏氏病稍微好一点儿，纫针这才破涕为笑，高兴起来。夏氏听说后，感动得流下眼泪，说："我四十岁了还没有子女，如果能生下一个像纫针这样的女儿也就心满意足了。"夏氏从来没有生育过，过了一年，生下一个儿子，人们都认为这是她做善事的回报。

居二年，女益长。虞与王谋，不能坚守旧盟。王曰："女在君家，婚姻惟君所命。"女十七，惠美无双。此言出，问名者趾错于门①，夫妻为拣。富室黄某亦遣媒来，虞恶其为富不仁,力却之。为择于冯氏。冯,邑名士,子慧而能文。将告于王,王出负贩未归,遂径诺之。黄以不得于虞,亦托作贾,迹王所在,设馔相邀,更复助以资本,渐渍习洽[②]。因自言其子慧以自媒,王感其情,又仰其富,遂与订盟。既归,诣虞,则虞昨日已受冯氏婿书。闻王所言,不悦,呼女出,告以情。女怫然曰[③]:"债主,吾仇也!以我事仇,但有一死!"王无颜,托人告黄以冯氏之盟。黄怒曰:"女姓王,不姓虞。我约在先,彼约在后,何得背盟!"遂控于邑宰[④],宰意以先约判归黄。冯曰:"王某以女付虞,固言婚嫁不复预闻[⑤],且某有定婚书,彼不过杯酒之谈耳。"宰不能断,将惟女愿从之。黄又以金赂官,求其左袒[⑥],以此月馀不决。

【注释】

①问名:旧时婚礼中六礼之一。男家通过媒人请问女方的名字和生辰八字,占卜合婚。这里指求婚。趾错:足迹错杂。指求婚者众多。

②渐渍习洽:渐渐搭讪,熟悉融洽。

③怫(fèi)然:发怒的样子。

④邑宰:县官。

⑤预闻:干预,过问。

⑥左袒:偏袒,袒护。

【译文】

过了两年,纫针长得更大了。虞小思和王心斋商量,不能再坚守与傅家的婚约。王心斋说:"女儿在你家里,她的婚姻大事就由你们做主吧。"纫针这时已经十七岁了,贤惠美丽,举世无双。这话一传出,到虞家来提亲的人络绎不绝,虞家夫妻打算为她挑选有钱的人家。富户黄某也派媒人来提亲，虞小思厌恶他为富不仁，坚决拒绝了，而为纫针选择了冯家。冯某是当地的名士，他的儿子聪慧而又有文才。虞小思打算把想法告诉王心斋，恰巧王心斋出去做生意没有回来，就径直答应了这门亲事。黄某因为在虞家没有得逞，也假装做生意，查到王心斋的住处，先是设宴邀请王心斋，接着又资助他一些钱，渐渐地就和他的关系融洽起来。黄某于是说他的儿子很聪慧，自己给儿子提亲，王心斋既感激他的情意，又仰慕他家的富有，便和他订了婚约。回来以后，王心斋来到虞家，才知道虞小思昨天已经接受了冯家的婚书。虞小思听王心斋说完，很不高兴，就把纫针叫出来，把情况告诉她。纫针生气地说："黄家债主是我的仇人，让我嫁到仇人家，我只有一死！"王心斋听了觉得很没有面子，就托人告诉黄家，说女儿已和冯家订了婚约。黄某愤怒地说："纫针姓王，不姓虞。我和王家的婚约在先，她和冯家的婚约在后，怎么能够背叛婚约呢！"于是就到县衙去告状，县令打算按照订婚的先后将纫针判给黄某。冯某说："王心斋已经把女儿托付给虞家，而且有言在先，不再过问纫针的婚事，而且我有定婚的文书，他只不过是杯酒之间的交谈。"县令听了，也不能裁断，打算根据纫针的意愿来判决。黄某又用银子贿赂县令，求他偏袒自己，因此，这件案子拖了一个多月也不能判决。

一日，有孝廉北上公车[①]，过东昌，使人问王心斋。适问于虞，虞转诘之，盖孝廉姓傅，即阿卯也。入闽籍，十八已乡荐矣[②]，以前约未婚。其母嘱令便道访王，问女曾否另字也。虞大喜，邀傅至家，历述所遭。然婿远来千里，患无凭据，傅启箧出王当日允婚书[③]。虞招王至，验之果真，乃共喜。是日当官覆审，傅投刺谒宰，其案始销。涓吉约期乃去[④]。会试后，市币帛而还，居其旧第，行亲迎礼。进士报已到闽，又报至东，傅又捷南宫[5]，复入都观政而返[6]。女不乐南渡，傅亦以庐墓在，遂独往扶父柩，载母俱归。又数年，虞卒，子才七八岁，女抚之过于其弟，使读书，得入邑庠。家称素封，皆傅力也。

【注释】

①公车：原指汉代以公家车子迎接应征入京的人，因而后世代指举人入京应考。

②乡荐：考中举人。

③箧：竹制箱笼。

④涓吉约期：选择吉日，约定婚娶之期。涓吉，择吉祥的日子。

⑤捷南宫：指考中进士。南宫，宋代称礼部为"南宫"，明清因之。会试由礼部主持，捷南宫，即指在礼部奏捷。

⑥观政：明朝时，士子进士及第后并不立即授官，而是被派遣至六部九卿等衙门实习政事，被称为"观政"。

【译文】

一天，有个举人北上入京应试，路过东昌，派人打听王心斋。恰好问到了虞家，虞小思反过来问他是谁，原来这个举人姓傅，就是阿卯。他已经入了福建籍，十八岁就已经中了举人，因为以前有婚约，所以一直没有结婚。他的母亲嘱咐他顺道去寻找王家，问问纫针姑娘是否已经另嫁他人。虞小思听完大喜，邀请阿卯到他家，详细叙述了这些年的遭遇。然而女婿从几千里外的地方前来，他担心没有凭据可以证明，阿卯打开箱子，取出王心斋当日写下的允婚文书。虞小思便把王心斋叫来，一验看，果然是真的，于是大家都很欢喜。这一天，县令开堂复审，阿卯递进名片拜见县令，这个案子就销掉了。阿卯选好结婚的日期才离开。会试结束后，买了许多礼物回来，还住在傅家原来的宅子里，迎亲举行婚礼。阿卯考中进士的喜报已经到了福建，不久又报到了东昌。阿卯又在礼部会试中高中，在京城各部中实习了一段政务才返回来。纫针不愿意到南方去，阿卯也因为房产祖坟都在东昌，于是独自前往福建，带着父亲的灵柩，用车载着母亲一同回乡。又过了几年，虞小思死了，儿子才七八岁，纫针对他的抚育超过对自己的弟弟，还让他读书，进了县学。家境也富裕起来，这些都靠的是傅阿卯的力量。

异史氏曰：神龙中亦有游侠耶？彰善瘅恶①，生死皆以雷霆，此《钱塘破阵舞》也②。轰轰屡击，皆为一人，焉知纫针非龙女谪降者耶？

【注释】

①彰善瘅（dàn）恶：表彰善行，憎恨恶行。瘅，病，劳。

②《钱塘破阵舞》：即《钱塘破阵乐》。唐李朝威《柳毅传》载，洞庭君之弟钱塘君在救龙女时，“千雷万霆，激绕其身，霰雪雨雹，一时皆下”。而在钱塘君救出龙女后，又曾在龙宫中演出《钱塘破阵乐》：“笳角鼙鼓，旌旗剑戟，舞万夫于其右。中有一夫前曰：‘此《钱塘破阵乐》。’旌杰气，顾骤悍栗。座客视之，毛发皆竖”。

【译文】

异史氏说：神龙中难道也有游侠吗？表彰善人，憎恨恶人，生生死死用的都是雷霆，这可以算是《钱塘破阵舞》了。雷电屡屡轰击，都是为了一个人，哪里知道纫针不是龙女被贬降到人间来的呢？

桓侯

【题解】

张飞这个历史人物在蒲松龄的心目中占有特殊的位置。在《聊斋俚曲》的《快曲》中，蒲松龄让张飞“一矛快千古”杀了他最痛恨的历史人物曹操。在《聊斋志异》中凡两见，其一是本篇，其二是卷九的《于去恶》篇，称：“桓侯翼德，三十年一巡阴曹，三十五年一巡阳世，两间之不平，待此老而一消也。”可见他很喜欢这个人物。喜欢他什么呢？大概是正直、爽快，具有士人所缺乏的真性情。

本篇借张飞宴客，讽刺了中国传统文化中过度的谦虚退让。正如评论家但明伦所说：“让，美德也，然亦自有节。故揖让止于三也。况侍于长者，有不敢以客自居之理乎。每见一席之间，拘迂太过，不惮其劳。本让也，而迹若相争，至于彼此相持，逾数刻而不能下，于斯时也，惜其不遇桓侯。”

虽然从这个意义上本篇属于寓言性质，但故事写得有趣而不单调，从彭好士的马吃了仙草写起，写张飞为了得到马而请客，写张飞在请客中差点儿让彭好士“几欲折肱”，在故事叙述中让读者感到有趣，在有趣中表达了作者反对过度客套的建议。

荆州彭好士①，友家饮归，下马溲便②，马龁草路傍③。有细草一丛，蒙茸可爱，初放黄花，艳光夺目，马食已过半矣。彭拔其馀茎，嗅之有异香，因纳诸怀。超乘复行④，马骛驶绝驰⑤，颇觉快意，竟不计算归途，纵马所之。

【注释】

①荆州：府名。位于湖北省中南部，治所在今湖北荆州江陵区。

②溲(sōu)便：便溺。

③龁(hé)：用牙齿咬。

④超乘：跃身上马。

⑤骛(wù)驶：奔跑。绝驰：极快。

【译文】

荆州有个叫彭好士的人，到朋友家喝完酒回来，下马小便，马就在路边吃草。有一丛细草，纤细柔软，十分可爱，刚刚绽放的黄花，光艳夺目，马已经把它啃了一多半。彭好士将其馀的草拔了出来，一嗅，觉得有一股异常的香味，于是将它放进怀里。他骑上马又上了路，那马飞快地向前奔跑，彭好士感觉到十分的痛快，竟然不想走回家的路，任凭马飞跑。

忽见夕阳近山，始将旋辔[1]，但望乱山丛沓，并不知其何所。一青衣人来，见马方喷嘶[2]，代为捉衔[3]，曰："天已近暮，吾家主人便请宿止。"彭问："此属何地？"曰："阆中也[4]。"彭大骇，盖半日已千馀里矣。因问："主人为谁？"曰："到彼自知。"又问："何在？"曰："咫尺耳。"遂代鞚疾行[5]，人马若飞。过一山头，见半山中屋宇重叠，杂以屏幔[6]，遥睹衣冠一簇，若有所伺。彭至下马，相向拱敬[7]。俄，主人出，气象刚猛，巾服都异人世，拱手向客曰："今日客莫远于彭君。"因揖彭，请先行。彭谦谢，不肯遽先[8]。主人捉臂行之。彭觉捉处如被械梏[9]，痛欲折，不敢复争，遂行。下此者，犹相推让，主人或推之，或挽之，客皆呻吟倾跌，似不能堪，一依主命而行。

【注释】

①旋辔(pèi)：转辔，返回。

②喷嘶：喷鼻嘶叫。

③捉衔：控制马匹。衔，马口中所含之铁链，用以控马。

④阆(làng)中：县名。位于四川盆地东北部，嘉陵江中游西岸，明末清初曾为四川临时省会，故城在今四川阆中。

⑤代鞚(kòng)：代为牵马。鞚，马勒，辔首。

⑥屏幔：屏风帷幔。

⑦相向：意为相对。拱敬：拱手致敬。

⑧遽(jù)先：贸然先行。

⑨械梏：受刑。

【译文】

忽然，他发现太阳已经落山了，这才勒转马打算回家，但他望着眼前草木丛生的乱山，并不知道这里是什么地方。一个青衣人走来，见彭好士的马还在嘶叫，便代他抓住马辔头，说道："天已经快黑了，我家主人请你去住宿。"彭好士问道："这里是什么地方?"那人答道："四川阆中。"彭好士大为惊骇，原来这半天的工夫已经跑出一千多里地了。他便问道："主人是什么人?"那人说："到了那里，你自然就会知道。"彭好士又问："在哪里?"那人答道："不远。"说完，那人就牵着彭好士的马笼头飞步前进，人和马都像飞起来一样。过了一个山头，只见半山腰有一座府第，屋宇重叠，中间夹杂着屏幔，远远地望去，只见有一堆人站在那里，好像在等什么人似的。彭好士来到众人面前，翻身下马，拱手行礼。不一会儿，主人走了出来，神气威严勇猛，头巾衣服都和人世间的式样不一样。他向客人们拱手施礼，说道："今天来的客人中，没有比彭先生的路途更遥远的了。"于是，向彭好士作了一揖，请他先走，彭好士急忙谦让，不肯先走。主人抓住他的手臂带着他走。彭好士只觉得被抓住的地方好像上了枷锁一样，疼得骨头都要断了，便不敢再争执，乖乖地走了。剩下的客人还想互相推让，主人有的推了一把，有的拉了一下，客人们都呻吟着跌倒在地，好像不堪承受，只好一一遵照主人的命令进了屋子。

登堂，则陈设炫丽，两客一筵[1]。彭暗问接坐者："主人何人？"答云："此张桓侯也[2]。"彭愕然，不敢复咳。合座寂然。酒既行，桓侯曰："岁岁叨扰亲宾，聊设薄酌[3]，尽此区区之意。值远客辱临，亦属幸遇。仆窃妄有干求[4]，如少存爱恋，即亦不强。"彭起问："何物？"曰："尊乘已有仙骨，非尘世所能驱策。欲市马相易，如何？"彭曰："敬以奉献，不敢易也。"桓侯曰："当报以良马，且将赐以万金。"彭离席伏谢，桓侯命人曳起之。俄顷，酒馔纷纶[5]。日落，命烛，众起辞，彭亦告别。桓侯曰："君远来焉归？"彭顾同席者曰："已求此公作居停主人矣[6]。"桓侯乃遍以巨觞酌客，谓彭曰："所怀香草，鲜者可以成仙，枯者可以点金，草七茎，得金一万。"即命僮出方授彭，彭又拜谢。桓侯曰："明日造市，请于马群中任意择其良者，不必与之论价，吾自给之。"又告众曰："远客归家，可少助以资斧[7]。"众唯唯。觞尽，谢别而出。途中始诘姓字，同座者为刘子翚。同行二三里，越岭，即睹村舍。众客陪彭并至刘所，始述其异。

【注释】

①一筵：一席，一桌。

②张桓侯：张飞，字益德，东汉末涿郡人。与关羽同事刘备，能征善战，雄壮威猛。章武元年(221)，升车骑将军，后随刘备伐吴，为其部下所杀。谥桓侯。

③薄酌：薄酒。对酒席的谦称。

④干求：求取。

⑤纷纶(lún)：纷杂，形容丰盛。

⑥居停主人：指的是寄居之处的主人。

⑦资斧：路费，盘缠。

【译文】

众人走进大厅，只见厅上的陈设十分华丽，炫人耳目。两位客人坐一张桌子。彭好士悄悄地问同桌的客人："主人是什么人？"客人答道："他就是张桓侯张飞。"彭好士十分惊愕，吓得连咳嗽都不敢了。酒席上也都寂静无声。酒宴开始了，张桓侯说："每年都要打扰各位亲戚朋友，今天特意准备了几桌酒席，尽一点儿小小的心意。恰好有位远道而来的客人光临，也是一件很幸运的事情。我私下里有一个请求，很是冒昧，如果你心里有一点儿舍不得，我也不会勉强你。"彭好士起身问道："是什么东西？"桓侯说道："你的坐骑已经有了仙骨，不是凡间的人能够驱使的。我打算买匹马跟你交换，不知你意下如何？"彭好士说："我就把它敬献给你吧，不敢想用马交换。"桓侯说："我一定要送你一匹好马作为回报，而且要送你一万两银子。"彭好士立刻离开座位，趴在地上向桓侯称谢，桓侯命人把他拉起来。过了一会儿，酒菜纷纷端了上来，一直喝到太阳落山，桓侯命令点起灯烛，众人起身告辞，彭好士也向桓侯告别。桓侯说："先生远道而来，回哪里去呢？"彭好士看着同桌的客人说："我已经和这位先生说好，到他家借住一宿。"桓侯于是又用大酒杯向客人们一一敬了酒，然后对彭好士说："你怀中的香草，新鲜的服下可以成仙，枯萎的可以用来点化金银，用七根香草，就能点化一万两银子。"说完，就命令仆人拿出点化金银的方法交给彭好士，彭好士又向他行礼道谢。桓侯说："明天到集市上，请你在马群中随便挑选一匹良马，不必和马贩子讨论价钱，我自然会付给他。"又转身对众人说："远方的客人返家，请大家稍微资助他一些盘缠。"众客人连声答应。喝完酒以后，众人道谢告别而出。途中，彭好士才问起众人的姓名，知道和自己同桌的叫刘子翚。大家一起走了二三里地，翻过一道山岭，就看见眼前有一座村庄。众客人陪着彭好士来到刘家，这才说起今天这件事的奇异。

先是，村中岁岁赛社于桓侯之庙①，斩牲优戏②，以为成规，刘其首善者也③。三日前，赛社方毕。是午，各家皆有一人邀请过山。问之，言殊恍惚，但敦促甚急。过山见亭舍，相共骇疑。将至门，使者始实告之，众亦不敢却退。使者曰："姑集此，邀一远客行至矣。"盖即彭也。众述之惊怪。其中被把握者，皆患臂痛，解衣烛之④，肤肉青黑。彭自视亦然。众散，刘即襆被供寝⑤。既明，村中争延客，又伴彭入市相马。十馀日，相数十匹，苦无佳者，彭亦拚苟就之⑥。又入市，见一马，骨相似佳⑦，骑试之，神骏无比。径骑入村，以待鬻者⑧，再往寻之，其人已去。遂别村人欲归。村人各馈金赀⑨，遂归。马一日行五百里。抵家，述所自来，人不之信。囊中出蜀物，始共怪之。香草久枯，恰得七茎，遵方点化，家以暴富。遂敬诣故处，独祀桓侯之祠，优戏三日而返。

【注释】

①赛社：古代的遗俗之一。源于周代十二月的蜡祭。人们在农事结束后，陈列酒食，祭祀田神，并相互饮酒作乐，称为"赛社"。

②斩牲：杀牲畜为祭品。优戏：请演员表演节目。

③首善者：善举的倡导者。

④烛：照看。

⑤襆(fú)被供寝：抱着被子伺候睡觉。

⑥拚苟就之：打算凑合算了。

⑦骨相：骨格形貌。

⑧鬻(yù)：卖。

⑨馈：赠送。

【译文】

从前，村子里每年都要在桓侯庙举行赛社活动，斩杀牲口，请来戏班，渐渐地成为习惯，刘子翚就是这项活动的发起人。三天前，赛社活动刚刚结束。这天中午，各家都有一个人被邀请过山。问到是什么事情时，来人闪烁其辞，只是敦促得很急迫。众人过了山，见到一处亭台楼阁，都很惊骇疑惑。快走到门口时，使者才把实情告诉他们，众人也不敢往回退走。使者说："大家暂且在此等候，邀请的一位远方客人马上就到了。"原来，远方客人就是彭好士。众人互相述说这件事的奇怪。其中被桓侯握过手的人，都感到胳膊疼，解开衣服在灯下一照，发现皮肉都已经变成青紫色了。彭好士看看自己，也是如此。众人散去，刘子翚取来被褥请彭好士就寝。第二天天一亮，村民们就争相邀请彭好士到家中做客，又陪着他到集市上去相看马匹。十几天的工夫，看了十几匹马，就是看不到一匹好马，彭好士想将就选一匹算了。这一天又来到集市上，看见一匹马的骨相似乎很不错，彭好士骑上去一试，果然神骏无比。他径直将马骑回了村子，等着卖马的人来，但那人始终没有来，再回集市上找，那人已经走了。彭好士于是向村民告别，准备回家。村民们又资助他盘缠，他就上路回家。那匹马一天能跑五百里地。等回到家，述说自己的这番经历时，大家都不相信。彭好士从口袋里取出蜀地的产物，大家这才感到奇怪。彭好士怀中的香草已经枯萎了很长时间，拿出来一看，恰好是七根，他按照桓侯传授的方子进行点化，家里果然暴富起来。彭好士便来到上次去过的地方，只到桓侯庙进行祭祀，而且唱了三天大戏才回家。

异史氏曰：观桓侯燕宾[1]，而后信武夷幔亭非诞也[2]。然主人肃客，遂使蒙爱者几欲折肱[3]，则当年之勇力可想。

【注释】

①燕宾：宴请宾客。燕，同“宴”。

②武夷幔亭：唐陆羽《武夷山记》载，秦始皇二年（前245）八月十五日，武夷君于山上置幔亭，化虹桥通上下，大会乡人饮宴。武夷，武夷君，武夷山山神。幔亭，张幔为亭。

③蒙爱：承蒙好意。折肱：折断胳膊。肱，胳膊由肘到肩的部分。

【译文】

异史氏说：看完桓侯宴请宾客这段故事，就会相信武夷山君在山顶上宴请村民们的事情也并不是荒诞不经的。但是主人邀请客人，竟然能把那些他很友爱的人的胳膊几乎折断，可见他当初的勇力是何等惊人。

吴木欣言[1]：“有李生者，唇不掩其门齿，露于外盈指。一日，于某所宴集，二客逊上下[2]，其争甚苦。一力挽使前，一力却向后。力猛肘脱，李适立其后，肘过触喙，双齿并堕，血下如涌。众愕然，其争乃息。”此与桓侯之握臂折肱，同一笑也。

【注释】

①吴木欣：作者友人，名长荣，字木欣，长山人。

②逊：逊让。上下：位次的尊卑。

【译文】

吴木欣说过一个故事：“有一个李生，他的嘴唇遮不住他的门牙，露在外面的有一指多长。一天，他和朋友在某处举行宴会，有两位客人互相谦让座位的尊卑，争执得非常厉害。一个人拉住对方让他往前，对方却竭力往后退。因为力气太大，胳膊脱了出去，李生正好站在他们的后面，肘部一下子触到他的牙齿上，把那两颗门牙给撞掉了，血一下子涌了出来。众人十分惊愕，争执才平息了。”这件事和桓侯握住客人却差点儿弄断胳膊的事情，可以说是同一类笑话。

粉蝶

【题解】

海上遇仙的民间故事，往往包括三个结构：1. 遭风浪登海岛遇仙人。2. 感受仙人的浪漫生活。3. 返回家园。

本篇也是这样。所不同的是，本篇有明显的自然地理的意识，比如地点发生在琼州，遭遇的是飓风，仙人所住的仙岛是“此处夏无大暑，冬无大寒，花无断时”，显然是有着热带海岛的理念。同时，本篇又具有浓厚的家族人情意识，遇见仙人不再单是“仙缘”，而是有着亲情，表现了明清时期道家思想和儒家思想的结合成为这类故事的新背景。故事的核心内容是遇仙习琴，正如评论家何垠所说：“海风引舟，天女谪降，二琴操是其命意处，而文品若仙。”阳曰旦听琴学琴的情节，虽然是受到唐传奇《集异记》中王积薪学习围棋的启发，但其过程的具体细腻，感悟领会的浪漫处，不仅展现了高度的文学技巧，而且也让我们感受到蒲松龄的音乐兴趣和修养，这是他创作《聊斋志异》某些具有音乐内容的篇章并同时成功地创作《聊斋俚曲》的音乐基础。

本篇以“粉蝶”命名，虽然粉蝶出场的机会不多，但她“飘洒艳丽”“意态媚绝”的形象令人难忘。尤其在故事的结尾，小说写阳曰旦“每为之鼓天女谪降之操，辄支颐凝想，若有所会”。冯镇峦和但明伦都赞不绝口地说：“结笔飘飘欲仙，更着不得赞词。”“不结之结，趣味悠然。”

阳曰旦，琼州士人也[①]。偶自他郡归，泛舟于海。遭飓风[②]，舟将覆，忽飘一虚舟来[③]，急跃登之，回视则同舟尽没。风愈狂，瞑然任其所吹。亡何，风定。开眸，忽见岛屿，舍宇连亘[④]。把棹近岸[⑤]，直抵村门。村中寂然，行坐良久，鸡犬无声。见一门北向，松竹掩蔼[⑥]。时已初冬，墙内不知何花，蓓蕾满树。心爱悦之，逡巡遂入。遥闻琴声，步少停。有婢自内出，年约十四五，飘洒艳丽。睹阳，返身遽入。俄闻琴声歇，一少年出，讶问客所自来，阳具告之。转诘邦族，阳又告之。少年喜曰："我姻亲也。"遂揖请入院。院中精舍华好[⑦]，又闻琴声。既入舍，则一少妇危坐[⑧]，朱弦方调[⑨]。年可十八九，风采焕映。见客入，推琴欲逝[⑩]。少年止之曰："勿遁，此正卿家瓜葛。"因代溯所由[⑪]。少妇曰："是吾侄也。"因问其："祖母尚健否？父母年几何矣？"阳曰："父母四十馀，都各无恙。惟祖母六旬，得疾沉痼[⑫]，一步履须人耳。侄实不省姑系何房[⑬]，望祈明告，以便归述。"少妇曰："道途辽阔，音问梗塞久矣。归时但告而父：'十姑问讯矣[⑭]。'渠自知之。"阳问："姑丈何族？"少年曰："海屿姓晏。此名神仙岛，离琼三千里，仆流寓亦不久也。"十娘趋入，使婢以酒食饷客。鲜蔬香美，亦不知其何名。饭已，因与瞻眺，见园中桃杏含苞，颇以为怪。晏曰："此处夏无大暑，冬无大寒，花无断时。"阳喜曰："此乃仙乡。归告父母，可以移家作邻。"晏但微笑。

【注释】

①琼州：海南的别称，明清府名。府治在今海南海口的琼山区。

②飓(jù)风：指大西洋和北太平洋东部地区形成的强大而深厚的热带气旋，其意义和台风类似，只是产生地点不同。

③虚舟：空船。

④连亘：接连不断，绵延。

⑤棹：船桨。

⑥掩蔼：遮掩有浓荫。

⑦精舍：指书斋、学舍等修心养性类房子。

⑧危坐：端坐。

⑨朱弦：即练朱弦，用练丝(即熟丝)制作的琴弦。

⑩逝：离去。

⑪溯：追诉，从头陈述。

⑫沉痼：久治不愈的病。

⑬省(xǐng)：知，明白。

⑭问讯：问候。

【译文】

阳曰旦是琼州的一个读书人。一次，他从别的郡县返家，乘船行于海上。遭遇到飓风的袭击，船眼看就要翻了，突然，海上飘来一只空船，他急忙一跃上去，等他回过头来一看，刚才的那条船和船上的人都已经沉没了。风越刮越狂，他闭上眼睛任凭风将船吹得四处漂荡。不一会儿，风停了。他睁开眼睛，忽然看见一座岛屿，岛上房屋连成一片。他划着船靠近岸边，上岸一直走到村庄门口。村子里静悄悄的，他走走停停过了好久，连鸡犬的声音都没有听到。这时，眼前出现一个门朝北开的院子，院子里松竹茂密繁盛。此时已是初冬，墙内一种不知名的花，开得满树都是。阳曰旦心里十分喜爱，便慢慢地走进院子。只听远处传来琴声，他不由地停下了脚步。这时，一个丫环从内院走出来，大约十四五岁的年纪，飘逸洒脱，长得十分艳丽。她一看见阳曰旦，就急忙转身回到内院。过了一会儿，琴声就停止了，一个年轻人走了出来，惊讶地问阳曰旦是从哪里来的，阳曰旦一五一十地告诉了他。年轻人又询问他的籍贯、姓氏，阳曰旦也告诉了他。年轻人高兴地说："你是我的亲戚呀。"说完，就向阳曰旦拱拱手，请他进内院。阳曰旦进了院子，只见院中的房屋极为华丽精美，这时又传来阵阵琴声。进到屋内，只见一位少妇正襟危坐，正在调拨琴弦。这位少妇大约十八九岁的样子，显得光彩照人。一见有客人进来，她推开琴就要走开。年轻人阻止她说："不要跑，他正是你家的亲戚。"于是代阳曰旦介绍了他的一番情况。少妇说："你是我的侄子呀。"接着又问道："祖母还健在吗？父母今年多大了？"阳曰旦回答道："父母四十多岁，都没有什么病。只是祖母已经年过六旬，病得很久也挺厉害，一举一动都要由人照顾。侄子实在不知道姑姑属于哪一房，希望您能明确地告诉我，回家以后好向家人述说。"少妇说："因为路途遥远，早已经不通音讯了。你回去以后，只要告诉你父亲：'十姑向你问好。'他自然就会明白了。"阳曰旦问："姑父是哪里的人士呢？"年轻人说："我姓晏，名叫海屿。这里名叫神仙岛，离琼州三千里，我流落到这里的时间也不很长。"十娘走到里面，让丫环端出酒菜来接待客人。阳曰旦只觉得菜蔬的味道非常香美，但也不知道叫什么名字。吃完饭以后，晏海屿领着阳曰旦到花园散步，只见园子里桃杏正含苞待放，阳曰旦感到很奇怪。晏海屿说："这个地方夏天没有酷热，冬天没有严寒，鲜花四季盛开，从不间断。"阳曰旦高兴地说："这可真是神仙住的地方呀。我回家禀告父母，就把家搬来跟你们做邻居。"晏海屿只是微笑着不说话。

还斋炳烛，见琴横案上，请一聆其雅操[①]。晏乃抚弦捻柱。十娘自内出，晏曰："来，来！卿为若侄鼓之[②]。"十娘即坐，问侄："愿何闻？"阳曰："侄素不读《琴操》[③]，实无所愿。"十娘曰："但随意命题，皆可成调。"阳笑曰："海风引舟，亦可作一调否？”十娘曰：“可。”即按弦挑动，若有旧谱，意调崩腾。静会之[④]，如身仍在舟中，为飓风之所摆簸。阳惊叹欲绝，问：“可学否？”十娘授琴，试使勾拨[⑤]，曰：“可教也。欲何学？”曰：“适所奏《飓风操》，不知可得几日学？请先录其曲，吟诵之。”十娘曰：“此无文字，我以意谱之耳。”乃别取一琴，作勾剔之势，使阳效之。阳习至更馀，音节粗合[⑥]，夫妻始别去。阳目注心凝，对烛自鼓，久之，顿得妙悟[⑦]，不觉起舞。举首，忽见婢立灯下，惊曰：“卿固犹未去耶？”婢笑曰：“十姑命待安寝，掩户移檠耳[⑧]。”审顾之，秋水澄澄[⑨]，意态媚绝。阳心动，微挑之，婢俯首含笑。阳益惑之，遽起挽颈。婢曰：“勿尔！夜已四漏，主人将起。彼此有心，来宵未晚。”方狎抱间，闻晏唤“粉蝶”。婢作色曰：“殆矣！”急奔而去。阳潜往听之，但闻晏曰：“我固谓婢子尘缘未灭，汝必欲收录之。今如何矣？宜鞭三百！”十娘曰：“此心一萌，不可给使[⑩]，不如为吾侄遣之。”阳甚惭惧，返斋灭烛自寝。天明，有童子来侍盥沐，不复见粉蝶矣。心惴惴恐见谴逐。俄，晏与十娘并出，似无所介于怀[⑪]，便考所业[⑫]。阳为一鼓。十娘曰：“虽未入神[⑬]，已得什九，肄熟可以臻妙。”阳复求别传[⑭]。晏教以《天女谪降》之曲，指法拗折[⑮]，习之三日，始能成曲。晏曰：“梗概已尽，此后但须熟耳。娴此两曲，琴中无梗调矣[⑯]。”

【注释】

①聆：聆听。雅操：指琴艺。

②鼓：演奏。

③《琴操》：为解说琴曲标题的著作。相传为东汉蔡邕所撰。原书

已佚，经后人辑录成书。

④会：体会，领会。

⑤勾拨："勾"与"拨"以及后文的"剔"，都指弹琴的指法。

⑥粗合：粗略合谱。

⑦妙悟：超越寻常的领悟。指深得演奏的奥妙。

⑧檠（qíng）：灯架。

⑨秋水澄澄：形容眼睛明亮。秋水，指代明澈的双眸。唐李贺《唐儿歌》："骨重神寒天庙器，一双瞳人剪秋水。"

⑩给使：使唤，侍奉。

⑪介于怀：放在心上。

⑫考：考查。业：课业。这里指所学弹琴技艺。

⑬入神：达到神妙的境界。

⑭别传：另外传授。

⑮拗（ǎo）折：弯曲不顺畅。明王骥德《曲律杂论》："余意所至，不妨拗折天下人嗓子。"

⑯梗调：难奏吃力的曲调。

【译文】

他们回到书房，点上蜡烛，只见一张琴放在桌子上，阳曰旦就请晏海屿弹奏曲子，以助雅兴。晏海屿便抚弦捻柱，准备弹奏。十娘从内室走出来，晏海屿便说："来，来！你为你侄子弹奏一曲吧。"十娘便坐了下来，问阳曰旦道："你想听什么曲子？"阳曰旦说："侄子平时没有读过《琴操》，不知道有什么曲子，实在说不出想听什么。"十娘说："你只管随意出题，我都可以给你演奏。"阳曰旦笑着说："海风引导船儿前行，也可以弹出一曲来吗？"十娘说："当然可以。"说完，十娘就手指挑拨琴弦，好像有现成的曲谱一样，意境奔腾豪迈，如同山崩海啸一般。静静地体会，就好像仍然坐在船上，在飓风中随着海涛摇摆颠簸。阳曰旦惊叹不已，非常倾倒，便问："我可以学这琴吗？"十娘把琴递给他，让他试着勾拨，说:“当然可以教你。你想学什么?”阳曰旦说:“你刚才演奏的这曲《飓风操》,不知要用几天才能学会呢?请先把曲谱抄录下来,我好吟诵它。”十娘说:“这曲子没有曲谱,我是用心意来谱成的。”说完,她又取来一张琴,示范一些勾、剔的动作,让阳曰旦效仿。阳曰旦一直学习到一更天,大致也能使音节合拍了,十娘夫妇才告别而去。阳曰旦目注心凝,聚精会神地在灯下独自弹奏,过了好久,他突然得到了奇妙的领悟,不知不觉舞了起来。他一抬头,忽然看见丫环还站在灯下,便惊讶地问:“你原来还没有走呀?”丫环笑着说:“十姑让我侍候你睡觉,然后关门,拿走灯。”阳曰旦仔细地打量她,只见她的眼睛如一汪秋水,澄静明亮,神态娇媚绝伦。阳曰旦不由地心动,微微地挑逗她,丫环只是低着头,脸上含着笑容。阳曰旦越发被她迷惑,一下子站起来挽住她的脖子。丫环说:“不要这样!现在已经四更天了,主人就要起床了。要是彼此都有心的话,明天晚上也不算晚呀。”两人正亲热地拥抱时,就听见晏海屿喊“粉蝶”。丫环脸色大变,说:“坏了!”便急忙跑了出去。阳曰旦悄悄地跟过去探听动静,就听晏海屿说:“我早就说过这丫头的尘缘未绝,你却非要收下她不可。现在怎么样呢?该罚她三百鞭子!”十娘说:“这种心思一旦萌生,就不能够再使唤了,不如替我的侄子把她遣送走吧。”阳曰旦心中又是惭愧又是害怕,返回书房关灯睡觉了。第二天天亮,便有童子来侍候阳曰旦洗漱,没有再看见粉蝶。阳曰旦惴惴不安,恐怕被十娘责备,赶他走。不一会儿,晏海屿和十娘一起出来,似乎心里并没有在意什么事情,随即考查阳曰旦的琴练得怎么样了。阳曰旦弹奏了一曲。十娘说:“虽然还没有达到出神入化的地步,但也学得八九不离十了,等弹熟了以后,就可以到达神妙的境界。”阳曰旦又请求传授别的曲子。晏海屿就传授了一曲《天女谪降》,演奏的手法拗折多变,阳曰旦练习了三天,才能弹成曲子。晏海屿说:“曲子的大概你已经掌握了,以后只需要熟练地弹奏就行了。能把这两支曲子练娴熟了,琴曲里面就没有什么不能弹奏的了。”

阳颇忆家，告十娘曰："吾居此，蒙姑抚养甚乐，顾家中悬念。离家三千里，何日可能还也！"十娘曰："此即不难。故舟尚在，当助尔一帆风。子无家室①，我已遣粉蝶矣。"乃赠以琴，又授以药，曰："归医祖母，不惟却病②，亦可延年。"遂送至海岸，俾登舟。阳觅楫③，十娘曰："无须此物。"因解裙作帆，为之萦系。阳虑迷途，十娘曰："勿忧，但听帆漾耳④。"系已，下舟。阳凄然，方欲拜别，而南风竞起，离岸已远矣。视舟中糗粮已具⑤，然止足供一日之餐，心怨其吝。腹馁不敢多食，唯恐遽尽，但啖胡饼一枚⑥，觉表里甘芳。馀六七枚，珍而存之，即亦不复饥矣。俄见夕阳欲下，方悔来时未索膏烛，瞬息，遥见人烟，细审则琼州也，喜极。旋已近岸，解裙裹饼而归。

【注释】

①家室：犹言妻室。

②却病：祛病，治病。

③楫：船桨。

④漾：动荡。

⑤糗(qiǔ)粮：干粮。

⑥胡饼：芝麻烧饼。胡，指"胡麻"，即芝麻。

【译文】

阳曰旦很想家，告诉十娘说："我住在这里，承蒙姑姑抚养，很是快乐，只是怕家里会挂念我。这里离家三千里，这么远的路程什么时候才能够到家啊！"十娘说："这倒也不难，原来的那条船还在，我会再助你一帆顺风的。你还没有家室，我已经派粉蝶先去了。"说完就把琴赠送给他，又交给他一种药，说："回去给祖母服下，这药不仅能治病，还可以延年益寿。"于是，十娘将阳曰旦送到海岸，让他上船。阳曰旦找船桨，十娘说："不要这个东西。"说着就解下裙子当作帆，替他系好。阳曰旦担心会迷路，十娘说："你不必担心，只要听任风帆把船带着在海上漂荡就行了。"她系好帆，下了船。阳曰旦心中凄凉，正要和姑姑道谢告别，竟然刮起了南风，船一下子就离岸很远了。阳曰旦一看，船上已经准备好干粮，但是只够一天的吃喝，阳曰旦心中埋怨十娘未免太吝啬。他肚子饿了也不敢多吃，生怕一下子吃完了，只是吃了一块芝麻饼，觉得里外都很香甜。剩下的六七块，他当宝贝似的收藏起来，不过肚子也不再感到饿了。过了一会儿，只见夕阳就要西下，阳曰旦正在后悔来的时候没有要灯烛，但转眼之间，就远远地看见了人烟，再仔细一看，原来已经到了琼州，他高兴极了。不一会儿，船就靠了岸，他解下裙子，裹上芝麻饼，就回家去了。

入门，举家惊喜，盖离家已十六年矣，始知其遇仙。视祖母老病益惫①，出药投之，沉痾立除②。共怪问之，因述所见。祖母泫然曰③："是汝姑也。"初，老夫人有少女，名十娘，生有仙姿，许字晏氏。婿十六岁入山不返，十娘待至二十馀，忽无疾自殂④，葬已三十馀年。闻旦言，共疑其未死。出其裙，则犹在家所素着也。饼分啖之，一枚终日不饥，而精神倍生。老夫人命发冢验视，则空棺存焉。

【注释】

①惫：衰竭，危殆。

②沉痾：同"沉痼"，久治不愈的重病。

③泫（xuàn）然：流泪的样子。

④殂(cú):死。

【译文】

阳曰旦一进家门,全家都十分惊喜,原来他离开家已经十六年了,他这才知道自己是遇上了神仙。阳曰旦看祖母的老病更加严重了,便拿出药来给祖母服下,多年的老病一下子就好了。大家一齐奇怪地问阳曰旦是怎么回事,他便把自己的经历述说了一遍。祖母流下眼泪,说:“她确实是你的姑姑。”原来,老夫人有一个小女儿,名叫十娘,生下来就有仙女的风姿,许配给晏家为妻。女婿十六岁的时候进山修炼,没有回来,十娘在家等到二十多岁时,忽然无病而亡,埋葬她至今已经有三十多年了。听阳曰旦这么一说,大家都怀疑十娘并没有死。他取出十娘的裙子,果然就是十娘原先在家时常穿的。阳曰旦又把带回来的饼分给大家尝尝,只要吃一块就会整天不饿,而且精神倍增。老祖母命人打开十娘的坟墓查验,果然只剩下一口空棺材。

旦初聘吴氏女未娶,旦数年不还,遂他适①。共信十娘言,以俟粉蝶之至。既而年馀无音,始议他图。临邑钱秀才②,有女名荷生,艳名远播。年十六,未嫁而三丧其婿。遂媒定之,涓吉成礼③。既入门,光艳绝代,旦视之,则粉蝶也。惊问曩事④,女茫乎不知。盖被逐时,即降生之辰也。每为之鼓《天女谪降》之操,辄支颐凝想⑤,若有所会。

【注释】

①他适:另嫁。适,旧称女子出嫁。

②临邑:临县。

③涓吉成礼:选择吉祥的日子成亲。

④曩(nǎng):以往,从前。

⑤支颐：以手支托下巴。颐，下巴。

【译文】

阳曰旦起初聘的是吴家的闺女，但还没有娶进门。阳曰旦好几年不回来，姑娘已经另嫁他人了。大家都相信十娘的话，等着粉蝶的到来。但是过了一年多，没有一点儿音讯，便开始商议另娶他人。临县钱秀才，有个女儿名叫荷生，芳名四方远扬。今年十六岁，还没有出嫁就已经让三个未婚女婿死了。阳曰旦便托媒人定了这门亲事，选择良辰吉日举行了婚礼。荷生进门以后，果然是光彩照人，美艳绝伦，阳曰旦一看，原来她就是粉蝶。他惊讶地问她从前的事情，荷生却一点儿也不知道。原来当年粉蝶被逐的时候，就是荷生降生的日子。每当阳曰旦给她弹奏《天女谪降》这支曲子时，荷生就会手托下巴，凝神思索，好像心领神会一般。

李檀斯

【题解】

本篇只是为了证明民间传闻“走无常”的真实不诬，但在写作上却颇给人启发。按理说，“今夜与一人舁檀老投生淄川柏家庄一新门中”，意思已经完足，但干巴平淡，加上“身躯重赘，几被压死”后，就有了细节，给人留下较深的印象。

长山李檀斯[①]，国学生也[②]。其村中有媪走无常[③]，谓人曰：“今夜与一人舁檀老投生淄川柏家庄一新门中[④]，身躯重赘，几被压死。”时李方与客欢饮，悉以媪言为妄。至夜，无疾而卒。天明，如所言往问之，则其家夜生女矣。

【注释】

①长山:旧县名。现为山东邹平长山镇。

②国学生:即国子监生。

③走无常:民间说法认为,冥间常利用活人的生魂来为冥间做事,事讫放还,称为“走无常”。无常,勾摄生魂的使者。

④舁(yú):抬。

【译文】

长山李檀斯,是一个国学生。他住的村子里有一个做无常鬼勾人性命的老太婆。一次,老太婆对人说:“今天夜里我和另一个人抬着檀斯老爷投生到淄川县柏家庄一个新人家中,他的身体重极了,我几乎被他压死。”当时,李檀斯正在和客人欢宴饮酒,众人都认为老太婆是胡说八道。到了晚上,李檀斯果然无疾而终。天亮以后,人们按照老太婆所说的地址前去一问,果然他家昨天晚上生了一个女儿。

锦瑟

【题解】

本篇写孤苦的王生受到妻子的折磨凌辱,感到生不如死,意欲自杀。于是来到一处专门“收养九幽横死无归之鬼”的给孤园,由于在那里勤勉工作,又在天魔之劫中救了天女锦瑟,于是与锦瑟结为夫妻,重返故里,享受丈夫应有的妻妾之乐。

在人类社会中,悍妻现象所在多有,而《锦瑟》中的王生所遇是一个极端的例子。作者赋予事件的背景颇值得注意,王生不仅性情懦弱,吃软饭,科举失败,而且因为“少孤,自为族,家清贫”,缺乏宗法社会中重要的家族依靠。王生的妻子不仅性格骄倨,是富翁之女,大概对于婚姻本来就不满意,父亲一死,失去管束。这些因素加在一起,构成了妻子可以明目张胆地凌虐丈夫。王生在阴间的遭遇,对于他的性情的磨练具有决定的意义,也是他能够慨然援救锦瑟的原因。但明伦对此引申评论说:“不到万分困苦,不下十分功夫,如何做得出大学问,如何干得出大事业。”不过,王生重返家门,妻子愧疚自杀,锦瑟与之相聚可以理解,陕中贾某的妾归了王生,王生还占有了锦瑟的婢女,则显示出男权主义下的恶习。

沂人王生①,少孤,自为族②。家清贫,然风标修洁③,洒然裙屐少年也④。富翁兰氏,见而悦之,妻以女,许为起屋治产。娶未几而翁死。妻兄弟鄙不齿数⑤,妇尤骄倨,常佣奴其夫。自享馐馔⑥,生至,则脱粟瓢饮⑦,折稊为匕⑧,置其前。王悉隐忍之。年十九,往应童子试⑨,被黜⑩。自郡中归,妇适不在室,釜中烹羊臛熟⑪,就啖之⑫。妇入,不语,移釜去。生大惭,抵箸地上⑬,曰:“所遭如此,不如死!”妇恚⑭,问死期,即授索为自经之具⑮。生忿投羹碗,败妇颡⑯。生含愤出,自念良不如死,遂怀带入深壑。

【注释】

①沂:沂州府。位于山东省的东南部,治所在山东临沂。

②自为族:指孤身一人,当地王族没有亲属。

③风标修洁:风度仪容俊美漂亮。风标,风度,仪态。

④洒然:潇洒的样子。裙屐(jī)少年:指修饰华美而无实学的少年。《北史·邢峦传》:“萧深藻是裙屐少年,未洽治务。”

⑤鄙不齿数:鄙视他,不把他看作家庭成员。齿,列。

⑥馐(xiū)馔:精美食物。

⑦脱粟瓢饮:粗劣饮食。脱粟,糙米。瓢,舀水或取东西的工具,多

用对半剖开的匏瓜或木头制成。指代粗劣的器具。

⑧折稊(tí)为匕:折断草茎当筷子。稊,一种似稗的草。匕,饭匙,用以取饭。此指筷子。

⑨童子试:秀才资格考试。

⑩黜:黜落,下第。

⑪羊臛(huò):羊肉羹汤。臛,肉羹。

⑫啖(dàn):吃,食。

⑬抵箸(zhù):抛箸。

⑭恚(huì):怒。

⑮自经:上吊自杀。

⑯败妇颡(sǎng):砸破妻子的额头。颡,额。

【译文】

沂州府有一个王生,小时候就死了父亲,便自成一族。他的家境非常清贫,却是一位风度俊美,仪态翩翩的年轻人。一个姓兰的富翁,见了他非常喜欢,把女儿嫁给了他,答应为他盖房子、治产业。媳妇娶过门不久,兰老头就死了。他的妻兄弟们都对他鄙夷不屑,而他的妻子更加傲慢,常常把自己的丈夫当成佣人奴仆一般看待。她自己享受着珍馐美味,而王生回到家里,她却只给碗粗米饭、一瓢汤,再折两根树枝当筷子,放在他的面前。王生都忍受下来。王生十九岁的时候,到郡县参加秀才考试,但没能考中。他从郡里回来,恰好媳妇不在屋里,他看锅里燉的羊肉汤已经熟了,就盛了吃起来。媳妇进了门,一句话不说,只是把锅端走了。王生非常羞惭,把筷子扔在地上,说:"人生受到这样的待遇,我还不如死了算了!"媳妇也很气恼,就问他什么时候死,还马上递给他绳子,让他用作上吊的工具。王生气得把手中的汤碗扔了出去,一下子把媳妇的脑门给砸破了。王生满含悲愤地出了家门,自己想确实是生不如死,便怀揣绳索进了深山。

至丛树下，方择枝系带，忽见土崖间，微露裙幅。瞬息，一婢出，睹生急返，如影就灭，土壁亦无绽痕①。固知妖异，然欲觅死，故无畏怖，释带坐觇之。少间，复露半面，一窥即缩去。念此鬼物，从之必有死乐，因抓石叩壁曰："地如可入，幸示一途！我非求欢，乃求死者。"久之，无声，生又言之。内云："求死请姑退，可以夜来。"音声清锐，细如游蜂。生曰："诺。"遂退以待夕。未几，星宿已繁，崖间忽成高第，静敞双扉。生拾级而入②，才数武③，有横流涌注，气类温泉。以手探之，热如沸汤，不知其深几许。疑即鬼神示以死所，遂踊身入。热透重衣，肤痛欲糜④，幸浮不沉。泅没良久⑤，热渐可忍，极力爬抓，始登南岸，一身幸不泡伤。行次⑥，遥见夏屋中有灯火⑦，趋之。有猛犬暴出，龁衣败袜。摸石以投，犬稍却。又有群犬要吠⑧，皆大如犊⑨。危急间，婢出叱退，曰："求死郎来耶？吾家娘子悯君厄穷，使妾送君入安乐窝⑩，从此无灾矣。"挑灯导之，启后门，黯然行去⑪。入一家，明烛射窗，曰："君自入，妾去矣。"

【注释】

①绽痕：开裂的痕迹。

②拾(shè)级而入：登台阶进入。拾，蹑足而上。

③武：半步为"武"。

④糜：烂。

⑤泅没：浮沉，游泳。

⑥行次：行进间。

⑦夏屋：大屋。夏，大。

⑧要(yāo)吠:拦阻吠叫。

⑨犊:牛犊,小牛。

⑩安乐窝:安静舒适的住处。宋邵雍《无名公传》:"所寝之室谓之安乐窝,不求过美,惟求冬燠夏凉。"

⑪黯然:阴暗的样子。

【译文】

王生来到树丛下,正要选根树枝来系绳子,忽然发现在土崖之间,微微地露出一点儿衣裙。转眼之间,一个丫环走出来,看见王生就急忙往回走,像影子似的一下子就没有了,土崖上也没有留下一点儿裂开的痕迹。王生当然知道是妖怪,但他本来就是来寻死的,所以并没有一点儿畏惧,而是解下绳子坐着观察动静。过了一会儿,那个丫环又露出半张脸来,偷看了一下又缩回去了。王生想这样一个鬼怪,跟着她必然是个死,便抓起一块石头叩打土壁,说:"如果可以入地,请指点我一条途径!我来不是为了求欢,而是来求一死的。"过了好久,也没有一点儿声音。王生又把刚才的话重复了一遍。就听里面说道:"如果要求死,请暂且退后,可以晚上再来。"说话的声音非常清脆,细小得就像蜂子的叫声一般。王生说:"好吧。"便退了回来,等待夜晚的到来。不久,天上已是布满了星星,那土崖忽然变成一座高大的宅第,静静地敞开两扇门。王生沿着台阶走进去,刚走了几步,就发现有一条河横在面前,河水涌动,像温泉一样冒着热气。他用手一摸,觉得水热得像一锅沸腾的开水,只是不知道这条河能有多深。他疑心这就是鬼神指点给他的求死的地方,便一纵身跳了进去。只觉得一股热量穿透了他的层层衣服,皮肤疼得像腐烂了一样,幸而能浮在水面上不沉下去。他在水里游了好一阵子,渐渐地觉得可以忍受热了,便极力爬抓,好不容易才登上了南岸,幸好身上没有被烫伤。王生又往前走,远远地看见一座高大的屋子里有灯光,他便跑了过去。突然,一条凶猛的狗冲了出来,咬破了他衣服、袜子。他捡起石头扔过去,狗稍稍往后退却。接着,又来了一群狗堵在面前，嗷嗷叫着，都长得有牛犊那么大。正在危急的时候，丫环出来将狗喝退，说："是求死郎来了吗？我家娘子怜悯你落到如此穷困的境地，让我送你到安乐窝去，从此以后就不会有灾了。"说完，就挑着灯引导他前去，打开后门，就在黑暗中走去。过了一会儿，来到一户人家，明亮的烛光照在窗户上，那丫环说："您自己进去吧，我走了。"

生入室四瞻[①]，盖已入己家矣，反奔而出。遇妇所役老媪曰："终日相觅，又焉往！"反曳入。妇帕裹伤处，下床笑逆[②]，曰："夫妻年馀，狎谑顾不识耶？我知罪矣。君受虚诮[③]，我被实伤，怒亦可以少解。"乃于床头取巨金二铤置生怀[④]，曰："以后衣食，一唯君命，可乎？"生不语，抛金夺门而奔，仍将入壑[⑤]，以叩高第之门。既至野，则婢行缓弱，挑灯犹遥望之。生急奔且呼，灯乃止。既至，婢曰："君又来，负娘子苦心矣。"生曰："我求死，不谋与卿复求活。娘子巨家，地下亦应需人。我愿服役，实不以有生为乐。"婢曰："乐死不如苦生，君设想何左也[⑥]！吾家无他务，惟淘河、粪除、饲犬、负尸[⑦]。作不如程[⑧]，则刵耳、劓鼻、敲刖跻趾[⑨]，君能之乎？"答曰："能之。"又入后门，生问："诸役何也？适言负尸，何处得如许死人？"婢曰："娘子慈悲，设'给孤园'收养九幽横死无归之鬼[⑩]。鬼以千计，日有死亡，须负瘗之耳[⑪]。请一过观之。"

【注释】

①瞻：看。

②逆：迎。

③虚诮(qiào):只是语言上的责备。

④铤(dìng):量词。用于成锭状的东西。

⑤壑(hè):坑谷,山沟。

⑥左:不当,谬误。

⑦粪除:打扫卫生。

⑧作不如程:操作不能完成规定数量。程,程限,限量。

⑨刵(èr)耳:割去耳朵。劓(yì)鼻:割去鼻子。敲刖(yuè)胫趾:敲断腿脚。刖,砍断。胫,同"胫",人的小腿。

⑩给孤园:"给孤独园"之省辞。给孤独为中印度侨萨罗国舍卫城长者,性慈善,好施孤独,故得此名。这里指收养孤独鬼魂的处所。九幽:地下极深处,民间传说中的阴曹地府。横死:非正常死亡。

⑪负瘗(yì):背起来埋葬。

【译文】

王生进了屋子,四下一看,发现已经到了自己的家,他转身就跑了出来。恰好遇到服侍他媳妇的老妇人,冲他说:"整天都在找你,又想到哪里去!"说着就把他拉回屋里。他媳妇用手帕裹着头上的伤口,下床笑着迎上前,说:"我们夫妻都一年多了,跟你开个玩笑你还看不出来吗?我已经知罪了。你受了些言语上的责备,我的脑门儿可是被你实实在在地打伤了,你的怒气也可以稍稍缓解了吧。"说完,她又从床头取过两锭大银子放在王生的怀里,说:"以后家里吃穿用的,全部听你的,可以吗?"王生不说话,抛下银子,夺门奔跑,还想再回到深山里去,敲那座宅第的门。他来到野外,只见那个丫环因为体弱,走得很慢,而且时不时挑起灯笼远远地望着他。王生一边快速奔去,一边呼喊,那灯笼便停了下来。跑到眼前,丫环说:"你又跟来了,可真辜负了我家娘子的一片苦心了。"王生说:"我是来求死的,不是来和你商量求活路的。你家娘子是大户人家,在地下也应该需要佣人。我愿意到你们那里服役,实在不认为活在世上有什么乐趣可言。”丫环说：“好死不如赖活着，你的想法真是何等的荒谬啊！我的家也没有别的活儿，只有淘河、除粪、喂狗、背死人。如果做的不符合要求，还要割耳朵、割鼻子、砍断腿脚，你能做到吗？”王生答道：“能。”他们从后门进来，王生问道：“那些差役都怎么做呢？你刚才说的背死尸，哪里会有那么多的死人呢？”丫环说：“娘子以慈悲为怀，专门设了一座‘给孤园’，收养阴间横死无家可归的鬼魂。鬼以千计数，每天都有死亡，所以需要背出去埋葬，请一道去看一下。”

移时，入一门，署“给孤园”。入，则屋宇错杂，秽臭熏人。园中鬼见烛群集，皆断头缺足，不堪入目。回首欲行，见尸横墙下，近视之，血肉狼籍。曰：“半日未负，已被狗咋[①]。”即使生移去之，生有难色。婢曰：“君如不能，请仍归享安乐。”生不得已，负置秘处[②]。乃求婢缓颊[③]，幸免尸污，婢诺。行近一舍，曰：“姑坐此，妾入言之。饲狗之役较轻，当代图之，庶几得当以报。”去少顷，奔出，曰：“来，来！娘子出矣。”生从入，见堂上笼烛四悬，有女郎近户坐，乃二十许天人也。生伏阶下。女郎命曳起之，曰：“此一儒生，乌能饲犬？可使居西堂[④]，主簿[⑤]。”生喜，伏谢。女曰：“汝似朴诚，可敬乃事。如有舛错[⑥]，罪责不轻也！”生唯唯。婢导至西堂，见栋壁清洁。喜甚，谢婢。始问娘子官阀[⑦]，婢曰：“小字锦瑟，东海薛侯女也[⑧]。妾名春燕。旦夕所需，幸相闻[⑨]。”婢去，旋以衣履衾褥来，置床上。生喜得所。黎明，早起视事，录鬼籍[⑩]。一门仆役，尽来参谒，馈酒送脯甚多[⑪]。生引嫌[⑫]，悉却之。日两餐，皆自内出。娘子察其廉谨，特赐儒巾鲜衣。凡有赍赉[13]，皆遣春燕。婢颇风格[14]，既熟，颇以眉目送情。生斤斤自守，不敢少致差跌[15]，但伪作钝。积二年馀，赏给倍于常廪[16]，而生谨抑如故[17]。

【注释】

①咋(zé)：咬，啃。

②秘处：隐秘的地方。

③缓颊：求情，劝说。

④西堂：西厢的前堂。“西堂”在这里也是隐含尊敬之意。

⑤主簿：主理簿籍，即掌管文书档案。

⑥舛(chuǎn)错：差错。

⑦官阀：官位来历。

⑧东海薛侯女：东海，郡名。秦置，楚汉之际也称“郯郡”，治所在今山东郯城，辖境相当于今枣庄一带。薛侯，古薛国国君。薛，任姓，侯爵，黄帝之后裔奚仲封于薛，地在今之薛城。见《文献通考·封建考》。

⑨相闻：相告。

⑩录鬼籍：抄录鬼魂的名册。

⑪脯：肉干。

⑫引嫌：避嫌。

⑬赍(jī)赉(lài)：持送赏赐。

⑭风格：这里是风韵、风流之意。

⑮差(cuō)跌：失足跌倒。喻失误、差错。差，通“蹉”。

⑯常廪：日常薪俸。廪，廪俸。

⑰谨抑：谨慎谦逊。

【译文】

不一会儿，他们进了一道门，门上写着“给孤园”三个字。走到里面，只见房屋错杂凌乱，恶臭熏人。园里的鬼见到灯光便纷纷聚拢过来，都是断头缺脚的样子，不堪入目。他们转身刚要走，只见一具尸体横躺在墙下，走近一看，已经是血肉狼籍了。丫环说："就半天的工夫没有背，已经被狗给吃了。"说着就让王生马上把他搬出去，王生面有难色。丫环说："你如果不能背，就请你还是回去享受安乐的生活。"王生迫不得已，只好把尸体背到隐秘的地方放好。他于是求丫环代为说情，希望能够不干这种背死尸的脏活，丫环答应了他。走到一处院落，丫环说："暂且在这里坐一会儿，我进去通报一下。养狗的活儿比较轻松，我自当代你去争取，如果弄成了，你可要想着报答我。"她去了一小会儿，就跑了出来，说道："来，来！娘子出来了。"王生跟着她走进去，只见堂上四处悬挂着灯笼，有一位女郎靠近门坐着，看上去是一位二十多岁的天仙。王生跪倒在阶下，女郎命人将他拉起来，说："这是一个书生，怎么能让他去养狗？可以让他住到西堂，负责管理文书。"王生很高兴，连忙跪倒表示感谢。女郎说："你看上去是个朴直诚实的人，一定要认真做好你的工作。如果有一点儿差错，你的罪责可不轻啊！"王生连声答应。丫环领他来到西堂，只见梁柱墙壁都很清洁。王生很高兴，向丫环道谢。然后又问起女郎的家世，丫环说："她名叫锦瑟，是东海薛侯的女儿。我名叫春燕。你生活上需要什么东西，尽管跟我说。"春燕去了一会儿，就抱来了衣服、鞋子、被褥，放在床上。王生很高兴有了这样一份工作。第二天黎明，王生早早起来开始工作，登录鬼魂的名册。他手下的仆役，全都来拜见他，赠送给他许多酒肉。王生怕招人嫌疑，全都拒不接收。他的一日两餐，全都从府内送出。锦瑟观察到他廉洁严谨，特地赐给他儒巾和华丽的衣服。凡是有什么赏赐，全都派春燕送来。春燕很有风韵，两个人熟了以后，常常以眉目传情。但王生极为严谨，保持自己的操守，不敢有一点点差错，只是装出一副迟钝的样子。这样过了两年多，锦瑟给他的奖赏和供给比正常的俸禄要多出一倍，但王生还和从前一样谨慎自律。

一夜方寝，闻内第喊噪，急起，捉刀出，见炬火光天。入窥之，则群盗充庭，厮仆骇窜。一仆促与偕遁，生不肯，涂面束腰，杂盗中呼曰："勿惊薛娘子！但当分括财物，勿使遗漏。"时诸舍群贼方搜锦瑟不得，生知未为所获，潜入第后独觅之。遇一伏妪，始知女与春燕皆越墙矣。生亦过墙，见主婢伏于暗陬①。生曰："此处乌可自匿？"女曰："吾不能复行矣！"生弃刀负之，奔二三里许，汗流竟体，始入深谷，释肩令坐。欻②，一虎来。生大骇，欲迎当之，虎已衔女。生急捉虎耳，极力伸臂入虎口，以代锦瑟。虎怒，释女，嚼生臂，脆然有声。臂断落地，虎亦返去。女泣曰："苦汝矣！苦汝矣！"生忙遽未知痛楚③，但觉血溢如水，使婢裂衿裹断处④。女止之，俯觅断臂，自为续之，乃裹之。东方渐白，始缓步归。登堂如墟⑤。

【注释】

①暗陬(zōu)：昏暗的角落。陬，角落。

②欻(xū)：忽然。

③忙遽(jù)：慌忙急遽之间。

④衿(jīn)：古代衣服下连到前襟的衣领部位。

⑤墟：废墟，毁坏残破的遗址。

【译文】

一天晚上，王生刚刚睡下，就听到内宅传来一片喊叫声，他急忙起床，提着刀出来，只见那边的灯火照亮了天空。他进去偷偷一看，只见院子里全是强盗，小厮仆人们都吓得四处奔逃。一个仆人催促王生和他一起逃走，王生不肯，把脸上抹花了，又用带子束住腰，夹杂在强盗中间，大声喊道：“不要惊动薛娘子！只管分财物，不要有遗漏的东西。”这时，强盗们在各间房里搜寻锦瑟，但没有找到，王生知道他们还没有找到锦瑟，便潜入宅子后面，独自寻找锦瑟。他遇到一个藏着的老妇，才知道锦瑟和春燕已经翻墙逃走了。王生也翻过墙去，只见锦瑟和春燕正藏在一个黑暗的角落里。王生说：“这里怎么可以藏身呢？”锦瑟说：“我再也走不动了！”王生便扔下刀，背起锦瑟，奔跑了二三里地，王生全身已经大汗淋漓了，这才进了深谷，他把锦瑟从肩上放下来，让她坐下。突然，来了一只老虎。王生大为惊骇，就想迎上去拦住老虎，但老虎已经把锦瑟叼在嘴里。王生急忙捉住老虎的耳朵，极力把自己的胳膊伸进虎口，想代替锦瑟。老虎很恼怒，把锦瑟放掉，咬住王生的胳膊，咬得“咯吱”直响。胳膊被咬断了掉在地上，老虎也就走了。锦瑟哭着说：“苦了你啦，真是苦了你啦！”王生在惊慌忙乱之中，一下子还没感到疼痛，只是觉得血像水一样流了出来，就让春燕撕下衣襟把伤口裹住。锦瑟连忙阻止，俯身找到断臂，亲自替王生接上，然后才给包扎好。这时，东方已经露出鱼肚白，他们才慢慢地往回走。走进门一看，屋子已经被毁坏得像废墟一样。

天既明，仆媪始渐集。女亲诣西堂，问生所苦。解裹，则臂骨已续，又出药糁其创[①]，始去。由此益重生，使一切享用，悉与己等。臂愈，女置酒内室以劳之。赐之坐，三让而后隅坐[②]。女举爵如让宾客，久之，曰：“妾身已附君体[③]，意欲效楚王女之于臣建[④]。但无媒，羞自荐耳。”生惶惑曰：“某受恩重，杀身不足酬。所为非分，惧遭雷殛[⑤]，不敢从命。苟怜无室[⑥]，赐婢已过。”一日，女长姊瑶台至，四十许佳人也。至夕，招生入，瑶台命坐，曰：“我千里来，为妹主婚，今夕可配君子。”生又起辞。瑶台遽命酒，使两人易盏[⑦]。生固辞，瑶台夺易之。生乃伏地谢罪，受饮之。瑶台出，女曰："实告君，妾乃仙姬，以罪被谪。自愿居地下，收养冤魂，以赎帝谴[8]。适遭天魔之劫，遂与君有附体之缘。远邀大姊来，固主婚嫁，亦使代摄家政，以便从君归耳。"生起敬曰："地下最乐！某家有悍妇，且屋宇隘陋，势不能容委曲以共其生。"女笑曰："不妨。"既醉归寝，欢恋臻至。过数日，谓生曰："冥会不可长，请郎归。君干理家事毕，妾当自至。"以马授生，启扉自出，壁复合矣。

【注释】

①糁(sǎn)：撒。

②隅坐：坐于偏坐。《礼记·檀弓》："童子隅坐而执烛。"注："隅坐，不与成人并。"

③附：附着，贴附。

④效楚王女之于臣建：效仿楚王女儿季芈与臣下锺建结婚的故事，意欲下嫁王生。《左传·定公四年、五年》载，春秋时，楚平王死后，子昭王立，适逢吴国侵犯，攻占郢都。楚国大夫锺建背负平王女儿季芈随昭王出逃，"楚子入于郢"。"将嫁季芈。季芈辞曰：'所以为女子，远丈夫也。锺建负我矣。'以妻锺建"。

⑤雷殛(jí)：雷劈死。殛，诛杀。

⑥无室：没有妻室。

⑦易盏：交换酒杯，即饮交杯酒，酒宴上新婚夫妻饮酒的形式。

⑧以赎帝谴：以便向上帝赎罪。谴，罪罚。

【译文】

天亮以后，仆人老妈子们才渐渐地聚拢回来。锦瑟亲自来到西堂，慰问王生。解开包扎的东西一看，断了的臂骨已经接上，她又拿出药末来抹在伤口上，才起身离去。从此以后，锦瑟更加看重王生，让他的一切享用，都和自己的一样。王生的胳膊好了以后，锦瑟在内室摆上酒席慰劳王生。锦瑟让他坐下，王生谦让了三次以后才在桌子的侧面坐下。锦瑟像对待宾客一样，举起酒杯向他敬酒，过了很久，锦瑟说："我已经趴过你的身体上了，所以我想援引楚平王的女儿因为被大臣锺建背过，就要嫁给他的例子。但是没有媒人，我也不好意思给自己做媒。"王生诚惶诚恐地说："我受到你的恩惠已经很重了，即使为你去死也不足以报答。如果我做了非分之事，只怕会遭雷劈，我实在不敢听从你的命令。如果可怜我没有老婆，把春燕赐给我就已经很过分了。"一天，锦瑟的大姐瑶台来了，也是一位四十多岁的美女。到了晚上，把王生叫进来，瑶台让他坐下，说："我不远千里而来，是为妹妹主持婚礼的，今天晚上你们就可以成亲。"王生又起身推辞。瑶台马上命人端上酒来，让锦瑟和王生交换酒杯。王生坚决推辞，瑶台夺过酒杯，替他们交换。王生于是趴在地上谢罪，接过酒杯喝了。瑶台走了以后，锦瑟对王生说："实话对你说，我是天上的仙女，因为犯了罪被贬到人间。我自愿住在阴间，是想收养冤死的鬼魂，来赎我犯的罪。恰好遭到天魔的劫难，让我有缘能趴在你的身上。我远道请大姐前来，不只是让她主持婚姻大事，也是想请她代为管理家政，以便我能够跟你一起回家。"王生站起来恭敬地说："在地下最快乐了！我家有个凶悍的老婆，而且房屋狭小简陋，当然不能让你将就着和她一起过日子。"锦瑟笑着说："倒也不妨。"两个人喝醉以后，就回去睡觉，欢爱备至。过了几天，锦瑟对王生说："在阴间住的日子不可太长，请郎君先回去。等你把家里的事务都处理完毕，我也就到了。"说完，就把马交给王生，打开门让他出去，土崖又合上了。

生骑马入村，村人尽骇。至家门，则高庐焕映矣[①]。先是，生去，妻召两兄至，将箠楚报之，至暮不归，始去。或于沟中得生履，疑其已死。既而年馀无耗。有陕中贾某，媒通兰氏，遂就生第与妇合。半年中，修建连亘。贾出经商，又买妾归，自此不安其室。贾亦恒数月不归。生讯得其故，怒，系马而入。见旧媪，媪惊伏地。生叱骂久，使导诣妇所，寻之已遁。既于舍后得之，已自经死。遂使人舁归兰氏。呼妾出，年十八九，风致亦佳，遂与寝处。贾托村人，求反其妾，妾哀号不肯去。生乃具状②，将讼其霸产占妻之罪。贾不敢复言，收肆西去。方疑锦瑟负约。一夕，正与妾饮，则车马叩门而女至矣。女但留春燕，馀即遣归。入室，妾朝拜之，女曰："此有宜男相③，可以代妾苦矣。"即赐以锦裳珠饰。妾拜受，立侍之，女挽坐，言笑甚欢。久之，曰："我醉欲眠④！"生亦解履登床，妾始出。入房，则生卧榻上，异而反窥之，烛已灭矣。生无夜不宿妾室。一夜，妾起，潜窥女所，则生及女方共笑语，大怪之。急反告生，则床上无人矣。天明，阴告生，生亦不自知，但觉时留女所、时寄妾宿耳。生嘱隐其异。久之，婢亦私生，女若不知之。婢忽临蓐难产⑤，但呼"娘子"。女入，胎即下，举之，男也。为断脐置婢怀，笑曰："婢子勿复尔！业多⑥，则割爱难矣。"自此，婢不复产。妾出五男二女。居三十年，女时返其家，往来皆以夜。一日，携婢去，不复来。生年八十，忽携老仆夜出，亦不返。

【注释】

①高庐：高大的房屋。焕映：鲜明耀眼。

②具状：写了诉状。

③宜男：适宜生男孩。

④我醉欲眠：《宋书·陶潜传》载，陶渊明不论"贵贱造之者，有酒辄

设。潜若先醉，便语客：'我醉欲眠，卿可去。'其直率如此"。

⑤临蓐(rù)：临产。蓐，草垫子，草席。

⑥业多：指多子。业，佛家语。此指婢女情欲未断，为人生子。

【译文】

王生骑马进了村子，村里的人都十分惊骇。他来到家门前一看，只见原来的家已变成一座高大明亮的宅院了。原来，王生走了以后，妻子找来她的两个哥哥，打算把王生痛打一顿，作为报复。但一直等到晚上，王生也没有回来，他们这才离去。有人在沟里看见王生的鞋子，怀疑他已经死了。后来，过了一年多也没有王生的消息。有个陕西的商人，通过媒人和王生的妻子兰氏勾搭上，于是就在王生家和兰氏苟合。半年的时间里，修建了许多屋子。商人外出经商，又买个小妾回来，从此，家里面就不太平了，商人也常常几个月不回家。王生问明了这些情况，不由大怒，拴好马走进家门。碰见原来的那个老妈子，老妈子吃惊地趴在地上。王生痛骂了她好一阵子，就让她带路去兰氏的屋子。到屋里一看，兰氏已经逃走了。不久，在屋后发现，她已经上吊自杀了。王生便让人把她的尸体抬回兰家，他又把小妾叫出来，小妾十八九岁的年纪，长得也有些风韵，王生就和她住在了一起。商人托村里人向王生要求把小妾还给他，小妾放声痛哭，不肯离去。王生于是写好状子，准备告商人霸占产业妻子的罪名。商人不敢再罗嗦，只好关了店，回陕西去了。王生很怀疑锦瑟会负约不来。一天晚上，王生正在和小妾饮酒，就听见有车马来到门前，开门一看，原来是锦瑟来了。锦瑟只留下春燕一个人，其他仆从都让他们回去了。进到屋里，小妾向锦瑟行礼拜见，锦瑟说："这姑娘从面相上看能生男孩，可以代替我受苦了。"便赐给锦绣衣服和珠宝首饰。小妾行礼后收下，站在一边侍候锦瑟，锦瑟拉她坐在身边，两个人谈笑得很开心。过了很久，锦瑟说："我喝醉了，想睡觉了！"王生也脱下鞋子上了床，小妾便退出来。回到自己房里，却发现王生躺在床上，她觉得很奇怪，又转身回去窥探，那屋的蜡烛已经灭了。

从此,王生每天晚上都住在小妾的屋里,一天夜里,小妾起床,悄悄地来到锦瑟的住处偷看,只听见里面传来王生和锦瑟的欢声笑语,她感到万分奇怪。急忙回去想告诉王生,但床上已经没有人了。天亮以后,小妾悄悄地把这件事告诉王生,王生自己也不知道,只是觉得有时留在锦瑟的屋里,有时睡在小妾的屋里。王生嘱咐小妾不要把这件怪事声张出去。时间一长,春燕也和王生有了私情,锦瑟装出一副不知道的样子。春燕在临盆的时候忽然难产,便大声地呼唤“娘子”。锦瑟一进门,胎儿就生出来了,举起来一看,是个男孩。锦瑟为春燕剪断脐带,把孩子放在她的怀里,笑着说:“丫头不要再生了,生得太多,只怕到时候难以割爱了。”从此以后,春燕不再生孩子了,小妾生下了五男二女。这样过了三十年,锦瑟时常回家,往来都是在夜里。一天,她带着春燕离去,便没有再回来。王生八十岁那年,忽然带着一个老仆晚上出去,也没有回来。

太原狱

【题解】

按照现代民事诉讼学的观点,本案虽然从人情物理方面推断谁是奸夫合乎逻辑,但缺乏证据学上的力度。首先,捉贼捉赃,捉奸捉双,既然在这之前无法判断姑妇谁有奸情,无赖就只能是嫌疑人而不能认为“奸夫则确”——即使真的是奸夫也不能采取“堂上刀石具在,可自取击杀之”的检验程序。其次,这个检验方法只能作为推断的依据,而不能成为定罪的证据。因为有婚外情的一方为了逃避罪责,也完全可以采取与常情常理相反的行为方式来规避。所以此案最后的定罪靠的还是刑讯的老路“执媪严梏之,遂得其情”。

太原有民家[①]，姑妇皆寡[②]。姑中年，不能自洁，村无赖频频就之。妇不善其行，阴于门户墙垣阻拒之。姑惭，借端出妇[③]。妇不去，颇有勃谿[④]。姑益恚[⑤]，反相诬，告诸官。官问奸夫姓名，媪曰："夜来宵去，实不知其阿谁，鞫妇自知[⑥]。"因唤妇。妇果知之，而以奸情归媪，苦相抵[⑦]。拘无赖至，又哗辨[⑧]："两无所私。彼姑妇不相能，故妄言相诋毁耳。"官曰："一村百人，何独诬汝？"重笞之。无赖叩乞免责，自认与妇通。械妇，妇终不承，逐去之。妇忿告宪院[⑨]，仍如前，久不决。

【注释】

①太原：府名。府治在今山西太原。

②姑：婆婆。妇：媳妇。

③出妇：休妇。出，休弃。

④勃谿(jī)：指婆媳争吵。《庄子·外物》："室无空虚，则妇姑勃谿。"成玄英疏："勃谿，争斗也。"

⑤恚(huì)：怒。

⑥鞫(jū)：审。

⑦抵：抵触，争斗。

⑧哗辨：高声争辩。辨，同"辩"。

⑨宪院：指提刑按察使司，主管省级刑狱司法的衙署。

【译文】

太原有一户人家，婆媳二人都是寡妇。婆婆人到中年，不能够洁身自好，村里的一个无赖经常去和她勾搭。媳妇不满婆婆的这种行为，就暗自在门口、墙边阻止那个无赖到家里来。婆婆很羞惭，找了个借口把媳妇轰出家门。媳妇不肯去，两人争吵起来。婆婆更加恼怒，反而诬陷媳妇与人通奸，把她告到官府。县官询问奸夫的名字，婆婆说："夜里来夜里走的，实在不知道那人是谁，把我媳妇拘来一审，自然就会知道。"于是将媳妇传唤到堂。媳妇当然知道奸夫是谁，她把奸情推到婆婆身上，死活不肯承认有奸情。县官又把那个无赖抓来，无赖又狡辩说："我和她们婆媳都没有奸情。是她们之间互不相容，所以编出这番谎话来互相诋毁。"县官说："一个村子上百号人，为什么独独诬陷你？"便下令重重地打他。无赖连忙磕头，乞求免掉罪责，自己承认和媳妇有奸情。县官便对媳妇用刑，媳妇始终不肯承认，县官就同意婆婆把她赶走了。媳妇愤怒地告到省里，但还和县里一样，很久也不能裁决。

时淄邑孙进士柳下令临晋①，推折狱才②，遂下其案于临晋。人犯到，公略讯一过，寄监讫，便命隶人备砖石刀锥，质明听用③。共疑曰："严刑自有桎梏④，何将以非刑折狱耶？"不解其意，姑备之。明日，升堂，问知诸具已备，命悉置堂上。乃唤犯者，又一一略鞫之。乃谓姑妇："此事亦不必甚求清析。淫妇虽未定，而奸夫则确。汝家本清门⑤，不过一时为匪人所诱⑥，罪全在某。堂上刀石具在，可自取击杀之。"姑妇趑趄⑦，恐邂逅抵偿⑧。公曰："无虑，有我在。"于是媪妇并起，掇石交投。妇衔恨已久，两手举巨石，恨不即立毙之。媪惟以小石击臀腿而已。又命用刀。妇把刀贯胸膺，媪犹逡巡未下。公止之曰："淫妇我知之矣。"命执媪严梏之，遂得其情。笞无赖三十，其案始结。

【注释】

①孙柳下：孙宪元，字柳下，淄川人。顺治乙未(1655)进士，授临晋

知县。见乾隆《淄川县志》。临晋：旧县名。在山西省西南部，属山西省平阳府。后并入今之山西临猗。

②推折狱才：公认为是在审讯断案方面有才能的人。推，推许，推重，即官场公认。折狱，断案。

③质明：天刚亮的时候。质，正。

④桎梏(zhì gù)：刑具。桎，脚镣。梏，手铐。

⑤清门：清白门第。指正派人家。

⑥匪人：行为不端的人。

⑦趑趄(zī jū)：脚步不稳，徘徊不前。

⑧邂逅抵偿：碰巧打死人而抵偿人命。邂逅，凡非始料所及而碰上。此指非故意。

【译文】

这时，淄川人孙柳下进士在临晋县当县令，大家都公认他是断案的高手，省里便把这个案子交临晋县审理。一干人犯押到，孙公略略问了一些情况，就命令将他们押进监狱，随后，他又命令衙役准备好砖石刀锥，天亮后听候使用。大家都很疑惑，说："要说严刑，自然有一大堆刑具，为什么要用这些不是刑具的东西来审案子呢？"众人虽然不明白他的意图，但也姑且准备妥当。第二天，孙公升堂，问明砖石刀锥都已经准备好了，便命令把东西都搬到堂上来。然后，他把人犯传上堂来，又是一一略微审问了一番。孙公于是对婆婆媳妇说："这件事情也不必要求审得太清楚。淫妇虽然还没有确定，但奸夫已经是确凿无疑的了。你家本来是清白的家庭，只不过一时被坏人诱骗，罪恶全在他一个人身上。这堂上有刀，有石头，你们可以自己拿来杀死他。"婆媳二人听了，都有点儿犹豫，唯恐万一把他打死了要偿命。孙公说："不必担心，有我在呢。"于是，婆媳一齐起身，捡起石头扔向那无赖。媳妇心中已经恨了很久了，两手举起大石头，恨不能一下子就把他打死；而婆婆只是用小石子打无赖的屁股和腿。孙公命令用刀，媳妇握着刀刺向无赖的胸膛，而婆婆却畏畏缩缩不肯下手。孙公看到这番情景，制止她们，说："我已经知道谁是淫妇了。"下令将婆婆抓起来严刑拷打，于是查明了案情的真相。又打了无赖三十大板，这件案子才结束了。

附记：公一日遣役催租，租户他出，妇应之。役不得贿，拘妇至。公怒曰："男子自有归时，何得扰人家室！"遂笞役，遣妇去。乃命匠多备手械[①]，以备敲比[②]。明日，合邑传颂公仁。欠赋者闻之，皆使妻出应，公尽拘而械之。余尝谓：孙公才非所短，然如得其情，则喜而不暇哀矜矣。

【注释】

①手械：施用于手的刑具。

②敲比：用笞刑来追责限期。因为本文针对的是妇女，故改为手械。

【译文】

附记：孙公公有一天派差役去催讨租子，租户出门去了，只有媳妇前来应门。差役因为没有收到贿赂，就把妇人拘到衙门。孙公愤怒地说："她家男人自会有回来的一天，怎么能骚扰家眷呢！"便下令责打差役，让妇人回家去。他又命令工匠多多准备手铐，用来催讨租税。第二天，全县都传颂孙公是个仁慈的县令。那些欠了租税的人听说以后，全都让自己的妻子出来应门，孙公便把他们全都抓来，带上了手铐。我曾经说过：孙公并不是才智不足，而是要等到查明了实际情况以后，才会对犯法之徒毫不怜悯同情。

新郑讼

【题解】

本篇与《太原狱》不仅篇名相对，在内容上也有共同之处，都是嫌疑人诬告对方，混淆视听，判案的官员巧妙地解决了难题。本篇的石宗玉破案的经过较之《太原狱》更加合法合理。张某有病，又是远客商人，当贼的可能性极小。某甲在金钱上的嫌疑显然比较大。但只是凭二人的口供攻讦显然无法断案，石宗玉想起"甲久有逋赋，遣役严追之"，显然是逼迫某甲自己出示证据的最佳借口和契机。

不过，"异史氏曰"由个别案件的侦破得出普遍的结论，即"谁谓文章无经济哉"却犯有逻辑上的错误。"文章"在这里并非泛指，而具有专门指向，即八股文，由此议论，我们也可以窥见蒲松龄对于科举制度的态度。

长山石进士宗玉①，为新郑令②。适有远客张某，经商于外，因病思归，不能骑步③，赁手车一辆，携赀五千，两夫挽载以行。至新郑，两夫往市饮食，张守赀独卧车中。有某甲过，睨之④，见旁无人，夺赀去。张不能御⑤，力疾起，遥尾缀之，入一村中。又从之，入一门内，张不敢入，但自短垣窥觇之⑥。甲释所负，回首见窥者，怒执为贼，缚见石公，因言情状。问张，备述其冤。公以无质实，叱去之。二人下，皆以官无皂白，公置若不闻。颇忆甲久有逋赋⑦，遣役严追之。逾日，即以银三两投纳。石公问金所自来，甲云："质衣鬻物。"皆指名以实之。石公遣役令视纳税人，有与甲同村者否。适甲邻人在，唤入问之："汝既为某甲近邻，金所从来，尔当知之。"邻曰："不知。"公曰："邻家不知，其来暧昧[8]。"甲惧，顾邻曰："我质某物、鬻某器，汝岂不知？"邻急曰："然，固有之矣。"公怒曰："尔必与甲同盗，非刑询不可！"命取梏械[9]。邻人惧曰："吾以邻故，不敢招怨[10]，今刑及己身，何讳乎？彼实劫张某钱所市也。"遂释之。时张以丧赀未归，乃责甲押偿之[11]。此亦见石之能实心为政也。

【注释】

①石宗玉：石日琮，字宗玉，号璞公，长山人。康熙年进士，授新郑县知县，有政绩。见嘉庆《长山县志》。

②新郑：位于河南省中部，今河南新郑。

③骑步：骑马步行。

④睨(nì)：斜视，窥测。

⑤御：抵抗。

⑥垣：矮墙。

⑦逋(bū)赋：拖欠赋税。逋，拖欠。

⑧暧昧：模糊，不明朗。

⑨梏械：刑具。

⑩招怨：招引怨恨上身。

⑪押偿：强令偿还。

【译文】

长山的石宗玉进士，担任过新郑县令。当时，有一位从远方来的客商张某，在外经商多年，因为生病想回家，不能骑马，便租了一辆手推车，随身带了五千两银子，两个车夫拉着推着车就上了路。走到新郑时，两个车夫去买吃的，张某守着钱，一个人躺在车里。有个某甲从旁边经过，偷眼看见了钱，一看旁边没有人，便抢走了钱袋。张某无力抵抗，竭力爬起来，远远地跟在某甲的后面，来到一个村子里。张某从后面看见某甲进了一个院子，张某不敢直接闯进去，只是从短墙上往里面偷看。某甲放下背上的钱袋，回头看见张某在偷看，便恼怒地抓住他，诬陷他是贼，把他绑了来见石县令，并且叙述了情况。石县令审问张某，张某详详细细地叙述自己的冤情。石县令认为这个案子查无实据，便将二人都骂了出去。二人出来时，都说这个县令不分青红皂白，石县令假装没有听见。他突然想起来某甲长期拖欠税赋，便派差役严加追讨。第二天，某甲便拿着三两银子来交税。石县令问钱是从哪里来的，某甲说："是当衣服卖东西得来的。"并且一一报出名称来加以证实。石县令让衙役去查一查纳税人中有没有和某甲是同村的人。某甲的邻居恰好在，石县令就把他叫上堂，问道："你既然是某甲的近邻，他的银子从哪里来，你应该知道吧。"邻居说："不知道。"石县令说："连邻居家都不知道，这笔钱来得可是不明白。"某甲害怕了，看着邻居说："我当衣服、卖东西的事情，你怎么会不知道呢？"邻居急忙说："是，是有这么回事。"石县令大怒道："你和某甲肯定是同伙，看来不动刑逼供你们是不说的了！"便命人取来刑具。邻居恐惧地说："我因为邻居的缘故，怕说了实话，会招他怨恨，如今既是要对我动刑，我又有什么好隐瞒的呢？他用来交税的钱确实是他从张某那儿抢来的。"石县令听完，就把邻居放了。这时张某因为丢了钱还没有动身回家，石县令就责令某甲抵押财物赔给张某。由此可见，石县令确实能实心实意地处理事务。

异史氏曰：石公为诸生时①，恂恂雅饬②，意其入翰苑则优③，簿书则诎④。乃一行作吏⑤，神君之名⑥，噪于河朔⑦。谁谓文章无经济哉⑧！故志之以风有位者⑨。

【注释】

①诸生：古代经考试录取而进入中央、府、州、县各级学校，包括太

学学习的生员。有增生、附生、廪生、例生等，统称“诸生”，也就是俗称的“秀才”。

②恂恂：恭顺貌。雅饬：文雅端方。

③翰苑：翰林院。此指在翰林院从事文字工作。

④簿书：官署文书。指从事政务。诎：短，欠缺。

⑤一行作吏：犹言一经入仕，谓初次做官。

⑥神君：古代民间对于贤明公正的官吏崇拜如神，称“神君”。

⑦河朔：泛指黄河以北之地。

⑧经济：此处指经世济民。

⑨志：记录，载记。风：通“讽”，讽谏。有位者：在位的官员。

【译文】

异史氏说：石公还是秀才的时候，温恭典雅严谨，人们都说他进入翰林院是最好的，而去当地方官则不是他的强项。但是，石公一旦为官，就被人视为“神君”，他的名声在河北一带十分响亮。谁说有文学才华的人就不懂得经世济民呢！所以，把这段故事记录下来，来劝勉各位在职的官员。

李象先

【题解】

本篇的正文和“异史氏曰”分别记录寿光县的名人李象先前生和今生的故事。以前生为主，记载其“至老犹畏乳”的特点，“异史氏曰”则对今生加以补充，并叙述其弟也“生有隐疾”，与李象先在生理方面的怪异相呼应。

前生和今生的故事都以佛教的福业轮回的观点贯穿，表现出蒲松龄相信轮回存在的思想意识。

李象先①，寿光之闻人也②。前世为某寺执爨僧③，无疾而化。魂出栖坊上④，下见市上行人，皆有火光出颠上⑤，盖体中阳气也。夜既昏，念坊上不可久居，但诸舍暗黑，不知所之，唯一家灯火犹明，飘赴之。及门，则身已婴儿，母乳之。见乳恐惧，腹不胜饥，闭目强吮⑥。逾三月馀，即不复乳，乳之则惊惧而啼。母以米沈间枣栗哺之⑦，得长成。是为象先。儿时至某寺，见寺僧，皆能呼其名。至老犹畏乳。

【注释】

①李象先：李焕章（1613—1691），字象先，号织斋，乐安县李家桥人，其父李中行，是万历庚戌（1610）进士。李象先自幼学识渊博，才气不凡，于诗词文赋皆赫然超群。与寿光的安致远、诸城的李澄中、安邱的张贞合称“真意亭四子”。著有《龙湾集》、《无学堂集》、《老树村集》等，凡百馀万言，周亮工称“海内名士，如象先者不一二数”。

②寿光：位于山东省中北部，即今山东寿光。按，此处蒲松龄记述有误。闻人：有声望的人。

③执爨（cuàn）：烧火做饭。

④坊：牌坊，一般用石建成。

⑤颠：头顶。

⑥吮（shǔn）：聚拢嘴唇吸食。

⑦米沈：米汁。沈，通“瀋”，汁。

【译文】

李象先是寿光县的一位知名人士。他的前世是某个寺庙的烧饭和尚，没有任何疾病就坐化了。他的魂飞出来，落在牌坊上面，向下看着集市上过往的行人，发现人人都有火光从头顶上冒出，这大概就是体内的阳气吧。这时，天色已经昏黑，他想不能老是呆在牌坊上，但许多屋子都黑着灯，不知道到哪里去才好，只有一户人家的灯还亮着，他的魂就飘着去了这一家。刚一进家门，身子已经变成了婴儿，母亲给他喂奶。他见到乳房感到很恐惧，但肚子实在饿得受不了，只好闭上眼睛，强迫自己吮吸奶水。过了三个多月，他就不再喝奶了，要喂他奶时，他就会惊慌恐惧地啼哭起来。母亲就用米汤加上枣、栗子来喂他，这才得以长大成人。这个人就是李象先。他小的时候到某寺时，见到寺里的和尚，还都能叫出他们的名字。他一直到老，还是害怕奶。

异史氏曰：象先学问渊博，海岱清士①。子早贵②，身仅以文学终③，此佛家所谓福业未修者耶④？弟亦名士。生有隐疾，数月始一动⑤。动时急起，不顾宾客，自外呼而入，于是婢媪尽避，使及门复痿⑥，则不入室而反。兄弟皆奇人也！

【注释】

①海岱：东海至泰山间的地区。清士：高洁的人。

②子早贵：指其子李新命做宁南知州。

③以文学终：以生员而终老。文学，生员（秀才）的美称。李象先是明朝的秀才，在清朝曾多次受到举荐均拒绝，曾赋《志不二朝》：“志不二朝惟织斋，皇家爵禄视如灰。白头到死披长发，甘做大明老秀才。”

④福业未修：指前生未修福业，终身未能显贵。业，佛家语。泛指一切身心活动。

⑤动：指情欲冲动。

⑥痿（wěi）：软缩或失去机能。此指阳痿。

【译文】

异史氏说：李象先的学问非常渊博，是东海到泰山一带品格高洁的人士。他的儿子早年就做了官，但一生只是一个秀才，这大概就是佛家所说的“福业未修”吧？李象先的弟弟也是一位知名人士。一生下来就有难以言说的病，几个月才会勃发一次性欲。每次情欲一动，就会急忙起身，不顾宾客，从外面喊着就往内宅跑，于是丫环仆妇全都避开，但是才跑到卧室门口就痿了，他只好不进屋子再返回到外面。这李象先兄弟俩都是奇异的人啊！

房文淑

【题解】

本篇篇幅不是很长，也没有曲折缠绵的情节，却蕴含着对于生活的真实体悟和理想。其中教师邓成德孤寂艰难的独身生活，发出的“我思先生设帐，必无富有之期。今学负贩，庶有归时”，让人联想到作者对自己的教书生涯的感伤，而邓成德和房文淑的情感经历则充满着浓浓而温馨的人情味。翩然来去的房文淑具有浪漫的理想色彩，她使孤独寂寞的邓成德的生活有了绚烂的色彩，还给他生了一个孩子。然后又把孩子送交给邓成德不育的妻子，使邓成德的妻子在孤独艰难的生活中赖以有了支撑点。对于邓成德夫妻而言，房文淑不啻是活雷锋，是救苦救难的菩萨。冯镇峦评论说：“女不招而自来，无故而自去。已为之生子，而又知其妻不妒，何以忍舍此呱呱者而反出金以授之哉？女其仙耶，鬼耶？或有前世因，而为此报耶？”

开封邓成德[①]，游学至兖[②]，寓败寺中[③]，佣为造齿籍者缮写[④]。岁暮，僚役各归家[⑤]，邓独炊庙中。黎明，有少妇叩门而入，艳绝，至佛前焚香叩拜而去。次日，又如之。至夜，邓起挑灯，适有所作，女至益早。邓曰：“来何早也？”女曰：

“明则人杂，故不如夜。太早，又恐扰君清睡。适望见灯光，知君已起，故至耳。”生戏曰：“寺中无人，寄宿可免奔波。”女哂曰[⑥]：“寺中无人，君是鬼耶？”邓见其可狎，俟拜毕，曳坐求欢。女曰：“佛前岂可作此。身无片椽[⑦]，尚作妄想！”

【注释】

①开封：明清时期府名。治所在今河南开封。

②游学：无论古今，“游学”都是指离开自己熟悉的环境，到另一个全新的环境里寻师访友进行学习和游历，在此一过程中潜移默化的体验人生。兖：兖州，明清府名。治所在今山东济宁兖州区。

③败寺：破败的寺庙。

④造齿籍者：编制户口名册的人。

⑤僚役：同僚，同事。

⑥哂（shěn）：微笑。

⑦身无片椽（chuán）：指无房屋居处。椽，梁上承瓦的木条。指代房屋。

【译文】

开封府的邓成德，游学来到山东兖州，寄居在一座破败的寺庙里，受雇于打造户口名册的官署，替人抄写。到了年底，那些官吏、差役都回家去了，邓成德一个人在庙里做饭。这天黎明，有个少妇敲门进来，长得美艳绝伦，她来到佛像前点上香，叩头朝拜后就走了。第二天，她又和昨天一样，烧香叩头。到了夜里，邓成德起来点上灯，刚想写点儿东西，那少妇比平时来得更早了。邓成德问道：“今天怎么来得这么早？”少妇说：“天亮了以后人多眼杂，所以不如夜里清静。来得太早吧，又怕搅了你的好梦。刚才看见有灯光，知道你已经起床了，所以就来了。"邓成德调戏说："寺里没有人，住在寺里可以免得来回奔波。"少妇笑着说："寺里没有人，难道你是鬼吗？"邓成德见她可以亲昵，等她拜完佛，就拉她坐下来求欢。少妇说："在佛的面前怎么可以干这样的事情。你自己身无片瓦，还敢作这样的妄想！"

邓固求不已。女曰："去此三十里某村，有六七童子，延师未就[1]。君往访李前川，可以得之。托言携有家室，令别给一舍，妾便为君执炊，此长策也。"邓虑事发获罪，女曰："无妨。妾房氏，小名文淑，并无亲属，恒终岁寄居舅家，有谁知？"邓喜。既别女，即至某村，谒见李前川，谋果遂。约岁前即携家至[2]。既反，告女，女约候于途中。邓告别同党，借骑而去。女果待于半途，乃下骑，以辔授女，御之而行。至斋，相得甚欢。

【注释】

①延师：请老师。

②岁前：年前。岁，岁除，除夕。

【译文】

邓成德坚决请求不止。少妇说："离这里三十里地有个村子，村里有六七个童子，请老师没有请到。你可以前去拜访李前川，就能得到这份工作。再假称说自己带有妻室，请他们再给一间屋子，我就可以为你做饭了，这才是长久之计啊！"邓成德担心事情被人发现会被治罪，少妇说："不碍事的。我姓房，名叫文淑，并没有亲属，常年寄居在舅舅家，有谁能知道呢？"邓成德听了很高兴。和文淑分别以后，邓成德就来到那个村子，拜见了李前川，这个计划果然成功了。邓成德跟人约好年前就携带家眷前来。他回到庙里，把情况告诉文淑，文淑跟他约定在途中见面。邓成德便向同事们告别，借了匹坐骑就走了。文淑果然在半路上等着他，邓成德便下了马，把马缰绳交给她让她上马，然后自己在下面赶着马往前走。来到书馆，两个人相亲相爱，很是快乐。

积六七年，居然琴瑟[1]，并无追逋逃者[2]。女忽生一子。邓以妻不育，得之甚喜，名曰究生。女曰："伪配终难作真。妾将辞君而去，又生此累人物何为！"邓曰："命好，倘得馀钱，拟与卿遁归乡里，何出此言？"女曰："多谢，多谢！我不能胁肩谄笑[3]，仰大妇眉睫[4]，为人作乳媪，呱呱者难堪也！"邓代妻明不妒，女亦不言。月馀，邓解馆[5]，谋与前川子同出经商。告女曰："我思先生设帐[6]，必无富有之期。今学负贩[7]，庶有归时。"女亦不答。至夜，女忽抱子起。邓问："何作？"女曰："妾欲去。"邓急起，追问之，门未启，而女已杳。骇极，始悟其非人也。邓以形迹可疑，故亦不敢告人，托之归宁而已[8]。

【注释】

①琴瑟：喻指夫妇。《诗·周南·关雎》："窈窕淑女，琴瑟友之。"后比喻夫妇间感情和谐。

②逋（bū）逃者：逃亡的人。此指逃妇。逋，逃亡。

③胁肩谄笑：缩敛肩膀，假装笑脸。《孟子·滕文公》："胁肩谄笑，病于夏畦。"形容讨好巴结人的丑态。

④大妇：正妻。

⑤解馆：解除馆约。指不当老师了。

⑥先生设帐：塾师授徒。先生，老师。设帐，指授徒。

⑦负贩：指贸易经商。

⑧归宁：回娘家。

【译文】

就这样过了六七年，两个人像夫妻一样生活得很和谐，并没有人来追捕他们。文淑忽然生了一个儿子，邓成德因为妻子不育，现在得了一个儿子，简直高兴极了，给儿子取名叫“究生”。文淑说：“假夫妻终究难以长久。我准备离开你而去，又生下这么一个累人的东西干什么！”邓成德说：“命好的话，如果再能有点儿馀钱，我想带你回老家去，你怎么会说出这样的话呢？”文淑说：“多谢，多谢！我不能讨好人，看着大老婆的脸色，替他人做奶妈，就是小孩子也觉得难堪！”邓成德替妻子表明她不是喜欢嫉妒的人，文淑也不说话。过了一个多月，邓成德辞了书馆的工作，打算和李前川的儿子外出经商。他告诉文淑道：“我想，当教书先生，开办学馆，必然不会有富有起来的日子。现在我想学习如何经商，这样就不会没钱回家了。”文淑也不回答他的话。到了夜里，文淑忽然抱着孩子起床。邓成德问道：“你要干什么？”文淑回答道：“我想走了。”邓成德急忙起身，追问文淑要到哪里去，房门还没有打开，文淑已经消失得无影无踪了。邓成德惊骇极了，这才醒悟过来，原来文淑不是人。他因为文淑的行迹可疑，所以也不敢告诉别人真相，假装说她回娘家去了。

初，邓离家，与妻娄约，年终必返。既而数年无音，传其已死。兄以其无子，欲改醮之①。娄更以三年为期，日惟以纺绩自给。一日，既暮，往扃外户②，一女子掩入，怀中绷儿③。曰：“自母家归，适晚。知姊独居，故求寄宿。”娄内之④。至房中，视之，二十馀丽者也。喜与共榻，同弄其儿⑤，儿白如瓠⑥。叹曰：“未亡人遂无此物⑦！”女曰：“我正嫌其累人，即嗣为姊后，何如？”娄曰：“无论娘子不忍割爱，即忍之，妾亦无乳能活之也。”女曰：“不难。当儿生时，患无乳，饮药半剂而效。今馀药尚存，即以奉赠。”遂出一裹[8]，置窗间。娄漫应之，未遽怪也。既寝，及醒呼之，则儿在而女已启门去矣。骇极。日向辰[9]，儿啼饥。娄不得已，饵其药，移时湩流[10]，遂哺儿。积年馀，儿渐丰肥，渐学语言，爱之不啻己出[11]。由是再醮之心遂绝。但早起抱儿，不能操作谋衣食，益窘。

【注释】

①改醮(jiào)：改嫁。

②扃(jiōng)：关。

③绷儿：被包婴儿。绷，婴儿的包被。

④内：同“纳”。

⑤弄：抚弄。

⑥瓠(hù)：一年生草本植物，茎蔓生，夏天开白花，果实长圆形，嫩时可食。此处指瓠子，排列整齐，色泽洁白。

⑦未亡人：旧时寡妇的自称。

⑧一裹：一包。裹，包。

⑨向：接近。辰：辰时，七点至九点。

⑩湩(dòng)：乳汁。

⑪不啻(chì)：不只，不止。

【译文】

当初，邓成德离开家时，曾经和妻子娄氏约好，年底一定回家。但是过了几年也没有一点儿音讯，人们传说他已经死了。兄长因为娄氏还没有生孩子，就想让她改嫁。娄氏就提出以三年为期限，每天只是靠纺线来维持生计。一天，天已经黑了，娄氏去关大门，一个女子忽然走了进来，怀中还抱着一个婴儿。她对娄氏说：“我从娘家回来，正好走到这儿天黑了。我知道姐姐是一个人住，所以前来求住一宿。”娄氏便请她进屋。来到屋里，只见是一位二十多岁的美丽女子。娄氏高兴地和她睡在一张床上，一同抚弄她的儿子，她儿子白胖胖的，像瓠瓜一样。娄氏叹息着说：“我这个寡妇就没有这么一个可爱的小东西！”女子说：“我正嫌他累人呢，就把他过继给姐姐当后代吧，怎么样啊？”娄氏说：“且不说娘子不忍心割爱，即使你忍心，我也没有奶水来养活他呀。”女子说：“这倒不难。这孩子出生的时候，我也苦于没有奶水，服了半剂药就有了。如今剩下的药还在，我就奉送给姐姐吧。”说完，她取出一个小包，放在窗台上。娄氏随便地答应着，没有马上有什么想法。然后她们就睡下了，等到娄氏一觉醒来叫那女子时，发现孩子还在，而女子已经开门走了。娄氏惊骇极了。时间到了早晨，孩子饿得啼哭起来，娄氏没有办法，只好服用那女子留下的药，不一会儿，奶水就涌了出来，她便给孩子喂奶。这样过了一年多，孩子越来越丰满肥胖，渐渐地也学会了说话，娄氏喜爱超过了自己的儿子。从此以后，她就断了再嫁的念头，但是早上起来就要抱儿子喂养，不能再靠纺织来谋生，日子过得越发窘困起来。

一日，女忽至。娄恐其索儿，先问其不谋而去之罪，后叙其鞠养之苦[①]。女笑曰：“姊告诉艰难，我遂置儿不索耶？”遂招儿，儿啼入娄怀。女曰：“犊子不认其母矣[②]！此百金不能易，可将金来，署立券保[③]。”娄以为真，颜作赪[④]。女笑曰：“姊勿惧，妾来正为儿也。别后虑姊无豢养之资，因多方措十馀金来。”乃出金授娄。娄恐受其金，索儿有词，坚却之。女置床上，出门径去。抱子追之，其去已远，呼亦不顾。疑其意恶，然得金，少权子母[⑤]，家以饶足。又三年，邓贾有赢馀⑥，治装归。方共慰藉，睹儿，问谁氏子，妻告以故。问："何名？"曰："渠母呼之兖生。"生惊曰："此真吾子也！"问其时日，即夜别之日。邓乃历叙与房文淑离合之情，益共欣慰。犹望女至，而终渺矣。

【注释】

①鞠（jū）养：养育。

②犊子：原指体型相对较大的动物幼崽，比如牛的幼崽，称为"牛犊子"。后也泛指晚辈、小辈。这里是小孩子的意思。

③券保：字据。

④赪（chēng）：浅红色，脸红。

⑤权子母：以本求利。指放债生息。

⑥贾（gǔ）：做买卖。

【译文】

一天，那女子忽然来了。娄氏唯恐她会要回孩子，就先责问她不商量就走掉的罪过，然后又叙述自己抚养孩子的辛苦。女子笑着说："姐姐告诉我抚养儿子的艰难，难道我就会放弃自己的儿子不要了吗？"说着，就招呼儿子，但孩子却哭着扑到娄氏的怀里。女子说："这小犊子不认自己的妈妈了！这可是一百两银子也换不来的，你想要这孩子，可以拿银子来，咱们立下字据把孩子过继给你。"娄氏信以为真，脸色马上变了。女子笑着说："姐姐不要害怕，我来正是为了儿子。分手以后，我担心姐姐没有钱抚养他，就多方设法筹措了十几两银子来。"说完，就拿出银子交给娄氏。娄氏唯恐收下她的银子，更有理由要回孩子，便坚决不肯接受。女子把银子放在床上，出门就径直走了。娄氏抱着孩子追出去，女子已经走得很远了，叫她也不回头。娄氏怀疑女子是用心不良，但是有了这些银子，总算可以生点儿利息，家境得以丰饶富足。又过了三年，邓成德做生意挣了些钱，便收拾行装回到家乡。他正在和娄氏互相慰问，忽然看见那个孩子，便问是谁家的孩子，妻子告诉他事情的经过。邓成德就问："他叫什么名字？"娄氏答道："他母亲叫他宄生。"邓成德吃惊地说："这真是我的儿子呀！"问起孩子来的时间，正是邓成德和文淑夜晚分别的那一天。邓成德于是一一叙述和房文淑悲欢离合的故事，夫妻俩都感到更加欣慰。邓成德还希望文淑能来，但终究没有音讯。

秦桧

【题解】

本篇由内容不相连属而又顶针勾连的三个故事组成。第一个故事写秦桧死后的七世是猪身。不过，即使作为因果报应，故事也不近情理之甚，因为南宋至清初，绝不止"七世"。第二个故事写秦桧和万俟卨的塑像在于七之乱中被偶然放在了"俗祠'子孙娘娘'"中，作者由此想到百年后民间小庙必然出现张冠李戴的现象。第三个故事由第二个故事生发开去，作者联想到青州的澹台子羽祠变成魏忠贤生祀的荒唐现象。这三个小故事虽然散碎，却从一个方面展现了蒲松龄对于民间资料的搜集，是研究民俗学和民间文学的宝贵资料。

青州冯中堂家①，杀一豕②，燖去毛鬣③，肉内有字云"秦桧七世身"④。烹而啖之，其肉臭恶，因投诸犬。呜呼！桧之肉，恐犬亦不当食之矣！

【注释】

①青州：位于山东半岛中部，明清时为青州府，治所在今山东青

州。冯中堂:冯溥(1609—1691),字孔博,号易斋。临朐人。明崇祯年间举人,清顺治年间进士,初授编修,后擢吏部侍郎。康熙年间为刑部尚书,拜文华殿大学士,加太子太傅,卒谥文毅。著有《佳山堂集》。中堂,宰相的别称,明清时亦用来称呼内阁大学士。

②豕:猪。

③燖(xún):烧烫,拔脱其毛。鬣(liè):动物身上颈部的长毛。

④秦桧(1090—1155):字会之,江宁人。北宋政和年间进士,后任御史中丞,南宋绍兴年间任参知政事、右相兼知枢密院事。反对抗击金人,力主投降。曾以"莫须有"的罪名杀害抗金英雄岳飞。

【译文】

青州的冯中堂家里,有一次杀了一头猪,烫去猪毛以后,发现肉上有字写道"秦桧七世身"。煮熟后一尝,肉的味道很臭,便把它扔给狗吃了。唉!秦桧的肉,恐怕连狗也不会吃的!

闻益都人说[①]:中堂之祖,前身在宋朝为桧所害,故生平最敬岳武穆[②]。于青州城北通衢傍建岳王殿[③],秦桧、万俟卨伏跪地下[④]。往来行人瞻礼岳王,则投石桧、卨,香火不绝。后大兵征于七之年[⑤],冯氏子孙毁岳王像。数里外,有俗祠"子孙娘娘",因舁桧、卨其中,使朝跪焉。百世下,必有杜十姨、伍髭须之误[⑥],甚可笑也。

【注释】

①益都:明清时为青州府府治所在地。

②岳武穆:岳飞(1103—1142),字鹏举,宋相州汤阴县人,中国历史上著名的军事家、战略家,位列南宋中兴四将之首。在大败金兵

后，岳飞遭受秦桧、张俊等人的诬陷，被捕入狱。1142年，岳飞以“莫须有”的“谋反”罪名，与长子岳云和部将张宪同被杀害。宋孝宗时岳飞冤狱被平反，改葬于西湖畔栖霞岭。追谥武穆，后又追谥忠武，封鄂王。

③通衢：四通八达的大路。

④万俟卨（mò qí xiè，1083—1157）：字元忠，开封阳武人。政和大学生，历任枢密院编修。秦桧为相时，依附秦桧，被任用为监察御史。绍兴十一年（1141），与秦桧相勾结，弹劾诬陷、并主治岳飞之狱，致使岳飞被害。

⑤大兵：指清兵。于七：清初抗清义军首领，山东栖霞人。征于七之年，指顺治十八年，即1661年。

⑥杜十姨、伍髭须：比喻传说讹误。据明杨慎《丹铅馀录》及宋俞琰《席上腐谈》载，杭州有杜拾遗庙，以祀杜甫，有村学究竟误为“杜十姨”，遂作女像，以配刘伶。又，浙西吴风村有伍子胥庙，村人讹传为“伍髭须”，因塑其像，须分五处。见唐孙光宪《北梦琐言》。

【译文】

听益都人说：冯中堂的祖父，前身在宋朝时被秦桧害死，所以生平最敬重岳飞。他在青州城北的大路旁边建了一座岳王殿，又建秦桧、万俟卨的像跪倒在地。往来的行人前去瞻仰朝拜岳王时，都会用石头扔向秦桧、万俟卨，庙里的香火旺盛不绝。后来在清兵征讨于七的那一年，冯氏子孙把岳王像给毁掉了。几里地以外的地方，有座民间建的“子孙娘娘”祠，人们就把秦桧、万俟卨的像抬到祠里，让他们朝着子孙娘娘跪着。再过上百年，这件事肯定会像有人把杜拾遗弄成杜十姨，伍子胥弄成伍髭须一样的误会，真是太可笑了。

又青州城内，旧有澹台子羽祠①。当魏珰烜赫时②，世家中有媚之者，就子羽毁冠去须，改作魏监。此亦骇人听闻者也。

【注释】

①澹(tán)台子羽：即澹台灭明，字子羽。孔子弟子，长相额低口窄，鼻梁低矮，虽貌丑而有行。比孔子小三十九岁，孔门七十二贤之一。唐封其为“江伯”、宋封其为“金乡侯”。澹台灭明受到孔子的冷遇，毅然退出孔子的弟子行列，更加发奋求学，严谨修行。见《论语·雍也》及《史记·仲尼弟子列传》。

②魏珰：指魏忠贤。明朝宦官，曾为司礼太监。勾结熹宗之乳母客氏，结党行奸，排除异己，干预朝政。思宗朱由检即位后，被治罪，自缢死。珰，玉质饰物。汉代宦官充武职者，其冠用珰和貂尾为饰，故后代用以指称宦官。烜赫：声势显赫。

【译文】

又，青州城里，原来有一座澹台子羽的祠。在大太监魏忠贤声势显赫的时候，世家大族中有人想向他献媚，就把子羽像上的帽子、胡须去掉，改成魏忠贤的模样。这也是骇人听闻的一件事。

浙东生

【题解】

浙东生夸口说自己有胆量，被狐狸两次以恶作剧的方式戳破。好像狐狸与浙东生有些气味相投，严格说起来，恶作剧发生了三次。一次是狐狸戏弄浙东生，戳穿了浙东生的自诩有胆力的谎言。第二次是浙东生半年后开狐狸的玩笑，让狐狸也吓破胆。第三次是狐狸恼羞成怒，即以其人之道还治其人之身惩罚浙东生。小说虽短，却形象地再现了恐怖的场景和面对恐怖时的心理反应，文字技巧很高。

浙东生房某[①]，客于陕[②]，教授生徒[③]。尝以胆力自诩[④]。一夜，裸卧，忽有毛物从空堕下，击胸有声，觉大如犬，气咻咻然[⑤]，四足挠动。大惧，欲起，物以两足扑倒之，恐极而死。经一时许，觉有人以尖物穿鼻，大嚏[⑥]，乃苏。见室中灯火荧荧，床边坐一美人，笑曰："好男子！胆气固如此耶！"生知为狐，益惧。女渐与戏，胆始放，遂共狎昵。积半年，如琴瑟之好。一日，女卧床头，生潜以猎网蒙之。女醒，不敢动，但哀乞。生笑不前。女忽化白气，从床下出，恚曰[⑦]："终非好相识！可送我去。"以手曳之[⑧]，身不觉自行。出门，凌空翕飞[⑨]。食顷，女释手，生晕然坠落。适世家园中有虎阱[⑩]，揉木为圈[⑪]，结绳作网，以覆其口。生坠网上，网为之侧[⑫]，以腹受网[⑬]，身半倒悬。下视，虎蹲阱中，仰见卧人，跃上，近不盈尺，心胆俱碎。园丁来饲虎，见而怪之，扶上，已死。移时始渐苏，备言其故。其地乃浙界，离家止四百馀里矣。主人赠以赀遣归。归告人："虽得两次死，然非狐则贫不能归也。"

【注释】

①浙东：古以钱塘江为界，分为"浙西"、"浙东"。宁(甬)绍、台温、金丽衢地区均属"浙东"地区。

②陕：陕西地区的简称。

③生徒：学生徒弟。

④自诩(xǔ)：自夸，自吹。

⑤咻咻然：喘气的声音。

⑥嚏(tì):喷嚏。

⑦恚(huì):愤怒。

⑧曳:拖引。

⑨翕(xī)飞:一起飞行。翕,合。

⑩虎阱(jǐng):捕捉老虎的陷阱。阱,陷坑。

⑪揉(róu)木:使木弯曲。

⑫侧:倾斜。

⑬以腹受网:指趴卧在网上。

【译文】

浙东有个姓房的书生,客居在陕西,以教授学生为业。常常自诩胆大有力。一天夜里,他光着身子睡觉,忽然有个毛茸茸的东西从空中掉下来,“啪”的一声砸在他的胸上,只觉得这东西像狗一般大小,“呼呼”地喘着气,四只脚不停地挠动着。房生大为恐惧,就想起身,那东西用两只脚把他扑倒,房生惊恐到极点,一下子昏死过去。过了一个时辰左右,房生就觉得有人用尖利的东西挠他的鼻孔,不由得打了个大喷嚏,一下子醒了过来。只见屋里灯火闪烁,床边坐着一个美人,笑着对他说:“好男人啊!胆量原来不过如此!”房生知道她是狐狸,心里更加害怕。女子渐渐地和他调情,房生的胆子也变得大了起来,便和女子一起亲热起来。就这样过了半年,两个人就像夫妻一样。一天,女子卧在床头,房生悄悄地用猎网蒙住了她。女子醒过来,不敢乱动,只是苦苦地哀求。房生笑着不肯上前。女子忽然化作一股白气,从床底下走了出来,气恼地说:“你到底不是个好相识!可以送我离开。”说完,就伸手来拽,房生的身体不由自主地跟她走了。出了门,女子带着房生飞上了天空。一顿饭的工夫,女子松开手,房生晕乎乎地从天上掉了下来。恰好某个世家的花园中有个关老虎的陷阱,用木头做成圆圈,用绳索织成网,覆盖在阱口。房生一下子砸在网上,网被砸得侧向一边,房生的肚子压在网上,身体的一半倒悬在半空中。他往下一看,一只老虎蹲在阱里，抬头看见网上趴着一个人，就跳着往上扑，离房生还不到一尺的距离，把房生吓得心胆都碎了。园丁来喂老虎，见房生趴在网上觉得很奇怪，便把他扶了下来，发现他已经昏死过去了。过了一段时间，房生才渐渐苏醒过来，详细地叙述了事情的经过。这个地方已经在浙江境内，离房生的家只有四百多里的路程。园主人送给他一些路费让他回家。房生回家以后，对人们说："虽然吓死过去两次，但要不是狐狸，我可是穷得回不了家的。"

博兴女

【题解】

本篇文笔凌厉夭矫，不啻是一篇刺向势豪的檄文长枪。民女被势豪所掠，借助于"龙"，"攫豪首去"，浪漫，豪气，但也反证出现实社会的无奈。现实社会中百姓的无助无奈，是文学作品中百姓变成强者的浪漫想象的触媒。蒲松龄在《向杲》篇的"异史氏曰"中说："借人之杀以为生，仙人之术亦神哉！然天下事足发指者多矣。使怨者常为人，恨不令暂作虎！"就说出了这类作品创作的动力所在。

博兴民王某[①]，有女及笄[②]。势豪某窥其姿[③]，伺女出，掠去，无知者。至家逼淫，女号嘶撑拒，某缢杀之[④]。门外故有深渊，遂以石系尸，沉其中。王觅女不得，计无所施。天忽雨，雷电绕豪家，霹雳一声，龙下攫豪首去[⑤]。天晴，渊中女尸浮出，一手捉人头，审视，则豪头也。官知，鞫其家人[⑥]，始得其情。龙，其女之所化与？不然，何以能尔也？奇哉！

【注释】

①博兴:县名。位于山东省北部,明清时山东布政司青州府。

②及笄(jī):古代女子满十五岁结发,用笄贯之,因称女子满十五岁为"及笄"。也指到了结婚的年龄。

③势豪:有权势的土豪恶霸。

④缢(yì)杀:绞杀,勒死。

⑤攫(jué):抓取。

⑥鞫(jū):审问。

【译文】

博兴县的乡民王某,有个女儿到了结婚的年龄。当地一个恶霸看中王女的姿色,便趁她出门的时候,把她抢走,没有一个人发觉。恶霸将她带到家中,就要强奸,王女大声哭喊,拚死抵抗,恶霸就把她给勒死了。他家门外原来有一个深渊,恶霸就把石头绑在尸体上,沉到了深渊里。王某到处寻找女儿,都没有找到,无计可施。忽然,天下起雨来,雷电围绕在恶霸家的上空,只听一声霹雳,一条龙飞下来,夺下恶霸的首级就飞走了。天空放晴以后,深渊中浮起一具女尸,一只手上还捉着一颗人头,仔细一看,正是恶霸的人头。官府知道这事以后,就拘来恶霸的家里人审问,这才查明了事情的真相。那条龙难道是王女变成的吗?不然的话,怎么会这么做呢? 太奇怪了啊!

一员官

【题解】

本篇借狐狸之口赞美了济南同知吴公清正廉洁的品质,同时指斥了官场的集体腐败。令人惊奇而感慨的是,当日"亏空犯赃"采取的填补办法是由同僚集体代偿,虽然有些匪夷所思,毕竟伤害的是官僚自身。狐狸称“通郡官僚虽七十有二，其实可称为官者，吴同知一人而已”，反映了当日官场上称职而不贪的官员少之又少。“附则”中泰州知州张公的清正刚烈一如济南同知吴公，在描写上同样也是采取衬托的手法，借张公与夫人的矛盾，赞扬了张公难得而小有不妥的刚正。

济南同知吴公①，刚正不阿②。时有陋规③，凡贪墨者④，亏空犯赃罪⑤，上官辄庇之，以赃分摊属僚，无敢梗者⑥。以命公，不受，强之不得，怒加叱骂。公亦恶声还报之，曰：“某官虽微，亦受君命。可以参处⑦，不可以骂詈也⑧！要死便死，不能损朝廷之禄，代人偿枉法赃耳！”上官乃改颜温慰之。人皆言斯世不可以行直道，人自无直道耳，何反咎斯世之不可行哉！会高苑有穆情怀者⑨，狐附之，辄慷慨与人谈论，音响在座上，但不见其人。适至郡⑩，宾客谈次⑪，或诘之曰：“仙固无不知，请问郡中官共几员？”应声答曰：“一员。”共笑之。复诘其故，曰：“通郡官僚虽七十有二，其实可称为官者，吴同知一人而已。”

【注释】

①同知：官名。知府的副职。

②不阿：不屈从，不奉迎。《管子·君臣》：“能据法而不阿，上以匡主之过，下以振民之病者，忠臣之所行也。”

③陋规：不好的惯例、规矩，大都以潜规则的形式出现。

④贪墨：贪污。《左传·昭公十四年》：“贪以败官为墨。”杜预注：“墨，不洁之称。”

⑤亏空犯赃罪：亏空公款，犯贪污罪。赃，贪污所取得之财物。

⑥梗：作梗，不同意。

⑦参(cān)处：弹劾处分。

⑧骂詈(lì)：斥骂。

⑨高苑：旧县名。明清属青州府，现为山东高青。

⑩郡：府城。指济南府。

⑪谈次：谈论间。

【译文】

济南府有一位姓吴的同知，生性刚正不阿。当时官场上有一种恶规陋习，对贪赃者，亏空公款，贪赃金钱的罪，上司都会加以庇护，而造成的亏空，则要由下属官吏来平摊，代为偿还，没有人敢于抗拒。上司把这事分派到吴公的头上时，他拒不接受；强迫他也不行时，上司就恼怒得加以叱骂。吴公也狠声恶气地回嘴骂上司道："我的官职虽然卑微，但我也是朝廷的命官。我如果有罪，你可以弹劾处置我，但是不可以对我辱骂！要杀就杀，我是绝不会拿朝廷给的俸禄，代别人偿还那枉法的赃款！"上司见他这样，只好改变态度，对他和颜悦色地加以安慰。人们都说这个世界上不可以走正道，其实，是人自己不肯走正道，又怎么能反过来怪这世上没有正道呢！当时，高苑县有个叫穆情怀的人，被狐仙附体，动不动慷慨激昂地和人高谈阔论，但是人们只能听到狐仙的声音，却看不见狐仙的样子。一次，他正好来到济南，与宾朋一起聊天时，有人问他道："狐仙当然无所不知，请问济南府里共有多少官员？"他应声答道："一员。"大家一齐笑话他。又问他为什么这么说，他回答说："整个府里的官吏虽然有七十二个，但是真正可以称得上官的，只有吴同知一个人而已！"

是时泰安知州张公[1]，人以其木强[2]，号之"橛子"[3]。凡贵官大僚登岱者[4]，夫马兜舆之类[5]，需索烦多，州民苦于供亿[6]。公一切罢之。或索羊豕[7]，公曰："我即一羊也，一豕也，请杀之以犒驺从[⑧]。”大僚亦无奈之。公自远宦[⑨]，别妻子者十二年。初莅泰安[⑩]，夫人及公子自都中来省之，相见甚欢。逾六七日，夫人从容曰：“君尘甑犹昔[⑪]，何老诗不念子孙耶[⑫]？”公怒，大骂，呼杖，逼夫人伏受[⑬]。公子覆母号泣，求代。公横施挞楚，乃已。夫人即偕公子命驾归[⑭]，矢曰[⑮]：“渠即死于是[⑯]，吾亦不复来矣！”逾年，公卒。此不可谓非今之强项令也[⑰]。然以久离之琴瑟，何至以一言而躁怒至此，岂人情哉！而威福能行于床第[⑱]，事更奇于鬼神矣。

【注释】

①泰安：州名。今山东泰安。知州：为各州行政长官，地位相当于知县。

②木强：质朴而倔强。

③橛子：短木桩。泛指物体表面能起到固定、悬挂、支撑等作用的短棍，宁折不弯。形容人刚直不屈。

④岱：泰山。

⑤兜舆：山轿。

⑥供亿：供给，供应。

⑦豕：猪。

⑧犒(kào)：犒劳。驺(zōu)从：旧时达官贵人出行时，前后侍从的骑卒。也泛指随从。

⑨远宦：远离家乡在外地做官。

⑩莅：莅临，履任。

⑪尘甑(zèng)犹昔：意谓贫困如故。甑，古代煮饭的瓦器。《后汉书·独行传》谓范冉穷居自若，闾里歌之曰：“甑中生尘范史云，釜中生鱼范莱芜。”按，范冉，字史云，桓帝时曾官莱芜长。

⑫老誖(bèi)不念子孙：年老糊涂不照顾后代。《汉书·疏广传》："(疏)广既归乡里，日令家共具设酒食，请族人故旧宾客，与相娱乐。数问其家金馀尚有几所，趣卖以共具。居岁馀，广子孙窃谓其昆弟老人广所爱信者曰：'子孙几及君时颇立产业基址，今日饮食费且尽。宜从丈人所，劝说君买田宅。'老人即以闲暇时为广言此计，广曰：'吾岂老誖不念子孙哉？顾自有旧田庐，令子孙勤力其中，足以共衣食，与凡人齐。今复增益之以为赢馀，但教子孙怠堕耳。贤而多财则损其志，愚而多财则益其过。且夫富者，众人之怨也；吾既亡以教化子孙，不欲益其过而生怨。又此金者，圣主所以惠养老臣也，故乐与乡党宗族共飨其赐，以尽吾馀日，不亦可乎！'于是族人说服。"誖，昏痴。

⑬伏受：趴下受杖。

⑭命驾归：命人备车马还乡。

⑮矢：发誓。

⑯渠：他。指张公。

⑰强项令：性格倔强、不肯低头的县令。《后汉书·董宣传》载：东汉时期，董宣为洛阳令，杀死了阳湖公主的恶奴，"主即还宫诉帝"，"帝令小黄门持之，使宣叩头谢主。宣不从，强使顿之，宣两手据地，终不肯俯"。光武帝称之为"强项令"。

⑱床第(zǐ)：床席。这里指同床共榻的夫妻。

【译文】

当时，泰安州的知府张公，人们因为他性格强硬不随和，给他起了个绰号叫"橛子"。凡是达官显贵前来登临泰山，所需的民伕、车马、山轿等等，都要当地提供，需求征索过多，州民们苦于供应。张公便把这一切供应全废除了。有的官员向他索要猪羊，张公说："我就是一头羊、一头猪，请把我杀了犒赏你的随从吧。"大官们对他也无可奈何。张公自从到远离京城的地方做官以来，和妻子儿女分别已有十二年了。他刚到泰安上任的时候，夫人和儿子从京城来探望他，一家人见面，很是欢乐。过了六七天，夫人跟他聊天时随口说："你现在和从前一样的贫穷，难道是老糊涂了，为什么不为自己的子孙着想一下呢？"张公很生气，大骂夫人，又叫手下拿来棍子，逼夫人趴在地上挨打。儿子趴在母亲身上放声痛哭，请求代母亲受罚。张公狠狠地打了一顿，才罢手。夫人于是带着儿子乘车回去了，并且发誓说："他就是死在这里，我也不会再来了！"第二年，张公就死在任上。张公不能不说是当今的董宣了，宁死也不肯改变自己的操守。但是，离别多年的夫妻，何至于因为一句话而暴躁发怒到如此地步，难道这符合人之常情吗！但是，张公能把威严行使在自己的妻子身上，就这一点来看，比起鬼神，还要神奇。

丐仙

【题解】

看一个人是否善良，重要的不是看他如何对待和自己一样的人，更不是看他如何对待权豪势要、富翁大款，而是看他如何对待不如自己乃至贫穷低贱的人。

古今中外有许多文学作品描写好人善待贫贱的人受到好报，大概其出发点是鼓励人们发扬善心，善待穷人。本篇中的高玉成，不仅善待丐者，而且善始善终，于是得到了丐仙的回报。回报不是平面展开，而是逐次升级。丐仙显出非凡身份后，成为高家的清客，陪着高玉成下棋、赌博。临分手，丐仙才使出浑身解数。先是设宴答谢，珍馐玉馔，尽显仙家气象。接下来应高玉成的要求，又陪着高玉成到天上旅游，遇见仙女。最后，丐仙告诉高玉成如何躲避冥府的追捕。在丐仙的指示下，高玉成躲过了死亡的劫难。丐仙的报恩，一环紧扣一环，虽然设宴幻术、天庭遨游、洞府观棋等情节，并非蒲松龄的首创，但迤逦写来，跌宕起伏，却耐读而引人入胜。

高玉成，故家子[①]，居金城之广里[②]。善针灸，不择贫富辄医之。里中来一丐者，胫有废疮[③]，卧于道，脓血狼籍，臭不可近。居人恐其死，日一饴之[④]。高见而怜焉，遣人扶归，置于耳舍[⑤]。家人恶其臭，掩鼻遥立。高出艾亲为之灸，日饷以疏食[⑥]。数日，丐者索汤饼[⑦]，仆人怒诃之。高闻，即命仆赐以汤饼。未几，又乞酒肉。仆走告曰："乞人可笑之甚！方其卧于道也，日求一餐不可得。今三饭犹嫌粗粝，既与汤饼，又乞酒肉。此等贪饕[⑧]，只宜仍弃之道上耳！"高问其疮，曰："痂渐脱落[⑨]，似能步履[⑩]，顾假呻吟作呻楚状[⑪]。"高曰："所费几何！即以酒肉馈之，待其健，或不吾仇也。"仆伪诺之，而竟不与，且与诸曹偶语[⑫]，共笑主人痴。

【注释】

①故家子：世家子弟。故家，世代世宦之家。

②金城：京都。《文选》晋张协《咏史》："朱轩曜金城，供帐临长衢。"刘良注："金城，长安城也。"

③胫：小腿，自膝盖到脚跟的部分。

④饴(sì)：同"饲"，施饭，喂食。

⑤耳舍：正门两旁的屋舍。

⑥饷：送饭，用食物款待。疏食：粗饭，糙米饭。《论语·述而》："饭疏食饮水，曲肱而枕之，乐亦在其中矣。"

⑦汤饼：汤煮的面食，面条。

⑧贪饕(tāo)：贪嘴，贪食。

⑨痂：指伤口或疮口表面上痂皮、疮壳。

⑩步履：行走。

⑪呻吟：象声词。多形容啼呼、鸣叫、摩擦等发出的声响。

⑫诸曹：其他仆人。偶语：私下议论。

【译文】

高玉成是世家大族的子弟，住在金城的广里。他擅长针灸，不管是富人还是穷人，他都予以医治。一次，乡里来了一个乞丐，小腿上长了个难以医治的疮，躺在路上，腿上流着脓血，又脏又臭，让人不敢接近他。周围的人们生怕他死在这里，每天给他一顿吃的。高玉成看见后，很同情他，便派人把他扶回自己家，安置在耳房里。家里人都嫌恶他身上的恶臭，捂着鼻子，远远地站着看。高玉成取出艾绒，亲自给他针灸，每天还给他送去饭菜。几天以后，乞丐索要汤饼吃，仆人愤怒地呵责他。高玉成听说以后，就命令仆人给他汤饼吃。不久，乞丐又要求喝酒吃肉。仆人跑去报告高玉成说："这乞丐简直太可笑了！当他躺在路上的时候，每天要吃一顿饭都得不到。如今给他一日三餐，他还嫌粗糙，已经给了他汤饼，他还要吃肉喝酒。像他这样贪吃贪喝的人，就应该还把他扔到路上去！"高玉成问乞丐腿上的疮怎么样，仆人回答道："疮痂已经渐渐脱落了，好像能走路了，但他还是假装哼哼叽叽的，作出一副呻吟痛苦的样子。"高玉成说："能花多少钱呀！马上送给他酒肉，等他恢复健康以后，或许不会把我们当仇人。"仆人假装答应了，但实际上并没有给，而且还跟其他仆人小声地说起此事，众人都笑话主人有点儿痴呆。

次日，高亲诣视丐，丐跛而起，谢曰："蒙君高义，生死人而肉白骨[①]，惠深覆载[②]。但新瘥未健[③]，妄思馋嚼耳。"高知前命不行，呼仆痛笞之，立命持酒炙饵丐者[④]。仆衔之[⑤]，夜分，纵火焚耳舍，乃故呼号。高起视，舍已烬，叹曰："丐者休矣！"督众救灭，见丐者酣卧火中，齁声雷动[⑥]。唤之起，故惊曰："屋何往？"群始惊其异。高弥重之[⑦]，卧以客舍，衣以新衣，日与同坐处。问其姓名，自言“陈九”。居数日，容益光泽，言论多风格⑧。又善手谈⑨，高与对局，辄败，乃日从之学，颇得其奥秘。如此半年，丐者不言去，高亦一时少之不乐也。即有贵客来，亦必偕之同饮。或掷骰为令⑩，陈每代高呼采⑪，雉卢无不如意⑫。高大奇之。每求作剧⑬，辄辞不知。

【注释】

①生死人而肉白骨：比喻给人以再造之恩。《国语·吴语》：“君王之於越也，繄起死人而肉白骨也。”韦昭注：“繄，是也。使白骨生肉，德至厚也。”

②惠深覆载：恩惠深厚，如同天地一样大。覆载，《礼记·中庸》：“天之所覆，地之所载。”喻指包容、庇养万物。

③瘥（chài）：病愈。

④酒炙（zhì）：酒肉。炙，烹烤的肉食。饵：饲。

⑤衔之：恨他。衔，怀恨。

⑥齁（hōu）声：鼻息声。

⑦弥重之：更加尊重他。

⑧多风格：指有风度格调。

⑨手谈：下围棋。《世说新语·巧艺》：“支公以围棋为手谈。”

⑩骰（tóu）：骰子，骨制的赌具。正方形，用手抛，看落下后最上面的点数。俗称“色（shǎi）子”。为令：为酒令。

⑪呼采：掷骰为戏，在投掷的同时呼喊掷出个好的彩头。采，通“彩”，彩头。

⑫雉卢：“呼卢喝雉”的简称。呼卢喝雉，古代一种赌博游戏，又称“五木”、“樗蒲”。雉、卢是掷出的两种彩。后来，人们又发明了

骰子。骰子一出，五木就没人玩了，但是人们仍将掷骰子之类的赌博习惯性地还叫做“呼卢喝雉”。

⑬作剧：作戏。这里指作幻术。

【译文】

第二天，高玉成亲自前去看望乞丐，乞丐跛着腿站起来说：“承蒙先生高尚的情义，让我这个快死的人复生，白骨上又长出新肉，你的恩惠就像天地一样深厚宽广。但是，我的身体还没有复原，所以就妄想吃点儿好的，过过馋瘾。”高玉成知道昨天仆人没有执行命令，就把那仆人叫来，痛打了一顿，并且命令马上端来酒菜给乞丐吃。那仆人怀恨在心，到了半夜，放火烧了耳房，然后又故意大声喊救火。高玉成起来一看，耳房已经被烧成了灰烬，便叹气说：“乞丐的命也完了！”他督促众人赶紧把火扑灭，却发现乞丐在火中“呼呼”大睡，鼾声像打雷一样。把他叫醒了，他还故意惊讶地问道：“屋子到哪里去了？”众人这才惊讶地发现他不是寻常人。高玉成更加尊重他，让他睡到客房去，又给新衣服穿，还每天都和他在一起相处。问起他的姓名，乞丐自称叫“陈九”。过了几天，乞丐的容颜越发显出光泽，言谈也很有风度。他又擅长下棋，高玉成和他对局，都输掉了，此后，高玉成就每天跟他学下棋，学到了不少奥妙的棋招。这样过了半年，乞丐不说要走，高玉成也一时半刻少不了他，否则就快乐不起来。即使有贵客前来，他也一定要带着乞丐一同饮酒。有时掷骰子行令，陈九常常代高玉成呼叫花色，每次他叫什么花色，没有不如意的。高玉成感到十分惊异。每次求他变戏法时，陈九就推辞说不会。

一日，语高曰：“我欲告别。向受君惠且深①，今薄设相邀②，勿以人从也。”高曰：“相得甚欢，何遽诀绝？且君杖头空虚③，亦不敢烦作东道主④。”陈固邀之曰：“杯酒耳，亦无所费。”高曰：“何处？”答云：“园中。”时方严冬，高虑园亭苦寒，陈固言：“不妨。”乃从如园中⑤。觉气候顿暖，似三月初。又至亭中，益暖。异鸟成群，乱哢清咮⑥，仿佛暮春时。亭中几案，皆镶以瑙玉⑦。有一水晶屏，莹澈可鉴，中有花树摇曳，开落不一，又有白禽似雪，往来句辀于其上⑧。以手抚之，殊无一物。高愕然良久。坐，见鸜鹆栖架上⑨，呼曰：“茶来！”俄见朝阳丹凤⑩，衔一赤玉盘，上有玻璃盏二，盛香茗，伸颈屹立。饮已，置盏其中，凤衔之，振翼而去。鸜鹆又呼曰：“酒来！”即有青鸾黄鹤⑪，翩翩自日中来，衔壶衔杯，纷置案上。顷之，则诸鸟进馔，往来无停翅。珍错杂陈⑫，瞬息满案，肴香酒洌，都非常品。陈见高饮甚豪，乃曰：“君宏量，是得大爵⑬。”鸜鹆又呼曰：“取大爵来！”忽见日边，有巨蝶攫鹦鹉杯⑭，受斗许⑮，翔集案间。高视蝶大于雁，两翼绰约，文采灿丽，亟加赞叹。陈唤曰：“蝶子劝酒！”蝶展然一飞，化为丽人，绣衣翩跹⑯，前而进酒。陈曰：“不可无以佐觞。”女乃仙仙而舞⑰。舞到酣际⑱，足离于地者尺馀，辄仰折其首，直与足齐，倒翻身而起立，身未尝着于尘埃。且歌曰：

连翩笑语踏芳丛，低亚花枝拂面红。

曲折不知金钿落⑲，更随蝴蝶过篱东。

馀音袅袅⑳，不啻绕梁㉑。高大喜，拉与同饮。陈命之坐，亦饮之酒。高酒后，心摇意动，遽起狎抱。视之，则变为夜叉，睛突于眦㉒，牙出于喙㉓，黑肉凹凸，怪恶不可状。高惊释手，伏几战慄。陈以箸击其喙，诃曰：“速去！”随击而化，又为蝴蝶，飘然飏去㉔。

【注释】

①向:以前。

②薄设:备酒设筵的谦词。

③杖头空虚:犹言手头空空,无钱买酒。晋人阮修,常步行,拐杖头上挂一百文铜钱,到酒店就买酒独酌。见《晋书·阮修传》。后人因称买酒钱为"杖头钱"。

④作东道主:指设宴请客,称"作东道"或"作东道主"。东道主,东方道路上的主人。《左传·僖公三十年》:"若舍郑以为东道主,行李之往来,共其乏困,君亦无所害。"后泛称尽地主之谊。

⑤如:去。

⑥乱哢(lòng)清咮(zhù):群鸟杂乱而清脆地鸣叫。哢,鸟鸣。咮,鸟声。

⑦瑙玉:玛瑙、玉石。

⑧句辀(gōu zhōu):鸟鸣声。

⑨鸜鹆(qú yù):鸟名。即八哥。

⑩朝阳丹凤:映着朝阳的朱红色的凤凰。《诗·大雅·卷阿》:"凤皇鸣矣,于彼高冈。梧桐生矣,于彼朝阳。"丹凤,首翼赤色的鸾鸟称"丹鸟"或"丹凤"。

⑪青鸾:民间传说中的神鸟,赤色为"凤",青色为"鸾"。黄鹤:传说中神仙所骑的鹤。唐崔颢《黄鹤楼》:"昔人已乘黄鹤去,此地空馀黄鹤楼。"

⑫珍错:山珍海错。指珍异肴馔。

⑬大爵:大杯。爵,酒杯。

⑭攫:抓取。

⑮受斗许:能容一斗多酒。斗,古代量器。

⑯翩跹(piān xiān):轻盈飘逸。

⑰仙仙:形容舞姿飞扬。《诗·小雅·宾之初筵》:"屡舞仙仙。"

⑱酣际：酒兴最浓的时候。酣，浓，盛。这里借指兴头上。

⑲金钿(diàn)：金宝制成的首饰。

⑳袅袅(niǎo)：形容声音婉转悠扬。宋苏轼《前赤壁赋》："其声呜呜然，如怨如慕，如泣如诉；馀音袅袅，不绝如缕。"

㉑不啻：不只，不止。绕梁：形容馀音不绝如缕。《列子·汤问》："昔韩娥东之齐，匮粮，过雍门，鬻歌假食。既去，而馀音绕梁欐，三日不绝。"后遂以"绕梁"形容歌声馀音回旋，久久不息。

㉒眦(zì)：眼眶，上下眼睑的接合处。

㉓喙(huì)：嘴。

㉔飏(yáng)：飞扬，飘扬。

【译文】

一天，陈九对高玉成说："我要跟你告别了。这一段时间得到你的恩惠实在是太多了，今天我想设薄宴请你参加，不要带随从来。"高玉成说："我们相处得十分快乐，为什么一下子就说要分别呢？再说你身上也没有钱，我也不敢烦你做东道主呀。"陈九坚决邀请他说："不过是一杯薄酒，也花不了多少钱。"高玉成问："在什么地方呢？"陈九答道："在花园里。"这时正值隆冬，高玉成担心花园里太寒冷，陈九却坚持道："不妨。"高玉成便跟着他来到花园。他一进花园，就觉得气候一下子变得暖和起来，好像到了三月初一样。他们又来到亭子里，更加感到温暖。只见奇异的鸟儿成群结队，争相鸣叫，声音清脆，又好像到了暮春时节。亭子里的几案，都镶上了玛瑙玉石。有一座水晶屏，晶莹剔透，可以照见人影，里面还有一株开满花儿的树，在风中摇摆，花朵有开有落，不一相同；又可以看见雪白的飞鸟，在树上跳来跳去，高声鸣叫。高玉成用手去摸，却没有任何东西。他不由得惊愕了许久。两人入座以后，只见一只八哥站在鸟架上，喊道："来茶！"不一会儿就见一只朝阳丹凤，衔着一个赤玉盘，上面有两只玻璃盏，里面放着香茶，丹凤伸着脖子站在一边。高玉成喝完茶，把玻璃盏放在盘子上，丹凤又把它衔起来，拍拍翅膀飞走了。八哥又喊道："来酒！"就有几只青鸾、黄鹤，从太阳里翩翩飞来，口里衔着酒壶、酒杯，纷纷放在桌子上。不一会儿，又来了许多鸟敬献饭菜，来来往往，没有停住翅膀的。桌上杂陈着山珍海味，一眨眼的工夫就都摆满了，菜肴喷香，美酒清洌，都不是普通的东西。陈九见高玉成饮酒十分豪爽，便说："你是海量，应该换大杯子。"八哥又喊道："取大杯来！"忽然，就见太阳边光芒闪烁，一只巨大的蝴蝶抱着一只可以装一斗酒的鹦鹉杯，飞落在桌子上。高玉成一看那只蝴蝶比雁还要大，两只翅膀绰约，身上的花纹灿烂绚丽，不由地大加赞叹。陈九喊道："蝶子劝酒！"就看那蝴蝶展开翅膀一飞，就变成了一个美丽的女人，身上穿着锦绣的衣服，跳起了舞蹈，并上前向高玉成敬酒。陈九又说："不可以没有东西助兴。"美人于是轻盈地跳起舞来。舞到陶醉的时候，脚离开地面有一尺多高，不时地把头向后仰，简直都和脚并齐了，倒翻身站起来，身体没有沾到一点点尘土。她一边跳舞，一边唱道：

连翩笑语踏芳丛，低亚花枝拂面红。
曲折不知金钿落，更随蝴蝶过篱东。

馀音袅袅，不亚于绕梁三日不绝的歌声。高玉成大喜，就把她拉过来一起饮酒，陈九命她坐下，也让她饮酒。高玉成喝完酒后，不由得心摇意动，突然起身把她抱住要亲热。仔细一看，她变成了夜叉的模样，眼睛突在眼眶的外面，牙齿伸到了嘴外面，脸上的黑肉凹凸不平，又怪又丑，简直无法形容。高玉成惊慌地放开手，伏着桌子战战栗栗。陈九用筷子敲了一下他的嘴，呵斥道："快走！"这么一敲之下，夜叉又变化成蝴蝶，飘飘然地飞走了。

高惊定，辞出。见月色如洗，漫语陈曰："君旨酒嘉肴，来自空中，君家当在天上。盍携故人一游①？"陈曰："可。"即与携手跃起。遂觉身在空冥，渐与天近。见有高门，口圆如井，入则光明似昼。阶路皆苍石砌成，滑洁无纤翳②。有大树一株，高数丈，上开赤花，大如莲，纷纭满树。下一女子，捣绛红之衣于砧上[3]，艳丽无双。高木立睛停，竟忘行步。女子见之，怒曰："何处狂郎，妄来此处！"辄以杵投之[4]，中其背。陈急曳于虚所[5]，切责之[6]。高被杵，酒亦顿醒，殊觉汗愧。乃从陈出，有白云接于足下。陈曰："从此别矣。有所嘱，慎志勿忘：君寿不永，明日速避西山中，当可免。"高欲挽之，反身竟去。

【注释】

①盍：何不。

②翳（yì）：遮蔽的东西。

③砧：捣衣石。

④杵：舂米或捣衣的木棒。

⑤虚所：空地，无人的地方。

⑥切责：深切地责备。

【译文】

高玉成的惊魂安定下来，便向陈九告辞出来。只见月光十分清澈明亮，高玉成对陈九很随便地说："你的这些美酒佳肴，都是来自空中，你的家一定在天上。何不携带老朋友前往一游呢？"陈九说："当然可以。"说完，就和高玉成携手一跃而起。高玉成马上觉得身体腾起，渐渐地和天接近了。只见一座高大的门，门口像井一样的圆，走进去一看，就觉得光明如同白天一样。台阶道路都是用苍石砌成的，十分光滑清洁，没有一点儿灰尘。还有一棵几丈高的大树，树上开着红花，花有莲花一般大小，纷纷纭纭地开了一树。树下有一位女子，正在砧石上用木杵捣着绛红色的衣服，长得艳丽动人，举世无双。高玉成像木头一样站着，直勾勾地盯着她看，连走路都忘了。女子一看见他，便生气地说：

“哪里来的狂徒，竟敢乱跑到这里来！”说着就把手中的木杵扔过来，正打中他的后背。陈九急忙把他拉到没有人的地方，狠狠地责备他。高玉成被木杵打中，酒一下子就醒了，心中觉得很惭愧。他跟着陈九走出来，马上就有两朵白云飘来，接在他们的脚下。陈九说：“我们从此就要分别了。我有话要嘱咐你，千万记住，不要忘了：你的寿命已经不长了，明天赶忙到西山中躲避，就可免于一死了。”高玉成还想挽留他，他已经转身径直离去了。

高觉云渐低，身落园中，则景物大非。归与妻子言，共相骇异。视衣上着杵处，异红如锦，有奇香。早起从陈言，裹粮入山。大雾障天，茫茫然不辨径路。蹑荒急奔[①]，忽失足，堕云窟中，觉深不可测，而身幸不损。定醒良久，仰见云气如笼[②]，乃自叹曰：“仙人令我逃避，大数终不能免，何时出此窟耶！”又坐移时，见深处隐隐有光，遂起而渐入，则别有天地。有三老方对弈，见高至，亦不顾问，棋不辍[③]。高蹲而观焉。局终，敛子入盒，方问客何得至此。高言：“迷堕失路。”老者曰：“此非人间，不宜久淹[④]。我送君归。”乃导至窟下，觉云气拥之以升，遂履平地。见山中树色深黄，萧萧木落[⑤]，似是秋杪[⑥]。大惊曰：“我以冬来，何变暮秋？”奔赴家中，妻子尽惊，相聚而泣。高讶问之，妻曰：“君去三年不返，皆以为异物矣[⑦]。”高曰：“异哉！才顷刻耳。”于腰中出其糗粮，已若灰烬。相与诧异。妻曰：“君行后，我梦二人皂衣闪带[⑧]，似谇赋者[⑨]，然入室张顾[⑩]，曰：‘彼何往？’我诃之曰[⑪]：‘彼已外出。尔即官差，何得入闺闼中！’二人乃出，且行且语，云‘怪事怪事’而去。”乃悟己所遇者，仙也；妻所梦者，鬼也。高每对客，衷杵衣于内[12]，满座皆闻其香，非麝非兰，着汗弥盛。

【注释】

①荒：长满野草，或无人耕种的土地。

②笼：蒸笼。此处指蒸笼里的蒸汽。

③辍：停止。

④淹：留。

⑤萧萧木落：草木枯萎摇落。唐杜甫《登高》："无边落木萧萧下。"

⑥秋杪（miǎo）：秋末，暮秋。杪，树梢，末。

⑦异物：非人，鬼物。

⑧皂衣闪带：穿着黑色衣服，系着闪光的腰带。民间传说中鬼卒的衣饰。

⑨谇（suì）赋：迫逼追缴赋税。谇，责骂，形容追逼。

⑩张顾：张望察看。

⑪诃：呵斥，责骂。

⑫衷：穿在里面。杵衣：指被捣衣杵击过的衣服。

【译文】

高玉成觉得脚下的云在渐渐降低，身子落在花园里，眼前的景象已和刚才的大不相同。他回到家，把这件事和妻子一说，两个人都觉得很是惊异。再看衣服上被木杵打中的地方，有奇异的红印，像锦绣一般，散发出奇妙的香味。第二天早上起来，高玉成按照陈九的吩咐，带着干粮进了山。只见大雾遮住了天空，雾茫茫的辨不清道路。高玉成踩着荒草急速奔跑，忽然一失足，掉进了云窟里，觉得深不可测，所幸的是身体没有受到损伤。等他心定神清以后，抬头看见云气像笼子里的蒸汽一样，不由得叹息道："仙人让我逃避灾难，但是天命终究还是不可避免，什么时候才能出这个云窟呀？"又坐了一会儿，只见深处隐隐地有光，他便站起来，慢慢地走进去，发现原来别有一番天地。有三个老人正在下棋，看见高玉成过来，也不理睬询问，照样下棋不停。高玉成就蹲在旁边观看棋局。一局下完，将棋子收入盒中，三老人才问客人怎么会到这里来的。高玉成说："因为迷路掉进了这个云窟。"老人说："这里不是人间，不宜久留。我送你回去吧。"于是领着他来到窟底，高玉成只觉得云气拥着他冉冉上升，然后就到了平地。这时，只见山中的树叶已是深黄色，树叶纷纷落下，好像已经到了深秋。他大为惊讶地说："我是冬天来的，怎么会变成深秋的呢？"他急忙奔回家中，妻子儿女都很吃惊，抱在一起哭泣。高玉成惊讶地问是怎么回事，妻子说："你去了三年没有回来，我们都以为你早已不在人世了。"高玉成说："奇怪呀！才一会儿的工夫啊！"说着，就从腰里取出干粮，发现都已经化成了灰烬。大家相对而视，都感到很诧异。妻子说："你走了以后，我梦见两个人，穿着皂衣，系着闪光的腰带，好像是来催收租税的，气势汹汹地闯进屋子，东张西望，然后问道：'他到哪里去了？'我斥责他们道：'他已经外出去了。你既然是官差，怎么能闯入女子的闺房！'两个人于是出门，一边走一边说什么'怪事怪事'，然后就走了。"高玉成这才意识到自己所遇到的，原来是神仙；妻子所梦到的，是鬼怪。高玉成每次接待客人时，都把被木杵击中的那件衣服穿在里面，满座都能闻到它散发出来的香味，这香味不是麝，也不是兰，流汗以后，香气更盛。

人妖

【题解】

本篇是根据明朝成化年间(1465—1487)发生的实事改编的。据谢肇淛《五杂俎》"人部"载："国朝成化间，太原府石州人桑翀自少缠足，习女工，作寡妇妆，游行平阳、真定、顺德、济南等四十五州县。凡人家有好女子，即以教女工为名，密处诱戏，与之奸淫，有不从者，即以迷药喷其身，念咒语，使不得动。如是数夕，辄移他处，故久而不败。闻男子声，辄奔避。如是十馀年，奸室女以数百。后至晋州，有赵文举者，酷好寡妇，闻而悦之，诈以妻为其妹，延入共宿，中夜启门就之，大呼不从。赵扼其吭，褫其衣，乃一男子也。擒之，送官吐实。且云其师谷才，山西山阴人也。素为此术，今死矣。其同党尚有任茂、张端、王大喜、任昉等十馀人。狱具，磔于市。"蒲松龄改动的地方主要是在发现对方男扮女装后，因势利导，把对方"反接而宫之"，为我所用。这种改动，除去蒲松龄想说明"苟得此意，以治天下可也"的意图之外，大概也与明末清初男性同性恋的风气有关。

比照谢肇淛的记载和蒲松龄的《人妖》，可以见出故事和小说的区别，也可以加深我们对于蒲松龄在民间传闻的基础上创作小说的高超本领的认识。

马生万宝者，东昌人①，疏狂不羁。妻田氏，亦放诞风流。伉俪甚敦②。有女子来，寄居邻人寡媪家，言为翁姑所虐③，暂出亡。其缝纫绝巧，便为媪操作，媪喜而留之。逾数日，自言能于宵分按摩④，愈女子瘵蛊⑤。媪常至生家，游扬其术⑥，田亦未尝着意。生一日于墙隙窥见女，年十八九已来，颇风格⑦，心窃好之。私与妻谋，托疾以招之。媪先来，就榻抚问已，言："蒙娘子招，便将来。但渠畏见男子⑧，请勿以郎君入。"妻曰："家中无广舍，渠侬时复出入⑨，可复奈何？"已又沉思曰："晚间西村阿舅家招渠饮，即嘱令勿归，亦大易。"媪诺而去。妻与生用拔赵帜易汉帜计⑩，笑而行之。

【注释】

①东昌：府名。位于山东省的西部，现在泛指山东聊城。

②伉俪(kàng lì):夫妻。

③翁姑:公公婆婆。

④宵分:深夜,半夜。

⑤瘵(zhài)蛊:这里指久治不愈的疑难杂症。瘵,病。多指痨病。蛊,一种腹部膨胀的疾病。

⑥游扬:传扬,宣扬。

⑦风格:风度,风韵。

⑧渠:他。

⑨渠侬:他。古吴地区方言。此指代其夫。

⑩拔赵帜易汉帜:即调包,用以欺骗对方。《史记·淮阴侯列传》载:"信所出奇兵二千骑,共候赵空壁逐利,则驰入赵壁,皆拔赵旗,立汉赤帜二千。赵军已不胜,不能得信等,欲还归壁,壁皆汉赤帜,而大惊,以为汉皆已得赵王将矣,兵遂乱,遁走,赵将虽斩之,不能禁也。于是汉兵夹击,大破虏赵军,斩成安君泜水上,禽赵王歇。"

【译文】

马万宝是东昌人,生性疏狂,放荡不羁。妻子田氏也是个放荡风流的女人。二人夫妻感情很好。一天,村子里来了一个女子,寄居在邻居老妇家,她自称是被公公婆婆虐待,暂时逃出来的。她的缝纫技术堪称绝巧,便替老妇干些活儿,老妇高兴地收留了她。过了几天,这女子又说她能在夜半时分替人按摩,专门医治女子的腹胀病。老妇常常到马万宝家串门,宣扬女子的医术高明,田氏倒也没有很在意。一天,马万宝从墙缝里看见那个女子,见她有十八九岁的年纪,颇有几分风韵,心里不由暗暗喜欢。他私下里和妻子商量,假装生病,把她给招来。老妇先来到马家,坐在床前慰问了田氏一番,然后说:"承蒙娘子招唤,她这就来。但是她害怕男子,请不要让你丈夫进来。"田氏说:"我们家没有多少屋子,他总是要进进出出的,这可如何是好呢?"说完,她又沉思道:

“今天晚上西村的阿舅家请他去喝酒，我就告诉他晚上别回来了，倒也是个好办法。”老妇答应着去了。田氏便和丈夫商量用拔赵旗换汉旗的计策，来戏弄一番那个女子。

日曛黑①，媪引女子至，曰：“郎君晚回家否？”田曰：“不回矣。”女子喜曰：“如此方好。”数语，媪别去。田便燃烛，展衾，让女先上床，己亦脱衣隐烛②。忽曰：“几忘却，厨舍门未关，防狗子偷吃也。”便下床，启门易生。生窸窣入③，上床与女共枕卧。女颤声曰：“我为娘子医清恙也④。”间以昵辞⑤，生不语。女即抚生腹，渐至脐下，停手不摩，遽探其私，触腕崩腾。女惊怖之状，不啻误捉蛇蝎，急起欲遁。生沮之⑥。以手入其股际，则擂垂盈掬，亦伟器也。大骇，呼火⑦。生妻谓事决裂，急燃灯至，欲为调停，则见女投地乞命。羞惧，趋出。生诘之，云是谷城人王二喜⑧，以兄大喜为桑冲门人⑨，因得转传其术。又问：“玷几人矣？”曰：“身出行道不久，只得十六人耳。”生以其行可诛，思欲告郡，而怜其美，遂反接而宫之⑩。血溢陨绝⑪，食顷复苏。卧之榻，覆之衾，而嘱曰：“我以药医汝，创痏平⑫，从我终焉可也，不然，事发不赦！”王诺之。

【注释】

①曛（xūn）：落日的馀光。

②隐烛：灭烛。

③窸窣（xī sū）：触动、摩擦的细微声音。

④清恙：对他人患病的敬辞。

⑤昵(nì)辞:亲昵的话语。

⑥沮(jǔ):阻止。

⑦呼火:唤人点灯。

⑧谷城:古地名。约略在今山东平阴西南之东阿镇。《山海经》:“南望伊洛,东望谷城之山。”

⑨桑冲:明代成化年间石州人。巧习女红,借以接近妇女,潜行奸污。后伪为丐归,至大同、顺天、济南、东昌等数十州县,污辱良家女子百馀人。后事发被凌迟处死。其案明陆粲所撰《庚巳编》卷九《人妖公案》有较详记叙。冲,有本作“翀”。

⑩反接:反绑双手。宫:刑名。又称“腐刑”,为古代阉割生殖机能的一种酷刑。

⑪陨绝:昏死过去。

⑫创痏(wěi):创伤。平:平复,康复。

【译文】

天色昏黑时分,老妇领着那女子来了,说:“你丈夫晚上回家吗?”田氏说:“不回来了。”那女子高兴地说:“这样才好。”说了几句闲话,老妇告别走了。田氏点上灯,铺开被子,让女子先上床,自己也脱了衣服,吹了蜡烛。田氏忽然说:“我差点儿忘了,厨房的门没有关,得防着狗来偷吃。”说着,就下床开了门,换了马生。马生窸窸窣窣地走进来,上床和女子一起躺下来。女子声音颤抖着说:“我来替娘子治病吧。”话里夹杂着一些亲昵的言词,马万宝不说话。女子就抚摩他的腹部,渐渐地摸到脐下。女子停下手不再按摩,猛然把手伸到他的阴部,手触到的却是勃起的阳具。女子脸上惊慌恐怖的神色,不亚于误捉了蛇蝎,急忙起身就想跑。马万宝拦住了她,把手伸到她的两腿之间,不想垂垂累累,握了个满把,也是男人的阴茎。马万宝大为惊骇,急忙喊人点灯。田氏以为是事情败露了,急忙点上灯过来,想替他们调停一下。一进门就看见那“女子”光着身子跪在地上,请马万宝饶命。田氏又羞又怕,跑了出去。

马万宝盘问那“女子”,他说是谷城人,名叫王二喜,因为哥哥是擅长男扮女装的桑冲的徒弟,他就跟哥哥学会了这个方法。马万宝又问:“你玷污过几个人了?”王二喜答道:“我出道的时间还不长,只得手了十六个人。”马万宝认为他的这种卑劣行径实在可杀,想到府里去告发吧,又怜惜他长得美,于是将他反绑起来,把他给阉割了。血一下子涌了出来,王二喜昏迷过去,一顿饭的工夫,他又苏醒过来。马万宝把他放到床上躺下,给他盖好被子,然后嘱咐他说:“我会用药替你治伤,等伤口长好以后,你就跟着我过一辈子吧,不然的话,你的事发了,可就是罪不可赦了!”王二喜答应了。

明日,媪来,生绐之曰①:“伊是我表侄女王二姐也。以天阉为夫家所逐②。夜为我家言其由,始知之。忽小不康③,将为市药饵,兼请诸其家,留与荆人作伴④。”媪入室视王,见其面色败如尘土,即榻问之。曰:“隐所暴肿,恐是恶疽⑤。”媪信之,去。生饵以汤,糁以散⑥,日就平复。夜辄引与狎处,早起,则为田提汲补缀,洒扫执炊,如媵婢然⑦。

【注释】

①绐(dài):骗。

②天阉:生来无生殖能力。

③小不康:小病。

④荆人:对别人谦称自己的妻子。

⑤恶疽(jū):中医指局部皮肤肿胀坚硬而皮色不变的毒疮。

⑥糁(sǎn)以散:涂上药粉。糁,涂抹。散,药面。

⑦媵(yìng)婢:侍妾、婢女。

【译文】

第二天,老妇来到马家。马万宝骗她说:“她是我的表侄女王二姐。

因为天生不会生孩子，被夫家赶了出来。昨天夜里对我家人说了这个情况，我才知道。今天忽然有点儿不舒服，正打算替她去买药。另外，我也要去她家，请求让她留下来和我妻子做个伴儿。”老妇进到屋里，看望王二喜，见他的脸色很难看，灰白得像尘土一样，就走近床前问候他。王二喜说：“阴部突然肿起来了，恐怕是生了恶疽。”老妇相信了他的话，就走了。马万宝给他服汤药，在伤口上敷上药散，伤口一天天地平复起来。王二喜晚上就陪马万宝睡觉，早上起来就去为田氏打水，缝补，洒扫，做饭，像个婢女一样干活。

居无何，桑冲伏诛①，同恶者七人并弃市②，惟二喜漏网，檄各属严缉③。村人窃共疑之，集村媪隔裳而探其隐，群疑乃释。王自是德生，遂从马以终焉。后卒，即葬府西马氏墓侧，今依稀在焉④。

【注释】

①伏诛：认罪被处死刑。

②弃市：陈尸于市，即砍头示众。

③檄(xí)：发布公文。

④依稀：仿佛。

【译文】

过了不久，桑冲被抓住了杀死，他的七个同党也被抓住一齐斩首示众，唯独王二喜漏网了。官府发公文命令各地严加缉拿。村里的人暗地都怀疑王二喜，便叫来村妇隔着衣裳摸他的私处，没有什么异样，众人的疑惑才消除了。王二喜从此感激马万宝的恩德，便跟他过了一辈子。后来，他死了，就葬在府西马氏墓地的旁边，现在还依稀可见。

异史氏曰：马万宝可云善于用人者矣。儿童喜蟹可把玩①，而又畏其钳②，因断其钳而畜之。呜呼！苟得此意，以治天下可也。

【注释】

①把玩：能握在手里触摸和欣赏。

②钳：这里指蟹的两个钳子。

【译文】

异史氏说：马万宝可以说是善于用人的人。儿童喜欢螃蟹，喜欢把玩它，但又害怕它的钳子，就把它的钳子折断，养着玩。唉！如果能明白这个道理，用来治理天下也是可以的啊！

中华经典名著

全本全注全译丛书

（已出书目）

周易
尚书
诗经
周礼
仪礼
礼记
左传
春秋公羊传
春秋穀梁传
孝经·忠经
论语·大学·中庸
尔雅
孟子
春秋繁露
说文解字
释名
国语
晏子春秋
穆天子传
战国策
史记
吴越春秋
越绝书
华阳国志
水经注
洛阳伽蓝记
大唐西域记
史通
贞观政要
东京梦华录
唐才子传
廉吏传
徐霞客游记
读通鉴论
宋论
文史通义

老子
道德经
鹖冠子
黄帝四经·关尹子·尸子
孙子兵法
墨子
管子
孔子家语
吴子·司马法
商君书
慎子·太白阴经
列子
鬼谷子
庄子
公孙龙子(外三种)
荀子
六韬
吕氏春秋
韩非子
山海经
黄帝内经
素书
新书
淮南子
九章算术(附海岛算经)
新序

说苑
列仙传
盐铁论
法言
方言
潜夫论
政论·昌言
风俗通义
申鉴·中论
太平经
伤寒论
周易参同契
人物志
博物志
抱朴子内篇
抱朴子外篇
西京杂记
神仙传
搜神记
拾遗记
世说新语
弘明集
齐民要术
刘子
颜氏家训
中说

帝范·臣轨·庭训格言
坛经
大慈恩寺三藏法师传
茶经·续茶经
玄怪录·续玄怪录
酉阳杂俎
化书·无能子
梦溪笔谈
北山酒经(外二种)
容斋随笔
近思录
传习录
焚书
菜根谭
增广贤文
呻吟语
了凡四训
龙文鞭影
长物志
天工开物
溪山琴况·琴声十六法
温疫论
明夷待访录·破邪论
陶庵梦忆
西湖梦寻
幼学琼林
笠翁对韵
声律启蒙
老老恒言
随园食单
阅微草堂笔记
格言联璧
曾国藩家书
曾国藩家训
劝学篇
楚辞
文心雕龙
文选
玉台新咏
词品
闲情偶寄
古文观止
聊斋志异
唐宋八大家文钞
浮生六记
三字经·百家姓·千字文·弟子规·千家诗
经史百家杂钞